W0182178

Gabi Kreher

Albtraumland

Roman

Für Michelle, die mich zu dieser Geschichte inspirierte.

Prolog

Ich war sechzehn, als ich das erste Mal bei einem Zahnarzt war. Jetzt bin ich dreiundzwanzig. Mein Name ist Madlen.

Caro fragte mich kürzlich, warum wir nie zum Jugendamt gegangen sind. »Wir dachten, das ist normal«, antwortete ich ihr.

Tief im Inneren hatte ich aber immer schon gespürt, dass wir von der Norm abweichen. Merkte es an den Blicken, die uns die anderen zuwarfen. Das Gefühl einer unsichtbaren Mauer war allgegenwärtig. Ihre Angst, wir könnten ihnen zu nahekommen. Sie anstecken – mit was auch immer.

Wir, die Assis vom Pechsteinhof.

Besonders deutlich wurde mir der Unterschied nach meiner Einschulung bewusst. Anders als die Eltern unserer Mitschüler gingen Mutter oder Vater nie zu einem Elternabend von uns Kindern. Zu keiner Zeit haben sie uns in die Schule gebracht oder von dort abgeholt. Doch man kannte uns auch so in Breitenbach.

Mehr noch, wir schienen die Attraktion zu sein.

»Schaut mal, Maddys hässliche Mutter. Sie sieht aus wie eine Hexe. Sie stinkt«. In Grüppchen standen die anderen Kinder wispernd und lachend im Pausenhof zusammen.

Eine graue, abgewetzte Fleecejacke und eine zerschlissene Jeans. In meiner Erinnerung trug unsere Mutter stets diese beiden Kleidungsstücke. Ständig schien sie zu frieren. Ihr ungepflegtes Äußeres mit ihren strähnigen Haaren habe ich nie als solches empfunden. Ihr Aussehen wirkte auf mich normal.

Wenn Chris die Gemeinheiten unserer Mitschüler mitbekam, baute er sich wutentbrannt vor ihnen auf und drohte mit unserem Vater. Das jagte ihnen Angst ein. Immerhin hatte der gewalttätige Pechstein-Bauer schon mal für kurze Zeit im Gefängnis gesessen.

Von uns fünf Geschwistern haben Chris und ich immer am engsten zusammengehalten. Wir standen uns von jeher sehr nahe. Er ist der Erstgeborene, zwei Jahre älter als ich. Nick ist neunzehn, Ben fünfzehn und Jenny vierzehn Jahre alt. Dann gab es noch Tim. Er wäre jetzt siebzehn. Er ist tot. Unsere Eltern haben ihn sterben lassen. Einfach so.

Ich habe mich oft gefragt, warum wir von ihnen in die Welt gesetzt wurden. Dabei ist die Antwort so simpel wie offensichtlich: billige Arbeitskräfte, das war der Grund. Nur dafür brauchten sie uns.

Unser Hof ist ein heruntergekommenes, baufälliges Anwesen, das an ein Gebäude aus der Nachkriegszeit erinnert. Zu den wenigen neuzeitlichen Errungenschaften zählen ein Traktor und ein paar altertümliche Geräte, die wir benötigen, um die Felder zu bewirtschaften.

Die Tage auf unserem Hof sind lang, ausgefüllt von der harten Arbeit. Alle müssen mit anpacken und ständig drehen wir uns im Kreis. Nie ist ein Ende in Sicht.

Wenn wir etwas für die Schule erledigen sollten, pflegte Vater zu sagen: »Ihr wollt euch nur vor der Arbeit drücken.«

Gerade auf Chris traf dies am wenigsten zu. Sein sehnlichster Wunsch war es, den Hof zu übernehmen. Alles zu erneuern. Er träumte davon, einen Biohof zu bewirtschaften, doch Vater blieb unnachgiebig. Chris hatte keine Chance.

Lange Zeit fragte ich mich, warum ausgerechnet Chris immer Vaters Tobsuchtsanfälle und Prügelattacken einstecken musste, aber irgendwann fiel es mir wie Schuppen von den Augen: Vater hatte mit der Intelligenz seines Sohnes ein Problem. Er war unfähig, die unzähligen Fragen dieses wissbegierigen Kindes zu beantworten. Chris begab sich selbst auf die Suche nach Antworten. Löcherte seine Lehrer, lieh sich Bücher und sog alles an Wissen wie ein Schwamm in sich auf. Bald schon war er Vater in vielen Dingen überlegen.

Als Kind bekam er Schläge aufgrund seiner *Widerworte* und *rotzfrechen Art*. Die Gewalt wurde zu seinem ständigen Begleiter, bis er sich mit neunzehn Jahren zu wehren begann. Zu dem Zeitpunkt überragte er Vater um einen halben Kopf.

Ich weiß noch genau, wie Chris seinen Arm in der Luft abfing, als er wieder einmal bereit war zuzuschlagen. Mit versteinertem Gesicht hatte er Vater angestarrt. Von diesem Tag an erhob Vater nie wieder die Hand gegen meinen Bruder.

Bis vor drei Monaten, am 11. Juni 2017.

1.

Freitag, 12. Mai 2017

Ein kurzer Blick auf mein Handy zeigt mir, dass es bereits nach neunzehn Uhr ist. Wenn ich nicht schon wieder zu spät kommen will, sollte ich mich beeilen. Chris muss meine Geste bemerkt haben. Er kommt den Gang entlang und greift nach dem mit frischer warmer Milch gefüllten Eimer neben mir. »Geh schon, ich mach das fertig.« Mit dem Kopf deutet er zur offenen Stalltür.

»Hast was gut.« Dankbar drücke ich ihn kurz an mich. »Kannst dafür morgen eine halbe Stunde länger liegen bleiben«, rufe ich ihm beim Hinausgehen über die Schulter zu. Ironisch lacht er auf. Wir wissen beide, dass Vater ihn aus dem Bett schmeißen wird.

Mit raschen Schritten gehe ich in meinen Gummistiefeln über den verdreckten Hof. Das Geld reicht nicht einmal für einen einfachen Teerbelag. Jetzt, nach ein paar Regentagen, ist alles aufgeweicht und ein einziger Matsch.

Das Graubraun der schlammigen Masse zu meinen Füßen harmoniert perfekt mit dem Farbton des Wohnhauses vor mir. Der abgefallene Putz an der Fassade verdeutlicht den maroden Zustand des Gebäudes. Durch das undichte Dach der Scheune zu meiner Rechten dringen ein paar letzte Wassertropfen. Die penetrante Kombination aus feuchter Witterung und Stallgeruch kriecht unaufhaltsam meine Nase hoch. Im Schuppen neben dem Haus tausche ich die Stallschuhe gegen meine Crocs. Rasch gehe ich die Stufen zur Haustür hoch. Wie immer steht sie offen. Vor der Küche bleibe ich kurz stehen. Mit auf den Händen abgestütztem Kopf sitzt Mutter am Tisch. Ein paar hellbraune Strähnen haben sich aus ihren im Nacken zusammengebundenen Haaren gelöst. Langsam hebt sie den Blick. »Was gibt's zu glotzen?«, fragt sie mit tonloser, müder Stimme.

Ihr rechtes Auge schimmert in blau-violetten Tönen. Vermutlich ist Vater mal wieder die Hand ausgerutscht und in diesem Moment wird er mit großer Wahrscheinlichkeit im Adler, seiner Stammkneipe, die Erinnerung daran ertränken. Ihre Frage ignorierend steige ich die Treppe in den ersten Stock hinauf. Die abgenutzten Holzstufen knarzen bei fast jedem Schritt und die nackte Raufasertapete löst sich an manchen Stellen von der Wand. Hier oben befinden sich unsere Zimmer. Wenigstens hat jeder sein eigenes. Jennys Tür steht halb offen. Im Vorbeigehen nehme ich aus dem Augenwinkel wahr, wie sie auf ihrem Bett sitzt und aus dem Fenster starrt. Ich bleibe stehen und lehne mich an den alten Türrahmen, dessen Farbe an einigen Stellen schon absplittert. »Hey, alles klar?«

Sie scheint mit den Gedanken ganz woanders zu sein. Langsam dreht sie den Kopf und sieht mich an.

»Hallo, aufwachen!« Mit der Hand deute ich eine wischende Bewegung durch die Luft an.

Sie blinzelt ein paar Mal und lächelt. »Hey, ja, alles ok.«

Jetzt erst fällt mir auf, dass sie einen Rollkragenpulli trägt. Etwas unpassend für Mitte Mai, wie ich finde.

»Bist du nicht zu warm angezogen?« Ich runzle die Stirn.

»Mir ist kalt.« Sie zuckt mit der Schulter. »Gehst du heute Abend wieder ins Fellini? Nimmst du mich mit?« In ihrem hoffnungsvollen Blick liegt etwas Drängendes.

Ich lege den Kopf schräg und ziehe die Augenbrauen nach

oben. »Du weißt, dass das nicht geht. Man muss sechzehn sein und selbst dann darfst du höchstens bis zehn bleiben.«

Aus ihren großen dunklen Augen sieht sie mich so unglücklich an, dass es mir ins Herz schneidet. Sie tritt ans Fenster und starrt hinaus. Ich gehe zu ihr und lege meine Arme um ihre schmalen Schultern. Wann nur ist aus dem kleinen Mädchen dieser hübsche Teenager geworden? Aus der schlaksigen Gestalt hat sich ein wohlgeformter Körper mit Proportionen an genau den richtigen Stellen entwickelt.

Wir Geschwister halten zusammen. Schließlich haben wir nur uns. Am stärksten jedoch kommt mein Beschützerinstinkt bei Jenny zum Ausdruck. Das liegt eindeutig daran, dass sie die Jüngste und außerdem ein Mädchen ist. Wir stehen eine Weile zusammen am Fenster, als sie sich ruckartig umdreht und in meine Arme wirft. Für den Bruchteil einer Sekunde habe ich das Gefühl, ein verzweifeltes Aufblitzen in ihren Augen zu sehen.

In meinem Zimmer lehne ich mich einen Moment an die Tür. Bildfetzen tauchen hinter meinen geschlossenen Lidern auf. Das Aufschnappen eines Klappmessers, ein abgedunkelter Raum. Nein, ich kann jetzt nicht darüber nachdenken. Ich atme tief durch und stoße mich entschlossen von dem alten Holz ab.

Waschen, anziehen, Make-up. Darauf sollte ich mich konzentrieren. Zuerst schäume ich mein Haar ein. Es kann trocknen, während ich mich am Waschbecken in meinem Zimmer mit Seife und Lappen frisch mache. Baden ist uns nur einmal die Woche gestattet – samstags. Niemand wagt es, diese Regel zu brechen.

In meine Schranktür ist ein großer Spiegel eingefasst.

Nackt und frisch gewaschen stehe ich davor. Das rotbraune Haar fällt feucht und leicht gewellt auf meine Schultern. Langsam lasse ich den Blick über meinen Körper gleiten. Ich beginne bei den Füßen. Sie sind von durchschnittlicher Statur. Ich trage Größe neununddreißig, was zu einer Körpergröße von 1,72 m vermutlich ganz gut passt. Nacheinander betrachte ich meine Schienbeine, Knie und Oberschenkel. Sie sind ein wenig kräftig, jedoch ohne dick zu wirken. Durchtrainiert, von der körperlichen Arbeit geformt. Von meinem flachen Bauch wandern meine Augen langsam höher, zu meiner Brust. Mein Busen ist weder zu groß noch zu klein, also vermutlich perfekt? Das kann ich nicht beurteilen, bei keiner Stelle meines Körpers könnte ich das. Es ist, als würde er jemand anderem gehören. Ich studiere mein Gesicht. Braune Augen mit bernsteinfarbenen Sprenkeln sehen mich an. Darüber thronen kräftige Augenbrauen. Die eine etwas höher als die andere. Zwischen meinen hohen Wangenknochen sitzt eine unspektakuläre, gerade Nase und neben den vollen Lippen hat sich ein verbitterter Zug eingegraben, so kommt es mir zumindest vor. Keine Ahnung, ob ich hübsch bin. Vielleicht meine Augen. Ja, ihre Farbe mag ich. Aber sonst? Ich starre mein Spiegelbild an und fühle nichts. Plötzlich wird mir klar, weshalb. Ich betrachte eine leblose Puppe, eine Tote.

Mein zusammengebundenes Haar ist noch immer feucht. Bevor ich mich aufs Fahrrad schwinge, ziehe ich rasch eine Beanie-Mütze über. Eine Erkältung kann ich mir nicht leisten, meine Geschwister würden es ausbaden müssen.

Es ist kurz vor halb acht. Ich bin gut in der Zeit. Bis in die Stadt hinunter benötige ich ungefähr eine Viertelstunde, zum

Fellini etwa weitere fünf Minuten.

Außer unserem Anwesen sind weitere vier Höfe oben auf dem Stockerberg angesiedelt. Sie liegen alle einen guten Kilometer auseinander. Bis auf den Sigelhof haben wir keinen Kontakt untereinander. Mit denen vom Pechsteinhof will niemand etwas zu tun haben.

Trotz der fortgeschrittenen Stunde ist es recht mild und ich genieße es, mit dem Mountainbike die Serpentinenstraße hinunterzufahren. Ich habe es mir von meinem Lohn und dem Trinkgeld abgespart. Vater hat es stillschweigend hingenommen. Aus gutem Grund. Diego versorgt mich regelmäßig mit Übriggebliebenem aus seiner Küche. Vater weiß genau, wenn ich kein Fortbewegungsmittel habe, um am Wochenende zur Arbeit zu gelangen, geht er leer aus.

Ich spüre den Abendwind in meinem Gesicht und der Duft der Tannen, die rechts und links die Straße säumen, steigt mir in die Nase. Ich kann den Frühling riechen. Es ist ein berauschendes Gefühl und für einen Moment vergesse ich unser armseliges Leben.

Zuerst vernehme ich nur ein leichtes Grollen. Es kommt von hinten, aus der Ferne, schwillt aber rasch zu einem immer lauter werdenden, tiefen Brummen an. Irgend so ein Idiot bekommt anscheinend den Fuß nicht vom Gas.

Ungefähr zweihundert Meter vor mir biegt ein silberner Van um die Kurve. Er beschleunigt und kommt rasch näher.

Das wird verdammt eng. Ich habe den Gedanken kaum zu Ende gedacht, da schießt auch schon eine schwarze Rakete mit Vollgas an mir vorbei, worauf der Van eine Vollbremsung hinlegt und hupt. Von dem dunklen Geschoss ist nur ein tiefes Röhren zu hören, bevor der Fahrer zweimal hintereinander herunterschaltet, um nach der Kurve hinter den Bäumen zu verschwinden.

Zitternd halte ich am Straßenrand an und sehe, wie sich die Fahrertür des Vans öffnet. Ein Mann in Jeans und T-Shirt, Typ Familienvater, steigt aus und fragt bestürzt, ob alles in Ordnung sei. Noch immer höre ich das leise schwindende, dunkle Grummeln, das von dem Auto dieses Wahnsinnigen herrührt, der beinahe eine Katastrophe verursacht hätte.

Nachdem ich dem hilfsbereiten Van-Fahrer versichert habe, dass es mir gut geht, setzt er seine Tour fort. In Wahrheit fühlen sich meine Knie jedoch wie Pudding an und das Herz schlägt mir bis zum Hals. Unfähig, auf das Rad zu steigen, schiebe ich es die ersten paar Meter.

Der Schreck sitzt mir noch immer in den Gliedern, als ich mein Fahrrad im Hinterhof abstelle. Schattenspendende Lindenbäume säumen den menschenleeren Biergarten. An der Eingangstür halte ich kurz inne und lasse den Blick nach oben schweifen. Ein großes nostalgisches Schild leuchtet mir entgegen. *Fellini – Bar - Ristorante.* Ich atme tief ein und wieder aus und gehe ins Innere.

Meine Augen benötigen einen Moment, um sich an das dämmerige Licht zu gewöhnen. Dem dunkelbraunen Mobiliar ist es zu verdanken, dass es trotz der großen Fenster hier drinnen nie richtig hell zu werden scheint, aber gerade das macht es so gemütlich. Es ist wenig los. Einer der zehn Tische, die den vorderen Bereich ausfüllen, ist von zwei Pärchen besetzt. In der schummrigen Sitzecke ganz hinten haben es sich vier junge Frauen auf dem überdimensional großen Sofa bequem gemacht. Die fünf erhöhten Tische mit den dazugehörigen Barhockern sind noch frei.

Hinter der mindestens acht Meter langen Theke wuselt Diego geschäftig hin und her und bereitet Cocktails vor — vermutlich für die vier Ladys auf dem Sofa.

Michi, ein Student, der wie ich am Wochenende hier jobbt, nimmt die Bestellung der beiden Pärchen am Fenster entgegen.

Ich verstaue Tasche und Jacke im Nebenraum und ziehe das apfelgrüne T-Shirt, die Arbeitskleidung, die wir hier alle tragen, glatt.

»Buonasera alla mia bellissima donna.« Ein Strahlen geht über Diegos Gesicht. »Gut, dass du bist da, cara.« Er greift nach meinen Händen. Mit zusammengekniffenen Lippen sieht er mich einen Moment mitfühlend an. Er hat die beiden Pflaster entdeckt und weiß, dass sie die Schrunden verdecken sollen. Ich kann cremen und salben, soviel ich will, meine Hände sehen aus wie die einer alten Frau.

Ich helfe ihm bei der Zubereitung der Cocktails. Wir verlieren kein Wort, aber es ist ein angenehmes Schweigen. Bei Diego muss ich mich nicht verstellen. Er weiß von meinem Zuhause. Ich habe ihm damals alles erzählt. Das war seine Bedingung, mich einzustellen.

Auf die Anzeige bin ich durch Zufall gestoßen. Eigentlich gehörte es zu Bens Aufgaben, den Holzofen für den Abend vorzubereiten, aber mir war es wichtig, dass er seine Hausaufgaben erledigt, also übernahm ich seinen Dienst. Gerade wollte ich eine weitere Seite der alten Tageszeitung zusammenknüllen, als mir die fettgedruckten Buchstaben ins Auge stachen.

Fellini – Bar - Ristorante - Servicekraft gesucht. Eine gefühlte Ewigkeit saß ich da und starrte auf die Worte. Endlich über ein eigenes Einkommen verfügen. Was würde ich mir alles leisten können? Ungeachtet der Tatsache, dass ich ohnehin nie Gelegenheit haben würde, coole Klamotten zu tragen, war der Gedanke auf die Chance, ein wenig Unabhängigkeit zu erlangen, verlockend. Wieder und wieder spielte ich im Kopf durch, wie ich mit einer Doppelbelastung klarkommen könnte.

In der Regel waren wir abends um sieben mit der Stallarbeit fertig. Wenn ich mich beeilte, würde es mir vielleicht gelingen, eine halbe Stunde herausholen. Frühestens um acht könnte ich anfangen.

Eine Lehre habe ich nie begonnen. Vater verweigerte seine Zustimmung, denn meine Arbeitskraft wurde auf dem Hof gebraucht. So gerne wäre ich weiter zur Schule gegangen. Als ich drei Jahre nach meinem Hauptschulabschluss volljährig wurde, fehlte mir der Mut und die Kraft, mich gegen Vater durchzusetzen.

Die Anzeige spukte in meinem Kopf herum. Ich entschloss mich vorbeizugehen. Nicht einmal Chris hatte ich davon erzählt.

Das Herz schlug mir bis zum Hals, als ich vor der verschlossenen Tür stand. Natürlich, es war Montag – Ruhetag. Ein paar Mal hatte ich geklopft, aber selbstverständlich war niemand erschienen. Meine kleine dumme Hoffnung erlosch wie die Flamme einer abgebrannten Kerze. Es wäre ja auch zu schön gewesen. Mit hängendem Kopf beschloss ich, den Rückzug anzutreten. In diesem Moment bewegte sich der Schlüssel im Schloss. In der Tür erschien ein kleiner, drahtiger Mann. Fragend sah er mich an. »Bella donna, was kann ich tun für Sie?«

Mein Arm schnellte nach vorne und ich hielt ihm die Anzeige unter die Nase. »Ist die Stelle noch frei?«

Einen Moment musterte er mich konzentriert. Vermutlich bemerkte er meine Nervosität, denn schlagartig verzog sein Mund sich zu einem Lächeln. Doch seine nächste Frage begrub meine zaghafte Hoffnung. »Können Sie vorweisen Erfahrungen?« Er sah mich aus seinen dunklen Augen an. Frustriert senkte ich den Kopf und flüsterte ein leises »Nein«.

Das konnte ich vergessen.

Einen Moment herrschte Stille. »Nun, vielleicht können Sie arbeiten Probe?«

Als ich den Blick hob und die Wärme in seinen Augen sah, verzog mein Mund sich zu einem breiten Grinsen. Plötzlich war ich mir sicher, die Stelle zu bekommen.

An meinem Schnuppertag stellte mir Diego zuerst sein Team vor. Die Studenten Michi, Claudia und Anke sind abwechselnd samstags und sonntags da. Ben, Marco und Steffi arbeiten in Vollzeit. Dann ist da noch Caro. Sie kommt wie ich jedes Wochenende. In der Küche wird Diego von seiner Schwester Maria unterstützt. Sie ist eine richtige *Mamma* und wie ihr Bruder ein Mensch voller Herzensgüte.

Ich gab mein Bestes an diesem Freitag und es gefiel mir. Die Arbeit strengte mich an und nachdem die letzten Gäste gegangen waren, sank ich erschöpft auf einen Stuhl. Aber all das war nichts gegen die Plackerei zu Hause.

Von Diego und dem gesamten Team wurde ich mit wahren Lobeshymnen überschüttet. Ich war so glücklich.

Bis Steffi sich zu Wort meldete. »Wissen sie daheim, dass du das hier machst?« Mit verschränkten Armen sah sie mich herausfordernd an. Alle verstummten.

Die Erkenntnis rieselte wie ein Regenschauer auf meine

Haut. Steffi, sie war mit Chris in dieselbe Klasse gegangen und somit bestens über uns informiert.

Diego hatte darauf bestanden, mich nach Hause zu fahren. Mein altes Fahrrad lud er in den Kofferraum seines VW-Busses. Ein beklemmendes Schweigen legte sich während der knapp zehnminütigen Fahrt über uns. Als wir den Wald hinter uns gelassen hatten und in der Ferne unser Hof auftauchte, hielt Diego am Straßenrand an. »Ich denke, du möchtest aussteigen hier?« Fragend hob er die Augenbrauen. Ich nickte, mein Blick war verschwommen.

»Erzähl, du kannst erzählen mir alles.«

Und das tat ich.

Tja, und jetzt stehe ich hier hinter der Theke zusammen mit Diego und mixe Drinks.

Nach und nach trudeln die anderen ein und das ist auch gut so, denn bald wird es hier drin brechend voll werden.

Das Fellini ist beliebt. Ich schätze, im Umkreis von dreißig Kilometern kommen die Leute hierher in unsere kleine Stadt. Dornberg hat gerade einmal fünfzehntausend Einwohner — zusammen mit den Eingemeindungen. Es gibt noch ein paar Clubs in den umliegenden Städten, aber das ist nicht dasselbe. Wer so etwas wie das Fellini sucht, muss schon nach Stuttgart fahren.

»Hey Süße!« Caro wirbelt herein und drückt mich flüchtig an sich. »Diego, soll ich dich ablösen?« Ohne eine Antwort abzuwarten, nimmt sie seinen Platz ein. Mit einem Seufzer der Erleichterung schiebt er ihr die Gläser zu und verzieht sich in die Küche. Caro schielt zu mir rüber. »Alles ok?«

Ich zucke mit der Schulter. »Das Übliche.«

Sie hält inne und fasst mitfühlend nach meinem Arm.

»Du weißt, ich helfe dir, wenn du da raus willst.«

Das weiß ich. Ich komme mit allen im Fellini zurecht. Aber mit Caro verbindet mich mehr. Sie ist mir in den anderthalb Jahren, in denen ich hier arbeite, ans Herz gewachsen. Eine unverzichtbare Freundin – die erste in meinem Leben. Unter der Woche wohnt sie in Tübingen. Sie studiert Psychologie und das passt total gut zu ihr. Sie besitzt eine enorme soziale Intelligenz und eine außergewöhnliche Menschenkenntnis. Mit ihrem Röntgenblick durchleuchtet sie jeden und mit ihrer persönlichen Einschätzung liegt sie fast immer richtig.

Manchmal sieht sie mich mit ihrer durchdringenden Art an und scheint etwas zu entdecken, von dem sie noch keinerlei Kenntnis haben kann. Denn auch sie weiß nicht alles. Unvorstellbar, bestimmte Dinge auszusprechen.

»Na, dann versorgen wir die Tussis dahinten mal mit ihren Cocktails.« Ich folge ihrem Blick zu den vier Mädels auf dem Sofa. Geld spielt bei denen keine Rolle, das sieht man sofort. Sie wirken alle komplett durchgestylt. Weißblonder Kurzhaarschnitt und exklusiv-verwaschener Jeanslook. Dunkelbrauner Bob mit knallroten Lippen. Langes, hellblondes Haar und High Heels. Rote Locken, der Rest ganz in Schwarz. Und das ist nur die flüchtige Kurzfassung. Sie sind all das, was ich nie sein werde. Ich atme tief durch und schlage den Weg Richtung Sofa ein.

Die vier bemerken mich zuerst nicht, sosehr sind sie ins Gespräch vertieft.

»Ich sage euch, das ist total abgefahren. Du denkst, du stehst unter freiem Himmel, mitten in Italien auf irgendeiner Piazza. Dabei ist das alles im Inneren des Hotels. Die Pflastersteine auf dem Platz glänzen, als hätte es eben erst geregnet.« Wie gebannt hängen weißblonder Kurzhaarschnitt und roter Lockenkopf an den knallroten Lippen von dunkelbraunem Bob.

»Ja, das Venetian ist mega, aber ich finde das Caesars interessanter.« Lässig lehnt sich High-Heel-Blondie zurück und verzieht ihre perfekten Lippen zu einem breiten Grinsen. »Ich sage nur Bradley Cooper ...«

»Uuuhu ...«, stimmen die anderen drei kichernd mit ein.

Rote Locke wirft ihr einen verschwörerischen Blick zu. »Vergiss nicht, du hast deinen eigenen Bradley Cooper.«

»Und wirst ihn bald heiraten«, fügt dunkelbrauner Bob mit singender Stimme hinzu. »Und Gnade ihnen Gott, wenn die Jungs davor auch so einen Hangover haben.«

Sie prusten alle los und dann endlich registrieren sie mich.

»Wer bekommt die Caipis?« Ich schaue in die Runde. Dunkelbrauner Bob und Rotlocke strecken unisono den Finger in die Luft. Nacheinander stelle ich die beiden Gläser vor ihnen ab. Eine Wolke aus unterschiedlichsten Parfümdüften schlägt mir entgegen, als ich Blondie den Mai Tai und Kurzhaar den Mojito reiche. Letztere starrt mich plötzlich unverhohlen an. »Hey, ich kenn dich.«

Innerlich zucke ich zusammen.

»Du bist Madlen.«

Vier Augenpaare sind auf mich gerichtet. Und da erkenne auch ich sie. Jessica, sie sieht ganz anders aus mit der neuen Frisur. Früher hatte sie eine lange, dunkelblonde Mähne. Ihr Gesicht hat sich im Grunde kaum verändert, wenn ich sie jetzt so ansehe. Besser gesagt, anstarre. *Maddy stinkt,* hämmert es lautlos in meinem Kopf.

Sie lächelt. »Gut siehst du aus«, und nach einer kurzen Pause, »Wow ...«

Aus meiner Starre erwachend räuspere ich mich. »Ja,

stimmt, Jessy ... Hab dich gar nicht gleich erkannt mit den kurzen Haaren«. Krampfhaft versuche ich zu lächeln. Alles in mir ist auf Flucht programmiert.

»Wie geht es dir?« Erwartungsvoll sieht sie mich an. »Wohnst du hier in der Stadt?«

Mein Mund fühlt sich trocken an. »Nein, zu Hause.«

Im Bruchteil von Sekunden spüre ich, dass wir denselben Gedanken teilen. Ich blinzle ein paar Mal und versuche das aufkeimende Gefühl zu verscheuchen.

»Tja, ich muss dann wieder.« Mein Daumen zeigt Richtung Theke.

Sie nickt. »Ja, natürlich. War nett, dich mal wieder zu sehen.« Plötzlich scheint auch ihr die Situation unangenehm zu werden.

Das Tablett unter den Arm geklemmt gehe ich mit steifen Schritten davon. *War nett, dich mal wieder zu sehen – ja klar.* Aufgewühlt starre ich vor mich hin und marschiere Richtung Theke.

Im letzten Moment gelingt es mir, zur Seite auszuweichen, bevor ein Kerl mit finsterem Gesichtsausdruck grußlos an mir vorbeirauscht. Die drei Typen, die ihm folgen, scheinen besserer Laune zu sein. Sie sagen freundlich »Hallo« und im Vorbeigehen sehe ich, wie einer von ihnen dem Griesgram mit einem kumpelhaften »Mensch Alter, mach dich locker, ich hatte alles im Griff«, den Arm auf die Schulter legt.

Sie steuern auf die vier parfümgeschwängerten Diven zu.

Aha, das sind also die Gegenstücke. Sie passen perfekt.

»Geht's eigentlich noch? So was Ungehobeltes.« Caro wischt mit ihrem Lappen energisch über die Theke. Ihre zusammengezogene Stirn zeigt Richtung Sofa. Die Typen haben sich neben ihren besseren Hälften niedergelassen. Dass sie zusammengehören, ist unübersehbar.

»Wie ich diese arroganten, reichen Snobs hasse!«

»Wieso, kennst du die?« Ich werfe Caro einen Blick zu.

Sie schüttelt ihren blonden Bob und schiebt sich ihre schwarzgerahmte Brille zurecht. »Drei davon.« Mit dem Kinn deutet sie in deren Richtung. »Der Schwarzhaarige, der gleich von der Roten aufgefressen wird, ist Sebastian Müller, Arztsohn. Seinem Vater gehört die chirurgische Praxis drüben am Kriegdamm. Er ist ein Aufschneider. Die Kurzhaarige ist die Tochter des größten Arbeitgebers der Stadt.«

»Ich weiß, Jessica Mosca.« Ohne mein Gesicht von der Gruppe abzuwenden, nicke ich mechanisch mit dem Kopf.

»Du kennst sie?« Überrascht sieht sie mich an.

»Wir sind zusammen zur Schule gegangen.«

»Dann weißt du ja sicher auch, dass das ihr Bruder ist. Luis Mosca, Juniorchef von Mosca-Metall.« Wieder deutet sie mit dem Kinn ans Ende des Raumes. »Der, der dich fast umgerannt hat.«

Das war mir neu. Aber es überrascht mich keineswegs.

Bis auf die Tatsache, dass ich damals das Mobbingopfer von Jessy und ihrer Clique war, hat uns nichts miteinander verbunden. Ich sehe ihn mir genauer an. Er muss ein paar Jahre älter sein. Vielleicht Ende zwanzig?

Er hat sich zurückgelehnt und den Arm locker um die Blondine gelegt. Seine Miene erscheint inzwischen zwar weniger finster, aber er starrt vor sich hin, als wäre er mit den Gedanken ganz woanders. Mir kommt das Bild dieser Parfüm-Werbung in den Sinn, die ich vor ein paar Tagen in einer Zeitschrift gesehen habe. Mit dem Dreitagebart, dem dunklen Teint und dem stechenden Blick könnte er dieser Typ sein.

»Gehst du oder ich?« Zwei schnipsende Finger tanzen vor

meinem Gesicht. »Halloo!«

»Was?« Irritiert blinzele ich.

Caro lässt ihre Augen zwischen mir und der Clique hin und her schweifen.

»Ich nehme die Bestellung auf und du bringst sie, ok?« Bittend schaue ich sie an.

Einen Moment mustert sie mich wieder mit diesem Ausdruck, als wüsste sie genau, was in mir vorgeht.

»Jessy-Schatz und du, ihr wart wohl nicht die besten Freundinnen, hab ich recht?« Sie legt die Stirn in Falten.

Ich sehe sie nur stumm an, schnappe meinen Scanner und mache mich auf den Weg. Mittlerweile ist es richtig voll geworden. Auch am Tresen sitzen schon eine Handvoll Leute. Im Hintergrund läuft gedämpfte Radiomusik.

Wieder bemerkt mich zunächst niemand, aber das ist eigentlich auch kein Wunder. Im unsichtbar sein habe ich schließlich jahrelange Übung. Als ich mich über den niedrigen Tisch beuge und mit dem Feuerzeug die Kerze in dem bauchigen Glas anzünde, unterbrechen sie ihre Diskussion, die sich um die Hochzeit der Blondine mit Jessys Bruder zu drehen scheint.

»Was kann ich euch bringen?« Abwartend schaue ich in die Runde. Während Jessys Freund noch in der Getränkekarte blättert, nehme ich die Bestellung von Bob-Freund und diesem Sebastian auf. Letzterer mustert mich von oben bis unten. Plötzlich habe ich das Gefühl, nackt dazustehen.

Mit seinem weißen Hemd, der solariumgebräunten Haut und dem zurück gegelten Haar erinnert er mich an einen Zuhälter. Die beiden Silberkettchen an Arm und Hals tragen ihr Übriges dazu bei. Er ist mir sofort unsympathisch. Das

Gefühl verstärkt sich, als er mir sagt, was er haben will.

»Mir wäre nach einem Sex on the Beach, Süße, kannst du dich darum kümmern?« Er grinst mich anzüglich an und es scheint ihn in keiner Weise zu interessieren, dass seine Freundin diesen erbärmlichen Versuch einer Anmache mitbekommt. Alle lachen und finden die Situation ungeheuer lustig. Selbst Jessys Bruder zeigt mittlerweile ein leichtes Grinsen und schüttelt kaum merklich den Kopf.

Als sie endlich checken, dass ich das weder witzig noch sonderlich amüsant finde, besinnen sie sich.

»Ok Baby, ich denke, ich nehme doch lieber einen Whisky auf Eis.« Arztsohn Sebastian grinst mich noch immer unverschämt an und seine Freundin tut so, als würde sie es nicht bemerken. Jessys Freund will ebenso wie Bob-Freund ein Weizen und Luis Mosca bestellt ein Pils. Er wirft mir dabei einen kurzen Blick zu.

Sie führen ihr Gespräch fort und während ich mich in Bewegung setze, dringt mir die Stimme von Blondie ans Ohr.

»Schatz, wir könnten doch dein Auto nehmen. Rote Rosen auf deinem schwarzen Maserati ...«

Der Rest des Satzes beginnt sich in einem Nebel der Erkenntnis aufzulösen. Und da fällt es mir wie Schuppen von den Augen. Ich knalle das Tablett auf den Tresen und rufe beim Hinausgehen der verdutzten Caro noch schnell die Bestellung zu.

In Sekundenschnelle scanne ich den voll besetzten Parkplatz ab. Es ist bereits dunkel und trotzdem sehe ich es sofort. Das schwarze Geschoss, das mich um ein Haar umgemäht hätte. Plötzlich fühle ich eine unglaubliche Wut in mir aufsteigen. Diese verdammten, eingebildeten Schnösel mit ihren Designerhemden und Edeljeans. Was um alles in der

Welt bilden die sich ein? Mit ihrer scheiß Kohle meinen sie, sich alles erlauben zu können.

Ich atme einmal tief durch, drehe mich auf dem Absatz um und gehe wieder rein.

Caro muss meinen entschlossenen und zugleich wütenden Gesichtsausdruck bemerkt haben. Ohne ein Wort zu sagen, spitzt sie die Lippen und zieht die Augenbrauen hoch.

»Ich erledige das.«

Kommentarlos macht sie mir Platz. Sie runzelt die Stirn, als ich das alkoholfreie Pils auf das Tablett zu den anderen Getränken stelle.

Zum dritten Mal begebe ich mich auf den Weg zur Sofaecke. Inzwischen sind alle Tische besetzt und auch an der Theke ist kein Platz mehr frei. Im Hintergrund spielt die Musik von Blue October. Ich liebe diese texanische Band.

Es läuft *Sway*. Obwohl der Titel etwas Gegenteiliges verspricht, spüre ich, wie der Song mir plötzlich Kraft verleiht, der Rhythmus in jede einzelne Pore meines Körpers fließt. Mit entschlossenen Schritten zwänge ich mich im Takt der Musik durch die Menge.

Diesmal bemerken sie mich sofort. Ich knalle nacheinander die beiden Weizen, den Whisky und das alkoholfreie Pils auf den Tisch. Während die anderen überrascht aufblicken, greift Luis Mosca mit gerunzelter Stirn nach dem Bier und nimmt es genauer unter die Lupe.

»Entschuldige, ich habe kein Alkoholfreies bestellt.« Er sieht mich mit hochgezogenen Augenbrauen an.

»Tja, ich dachte, ich bring dir trotzdem eins, bevor du heute noch jemanden über den Haufen fährst.«

Einen Moment sieht er mich verständnislos an. Er leckt sich über die Lippen und kippt den Kopf.

»Kannst du mir das bitte genauer erklären? Habe ich was verpasst?«

Alle am Tisch sehen uns an und scheinen gespannt zu sein, wie sich die Situation entwickelt.

»Wenn du mit *verpasst* meinst, dass dir entgangen ist, wie du mich beinahe mit deinem supertollen Schlitten vom Rad geschleudert hättest, dann hast du wohl eine ganze Menge verpasst. Danke auch. Ich wünsche euch noch einen schönen Abend.«

Ohne eine Antwort abzuwarten, drehe ich mich auf dem Absatz um und schieße davon.

Das hat richtig gutgetan. Erst als ich hinterm Tresen stehe und die Wasserflasche ansetze, merke ich, wie meine Hand zittert.

»Was war das jetzt?« Caro kommt mit einem Tablett leerer Gläser um die Ecke. »Hat die High Society Stress gemacht?«

Nachdem ich ihr von meinem *Beinahe-Unfall* erzählt habe nimmt sie mich in den Arm. »Und das verrätst du mir erst jetzt?« Sie reißt die Augen auf. »Oh, oh ...«.

Langsam drehe ich mich um. Luis Mosca steuert auf uns zu.

Er trägt eine schwarze Jeans und ein schwarzes Slim Fit Hemd, das er lässig an den Armen hochgeschlagen hat. Sein Gesichtsausdruck ist konzentriert. Aber da ist noch etwas anderes in seinem Blick. Bestürzung.

Den Bruchteil einer Sekunde treffen sich unsere Augen und dieser Moment verändert alles. Ich habe das irrationale Gefühl, mit Luis Mosca allein im Raum zu sein. Die Geräusche verstummen. Alles ist auf seltsame Weise gedämpft und wir scheinen uns in Zeitlupe zu bewegen. Irritiert blinzle ich ein paar Mal und so schnell, wie dieser Augenblick gekommen ist, verfliegt er wieder.

»Kann ich kurz mit dir reden?« Mit der Hand greift er sich an den Nacken. Wir stehen uns gegenüber. Nur der Tresen trennt uns voneinander.

Einen Moment sehe ich ihn stumm an.

»Ok, gehen wir nach draußen.« Kurz schiele ich zu Caro.

»Lass dir Zeit.« Sie winkt ab und ich weiß jetzt schon, dass sie vor Neugier platzen wird.

Es ist ganz schön kalt geworden und ich bereue es, keine Jacke mit raus genommen zu haben.

»Willst du nicht besser eine Jacke holen?«

Scheinbar kann er Gedanken lesen.

»Geht schon, ich muss eh gleich wieder rein.«

Er presst kurz die Lippen zusammen und nickt. »Ja, klar, natürlich.« Dann sieht er mich wieder an. »Du warst das also mit dem Fahrrad.« Er schaut in den Nachthimmel und schüttelt den Kopf. »Es tut mir leid.«

»Mmh, das kommt jetzt reichlich spät.« Mit verschränkten Armen sehe ich an ihm vorbei.

»Sebastian saß am Steuer, dieser Idiot.« Er lacht verächtlich auf. »Was natürlich nichts entschuldigt. Ich hätte es wissen müssen. Sebi übertreibt es gerne ein wenig, mit allem.«

Bei der Erkenntnis, dass es nicht Luis gewesen ist, der mich beinahe angefahren hätte, durchströmt mich ein eigenartiges Glücksgefühl.

»Ihr seid einfach weitergefahren«, stelle ich dennoch anklagend fest. Betreten schaut er zu Boden. »Ich habe gesehen, dass du ok bist.« Er sieht mich an. »Aber du hast recht, was wir getan haben, war absolut verantwortungslos. Ich habe den ganzen Abend darüber nachgedacht.«

»Das erklärt einiges.« Ironisch ziehe ich die Augenbrauen nach oben. Irritiert runzelt er die Stirn. »Na ja, dein

Gesichtsausdruck und warum du mich fast umgerannt hast.«

»Umgerannt?« Jetzt zieht er die Augenbrauen hoch. »Ich habe dich nicht umgerannt.«

Mein Mundwinkel hebt sich und ich zucke mit der Schulter. »Weil ich einen Schritt zur Seite gegangen bin, andernfalls hätte es geknallt.«

Einen Augenblick ist er sprachlos, dann fährt er sich mit den Händen übers Gesicht. »Oh Mann, das wird ja immer schlimmer.« Er lächelt zerknirscht. »Kann ich das irgendwie wiedergutmachen?«

Ich lächle zurück. »Ist schon ok. Eine Entschuldigung reicht.«

Einen Moment stehen wir uns etwas unentschlossen gegenüber.

»Ich frag mich gerade ...«, er senkt kurz den Blick, »wie man dich übersehen kann?«

Seine dunklen Augen sind wie zwei Magnete. Sie ziehen mich an und ich kann nichts dagegen tun. Das Kribbeln beginnt im Bauch. Von da breitet es sich langsam aus. Es legt sich wie winzig kleine Brausebläschen um jede einzelne Zelle meines Körpers. Erst als die Tür aufgeht und eine Gruppe Jugendlicher an uns vorbei geht, komme ich wieder zu mir. Ich blinzle ein paar Mal und straffe mich.

»Ähm, ich denke, wir sollten besser wieder rein.« Mit dem Kopf deute ich zur Eingangstür.

Er sieht mich noch immer an und nickt ein paar Mal. »Ja ... ja, du hast recht, das sollten wir.«

Bemüht, meine Stimme locker klingen zu lassen, wünsche ich ihm noch einen schönen Abend.

Meine Hand umfasst bereits die Türklinke, da scheint ihm offenbar noch etwas einzufallen.

»Warte!«

Ich dreh mich um. »Ja?«

»Wie heißt du eigentlich?«

»Madlen.«

»Madlen.« Es scheint, als müsste er einen Moment über diesen Namen nachdenken. »Es tut mir leid, Madlen.« Wieder sieht er mich mit diesem stechenden Blick an. Und plötzlich weiß ich, dass ich nur noch weg muss. Rasch drücke ich die Klinke nach unten und verschwinde im Inneren.

Geschäftig mache ich mich hinter der Theke an die Arbeit. Caro ist dabei, irgendwelche Gäste zu versorgen. Marco und Steffi haben ihren Platz eingenommen. Sie sind beschäftigt und nehmen keine Notiz von meiner Anwesenheit. Das ist mir gerade recht. Immer noch ganz durcheinander räume ich die Spülmaschine ein.

Caro kämpft sich mit ihrem Tablett durch die Menge. »Boah, das ist ja heute abartig, mir tun jetzt schon die Füße weh.« Sie wischt sich mit dem Arm über die Stirn, dann mustert sie mich. »Hat das kleine Arschloch sich wenigstens entschuldigt?«

»Einer seiner Freunde saß am Steuer und er hatte keine Ahnung, dass ich das war.« Rasch schnappe ich die leeren Gläser von Caros Tablett, räume sie in die Spülmaschine und drücke die Starttaste.

»Es war sein Auto.« Caro runzelt missbilligend die Stirn.

Ich wische mir die Hände an meiner Jeans ab und zucke mit der Schulter. »Er hat sich entschuldigt.« Automatisch huscht mein Blick Richtung Sofaecke. Aus dem Augenwinkel nehme ich Caros Blick wahr und bin mir sicher, sie hat mich durchschaut.

Zum Glück wird es nicht so spät an diesem Abend. Die letzten Gäste brechen nach Mitternacht auf. Keine Ahnung, um welche Zeit Luis Mosca mit seinen Freunden das Fellini verlassen hat. Irgendwann hat Caro bei ihnen abkassiert. Erfolgreich ist es mir gelungen, meine Aufmerksamkeit auf andere Dinge zu lenken. Das wird mir kein weiteres Mal passieren – *er ist verlobt.* Die Vernunft hat gesiegt und ich habe mich wieder im Griff.

Caro hat wie immer darauf bestanden, mich nach Hause zu fahren, also verstaue ich mit geübten Griffen mein Rad im Kofferraum des Kombis. Das Auto gehört ihren Eltern. Wenigstens hat sie, im Gegensatz zu mir, einen Führerschein.

Wie immer hat Maria mich mit Resten aus der Küche versorgt. »La mia povera bambina, du must gehen ins Bett.« Sie drückt mich an ihren großen Busen und streicht mir übers Haar. Sie weiß, dass mir nur ein paar Stunden Schlaf vergönnt sind.

Schweigsam folgen wir der Serpentinenstraße durch den Wald. Wir lassen die Bäume hinter uns und fahren an der Abzweigung nach Breitenbach vorbei. Ob Vater noch im Adler sitzt? Wieder einmal scheint Caro meine Gedanken zu erraten. »Meinst du, er ist noch unterwegs?«

Die digitale Zeitanzeige über dem Lenkrad zeigt eine Viertelstunde bis eins. »Ich denke nicht ... ich hoffe nicht!«, korrigiere ich schnell. Erschöpft lehne ich meinen Kopf an die Fensterscheibe. Am liebsten würde ich im Auto sitzen bleiben und einfach mit Caro weiterfahren. Die Stunden im Fellini entführen mich in eine andere Welt. Heimzukehren bringt den alltäglichen Albtraum zurück. Der einzige Grund, warum ich bleibe, sind meine Geschwister. Niemals könnte ich sie zurücklassen. Hätte ich eine Wahl gehabt, ich hätte die Schule mit dem Abitur abgeschlossen, um Kunst zu studieren. Ich liebe es, zu malen. Ohne ein Wort zu sagen, ist es mir möglich, auf diesem Wege meine Gedanken und Gefühle zum Ausdruck zu bringen. Es kommt einer Befreiung gleich. Inzwischen besitze ich zwei volle Mappen. Keiner hat die Arbeiten je gesehen. Nicht einmal Chris oder Caro. Ein Geheimnis mehr, das ich mit niemandem teile.

Wir biegen in den schmalen Weg ein, der nach ungefähr zweihundert Metern in unserem Hof endet.

»Fahr vorsichtig!« Ich umarme Caro und sehe ihr in die Augen. »Und danke, danke, dass du immer für mich da bist.«

Sie lächelt. »Keine Ursache. Du weißt, ich mache das gerne.«

Ihr Gesichtsausdruck verändert sich. Sie mustert mich abschätzend. »Was hältst du davon, ins Kino zu gehen? Ich würde gern La La Land mit Ryan Gosling und Emma Stone ansehen.« Ihre Züge nehmen einen verträumten Ausdruck an.

»Ich war noch nie im Kino.«

Ungläubig sieht sie mich an. »Was?«, flüstert sie.

Ratlos zucke ich mit den Schultern. »Wann und mit wem sollte ich ins Kino gehen?«

Fassungslos schüttelt sie den Kopf. »Wir sind seit eineinhalb Jahren befreundet und jetzt erzählst du mir, dass du noch nie in deinem Leben im Kino warst?«

Als ich ihr eine Antwort schuldig bleibe, nimmt ihr Gesicht einen entschlossenen Ausdruck an. »Das werden wir ändern. Sonntagabend gehen wir. Ich werde das gleich morgen mit Diego klären. Um diese Zeit ist eh wenig los. Und jetzt ins

Bett mit dir. Los, hau schon ab. Du hast nur noch ein paar Stunden.«

Ein letztes Mal drücke ich sie. »Du bist die Beste.«

Ich sehe ihr hinterher, bis die roten Rücklichter ihres Autos zwischen den Bäumen verschwinden.

Mein Rad stelle ich im Schuppen ab und gehe die Treppe hoch. Vater ist zu Hause. Sein alter Kombi steht da. Leise öffne ich die Haustür und schleiche mich, ohne den Lichtschalter zu betätigen, in die Küche. Die Hofbeleuchtung spendet genug Helligkeit.

Der Kühlschrank ist fast leer. Das ist gut. Es sichert mein Dasein im Fellini. Solange ich für Nachschub sorge, wird mir niemand diesen Job verbieten. Zusammen mit den beiden Salatschüsseln verstaue ich den großen Behälter mit der Sauce Bolognese.

Ich lehne mich an die geschlossene Kühlschranktür und lasse den Blick über die Kücheneinrichtung schweifen. Das Mobiliar ist aus den Achtzigern und entsprechend verschlissen. Einmal wurde die Eckbank neu bezogen, aber das ist mindestens fünfzehn Jahre her. Aus den Rissen, die sich durch das abgewetzte Material ziehen, quillt Schaumstoff. Der Plattenboden ist mit zahlreichen Macken übersät und im Winter zieht es durch die alten, undichten Fenster mit ihren dünnen Scheiben. Egal, wie sehr wir versuchen, Ordnung zu halten, alles auf diesem Hof wirkt immer irgendwie verkommen und ungepflegt.

Mein Blick gleitet zur Uhr. Der kleine Zeiger hat längst die eins passiert. Mir bleiben also weniger als vier Stunden Schlaf vergönnt. Aber obwohl ich am Ende dieses anstrengenden Tages eigentlich tot umfallen müsste, bin ich hellwach. Die Müdigkeit wird mich erst morgen Nachmittag einholen.

Darauf bedacht, das Knarren der Stufen unter meinen Füßen zu vermeiden, gehe ich die Treppe vorsichtig nach oben. Vorbei an Chris', Nicks und Bens Zimmer. An Jennys Tür bleibe ich stehen. Sie wälzt sich in ihrem Bett. Leise drücke ich die Klinke nach unten. Sie träumt. Immer wieder wirft sie den Kopf im fahlen Schein des Mondlichtes hin und her. Sie krallt ihre Finger in die Bettdecke. Ihre Stirn ist schweißnass.

Bevor meine Hand beruhigend über ihr Haar zu streichen versucht, ist ihr gleichmäßiger Atem zu hören. Ich warte einen Moment. Ihr Brustkorb hebt und senkt sich wieder in entspanntem Rhythmus. Auf leisen Sohlen verlasse ich das Zimmer.

Keine Minute später liege ich mit hinter dem Kopf verschränkten Armen hellwach im Bett und starre an die Decke. Hat jemand ein Aufputschmittel in mein Glas gekippt? So fühlt es sich zumindest an.

Am Sonntag werde ich mit Caro ins Kino gehen. Das erste Mal im Leben. Ein Gefühl der Vorfreude durchströmt mich. Wie hieß der Film gleich? La La Land oder so ähnlich. Und wer spielt da nochmal mit? Ryan Dings und Emma, Emma …

Ich schließe die Augen. Natürlich weiß ich ganz genau, wie dieser Film heißt und ich kenne die Namen der Schauspieler.

Der einzige Grund, warum ich dieses kleine Ablenkungsmanöver starte, sind die Bilder in meinem Kopf.

Ich spüre ihn noch immer, diesen Blick aus Luis Moscas dunklen Augen.

2.

Samstag, 13. Mai 2017

Zwanzig Minuten vor fünf klingelt der Wecker.

Um fünf stehen wir im Stall. Achtzehn Kühe warten darauf, gemolken zu werden. Wir müssen alle mit anpacken, auch Nick, bevor er zur Arbeit aufbricht. Er steckt noch in der Ausbildung zum Land- und Baumaschinenmechatroniker. Das macht er nicht freiwillig. Sein Wunsch war es, eine Lehre als Industriemechaniker zu beginnen, aber Vater verweigerte sein Einverständnis, denn davon hätten wir hier auf dem Hof keinen Nutzen gehabt. Zumindest hat Nick als einziger von uns einen motorisierten Untersatz. Mit dem alten, klapprigen Mofa fährt er jeden Morgen ins drei Kilometer entfernte Breitenbach zu seinem Ausbildungsbetrieb. Ben und Jenny nehmen nach getaner Arbeit täglich um sieben den Bus. Er hält vorne an der Straße und bringt sie von Montag bis Freitag zur Schule nach Dornberg. Sobald die drei das Haus verlassen haben, genehmigt sich der Rest der Familie in der Regel eine Pause. Nick ist heute auf der Arbeit – hin und wieder leistet er samstags ein paar Überstunden. Auch er kann jeden zusätzlichen Cent gebrauchen. Ben und Jenny sind vermutlich oben in ihren Zimmern.

Als ich in die Küche komme, steht Chris an der Anrichte und überbrüht das Kaffeepulver in seiner Tasse mit heißem Wasser aus dem Kocher.

Wir schauen uns in die Augen. Unnötig zu fragen, was der andere denkt. Wir wissen das auch so. In diesem Blick liegt so viel. Trauer, Wut, Hoffnungslosigkeit.

Aber da ist noch mehr und das ist viel wichtiger als alles andere. Verstehen, Vertrauen, Liebe. Und füreinander da sein – immer. Das kann uns keiner nehmen. Wir lächeln uns an und das ist es, was uns wieder Kraft gibt. Wir wissen, wir sind nicht allein.

»Was grinst ihr so idiotisch?« Mutter steht vom Küchentisch auf. Ohne eine Antwort abzuwarten, humpelt sie zur Spüle, um ihr benutztes Geschirr darauf abzustellen.

Ich frage mich, ob das nachziehende Bein auch Vaters immer öfter auftretenden Ausrastern zuzuschreiben ist.

Chris und ich setzen uns an den Tisch.

»Danke«, sage ich, als er eine Tasse heißen, löslichen Kaffee vor mir abstellt.

»Verdammtes Asylantenpack!« Vater hat die regionale Tageszeitung vor sich liegen. *Messerstecherei* prangt da in großen Buchstaben.

Das ist seit Neuestem sein Lieblingsthema – die Flüchtlinge.

»Und wir können die Bagage durchfüttern!«, regt er sich weiter auf. »Die Amis machen es richtig, eine Mauer sollte man hochziehen.«

»Nicht alle sind so.« Vorsichtig setzt Chris seine Tasse ab. »Der Sigelbauer hat zwei Syrer eingestellt. Martin sagt, sie sind sehr zufrieden mit ihrer Arbeit.«

Vater beugt sich vor und sieht ihn mit lauerndem Blick an. »Was willst du mir damit sagen?«

Zuerst bleibt Chris stumm. Seine Augen schweifen zum Fenster und er beißt sich auf die Lippen. Dann sieht er Vater entschlossen an. »Es wäre eine Möglichkeit.« Er zuckt mit der Schulter. »Vor allem wäre es eine Entlastung – für uns alle.«

Vaters rotes, unrasiertes Gesicht verfärbt sich noch ein Stück dunkler. »Eine Entlastung für uns alle.« Ironisch zieht er die Worte in die Länge. Mit dem Kinn deutet er auf mich. »Damit deine Schwester sich noch öfter bei diesem Itaker rumtreiben kann, meinst du wohl?«

Ich blicke auf. »Ihr profitiert auch von diesem Itaker.« Manchmal kann ich mir diesen ironischen Tonfall einfach nicht verkneifen. Seine Faust donnert auf den Tisch und lässt mich zusammenzucken.

»Halts Maul! – Soweit kommt's noch, dass ich mir solche Terroristen ins Haus hol!«

Ich gebe Chris unauffällig ein Zeichen, doch natürlich kann er nicht aufhören. Entschlossen beugt er sich vor. Ein paar dunkelblonde Haarsträhnen fallen ihm in die Stirn.

»Wie lange willst du noch so weitermachen?« Mit erhitztem Gesicht sieht er Vater herausfordernd an. »Warum lässt du mir nicht freie Hand?« Er presst die Lippen zusammen und schüttelt kurz den Kopf. »Ich könnte aus dem Hof etwas machen. Es gibt Fördergelder. Ich habe mich informiert.«

»Das willst du also«, gefährlich leise kommen die Worte aus Vaters Mund, »dir den Hof unter den Nagel reißen, alles, was ich aufgebaut habe, zugrunde richten.« Er nickt immer wieder vor sich hin.

Chris steht auf. »Das muss ich nicht. Der Hof ist doch schon lange am Ende.« Leise schnaubend wendet er sich ab.

Ich stelle mir vor, wie Lava im Inneren eines Vulkans langsam höher und höher steigt und schließlich, einer Explosion gleich, herausgeschleudert wird. Genauso ist es bei Vater jetzt, nur, dass die Lava aus Wut und unvorstellbarem Hass besteht, der in seinen Augen lodert. Einen Moment ist es noch ganz ruhig und obwohl ich weiß, dass es gleich wieder eskalieren wird, zucke ich zusammen, als er von seinem Platz aufspringt und der Stuhl laut auf dem Boden aufschlägt. Er ballt seine großen Hände zu Fäusten. »Du bleibst da, wenn ich mit dir rede.«

Chris hält mitten in der Bewegung inne. Langsam dreht er sich zu uns um. »Reden? Mit dir kann man nicht reden.« Er geht auf Vater zu und bleibt dicht vor ihm stehen. Mit versteinertem Gesicht sieht er ihn an. »Du hältst uns wie Arbeitstiere. Einen Hungerlohn bekommen wir. Lieber versäufst du dein Geld im Adler und schlägst deine Frau grün und blau.« Tonlos kommen die Worte über seine Lippen. Ich halte die Luft an. Einen kurzen Augenblick stehen sie sich wie zwei Kampfhähne gegenüber und plötzlich schnellt Vaters Hand nach vorne und er packt Chris am Hemdkragen. »Sei still, du arroganter Schweinehund!« Mit zusammengebissenen Zähnen starrt er ihn an. Ein paar Haarsträhnen fallen in seine weit aufgerissenen Augen. Er erinnert mich an Jack Nicholson aus dem Horrorfilm *Shining*.

»Dasselbe mache ich mit dir und deinem Geschwisterpack, wenn du nicht dein Maul hältst!« Speicheltröpfchen treffen Chris' Gesicht. Mein Bruder schließt einen Moment die Augen und dann ist er es, der Vater am Kragen seines Hemdes packt. Er drückt ihn mit voller Wucht an die Wand.

»Untersteh dich!« Chris' Augen blitzen gefährlich auf.

Mir ist nicht bewusst, dass ich aufgestanden bin. Meine Haltung gleicht der einer Schaufensterpuppe.

Sie streiten oft, aber das hier ist etwas anderes.

Mein Leib ist wie erstarrt. Die Angst fließt in jede Faser meines Körpers. Wie eine Zange umschließt sie meinen Brustkorb. Ich sehe diesen unvorstellbaren Hass in Vaters Augen und habe das Gefühl, jemand würde mir die Hände um den Hals legen und ganz langsam zudrücken.

Die ganze Zeit über schaut Mutter teilnahmslos aus dem Fenster.

Wie ein Besessener schaufelt Chris den Mist in die neben ihm stehende Schubkarre. Ich lasse ihn in Ruhe, denn ich weiß, dass er jetzt nicht reden will. Wir sind allein im Stall. Mutter versorgt die Hühner und Vater ist mit dem Traktor auf dem Feld. Eine Weile arbeiten wir stillschweigend nebeneinander her. Aus dem Augenwinkel nehme ich seinen noch immer wütenden Gesichtsausdruck wahr. Plötzlich haut er mit voller Wucht die Mistgabel in die bereits gut gefüllte Karre. Er dreht sich zur Wand, stützt sich mit den Händen daran ab und starrt mit gebeugtem Kopf auf den Boden.

Ich halte inne. »Chris ...«, langsam gehe ich auf ihn zu.

»Nichts wird sich jemals ändern.« Mit der Faust schlägt er gegen die Wand und da bin ich auch schon bei ihm. Meine Hand berührt seine bebende Schulter. »Irgendwann schon. Wir müssen nur noch ein wenig Geduld haben. Sie werden schließlich auch nicht jünger und dann wird Vater einsehen, dass er auf deine Unterstützung angewiesen ist. Du bekommst den Hof, da bin ich mir sicher.«

Beschwörend rede ich auf ihn ein. Sein Atem wird ruhiger. Mit hängenden Schultern dreht er sich schließlich um und sieht mich an. »Wann Maddy? In fünf, in zehn oder vielleicht werden es auch fünfzehn Jahre?« In seinem Blick liegt eine so große Hoffnungslosigkeit, dass es mir das Herz zusammenschnürt. Langsam schüttelt er den Kopf. Seine Stimme gleicht einem heiseren Krächzen. »Nein Maddy, machen wir uns nichts vor. Ich werd ihn nie bekommen.«

3.

Samstag, 13. Mai 2017

Ich mache mir Sorgen um Chris. Er hat sich verändert. Stets trug er diesen Kampfgeist in sich und war überzeugt, alle Hürden überwinden zu können. Wenn der Hof erst einmal sein Eigen war, würde alles anders werden. In seinen Augen loderte ein Feuer und sein Blick war voller Energie. Jetzt ist da nichts mehr. Das Feuer ist erloschen. Da ist nur noch Resignation.

Am Nachmittag sind wir auf dem Feld. Chris fährt den Traktor mit der Kartoffelsetzmaschine, auf der Ben und ich unseren Platz eingenommen haben. Wir sind damit beschäftigt, immer wieder Knollen in die dafür vorgesehenen Räder zu schütten. Während ich zusehe, wie in regelmäßigen Abständen eine Kartoffel nach der anderen durch das Rad in die Furche auf den Boden fällt, beginnt ein Plan in mir zu reifen.

Chris geht abends nie weg. Bevor ich angefangen habe, im Fellini zu arbeiten, bin auch ich nie ausgegangen. Wir sind einfach zu kaputt, um noch etwas zu unternehmen. Mein Wunsch nach ein wenig Unabhängigkeit war so groß, dass ich bereit war, die Doppelbelastung zu tragen. Chris jedoch steckt seine ganze Energie in die Arbeit auf dem Hof. Er sieht nichts anderes und er hat anscheinend vergessen, dass er gerade mal fünfundzwanzig Jahre alt ist. Aber jetzt denke ich, ist es an der Zeit, ihn aus diesem Hamsterrad herauszuholen. Wenigstens für ein paar Stunden.

Wir biegen mit dem Traktor auf den Hof ein. Vater kommt

aus dem Stall. Er scheint es eilig zu haben.

»Halt mal an!«, rufe ich Chris zu und er tritt auf die Bremse. Ich klettere aus meinem Sitz und springe auf den Boden. »Vater!« Ich gehe ihm hinterher. »Kann Chris heute Abend das Auto haben?« Abwartend bleibe ich stehen.

»Wozu?« Mürrisch kommt das Wort aus seinem Mund, während er weitergeht. Aus dem Augenwinkel nehme ich Chris' überraschte Miene wahr und setze mich in Bewegung. »Diego hat gefragt, ob wir eine Waschmaschine gebrauchen können.«

Das zeigt Wirkung. Er bleibt stehen und dreht sich um. Misstrauisch mustert er mich. »Eine Waschmaschine?«

»Ja, seine Schwester ist in die Wohnung über ihm eingezogen und sie macht ihm die Wäsche.«

Das stimmt tatsächlich. Diego hat mir vor Kurzem angeboten, dass wir seine Waschmaschine haben könnten. Mit dem Hintergedanken, das Angebot irgendwann einmal als Trumpf bei Vater auszuspielen, bat ich Diego, das gute Stück erstmal bei sich aufzubewahren.

Unsere Maschine funktioniert zwar noch, aber sie ist bestimmt schon mehr als zehn Jahre alt und außerdem lässt Vater sich solch eine Gelegenheit nicht durch die Lappen gehen. Wo es etwas umsonst gibt, ist er sofort zur Stelle.

»Wie viel Jahre hat die auf dem Buckel? So ein altes Ding haben wir nämlich selbst, da kann ich drauf verzichten.«

Die Hände in die Hüften gestemmt, beäugt er mich mit lauerndem Blick. Groß gewachsen und breitschultrig sieht er älter aus, als er mit seinen zweiundfünfzig Jahren ist. Die ungepflegten, fast schulterlangen Haare hat er im Nacken mit einem einfachen Gummi zusammengebunden. Ein paar grau-braune Strähnen fallen in sein rotes, aufgedunsenes

Gesicht. In seinen kleinen wässrigen Augen spiegelt sich die Alkoholsucht.

»Sie ist erst drei Jahre alt«, beeile ich mich zu sagen.

Nachdenklich reibt er sich über sein unrasiertes Kinn.

»Was will er dafür?«

»Nichts, er will nichts«, beeile ich mich zu sagen.

»Meinetwegen.« Er dreht sich um und ohne ein weiteres Wort zu sagen, verschwindet er im Haus. »Kannst du mir verraten, was das sollte?« Mit energischen Schritten kommt Chris auf mich zu. Er bleibt vor mir stehen und stützt die Hände in die Hüften.

Meine Brust hebt und senkt sich. »Du musst mal raus, was anderes sehen.« Arglos zucke ich mit der Schulter. »Setz dich für ein, zwei Stunden an den Tresen und trink ein Bier. Was ist schon dabei?« Meine Hand legt sich sanft auf seinen Arm. »Chris, es wird dir guttun.« Beschwörend sehe ich ihm in die Augen.

Mit einem resignierten Schnauben schüttelt er den Kopf, dann sieht er mich an. Er atmet ein und wieder aus. »Vielleicht hast du recht.«

Jenny ist dabei, frisches Stroh in die beiden Pferdeboxen zu streuen. Sie wirkt konzentriert und hebt nur kurz den Blick, als sie uns registriert.

»Hey, kleine Schwester, kommst du klar?« Chris zwinkert ihr zu und erntet ein Lächeln. Jenny bewundert ihren über zehn Jahre älteren Bruder und sieht zu ihm auf. Er ist eine Art Vaterfigur für sie. Ich bleibe stehen und sehe ihr einen Moment zu. »Komm, ich helfe dir.«

Entschlossen packe ich mit an und gemeinsam kleiden wir die Boxen mit dem Stroh aus. Dann machen wir uns zusammen auf den Weg zur Pferdekoppel, um die beiden in die Jahre gekommenen Haflingermädchen Fee und Joy zu holen. Die Tiere gehören uns nicht. Nachdem sich die Lebenssituation des Besitzers verändert hatte, bat er darum, die Stuten weiterhin bei uns unterstellen zu dürfen. Gegen einen sehr guten finanziellen Ausgleich war Vater natürlich sofort dafür zu haben. Jenny und mich freut es, denn unsere Aufgabe ist es, mit den Pferden regelmäßig auszureiten.

Wir gehen schweigend nebeneinander her. Ich werfe meiner kleinen Schwester einen Seitenblick zu. Ihr Gesicht wird durch ihr Haar teilweise verdeckt. Trotzdem spüre ich, dass sie etwas beschäftigt.

»In der Schule alles ok?« Wieder schiele ich zu ihr rüber.

»Mm.« Sie nickt.

»Mit Sophia auch alles im grünen Bereich?«

Wieder bejaht sie meine Frage mit einem abgehackten Nicken.

»Und die Jungs, wie sind die so?« Sanft stoße ich die Schulter an ihre und als keine Reaktion kommt, greife ich grinsend nach ihrem Arm und zwinge sie so, stehen zu bleiben. Ich streiche ihr das Haar aus dem Gesicht und mein Lächeln gefriert. Ihr linker Wangenknochen leuchtet in einer violettgrünen Farbe.

»Was ist passiert, wer war das?« Bestürzt versuche ich, in ihren Augen zu lesen, aber sie wendet den Kopf ab.

»Jenny, du sagst mir jetzt sofort, wer das war!« Ich packe sie etwas unsanft an den Schultern. »Sieh mich an!«

Sie wendet mir den Kopf zu und bleibt stumm.

»Ist das in der Schule passiert? Lassen sie dich immer noch nicht in Ruhe?« Vor meinem inneren Auge taucht das Martyrium auf, das mich all die Jahre begleitet hat. Ich weiß genau, wie gemein Jugendliche in dem Alter sein können.

»Soll ich mit deinem Klassenlehrer reden?«

Erschrocken hebt sie den Blick. »Nein!«

Ich greife mir an die Stirn. Tausend Gedanken schwirren durch meinen Kopf. Mir ist klar, was geschieht, wenn der Lehrer Bescheid weiß. Er trommelt alle Beteiligten zu einem Gespräch zusammen. Sie geloben Besserung. Alles hört sich toll an und dann geht es weiter, nur schlimmer als zuvor, denn letztendlich wird man von ihnen auch noch fürs Petzen bestraft.

»Wer war das?« Mit sanft drängendem Ton frage ich sie noch einmal.

Sie beißt sich auf die Unterlippe. Ihre Augen huschen zur Seite. »Sie haben mich geschubst, dann bin ich gestolpert und habe mich am Tisch gestoßen.«

Ich atme ein und lasse die Luft langsam durch die Nase entweichen. »Versprich mir, dass du das nächste Mal sofort zu mir kommst, ok?«

Mit zusammengepressten Lippen nickt sie hastig. »Ok.« Leise flüsternd kommt das Wort aus ihrem Mund.

Behutsam nehme ich sie in die Arme und streiche über ihren Rücken. Es tut mir so unendlich leid, was sie durchmachen muss. Das Schlimmste ist, sie ist allein mit dieser Situation. Ich kann ihr nicht helfen.

4.

Samstag, 13. Mai 2017

Nick kniet am Boden und schraubt an seinem Mofa. Ich schwinge mich auf mein Rad. Er hebt den Kopf und ruft mir hinterher. »Hey Maddy, bringst du heute wieder so ‘ne geile Hackfleischsoße mit?«

»Lass dich überraschen.« Über die Schulter werfe ich ihm ein Lächeln zu und trete in die Pedale.

Nick ist in einem Alter, in dem man ständig Hunger hat. Im vergangenen Jahr ist er bestimmt zehn Zentimeter gewachsen. Obwohl es ihm verwehrt war, seinen Berufswunsch zu verwirklichen, landete er mit seinem Ausbildungsbetrieb einen wahren Glücksgriff. Er hat einen Chef, der es gut mit ihm meint und der ihn in allen Belangen unterstützt. Außerdem denke ich, stellt Nick sich nicht gerade ungeschickt an. Von Kindesbeinen an gehörten Zange und Schraubenzieher zu seinen liebsten Spielsachen. Ich wünsche mir, dass ihm der Absprung gelingt. Auch Jenny und Ben werden etwas aus ihrem Leben machen und es schaffen, von hier wegzukommen. Dafür werde ich sorgen, das habe ich mir geschworen. In ein paar Jahren wird der Hof Chris gehören, daran glaube ich fest. Einem anderen Gedanken gebe ich einfach keine Chance. Dann erst werde ich mich um meine Belange kümmern. Nur noch ein paar Jahre. Was dann mit unseren Eltern sein wird, darüber denke ich nicht nach.

Der Samstag ist ein besonderer Tag im Fellini. Oft finden dann irgendwelche Events statt. Im hinteren Teil an der

Wand ist eine kleine Bühne integriert. Werden die fünf Tische davor weggeräumt, entsteht eine Tanzfläche.

Heute Abend wird eine Band mit vier Jungs auftreten. Sie spielen ab und zu in der Gegend und sollen recht gut sein.

Ich freue mich für Chris. Es wird ihm gefallen. Er war tatsächlich noch kein einziges Mal hier im Fellini. Schon viel eher hätte ich ihn dazu überreden sollen.

Heute sind Caro und ich ausschließlich hinter der Theke eingeteilt. Der Zeiger rückt Richtung neun und immer mehr Leute strömen durch die Tür.

»Heute wird es spät, glaub mir.« Caro bereitet verschiedene Cocktails zu, während ich ein Bier nach dem anderen zapfe. Mein Blick schweift minütlich zu der überdimensional großen Uhr an der Spiegelwand hinter mir. Natürlich entgeht das Caro mal wieder nicht.

»Erwartest du jemanden?« Mit hochgezogenen Augenbrauen sieht sie mich an.

»Nö, wieso?«, antworte ich mit unschuldigem Gesichtsausdruck.

Keine Ahnung weshalb, aber irgendetwas hindert mich daran, ihr von Chris zu erzählen.

Und dann wird mir klar, dass sie ihn ganz unvoreingenommen kennenlernen soll, ohne das Wissen, dass er mein Bruder ist. Eine diebische Vorfreude macht sich in mir breit, denn natürlich werde ich sie später noch aufklären. Ich werde Chris ein Zeichen geben und darauf hoffen, dass er mitspielt.

Punkt halb zehn geht die Tür auf und er kommt herein.

Wow, so kenne ich meinen Bruder überhaupt nicht. Er trägt eine verwaschene Jeans und ein weißes T-Shirt. Seine etwas zu langen Haare fallen ihm in die Stirn. Richtig gut sieht er aus.

Unter einem Vorwand steuere ich auf die Garderobe zu. Ich zwinkere ihm zu.

»Setz dich an die Theke und tu so, als würden wir uns nicht kennen.«

Wenn er sich wundert, kann er es gut verbergen. Kaum merklich nickt er mir zu. Einen Moment gebe ich vor, an der Garderobe in meiner Jackentasche nach irgendetwas zu suchen. Als ich mich umdrehe und wieder zurückgehe, hat Chris bereits auf einem der letzten beiden freien Barhocker Platz genommen.

Caro steht an der Zapfanlage – meinem Bruder genau gegenüber. Nachdem sie ein Bier vor ihm abgestellt hat, tauschen wir wieder die Plätze.

»Ist der nicht süß?«, haucht sie mir beim Vorbeigehen zu und rollt mit den Augen in Chris' Richtung.

Sie hat angebissen. Schmunzelnd setze ich die Arbeit fort.

Inzwischen ist es hier drinnen proppenvoll geworden. Wir haben alle Hände voll zu tun. Die Band hat ihre Instrumente eingestimmt und beginnt zu spielen. Was ich höre, gefällt mir und auch beim Publikum kommen die rockigen Klänge gut an. Die Lautstärke ist genau richtig, man kann sich noch problemlos unterhalten. Auch Chris scheint sich wohl zu fühlen. Der Bühne zugewandt, sitzt er entspannt auf dem Barhocker.

Während er mit einer Hand sein Bier umschlossen hält, bewegt er im Takt der Musik leicht den Kopf. Ich betrachte ihn und stelle fest, dass er ein wirklich gutaussehender junger Mann ist. Er ist groß gewachsen und sein muskulöser Oberkörper lässt Außenstehende auf regelmäßiges Fitnesstraining schließen.

Caro befüllt ein paar Schälchen mit Erdnüssen und verteilt sie auf der Theke. Eines stellt sie so auffällig neben Chris, dass es seine Hand berührt. Er dreht den Kopf in ihre Richtung. Ich verkneife mir ein Grinsen. Gut gemacht, Caro. Als er versehentlich mit der Bierflasche daran stößt, rutscht die kleine Schale um ein Haar über die Kante. Sie greifen gleichzeitig danach und ihre Blicke treffen sich. Sie lächeln sich an und ihre Hände halten noch immer die Schale umklammert.

Und dann schwingt die Tür auf und Luis Mosca kommt herein. Diesmal sind sie nur zu viert. Er, seine Freundin und Jessy mit Anhang.

Ich kann es nicht fassen. Warum tut er das? Er muss es doch auch gespürt haben, gestern. Da ist irgendetwas passiert zwischen uns oder habe ich mir das am Ende nur eingebildet und mir etwas zusammengesponnen?

Den ganzen Tag über habe ich es geschafft, den Gedanken an ihn zu verdrängen. Na ja, also fast den ganzen Tag.

Jetzt spaziert er einfach wieder hier herein, mit seiner Freundin, dieser Schönheit, die er demnächst heiraten wird.

Sie flanieren an der Theke vorbei. Krampfhaft starre ich auf meinen Scanner, als müsste ich irgendeine mathematische Formel darin entschlüsseln. Und doch spüre ich seinen Blick auf mir.

Sie bewegen sich Richtung Bühne. Verstohlen schaue ich ihnen hinterher. Das Herz schlägt mir bis zum Hals.

Ich räume ein paar Gläser in die Spülmaschine und wische hektisch mit einem Lappen über die Theke. Nachdem ich mich mit diesem kleinen Ablenkungsmanöver wieder etwas im Griff habe, halte ich nach Caro Ausschau. Das Bild, das sich mir bietet, zaubert ein Lächeln auf mein Gesicht. Sie unterhält sich mit Chris. Wie lange sie wohl noch vorhat, das

Glas mit dem Geschirrtuch zu bearbeiten? Die ganze Zeit über lässt Chris sie nicht aus den Augen.

Mir wird warm ums Herz.

Die Musikrichtung der Band ist genau nach meinem Geschmack. Sie spielen Lieder aus den Charts, aber zwischendurch auch immer mal wieder ein wenig Alternativ Rock. Ein paar Leute bewegen sich dazu auf der Tanzfläche. Diego hat mit dieser Band einmal mehr einen Volltreffer gelandet.

Unmerklich recke ich den Kopf. *Hör auf damit.* Meine Brust hebt und senkt sich. Ich muss hier raus.

Michi kommt mit einem vollen Tablett um die Ecke.

»Kannst du kurz die Stellung für mich halten?« Ohne eine Antwort abzuwarten, stürme ich an ihm vorbei, die breite Treppe hinunter zu den Toiletten.

Ein junges Mädchen zieht sich vor dem Spiegel die Lippen nach. Sie ist höchstens fünfzehn. Was hat sie um diese Zeit hier zu suchen?

Ich schließe mich in eine der Kabinen ein und lehne meine Stirn an die Tür. *Du musst einen klaren Kopf bekommen.*

Luis Mosca heiratet in paar Wochen oder Monaten. Er lebt in einer komplett anderen Welt, zu der ich niemals Zugang haben werde. Es wird Zeit, ihn aus meinen Gedanken zu streichen.

Wie ein Mantra wiederhole ich die Worte immer wieder.

Bewusst atme ich tief durch und straffe den Oberkörper, bevor ich die Kabine verlasse und vor das Waschbecken mit dem großen Spiegel trete. Ich bin allein. Meine Wangen sind gerötet und aus dem locker gesteckten Dutt haben sich ein paar Strähnen gelöst. Nachdem ich die Nadeln aus dem Knoten gezogen habe, fällt mein Haar wie herbstliches Laub über meine Schultern. Im Schein der Lampe leuchtet es in einem noch intensiveren Rotbraun wie sonst. Mit den Händen fahre ich hindurch, bevor meine Finger es wieder zu einem Knoten feststecken. Während ich die Handgelenke unter den kühlen Wasserstrahl halte, schwingt plötzlich die Tür auf. Ein Blick in den Spiegel lässt mich zusammenzucken. Jessy und Luis' Freundin tauchen hinter mir auf.

»Trink mal ein paar Schluck, vielleicht hilft das.«

Während Luis' Freundin sich am Waschbecken abstützt, streicht Jessy ihr beruhigend über den Rücken. Sie sieht mich kurz an. »Mara ist schlecht, vermutlich hat sie sich den Magen verdorben.«

»Oh, tut mir leid.« Was soll ich auch sonst sagen? Ich räuspere mich. »Ich hoffe nicht bei uns.«

Anscheinend ist Mara unfähig, selbst zu antworten, denn Jessy ergreift wieder das Wort. »Nein, ihr war schon zu Hause ein wenig unwohl.«

Mara fixiert immer noch das Waschbecken. »Ich hätte auf Luis hören sollen. Er wollte von Anfang an nicht weg«, stöhnt sie gequält.

Aha, anscheinend kann sie doch reden.

»Dabei konnte er es kaum erwarten, diese Band spielen zu sehen.« Sie streicht sich ihr langes, blondes Haar hinters Ohr und schaut in den Spiegel.

»In letzter Zeit ist er irgendwie ...« Der Rest des Satzes bleibt in der Luft hängen und es gelingt ihr gerade noch rechtzeitig, sich in eine der Kabinen zu stürzen, bevor sie sich in die Kloschüssel übergibt.

»Könntest du Luis ausrichten, dass ich mit Mara nach Hause bin?« Bittend sieht Jessy mich an. »Sie sollen ruhig noch bleiben, ich werde bei Mara übernachten.« Mit einer Geste der Resignation hebt sie die Hände und lässt sie wieder sinken.

»Ja, klar«, erwidere ich leichthin und winke ab.

Während ich die dunklen Holzstufen nach oben eile, lege ich mir die Worte zurecht.

Ok, es ist nichts dabei. Ich gehe schnell nach hinten, werde meinen Text los und mache mich wieder an die Arbeit.

Im Vorbeilaufen schnappe ich mir von der Theke ein leeres Tablett und gebe Michi ein Zeichen, dass ich gleich zurück sein werde, um ihn wieder abzulösen.

Caro und Chris heben unisono den Kopf, als ich an ihnen vorbei gehe. Verschwörerisch zwinkere ich Caro zu und als Chris' und meine Augen sich treffen, verzieht mein Mund sich zu einem Lächeln. Ich registriere Caros irritierten Gesichtsausdruck und mir wird klar, dass sie in diesen kurzen Moment etwas völlig Falsches hineininterpretiert. Es wird langsam Zeit, die Situation aufzuklären, bevor sie denkt, ich will ihr diesen süßen Typen wegschnappen.

Einer Schlange gleich zwänge ich mich zwischen den Leuten hindurch. Die Band macht gerade eine Pause und wird von Steffi mit Getränken versorgt.

Meine Augen tasten sich durch die Menge und da sehe ich ihn.

Er lehnt an der Wand neben Jessys Freund. Ein Bein locker über das andere gekreuzt, hält er lässig sein Bier in der Hand. Sie unterhalten sich. Vermutlich findet er amüsant, was Jessys Freund eben zu ihm gesagt hat, denn sein Mund verzieht sich zu einem Lächeln. Sie bemerken mich nicht.

Dunkle Farben scheint er zu favorisieren. Er trägt eine schwarze Jeans und ein anthrazitfarbenes T-Shirt.

Ich schlucke trocken und beiße mir auf die Unterlippe, als mir bewusst wird, auf welche Art ich seine muskulösen Arme und seinen Oberkörper abscanne. In dem Moment hebt er den Blick. Er hat immer noch dieses Lächeln auf den Lippen und dann passiert es wieder. Alle Geräusche um mich herum scheinen sich langsam zurückzuziehen. Alles wird leiser und gedämpfter. Umschlossen von einer riesigen Luftblase finden nur wir beide Platz darin. Sein Lächeln ist verschwunden und seine dunklen Augen durchbohren mich. Es ist total verrückt, ich meine, plötzlich genau zu wissen, was er in dieser Sekunde fühlt. Ich bin unfähig, mich zu bewegen, aber in meinem Inneren explodieren tausende von Feuerwerken.

Unsanft werde ich von jemandem angerempelt und das bringt mich wieder in die Realität zurück. Ich blinzle ein paar Mal und schüttle den Kopf. Entschlossen gehe ich die letzten Meter auf ihn zu.

»Hey, ich soll dir von Jessy ausrichten, sie sind gegangen. Deiner Freundin geht es nicht gut und sie wird bei ihr übernachten. Also, Jessy wird bei deiner Freundin übernachten, meine ich. Ihr sollt ruhig noch bleiben, hat sie gesagt.«

Wie eine Maschinenpistole habe ich die Worte heruntergerasselt. Das Tablett an meine Brust gedrückt, versuche ich krampfhaft seinem Blick auszuweichen.

»Oh, ok …« Er strafft seinen Körper. »Danke, dass du mir das gesagt hast.« Mit gerunzelter Stirn zuckt er leicht die Schulter. »Ich habe ihr gleich geraten, heute Abend zu Hause zu bleiben. Es ging ihr da schon nicht so gut.«

Ein paar Mal nicke ich und ohne richtig nachzudenken, ist der Satz auch schon raus. »Ja, sie sagte, du wolltest von Anfang an nicht hierherkommen.« Ich schließe die Augen. Habe ich das ernsthaft gesagt? Es muss sich wie eine Andeutung für ihn angehört haben. Als ich den Blick hebe, sieht er mich stumm an. Und diesmal schaffe ich es nicht, seinen fast schwarzen Augen zu entkommen.

»Hey, Madlen, wo bleibst du denn?« Es ist Michi, der mich zurück auf die Erde beamt. Er sammelt ein paar leere Gläser ein und eilt auch schon wieder davon.

»Entschuldige.« Ich blinzle und lecke mir über die Lippen. »Ich muss …«, mit dem Daumen deute ich Richtung Theke.

»Ok.« Luis verzieht den Mund zu einem schiefen Grinsen und in meinem Bauch schlagen kleine Männchen Purzelbäume.

»Wo steckst du denn die ganze Zeit?« Caro zieht fragend die Augenbrauen hoch, während sie die Spülmaschine ausräumt.

»Dass du das überhaupt mitbekommen hast?«

Sie schenkt mir lediglich ein breites Grinsen. »Wie findest du ihn?«

Verträumt sieht sie in Chris' Richtung, dessen Aufmerksamkeit auf die Band konzentriert ist.

»Total süß«, erwidere ich, ohne die Augen von meinem Bruder abzuwenden. »Der könnte mir gefallen.«

Ein leises Seufzen entweicht meinem Mund und ich sehe in ihr schockiertes Gesicht. »Ich frag ihn mal, ob er noch etwas trinken möchte.« Ohne ihre Antwort abzuwarten, bewege ich mich auf ihn zu.

»Na, Bruderherz«, sage ich leise, »amüsierst du dich?«

Er dreht sich zu mir um und lächelt mich an. »Das hast du geplant, gib's zu.«

»Und wie es aussieht, hat der Plan funktioniert.« Ich zwinkere ihm zu.

Grinsend führt er sein Bier zum Mund. Plötzlich runzelt er die Stirn. Ich folge seinem Blick. Caros verkniffene Miene sagt mehr als alle Worte.

»Ok, spannen wir sie nicht länger auf die Folter. Sie denkt, ich will dich anbaggern.« Voller Vorfreude presse ich die Lippen aufeinander, um mir das Grinsen zu verkneifen. »Caro!« Sie reagiert kein bisschen. Noch immer räumt sie mit verbissenem Gesichtsausdruck die Spülmaschine aus.

»Caro.« Ich tippe ihr auf die Schulter.

»Ja?«, antwortet sie knapp, ohne die Arbeit zu unterbrechen.

»Könntest du meinem Bruder nochmal ein Bier bringen?« Mit verschränkten Armen stehe ich hinter ihr und warte auf eine Reaktion. Zuerst scheint sie nicht zu kapieren, was ich da eben gesagt habe. »Ja, gleich«, gibt sie genervt zur Antwort. Doch plötzlich scheint sie den Sinn meiner Worte zu begreifen. Sie hält mitten in der Bewegung inne.

»Was?« Sie dreht sich um und schaut mich entgeistert an, dann folgt sie meinem Blick.

Chris zuckt entschuldigend die Schultern und grinst.

Caro sieht abwechselnd Chris und mich an. Sie klappt den Mund auf und wieder zu.

»Du Miststück!«, zischt sie zwischen zusammengebissenen Zähnen, aber das Aufblitzen in ihren Augen verrät mir ihre Erleichterung und dass sie mir bereits verziehen hat.

Es geht auf Mitternacht zu und das Fellini wird langsam etwas leerer. Die Band wird noch zwei, drei Lieder spielen und dann zusammenpacken. Bis die letzten Gäste sich verabschieden, wird es ungefähr zwei Uhr sein. Das weiß ich aus Erfahrung.

Wir sind immer noch zu dritt hinter der Theke, Caro, Michi und ich. Michi studiert in Ulm Medizin. Ich wette, er wird einmal einen wundervollen Arzt abgeben. Mit seiner schwarzen Nickelbrille und den wuscheligen, abstehenden, rotblonden Haaren ist er jetzt schon unser kleiner Doktor und es ist beruhigend zu wissen, dass im Notfall jemand zur Stelle ist, der Erste Hilfe leisten kann. Wir scherzen ab und zu mit der Idee, er und Caro könnten später einmal eine Gemeinschaftspraxis eröffnen. Ich glaube ja, er ist ein wenig in sie verliebt. Es ist die Art, wie er sie manchmal ansieht, wenn er sich unbeobachtet fühlt. Ob ich die Einzige bin, der das auffällt? Nun, nach heute Abend stehen seine Chancen eindeutig schlechter.

Ich beginne damit, die herumstehenden Gläser einzusammeln. Einige Tische sind schon nicht mehr besetzt. Die wenigen Leute, die noch da sind, haben sich um die Bühne versammelt und bewegen sich im Takt der Musik. Am liebsten würde ich mich zu ihnen gesellen. Als ich die vertrauten Töne meiner Lieblingsband höre, tue ich das auch.

Say it von Blue October. Es ist einer der Songs, der mir am besten gefällt. Ich liebe Alternativ Rock, besonders wenn er diese gefühlvollen Melodien und Texte in sich trägt, wie es in den Songs von Blue October oft der Fall ist.

Mit geschlossenen Augen lasse ich mich in den Sound der Musik sinken. Nehme den Klang jedes einzelnen Instruments in mich auf. Sind meine Füße noch immer mit dem Boden verbunden oder schwebe ich bereits irgendwo zwischen Himmel und Erde? Mit der Musik ist es wie mit der Malerei: Ich verliere mich darin.

Und dann ist da auf einmal dieses Gefühl.

Zu Beginn ist es ein Kribbeln auf der Haut. In Sekundenschnelle breitet es sich auf meinem ganzen Körper aus. Plötzlich schlägt mir das Herz bis zum Hals. Sanft umhüllt mich der feinwürzige Duft seines Aftershaves wie ein hauchdünner Schleier. Sein Atem streichelt meinen Nacken. Ich öffne die Augen. Zweifellos weiß er, dass ich ihn wahrnehme, das kann ich fühlen.

Er wartet. Noch einmal senke ich kurz die Lider. Atme tief ein und wieder aus. *Say it*, schmettert der Leadsänger den Refrain des Songs in die Menge. Der Trommelwirbel des Schlagzeugs setzt ein. Das ist der Moment, in dem ich mich mit einem Ruck umdrehe. Wir sehen uns an. Ich muss den Kopf in den Nacken legen, er ist ein gutes Stück größer als ich. Das dunkelbraune Haar trägt er ziemlich kurz. Die kräftigen Augenbrauen wirken noch einen Tick dunkler als seine fast schwarzen Augen. Zusammen mit den hohen Wangenknochen und dem Dreitagebart strahlt sein Gesicht etwas Diabolisches und ungeheuer Anziehendes aus. Mein Blick verweilt auf seinen Lippen, die untere ist ein wenig voller als die obere. Und obwohl er den Mund nicht einmal ansatzweise zu einem Lächeln verzieht, ist da ein Grübchen auf der rechten Seite. Er sieht unfassbar gut aus.

Ohne es gleich zu bemerken, halte ich die Luft an. Langsam hebt er seine Arme. Seine Hände umschließen mein Gesicht und dann beugt er seinen Kopf zu mir herunter. Seine Lippen legen sich auf meinen Mund.

Mit zärtlicher Gewalt schiebt sich seine Zunge zwischen meine Zähne. Wie eine Süchtige beginne ich diesen Kuss zu erwidern. Meine Beine werden zu Pudding. Ich habe das Gefühl, jeden Moment zusammenzusacken.

Nach einer gefühlten Ewigkeit lösen wir uns voneinander. Er hält noch immer mein Gesicht in seinen Händen.

»Ich musste das tun.« Sein Blick ist durchdringend.

Ich fühle Panik in mir aufsteigen. »Was passiert da gerade mit uns?« Bestürzt sehe ich ihn an.

Er senkt den Kopf. »Ich hab keine Ahnung.« Seine dunklen Augen sind erneut auf mich gerichtet. Er hat die Stirn in Falten gelegt.

»Tut mir leid, ich kann das nicht.« Ich befreie mich aus seinen Händen und schiebe mich panisch an den Leuten vorbei. Aus dem Augenwinkel nehme ich noch den geschockten Blick von Jessys Freund wahr. Zum zweiten Mal an diesem Abend flüchte ich auf die Toilette.

Wie konnte er das nur tun und wie konnte ich mich darauf einlassen? Aufgewühlt gehe ich hin und her, fasse mir mit der Hand an die Stirn. Ich bin allein hier unten – zum Glück. Ich spritze mir etwas Wasser an die Wangen. Aus dem Spiegel blickt mir mein erhitztes Gesicht entgegen. Ich kann nicht fassen, dass wir das getan haben und dazu noch vor den Augen der anderen. Während Mara sich zu Hause vermutlich die Seele aus dem Leib kotzt, knutsche ich mit ihrem zukünftigen Bräutigam herum. Wird Jessys Freund dichthalten? Ok, das war ein Ausrutscher. Nichts passiert. Vielleicht die Panik kurz vor der Hochzeit. Ich habe gehört, das soll bei manchen Typen schon mal vorkommen. So eine kleine Kellnerin kommt da zwischendurch ganz gelegen. Nochmal schnell austoben, bevor es ernst wird – kein Problem. Er hat sich nichts dabei gedacht, wollte nur ein bisschen Spaß.

Die Gedanken rasen immer schneller durch meinen Kopf. Erst als ich mit der Zunge über meine salzigen Lippen fahre, realisiere ich, dass dieser Geschmack von den Tränen herrührt, die mir unaufhaltsam über die Wangen laufen. Ich ziehe ein Tuch aus dem Spender, wische mir das Gesicht ab und putze die Nase. So trifft Caro mich an.

»Hey, was ist passiert?« Bestürzt geht sie auf mich zu und zieht mich in ihre Arme.

Und dann heule ich los, bekomme einen richtigen Weinkrampf.

»Hey Maddy, alles ok?«, hör ich Chris' gedämpfte Stimme hinter der Tür. Ich kann nicht sprechen und Caro eilt rasch zu meinem Bruder, um ihn zu beruhigen. Sie kommt zurück. Noch einmal zieht sie mich an sich. Da bricht alles aus mir heraus. Ich erzähle ihr von dieser unheimlichen Anziehungskraft, die Luis Mosca auf mich ausübt und ich so etwas niemals zuvor erlebt habe. Dass er so unglaublich gut aussieht und ich eine Idiotin bin, weil er sicher nur seinen Spaß wollte, so kurz vor der Hochzeit und weil uns sowieso Welten trennen.

Die ganze Zeit über sagt sie kein Wort, hört einfach nur zu und das tut so gut. Nachdem ich mich wieder halbwegs im Griff habe, putze ich mir die Nase und kühle mit einem nassen Papiertuch mein verquollenes Gesicht.

»Woher wusstest du überhaupt, wo ich bin?« Fragend sehe ich sie an.

Schuldbewusst schlägt sie die Augen nieder. »Er hat mich gebeten, nach dir zu sehen.« Sie sieht mich an. »Sie sind gegangen. Sein Kumpel war ziemlich aufgebracht. Es hat nicht viel gefehlt und sie wären aufeinander los.«

Caro erzählt, wie sie die beiden heftig diskutierend angetroffen hatte.

»Wie zwei Kampfhähne sind die sich gegenübergestanden. Alle haben schon zu ihnen rüber gesehen.«

Caro sieht mich irgendwie merkwürdig an.

»Weißt du, ich glaube, dieser Mosca ist gar nicht so ein Arsch.« Sie macht eine Pause. »Sein Kumpel, dieser Tom, na ja, ich habe gehört, wie der sagte: Nur wegen so einer kleinen Provinzschlampe willst du alles aufs Spiel setzen?«

Ich zucke zusammen. Caro fasst nach meinem Arm und sieht mir in die Augen. »Luis hat ihn an seinem Hemd gepackt. Er sagte: Nenn sie nie wieder so.«

Sie wirkt nachdenklich. »Die Art, wie er das sagte und ihn dabei ansah, das hatte etwas ... Tiefergehendes.« Wieder sieht sie mich an. »Keine Ahnung, wie ich es besser erklären könnte, aber es hatte etwas Kämpferisches. Es fühlte sich an, als würdest du ihm gehören.«

Chris ist außer sich, als er die Kurzfassung dieser Story zu hören bekommt, denn natürlich ließ er nicht locker, nachdem er mich so aufgelöst erlebt hat.

Das Lokal ist so gut wie leer und die Band packt gerade ihre Instrumente ein. Lediglich zwei Tische am Fenster sind noch besetzt. Wir haben uns auf den Barhockern niedergelassen. Ich weiß nicht, was Diego mitbekommen hat. Aus ernsten Augen sieht er mich an. »Das wird dir guttun, cara.« Dann zwinkert er. »La cioccolata ist gut für Nerven, vero?«

»Danke Diego.« Mit beiden Händen umschließe ich die Tasse vor mir und starre in den aufsteigenden Dampf. Aus dem Augenwinkel beobachte ich, wie Caro und Chris sich einen Blick zuwerfen.

Chris atmet tief ein und lässt die Luft langsam durch die Nase entweichen. »Du wirst ihn natürlich auf keinen Fall wiedersehen, das ist dir doch hoffentlich klar?« Beschwörend sieht er mich an. »Maddy, ich brauch dir wohl nicht zu erklären, dass es niemals funktionieren würde.«

Er hat recht. Ich weiß, dass er recht hat. Und als ich den Entschluss fasse, Luis Mosca ein für alle Mal aus meinen Gedanken zu streichen, habe ich das Gefühl, dass irgendetwas in mir zerbricht.

Diego hilft uns, die Waschmaschine in den Wagen zu laden. Um ein Haar hätten wir das nach dem ganzen Gefühlschaos heute Abend vergessen. Völlig erledigt lasse ich mich auf den Beifahrersitz sinken. Chris ist noch draußen und verabschiedet sich von Caro. Ich beobachte sie durch den Rückspiegel. Der beleuchtete Schriftzug über dem Eingang wirft einen spärlich gelben Schein auf die beiden. Wenigstens ist dieser Plan aufgegangen. Er greift nach ihrer Hand und zieht sie an sich. Vorsichtig haucht er ihr einen Kuss auf die Wange. Trotz aller Ausweglosigkeit verzieht sich mein Mund zu einem traurigen Lächeln.

Es ist kurz vor drei Uhr. In zwei Stunden werden wir wieder im Stall stehen. Glücklicherweise ist morgen – oder besser gesagt heute – Sonntag. Ich werde mich später ein wenig hinlegen.

Schweigend fahren wir die Serpentinenstraße den Stockerberg hoch. Wir lassen den Wald hinter uns und im fahlen Schein des Hoflichtes taucht unser Zuhause auf. Wie so oft befällt mich dieses beklemmende Gefühl. Ob es Chris genauso geht? Wir biegen in den Hof ein und er parkt den Kombi rückwärts in den offenen Teil der Scheune. Wir machen beide keine Anstalten auszusteigen.

»Die Waschmaschine lade ich morgen zusammen mit Vater aus.«

»Mmh«, antworte ich.

Wir starren in die Nacht hinaus.

Plötzlich sieht er mich an. »Geht's dir besser?« Sorgenvoll hat er die Stirn in Falten gelegt.

Ich nicke knapp. »Mach dir keine Gedanken, ich krieg das in den Griff.«

Er hat noch immer eine Hand am Lenkrad. Nachdenklich nagt er an seiner Unterlippe. »Maddy, ich ...«

Ich schüttle den Kopf. »Lass nur, echt, ich komm klar.«

»Es ist nur … du weißt, ich würd's dir gönnen und es steht mir im Grunde nicht zu, dir vorzuschreiben, was du zu tun und zu lassen hast.« Einen Moment fixiert er das Armaturenbrett, dann sehe ich die Entschlossenheit in seinen Augen. »Ich möchte dir nur eine Enttäuschung ersparen.«

Verdammt, ich spüre schon wieder Tränen in mir aufsteigen.

»Komm her, Schwesterlein.« Mit diesen Worten zieht er mich in seine Arme und hält mich eine ganze Weile fest. In dieser Sekunde überrollt mich eine Welle der Dankbarkeit. Ich könnte keinen besseren Bruder haben. Langsam löse ich mich von ihm und bringe sogar ein kleines Lächeln zustande. »Danke, dass du immer für mich da bist, dass du für uns alle da bist.«

Er zuckt mit den Schultern. »Einer muss das ja tun.«

Einen Moment lang mustere ich ihn. »Wie hat dir der Abend gefallen?« Erwartungsvoll lege ich den Kopf schräg.

»Nicht schlecht.« Abschätzend verzieht er den Mund.

»Nicht schlecht?« Fragend ziehe ich die Augenbrauen nach oben.

Er grinst und das Grinsen wird immer breiter. »Es war der beste Abend, den ich je hatte.«

Niemals werde ich das Strahlen in den Augen meines Bruders vergessen, das sein Gesicht selbst in dieser Dunkelheit zum Leuchten bringt.

5.

Sonntag, 14. Mai 2017

Wie die Wochentage verlaufen auch die Sonntage nach einem gleichmäßigen Muster. Sobald wir die Stallarbeit erledigt und die Tiere versorgt haben, gibt es Frühstück. Um zehn macht Vater sich auf den Weg Richtung Breitenbach zum Frühschoppen in den Adler.

Bevor Jenny und ich das Mittagessen zubereiten, haben wir ein paar Stunden für uns. Jeder verbringt diese Zeit mehr oder weniger auf seine Weise.

Gegenüber der Küche befindet sich die Stube. Die Tür steht halb offen, der Raum liegt verlassen da. Mein Blick gleitet über das braune, durchgesessene Sofa und den dazugehörigen Sessel. Die zahlreichen Gebrauchsspuren auf dem niedrigen Eichentisch werden von einem zerschlissenen dunkelgrünen Läufer kaschiert. Der alte Holzofen in der Ecke mit seinem langen, gebogenen Rohr wirkt wie aus dem vorigen Jahrhundert. Die altmodischen Spitzenvorhänge an den beiden Fenstern und die ebenfalls grünen Schals leisten ihr Übriges. Der alte Holzparkettboden ist mit Macken übersät.

Die beigen Satinkissenhüllen auf der Couch, die Jenny in der Schule genäht hat, wirken wie ein verzweifelter Versuch, den Raum ein wenig aufzuwerten. Leise ziehe ich die Tür hinter mir zu, meine Augen heften sich ans Ende des Flurs. Hier befindet sich das Schlafzimmer unserer Eltern. Ich glaube, Mutter hat sich noch einmal hingelegt. Heute Morgen ist mir wieder dieser apathische Blick aufgefallen. Immer öfter scheint sich ein Schleier über ihre Augen zu legen.

Früher konnte man ihr nichts recht machen. Ständig hatte sie etwas auszusetzen, war am Nörgeln und Zetern. Jetzt ist sie nahezu verstummt, nur die Gleichgültigkeit ist geblieben. Das ist das Schlimmste, wir scheinen ihr egal zu sein. Mit einem Mal wird mir klar, dass wir rein gar nichts über unsere Eltern wissen. Wann sind sie so geworden? Warum sind sie so geworden? Haben sie sich jemals geliebt?

Ursprünglich stammen unsere Eltern von der Ostalb. Den Hof haben sie als junges Paar günstig über eine Anzeige in einem landwirtschaftlichen Kleinanzeiger erworben. Die Eltern meines Vaters sind schon vor langer Zeit gestorben.

Mutter hat mit ihrer Familie gebrochen. Dieses Thema ist absolut tabu. Es wird niemals darüber gesprochen.

Wir haben keinerlei Kenntnis über unsere Wurzeln.

Nachdenklich gehe ich die Treppe hoch. Stimmen dringen aus Chris' Zimmer. Nick und Ben sind bei ihm. Einen Moment bleibe ich stehen und lausche hinter der geschlossenen Tür. Motorräder, ihre gemeinsame Leidenschaft. Vermutlich hängen sie mit den Köpfen alle über Chris' Laptop. Das Geld dafür hat er sich von dem bisschen Lohn, den Vater ihm bezahlt, zusammengespart. Ich gehe weiter bis zu Jennys Tür. Sie ist ebenfalls zu – nichts ist zu hören. Leise klopfe ich an. Keine Reaktion. Vorsichtig drücke ich die Klinke nach unten und stecke den Kopf durch die Tür. Wie ein Baby liegt sie zusammengerollt auf dem Bett. Sie schläft. Behutsam ziehe ich die Decke über ihren Körper.

Ich werde mich auch noch einmal für zwei Stunden hinlegen. Die letzten Tage und die kurzen Nächte fordern ihren Tribut. Ich bin erschöpft. Angezogen lege ich mich auf mein Bett und schließe die Augen.

Natürlich sind sie sofort wieder da. Die Bilder, sein Geruch und dieses unbeschreibliche Gefühl.

»Ich musste das tun«, sagte er, nachdem er mich geküsst hatte. Wie nur soll es mir jemals gelingen, ihn zu vergessen? Ich sehe sein Gesicht hinter meinen geschlossenen Augen und bin nicht imstande, dieses Bild zu vertreiben. Es begleitet mich in den Schlaf.

Der Traum entführt mich zu den Pferden in die Box. Dort bin ich am liebsten. Meine Hand führt den Striegel in gleichmäßigem Rhythmus über Joys Rücken. Sie hält mucksmäuschenstill, bewegt sich keinen Millimeter. Nur das wohlige Schnauben aus ihren Nüstern ist zu hören. Die Stalltür öffnet sich. Ich wende den Kopf und erkenne Luis Mosca, wie er langsam, mit den Händen in den Hosentaschen, auf mich zu schlendert. Wie es Träume so an sich haben, wechselt auf einmal der Schauplatz und wir befinden uns in der Scheune bei den Heuballen. Er steht ganz dicht vor mir, nimmt mein Gesicht in seine Hände und beginnt mich zu küssen. Wow, jetzt kann ich das alles noch einmal erleben, denke ich groteskerweise. Verfüge ich über die Macht, den Traum zu steuern? Ich glaube, man nennt es *Luzides Träumen*, ich habe davon gelesen. Das berauschende Gefühl ist so real. *Ich werde nicht aufwachen.* Doch dann beginnt sich etwas zu verändern. Der Kuss wird fordernder und zunehmend drängender. Mein ungutes Gefühl verwandelt sich in Angst. Ich versuche, mich von ihm zu befreien, aber er ist viel stärker. Mit voller Wucht schlägt er mir ins Gesicht und dann greift er in den Ausschnitt meiner Bluse und reißt sie mit einem Ruck entzwei. Er fasst mir grob an die Brust, dass es schmerzt. Völlig entblößt stehe ich vor ihm. Seine Züge sind zu einer Fratze verzogen und plötzlich sind es nicht mehr seine Augen, die mich mit ihrer Gier zu verschlingen drohen.

Keuchend wache ich auf, habe das Gefühl, keine Luft mehr zu bekommen. Gerade noch rechtzeitig schaffe ich es ans Waschbecken, bevor ich mich übergebe.

Ich zittere am ganzen Körper. Alles ist wieder da, als wäre es erst gestern geschehen. Konzentriert zwinge ich mich, ruhig zu atmen. Nachdem ich mir den Mund ausgespült und das Gesicht gewaschen habe, lege ich mich wieder auf mein Bett. Mir ist noch immer übel. Ein Blick auf das Handy zeigt mir, dass ich höchstens eine halbe Stunde geschlafen habe. Eine halbe Stunde, die gereicht hat, alles wieder hervorzuholen, von dem ich glaubte, es für immer weggesperrt zu haben.

Irgendwann dämmere ich doch noch weg und als das Piepen meines Handys mich weckt, ist fast eine Stunde vergangen. Ich wische über das Display. Caro hat geschrieben. »Heute Abend neunzehn Uhr?« Ein Smiley mit Herzaugen und eine Filmkamera runden den Satz ab. Ich starre auf die beiden kleinen Herzchen. Gestern fragte sie Diego, ob er uns entbehren könnte. Als er hörte, dass ich nie zuvor in einem Kino gewesen war, gab er sofort seine Zustimmung.

»Mio Dio, natürlich wirst du gehen mit ihr.« Ungläubig hatte er den Kopf geschüttelt und im Weggehen vor sich hingemurmelt.

Die Sache ist nur die, dass es mir heute unmöglich ist, einen Liebesfilm anzusehen. Das steh ich auf keinen Fall durch. Aber ihr einfach abzusagen, bringe ich auch nicht übers Herz. Da kommt mir ein naheliegender Gedanke.

Hastig tippe ich die Worte in mein Handy.

»Ich kann nicht.« Tränen-Smiley. »Ich hoffe, du verstehst das.« Herzkuss-Smiley. »Chris würde gerne mit dir gehen.« Zwinker-Smiley.

Prompt kommt die Antwort. »Meinst du wirklich?«

»Klar, er freut sich. Ich gebe dir seine Nummer.« Meine Finger fliegen über die Tasten.

Ihre Reaktion besteht aus einer Reihe erhobener Daumen und Kuss-Smileys im Wechsel.

Keine Minute später klopft es an die Tür und Chris streckt den Kopf herein. »Ich glaube, die Nachricht ist für dich bestimmt. Woher hat Caro eigentlich meine Nummer?« Verwundert hält er mir sein Handy unter die Nase und setzt sich neben mich aufs Bett.

»Von mir.« Ich presse die Lippen zusammen.

Fragend sieht er mich mit hochgezogenen Augenbrauen an.

Tief Luft holend schüttle ich kurz den Kopf. »Ich kann da heute nicht hin. Liebesfilm. Nicht gut.« Wie zur Entschuldigung zucke ich mit den Schultern. »Passt besser zu euch.« Mein Lächeln wirkt vermutlich ziemlich krampfhaft.

Jetzt ist er es, der die Lippen zusammenpresst. »So schlimm?«

»Schlimmer.« Ich greife nach dem kleinen Kissen neben mir und presse es an meine Brust, dann sehe ich ihn streng an. »Du gehst doch mit ihr?«

Ein Grinsen breitet sich auf seinem Gesicht aus. »Ich wäre ein Idiot, wenn ich es nicht täte, oder?«

6.

Sonntag, 14. Mai 2017

Es macht Spaß, zusammen mit Jenny in der Küche zu stehen.

Während sie den Salat putzt, bestreue ich die Schnitzel mit Salz und Pfeffer. Wir arbeiten Hand in Hand. Wir sind allein und reden nicht viel, aber das ist völlig in Ordnung.

Schon seit Langem habe ich die Regie in der Küche übernommen. Mit fünfzehn begann ich, kleine Rezepte nachzukochen. Die immer wiederkehrenden Gerichte, die meist aus gebratenen Nudeln, Kartoffeln und fettigem Fleisch mit dünner Soße bestanden, hingen mir zum Hals raus. Da ich zwar keinerlei Anerkennung, aber auch keine Einwände von meinen Eltern erfuhr, habe ich weiter experimentiert und Neues mit dem Wenigen, das wir hatten, ausprobiert.

Wir haben uns alle um den großen Küchentisch versammelt. Das Essen verläuft schweigend. Obwohl er beim Frühschoppen mit Sicherheit nicht zu kurz gekommen ist, hat Vater schon wieder ein Bier vor sich stehen. Sein Alkoholkonsum nimmt in letzter Zeit stetig zu.

Solange ich mit Jenny gemeinsam die Küche aufräume, hält Vater seinen Mittagsschlaf. Die Jungs verziehen sich in ihr Zimmer und Mutter legt sich auf das Sofa in der Stube. Meistens läuft der Fernseher und sie schläft dabei ein.

»Hast du Lust auszureiten?« Ich stelle den Topf auf die Spüle. Jenny trocknet ab.

»Ok«. Ein Lächeln huscht über ihr Gesicht. Wir reiten meist dieselbe Runde. An den Aussiedlerhöfen vorbei bis an den Ortsrand von Breitenbach und wieder zurück.

Ich werfe einen Blick auf die Küchenuhr an der Wand. Es ist halb zwei. Bis wir wieder hier sind, wird es fast vier sein. Das ist ok. Dann bleibt uns noch eine Stunde, bevor wir das Vieh von der Weide in den Stall treiben.

Die Sonne scheint, nur ein paar Schleierwolken sind am Himmel zu sehen. Es ist schon fast zu warm und wir genießen es, immer wieder in den Schatten der bewaldeten Abschnitte des Weges einzutauchen.

Zuerst passieren wir den Sigelhof – ein großer, gepflegter Bauernhof. Man kann hier sogar Urlaub machen. Gegenüber dem Anwesen steht ein kleines Fachwerkhäuschen, in dem ausschließlich Ferienwohnungen untergebracht sind. Zusammen mit dem geschwungenen Kiesweg, der Löwenzahnwiese ringsherum und den blühenden Kirschbäumen gleicht das Bild einem Foto aus einem Landschaftskalender.

Ein Traktor kommt uns mit seinem lauten Knattern entgegen. Wir sind beinahe auf gleicher Höhe, als er sein Tempo verlangsamt und schließlich mit laufendem Motor anhält.

»Hallo ihr beiden.« Es ist Martin, der Jungbauer des Sigelhofs. Wir zügeln die Pferde und bleiben ebenfalls stehen. Er ist nicht allein. Neben ihm sitzt ein dunkelhäutiger junger Mann. Vermutlich einer der syrischen Flüchtlinge.

»Na, dreht ihr eure Runde?«, ruft er uns freundlich lächelnd entgegen.

»Ja«, antworte ich, »die Pferde müssen ein wenig bewegt werden.«

Er nickt. »Sagt Chris, er soll mal wieder auf ein Bier vorbeikommen. Er hat sich schon eine ganze Weile nicht mehr sehen lassen.«

»Ja, machen wir.« Ich gebe das Lächeln zurück.

Martins Familie betreibt auf ihrem Hof eine kleine

Besenwirtschaft, die an den Wochenenden geöffnet hat. Es gibt zünftige Vesper aus der hofeigenen Metzgerei und selbstgebrautes Bier.

Ich mag Martin. Er ist Chris ein guter Freund. Sie sind gemeinsam zur Schule gegangen. Es war ihm immer schon gleichgültig, wie die anderen zu uns standen, er hielt stets zu Chris. Nach ihrem Abschluss besuchten sie zusammen die Landwirtschaftsschule in Donaueschingen. Die beiden tauschen sich oft aus. Martin ist Chris eine wertvolle Stütze und mein Bruder kann auf ihn zählen.

Nach ungefähr dreihundert Metern kommen wir am Wannerhof mit dem angrenzenden riesigen Schweinestall vorbei. Ich weiß nicht, was schlimmer ist: das Gequieke der vielen Tiere oder deren Gestank. Jenny und ich werfen uns einen Blick zu und halten spielerisch die Luft an. Wir grinsen uns einvernehmlich an und nicken uns wortlos zu. Mit leichtem Schenkeldruck treiben wir die Pferde an und nehmen die Abkürzung zwischen Lerchenhof und Bühlhof über die Felder. Der warme Regen der letzten Tage hat den Wiesen bereits ein saftiges Grün verliehen. Vor uns tauchen die ersten Häuser von Breitenbach auf. Wir kommen an der kleinen Grundschule vorbei. Der Pausenhof sieht noch genauso aus wie vor fünfzehn Jahren. Einen Moment sehe ich mich in der Ecke stehen und höre die Worte. *Maddy stinkt.*

Die Hoffnung, dass es in der Gesamtschule in Dornberg aufhören würde, zerschlug sich damals bereits in der ersten Woche. Denn natürlich versäumten ein paar meiner alten Mitschüler es nicht, die Neuen über unsere familiäre Situation genauestens aufzuklären. Jetzt wurde ich auch noch von Jessica Mosca und ihrer arroganten Mädchenclique drangsaliert. Es ging weiter und bald war es schlimmer als je zuvor.

Aber es waren nicht nur die abfälligen Bemerkungen oder Blicke, die wehtaten. Am schlimmsten war das Gefühl, einfach nicht dazuzugehören. Ich muss daran denken, was Jenny wohl durchmacht. Vielleicht sollte ich einmal mit ihrer Freundin Sophia reden.

In Gedanken vertieft, registriere ich erst jetzt, dass wir schon fast wieder zu Hause angekommen sind. Im Stall reiben wir die Pferde mit Stroh ab, um sie anschließend auf die Koppel zu bringen. Über den Holzzaun gebeugt, sehen wir ihnen zu, wie sie sich das junge, saftige Gras auf der Weide schmecken lassen.

»Das war schön.« Jenny sieht weiterhin geradeaus.

»Ja, das sollten wir wirklich öfter tun«, pflichte ich ihr bei.

»Maddy, wirst du immer hierbleiben?« Ihr Blick wirkt gehetzt.

Einen Moment bin ich irritiert. »Warum fragst du?«

»Bitte, geh nicht weg.« Sie hat plötzlich einen verzweifelten Ausdruck in ihren Augen.

Ich drehe mich ganz zu ihr. »Hey«, sanft streiche ich ihr eine Strähne, die sich aus ihrem Pferdeschwanz gelöst hat, hinters Ohr. »Ich lass euch nicht allein, niemals.«

Ein zaghaftes Lächeln erscheint auf ihrem Gesicht und ich ziehe sie an mich.

»Sieh mal, wer da kommt! Unser Bruderherz.«

Rasch löst sie das Gummi aus ihrem Haar. Noch immer ist der blaue Fleck auf ihrer Wange deutlich zu erkennen. Sie will nicht, dass Chris ihn sieht. Ich kann sie gut verstehen.

»Ich bring schon mal Fee in den Stall.« Mit diesen Worten öffnet sie den Zaun und holt das Pferd.

»Was ist mit ihr?« Verwundert sieht Chris unserer kleinen Schwester hinterher. »Ist sie sauer?«

Ich sinke auf den leicht unebenen Boden. Mein Zeigefinger streicht über eine der unzähligen Löwenzahnblüten. Chris lässt sich neben mich plumpsen

»Autsch.« Er zuckt kurz zusammen und hält mir einen unförmigen, länglichen Stein unter die Nase. »Gift für den Balkenmäher. Bei Gelegenheit sollten wird den Boden nach den größten Brocken absuchen.«

Ohne auf seine Worte einzugehen, beantworte ich seine zuvor gestellte Frage. »Sie will nicht, dass du den blauen Fleck an ihrer Wange siehst.«

In Zeitlupe lässt er den Stein sinken und sieht mich an.

Meine Schultern heben sich. »Sie macht das durch, was wir alle durchgemacht haben.« Ich erzähle ihm, was Jenny mir anvertraut hat.

»Am Tisch gestoßen ...«, aufgebracht wiederholt Chris die Worte. »Hat sie gesagt, wer es war?«

Stumm schüttle ich den Kopf. »Sie will nicht.«

»Vielleicht sollten wir mit dem Klassenlehrer reden ... was passiert als Nächstes?« Wütend schleudert er den Stein von sich.

»Sie hat versprochen, das nächste Mal sofort zu mir zu kommen.« Eine Weile sagt keiner von uns ein Wort.

Dann fällt mir Martin ein. »Ich soll dich von Martin grüßen, sollst mal wieder vorbeikommen.«

Überrascht sieht Chris mich an. »Du hast ihn getroffen?«

»Ja, vorhin, er ist uns mit dem Traktor entgegengekommen, als wir mit den Pferden draußen waren. Einer der Flüchtlinge war bei ihm. Also, er sah jedenfalls aus wie einer.«

»Ja«, meint Chris, »die kommen aus einer noch größeren Scheiße. Wir haben wenigstens ein Dach überm Kopf.«

Ich lehne mich an seine Schulter. »Und wir haben uns.«

7.

Sonntag, 14. Mai 2017

Diesmal bin ich es, die zu Chris sagt »Los, geh schon. Ich mach fertig.« Ich kann ihm die nervöse Vorfreude vom Gesicht ablesen. Eine halbe Stunde später kommt er, umhüllt von einer Aftershave-Wolke, die Caro umhauen wird, aus dem Haus. Wow, wie anders er aussieht, wenn er nicht seine Arbeitskluft trägt. Seine Auswahl an Klamotten ist begrenzt. Meist beschränkt er sich auf Basics. Schlichte Jeans, T-Shirts oder einfarbige Slim Fit Hemden. Aber genau diese Outfits stehen ihm am besten. Ich wette, Caros Knie werden weich, wenn sie ihn zu Gesicht bekommt.

In Overall und Gummistiefeln gehe ich ihm entgegen. Wir grinsen uns an. »Ich werd dich jetzt nicht an mich drücken, sonst versau ich alles. Grüß Caro von mir und sag ihr, sie soll sich gehen lassen.« Ich werfe ihm eine Kusshand zu.

Er lacht. »Das erste sag ich, das zweite, na ja, ich geb mein Bestes.«

»Genieß es, Bruder.« Schelmisch lächelnd zwinkere ich ihm zu.

Fast ein wenig neidisch sehe ich ihm hinterher, während er den Weg entlang geht. Caro holt ihn vorne an der Bushaltestelle ab. Er wollte es so. Auf keinen Fall möchte er ein Zusammentreffen mit Vater riskieren.

Kurz spiele ich mit dem Gedanken, ins Fellini zu gehen. Ob er dort ist, heute Abend? Und wenn, was verspreche ich mir davon? Es würde den Schmerz nur in die Länge ziehen. Ich muss endlich damit aufhören. Doch dann kommen mir Caros Worte in den Sinn. *Es hat sich angefühlt, als würdest du ihm gehören.*

Ein Bein unter das andere geklemmt, sitze ich auf dem Bett mit dem Laptop auf meinem Schoß. Auch eines der ersten Dinge, die ich mir von meinem Lohn bei Diego geleistet habe. Die monatlichen Kosten für das Internet teile ich mir mit Chris.

Vielleicht sollte ich mich ablenken, einen Film anschauen. Eine Weile stöbere ich bei YouTube und sehe mir Videos von Blue October an, doch meine Gedanken schweifen immer wieder ab.

Ich weiß nicht genau, wonach ich suche, aber dann leuchten mir die farbigen Buchstaben von Google einladend entgegen. Bevor ich richtig darüber nachdenke, habe ich das Wort auch schon eingegeben: Mosca.

Es öffnet sich eine Seite mit den unterschiedlichsten Einträgen. Verschiedene Personen mit diesem Nachnamen tauchen auf. Eine Musikerin Namens Milena Mosca, die ein YouTube–Video hochgeladen hat. Ein paar Leute, die bei Facebook gemeldet sind und eine Firma in Hannover, die Farben und Lacke vertreibt. Meine Augen wandern ein Stück weit nach unten und da sehe ich den Eintrag:

MOSCA – METALL. Auf einem kleinen Foto ist das Firmengebäude abgebildet. Ich klicke den Link an. Eine Navigationsleiste mit der Möglichkeit, verschiedene Bereiche aufzurufen, öffnet sich. Ich gehe auf *Unternehmen.* Das Familienporträt der Moscas leuchtet mir entgegen.

Es wurde vor dem Gebäude aufgenommen. Sie stehen neben einer mannshohen, in schillernden Farben leuchtenden, verchromten Stahlkugel. Links davon Luis und Jessy, auf der rechten Seite ihre Eltern. Alle strahlen sie eine schlichte Eleganz aus. Jessy trägt einen grauen Hosenanzug und eine weiße Bluse. Luis einen schwarzen Anzug mit Hemd und Krawatte. Ihre Mutter hat ein anthrazitfarbenes Kostüm an. Ihr schwarzes, seitlich gescheiteltes Haar, trägt sie schulterlang. Ohne billig zu wirken, leuchten ihre Lippen in einem intensiven Rot. Sie ist sehr attraktiv.

Das Aussehen jedoch hat Luis zweifellos von seinem Vater. Dieselben dunklen Augen mit den fast identisch kräftigen Augenbrauen und diesem entschlossenen Blick, der keinen Widerspruch zu dulden scheint. Auch der dunkle Teint ist der seines Vaters.

Er strahlt etwas Majestätisches aus. Ich wette, in dem Namen Mosca verbergen sich südländische Wurzeln.

Mein Zeigefinger klickt auf *Historie* – und findet den Beweis. Ich bin verblüfft.

Die Karriere des aus Sizilien stammenden Firmengründers Carlo Mosca beginnt im Jahr 1961 – als einfacher Gastarbeiter. In chronologischer Reihenfolge ist die Erfolgsgeschichte des Unternehmens aufgelistet.

Luis' Großvater Carlo findet eine Anstellung in einem kleinen Metallbetrieb, wo er sich scheinbar erfolgreich nach oben arbeitet. Knapp fünf Jahre später steigt er in die Firmenleitung ein. Anfang der Siebziger übernimmt er den Betrieb.

Mitte der achtziger Jahre verstärkt sein Sohn Enzo die Firma und seit 2015 gehört sein Enkel Luis mit zur Führungsriege.

Sizilien … Ich gehe noch einmal zurück auf *Unternehmen* und scrolle weiter. Ein neues Foto erscheint. Es zeigt Luis und Mara Hand in Hand. Sie strahlen in die Kamera.

Die Firmenleitung freut sich, die Vermählung unseres Juniorchefs Luis Mosca mit Mara von Stetten am 10. August 2017 bekanntgeben zu dürfen.

Ich starre ein paar Sekunden auf das Datum, dann schließe ich die Augen, hole tief Luft und klappe entschlossen den Laptop zu.

Das war's. Wenn ich bis zu diesem Zeitpunkt noch einen Funken Hoffnung verspürt hatte, ist er spätestens jetzt, beim Anblick dieses glücklichen Paares, erloschen.

Eine ganze Weile starre ich auf meine Kommode.

Die Möbel habe ich von einer schwedischen Möbelhauskette erworben. Ich habe sie anliefern lassen, das war der einfachste Weg. Unvorstellbar, mal kurz nach Sindelfingen zu fahren, um zu shoppen. Erstens hatten wir kein Auto – undenkbar, Vater danach zu fragen – und außerdem fehlte die Zeit. Wir konnten nicht mal schnell für ein paar Stunden wegbleiben, wer hätte unsere Arbeit erledigen sollen?

Zufrieden lasse ich den Blick durch mein eigenes kleines Reich gleiten. Ich habe das Beste daraus gemacht. Die Möbel sind in einem cremigen Weiß gehalten. Helle Holzelemente durchsetzen die lackierte Oberfläche.

Es hätte meinen finanziellen Rahmen gesprengt, wenn ich alles auf einmal gekauft hätte.

Denn natürlich musste ich für die komplette Ausstattung selbst aufkommen. »Wenn dir nicht passt, was du hast, dann sieh zu, wie du es hinbekommst«, hatte Vater gesagt.

Zuerst sah ich mich nach einem Bett um. Ein breites, französisches hätte mir gefallen, aber mein Zimmer ist winzig, es würde zu viel Raum einnehmen. Auf der rechten Seite, zwischen Fenster und Wand, ist gerade mal Platz für ein einfaches schmales Bett. Mit den dunkelbraunen Flauschkissen und der cappuccinofarbenen Decke harmoniert es gut zu den beiden cremefarbenen, bodenlangen Schiebevorhängen, die erfolgreich die alten, undichten Fenster verdecken. Am Fußende meines Bettes steht eine Kommode und auf der gegenüberliegenden Seite hat Chris mir geholfen, den zweitürigen Spiegelschrank aufzubauen. Der dunkle, mit unzähligen Macken übersäte Holzboden wird großzügig von einem runden, cremeweißen Flauschteppich verdeckt. Um das Zimmer optisch ein wenig größer wirken zu lassen, habe ich die Wände in einem hellen Naturton gestrichen. Lediglich das Waschbecken in der Ecke zwischen Schreibtisch und Tür ist ein Schandfleck und gleichzeitig unverzichtbar.

Meine Aufmerksamkeit richtet sich wieder auf die Kommode. Etwas werde ich noch tun, nur für mich.

Entschlossen öffne ich die Schublade und befördere meine Malutensilien hervor. Einen Moment fixiere ich den leeren Zeichenblock. Hinter meinen geschlossenen Lidern taucht sein Gesicht auf. Ich fange mit den Augen an, die Nase, der Mund. Der Bleistift fliegt wie von Zauberhand über das Papier. Als ich fertig bin, raubt mir der Anblick meines eigenen Bildes den Atem. Es ist perfekt geworden.

8.

Montag, 15. Mai 2017

Ein kurzer Blick in Chris' Gesicht genügt mir, um die Gewissheit zu erlangen, dass der Abend ein Erfolg war. Als ich am nächsten Morgen den Stall betrete, ist er bereits bei der Arbeit und begrüßt mich mit einem schiefen Grinsen.

Während wir die Melkbecher über die Zitzen der Kuheuter stülpen, versorgen Ben, Nick und Jenny die Tiere mit frischem Heu. Mutter ist bei den Hühnern und Vater im Schweinestall nebenan.

In ungefähr einer Stunde wird Fritz zwei der Tiere holen. Fritz Eberhard gehört die Metzgerei in Breitenbach. Obwohl er ein Stammtischfreund von Vater ist und sie regelmäßig im Adler zusammensitzen, mag ich ihn. Seine gutmütige, etwas unbeholfene Art passt zu seinem Äußeren. Mit seiner Leibesfülle und dem roten Kopf scheint er ständig außer Atem zu sein.

Für ihre Wurstspezialitäten ist die Metzgerei in weitem Umkreis bekannt. Das Geschäft läuft sehr gut, was hauptsächlich Inge Eberhards burschikoser und energischer Art zuzuschreiben ist. Sie hat eindeutig das Heft in der Hand.

Kurz vor sechs fährt Fritz mit seinem Viehwagen auf den Hof. Keine Viertelstunde später ist das hysterische Quieken eines der Schweine zu hören. Zusammen mit Vater treibt er es in den Anhänger. Die Tiere spüren genau, wohin der Weg geht. Früher hielt ich mir die Ohren zu, aber die Schreie waren so laut, dass es nichts genützt hatte und irgendwann habe ich mich daran gewöhnt. Nur wenn sie ein Kälbchen holen, wird mir schwer ums Herz. Damit komme ich bis heute nicht klar.

»Morgen miteinander«. Fritz steht in der offenen Stalltür. Er hebt die Hand und lächelt. »Wollte mal nach dem Kalb sehen, wie es sich macht.«

Chris nickt ihm zu. »Morgen Fritz, hier, mach dir selbst ein Bild. Ich denke zwei, drei Wochen, dann kannst du es abholen.« Chris geht voraus. Zusammen bleiben sie vor dem Tier, dem meine Schwester gerade die Milchflasche gibt, stehen. Als sie Jennys bestürzten Blick sehen, verfallen die Männer einen Moment in unbehagliches Schweigen. Unbeholfen tätschelt Fritz den Rücken des Kälbleins und lächelt Jenny an.

»Ach Fritz, ich wollte dich noch was fragen.« Offensichtlich ist Chris um Ablenkung bemüht. »Brauchst du einen Lehrling, ab September?« Er wiegt den Kopf. »Ben ist auf der Suche nach einem Ausbildungsplatz.«

Froh, der unangenehmen Situation entfliehen zu können, nickt Fritz eifrig. »Ja, ich suche tatsächlich noch einen Lehrbub«. Betrübt schüttelt er den Kopf. »Es ist schwierig, geeignete junge Leute zu finden. Keiner will heutzutage mehr ins Handwerk, geschweige denn eine Fleischerlehre machen.«

»Ich schon.« Ben kommt strahlend auf uns zu und bleibt erwartungsvoll vor Fritz stehen. »Nimmst du mich wirklich?«

Fritz zuckt mit der Schulter. »Wenn du willst?« Er rauft ihm über das abstehende, braune Haar und streckt ihm die Hand entgegen. Ben schlägt begeistert ein.

Er wird der geborene Metzger sein, das weiß ich jetzt schon.

Ohne dick zu wirken, ist er mit seinen fünfzehn Jahren bereits ein ganzer kräftiger Kerl. Die Proportionen seines Körpers müssen noch zusammenfinden und der kindliche

Ausdruck in seinem Gesicht ist weiterhin recht präsent. Er ist nicht sehr groß, aber wenn ich mir seine Hände und seinen breiten Rücken ansehe, wird jetzt schon klar, dass er einmal eine imposante Erscheinung darstellen wird. Ich freue mich für meinen kleinen Bruder. Tatsächlich spricht er schon eine ganze Weile von seinem Berufswunsch. »Ich werde dann dein Hausmetzger«, sagt er immer zu Chris. Wenigstens er kann sich die Lehre aussuchen, die er sich wünscht. Vater wird einverstanden sein, denn schließlich wird er auch davon profitieren.

Und tatsächlich, als Chris die Neuigkeit beim Frühstück erzählt, ist von Vater nur ein Brummen zu hören.

Mutter sagt kein Wort. Wieder einmal starrt sie aus dem Fenster. Sie scheint mit den Gedanken ganz woanders zu sein und außerdem ist es ihr ohnehin egal. Wir haben sie noch nie interessiert. Das ist das Schlimmste — wir sind ihr schon immer gleichgültig gewesen. Sie hat uns nie geholfen, nur zugesehen – bei allem ...

»Willst du mir jetzt endlich erzählen, wie der Film war?« Mit den Händen umschließe ich meine Kaffeetasse und beuge mich gespannt vor. Chris sitzt mir am Küchentisch gegenüber. Er ist in die Tageszeitung vertieft. Zumindest tut er so. Ohne den Kopf zu heben, schielt er nach oben. Abschätzend verzieht er den Mund und hebt die Augenbrauen. »Nun, um ehrlich zu sein, habe ich von dem Film nur wenig mitbekommen.«

»Muss man das verstehen?« Ich lege die Stirn in Falten und grinse.

»Es hat funktioniert, mein Plan hat funktioniert! Warum nur bin ich nicht eher darauf gekommen?« Wie ein kleines

Kind klatsche ich in die Hände, werde jedoch schnell wieder ernst. »Ich freue mich so für euch, für dich.«

Er lächelt und dann wird auch er ernst. »Weißt du, ich glaube, das könnte echt was werden.« Er zögert und presst die Lippen zusammen, dann schüttelt er kurz den Kopf. »Sie ist etwas Besonderes, erst recht, wenn sie sich mit jemandem wie mir einlässt.«

Bei seinen Worten sticht es mir mitten ins Herz.

»Du bist genau so was Besonderes und Caro hat das gleich erkannt.« Ich zwinkere ihm zu. »Sie studiert schließlich Psychologie.«

Obwohl er mir ein zaghaftes Lächeln schenkt, spüre ich, dass ihn noch etwas beschäftigt.

»Was ist?« Abwartend sehe ich ihn an.

Stirnrunzelnd betrachtet er mich. »Euer Kollege, der mit den roten Haaren ...«

Arglos winke ich ab. »Michi, er steht auf sie. Keine Gefahr – für sie ist er lediglich ein netter Kerl.«

»Hatte sie ...«, er räuspert sich, »sie hatte sicher schon ein paar Beziehungen?« Fragend sieht er mich an.

»Es gab da mal einen Polizisten. Ein Kollege ihres Bruders, aber das war, bevor ich sie kannte. Anscheinend hat er sie ständig betrogen.« Ich zucke die Schultern. »Irgendwann wurde es ihr zu dumm und sie gab ihm den Laufpass.«

Nachdem ich einen letzten Schluck aus der Kaffeetasse genommen habe, stelle ich sie auf die Spüle. »Habt ihr euch wieder verabredet?« Über die Schulter werfe ich ihm einen Blick zu.

»Ja«. Sein Gesicht nimmt einen verschlossenen Ausdruck an. »Sie holt mich Freitagabend ab.«

»Und? Das ist doch gut, oder?« Irritiert drehe ich mich um.

Mit einer energischen Bewegung faltet er die Zeitung zusammen. »Es sollte anders herum sein, verstehst du? *Ich* sollte derjenige sein, der *sie* abholt.« Die Arme verschränkt, starrt er auf den Tisch.

»Vielleicht bekommst du das Auto.« Mit einem lässigen Ton, der mich selbst nicht überzeugt, versuche ich ihn aufzumuntern.

Chris lacht abfällig auf. »Träum weiter.« Er steht auf und sieht aus dem Fenster.

»Er muss uns mehr bezahlen. Hundert Euro zusätzlich im Monat für jeden von uns. Der VW-Moser hat mir ein Angebot gemacht. Zweitausend Anzahlung, monatliche Tilgungsrate einhundertzwanzig.« Chris dreht sich zu mir um. »Wir hätten endlich ein eigenes Auto.«

»Wir?«, frage ich überrascht.

Aufgewühlt beginnt Chris auf und ab zu gehen. »Du machst den Führerschein. Ich helfe dir. Wir üben zusammen, damit du so wenig wie möglich Fahrstunden brauchst.« Abrupt bleibt er stehen. »Er muss uns einfach mehr bezahlen. Schließlich ist er auf uns angewiesen.« Alles an seinem Blick strahlt eine unumkehrbare Entschlossenheit aus.

Obwohl ich mir sicher bin, dass der nächste Streit vorprogrammiert ist, fühle ich bei dem Gedanken, endlich den Führerschein zu machen, eine leise Vorfreude in mir aufsteigen. Ich lege zwar schon seit einigen Monaten regelmäßig etwas auf die Seite, aber trotzdem wird es mindestens ein Jahr dauern, bis ich mit den Fahrstunden beginnen kann. Einen Hunderter zusätzlich im Monat würde die Wartezeit locker um die Hälfte verkürzen.

Ich hole tief Luft und atme wieder aus. »Na dann lass uns auf einen günstigen Zeitpunkt hoffen, an dem wir das

Thema anschneiden.« Ein letztes Mal wische ich über den Spültisch. »Gehen wir besser wieder raus. Wundert mich eh schon, dass er nicht nach uns schreit.«

Als Chris keine Anstalten macht, sich zu bewegen, sehe ich ihn an. »Was ist?«

Einen kurzen Moment zögert er, dann greift er in die Gesäßtasche seiner Arbeitshose. »Hier, das soll ich dir von ihm geben. Wir waren gestern noch im Fellini.«

Wie gebannt starre ich auf die kleine Versandtasche auf dem Küchentisch.

Er schüttelt den Kopf und greift sich an den Nasenrücken. »Unglaublich, dieser Typ. Ich sagte, er soll sich von dir fernhalten, aber er ließ einfach nicht locker und Caro meinte auch, ich muss es dir geben.«

Ungläubig ziehe ich die Augenbrauen hoch. »Du hast mit dem Gedanken gespielt, es mir vorzuenthalten?«

Chris zuckt etwas verlegen mit der Schulter. »Du weißt, weshalb. Ich mein es nur gut.«

Ich nehme den Umschlag an mich. »Ok, danke. Ich werd's mir später ansehen.«

Er nickt. »Ja, mach das.«

Während Chris schon mal den Weg Richtung Stall einschlägt, bringe ich den Umschlag hoch. Meine Finger ertasten durch die Luftpolsterfolie im Innern etwas Hartes, Quadratisches. Eine CD? Ich werde jetzt nicht nachsehen. Mit klopfendem Herzen lege ich die Versandtasche unter das Kopfkissen, dann verlasse ich mein Zimmer und gehe eilig nach draußen.

Hastig überquere ich den Hof. Mutter kommt mir mit einem Korb frischer Eier entgegen. Mit müden Schritten trottet sie an mir vorbei. Ich würde gerne mal einen Blick in ihren Kopf werfen. Seltsam, das Verhalten meiner Eltern habe ich nie in Frage gestellt. Ich habe nie darüber nachgedacht. Sie waren einfach schon immer so, Punkt. Erst in letzter Zeit beginne ich mich mehr und mehr zu fragen, wie sie zu diesen Menschen geworden sind. Was ist schiefgelaufen? Ich bin schon fast an der Stalltür, als Mutters Stimme mich innehalten lässt.

»Du und Chris, ihr fahrt heute Mittag in die Stadt. Einkaufsliste liegt in der Küche.«

Obwohl es frühlingshaft mild ist, scheint sie zu frieren. Sie hat die Schultern hochgezogen und mit ihrer freien Hand hält sie ihre abgewetzte Fleecejacke zusammen.

»Ok.« Ich nicke.

Ihre ausdruckslosen Augen liegen auf meinem Gesicht, ohne mich wirklich wahrzunehmen. Wortlos dreht sie sich um und verschwindet im Haus.

Der Parkplatz des Einkaufscenters in Dornberg ist nicht mal halb voll. Die meisten Leute haben sich am Wochenende eingedeckt.

Während Chris die leeren Getränkekisten abgibt, manövriere ich den Einkaufswagen durch die Gemüseabteilung.

Regelmäßig erstelle ich einen Wochenplan. Das meiste davon beziehen wir vom Discounter, aber manches bekommt man nur hier, beispielsweise Vaters favorisierte Biersorte.

Ich sehe mir gerade die Auslagen in den Non-Food-Regalen an, als ich mehr unterbewusst wahrnehme, wie jemand eilig an mir vorbei streift. Eine leichte Parfümwolke bleibt zurück. Der Duft kommt mir irgendwie bekannt vor.

Während ich mich zu erinnern versuche, registriere ich aus dem Augenwinkel, wie die Person sich abrupt umdreht.

Jessy. Sie sieht anders aus. Heute trägt sie einen eleganten, hellbraunen Hosenanzug. Langsam kommt sie auf mich zu. Mit einem Mal scheint sie es nicht mehr eilig zu haben. Dicht vor mir bleibt sie stehen. Ihr Blick ist abschätzend. »Ich habe mich noch gar nicht bei dir bedankt.« Ihr Mund verzieht sich zu einem zynischen Lächeln. »Aber ich glaube, du hast da was falsch verstanden.« Sie verschränkt die Arme vor der Brust. »Du solltest meinem Bruder lediglich ausrichten, dass wir gegangen waren und dich ihm nicht an den Hals werfen.«

Ich bin wie gelähmt und unfähig, irgendetwas darauf zu erwidern.

Mit beiden Händen umfasst sie das Ende meines Einkaufswagens und beugt sich zu mir vor. »Halt. Dich. Von. Ihm. Fern!« Nachdrücklich betont sie jedes einzelne Wort. Bevor ich reagieren kann, stößt sie sich vom Wagen ab, sodass er leicht gegen meinen Bauch prallt.

»Was sollte das jetzt?« Chris muss die Szene von weitem beobachtet haben. »Hey, du bist ja ganz blass.« Er fasst mich am Arm. »Was wollte sie von dir? Das war doch seine Schwester, stimmt's?«, setzt er noch nach.

»Sie hat mir dasselbe geraten, wie du ihm«, ich lächle gequält. »Ich soll mich fern halten.«

Zerknirscht sieht Chris mich an. »Tut mir leid, Maddy.«

Wir haben alles Benötigte im Wagen und während sich Chris noch bei den Zeitschriften aufhält, sehe ich mich ein wenig in der Kosmetikabteilung um. Ich biege um die Ecke und stoße beinahe mit einem Mädchen zusammen.

»Oh, sorry.« Sie hält die Hand vor den Mund.

»Schon gut.« Ich lächle und da erkenne ich sie. »Bist du nicht Sophia, Jennys Freundin?«

Jetzt scheint auch sie sich zu erinnern. »Ja, und du bist Madlen, ihre Schwester«, stellt sie ebenfalls mit einem Lächeln fest.

Es ist mindestens ein halbes Jahr her, seit wir uns das letzte Mal gesehen haben. Damals haben Chris und ich Jenny von der Schule abgeholt. Bei uns auf dem Hof war Sophia noch nie. Jenny hätte es niemals gewagt, jemanden mit nach Hause zu bringen.

Ich sehe sie an. Genau wie bei meiner kleinen Schwester ist auch an ihr inzwischen alles Kindliche verschwunden.

Sie streicht sich eine dunkle Strähne aus ihrem hübschen Gesicht.

»Ist Jenny auch da?«

»Nein, sie ist zu Hause.« Bedauernd wiege ich den Kopf.

Sie reckt das Kinn. »Ah, ok ... Sagst ihr einen Gruß? Wir sehen uns ja morgen in der Schule.«

»Klar, mach ich.« Bestätigend zeigt mein Daumen nach oben.

»Also dann, tschüss.« Lächelnd deutet sie mit der Hand ein Winken an und ist im Begriff weiterzugehen.

»Tschüss, mach's gut«, erwidere ich und sehe ihr zunächst nachdenklich hinterher. Doch dann setze ich meinen Einkaufswagen ruckartig in Bewegung. »Ach, Sophia!«.

Mit fragendem Blick dreht sie sich noch einmal um. »Ja?«

Ich räuspere mich. »Sag mal, die andern, also eure Mitschüler, sind sie oft ... gemein zu Jenny?«

Unmerklich halte ich die Luft an und mein Körper beginnt sich zu versteifen. Als sie keine Reaktion zeigt, zucke ich mit der Schulter. »Na ja, du weißt schon, der blaue Fleck an ihrer Wange.«

Erstaunt und gleichzeitig etwas verunsichert sieht sie mich

an. »Die anderen? Tut mir leid, wovon redest du?« Sie runzelt die Stirn. »Ich glaube nicht, dass sie mit irgendjemandem ein Problem hat. Wir kommen eigentlich mit allen gut aus. Ich dachte, das ist zu Hause passiert? Hat sie sich nicht an eurem Küchentisch gestoßen?« Fragend sieht sie mich an. »Sie hat mir erzählt, sie wäre ausgerutscht.«

Nur am Rande bekomme ich mit, wie Sophia auf ihr Handy blickt und sich mit einem eiligen »Oh, ich muss los« verabschiedet. Benommen sehe ich ihr hinterher.

Was hat das zu bedeuten? Mit aller Gewalt versuche ich, die Gedanken, die sich in rasender Panik in mir ausbreiten, zu kontrollieren. Mir wird abwechselnd heiß und wieder kalt.

Oh Gott, lass das bitte nicht wahr sein.

Oder habe ich etwas falsch verstanden? Jenny sagte klar und deutlich »Sie haben mich gestoßen«. Ist es möglich, dass sie das Sophia verheimlicht hat? Aber ihre Freundin bekäme doch sicherlich mit, wenn Jenny von ihren Mitschülern gemobbt würde. *Wir kommen mit allen gut aus.*

Jenny hat mich angelogen. Dafür kann es nur einen Grund geben. Mir wird schlecht. Ich schließe die Augen. *Reiß dich zusammen, verdammt.* Es ist vielleicht ein Missverständnis. Ich werde sie einfach fragen. Es wird sich aufklären. Der krampfhafte Versuch, positive Gedanken heraufzubeschwören, will mir nicht so recht gelingen.

Die Fahrt zurück verläuft schweigsam. Jeder von uns hängt seinen Gedanken nach. Ich werde Chris kein Wort von meinem Verdacht erzählen, denn dann wäre ich gezwungen, ihm alles anzuvertrauen. Er würde ausrasten.

Vielleicht liege ich ja falsch.

Aber was, wenn nicht?

Den ganzen Nachmittag über und auch am Abend ergibt sich keine Gelegenheit, mit Jenny unter vier Augen zu reden.

Als ich später den Kopf durch ihre Tür stecke, sitzt sie gemeinsam mit Nick an ihrem Schreibtisch.

»Schreibst du Mathe?«

Immer dann, wenn sie mit Nick zusammen in ihren Schulbüchern versinkt, geht es entweder um Mathe oder um Physik.

Während Nick irgendeine Formel auf ein Blatt Papier kritzelt, dreht sie sich zu mir um. »Ja ...« Sie stöhnt auf. »Ich kapier das nie.«

Frustriert lehnt Nick sich auf seinem Stuhl zurück. »Weil es dich nicht interessiert.« Vorwurfsvoll, als wäre ich für diesen Umstand verantwortlich, sieht er mich an. »Sie ist total unkonzentriert.«

Ich kann es ja verstehen. Mathe habe ich genauso gehasst. Trotzdem sehe ich sie jetzt ein wenig strafend an. »Sei froh, dass Nick sich die Zeit nimmt, mit dir zu lernen.«

»Bin ich ja.« Sie wirft unserem Bruder einen zerknirschten Blick zu. »Lass uns weitermachen.«

Leise schmunzelnd ziehe ich die Tür hinter mir zu.

Wir haben zwar ziemlich verkorkste Eltern, aber meine wahre Familie, das sind ohnehin meine Geschwister. Ich bin unendlich dankbar für dieses Band der Liebe, das uns zusammenhält.

Eine ganze Weile stiere ich auf das Kopfkissen. Langsam lasse ich mich auf das Bett sinken und ziehe mit der Hand den Umschlag hervor. Meine Finger betasten die Hülle von allen Seiten und als ich endlich den Inhalt hervorhole, bestätigt sich meine Vermutung. Eine CD. Sie ist in dunkelblaues Geschenkpapier verpackt. Vorsichtig löse ich die Klebestreifen und falte das

Papier auseinander. Ein kleiner Zettel fällt dabei heraus und flattert zu Boden. Ich hebe ihn auf.

Ich hoffe, die hast du noch nicht. Du scheinst diese Band zu lieben.

Ich drehe die Doppel-CD um. Blue October – Things we do at night – live from Texas. Wow, die habe ich echt nicht. Um genau zu sein, besitze ich überhaupt keine CDs. Die Lieder, die ich mag, lädt Nick mir auf mein Handy. Im Hinblick auf die finanziellen Einnahmen der Künstler ist das zwar alles andere als moralisch, für mich jedoch eine günstige Alternative.

Da steht noch mehr ...

Ich werde bis Donnerstag auf Geschäftsreise sein.

Freitag Fellini. Wir müssen reden.

Das ist alles. Klare Ansage, Widerspruch zwecklos.

Ich lese die Worte immer wieder. Was hat das zu bedeuten?

Einen Augenblick steigt eine winzig kleine, dumme Hoffnung in mir auf, aber schon im nächsten Moment bin ich mir sicher, dass er ein für alle Mal einen Schlussstrich ziehen wird. Er wird mir sagen, dass es ein Fehler war, wie wir uns verhalten haben und dass mir ja sicherlich klar ist, dass das mit uns keine Zukunft haben kann. Natürlich werde ich ihm zustimmen, was auch sonst. Er hätte ja vollkommen recht.

Erwartungsvoll schiebe ich die CD in das Laufwerk meines Laptops. Mit geschlossenen Augen lege ich mich aufs Bett und höre mir die Lieder an. Keine Ahnung, wie es auf einem Livekonzert ist, aber jetzt, in diesem Moment, während ich den rockigen Tönen dieser wundervollen Band lausche, habe ich das Gefühl, dabei zu sein.

9.

Dienstag, 16. Mai 2017

Ich habe noch immer nicht mit Jenny geredet. Nach der Mittagschule kommt sie erst spät heim. Abends hatte ich es dann ehrlich gesagt vergessen, denn nachdem Caro mich mit WhatsApp-Nachrichten bombardierte, musste ich ihr zunächst einmal ein Update geben.

Meiner Überzeugung, dass Luis sich mit der CD einfach nur entschuldigen wollte, widersprach sie vehement.

»Glaub ich nicht – er will dich.« Ihre Worte richten in meinem Kopf ein einziges Chaos an. Es dauert eine ganze Weile, bis es mir gelingt, einen klaren Gedanken zu fassen. Da kommt mir Jenny wieder in den Sinn. Leise klopfe ich an ihre Zimmertür. Nachdem ich keine Antwort erhalte, drücke ich die Klinke vorsichtig nach unten. Sie atmet gleichmäßig. Langsam ziehe ich die Tür wieder zu. Ok, aber morgen, nehme ich mir ganz fest vor, morgen werde ich endlich mit ihr reden.

Es ist wie verhext. Auch am Mittwoch ergibt sich keine Gelegenheit für ein Gespräch. Das Kälbchen, um das Jenny sich so liebevoll gekümmert hat und ursprünglich in den nächsten Wochen von Fritz zur Schlachtbank geführt werden sollte, liegt morgens tot im Stall. Jenny ist untröstlich und den ganzen Tag nicht ansprechbar. Undenkbar, sie jetzt auch noch mit meinen tausend Fragen zu bedrängen.

Am Donnerstag spreche ich Jenny endlich darauf an.

»Ich habe Sophia beim Einkaufen getroffen.«

Sie zeigt keine Reaktion, verteilt weiterhin unermüdlich das Stroh auf dem Stallboden. Ich nehme einen zweiten Anlauf.

»Sie hat sich ganz schön verändert. Richtig hübsch ist sie geworden.«

Wieder zeigt sie keine Regung. Ich halte in der Arbeit inne und stütze mich auf meiner Schaufel ab.

»Sie sagt, du hast mit niemandem ein Problem. Sie sagt auch, du hättest ihr erzählt, du wärst daheim ausgerutscht«. Ich tippe an meine Wange. »Und hättest dich am Küchentisch gestoßen.«

Kurz meine ich zu sehen, wie ein kleiner Ruck durch ihren Körper geht.

»Jenny, verdammt ... hör auf und sieh mich an!«

Genervt lehnt sie die Gabel an die Wand.

»Sie hört mir einfach nie richtig zu. Egal, was ich Sophia erzähle, sie verdreht immer alles. Und außerdem war sie woanders, als sie mich ... geschubst haben. Und so schlimm war es nun auch wieder nicht.«

Sie redet sich derart in Rage, dass ich langsam nicht mehr weiß, was ich glauben soll.

»Jenny, wenn es irgendetwas gibt ... du weißt, du kannst mit mir über alles reden«, beschwörend sehe ich sie an, »über alles«, füge ich nachdrücklich hinzu.

Ich ernte einen stummen Blick und es ist mir nahezu unmöglich, irgendetwas daraus zu lesen. Gleichzeitig fühle ich mich so hilflos, denn ich spüre, mehr ist im Moment nicht aus meiner Schwester herauszubringen.

10.

Freitag, 19. Mai 2017

Ich bin wahnsinnig aufgeregt. Zum zweiten Mal innerhalb fünf Minuten wasche ich mir das Make-up wieder ab. Mein Spiegelbild starrt mich an.

Wozu dieser ganze Aufwand? Es wird ohnehin ein schrecklicher Abend werden. Das weiß ich jetzt schon.

Am Ende beschränke ich mich auf eine leicht getönte Creme und ein wenig Lipgloss.

Auf meinem Rücken kann ich Mutters misstrauischen Blick spüren, als Chris und ich uns zusammen Richtung Bushaltestelle aufmachen. Sie ist es nicht gewohnt, meinen Bruder abends weggehen zu sehen.

Caro wartet bereits auf uns.

Ich überlasse Chris den Platz neben ihr und verkrieche mich auf die Rückbank.

»Hey Süße.« Sie wirft mir einen kurzen Augenaufschlag voller Vorfreude zu, um ihre Aufmerksamkeit gleich wieder auf Chris zu richten.

Die Art, wie sie sich ansehen, erweckt in mir jäh den Wunsch, mich in Luft aufzulösen. Ich habe eindeutig das Gefühl, zu stören. Angestrengt sehe ich zum Fenster hinaus, während sie sich küssen.

Zum Glück macht sich Chris' Handy bemerkbar. Wohl eher unfreiwillig kommt er mit der Lautsprechertaste in Berührung. Es ist Martin. Er möchte Chris auf ein Bier überreden. Caro gibt ihm ein Zeichen. »Ihr könnt Billard spielen, bis ich Feierabend habe«, flüstert sie ihm zu.

Chris wirft ihr einen schnellen Blick zu. »Und es würde dir nichts ausmachen?«

»Quatsch, hab ja eh keine Zeit für dich«, bedauernd zieht sie einen Mundwinkel nach oben.

So kommt es, dass Martin und Chris sich im Fellini verabreden.

Um sämtlichen Grübeleien zuvorzukommen, stürze ich mich sofort in die Arbeit. Bestimmt kann Maria in der Küche ein wenig Unterstützung gebrauchen.

»Hallo Maria, kann ich dir helfen?«

Sie steckt mit beiden Händen in der Schüssel und knetet den Pizzateig. Ein Strahlen geht über ihr Gesicht. »Cara, du könntest schneiden mir die Paprika, si?«

Ich schnappe mir eines der Messer aus dem Block und beginne die Schote in feine Streifen zu zerteilen. Am liebsten möchte ich hier bei Maria in der Küche bleiben und mich verkriechen.

»Kann ich noch irgendetwas tun?« Meine Augen huschen hin und her. Misstrauisch und zugleich mitfühlend sieht sie mich an. »Figlia mia, vor was versteckst du dich?«

Ich beiße mir auf die Lippen und sehe an ihr vorbei.

»Oh, Dio buono, ein Mann, habe ich recht?«

Meine flackernden Augenlider werden von einem hastigen Nicken begleitet.

»Willst du sprechen darüber?« Sie wischt sich die Hände an ihrer Schürze ab und kommt auf mich zu.

»Das mit uns wird nicht funktionieren, das weiß ich und heute Abend wird er es mir sagen.« Unaufhörlich knete ich meine Finger ineinander. Keine Ahnung, warum ich Maria mein Herz ausschütte. Sie zieht mich an ihren fülligen

Körper und streicht mir tröstend übers Haar. »Und woher willst du wissen das?«

Ich schniefe an ihrer Schulter. »Weil alles andere keinen Sinn ergeben würde.«

Ein paar Sekunden wiegt sie meinen Körper in ihren Armen. Doch dann schiebt sie mich entschlossen von sich. »Das kannst du erst wissen, wenn du es hast versucht.«

Mit der einen Hand hält sie mir ein Papiertuch unter die Nase, die andere legt sie sacht an meine Wange. Mit durchdringendem Blick sieht sie mich an.

»Wir laufen weder davon noch haben wir es nötig uns zu verstecken. Denkst du, Diego hätte es gebracht soweit, wenn er nicht geglaubt hätte daran?«

Während ich meine Wange trocken tupfe, lächelt sie mich liebevoll an. »Du wirst jetzt gehen da raus und du wirst glauben an dich.«

Ich bin überrascht, wie voll es in der letzten Viertelstunde, die ich in der Küche verbracht habe, geworden ist.

»Wo bleibst du denn?« Obwohl sie zu dritt hinter der Theke stehen, hat Caro Mühe, an der Zapfanlage nachzukommen. Abwechselnd füllt sie die halbvollen Biergläser auf.

»Wo ist Chris?« Ich überprüfe die Bestellungen und greife nach dem Aperol.

»Sie sind unten, Billard spielen. Dieser Martin ist eben gekommen. Scheint ein netter Typ zu sein.«

»Mmh«, ich nicke, »Martin ist echt ok.«

Wir sind so sehr im Stress, es vergeht eine Stunde, bis die Lage sich endlich ein wenig entspannt. Die Gäste sind erstmal versorgt und wir können ein paar Minuten durchatmen.

»Aufgeregt?« Caro wirft mir einen Seitenblick zu.

Die letzte Stunde hat mir Ablenkung beschert, aber jetzt, da sie mich darauf anspricht, bekomme ich sofort wieder weiche Knie.

»Mir ist schlecht.« Mein Mund verzieht sich zu einem gequälten Ausdruck.

»Es wird alles gut, du wirst sehen.« Sie zieht mich in ihre Arme.

»Wie war es eigentlich im Kino? Ich habe dich noch gar nicht ausgefragt.« Mit einem entschuldigenden Lächeln sehe ich sie an.

Sie rückt sich ihre schwarze, modische Nickelbrille zurecht und grinst mich mit schräggelegtem Kopf an.

»Er ist total süß und ich bin total verliebt.« Sie schiebt sich eine hellblonde Strähne ihres akkuraten Bobs hinters Ohr. »Und ich habe mich noch gar nicht bei dir bedankt. Du hättest ihn mir ruhig schon früher vorstellen können.« Augenzwinkernd knufft sie mich in den Arm.

»Oh, oh ...« Langsam vergrößert sie den Abstand zwischen uns. Ich folge ihrem Blick.

Er steht am Eingang. Die Tür schwingt hinter ihm zu. Einen Moment sieht er sich suchend um. Dann entdeckt er mich. Ich sehe diese Entschlossenheit in seiner Miene und registriere ein kurzes Zucken seiner Kieferknochen. Ein weiteres Mal scannt er seine Umgebung in Sekundenschnelle. Er setzt sich in Bewegung und kommt mit festem Schritt auf uns zu. Doch dann geht er, ohne mich weiter zu beachten, vorbei.

Und da weiß ich, dass es endgültig zu Ende ist.

»Sieh mal!« Caro deutet mit dem Kinn in Luis' Richtung. Über die Theke gebeugt, redet er eindringlich auf Diego ein. Der grinst, nickt und hebt seinen Daumen in die Höhe, als

Luis ihm ein paar Banknoten in die Hand drückt. Wie zwei Idiotinnen stehen wir mit offenem Mund da und beobachten das Ganze.

Plötzlich wendet Luis sich ruckartig ab und bewegt sich auf den Ausgang zu. Ohne mir das kleinste Maß an Beachtung zu schenken, wirkt er äußerst konzentriert. Doch dann, am Ende der Theke, biegt er ab und steuert direkt auf mich zu.

Es geht so schnell, ich bin unfähig, auch nur ansatzweise zu reagieren. Als wäre es das Selbstverständlichste der Welt, ergreift er meine Hand und zieht mich, ohne ein Wort zu sagen, hinter sich her.

Caro klappt den Mund auf und wieder zu. Als ich an ihr vorbei bin, werfe ich einen letzten hilflosen Blick über die Schulter, bevor er mich in einem Tempo, als ginge es um Leben und Tod, nach draußen und um die nächste Ecke zerrt.

Die steinerne Hauswand drückt in meinen Rücken. Seine tiefschwarzen Augen fokussieren mich. Ich bin wie hypnotisiert. Seine Hände schieben sich in mein Haar und er beginnt mich zu küssen. Mein Körper scheint sich in kleinste auf Erden befindliche Mikroorganismen aufzulösen.

Der Duft dieses feinwürzigen Aftershaves dringt in meine Nase. Sein unrasiertes Kinn streicht über meine Wange und seine Lippen berühren meine geschlossenen Lider. Ich öffne die Augen. Mit zwei Fingern hebt er mein Kinn an und sieht mich mit diesem durchdringenden Ausdruck an.

»Wir gehen zu mir.«

Es ist ein Befehl. Keine Chance, sich zu widersetzen.

Mechanisch nicke ich mit dem Kopf.

Mit der Hand greift er in mein Haar und streicht mit dem

Daumen über meine Wange. »Wir müssen dringend reden.« Seine Stimme klingt rau.

»Das hast du bereits angedeutet«, höre ich mich flüstern.

Langsam lässt er seine Hand über meinen Hals, die Schulter und schließlich meinen Arm gleiten. Ich halte die Luft an. Mein Körper steht unter Strom und ich fange an zu zittern.

Ohne mich aus den Augen zu lassen, zieht er seine Jacke aus und bedeckt damit meine Schultern. Seine Hand umfasst meine Taille, behutsam löst er mich von der Wand.

»Wir sollten gehen, dir ist kalt.«

Wieder bringe ich lediglich ein tonloses Nicken zustande.

Wie ich in sein Auto gekommen bin, daran kann ich mich beim besten Willen nicht erinnern. Mir kommt der flüchtige Gedanke, dass Chris und Caro keine Ahnung haben, wo ich bin. Aber seltsamerweise beunruhigt mich diese Erkenntnis keineswegs. Gefangen in einem Rausch fühlt sich alles unwirklich und gleichzeitig so intensiv an.

Unauffällig mustere ich ihn von der Seite. Konzentriert hält er mit einer Hand das Lenkrad. Die andere hat er lässig auf dem Schalthebel abgelegt. Die Ärmel seines Hemdes sind bis zu den Ellbogen hochgekrempelt. Das einzige Schmuckstück, das er trägt, besteht aus einem schmalen Lederband an seinem rechten Handgelenk. Seine Bewegungen sind weich, fließend und kontrolliert.

Zweifellos ist er es gewohnt, seinen Kopf durchzusetzen. Für einen kurzen Moment huschen seine Augen über mein Gesicht. Sein Mundwinkel hebt sich ein wenig. Anscheinend hat er bemerkt, wie ich ihn beobachte.

In einem bin ich mir sicher, er lässt sich von niemandem etwas vormachen.

Keine Ahnung, wo genau in Dornberg die Moscas wohnen. Wir sind keine zehn Minuten unterwegs, als Luis schließlich am Rande der Stadt in eine lange, alleenartige Straße einbiegt. Nachdem wir ungefähr einen Kilometer geradeaus gefahren sind, tauchen in der Ferne einige Lichter auf.

»Das ist der Park. Er gehört zum Anwesen und ist die ganze Nacht hindurch beleuchtet«, klärt Luis mich auf.

Große alte Bäume, deren Äste sich im Wasser eines kleinen Sees spiegeln, erheben sich zu unserer Rechten. Selbst in der nächtlichen Beleuchtung ist zu erkennen, dass auf dem gepflegten Rasen jeder Grashalm an seinem ihm zugedachten Platz steht. So stelle ich mir einen Golfplatz vor. Und dann, am Ende des Parks, taucht sie vor uns auf. Die Mosca-Villa. Wie ein kleines Schloss ragt sie in die Nacht.

Einige dekorative Strahler am Boden werfen beinahe unheimliche Lichter und Schatten auf das Gemäuer.

Wir umrunden die Anlage und stehen vor einem großen, schmiedeeisernen Tor. Es öffnet sich automatisch und wir fahren langsam den Kiesweg entlang. Luis parkt den Maserati nicht vor der Villa, sondern neben dem kleineren Gebäude, links davon. Er stellt den Motor ab und sieht mich an.

Auf dieser Seite des Anwesens ist es ziemlich dunkel. Lediglich der Bewegungsmelder reagiert bei unserer Ankunft und spendet nun ein spärliches Licht am Eingangsbereich des Haupthauses. Nur das Funkeln seiner Augen ist zu sehen. Es wirkt magisch und zugleich unheimlich. Aber es macht mir keine Angst, im Gegenteil ... Mein Herz schlägt gegen meine Rippen. Mein Mund ist trocken.

Hektisch versuche ich, den Sicherheitsgurt zu lösen.

»Warte.«

Ich lasse meine Hand sinken. Er umrundet den Wagen und öffnet die Beifahrertür. Nach kurzem Zögern steige ich aus. Wieder stehen wir uns einen Moment gegenüber.

»Gehen wir rein.« Mit diesen Worten ergreift er meine Hand und ich lasse mich wie ein Hündchen von ihm ziehen.

Er schließt die Tür auf und tastet nach dem Lichtschalter.

Der Vorraum wird mit Licht durchflutet. Ich kneife kurz die Augen zu. Keine Ahnung, was ich erwartet habe, aber bereits der Anblick der Diele raubt mir den Atem.

Der dunkle, fast schwarze Holzboden, sticht mir zuerst ins Auge. Ich hebe den Kopf und sehe das Gemälde. Es ist diese berühmte Zeichnung von Leonardo da Vinci. Ein Mann in Lebensgröße, hinter dessen nacktem Körper zwei weitere abgespreizte Arme und Beine zu sehen sind. Zusammen mit dem verwaschenen, terrakottafarbenen Untergrund erweckt das Bildnis den Eindruck, der Künstler hätte es vor hunderten von Jahren selbst darauf angebracht.

Beidseitig davon zweigt jeweils ein Gang ab. Zu meiner Rechten führt eine Treppe einen Stock höher. Deren Verkleidung ist komplett verspiegelt und lässt die Diele größer erscheinen. Die Wand zu meiner Linken besteht aus hellbraunen Mauersteinen. Die sechs kunstvoll geschmiedeten Haken dienen vermutlich als Garderobe. Das einzige Möbelstück ist eine große, cremefarbene Truhe, die mit drei dunkelbraunen, flauschigen Sitzkissen bestückt ist.

Fasziniert drehe ich mich einmal im Kreis. Ein leises »Wow« entweicht meinem Mund.

Lässig an den Türrahmen gelehnt beobachtet er mich amüsiert. Langsam kommt er näher. Dicht vor mir bleibt er stehen. Seine Jacke bedeckt noch immer meine Schultern.

»Darf ich?« Ohne die Augen von mir zu wenden, nimmt er sie vorsichtig ab. Seine Finger streifen dabei meine Haut und ich spüre sofort wieder dieses Kribbeln.

Er steuert auf die riesige Spiegelwand zu und betätigt an deren Ende einen kleinen, unscheinbaren Knopf. Die eine Hälfte der Wand verschwindet hinter der anderen.

Ein Schrank – wieder entschlüpft mir ein gehauchtes »Wow«.

Er hängt die Jacke auf einen Bügel und nachdem er den Knopf ein weiteres Mal betätigt hat, schließt sich die Garderobe wieder wie von Geisterhand.

Ohne ein Wort zu sagen, nimmt er meine Hand und führt mich durch den linken Gang, direkt an einer hochmodernen Küche vorbei in einen riesigen Wohn- und Esszimmerbereich. Der dunkle Dielenboden zieht sich durch die gesamte Wohnfläche. Vier breite Stufen unterteilen die beiden Räumlichkeiten. Oben das Esszimmer – unten das Wohnzimmer.

Die dem Park zugewandte Seite ist komplett verglast. Die Aussicht bei Tageslicht muss atemberaubend sein. Vor der riesigen Fensterfront steht eine luxuriöse cremeweiße Wohnlandschaft. An der Wand zwischen zwei Hochglanzschränken, die dieselbe Farbe wie die Couch haben, ist ein überdimensional großer Fernseher angebracht. Die übrigen Möbel sind ebenfalls in diesem magnolienfarbenen Ton gehalten. Optisch ähneln sie den meinen – nur haben diese hier vermutlich tausendmal so viel gekostet.

Auf der anderen Seite des Wohnzimmers gibt es einen Kamin. Ein großes, gemütlich aussehendes, halbrundes Sofa mit flauschigen Kissen steht davor. Auch dieses Möbelstück ist in einem cremigen Weiß gehalten.

Während ich noch immer wie angewurzelt im Esszimmer stehe, macht Luis sich an der Bar zu schaffen.

»Was möchtest du trinken?«

Langsam setze ich mich in Bewegung und gehe auf den unglaublichsten Tisch zu, den ich je gesehen habe. Mit der Hand streiche ich andächtig über die Oberfläche.

»Das ist Kauri Holz, genauer gesagt, stammt es aus dem Wurzelstock dieses außergewöhnlichen Baumes. Er wächst in Neuseeland.« Luis hat sich zu mir umgedreht.

»Er ist wunderschön, diese Maserung, sowas habe ich noch nie gesehen.« Fasziniert betrachte ich die Tischplatte.

»Ja, ungefähr fünfzigtausend Jahre alt.«

Geschockt sehe ich ihn an. »Fünfzigtausend! Das ist ja unbezahlbar!«, rutscht es mir heraus.

Gelassen zuckt er mit der Schulter. »Er war ein wenig kostspielig.«

Ich frage mich, was genau er damit meint.

»Du hast meine Frage nicht beantwortet.« Er legt den Kopf leicht schräg und sieht mich wieder mit diesem Blick an, der es mir unmöglich macht, einen klaren Gedanken zu fassen.

»Frage?« Ich schlucke trocken und er kommt langsam auf mich zu.

»Was du trinken möchtest?«

Plötzlich bekomme ich Panik. Was kommt als Nächstes? Was passiert, wenn es weiter geht? Was wird heute Nacht geschehen?

Vor langer Zeit habe ich mir etwas versprochen und wenn ich es nicht halte, werde ich daran zerbrechen, das weiß ich.

»Ich muss mal kurz ..., wo ist die Toilette?«, stottere ich.

Nachdem ich mir etwas Wasser ins Gesicht gespritzt habe, betrachte ich mich im Spiegel. Was tue ich hier eigentlich? Ich kenne ihn überhaupt nicht. Wenn er wüsste, wie und wo ich lebe ...

Verbittert lächle ich mein Spiegelbild an. *Mach dir bloß nichts vor, Maddy.* Es trennen uns Welten und mal abgesehen davon wäre es mir unmöglich, über diesen bestimmten Punkt hinauszugehen.

Ich sehe mich in diesem Luxusbadezimmer um.

Bis auf den terrakottafarbenen, gekachelten Fußboden gibt es in dem Raum keine einzige Fliese. Die Wände bestehen aus einem naturfarbenen Putz. In der Mitte steht eine weiße Badewanne und in eine Ecke ist eine begehbare Dusche eingebaut. Es muss herrlich sein, unter dieser Regenbrause zu stehen.

In dem Regal neben dem hypermodernen Doppelwaschbecken steht ein Parfüm. Es ist doch tatsächlich das aus der Werbung mit diesem Typen, dem er so ähnelt. Ein Lächeln huscht über mein Gesicht. Ich trockne die Hände an dem flauschigen Badetuch ab, greife nach dem Flakon, öffne den Verschluss und schnuppere daran. Bereits der Duft aus dem kleinen Behälter genügt, um mein Herz wieder komplett aus dem Takt geraten zu lassen.

Reiß dich endlich am Riemen.

Ich ziehe ein Haargummi aus der Hosentasche. Entschlossen binde ich mein Haar zusammen.

»Du wirst jetzt da raus gehen und ihn bitten, dich nach Hause zu fahren«, flüstere ich meinem Spiegelbild zu.

Ich ziehe mir das T-Shirt glatt, atme tief durch und öffne die Tür.

Er steht in der Küche und hat mir den Rücken zugewandt. Ein leiser Plopp signalisiert mir, dass er dabei ist, eine Flasche zu entkorken. Er befüllt die beiden großen, bauchigen Gläser mit Rotwein, dreht sich um und reicht mir eines davon.

»Ich habe mir gedacht, wir beginnen damit.«

Ich nehme einen großen Schluck – mein Mund gleicht einer staubigen Höhle. Belustigt beobachtet er mich.

»Wollen wir nicht zuerst anstoßen?« Mit einem schiefen Lächeln zieht er eine Augenbraue hoch.

Nervös drehe ich das Glas in meiner Hand. »Ich glaube, du solltest mich nach Hause fahren«, bricht es aus mir heraus.

Sein Lächeln verschwindet. Einen Moment sieht er mich nachdenklich an. Zuerst stellt er sein Glas auf die Anrichte, dann nimmt er mir meines behutsam aus der Hand. Er greift in mein Haar und löst vorsichtig das Gummi.

»Du solltest es offen tragen.« Sein Handrücken streicht sacht über meine Wange.

Ich muss mich an die Wand lehnen, denn sonst laufen meine Beine Gefahr, nachzugeben.

Er beugt den Kopf und lehnt seine Stirn gegen meine. »Willst du das wirklich?« Seine Stimme klingt rau und sein Mund berührt fast meine Lippen.

Sämtliche Vorsätze, die ich mir eben noch so mühsam eingetrichtert habe, verflüchtigen sich in dieser Sekunde. Und dann bin ich es, die ihn küsst. Ich schließe die Augen. Seine Hände halten mein Gesicht umschlossen und er erwidert diesen Kuss. Ich möchte, dass es niemals aufhört. Dagegen anzukämpfen ist keine Option. Es ist unmöglich.

»Ich denke, du hast dich entschieden zu bleiben«, flüstert er leise in mein Ohr. Er lässt seine Hände an meinen Armen hinuntergleiten. Ich spüre, wie sein Armband über meine Haut streicht. Unsere Finger verschränken sich und dann küsst er mich wieder. Gleichzeitig schiebt er meine Arme langsam nach oben und stützt sich mit den Unterarmen an der Wand ab.

Ich habe keine Chance, aus dieser Umklammerung zu entkommen und möchte am liebsten für alle Zeit in diesem Gefängnis bleiben.

Er legt meine Arme um seinen Nacken und während er mich weiter küsst, umfasst er meine Taille und hebt mich wie eine Feder hoch. Meine Beine umschlingen seine Hüften. Ich fahre mit den Händen durch sein kurzes kräftiges Haar. Wie eine Süchtige klammere ich mich an ihm fest und die Welt um mich herum versinkt. Es gibt nur noch Luis Mosca und mich.

Irgendwie landen wir im Wohnzimmer auf diesem flauschigen, cremefarbenen Teppich. Wir lassen uns auf die Knie sinken.

»Du bist wunderschön.« Seine Finger vergraben sich in meinem Haar. Mit dem Daumen streicht er zärtlich über meine Unterlippe. Ich schließe die Augen und schmiege die Wange in seine Handfläche. Er beginnt, mich am Nacken zu küssen. Sein Mund wandert langsam nach oben, bis sich unsere Lippen ein weiteres Mal berühren. Und plötzlich liege ich auf dem Rücken und Luis ist über mir. Er sieht mich mit diesem intensiven Blick an. Vorsichtig streicht er mir eine Strähne aus dem Gesicht. Seine Hand wandert über meine Wange, das Kinn, den Hals. Einen Moment hält er inne, bevor seine Fingerkuppen in Zeitlupe zwischen meiner Brust immer weiter den Weg nach unten suchen. Langsam schiebt er den Bund meines T-Shirts hoch und seine Hand verschwindet darunter. Ich fühle seine Wärme auf meiner Haut. Spüre sein Gewicht auf mir. Und dann habe ich diesen Flashback. Ich nehme noch immer das Gewicht auf mir wahr, aber es ist ein anderes Gewicht. Ich sehe ein Gesicht vor mir, aber es ist ein anderes Gesicht und ich spüre Hände auf meinem Körper, aber es sind andere Hände. Plötzlich habe ich das Gefühl, keine Luft mehr zu bekommen. Ich beginne mich unter ihm zu winden, aber er ist viel stärker als ich.

Ich habe Angst, so schreckliche Angst. Keiner ist da. Keiner hilft mir ...

»Hey, hey Madlen, es ist gut, alles ist gut, ich werd dir nichts tun ..., hörst du ..., ich werd dir nichts tun.«

Die Worte dringen aus der Ferne an mein Ohr. Er hält meine Handgelenke umklammert und sieht mich beschwörend an. Habe ich geweint? Mein Gesicht fühlt sich so nass an. Plötzlich ist mir kalt, so furchtbar kalt. Am ganzen Körper fange ich an zu zittern. Es hört überhaupt nicht mehr auf. Ich registriere noch Luis' bestürzten Blick, bevor er mich zu sich hochzieht und festhält.

Ich muss eingeschlafen sein. Als ich die Augen aufschlage, liege ich in eine Decke gehüllt auf dem Sofa. Ein Feuer prasselt im Kamin. Alles ist sofort wieder da. *Oh Gott, er muss denken, dass er sich eine Geistesgestörte ins Haus geholt hat.* Ohne mich zu bewegen, lasse ich den Blick schweifen.

Es ist dunkel im Raum, nur die Flammen spenden ein wenig Helligkeit. Ihre Schatten tanzen an den Wänden – und über Luis' Gesicht. Nach vorne gebeugt sitzt er auf einem Stuhl am Fußende des Sofas. Die Ellbogen auf den Beinen abgestützt ruht sein Kinn auf seinen verschränkten Fingern. Er starrt in die Flammen.

Vermutlich überlegt er, wie er mich am schnellsten loswerden könnte.

Ein letztes Mal studiere ich sein Gesicht. Jede Einzelheit sauge ich in mir auf. Die hohen Wangenknochen, sein markanter Unterkiefer und das energische Kinn. Die kräftigen, dunklen Augenbrauen. Der Mund mit den vollen Lippen. Diese Hände ...

Mein Arm ist eingeschlafen. Vorsichtig versuche ich, ihn unter meinem Körper hervorzuziehen.

Ohne den Kopf zu bewegen, hebt Luis den Blick. Dabei legt er die Stirn in Falten. Ich halte den Atem an, seine Augen fixieren mich. Langsam lässt er seine Hände auf die Knie sinken. Beschämt wende ich den Kopf ab.

»Hey«, seine Stimme klingt sanft. Er steht auf. »Darf ich?«

Ich schaue zu ihm auf. Abwehrend hebt er die Hände in die Höhe. »Ich fass dich nicht an, versprochen.«

Er setzt sich an den äußersten Rand des Sofas.

»Es tut mir leid.« Ich habe einen Kloß im Hals und schlucke krampfhaft. »Es ... es ist nicht deine Schuld. Du hast nichts falsch gemacht.« Die Verzweiflung in meiner Stimme schreit mir entgegen. »Kannst du mich bitte einfach nur festhalten?«

Ohne ein Wort zu sagen, beugt er sich zu mir und zieht mich vorsichtig in seine Arme.

Tränen brennen hinter meinen geschlossenen Lidern. Ich kann sie nicht aufhalten.

Mit einer Hand streicht er mir immer wieder über den Rücken. Mit der anderen hält er meinen Kopf, der an seiner Brust ruht. Sein Hemd ist an dieser Stelle schon ganz nass.

Mit den Händen stütze ich mich auf seinem Oberkörper ab und schlage meine verheulten Augen zu ihm auf.

»Hör zu, es ist besser, wenn wir das hier und jetzt beenden.« Seine Miene wirkt wie versteinert.

Noch einmal beuge ich mich vor, mein Mund berührt sacht seine Wange. »Es tut mir leid, bitte fahr mich heim.«

Er sieht an mir vorbei und nickt ein paar Mal.

Ich schäle mich aus der Decke und bin im Begriff aufzustehen, da greift er nach meiner Hand.

»Warte.«

Wir sehen uns an. Mit einem Ruck zieht er mich plötzlich an sich und beginnt mich zu küssen.

Und dieser Kuss überbietet alles bisher Dagewesene. Dieser Kuss ist eine einzige Liebeserklärung voller süßer Worte und Hingabe und Zärtlichkeit. Er ist unbeschreiblich.

»Und jetzt sag nochmal, dass es zu Ende ist.« Ganz leicht kneift er die Augen zusammen.

»Du weißt ja nicht, was du dir mit mir antust.« Gequält sehe ich ihn an. »Ich bin ein seelisches Wrack ... Ich habe keinen blassen Schimmer, ob ich dir jemals geben kann, was du erwartest. Du weißt nichts über mich. Du hast keine Ahnung, wie ich lebe, denn wenn du das wüsstest, würdest du einen riesengroßen Bogen um mich machen. Wir arbeiten auf unserem Hof rund um die Uhr. Für unsere Eltern sind wir billige Arbeitstiere. Wir bekommen einen Hungerlohn. Da ist keine Liebe – nichts. Mein Vater ist ein Säufer, er schlägt seine Frau. Er saß schon im Gefängnis. Ich werde noch jahrelang auf diesem verdammten Hof ausharren müssen, weil ich Chris nicht im Stich lassen kann, weil ich für meine Geschwister da sein muss. Sie sind meine Familie. Sie werden immer an erster Stelle stehen.«

Wie ein Wasserfall sprudeln die Worte aus mir heraus. Ich gebe eine Kurzvorstellung meines Lebens ab. Ich erzähle ihm alles, fast alles. Denn über das eine kann ich niemals sprechen. Mit keinem. Nicht einmal mit Chris oder Caro.

Ich habe die Hände unter meine Schenkel geschoben und starre auf meine Füße.

»Was würde deine Familie zu einer wie mir sagen?«

Ich hebe den Kopf und sehe ihn an. Mein Mund verzieht sich zu einem traurigen Lächeln.

Keine Ahnung, was in ihm vorgeht. Die Unterarme locker auf den Oberschenkeln abgestützt, hat er mir die ganze Zeit über zugehört, ohne sich ein einziges Mal zu rühren.

»Bist du fertig?« Er wirft mir einen Seitenblick zu.

Ohne eine Antwort abzuwarten, steht er auf. »Warte kurz, ich bin gleich wieder da.« Mit den beiden Weingläsern kommt er aus der Küche zurück. Wortlos reicht er mir eines davon und setzt sich neben mich. Eine Weile dreht er seines gedankenverloren in den Händen. Dann beginnt er zu sprechen.

»Ich dachte, Mara ist die Richtige für mich ... Sie ist schön, klug, liebenswert. Wie ich kommt sie aus einer gesellschaftlich angesehenen Familie. Meine Eltern himmeln sie an. Sie ist die beste Freundin meiner Schwester. Durch Jess habe ich sie kennengelernt.« Er wiegt den Kopf. »Alles hat perfekt gepasst. Und doch, manchmal war da dieses Gefühl ... Ich weiß nicht, es war, als würde irgendetwas fehlen. Ich habe ihr einen filmreifen Heiratsantrag gemacht. Mit allem, was dazu gehört. Du weißt schon, Candle Light Dinner, Ring und so weiter ... Sie war überglücklich. Und ich? Ich wurde immer unzufriedener und launischer. Ich redete mir ein, das wäre normal – die Panik vor der Ehe ...« Ein leicht abfälliges

Lachen dringt aus seinem Mund. »Und dann kam dieser Abend im Fellini. Ich hatte es so satt. Dieses Schickimicki-Gehabe von Maras und Jessys Freundinnen, Sebastian mit seiner großen Klappe. Er hätte beinahe eine Radfahrerin angefahren. Ich war wütend, am meisten auf mich selbst, weil ich ihn ans Steuer gelassen hatte.

Und dann kamst du und hast dieses Bier auf den Tisch geknallt. Du warst so unglaublich wütend und du hast dir beim Reden ständig diese Haarsträhne aus deinem erhitzten Gesicht gestrichen. Und natürlich konnte ich dich nicht einfach so gehen lassen, nachdem klar war, dass du die Frau auf dem Rad warst.« Noch immer hält er sein Glas in der Hand. Durchdringend sieht er mich an. »Du hast es auch gespürt.« Er lächelt schief. »Ich habe es in deinen wunderschönen Augen gesehen.« Einen Moment verharrt er. Abrupt steht er auf und dreht mir den Rücken zu.

»Mara und ich ... wir haben uns getrennt. Das ist es, was ich dir schon die ganze Zeit sagen wollte.« Einen Moment scheint er über seine folgenden Worte nachzudenken.

»Es ist nicht meine Art, mich von einer Beziehung einfach so in die nächste zu stürzen.« Wieder macht er eine Pause. Dann dreht er sich zu mir um. »Aber es war nicht einfach so.« Er schüttelt leicht den Kopf. »Nicht bei dir.«

Er beginnt auf und ab zu gehen.

»Du hast recht, wir wissen wenig voneinander und ja, wir kommen aus völlig verschiedenen Welten. Wir werden auf Widerstände stoßen.

Er bleibt stehen und sieht auf mich herab. Das Glas hat er inzwischen abgestellt.

»Aber ich werde dich auf keinen Fall aufgeben. Erst recht nicht jetzt, nachdem ich dich endlich gefunden habe.«

Mechanisch lege ich meine Hand in seine. Er zieht mich hoch und wir stehen uns gegenüber. Zärtlich streicht er über meine rauen Fingerknöchel und benetzt sie sacht mit seinen Lippen.

»Ich kann warten.« Behutsam hebt er mein Kinn an. »Mit allem, hörst du?« Den Kopf ein wenig schräg gelegt zieht er die Stirn in Falten. »Aber du musst irgendwann darüber reden, sonst wirst du daran zerbrechen.«

Ich schlucke. Darauf kann ich im Moment einfach nicht antworten. Sachte zieht er mich in seine Arme und so stehen wir eine gefühlte Ewigkeit.

Ich habe jegliches Zeitgefühl verloren. Es ist bestimmt schon weit nach Mitternacht. Mein Blick fällt auf die digitale Zeitanzeige der Musikanlage. Es ist bereits zwei Uhr vorbei. Ich zucke leicht zusammen. Behutsam schiebt Luis mich ein wenig von sich. »Nach Hause?«

Ich nicke.

Die zwanzigminütige Autofahrt verbringen wir schweigend.

Eine bleierne Müdigkeit hat sich über mich gelegt und ich versuche nicht darüber nachzudenken, wie viel Schlaf mir in dieser Nacht noch bleiben wird. Ich liebe es schon jetzt, in diesem Auto zu fahren. Die Beschleunigung ist gigantisch. Mein Körper scheint jeden Moment mit dem Sitz zu verschmelzen und ich habe das Gefühl, abzuheben. Der Klang des Motors, dieses tiefe dunkle Grollen, das ein Beben in der Brust auslöst – es ist der absolute Wahnsinn. Die stehen alle senkrecht in ihren Betten, wenn Luis auf den Hof fährt. Mein Körper verkrampft sich bei dem Gedanken.

Wir sind schon fast da. Die Lichter der Hofbeleuchtung sind bereits zu sehen.

»Kannst du mich da vorne an der Bushaltestelle rauslassen?«

Er wirft mir einen schnellen Blick zu. »Sicher nicht.« Konzentriert sieht er wieder auf die Straße. »Ich lass dich keinesfalls allein durch die Nacht laufen.«

Ich verdrehe die Augen. »Es sind gerade mal zweihundert Meter.«

Und dann lenkt er den Wagen doch in die Ausbuchtung.

»Ich werde dich begleiten.« Mit diesen Worten steigt er aus, umrundet den Wagen und öffnet die Tür. Er reicht mir seine Hand und zieht mich aus dem Sitz.

»Du sollst nicht sehen, wie ich lebe.« Meine Augen halten sich an der Dunkelheit fest.

Er dreht mein Kinn zu sich und zwingt mich, ihn anzusehen. »Du könntest aus einer Familie von Serienmördern stammen, es wäre mir egal. Es interessiert mich kein bisschen, wie und wo du lebst. Das Einzige, was mich interessiert, bist du.«

Seine Hand verschränkt sich mit meiner und wir setzen uns in Bewegung.

Bis auf das Hoflicht in der Ferne ist alles um uns herum stockdunkel. Mit der Taschenlampenfunktion seines Handys leuchtet Luis den Weg notdürftig aus.

Er erzählt von seiner Familie. »Von den leichten Verstimmungen der letzten Tage einmal abgesehen, haben wir im Grunde ein gutes Verhältnis.« Sein Tonfall klingt ein wenig ironisch. »Jess ... nun, sie ist ziemlich angefressen. Mara ist ihre Freundin.«

»Allerdings, das habe ich gemerkt.« Ich werfe ihm einen schnellen Seitenblick zu.

Er bleibt stehen. Überrascht sieht er mich an. »Wie meinst du das?«

Mist, das hätte ich nicht sagen sollen.

»Sie hat dich belästigt?« Ungläubig schüttelt er den Kopf.

»Wir haben uns beim Einkaufen getroffen.« Wie zur Entschuldigung zucke ich mit den Schultern.

»Was hat sie gesagt?« Forschend sieht er mich an.

»Ach, ist doch egal.« Ich schieb mir eine Strähne hinters Ohr und sehe zu Boden. Als ich vorsichtig nach oben schiele, wird mir klar, dass er auf keinen Fall locker lassen wird.

»Sie meinte, ich soll mich von dir fernhalten.« Unbehaglich presse ich die Lippen zusammen.

»Ich hätte es wissen müssen. Sie kann einfach nie ihre Klappe halten.« Wieder schüttelt er kurz den Kopf. »Ich werde mit ihr reden.«

»Nein«, antworte ich hastig, »tu das bitte nicht.«

Nachdenklich sieht er mich an, dann nickt er.

»Ihr hattet keinen besonders guten Draht zueinander, damals, während der Schulzeit. Sie hat etwas angedeutet.«

»Hat sie das?«, erwidere ich mit einem sarkastischen Unterton. Ich versuche das aufkeimende Gefühl zu verdrängen. »Das ist lange her, vergessen wir es einfach.«

Ich zögere einen Moment. »Was ist mit Mara? Wie hat sie reagiert?«

Zuerst schweigt er und sieht an mir vorbei.

»Sie war ziemlich fertig.« Er zögert. »Ich schätze, sie kommt nicht damit klar. Ich bin froh, dass sie Jessy hat.« Schuldbewusst sieht er mich an und runzelt die Stirn. »Ich fühl mich wie ein verdammter Mistkerl, ehrlich gesagt. Aber wäre es nicht viel feiger gewesen, bei ihr zu bleiben mit der Gewissheit, sie nie so zu lieben, wie sie es verdient hätte?« Er gibt sich selbst die Antwort. »Ich denke, diese Lüge wäre niemals zu entschuldigen.« Gedankenverloren wiegt er den Kopf. »Wir hätten geheiratet, Kinder bekommen und irgendwann wäre es passiert. Das weiß ich jetzt.«

»Glaubst du an Schicksal?« Ich versuche in seinen Augen zu lesen.

»Definitiv.« Seine Stimme ist ein raues Flüstern. Er schiebt die Daumen in die Gürtelschlaufen meiner Jeans. Langsam zieht er mich an sich und schon bin ich wieder dabei, mich komplett aufzulösen.

Der Hof liegt ruhig vor uns.

Bis auf das leise Miauen unseres Tigerkätzchens Sam, das in der Dunkelheit vorbeihuscht, ist es mucksmäuschenstill.

Ich sehe nach oben. »Ob Chris schon zu Hause ist?«

Luis folgt meinem Blick. »Ich schätze, nachdem ich dich heute Abend einfach so entführt habe, ist er noch schlechter auf mich zu sprechen.« Er runzelt die Stirn. »Du musst deinem Bruder wirklich viel bedeuten.«

Da fällt es mir blitzartig ein, wie konnte ich das nur vergessen! »Die CD, du hast ihm die CD für mich gegeben«, schuldbewusst nage ich an meiner Unterlippe, »und ich habe mich noch nicht mal dafür bedankt.«

Er lächelt süffisant. »Ja, ich musste ihn ein wenig dazu überreden.«

Fragend ziehe ich die Augenbrauen hoch.

»Mit der Androhung, mir sämtliche Knochen zu brechen, sollte ich dir in irgendeiner Weise zu nahetreten, hat er sie widerstrebend an sich genommen.«

»Oh ... danke«, ist alles, was mir im Moment dazu einfällt.

»Ich hoffe, du hattest sie noch nicht.«

»Nein«, ich schüttle den Kopf, »die ist super. Wenn ich die

Musik höre und die Augen dabei schließe, habe ich das Gefühl, auf diesem Konzert in Texas zu sein.« Gedankenverloren sehe ich an ihm vorbei. »Diese Band einmal live zu erleben, muss der Wahnsinn sein.«

Die Stille wird unterbrochen durch das Knurren meines Magens. Ich grinse, aber Luis zieht missbilligend die Stirn in Falten.

»Wann hast du das letzte Mal etwas gegessen?«

»Keine Ahnung«, ich zucke mit der Schulter, »heute Mittag?«

Strafend sieht er mich an. »Warum hast du nichts gesagt? Ich hätte uns etwas kochen können.«

Amüsiert ziehe ich eine Augenbraue nach oben. »Du kannst kochen?«

»Was dachtest du?« Amüsiert hebt er den Mundwinkel. »Dass ich jeden Tag bei meinen Eltern am Tisch sitze?« Er lächelt. »Ich liebe sie wirklich, aber meine Mutter kann sehr anstrengend sein.« Entschieden sieht er mich an. »Ich werde uns morgen Abend etwas kochen.« In seinem Blick liegt so viel Entschlossenheit, er scheint überhaupt nicht auf die Idee zu kommen, dass ich ihm widersprechen könnte.

»Du hast vergessen, dass ich arbeiten muss.« Bedauernd verziehe ich den Mund.

»Musst du nicht.« Ein selbstgefälliges Lächeln erscheint auf seinem Gesicht.

»Muss ich doch?« Verwirrt neige ich den Kopf, doch plötzlich dämmert es mir.

»Warte mal«, ich lecke mir über die Lippen, »was genau hast du heute Abend mit Diego beredet?« Misstrauisch sehe ich ihn an. Unschuldig spitzt er den Mund und zuckt leicht mit der Schulter. »Oh, ich habe ihn gefragt, ob er mit einer kleinen Spende einverstanden wäre. Er hat natürlich abgelehnt, aber es gelang mir, ihn zu überreden.«

»Einer kleinen Spende ...«, trocken wiederhole ich seine Worte. Ich stemme meine Hände in die Hüften. »Du hast mich freigekauft?« Ungläubig schüttle ich den Kopf. »Ich fasse es nicht.«

Unter seinem linken Auge zuckt es. »Du wirst wieder wütend, das gefällt mir.« Er nimmt mein Gesicht in seine Hände und verschließt meinen Mund mit seinen Lippen.

»Halb acht, hier oder an der Bushaltestelle?«, flüstert er die Frage in mein Ohr. Eine Gänsehaut läuft über meinen Rücken.

»Bushaltestelle«, bringe ich mühsam hervor.

»Ok, dann wird es jetzt höchste Zeit, dass du dich ein wenig hinlegst.« Zärtlich streicht er eine Haarsträhne aus meinem Gesicht.

»Ja, ok«, ich nicke und da fällt mir ein, dass ich noch immer seinen Hoody trage. Ich bin dabei, den Reißverschluss zu öffnen, da legt Luis seine Hand auf meine.

»Behalte ihn an«, sein Mund wird weich, »so ist heute Nacht wenigstens etwas von mir bei dir.«

Ich stelle mich auf die Zehenspitzen, hauche ihm einen letzten Kuss auf die Wange und verschwinde endlich ins Haus.

Nachdem ich die Treppe hochgegangen bin, werfe ich das erste Mal wieder einen Blick auf mein Handy.

Zehn unbeantwortete Anrufe. *Verdammt ... von Chris.*

11.

Samstag, 20. Mai 2017

Ich sehe sofort, dass er sauer ist. Nicht einmal ein *Guten Morgen* kommt über seine Lippen und die erste halbe Stunde, die wir im Stall verbringen, ignoriert er mich komplett.

»Ok, es tut mir leid.« Seufzend stütze ich mich auf meiner Schaufel ab.

Er reagiert kein bisschen und arbeitet verbissen weiter.

Ich nehme noch einen Anlauf. »Chris!«

Abrupt hält er inne. »Was genau tut dir leid? Dass du einfach abgehauen bist, ohne Caro oder mir Bescheid zu sagen oder dass du es nicht für nötig gehalten hast, meine Anrufe zu beantworten?«

»Es ging alles so schnell. Ich hab's total vergessen. Tut mir echt leid.« Betreten sehe ich zu Boden.

Er schüttelt den Kopf und atmet laut aus. »Ich hoffe nur, du weißt, was du tust.« Dann sieht er mich eindringlich an. »Wenn du lange genug sein Spielzeug warst, wird er dich fallen lassen, Madlen.«

Daran, dass er meinen vollen Namen ausspricht, erkenne ich, wie ernst es ihm ist.

»Das wird er nicht.« Ich sehe Chris fest in die Augen. Seinen mitleidigen Blick kann ich kaum ertragen und plötzlich werde ich wütend. »Warum gönnst du es mir nicht? Gerade jetzt, wo du mit Caro zusammengekommen bist, müsstest du mich am besten verstehen!«

»Aber das tu ich doch. Deshalb mache ich mir ja Sorgen.« Mitfühlend sieht er mich an. »Luis Mosca spielt in einer anderen Liga als wir.«

Ich lege meine Schaufel beiseite und gehe auf ihn zu. »Er wird mich nicht fallen lassen, das weiß ich.« Meine Augen fixieren die seinen. »Vertrau mir ... bitte Chris.«

Einen Moment betrachtet er mich nachdenklich. Dann nickt er resigniert. »Ok, du hörst ja doch nicht auf mich.«

Widerstandslos lässt er sich in meine Arme ziehen.

»So, und nun will ich endlich wissen, wie dein Abend mit Caro war.«

Er erzählt, dass sie nach Caros Schicht zu ihr gegangen sind. »Martin hat sich diskret verabschiedet, nachdem Caro fertig war.« Er grinst. »Na ja, und eigentlich habe ich mich gefreut, endlich einmal mit ihr allein zu sein.« Mit einem leichten Bedauern zuckt er die Schultern. »Und dann war da ihre komplette Familie am Küchentisch versammelt. Du kannst dir nicht vorstellen, wie es war.« Seine Stimme hat einen melancholischen Unterton. In Gedanken scheint er dort zu sein. »Sie saßen da zusammen. Ihre Eltern, ihre Tante, deren Mann und ihr Bruder, du weißt schon, der Polizist.« Er kehrt in die Gegenwart zurück und sieht mich an. »Er arbeitet bei der Kripo, wusstest du das?« Ohne eine Antwort abzuwarten, fährt er fort. »Sie haben gelacht. Es herrschte eine ausgelassene Stimmung und sie haben mich in ihren Kreis aufgenommen. Ich hatte sofort das Gefühl, dazuzugehören, verstehst du?« Sein Blick geht ins Leere. »Es war ... einzigartig.«

Ein Ruck geht durch seinen Körper und er ist wieder ganz bei mir. »Tja, was soll ich sagen, wir hatten alle ein paar Bierchen zu viel – bis auf Caros Bruder Andy. Er hatte Bereitschaftsdienst und hat mich nach Hause gefahren.«

Er grinst schief.

Und dann werden wir von unserem ganz persönlichen Alltag eingeholt.

»Geh mir aus dem Weg und halt dein Maul!«

Am anderen Ende des Stalls hören wir Vater herumschreien. Diesmal muss Ben dran glauben. Selbst von hier aus können wir sehen, wie unser Bruder mit hängendem Kopf einen Moment auf der Stelle verharrt. Schließlich bückt er sich, greift nach seinem Besen und fährt mit seiner Arbeit fort. Chris schließt die Augen. Ich weiß, dass es ihn alle Kraft der Welt kostet, sich nicht einzumischen – es würde alles nur noch schlimmer machen. Zum Glück herrscht gleich darauf Ruhe.

Es gab schon weitaus extremere Situationen.

Vater besitzt die Angewohnheit, einen derart bloßzustellen. Er macht einen runter, darin ist er wirklich gut. Einmal wagte Nick es, zu widersprechen. Vater packte ihn daraufhin am Kragen und stieß ihn grob von sich. Nick flog so unglücklich aufs Gesicht, dass er an der Augenbraue genäht werden musste, so sehr hatte die Wunde geblutet.

Vater, Chris und Nick haben sich in die Scheune zurückgezogen. Es stehen einige Reparaturarbeiten an.

Nachdem ich mit Jenny zusammen die Tiere auf die Weide getrieben habe, verziehe ich mich in die Küche. Zuerst backe ich ein paar Zimtschnecken. Anschließend bereite ich das Essen vor. Es gibt Linsen mit Spätzle. Das mögen alle. Beim Zubereiten der Speisen bin ich ganz bei mir. Ich schaffe es auf wundersame Weise loszulassen und abzuschalten.

Das Mittagessen verläuft ruhig. Vaters Appetit ist scheinbar nicht zu zügeln. Beim Hinausgehen beißt er genüsslich in eine Zimtschnecke. »Eins muss man ihr lassen, backen und kochen kann sie.« Als Mutter wieder einmal kaum reagiert, baut er sich vor ihr auf und schlägt mit der Faust auf den Tisch. »Glotz nicht wie eine Irre Löcher in die Luft!« Seine Stimme überschlägt sich beinahe. Wir halten alle die Luft an und ich sehe schon unseren Plan in Gefahr. Aber dann dreht er sich abrupt um und verlässt ohne ein weiteres Wort die Küche.

Später hole ich den Staubsauger aus der Abstellkammer. Mein Blick fällt durch die leicht geöffnete Schlafzimmertür unserer Eltern. Mutter sitzt auf ihrem Bett und hält etwas in den Händen. Ich kann nicht erkennen, was es ist. Aber ihre Augen sind unablässig darauf gerichtet.

In dem Moment wird mir bewusst, wie schön sie einmal gewesen sein muss und diese Erkenntnis bringt mich total aus der Fassung.

Wir wollten ihn bei Laune halten, das war unser Plan.

Wie seine Untergebenen haben wir versucht, ihm heute alles recht zu machen. Kochen, backen, die Klappe halten, kuschen.

Alles umsonst.

Wir sind im Stall und fast fertig mit der Arbeit, da wagt Chris den Vorstoß.

»Mehr Geld?« Vater stützt sich auf seiner Mistgabel ab. »Kannst du mir verraten, woher ich das nehmen soll? Ich hab fünf Bälgern das Maul zu stopfen, ein Weib, das zu nichts zu gebrauchen ist, und da kommst du und verlangst für dich und deine Schwester Lohnaufbesserung?«

Keine Ahnung, ob er schon wieder etwas getrunken hat, zumindest tobt er wie ein Irrer und Chris steht da wie ein begossener Pudel. Einzig an seinen geballten Fäusten ist seine innere Erregung zu erkennen. Ich bete zu Gott, dass es ihm gelingt, sich zu beherrschen. Aber natürlich schafft er es nicht, die Klappe zu halten.

»Sicher, ich kann dir da einen guten Tipp geben, wie es funktionieren könnte.« Abschätzend verzieht Chris den Mund. »Versauf nicht das ganze Geld im Adler.«

Verdammt, Chris ... ich schließe kurz die Augen und als ich sie wieder öffne, sehe ich Vater gefährlich langsam auf ihn zugehen, die Mistgabel noch immer fest umklammert. Unwillkürlich halte ich die Luft an. Sie stehen sich gegenüber und starren sich an. Lächerlicherweise kommen mir dabei diese alten Italo Western mit Clint Eastwood in den Sinn.

Es geschieht so rasend schnell, erst nach meinem Aufschrei erfasse ich die Situation richtig. Vater rammt seine Mistgabel in die morsche Bretterwand. Direkt neben Chris' Kopf. Ein paar Zentimeter weiter links und er hätte ihm das Auge durchbohrt.

Bis auf ein leichtes Flackern in seinen Augen hat Chris sich keinen Millimeter bewegt. Sie starren sich noch immer an. Ohne den Blick von Vater zu wenden, greift Chris sich mit beiden Händen über die Schulter und zieht die Gabel mit einem Ruck aus der Bretterwand. Achtlos wirft er sie auf den Boden.

»Ich hol das Vieh rein.« Er schiebt sich an Vater vorbei und verlässt mit steifen Schritten den Stall.

Ich bin wie betäubt, gleiche einer unbeweglichen Statue. Vater sieht mich an. Dieser Ausdruck in seinen Augen – ich kenne ihn. Ein Taubheitsgefühl kriecht von den Finger- und Zehenspitzen in meinen Körper, weiter ins Innere, bis es mein Herz erreicht. Wie eine hölzerne Puppe drehe ich mich um und gehe hinaus ins Freie und dann beginne ich zu rennen. Immer schneller und schneller, bis ich außer Atem an der Weide ankomme.

Chris lehnt an dem alten Holzzaun, er starrt auf die Koppel. Bemüht, die letzten paar Meter langsam zu gehen, versuche ich meinen Atem zu kontrollieren. Eine Weile stehen wir einfach nur nebeneinander. Sprachlos. Zu geschockt, um über das eben Erlebte zu reden.

»Ich wünsche ihm wirklich den Tod, weißt du das?«

Einen kurzen Moment sieht er mich an. Der Ausdruck in seinen Augen macht mir Angst.

Ich lasse den Blick über die satten grünen Wiesen und die leuchtend gelben Rapsfelder schweifen. Es duftet herrlich. Seit Tagen herrschen beinahe frühsommerliche Temperaturen und die Sonne leuchtet von einem Himmel, dessen strahlendes Blau nur von ein paar einzelnen Schleierwölkchen durchbrochen ist. Alles könnte perfekt sein.

»Ich geh heut nicht ins Fellini. Luis holt mich ab.« Vorsichtig schiele ich in seine Richtung. »Aber wir können dich hinfahren, wenn du willst.«

»Caro kommt um acht« erwidert er, ohne den Blick von der Koppel zu wenden.

Von ihr hatte ich natürlich auch tausend Vorwürfe in Form von Sprachmemos auf mein Handy erhalten:

»Du hättest wenigstens eine kurze Nachricht schicken können. Chris drehte am Rad und ich habe mir natürlich auch Sorgen gemacht, na ja, nicht so sehr wie Chris, habe ein gutes Gefühl, was Luis und dich angeht. Aber trotzdem Schätzchen, ein *alles ok* oder ein *Luis bringt mich nach Hause* hätte schon gereicht.«

Alles in allem zeigt Caro jedoch Verständnis. Ich habe sie angerufen und mich entschuldigt.

»Lass ihn nicht vom Haken, Süße! Er ist dein fehlendes Puzzlestück und lass dir von niemandem etwas anderes einreden«, waren ihre letzten Worte.

Ein warmes Gefühl durchströmt mich. Was nur würde ich ohne Caro machen?

»Kommt Martin auch?«, fragend sehe ich Chris an. »Ich stelle es mir ziemlich ätzend vor, stundenlang an der Theke zu sitzen und zu warten, bis Caro Feierabend hat.«

»Dazu wird Diego mir keine Zeit lassen.« Er wirft mir einen Seitenblick zu.

»Wie darf ich das verstehen?« Meine Augenbrauen heben sich.

»Nun, nachdem du gestern das Lokal fluchtartig verlassen hast, gab es gewisse Personalengpässe.«

Schuldbewusst bearbeite ich mit Daumen und Zeigefinger einen kleinen Holzsplitter am Zaun.

Chris zuckt die Schulter. »Da bin ich ein wenig eingesprungen.« Er sieht mich an. »Nun, was soll ich sagen, Diego meinte, wenn ich Lust hätte, könnte ich bei ihm anfangen.«

Ich richte mich auf. »Echt jetzt?«

Er grinst. »Echt jetzt.«

Wir umarmen uns lachend. Dann schiebe ich ihn von mir.

»Mein Bruder ein Barkeeper – auf die Idee wäre ich niemals gekommen.«

Aber warum eigentlich nicht? Er hätte sich auf diesem Wege, genau wie ich, schon längst ein wenig dazu verdienen können. Doch Chris' ganze Aufmerksamkeit war bis zum heutigen Tag ausschließlich auf den Hof gerichtet, nur darauf konzentrierte er sich.

12.

Samstag, 20. Mai 2017

Bis jetzt hat zu Hause niemand etwas bemerkt, aber heute ist es anders. Den ganzen Tag über grübelte ich darüber nach, was ich anziehen könnte. Bereits am Nachmittag heizt Chris den großen Boiler in unserem alten Badezimmer auf, damit wir alle heute Abend warmes Wasser zum Duschen haben. Das Badetuch um den Körper geschlungen stehe ich mit nassen Haaren vor dem Kleiderschrank. Die Auswahl ist ohnehin nicht groß. Meine Entscheidung fällt schließlich auf eine Jeans im Used-Look, ein rotbraunes ärmelloses T-Shirt und einen orangebraun gemusterten Chiffonschal. Ich schminke mich dezent. Ein wenig Mascara, Kajal und zum Schluss ein bronzefarbenes Lipgloss. Mit den Händen fahre ich durch mein frisch gewaschenes rotbraunes Haar. In weichen Wellen fällt es über die Schulter. Dann betrachte ich mich in dem großen Spiegel. Die Arbeit im Freien hat meiner Haut bereits einen leicht gebräunten Ton verliehen.

»Nicht schlecht«, murmle ich vor mich hin und zum ersten Mal in meinem Leben finde ich mich tatsächlich richtig hübsch.

Ich werfe einen Blick auf mein Handy. Zehn vor halb acht. Ich will pünktlich sein. Schnell schnappe ich meine Tasche und ziehe die Tür hinter mir zu.

Auf dem Flur stoße ich fast mit Jenny zusammen. Sie mustert mich von Kopf bis Fuß. »Gehst du nicht arbeiten?« Ich hebe den Mundwinkel leicht an und ihr scheint ein Licht aufzugehen. Sie reißt die Augen auf. »Du hast ein Date?«

Ich grinse sie an.

»Wer ist es?«, fragt sie mit schräggelegtem Kopf.

»Das erfährst du morgen, versprochen.« Ich drück sie hastig an mich und gebe ihr einen Kuss auf die Wange. »Ich hab's eilig.« Mit diesen Worten lasse ich sie stehen. Hastig steige ich die Treppe hinab. Das dumpfe Poltern, das meine Schuhe auf den Holzstufen hinterlassen, hallt in meinen Ohren. Rasch schlüpfe ich durch die Küchentür, schnappe meine bereitgestellte Dose mit Zimtschnecken und verlasse mit schnellen Schritten das Haus.

Gebeugt steht Vater vor der geöffneten Motorhaube seines Kombis. Kurz zucke ich zusammen und versuche unbemerkt an ihm vorüberzugehen. Ich atme bereits wieder erleichtert auf, als seine Stimme mich erstarren lässt.

»Wohin gehst du?«

Zuerst bleibe ich einfach nur stehen. Ist ihm tatsächlich aufgefallen, dass ich heute anders gekleidet bin? Normalerweise trage ich zu meinem grünen Arbeitsshirt eine schwarze Jeans. Langsam drehe ich mich um.

»Ich gehe mit einer Freundin weg.«

Misstrauisch beäugt er mich. Selbst aus dieser Entfernung sind seine wässrigen, rot unterlaufenen Augen zu erkennen.

»Danach hol ich bei Diego noch Reste ab.«

Die Aussicht auf Verköstigungen besänftigt ihn offenbar. Wortlos wendet er sich wieder dem Kombi zu.

Unsere Eltern schert es normalerweise keinen Deut, was wir in unserer begrenzten Freizeit tun, aber ich kann Vater unmöglich sagen, wohin ich in Wirklichkeit gehe, und ich möchte es auch nicht – um keinen Preis. Ehrlich gesagt, habe ich keinen blassen Schimmer, wie er reagieren würde.

Fünf Minuten bis halb acht. Ich hoffe, er macht sich gleich

auf den Weg nach Breitenbach, in seinen geliebten Adler. *Wenn er den Maserati sieht ...*

Ich setze mich auf die Bank an der Bushaltestelle.

Gott sei Dank – Vater startet das Auto und fährt los. Langsam kommt er näher, gleich biegt er ab. Erleichterung macht sich in mir breit. Doch auf einmal hält er am Straßenrand an. *Was zum Teufel hat er vor?* Nichts geschieht. Er steht da und wartet. Plötzlich dringt das vertraute Motorengeräusch an mein Ohr und dann sehe ich den Maserati auch schon, wie er den Stockerwald hinter sich lässt und mit einem tiefen Grollen näherkommt. Elegant biegt er an der Straße ab, fährt langsam an Vater vorbei. In der Ausbuchtung, neben der Haltestelle wendet er.

Rasch öffne ich die Beifahrertür und lasse mich in den Sitz fallen.

»Fahr los.« Ich fixiere die Straße, bin wie gelähmt. Erst nachdem wir schon eine ganze Weile in den Wald eingetaucht sind, löst sich meine Starre ein wenig.

»Dein Vater?«

»Ja«, ich fahre mir mit der Zunge über die Lippen. »Normalerweise ist es ihm egal, was ich mache. Keine Ahnung, was das sollte.«

»Vielleicht sorgt er sich mehr, als du denkst?« Er wirft mir einen Blick zu.

»Mmh ... das einzige, worüber er sich Sorgen macht, sind seine eigenen Probleme, glaub mir.« Ich höre selbst, wie abfällig meine Worte klingen.

Eine Weile reden wir nichts. Ich werde ruhiger und langsam vergeht das mulmige Gefühl. Mitten in der Stille knurrt plötzlich mein Magen. Aus dem Augenwinkel sehe ich, wie Luis eine Braue hebt. Angestrengt sehe ich aus dem Fenster.

Ich muss ein Grinsen unterdrücken.

»Ich hoffe, du isst gerne scharf?« Geübt lenkt er den Wagen an den seitlich geparkten Autos vorbei. Im historischen Ortskern von Dornberg sind die Straßen teilweise recht eng.

»Ich liebe scharf.« Mir wird die Doppeldeutigkeit meiner Worte bewusst. Ich spüre, wie mir die Hitze in den Kopf steigt. Doch offensichtlich hat Luis meiner Aussage keine Bedeutung beigemessen. Zumindest lässt er sich nichts anmerken.

Wir biegen in die alleenartige Straße ein. Jetzt, bei Tageslicht, ist der Park trotz der zahlreichen Bäume besser zu sehen. Er muss riesig sein, grüne Wiesen und Sträucher, soweit das Auge reicht. Die Villa taucht vor uns auf und die Panik kriecht, einer sich windenden Schlange gleich, langsam meinen Rachen hoch. Ich muss schlucken und wieder scheint Luis zu spüren, was in mir vorgeht. Er greift nach meiner Hand und legt sie zusammen mit seiner auf den Schalthebel. Als er auf dem großen Kiesparkplatz vor seinem Haus das Auto zum Stehen bringt, hält er sie noch immer.

»Was für ein Gebäude war das früher?« Ich bin ausgestiegen und sehe es mir genauer an. Es wirkt wie eine Miniaturausgabe der benachbarten Villa.

»Das ist die ehemalige Hausmeisterwohnung. Früher war das gesamte Personal darin untergebracht. Während des Krieges war sie im Besitz irgendeines hohen Nazitieres. Später stand sie über zwanzig Jahre leer. Großvater hat alles von Grund auf saniert.«

Faszíniert betrachte ich die Villa zu meiner Rechten. Ein imposanter Treppenaufgang führt zu einem riesigen Eingangsportal. Zu beiden Seiten sind zwei mächtige Terrakottakübel platziert, die mit mannshohen Palmen bepflanzt sind. Von den Simsen der großen Fenster, die sich in gleichmäßigen Abständen über die gesamte Fassade ziehen, leuchtet mir ein Blumenmeer entgegen. Alles zusammen strahlt ein mediterranes Flair aus.

»Es ist wunderschön.« Hingerissen betrachte ich die geschmackvolle Farbzusammenstellung der Pflanzen.

»Ja, die Blumen ... Mutters Leidenschaft. Warte ab, bis du erstmal die Terrasse auf der Südseite zu Gesicht bekommst. Aber ich muss dich warnen, sprich sie lieber nicht darauf an, sonst läufst du Gefahr, von ihr durch den ganzen Park geschleppt zu werden.« Er lächelt mich an. »Retten wir dich vorm Verhungern?«

Grinsend nicke ich. »Unbedingt.«

Wir sind schon an der Haustür, da fällt mir ein, dass ich die Dose mit den Zimtschnecken im Auto vergessen habe. »Warte einen Augenblick.« Ist das wirklich Kies unter meinen Füßen? Es fühlt sich eher wie weiche Watte an. Überhaupt habe ich das Empfinden, von einer Leichtigkeit umhüllt zu sein, die meinen Körper beinahe zu Luis' Wagen schweben lässt.

Mit einem dumpfen Ton fällt die Autotür erneut hinter mir ins Schloss. Das Knirschen von Rädern dringt an mein Ohr. Als ich mich dem Geräusch zuwende, sehe ich einen anthrazitfarbenen Mercedes mit verdunkelten Scheiben die Auffahrt entlangfahren. Der Wagen parkt ein paar Meter neben uns vor dem Hauptgebäude. Ich registriere Luis' ernsten Gesichtsausdruck und das Mahlen seiner Kieferknochen.

Eine Frau steigt aus. Ich erkenne sie sofort. Es ist seine Mutter. Einen Moment bleibt sie regungslos stehen und starrt zu uns herüber. Um genau zu sein ist ihr Blick ausschließlich auf Luis gerichtet. Mich ignoriert sie komplett. Sie ist sportlich gekleidet. Turnschuhe, weiße Hose, pinkfarbenes Poloshirt. Alles passt perfekt zusammen. Der Lippenstift hat exakt dieselbe Farbe wie das kurzärmelige Shirt. Sie schiebt die dunkle Sonnenbrille in ihr schwarzes glänzendes Haar. Mir kommt das Familienporträt, das ich im Internet gesehen habe, in den Sinn. In Wirklichkeit ist sie noch schöner.

Ihre Augen sind weiterhin auf Luis geheftet. Ich kann förmlich spüren, was sie denkt. *Wie kannst du es wagen, sie hierher zu bringen.* Plötzlich verzieht sie den Mund zu einem schiefen Grinsen. »Luis, Liebling, würdest du mir rasch behilflich sein?«

Überrascht stelle ich fest, wie ähnlich sich die beiden in diesem Moment sehen. Es ist die Mundpartie. Sie haben dasselbe Lächeln.

Unbeweglich steht Luis mit verschränkten Armen da. Er zeigt keine Regung. Noch immer sieht er sie mit diesem intensiven, fast warnenden Ausdruck an. Keine Ahnung, was in ihm vorgeht. Er setzt sich in Bewegung und berührt meinen Arm. »Geh schon mal rein.« Sein Blick sucht den meinen, während er mir den Hausschlüssel unter die Nase hält. Mach dir keine Sorgen, scheinen seine Augen zu sagen. Ich greife nach dem Bund.

Etwas verloren lasse ich mich in der Diele auf die Truhe sinken. Ich denke nicht, dass diese Frau mir jemals den Park zeigen oder mich auf ihre Terrasse einladen wird. Und das ist ihr schließlich kaum zu verübeln, wenn man bedenkt, was für einen Tausch ihr Sohn mit mir gemacht hat. Ich fühle mich wie ein Eindringling und ein noch viel beunruhigenderer Gedanke macht sich in mir breit.

Was bedeutet das für Luis? Was muss er sich wohl alles von seinen Eltern, von Jessy und seinem Bekanntenkreis anhören? Den Kopf in meine Hände gestützt starre ich zu Boden. Plötzlich habe ich das Gefühl, einen unbezwingbaren Berg vor mir zu haben.

Geschätzte fünf Minuten später taucht Luis in der Tür auf. Er schließt sie leise und lehnt sich einen Moment dagegen. Ich sehe zu ihm auf und er kommt langsam auf mich zu. Seine ausgestreckten Hände ergreifend zieht er mich behutsam zu sich hoch. Wir stehen uns gegenüber und sehen uns an. In meinem Bauch beginnen Unmengen kleiner Männchen Purzelbäume zu schlagen und schon wieder habe ich das Gefühl, jeden Augenblick zusammenzusacken.

»Hast du dir das alles auch wirklich gut überlegt?« Meine Stimme hört sich fremd an. Er legt den Kopf leicht schräg und scheint noch immer mein Gesicht zu erforschen. Vorsichtig streicht er mir eine Strähne hinters Ohr. »Da gibt es nichts zu überlegen.«

»Deine Mutter ...«

Mit zwei Fingern seiner Hand verschließt er mir sacht den Mund. »Sch ...« Seine Augen kommen immer näher, sein Mund …

Langsam zieht er seine Hand weg und unsere Lippen berühren sich. Zuerst ganz sanft. Ich hebe die Arme an und lege meine Hände auf seine Hüften. Er hält mein Gesicht umschlossen. Vorsichtig beginnt er an meiner Lippe zu knabbern. Ich muss ihn einfach berühren, seine Haut spüren. Zaghaft schiebe ich meine Hände unter sein T-Shirt, über seine Hüften und langsam weiter den Rücken nach oben. Seine Haut fühlt sich warm und glatt an. Und plötzlich denke ich, mit ihm könnte ich über meinen Schatten springen. Mit ihm wäre ich in der Lage, die Grenze, die ich mir gesetzt habe, zu überschreiten. Er könnte die Medizin sein, die ich so dringend brauche. Er hört nicht auf, mich zu küssen, legt seine Hände an meine Hüften und als wäre ich aus Watte, hebt er meinen Körper vom Boden und dreht ihn sanft mit dem Rücken zur Tür. Kurz hält er inne, nur, um mich gleich darauf wieder zu küssen. Ich vergesse alles, was um uns herum existiert. Immer weiter schiebe ich sein T-Shirt nach oben und als ich im Begriff bin, es ihm über den Kopf zu ziehen, löst er sich plötzlich keuchend von mir. Er greift nach meinen Unterarmen.

»Madlen, nein!« Entschlossen sieht er mir in die Augen. Es ist wie ein Schlag ins Gesicht. Ich fühle mich, als hätte ich mich ihm an den Hals geworfen. Mein Herz pocht gegen meine Brust. Beschämt senke ich den Kopf. Langsam lässt er meine Arme los. »Hey.« Vorsichtig hebt er mein Kinn an. »Es fällt mir unsagbar schwer, dir zu widerstehen.« Er sucht meinen Blick. »Aber es wäre nicht fair und total verantwortungslos, wenn ich die Situation jetzt ausnutzen würde«, er zieht die Stirn in Falten, »nicht nach gestern Abend.«

Natürlich spielt er auf meinen katastrophalen Zusammenbruch an. Vermutlich hat er recht. Es geht zu schnell. Aber tief in mir drin habe ich das Gefühl, dass es mit ihm nicht schnell genug gehen kann. Die Wahrheit ist, ich verzehre mich nach ihm. Ich *will* mich ihm an den Hals werfen, ihn berühren und ich sehne mich danach, von ihm berührt zu werden. Ohne ihn halte ich es nicht länger aus, denn ich bin ihm rettungslos verfallen. Ein Gummiball an Gefühlen scheint in meinem Körper herumzuhüpfen, anders ist es nicht zu erklären, dass ich dabei bin, die Kontrolle zu verlieren.

Während die Chilisoße vor sich hin köchelt, bereiten wir gemeinsam den Salat zu. Ich habe mich wieder im Griff.

Während wir Paprika, Gurke und Tomate schnippeln, reden wir über Belangloses und stellen dabei fest, dass wir beide ebenso die mediterrane wie auch die schwäbische Küche lieben.

»Ich steh auf Linsen mit Spätzle, es ist das Beste, was es gibt.« Luis wiegt leicht den Kopf. »Die Küche unserer Kantine ist wirklich gut.«

»Nicht so gut wie ich.« Während ich die Paprika in dünne Streifen schneide, schiele ich zu ihm rüber.

Er runzelt die Stirn.

»Was?« Herausfordernd halte ich mitten in der Bewegung inne. »Ich mache die besten Linsen und Spätzle weltweit.«

Abschätzend verzieht er den Mund zu einem leichten Grinsen.

»Du glaubst mir nicht?« Auffordernd sehe ich ihn an.

Er zuckt die Schultern. »Beweis es.«

Fragend ziehe ich die Augenbrauen hoch.

»Zeig's mir.« Ein freches Grinsen macht sich auf seinem Gesicht breit. »Jetzt.«

»Was? Zu deiner Chilisoße?«

Erneut hebt er die Schulter. »Warum nicht? Es gibt Rindersteaks mit Schokoladensoße, warum sollte es dann nicht auch Chilisoße mit Spätzle geben?«

Jetzt muss auch ich grinsen. »Okay.« Ich stemme die Hände in die Hüften. »Ich brauche Folgendes: Schüssel, Mehl, Eier, Salz.«

Nacheinander stellt er alles auf die Küchentheke.

»Ich wette, du hast keine Spätzlepresse.« Triumphierend sehe ich ihn an.

Er öffnet eine Schranktür nach der anderen, bis er endlich fündig wird und ein uraltes Ding herausbefördert.

»Voila, ein Geschenk meiner Großmutter.«

»Das mindestens fünf Kilo wiegt?« Skeptisch betrachte ich die überdimensionale Presse.

»Ok, dann legen wir mal los.« Entschlossen kippe ich Mehl und ein wenig Salz in die Schüssel. Nacheinander schlage ich die Eier in die Mulde und zum Schluss gebe ich noch gut einen viertel Liter Wasser hinzu.

»Mixer?« Fragend sehe ich Luis an.

Es ist so ein hypermodernes Teil, nach ein paar Sekunden schalte ich es entnervt aus und lege es beiseite.

»Löffel«, auffordernd halte ich ihm die geöffnete Hand entgegen. Einen Moment sieht er mich verwundert an, greift jedoch kommentarlos in eine Schublade und drückt mir einen Esslöffel in die Finger. Ich fange an, den Teig damit zu bearbeiten. In gleichmäßigem Rhythmus schlage ich immer wieder in die Masse, bis sie Blasen wirft.

Das Wasser in dem großen Topf beginnt zu kochen und ich fülle die erste Portion in die Presse. Verdammt, das Ding wiegt sicher nicht nur fünf, sondern eher zehn Kilo! Ich stehe vor dem Herd, Luis direkt hinter mir. Gemeinsam halten wir das Teil über den Topf. Seine Hände umschließen meine Finger.

»Jetzt«, gebe ich ihm das Signal. Wir drücken zusammen den Hebel nach unten und beobachten, wie der Teig in langen dünnen Schnüren im kochend heißen Wasser verschwindet. Der Wasserdampf erreicht unsere Gesichter, sein Körper schmiegt sich eng an meinen Rücken. Er hat sein Kinn an meinen Nacken gelehnt. Es ist das erotischste Gefühl, das ich jemals erlebt habe. Ich schließe die Augen und als das Wasser überkocht und mit einem zischenden Geräusch die heiße Herdplatte berührt, wird mir klar, dass auch Luis ziemlich abgelenkt war.

Wie ein kleines Vogelnest habe ich die Nudeln auf unseren Tellern angerichtet. Mit einem Schöpfer kippt Luis die feurig scharfe Soße in die Mitte und verziert das Ganze mit frischem Basilikum. Das Krönchen besteht aus einer winzig kleinen Peperoni-Schote.

In Zeitlupe dringt die Soße zwischen den Nudeln hindurch und taucht den weißen Tellerrand in ein intensives Rot.

»Wow«, ich lächle. »Sieht echt interessant aus.« Wir sitzen uns an dem kleinen, stylischen Tisch in dieser hochmodernen Küche gegenüber.

»Auf Spätzle Arrabiata.« In spielerischem Ernst hebt Luis feierlich sein Glas.

»Auf Spätzle Arrabiata«, entgegne ich grinsend.

Eine Weile essen wir schweigend. Ich hätte wirklich nicht gedacht, dass diese schwäbisch–italienische Zusammensetzung so perfekt harmoniert. Es schmeckt köstlich. Luis scheint es ebenso zu gehen.

Wir lächeln uns an und nachdem wir einen Schluck von dem sicherlich teuren französischen Rotwein getrunken haben, wirkt er plötzlich ernst und nachdenklich.

»Erzähl mir von dir.«

Langsam setze ich mein Glas ab. »Was willst du denn hören?« Ich hebe die Augenbrauen. »Einen kleinen Einblick habe ich dir ja gestern schon geliefert.« Ich schenke ihm ein zynisches Lächeln.

Leise abschätzend wiegt er den Kopf. »Alles, fang einfach von vorne an.«

Und das tue ich. Ich beginne bei meiner ersten bewussten Erinnerung.

»Ich glaube, ich war drei ... Sie hatten mich in der Küche ans Tischbein gebunden, damit ich nicht weglaufen konnte.

Ich bin allein – stundenlang, bis es dunkel wird. Dann kommt Chris – von der Stallarbeit. Dabei war er erst fünf ...«

Einen Moment verharre ich und sehe meinen Bruder vor mir.

»Er bindet mich los. Ihm fallen beinahe die Augen zu. Er gibt mir eine Scheibe Brot und ein Stück Käse. Geduldig wartet er, bis ich alles aufgegessen habe. Dann nimmt er mich an der Hand und zusammen steigen wir die steile Treppe hinauf in unser Zimmer. Meine Beine sind zu kurz, ich kann immer nur eine Stufe nehmen. Aber er ist so geduldig. Ungewaschen, mit den Kleidern am Leib, bringt er mich zu Bett.

Eines Morgens im Stall, es beginnt gerade erst hell zu werden. Ich bin sechs, Chris acht Jahre alt. Wir müssen vor der Schule mithelfen.

Damit ihr es gleich gewöhnt werdet, wie Vater sagt.

Meine Aufgabe besteht darin, die Kühe mit Heu zu versorgen. Chris muss den beiden Kälbern aus dem Milcheimer zu trinken geben. Wir sind hundemüde. Chris stolpert, der Eimer rutscht ihm aus der Hand. Direkt vor Vaters Füße. Vater packt ihn am Hemdkragen, schlägt ihm mit solch einer Wucht ins Gesicht, Chris stürzt. Er hat eine Platzwunde am Kopf. Für kurze Zeit ist er sogar bewusstlos. Undenkbar, einen Arzt zu rufen. Die Narbe sieht man noch heute, wenn er sein Haar zur Seite kämmt.

Ich bin neun. Das Baby schreit. Es hört einfach nicht auf. Mutter sitzt auf der Couch. Sie hält das kleine Bündel im Arm. Apathisch starrt sie vor sich hin, als würde sie das alles nichts angehen.

Und dann ist da Tim. Er ist krank. Ich glaube, er hat Fieber. Mit seinen drei Jahren spricht er noch immer nicht richtig. Sein kleines blondes Köpfchen ist knallrot und seine Augen haben einen unheimlichen Glanz. Er brabbelt wirres Zeug. *Ihr müsst einen Arzt holen.* Chris fleht Vater an – mehrmals. Drei Tage später ist Tim tot. Als ich morgens nach ihm sehe, liegt er in seinem Bettchen. Zuerst denke ich, er schläft. Seine Bäckchen schimmern wie frischer Pfirsichflaum. Er wirkt so ruhig und friedlich. Meine Hand streicht über sein Köpfchen und da spüre ich die Kälte. Ich rufe seinen Namen. *Tim ..., Timmy!* Er rührt sich nicht. Sie haben ihn einfach sterben lassen.«

Oh Gott, ich sehe alles vor mir. Jede einzelne Szene, die ich vor Luis ausbreite. Ich bin wieder das kleine Mädchen von damals. Doch ich kann nicht aufhören zu reden.

»Die Beerdigung findet in aller Stille statt. Außer ein paar alten Frauen ist niemand von Breitenbach auf dem Friedhof. Ich sehe sie noch immer dastehen, etwas abseits, miteinander tuschelnd.«

Und plötzlich taucht vor meinem inneren Auge eine Frau auf. Sie ist jung und hübsch. Das blonde Haar hat sie im Nacken zusammengebunden. Sie geht auf Mutter zu, nimmt sie in den Arm und flüstert ihr etwas ins Ohr. Über Mutters Wangen beginnen Tränen zu laufen, lautlos.

»Wie konnte ich das nur vergessen?« Geistesabwesend, noch immer dieses Bild vor Augen, blicke ich an Luis vorbei.

»Diese Frau ...« Ich sehe ihn an. »Wer war sie?«

»Damals schien es dir vielleicht nicht wichtig und dein Unterbewusstsein hat es verdrängt«, versucht er, meine Frage zu beantworten.

Ich schüttle kurz den Kopf. »Ist ja auch egal.« Gedankenverloren drehe ich das Weinglas in meiner Hand. »Weißt du, ich hatte nie das Gefühl, dass sie um Tim trauern.« Ich betrachte die dunkelrote, samtige Flüssigkeit, wie sie sachte gegen das Glas schwappt. »Im Gegenteil, ich glaube, Mutter war erleichtert, dass sie eine Sorge weniger hatte. Denn außer mir und Chris gab es ja noch unsere drei anderen Geschwister. Nick war fünf, Ben ein starkes Jahr und Jenny gerade mal ein paar Wochen alt.«

Meine Gedanken wandern zurück.

»Ich halte Jenny im Arm. Es ist Nachmittag und Mutter hat sich hingelegt. Die ganze Zeit über bin ich mit dem schreienden Baby im Arm im Wohnzimmer hin und her gelaufen. Ich habe keine Kraft mehr. Meine Arme schmerzen. Chris kommt rein. *Vielleicht braucht sie eine frische Windel*, meint er. Und tatsächlich, sie ist voll bis obenhin. Wir lassen sie mit ihren nackten Beinchen ein wenig strampeln und plötzlich fängt sie an zu glucksen und wir müssen lachen. Das sind die wenigen schönen Momente, die uns helfen, das alles durchzustehen und ich bin so froh und dankbar, dass Chris da ist, dass ich ihn habe. *Wir sind immer füreinander da, versprich es mir, Chris*, habe ich zu ihm gesagt. *Ich versprech's dir, Maddy*, hat er erwidert und meine kleine Hand in seine genommen.

Und dann übernahmen wir die Erziehung unserer Geschwister, so gut es ein Mädchen von neun und ein Junge von elf Jahren eben konnten. Wir waren doch selbst noch Kinder, aber wir haben versucht, unser Bestes zu geben. Zumindest Liebe, das haben wir einander gegeben. Ist das nicht das Wichtigste?«

Erst jetzt wird mir bewusst, dass Luis schon die ganze Zeit über meine Hand hält. Ich sehe ihn an und mir wird klar, wie sehr ich ihn mit diesen Szenen aus meinem Leben schockiert haben muss. Ich sollte wohl besser schweigen.

»Was soll's«, sage ich betont gleichgültig, »irgendwie haben wir's wohl hingekriegt.« Ich zucke mit den Schultern. »Sie sind Gott sei Dank aus dem Gröbsten raus.«

»Erzähl weiter.« Sein Blick ist unbeweglich.

Ich schüttle leicht den Kopf und fahre mir mit der Zunge über die Lippen. »Hör zu, du musst dir das nicht anhören. Ich vergesse immer wieder, wie das auf normale Leute wirkt.« Mit den Fingern male ich Gänsefüßchen in die Luft. Wieder zucke ich mit der Schulter. »Für uns war das der ganz gewöhnliche Alltag.«

Er sagt nichts und sieht mich weiterhin abwartend an. Also fahre ich fort. Ich erzähle, wie Vater in dieser Zeit zu trinken anfing und er Mutter das erste Mal geschlagen hat. »Wir haben uns im Zimmer der Kleinen verbarrikadiert und die Ohren zugehalten. Wenn es ganz schlimm wurde, habe ich angefangen zu singen. Von der Schulbücherei hatte ich mir ein Buch mit Kinderliedern ausgeliehen. Irgendwann konnte ich alle auswendig.«

Ich berichte Luis von den Entbehrungen, die wir ertragen mussten, von den Ausgrenzungen durch die anderen und wie Vater uns und vor allem Chris behandelte. Ich schildere, wie ich mit sechzehn das erste Mal bei einem Zahnarzt war, weil Chris darauf bestanden hatte und dass ich mir dabei vor lauter Angst fast in die Hose gemacht hatte. Ich erzähle ihm, dass ich gezwungen wurde, mit der Schule aufzuhören, weil meine Arbeitskraft auf dem Hof gebraucht wurde, dass ich keinen Führerschein habe und dass ich noch niemals im Kino war.

Ich rede und rede und das tue ich aus einem einzigen Grund. Es lenkt mich ab. So laufe ich nicht Gefahr, über bestimmte Situationen nachdenken zu müssen. Denn wenn ich das täte, wäre alles wieder da, als würde es in dieser

Sekunde geschehen. Und das könnte ich nicht aushalten.

Irgendwann ist mein Mund vom vielen Reden ganz trocken. Ich schlucke mühsam und wieder einmal scheint Luis genau zu wissen, was ich brauche. Wortlos steht er auf und befüllt ein Glas mit Wasser. Er setzt sich und schiebt es mir behutsam zu.

»Danke.« Ich lächle ein wenig mühsam und presse die Lippen zusammen. »War ein bisschen viel, was?« Zaghaft hebe ich den Mundwinkel.

Er greift sich an die Nasenwurzel und schließt kurz die Augen. »Ich frage mich«, er schüttelt hilflos den Kopf, »warum um alles in der Welt haben sie euch bekommen?«

Langsam lehne ich mich zurück. »Wir sind Vaters ganz persönliche Züchtung.« Ich sehe Luis mit festem Blick an und ein bitteres Lächeln huscht über mein Gesicht. »Jetzt hat er, was er braucht. Billige Arbeitskräfte. Nur das ist der Grund, warum wir existieren.«

»Und eure Mutter?« Ungläubig wiegt er den Kopf, »hat sie nie versucht, euch in irgendeiner Weise beizustehen?«

»Mmh«, ein abfälliges Schnauben dringt aus meiner Nase. »Mutter ... sie hat Angst vor ihm. Sie macht sich unsichtbar und lebt in ihrer eigenen Welt.«

»Depressionen?« Luis zieht fragend die Augenbrauen nach oben.

Hilflos verziehe ich den Mund. »Davon ist Caro auch überzeugt. Ich habe keine Ahnung. Sie war schon immer so. Ich wusste noch nie, was in ihr vorgeht.«

Ich beuge mich vor und verschränke die Arme. »Sie hat immer nur zugesehen.«

Langsam erhebt Luis sich. Er umrundet den kleinen Tisch und reicht mir seine Hand. Sie fühlt sich warm und trocken an. »Komm, ich möchte dir etwas zeigen.«

Er führt mich ins Wohnzimmer. Aus dem Schrank neben der großen Fensterfront holt er eine CD heraus. »Setz dich.«

Während er den DVD-Player startet, lasse ich mich auf das Sofa sinken. Zuerst bleibt der Bildschirm schwarz. Draußen ist es bereits dunkel und da Luis alle Lichter ausgemacht hat, ist durch die breite Fensterfront nur die schwache Parkbeleuchtung in der Ferne zu sehen. Er setzt sich neben mich.

»Du wolltest auf ein Konzert. Es ist zwar nicht Blue October – es ist die Musik, die ich höre. Sie kommt einem Livekonzert ziemlich nahe.« Er sieht mich an. »Bist du dazu bereit?«

Ich lächle ihn an. »Ich bin sehr gespannt.«

Er zeigt ein schiefes Grinsen. »Versuch dich einfach darauf einzulassen.«

Keine Ahnung, was er damit meint. Auf der Fernbedienung betätigt er die Playtaste. Zuerst sind nur das Gekreische und die anfeuernden Rufe der Fans zu hören. Dann folgt das rhythmische Geräusch aufeinanderschlagender Sticks. Gleichzeitig mit den Scheinwerfern setzen Schlagzeug und Gitarren ein. Nie zuvor habe ich so etwas gehört. Es ist laut, extrem laut und aggressiv, kraftvoll und hart, aber trotzdem unheimlich melodisch. Diese drei Typen auf der Bühne, abgefahren. Bis auf Jeans und ihren Schuhen tragen sie nichts am Leib. Ihre Oberkörper sind mit unzähligen Tattoos verziert. Die Menge tobt. Fasziniert starre ich auf den Fernseher und ich spüre das Pochen des Basses in meiner Brust. Ich habe das Gefühl, dabei zu sein. Die Melodien sind eine Abfolge von Klängen, die sich immer weiter entwickeln, man weiß nie, welche Richtung sie als Nächstes einschlagen.

Auf extrem harte Stücke folgen Balladen, deren Tonfolge

plötzlich wieder eine ganz andere Wendung nimmt. Die Töne des letzten Liedes sind verklungen und ich brauche eine Weile, um zu realisieren, dass ich hier neben Luis sitze. Ich blinzle ein paar Mal.

»Wow.« Ich sehe ihn an. »Das war unglaublich.«

Meine Reaktion scheint ihn zu freuen. »Es hat dir gefallen«, stellt er zufrieden fest.

»Diese Musik, sie ist wie eine Explosion und trotzdem ist sie so ... emotional, man weiß nie, was als Nächstes kommt. Wie ist der Name dieser Band?«

Er lächelt. »Biffy Clyro, die Jungs kommen aus Schottland. Die Musikrichtung ist eine Mischung aus Alternativ und Progressiv Rock. Ich bin ein Fan ihrer stilistischen Wendungen und überraschenden Breaks. Es klingt mal punkig und mal episch. Du hast vollkommen recht, man weiß nie, was als Nächstes kommt. Ich wusste, dass es dir gefällt.« Nachdenklich sieht er mich einen Moment an.

»Was?« Fragend ziehe ich die Augenbrauen hoch.

Mit dem Mundwinkel deutet er ein leises Lächeln an. »Ich hol uns was zu trinken, rühr dich nicht von der Stelle.«

Er kommt mit unseren Weingläsern aus der Küche zurück und stellt sie auf dem niedrigen Wohnzimmertisch ab. Zögernd greift er in die Gesäßtasche seiner Jeans. Er zieht einen Umschlag hervor. Abschätzend bleibt er vor mir stehen und legt die Stirn in Falten.

»Ich habe eine Karte übrig.« Unbehaglich zuckt er mit den Schultern. »Na ja, sie war ursprünglich für Mara.« Er greift sich an den Nacken. »Verdammt, die Sache ist die, dass sie nun natürlich nicht hingeht und ich aber auf keinen Fall möchte, dass du dich als Ersatz fühlst.«

Er zieht zwei Konzertkarten aus dem Umschlag.

Biffy Clyro – Porsche Arena – Stuttgart
– Donnerstag, 25. Mai 2017

»Also, vielleicht willst du es dir überlegen und trotzdem mitkommen?«

Ich stehe auf und sehe ihm mit trotzigem Blick in die Augen. »Scheiß auf Mara.« Mit diesen Worten ziehe ich seinen Kopf zu mir herunter und küsse ihn.

Es ist total widersprüchlich und verrückt, denn obwohl ich noch immer panische Angst davor habe, kann ich es nicht erwarten, dass es weiter geht. Aber meine Hoffnung zerschlägt sich einmal mehr. Nach einer Weile löst Luis sich langsam von mir und schiebt mich an den Schultern sachte, aber entschlossen von sich. Schon wieder fühle ich mich wie ein Junkie, dem die Droge entzogen wurde. Forschend sieht er mir in die Augen. »Kannst du es mir erzählen?« Er studiert mein Gesicht.

»Was?«, erwidere ich leichthin und lächle ihn etwas gekünstelt an. Ich versuche, die Schraube, die langsam meinen Brustkorb zusammenzuziehen droht, zu ignorieren.

»Was mit dir passiert ist.« Seine Stimme ist ein raues Flüstern. Mit der Hand fährt er in mein Haar und streicht mit dem Daumen sacht über meine Wange.

Meine Augen huschen panisch zwischen seinen hin und her.

»Ich, ich ...« Oh Gott, es geht nicht. Es ist mir unmöglich, außer dem Gestammel auch nur ein einziges vernünftiges Wort herauszubringen.

Er beugt den Kopf und lehnt seine Stirn gegen meine.

»Siehst du, du bist noch nicht so weit. Ich weiß, du wirst

es mir erzählen, irgendwann, wenn du bereit dazu bist.«

Mit diesen Worten nimmt er mich in seine Arme.

Er riecht so unglaublich gut. Ich könnte für alle Zeit hier mit ihm stehen.

»Kann ich irgendetwas tun?« Er hält mein Gesicht in seinen Händen. »Ich kann dich da rausholen, jetzt, sofort, das weißt du.« Hilflos sieht er mich an. »Ich kann euch unterstützen, finanziell. Du könntest den Führerschein machen. Ich kann euch geben, was immer ihr braucht.«

Ich blinzle ein paar Mal und schüttle stumm den Kopf. Er ahnt wohl, dass ich sein Angebot auf keinen Fall annehmen werde, denn er ist klug genug, es nicht weiter zu versuchen.

Wir könnten ewig reden, der Gesprächsstoff geht uns einfach nicht aus. Während wir es uns auf dem Sofa gemütlich gemacht haben, unterhalten wir uns über Hobbys und Vorlieben und was wir mögen oder verabscheuen.

Luis erzählt mir von seinem Fitnessraum im Keller und dass er zweimal die Woche zum Kickboxen geht, sofern er nicht gerade auf Geschäftsreise ist.

Ok, das erklärt also diesen perfekten Körper.

»Wir haben ein Werk in Texas und eines in der Nähe von Paris.« Er legt den Kopf schräg. »Und irgendwann wirst du mich begleiten.«

Spöttisch verziehe ich den Mund. »Ja klar, vielleicht fragen wir Jessy, ob sie mich solange im Stall vertritt.«

Sein Blick ist abschätzend. »Ich denke, wir beginnen mit einer weniger aufwendigen Aktion.« Konzentriert lässt er seine Augen über meinen Körper wandern. »Du wirst ein Kleid brauchen, von dem ich nicht denke, dass du es besitzt«, überlegt er laut.

Ich verstehe kein Wort. Von was redet er?

»Aber keine Sorge, bei Pierre bist du in den besten Händen.«

»Könntest du mich bitte aufklären?« Ich beuge mich vor.

Er setzt ein schiefes Grinsen auf und ganz egal, was jetzt aus diesem Mund für Worte kommen werden, ich würde zu allem ja und Amen sagen.

»Am Freitag gibt einer unserer Kunden einen Empfang im Parkhotel – Geburtstagsfeier des Seniorchefs. Häppchen vom Buffet, Small Talk, Musik ... Ich brauche eine Begleitung.«

»Was? Nein!« Ich setze mich kerzengerade auf.

In seinen dunklen Augen sehe ich ein belustigtes Aufblitzen.

»Ich kann das nicht! Ich werd dich blamieren.« Meine Stimme klingt panisch.

»Das bezweifle ich.« Entschieden sieht er mich an. »Ich weiß, dass du das kannst und ich werde bei dir sein. Es gibt keinen Grund, vor irgendetwas Angst zu haben.«

»Und du versprichst mir, in meiner Nähe zu bleiben?« Mit flehendem Blick sehe ich ihn an.

»Ich lass dich nicht aus den Augen.«

Und damit fängt er in diesem Moment an. Die Größe seiner Pupillen verändert sich und seine Iris scheint noch eine Spur dunkler zu werden. Ich habe das Gefühl, unter Hypnose zu stehen.

Noch bevor wir den Stockerwald hinter uns lassen, ist in der Dunkelheit zwischen den Bäumen das pulsierende, bläuliche Licht zu erkennen. Wir sehen uns an.

Ein Unfall? Ich fühle, wie mein Körper sich anspannt. Automatisch richte ich mich ein wenig auf.

»Oh Gott, das ist bei uns!« Meine Beine werden weich und in meinem Innern zieht sich alles zusammen. Luis beschleunigt, der Wagen jagt durch die Nacht. Als wir näherkommen, ist nicht nur ein Krankenwagen, sondern auch ein Polizeibus zu erkennen. Mir wird gleichzeitig heiß und kalt, ich bin unfähig, einen klaren Gedanken zu fassen. Sämtliche Horrorszenarien wirbeln durch meinen Kopf. Wir schießen an der Bushaltestelle vorbei. Mit quietschenden Reifen bringt Luis den Maserati im Hof neben dem Stall zum Stehen. Ich stolpere aus dem Auto, renne zum Krankenwagen, voller Panik und Sorge, wen ich darin antreffen werde. Durch die offene Tür erhasche ich einen Blick und fühle gleichzeitig Erleichterung und Scham. Erleichterung, weil dort auf dieser Bahre keines meiner Geschwister liegt und Scham, weil es mir so wenig ausmacht, Mutter darauf zu sehen.

»Was ist geschehen?« Ich beobachte, wie ein Sanitäter ihr etwas aufs Gesicht drückt. Es ist eine Sauerstoffmaske. Eine Frau, vermutlich die Notärztin, ist damit beschäftigt, beruhigend auf Mutter einzureden. Gleichzeitig überprüft sie ihren Puls.

»Und Sie sind?« Fragend hebt sie den Kopf.

»Madlen Pechstein, ich bin ihre Tochter.«

»Na, dann kommen sie mal besser rein.« Sie sieht mich aus ungewöhnlich dunkelblauen Augen ernst an. Das schwarze Haar hat sie aus ihrem schmalen, hübschen Gesicht zu einem kurzen Pferdeschwanz gebunden. Sie ist noch jung, höchstens Anfang dreißig. Zögernd klettere ich das Trittbrett hoch ins Innere. Jetzt erst sehe ich Mutters Gesicht richtig. Die Unterlippe ist aufgeplatzt, ihr rechtes

Auge komplett zugeschwollen und aus der klaffenden Wunde über der Braue blutet es heftig. Ihre Züge, sie wirken auf seltsame Weise verschoben. Am furchterregendsten jedoch ist ihr Gesichtsausdruck. Sie sieht mich aus toten, leeren Augen an.

»Es hat sie schlimm erwischt.« Ich spüre den sanften Blick der Ärztin auf mir. Kein einziger Ton kommt über meine Lippen.

»Wir nehmen sie mit. Sie muss geröntgt werden. Vermutlich Unterkieferfraktur.«

Ich räuspere mich. »Mein Vater ...«

Sie hebt die Augenbrauen. »Das müssen Sie die Kollegen von der Polizei fragen. Ich hoffe, sie werden sich gut um ihn kümmern«, sagt sie mit einem zynischen Unterton.

Während der Sanitäter Mutters Wunden versorgt, halte ich ihre Hand. »Ich bringe dir morgen ein paar Sachen.« Ich versuche, irgendetwas aus ihrem Gesicht zu lesen, aber da ist nichts. Sie starrt mich weiterhin aus leeren Augen an. Ihre Hand liegt schlaff in meiner.

Mit verschränkten Armen lehnt Luis an seinem Wagen. Als er mich aus dem Krankenwagen kommen sieht, setzt er sich rasch in Bewegung. Sein Gesicht ist voller Sorge. Einen Moment stehen wir reglos da und er hält mich einfach nur fest. Am liebsten würde ich mich nicht von der Stelle rühren oder zusammen mit ihm in Luft auflösen und das alles hier aus dem Gedächtnis streichen. Aber es hilft nichts. Ich muss in dieses verdammte Polizeiauto.

Meine Geschwister. Wo sind sie? Der Schock, das muss der Schock sein, wie konnte ich sie nur vergessen? Ruckartig löse ich mich von Luis.

»Ich muss nach den anderen sehen!« Ich drehe mich in alle Richtungen und versuche irgendetwas in der Dunkelheit zu erkennen. »Mutter, er hat sie, ihr Gesicht …«

Er sieht mich beschwörend an. »Bleib ganz ruhig, komm.« Er nimmt meine Hand.

Wir umrunden den Polizeibus und da sehe ich ihn auch schon durch die offene Schiebetür auf der Rückbank sitzen.

»Also gut, nochmal von vorne.« Der ältere, etwas untersetzte Polizist, der ihm gegenübersitzt, beugt sich abwartend vor. Doch Vater starrt nur gelangweilt an den Himmel des Busdaches.

»Herr Pechstein, wenn Sie nicht reden, müssen wir Sie mitnehmen, aber so, wie Sie Ihre Frau zugerichtet haben, bleibt uns vermutlich ohnehin keine andere Wahl.«

Zuerst ignoriert Vater die eindringlichen Worte des Beamten, doch dann senkt er den Kopf und sieht ihn aus glasigen Augen an. »Sie ist die Treppe runtergefallen, wie oft soll ich das noch sagen?« Seine Stimme wird von einem singenden Unterton begleitet, den ich nur zu gut kenne. Er hat getrunken. Unerwartet wendet er den Kopf.

Sekundenlang mustert er Luis. Dann fällt sein Blick auf mich. Wie zu einer Drohung kneift er die Augen zusammen. Ich bin der Grund für sein Ausrasten. Mutter war nur der Blitzableiter. Die Erkenntnis jagt eine Gänsehaut über meinen Rücken.

»Und wer sind Sie?« Der Polizist zieht seine buschigen grauschwarzen Augenbrauen zusammen. Auffordernd sieht er uns an.

»Madlen Pechstein«, mit einer fahrigen Bewegung streiche ich mir eine Haarsträhne aus dem Gesicht. »Wo sind meine Geschwister?«

Ich versuche, Vater zu ignorieren. Luis steht dicht hinter mir.

»Alle drei sind im Haus, meine Kollegin ist bei ihnen.« Mitfühlend sieht er mich an. »Keine Sorge, es geht ihnen gut.« Er nickt mir zu.

»Ich muss Chris Bescheid sagen«, hektisch wühlen meine Finger nach dem Handy in meiner Tasche. Als ich es endlich gefunden habe, zittere ich so sehr, dass es mir nicht einmal gelingt, seine Nummer aufzurufen.

In der Ferne tauchen die Scheinwerfer eines Wagens auf. Das Auto biegt an der Bushaltestelle ab und nähert sich in einem rasanten Tempo. Es sind Chris und Caro.

Mit großen Schritten kommt mein Bruder auf mich zu.

»Maddy, was ist hier los?« Seine Augen sind voller Angst.

»Mutter, diesmal hat er es zu weit getrieben, sie sieht furchtbar aus, ihr Gesicht ...« Ich drücke die Handballen auf meine Lider und schnappe nach Luft.

»Eure Geschwister sind mit einer Polizistin drinnen.« Luis deutet mit dem Kopf Richtung Haus.

Chris wirft ihm einen gehetzten Blick zu und nickt. »Geh'n wir rein.«

Es interessiert ihn nicht, was mit Mutter oder Vater ist. Seine einzige Sorge gilt Jenny, Ben und Nick. Aber der Krankenwagen setzt sich ohnehin gerade in Bewegung.

»Maddy!« Jenny entdeckt mich im Türrahmen. Sie stürzt sich in meine Arme.

In der Küche sieht es aus wie auf einem Schlachtfeld. Zerbrochenes Geschirr ist überall auf dem Boden zerstreut. Ein zerborstener Stuhl liegt in der Mitte des Raumes und auf dem Küchentisch stehen drei leere Bierflaschen und eine halbvolle Flasche Korn.

»Was ist passiert?« Chris lässt den Blick abwechselnd zwischen Nick und Ben schweifen. Erst als die junge Polizistin aufsteht, scheint er sie zu registrieren.

»Moment mal, die Herrschaften. Können Sie sich ausweisen?«

Nachdem sie unsere Personalien aufgenommen hat, setzen wir uns alle an den Küchentisch.

»Dann erzähle du am besten noch einmal den Tathergang«, bittet sie Nick mit sanfter Stimme.

»Um zwölf ist er nach Hause gekommen. Er hat rumgeschrien, wie so oft. Wir haben es oben gehört.« Nick ist kreidebleich. Vermutlich zum hundertsten Mal fährt er sich mit der Hand durchs Haar, das ihm bereits zu allen Seiten wild absteht.

»Aber diesmal war es anders.« Nick beißt sich auf die Unterlippe. »Zuerst war er allein in der Küche.«

»Woher wusstest du das? Du sagtest, ihr wart oben«, hakt die Polizistin sofort nach.

Nick zuckt mit der Schulter. »Weil ich kurz darauf gehört habe, wie er Mutter aus dem Schlafzimmer gezerrt hat.« Beschämt schlägt er die Augen nieder. »Ich glaube, er wollte ihr etwas antun.« Seine Stimme ist ein leises Flüstern.

Mit einem Ruck hebt er den Kopf und sieht uns an. »Ich habe sie noch nie so schreien hören.«

Einen Moment ist es ganz still.

»Was ist dann passiert?« Die Polizistin beugt sich mit dem Stift in der Hand vor. Nick sieht sie an, aber gleichzeitig durch sie hindurch. »Ich habe nur noch die Schläge gehört. Viermal, dann war es ruhig.«

Chris legt ihm die Hand auf die Schulter und Nick scheint durch die Geste seines Bruders wieder in die Realität zurückzufinden. Er richtet sich auf. »Ich bin nach unten gegangen. Sie lag am Fußende der Treppe, blutüberströmt. Ich habe sofort den Notruf gewählt.« Fassungslos schüttelt er den Kopf. »Und Vater, er saß in der Küche und hat einfach weiter getrunken.«

Einen Moment sagt keiner etwas. Dann räuspert sich die Polizistin. »Wir werden euren Vater aufs Revier mitnehmen.«

»Was passiert mit ihm?« Chris fixiert sie mit zusammengekniffenen Augen.

Sie hebt einen Mundwinkel an. »Das hängt maßgeblich von der Aussage eurer Mutter ab. Im besten Fall kommt es zu einer mehrmonatigen Haftstrafe.«

Chris und ich werfen uns einen Blick zu. Ich weiß, dass wir dasselbe denken. Hoffentlich sagt Mutter das Richtige.

Die Polizei ist mit Vater abgerückt. Das Gröbste haben wir weggeräumt. Wir sitzen am Küchentisch – alle sind noch da. Jenny schielt immer wieder heimlich zu Luis rüber. Trotz des Ernstes der Situation muss ich in mich hineingrinsen. Als Luis sie einmal kurz anlächelt, sieht sie schnell weg und wird knallrot.

»Hoffentlich sagt Mutter die Wahrheit.« Ich nippe an meinem Wasserglas und Luis greift beruhigend nach meiner freien Hand.

»Das bezweifle ich.« Chris schiebt seinen Stuhl nach hinten und steht auf. »Auch ein Bier?« Er hält einen Moment inne und sieht Luis fragend an.

»Gerne.« Luis nickt ihm zu.

»Sie hat viel zu große Angst vor ihm.« Chris schließt den Kühlschrank hinter sich und reicht Luis ein Pilsfläschchen.

»Sie sollte dringend in psychologische Behandlung.« Caro

beugt sich vor. »Ich sage schon lange, dass sie unter Depressionen leidet.« Eindringlich sieht sie mich an.

»Wir waren noch Kinder, als wir ganz schnell erwachsen werden mussten. Denkst du nicht, wir hätten das größte Anrecht auf Depressionen?« Bitter kommen die Worte aus meinem Mund.

»Madlen, du weißt, dass das eine Krankheit ist.« Caro sieht mich mitfühlend an. Sie schüttelt leicht den Kopf. »Sie kann nichts dafür.«

Chris fährt sich mit den Händen übers Gesicht. »Ich werde Martin fragen, ob er einen seiner Leute schicken kann. Allein schaffen wir das nicht.« Er nimmt einen Schluck von seinem Bier und dreht die Flasche nachdenklich zwischen seinen Fingern.

Mein Blick fällt auf Jenny und Ben. Sie sehen total übermüdet aus. Es ist fast zwei und ich schicke sie nach oben. Zu Nick sage ich nichts. Er ist alt genug. Außerdem hat er heute alles allein geregelt. Es wäre beinahe respektlos, ihn jetzt wegzuschicken. Mit einem Mal wird mir bewusst, dass auch er schon längst kein Kind mehr ist.

»Kann ich irgendetwas tun?« Luis sieht Chris an. Mein Bruder mustert ihn eine Sekunde lang abschätzend, dann verzieht er spöttisch den Mund. »Oh ja, sicher kannst du das. Beim Ausmisten der Ställe fehlen uns morgen früh definitiv ein paar Hände.«

Luis zieht die Augenbrauen nach oben. »Nun, ich denke, wir haben in etwa dieselbe Größe. Du hast sicher was Passendes für mich.«

Und da sehe ich in Chris' Gesicht so etwas wie Überraschung aufblitzen.

Luis und Caro bleiben.

»Ist doch klar, dass wir euch beistehen.« Sie legt den Arm um meine Schulter. Ich presse die Lippen zusammen und nicke.

»Danke.« Ich sehe sie einen Augenblick lang an und ein Gefühl der Dankbarkeit durchströmt mich. Ich bin so froh, dass sie da ist. Für mich und vor allem für Chris.

Leise steigen wir nacheinander die Treppe hoch.

Nachdem ich nochmal bei Chris war, um Caro eine Decke zu bringen, schließe ich meine Zimmertür und lehne mich einen Moment dagegen. Luis sieht sich um.

»Ich habe versucht, das Beste daraus zu machen.« Ich stoße mich ab und gehe langsam auf ihn zu. »Danke.« Ich schüttle leicht den Kopf. »Du hättest das nicht tun müssen. Noch ist Zeit, abzuspringen – von allem.«

Er sieht kurz zur Seite, dann durchleuchtet er mich wieder mit seinem Röntgenblick.

»Versprich mir eins.« Er legt seine Hände um mein Gesicht und seine Augen durchbohren mich. »Zweifle nie wieder daran.« Dann legt er seinen Mund auf meine Lippen und beginnt mich unendlich zärtlich zu küssen.

Er hat darauf bestanden, auf der Isomatte auf dem Fußboden zu schlafen.

»Du würdest mich zu sehr ablenken und wir brauchen beide unseren Schlaf.« Wieder einmal duldet seine Stimme keinen Widerspruch.

Der schwache Schein des Mondes, der durch die feinen Vorhänge meines Fensters dringt, beleuchtet die Silhouette seines Gesichtes. Ich versuche zu erkennen, ob seine Augen geschlossen sind. Er liegt auf dem Rücken. Ich klemme den rechten Arm unter meinen Kopf und lasse meine linke Hand langsam am Bettrand hinuntergleiten. Meine Fingerspitzen berühren seinen Arm. Plötzlich wendet er mir sein Gesicht zu und ich blicke in das funkelnde Schwarz seiner Augen. Wortlos greife ich nach meiner Decke und lege sie auf den Boden. Zugegebenermaßen gibt es weitaus bequemere Unterlagen, aber das ist mir egal. Ich will einfach nur neben ihm liegen. Ich brauche nichts, um mich zuzudecken. Ganz nah schmiege ich mich an seinen Körper. Ich lege meinen Kopf auf seine Brust. Meine Hand schiebt sich unter sein T-Shirt. Ich kann seine warme Haut spüren und als er den Arm um mich legt und mich noch enger an sich zieht, ist da so viel Wärme, dass ich keine Decke vermisse.

13.

Sonntag, 21. Mai 2017

Das penetrante Piepen meines Handys holt mich aus dem Tiefschlaf. Schleichend dringt das dämmrige Licht des anbrechenden Tages in das Zimmer. Es ist halb fünf. Wir befinden uns in derselben Position, in der wir eingeschlafen sind. Das Handy ist verstummt, aber Luis schläft noch immer tief und fest. Ich spüre, wie sich sein Brustkorb gleichmäßig hebt und senkt. Vorsichtig löse ich mich von ihm. Obwohl uns nur zwei Stunden Schlaf vergönnt waren, bin ich hellwach. Die Müdigkeit wird mich heute Mittag einholen.

Ich sehe ihn an. Sein Mund ist ein wenig geöffnet. Ein leichtes Zucken huscht über seine geschlossenen Lider. Er hat so unglaublich dichte Wimpern. Am Haaransatz fällt mir eine kleine, etwa zwei Zentimeter lange Narbe auf. Woher er die wohl hat? Ich muss mich zwingen, den Blick abzuwenden, und schlüpfe rasch in meine Arbeitshose. Es wäre mir peinlich, würde er mich lediglich in T-Shirt und Slip sehen. Einen Moment bin ich unschlüssig, wie ich ihn wach bekommen soll. Vorsichtig knie ich mich auf den Boden und hauche einen zarten Kuss auf seine Schläfe. »Luis.« Zaghaft berühre ich seine Wange. Träge wendet er den Kopf und schlägt langsam die Augen auf. Wir sehen uns an und schon wieder scheint die Welt für einen Moment stillzustehen.

»Bereit?« Ich lächle ihn an.

»Bereit.« Er ergreift meine Hand. »Komm schon, zieh mich hoch. Wir wollen dein Bruderherz schließlich nicht warten lassen.«

Wir arbeiten Hand in Hand, als wären wir schon seit Ewigkeiten ein eingespieltes Team. Caro ist beim Melken der Kühe behilflich und Luis und Chris schaufeln am anderen Ende des Stalles in schweigender Eintracht den Mist in die Schubkarren. Ben und Jenny versorgen die Tiere mit frischem Heu. Und obwohl ich so wenig Schlaf hatte, fühle ich mich erholt und befreit. Ich spüre, dass es meinen Geschwistern ebenso geht. Eine zentnerschwere Last scheint von uns abgefallen zu sein.

Ich habe ein schlechtes Gewissen, weil ich kein schlechtes Gewissen habe – ist das nicht verrückt?

Natürlich sind Nick, Ben und Jenny fast die Augen aus dem Kopf gefallen, als sie im Stall auf Caro und Luis trafen.

»Hat dein Date bei dir übernachtet?«, flüstert Jenny mir in einem unbeobachteten Moment fassungslos ins Ohr.

»Hätte ich dich um Erlaubnis fragen sollen?«, stelle ich die Gegenfrage und dann müssen wir beide grinsen.

»Er sieht aus wie der Typ aus *Divergent*«, flüstert sie weiter.

»Der Typ aus was?«

»Na, der Typ aus *Divergent ... – Die Bestimmung – Divergent*«, setzt sie noch nach, als wäre damit alles geklärt.

»Ich finde, er sieht aus wie der Typ aus der Parfümwerbung, selbst jetzt, hier im Stall.« Ich rede in diesem Moment eher mit mir als mit Jenny. Die Worte kommen hypnotisch aus meinem Mund und ich schaffe es nicht einmal mehr zu blinzeln. Gebannt beobachte ich, wie er in gleichmäßigem Rhythmus den Mist in die Schubkarre befördert. Er trägt eine Arbeitshose und ein T-Shirt von Chris. Ein schmaler, feuchter Streifen, der von der Brust bis zum Bauchnabel reicht, ist darauf zu erkennen und selbst von weitem kann ich den schweißigen Glanz auf seinen muskulösen Armen und seinem Hals sehen.

»Hallooh.« Jenny tippt mich an.

»Was?« Verwirrt sehe ich sie an.

»Das ist derselbe.«

»Derselbe?«, frage ich etwas dümmlich.

»Theo James, der Schauspieler aus *Die Bestimmung – Divergent* – er macht auch diese Parfüm-Werbung für Boss.« Ein weiteres Mal verdreht sie die Augen.

Meine kleine Schwester … »Woher weißt du das denn alles?« Neugierig sehe ich sie an.

»Sophia und ich haben den Film vor einiger Zeit bei ihr zu Hause angeschaut.« Sie seufzt auf. »Der Typ ist so heiß.«

Ich folge ihrem Blick und bin mir nicht sicher, wen sie nun meint: diesen Schauspieler oder Luis.

»Sind die süß.« Caro ist total fasziniert von unseren drei Kälbern. »Aber warum tragen sie diese schrecklichen Maulkörbe?«

»Damit sie kein Heu fressen. Sie bekommen ausschließlich Milch oder Milchpulver.« Zärtlich kraule ich eines der Tiere hinterm Ohr.

»Damit sie kein Heu fressen? Warum das denn? Ich meine, warum sollten sie kein Heu fressen dürfen?« Hingebungsvoll streichelt sie eines der Tiere an der Stirn.

»Das Fleisch hätte nicht mehr diese schöne rosa Farbe. Es wäre eher dunkelrot – wie Rindfleisch eben. Man könnte es nicht als Kalbfleisch anbieten.«

»Als Kalbfleisch anbieten?« Caro sieht mich aus weit aufgerissenen Augen an.

Obwohl es mir auch heute noch ins Herz schneidet, wenn

Fritz Eberhard eines dieser Tiere abholt, muss ich nun doch lachen.

»Liebe Caro, was denkst du wohl, wo dein Kalbsschnitzel herkommt?«

Ihr bestürzter Blick heftet sich wieder auf das kleine Rind und ich habe fast den Eindruck, ihre Worte sind an das Tier gerichtet. »Ich schwör dir, ab heute werde ich Vegetarierin.«

Solange unsere Jungs die Arbeitsgeräte und das Melkzubehör reinigen und Jenny die Kälber tränkt, verziehen Caro und ich uns schon mal in die Küche, um das Frühstück vorzubereiten. Wir stellen alles auf den Tisch, was der Kühlschrank hergibt.

»Was haben wir denn da?« Überrascht befördere ich zwei Tupperdosen mit Käse und Schinken hervor.

»Ja, Diego hat Chris gestern Abend noch was mitgegeben.«

Caro stellt Teller und Tassen auf den Tisch. Sie hält inne und lächelt.

»Er ist ein Naturtalent hinter dem Tresen, weißt du das? Er hatte voll den Durchblick. Als würde er das schon immer machen.« Sie sieht versonnen vor sich hin. »Und er macht das auf so eine ruhige und bestimmte Art, wie hier bei euch zu Hause. Man hat das Gefühl, er weiß genau, was er tut, er hat alles im Griff. Ich fühl mich bei ihm so geborgen und beschützt.« Sie sieht mich an. »Verstehst du, was ich meine?«

Ich verstehe genau, was sie meint. Ein Grinsen geht über ihr Gesicht. »Und er ist der süßeste Typ überhaupt. Du hättest ihn mir viel früher vorstellen sollen«, sagt sie mit leicht vorwurfsvollem Ton. »Und das Beste ist, ich habe bis jetzt noch keinen Haken gefunden. Ich habe sonst immer nach spätestens einem Tag bei jedem Typen einen Haken gefunden«, plappert sie weiter, »aber bei Chris gibt es keinen, es ist perfekt.« In nahezu ängstlicher Erwartung hebt sie plötzlich den Kopf. »Es gibt doch keinen Haken, Maddy, oder?«

Ich lehne mich an die Kühlschranktür und betrachte liebevoll meine Freundin. Einen Moment überlege ich, wie ich beginnen soll.

»Du weißt, wir mussten schon früh Verantwortung übernehmen. Unsere Eltern haben sich nicht gekümmert — wir waren ihnen egal. Chris war ein wissbegieriges Kind. Er hat sich für alles Mögliche interessiert, und nachdem Vater ihm nie eine zufriedenstellende Antwort auf seine unzähligen Fragen geben konnte, hat er sich all sein Wissen selbst beigebracht. Ständig schleppte er irgendwelche Bücher mit sich herum, um diese in der wenigen freien Zeit, die er hatte, an den unmöglichsten Orten zu verschlingen. Es gab da einen Lehrer, der ihn sehr unterstützte. Und obwohl er fast nie seine Hausaufgaben erledigte, hatte er meistens eine Eins vor dem Komma stehen. Ich glaube, Vater begann ihn zu hassen, als er bemerkte, wie Chris ihm in vielen Dingen überlegen war. Je älter er wurde, desto mehr verhärteten sich die Fronten. All die Vorschläge und Ideen, die er Vater gegenüber ansprach, wenn es um die Erneuerung des Hofes ging, wurden abgeschmettert. Er hat eine Vision, weißt du, er würde gerne einen Biohof aus dem Anwesen machen, könnte Kredite und Fördergelder erhalten.« Ich schüttle den Kopf. »Aber er hat keine Chance. Vater will ihm den Hof nicht überschreiben und Chris glaubt, dass das auch niemals geschehen wird. Wir stecken in der Klemme, Caro. Wir können hier nicht weg. Nicht die nächsten Jahre. Ben und Jenny – sie brauchen mich. Und Chris? Wo sollte er hin? Der

Hof ist trotz allem sein Leben. Er liebt diese Arbeit, obwohl Vater ihm kaum mehr als einem Hartz-IV-Empfänger bezahlt.« Ich sehe Caro an. »Es quält ihn, dass er dir nichts bieten kann.«

Langsam lässt sie sich auf den Stuhl sinken. »Was? Hat er das gesagt?«

»Das muss er nicht. Ich kenne meinen Bruder gut genug, um das zu wissen.«

»So ein Blödsinn. Er muss mir nichts bieten oder beweisen. Ich brauch das nicht, das muss er doch wissen.« Ratlos sieht sie mich an. »Das muss er doch wissen, oder Maddy?«

»Sag es ihm und zeig es ihm, mehr kannst du nicht tun, Caro.« Ich schenke ihr ein trauriges Lächeln.

Sie presst die Lippen zusammen und nickt. »Das werde ich.«

»Wo bleiben sie denn so lange?« Ich glaube an ein Trugbild, als ich ans Fenster trete. »Ich fasse es nicht!«

Sie stehen alle vor der geöffneten Motorhaube des Maserati. Während Nick und Ben fasziniert in das Innere blicken, unterhalten Chris und Luis sich anscheinend angeregt.

»Ist das nicht ein schönes Bild?« Caro beugt sich über meine Schulter. »Dein Date scheint Eindruck geschunden zu haben«, spielt sie auf Jennys Worte an, die ihr wohl nicht entgangen sind.

Ein warmes Gefühl durchströmt mich und ich muss lächeln. Niemals zuvor herrschte in diesem Raum eine derart gelöste Stimmung, nie zuvor wurde hier so laut gelacht. Heute ist alles anders. Könnte es doch immer so sein. Bereits heute Nacht habe ich mein selbstgebackenes Brot und ein paar restliche Zimtschnecken aufgetaut. Auf dem Tisch stehen drei verschiedene Marmeladengläser: Erdbeer-

Rhabarber, Pflaume-Orange und Himbeere. Außerdem Käse und Schinken von Diego.

»Sie hat das alles selbst gemacht. Also eins steht fest, verhungern wirst du bei Madlen nicht.« Genüsslich beißt Caro in ihr Marmeladenbrot und wirft Luis dabei einen Blick zu.

»Ja«, pflichtet Chris ihr bei, »Maddy ist wirklich eine gute Köchin.«

»Ich weiß«, Luis setzt seine Kaffeetasse ab, dabei lächelt er mich an. Den Kopf leicht gebeugt und ein wenig schräggelegt, zieht er die Stirn in Falten. Wir sehen uns in die Augen und einen Moment sind nur wir beide hier an diesem Tisch in der Küche und es dauert eine ganze Weile, bis ich die Worte an meinem Ohr bewusst wahrnehme.

»... ich euch, dass ich nie wieder ein Stück Fleisch anrühren werde.« Caro sieht mich an. »Stimmt's Maddy?«

»Was?« Ich sehe sie an, keine Ahnung, von was sie spricht.

»Ich ernähre mich von nun an vegetarisch. Fleisch war ohnehin noch nie so mein Ding.« Mit diesen Worten steckt sie sich ein Stück Schinken in den Mund. »Was guckt ihr denn so?«

»Ähm, du hast gerade Schinken gegessen.« Jenny zuckt mit den Schultern und verzieht leicht den Mund.

»Ja, und?« Unschuldig erwidert sie Jennys Blick.

»Das ist auch Fleisch«, sagt Jenny.

»Oh – stimmt!« Caro schlägt die Hand vor den Mund und diese Geste bringt uns endgültig zum Lachen.

Es ist beinahe zehn, als wir gemeinsam den Tisch abräumen.

Unser Angebot, hier zu duschen, haben Caro und Luis ausgeschlagen. Wir haben nicht versucht, sie zu überreden. Im Gegenteil, ich glaube, Chris war ebenso wie ich erleichtert, ihnen nicht unser baufälliges Badezimmer zeigen zu müssen.

Während ich die Küche schnell in Ordnung bringe, gehen sie nach oben, um sich umzuziehen. Ich betrachte den leeren Küchentisch und wieder denke ich, könnte es nur immer so sein. Auch Jenny ist wie verwandelt. Schon lange habe ich sie nicht mehr so gelöst erlebt. Als ich an ihrem Zimmer vorbei gehe, höre ich sie zur Musik summen.

Immer noch in Gedanken bei ihr öffne ich die Tür zu meinem Zimmer. Luis streckt mir den Rücken zu. Er trägt bereits seine Jeans und ist gerade dabei, sein T-Shirt überzuziehen, als ich den Rest eines schwarzen Musters darunter hervorblitzen sehe. Ein Tattoo. Was es ist, kann ich nicht erkennen, aber es muss groß sein. Ich beiße mir auf die Unterlippe. Zu gerne würde ich es betrachten, ihm das T-Shirt hochschieben, ausziehen ... Kurz schließe ich die Augen. *Reiß dich zusammen*, befehle ich meinem Inneren. Als ich sie öffne, kommt Luis langsam auf mich zu. Dicht vor mir bleibt er stehen. »Meine kleine Köchin.« Er hebt einen Mundwinkel, dann schiebt er seine Hand in meinen Nacken. Sein Daumen fährt über meine Unterlippe und ich sehe zu ihm auf.

»Danke«, hauche ich. »Das war einer der schönsten Tage in meinem Leben, weißt du das?« Ich atme ein und aus. »Meine Mutter liegt schwer verletzt im Krankenhaus und trotzdem war das einer der schönsten Tage in meinem Leben«, wiederhole ich die Worte mit einer Verzweiflung in der Stimme, die ich selbst nicht nachvollziehen kann. Ich spüre Tränen über meine Wangen laufen.

»Komm her.« Mit einem Arm zieht er mich an sich und ich vergrabe das Gesicht an seiner Brust.

14.

Sonntag, 21. Mai 2017

Ich bin im Schlafzimmer meiner Eltern. Normalerweise betrete ich es nie und es fühlt sich seltsam an, da zu stehen. Langsam lasse ich den Blick über die billigen Kiefernmöbel aus den Achtzigern gleiten. Sie sind mit unzähligen Macken übersät. Auf dem vermutlich noch älteren PVC-Boden ist das Muster teilweise nicht mehr zu erkennen. An manchen Stellen hebt sich der Belag.

Ratlos stehe ich vor der geöffneten Schranktür. Was soll ich ihr nur alles mitbringen? Zuerst packe ich etwas Unterwäsche in die alte zerschlissene Reisetasche. Dann entdecke ich noch eine Leggings, ein Nachthemd und ein paar T-Shirts. Hausschuhe oder etwas in der Art könnte sie gebrauchen. Auf dem Schrankboden stehen ein paar Schuhkartons, aber in zwei davon sind nur Halbschuhe und im dritten ein paar Winterstiefel. Ich hole die Schachteln hervor. Vielleicht sind dahinter welche. Ich knie auf dem Fußboden und beuge mich tief in den Schrank, da fällt mir ganz hinten in der rechten Ecke eine Holzkassette auf. Ich greife nach dem kleinen Kästchen und setze es vorsichtig vor mir ab. Mit den Fingern streiche ich über die zarten Schnitzereien. Was mag da wohl drin sein? Einen Moment zögere ich. Steht es mir zu, sie zu öffnen? Aber natürlich kann ich nicht widerstehen. Langsam klappe ich den Deckel hoch. An den Seiten ist er mit feinen Stoffbändern fixiert. Da sind Briefe. Ich zähle zehn Stück. Auf jedem einzelnen steht in schöner, geschwungener Schreibschrift Mutters Name – Anna. Ich hole einen nach dem anderen heraus und dann entdecke ich noch etwas. Mit einem Mal schnürt es mir die Kehle zu. Es ist ein Plastikbändchen, so eines, welches Neugeborene im Krankenhaus an ihrem Handgelenk tragen. Es ist blau und es steht ein Name darauf – Philip.

Was um alles in der Welt hat das zu bedeuten? Hatten wir noch einen Bruder? Aber wenn dem so wäre, warum haben wir keine Kenntnis von ihm? Selbst wenn unsere Eltern es verschwiegen hätten, so wäre es doch sicherlich früher oder später ans Tageslicht gekommen. In einem kleinen Dorf wie Breitenbach kennt jeder jeden. Geheimnisse gibt es hier nicht.

Und da fällt mir das Datum auf, 15. März 1988. Es steht direkt unter seinem Namen. Vier Jahre bevor Chris auf die Welt gekommen ist. Ich beginne zu rechnen. Sollte dieser Philip tatsächlich unser Bruder sein, so wäre Mutter bei dessen Geburt gerade einmal siebzehn Jahre alt gewesen.

Ich verstaue alles wieder in der kleinen Kassette. Keinen der Briefe habe ich gelesen. Sie sind bestimmt nicht von Vater, so viel ist klar. Sie gehören zu Mutters großem Geheimnis und es steht mir nicht zu, in dieses einzudringen.

Ich erzähle keinem von meiner Entdeckung. Zuerst einmal muss ich selbst damit klarkommen. Zu gern wüsste ich, was in den Briefen steht. Hätte ich eine Antwort darauf gefunden, was es mit diesem Kind auf sich hat?

Während wir auf dem Weg ins Krankenhaus sind, muss ich ständig darüber nachdenken. Ich benötige einen Moment, bis ich mitbekomme, dass Chris etwas gesagt hat.

»Was?« Ich richte mich ein wenig auf.

»Sie wird nicht reden, sie hat viel zu große Angst.«

Angestrengt sieht er auf die Straße.

»Vielleicht ja doch, so schlimm hat er sie noch nie zugerichtet.« Ich werfe ihm einen kurzen Blick zu.

»Mmh, wenn sie ihn einbuchten, was glaubst du, wird er mit ihr machen, wenn er wieder rauskommt, in ein paar Monaten?« Er schüttelt den Kopf. »Er wird sie totschlagen.«

Ich zucke zusammen. Vermutlich hat Chris recht. Was bleibt ihr also für eine Wahl?

Das Krankenhaus befindet sich am anderen Ende der Stadt, auf einer kleinen Anhöhe. Der Parkplatz ist ziemlich voll. Wir müssen ein ganzes Stück gehen. Durch die Drehtür gelangen wir ins Innere. Der typische Krankenhausgeruch nach Desinfektionsmitteln schlägt uns entgegen. Wir steuern auf die Anmeldung zu und fragen nach Mutters Zimmernummer. »Dritter Stock, Station drei, Zimmer 401«, erklärt uns eine etwas ältere Dame mit Nickelbrille und Dauerwelle in freundlichem Ton. »Den Gang entlang, rechts ist der Aufzug.«

Das Krankenhaus wurde erst letztes Jahr renoviert. An den Wänden des hellen Flurs hängen moderne, abstrakte Fotodrucke in kräftigen bunten Farben. Das Bild setzt sich auch im dritten Stock fort.

»Entschuldigen Sie, wir wollen zu Anna Pechstein.«

Die junge Schwester an der Information blickt auf. Fragend sieht sie uns an.

»Sie ist unsere Mutter«, beeile ich mich zu sagen.

»Oh, ja, einen Augenblick bitte, ich sehe nach, ich habe eben erst meine Schicht begonnen.« Entschuldigend lächelt sie uns an. »Anna Pechstein ...« Sie fährt mit dem Zeigefinger die Liste entlang, die sie vor sich liegen hat.

»Ah ja, da haben wir sie. Frau Pechstein wird im Moment

operiert. Gestern hatten wir viele Notfälle, daher ist sie heute erst dran.« Sie wirkt ein wenig zerknirscht. »Kieferfraktur«, beantwortet sie unseren fragenden Blick.

Etwas ratlos sehen Chris und ich uns an.

»Ich fürchte, es macht keinen Sinn zu warten. Sie wird heute sicherlich nicht ansprechbar sein. Wenn ihr ein paar Sachen mitgebracht habt, kann ich die für euch in ihren Schrank räumen.« Sie deutet auf die Reisetasche, die Chris in der Hand hält.

Wir nehmen das Angebot an und vereinbaren mit der Schwester, am nächsten Tag wiederzukommen.

»Am besten kurz vor Mittag. Da habt ihr dann auch Gelegenheit, mit dem Arzt zu sprechen.«

Schweigend gehen wir wieder zurück zum Auto. Wir lassen uns in die Sitze fallen. Chris atmet tief ein und wieder aus. »Ich denke, wir sollten uns bei der Polizei nach dem neusten Stand der Dinge erkundigen, was meinst du?« Er sieht mich an und als ich wortlos nicke, legt er den Rückwärtsgang ein.

»Was heißt das, Sie müssen ihn spätestens nach vier Tagen gehen lassen?« Ungläubig sieht Chris den Polizeibeamten an. »Er hat sie fast totgeschlagen!«

»Hören Sie, bis jetzt hatten wir noch keine Gelegenheit, ihre Mutter zu vernehmen. Wir haben nichts gegen ihn in der Hand. Solange seine Aussage, sie wäre die Treppe hinuntergefallen, nicht widerlegt werden kann, sind wir machtlos.«

Chris dreht sich zur Seite und fährt sich mit beiden Händen durchs Haar, dann wendet er sich wieder dem Beamten zu. »Solche Verletzungen werden nicht durch einen Treppensturz verursacht, das wissen Sie!« Beschwörend sieht er den Mann an.

»Ihre Mutter ist im Krankenhaus erst einmal in Sicherheit.«

»Ja ... ja, das ist sie.« Chris stößt ein abfälliges Lachen aus. »Und was ist mit uns? Muss zuerst etwas noch Schlimmeres geschehen, damit Sie ihn wegsperren?«

»Wenn es zu einem weiteren Vorfall kommen sollte, können wir einen Wohnungsverweis erwirken«, versucht der Polizist Chris zu beschwichtigen.

»Wenn es zu einem weiteren Vorfall kommen sollte ...« fassungslos wiederholt Chris die Worte und sieht den Mann einen Moment an. Dann schüttelt er kurz den Kopf. »Komm, lass uns gehen.« Er schnappt meine Hand und zieht mich davon.

»Caro schreibt. Sie meint, wir sollen zu Hause bleiben und uns gründlich ausschlafen. Diego kann heute Abend auf uns verzichten.« Ich werfe Chris einen Blick zu. Er wirkt erleichtert und ich bin es ehrlich gesagt auch. Ich bin todmüde. Schließlich haben wir nach der aufregenden Nacht nur zwei Stunden geschlafen und der sonntägliche Mittagsschlaf fehlt heute auch.

Wir biegen gerade in den Hof ein und mein Handy macht sich zum zweiten Mal bemerkbar. Luis' Name leuchtet mir entgegen. Ich gehe ran, während ich aussteige.

»Hey.«

»Hey.«

Einen Moment lauschen wir beide in die Stille.

»Wie geht's dir?«

»Ganz ok, ein bisschen müde.«

»Seid ihr im Krankenhaus gewesen?«

»Ja, sie war gerade im OP – Kieferbruch.«

»Oh, doch so schlimm?«

»Ich weiß nicht, wir gehen morgen um die Mittagszeit nochmal hin, dann können wir mit dem Arzt sprechen.«

»Ok.«

Wieder schweigen wir einen Augenblick.

»Madlen, hör zu, bleib zu Hause, heute Abend. Ich regle das mit Diego. Du musst schlafen.« Er sagt das mit seinem bestimmenden Ton, aber da ist auch Sorge in seiner Stimme und das rührt mich.

»Ja, Caro hat uns schon geschrieben, Diego weiß Bescheid.«

»Gut.« Ich höre ihn erleichtert ausatmen.

»Luis?«

»Ja?«

»Du fehlst mir.«

»Du weißt nicht, wie sehr du mir fehlst, Baby.«

Ich schließe die Augen. »Wann kommst du wieder?«

»Wann immer du willst.«

»Morgen?«

»Morgen.«

»Okay«, hauche ich erleichtert in den Hörer. »Zwischen zwei und fünf ist eine gute Zeit ... aber da musst du sicherlich arbeiten«, fällt mir da gerade noch ein.

»Dann um zwei«, sagt er schnell, meinen Einwand ignorierend.

»Madlen?«

»Ja?«

»Zieh dir etwas Bequemes an, ok? Ich meine was wirklich Bequemes, also am besten Jeans und Turnschuhe – und nimm keine Tasche mit.«

»Mach ich.« Ich bin zu erschöpft, um Fragen zu stellen. Ich werde es einfach tun.

Gegen Abend kommt Martin. Er ist in Begleitung dieses dunkelhäutigen Mannes, der kürzlich bei ihm auf dem Traktor gesessen hat. Chris rief ihn heute Morgen an und erzählte, was in der Nacht bei uns los war. Keine Sekunde musste er ihn um Hilfe bitten. »Ich komme heute Abend mit Said vorbei«, waren seine Worte. Und da sind sie.

Er stellt uns einander vor. Said ist ein freundlicher, zurückhaltender junger Mann, der anpacken kann. Er stammt aus Syrien und spricht bereits überraschend gut deutsch.

»Ich kann ihn die nächsten Tage entbehren, ihr braucht ihn dringender als wir.« Martin schlägt Chris freundschaftlich auf die Schulter.

»Danke, Mann – ich mach das irgendwann gut.«

»Mach dir keinen Kopf. Ich schick ihn dir, solange es nötig ist. Es macht ihm nichts aus – stimmt's Said?«

Said lächelt. »Nein, egal wo ich arbeite. Wenn ich werde gebraucht, ich helfe gerne.«

Chris reicht ihm die Hand. »Danke.« Sie nicken sich einvernehmlich zu.

Da auch Martin mithilft, sind wir mit der Stallarbeit an diesem Abend eine halbe Stunde früher fertig. Unser Angebot, zusammen mit uns Abendbrot zu essen, schlagen sie aus.

»Mutters Wurstsalat wartet auf uns, besser gesagt auf mich.« Er zwinkert Said zu und boxt ihn scherzhaft auf den Arm.

»Für unseren Freund hier gibt es vermutlich Käsesalat, oder was meinst du, Said, willst du es heute nicht mal mit Schinkenwurst versuchen?«

Said hebt abwehrend die Hände, er lächelt. »Auf keinen Fall, niemals.«

»Mannomann, du weißt ja gar nicht, was dir entgeht.«

Martin schüttelt in gespielter Verzweiflung den Kopf, doch Said grinst nur.

Am Ende siegt die Müdigkeit über den Hunger und meinen Geschwistern scheint es ähnlich zu gehen.

Wir hatten zwar ein ausgiebiges Frühstück, aber das ist Stunden her und heute Mittag hat sich jeder selbst mit einer Kleinigkeit versorgt.

Nachdem Chris als Letzter das Badezimmer verlassen hat – natürlich werden wir jeden Tag duschen, solange Vater weg ist — kehrt schnell Ruhe ein.

Es ist kurz vor halb zehn, als ich das letzte Mal auf die Zeitanzeige meines Handys schaue und schließlich in einen traumlosen Schlaf falle.

15.

Montag, 22. Mai 2017

Es war eine gute Entscheidung, nicht ins Fellini zu gehen. Das erste Mal seit langer Zeit wache ich am nächsten Morgen ausgeruht auf.

Pünktlich um fünf verlassen wir das Haus. Im Stall brennt Licht.

»Wer hat vergessen, es auszumachen?« Tadelnd hebt Chris die Augenbrauen und lässt seinen Blick abwechselnd zwischen Nick und Ben gleiten. In diesem Moment fällt mir das Fahrrad neben der Stalltür auf.

»Sieh mal.«

Wir betreten den Stall. Gut gelaunt vor sich hin summend ist Said bereits mit Ausmisten beschäftigt. Ein Strahlen geht über sein Gesicht.

»Guten Morgen.« Er hält inne. »Habe gedacht, fange schon mal an, hoffe kein Problem?« Unsicher sieht er in unsere überraschten Gesichter.

»Nein, nein – kein Problem.« Chris fängt sich zuerst und lächelt Said an. »Aber du musst nicht so früh kommen.«

Es ist unübersehbar, dass er mindestens schon eine halbe Stunde im Einsatz ist.

»Es macht mir Freude.« Sachte wiegt er den Kopf. »Wenn ich nicht kann schlafen, lieber arbeiten.«

»Was du nicht sagst, ich könnte ständig schlafen.« Nick gähnt und streckt sich gleichzeitig.

Said sieht ihn an. »Wenn ich versuche zu schlafen, dann ich höre bum bum hier drin.« Er tippt sich an den Kopf. Sein

Lächeln ist verschwunden und er blickt einen Moment abwesend vor sich hin. Wir verfallen alle in unangenehmes Schweigen, aber dann ist es ausgerechnet Said selbst, der die Situation rettet.

»Ich bin in Sicherheit hier. Martin ist guter Mann und ich denke, ihr seid auch gute Menschen. Ich bin sehr dankbar, dass ich sein kann hier in Deutschland.« Sein Mund verzieht sich zu einem Lächeln.

Said ist wirklich Gold wert, denn er sieht die Arbeit und weiß, wo es anzupacken gilt. Ich kann ihn überreden, mit uns zu frühstücken. Er trinkt Schwarztee und isst dazu ein Marmeladenbrot. Ich erwähne, es selbst gebacken zu haben, da lächelt er wieder auf seine freundliche Art.

»Meine Mutter auch immer selbst gebacken und Schwester auch gemacht Ma ... mar ...«

»Marmelade«, helfe ich ihm auf die Sprünge.

»Marmelade.« Er nickt und freut sich, dass er das Wort richtig ausgesprochen hat.

»Sind sie auch hier, also deine Familie?« Neugierig sehe ich ihn an. Stumm schüttelt er den Kopf und dann erzählt er, dass seine beiden Schwestern bei einem Bombenangriff getötet wurden. »Sie haben gearbeitet in Krankenhaus. Viele wurden getötet, viele Kinder.«

Die schrecklichen Nachrichten in den Medien mitzubekommen ist schon schlimm genug, aber es ist noch einmal etwas ganz anderes, dieses Grauen aus dem Mund eines Betroffenen zu hören. Wie unvorstellbar groß müssen die Angst und das Leid dieser Menschen sein?

Said erzählt, dass seine Eltern ihm ihre ganzen Ersparnisse gegeben haben, damit wenigstens er es nach Deutschland schafft. »Ich möchte studieren Informatik, und wenn ich bin fertig, ich möchte holen meine Familie nach.« Er erzählt uns, dass er noch fünf weitere Geschwister hat.

»In Aleppo alles kaputt – alles.« Mit leeren Augen sieht er uns an. »Ich liebe mein Land, aber es existiert nicht mehr.«

»Er hat einen weiten Weg vor sich.«

Während ich den Tisch abräume, blickt Chris nachdenklich dem davon radelnden Said hinterher.

»Ich wünsche ihm, dass er es schafft, aber es wird verdammt hart werden.«

16.

Montag, 22. Mai 2017

Wir betreten Station drei des Krankenhauses. Der Arzt sitzt hinter der Information neben der Schwester, mit der wir gestern gesprochen haben. Er telefoniert.

»Nehmt Platz. Ihr könnt gleich mit Dr. Wagner sprechen.«

Die Krankenschwester deutet auf eine gepolsterte Sitzreihe gegenüber dem Tresen. Wir sitzen kaum, da beendet der Arzt das Telefonat und steuert auf uns zu. Ich schätze ihn auf Mitte bis Ende fünfzig. Er ist nicht sehr groß, schlank und mit seinem dunklen Haar und dem bereits grau melierten, kurz geschorenen Bart vermittelt er einen seriösen Eindruck. Zuerst reicht er mir, dann Chris die Hand.

»Sie sind also die Kinder von Frau Pechstein«, stellt er fest und blickt von seinen Unterlagen auf.

Er erklärt uns, dass die Operation gut verlaufen sei und dass der Unterkiefer mit Hilfe von Titanplatten, die nach ungefähr drei bis sechs Monaten wieder entfernt werden, fixiert wurde.

»Wir behalten Ihre Mutter noch eine Woche hier, um den Heilungsverlauf zu kontrollieren.« Er sieht uns ernst an.

»Im Moment sind zwei Polizisten bei ihr, um sie zu befragen.« Er zögert. »Ist das schon öfters vorgekommen?«, fragt er unvermittelt.

»Ja.« Chris nickt knapp. »Nicht so schlimm, aber ja, er schlägt sie öfters.«

»Sie behauptet, sie wäre die Treppe hinuntergefallen.«

Prüfend sieht Dr. Wagner uns an. »Wenn sie das den Polizisten auch erzählt«, er wiegt den Kopf, »wird Ihr Vater ungestraft davonkommen.«

Chris beugt sich vor. »Aber Sie kennen doch die Wahrheit.« Seine Stimme klingt eindringlich.

»Wenn Ihre Mutter bei der Geschichte bleibt, fürchte ich, kann man Ihren Vater nicht belangen.«

Chris und ich sehen uns an und da geht auch schon die Tür zu Mutters Zimmer auf. Die beiden Polizisten treten in den Gang. Es sind dieselben, die gestern auf unserem Hof waren. Ein Blick in ihre Gesichter und wir wissen, dass nichts geschehen wird. Vater wird Mittwochabend nach Hause kommen.

»Vielleicht gelingt es Ihnen, Ihre Mutter zu überzeugen, die Wahrheit zu sagen.« Die junge Polizistin sieht uns mitfühlend an.

»Wenn nicht, müssen wir Ihren Vater spätestens übermorgen laufen lassen.« Bedauernd wiegt ihr älterer Kollege den Kopf. »Tut mir leid, denn in diesem Fall haben wir nichts gegen ihn in der Hand.«

Wir betreten das Zimmer. Ein muffiger Geruch schlägt uns entgegen und am liebsten würde ich sofort das Fenster aufreißen. Das Bett neben ihr steht leer. Zum Glück ist sie allein, so bekommt niemand mit, was wir zu bereden haben.

Ihr Kiefer ist zwar nicht mehr verschoben, aber das ganze Gesicht ist stark verschwollen und mit Blutergüssen übersät.

»Das wird wieder«, die Schwester stellt eine Flasche Wasser auf den Nachttisch. »Fünf Minuten.« Sie nickt uns streng zu, dann verlässt sie mit energischen Schritten den Raum.

Ich setze mich an Mutters Bett. Mit den Händen in den

Hosentaschen lehnt Chris an der Fensterfront und sieht auf sie herab. Nur am Mahlen seiner Kieferknochen ist zu erkennen, dass auch ihn die Situation nicht kalt lässt.

»Wie geht es dir, Mutter?«

Sie sieht mich an und ich versuche, irgendetwas in ihrem Gesichtsausdruck zu lesen.

»Du musst die Wahrheit sagen, Mutter, hörst du?«

Eine Weile lässt sie den Blick auf mir ruhen, dann dreht sie den Kopf zur Seite und schließt die Augen.

Ich versuche es noch einmal. »Mutter, wenn du nicht die Wahrheit sagst, kommt er spätestens übermorgen raus.«

Langsam wendet sie mir den Kopf wieder zu. Mühsam kommen die Worte aus ihrem Mund. »Wenn ich die Wahrheit sage, bringt er mich um.« Wie in Trance scheint sie durch mich hindurchzusehen. Doch plötzlich verändert sich ihr Gesichtsausdruck – ihre Augen weiten sich. »Ich will nicht sterben, ich muss ihn doch ...« Ihre Hand schnellt vor und mit erstaunlicher Kraft umfasst sie beinahe panisch mein Handgelenk. Als würde ihr schlagartig ein anderer Gedanke in den Sinn kommen, verwandeln sich ihre Züge ein weiteres Mal und ein seltsam verklärtes Lächeln huscht über ihr Gesicht. »Dann bin ich endlich bei ihm.« Mit diesen Worten schließt sie die Augen und scheint auf der Stelle einzuschlafen.

»Was hat sie damit gemeint?«

»Keine Ahnung.« Chris schüttelt frustriert den Kopf. »Vielleicht hat sie nur wirres Zeug geredet, vermutlich steckt ihr die Narkose noch in den Knochen.«

Das kann ich nicht glauben. *Ich will nicht sterben, ich muss ihn doch ... Dann bin ich endlich bei ihm* – hat sie dieses Kind gemeint? Philip? Ich frage mich, warum ich Chris nichts davon erzähle, aber aus irgendeinem Grund habe ich das Gefühl, es im Moment noch für mich behalten zu müssen.

Ben und Jenny essen heute in der Schulmensa und Nick kommt ohnehin erst am Abend nach Hause. Also haben Chris und ich uns ausnahmsweise eine Pizza geholt.

Als wir zu Hause ankommen, ist es bereits nach eins. Ich habe ein schlechtes Gewissen, weil ich mir heute Mittag frei nehme.

»Brauchst du nicht. Genießen wir die zwei Tage einfach noch ein wenig. Ich reiß mir heute auch kein Bein mehr raus«, meint Chris. »Vielleicht repariere ich den Zaun auf der Koppel und mähe noch die obere Wiese.«

Ok, Jeans, Turnschuhe ... und oben? T-Shirt, eine Jacke? Keine Ahnung, was Luis vorhat.

Das Wetter hält sich, noch immer herrschen frühsommerliche Temperaturen. Es ist fast zu trocken für die Jahreszeit. Trotzdem beschließe ich, meine Jeansjacke mitzunehmen.

Mit der Bürste fahre ich mir durchs Haar und werfe einen letzten Blick in den Spiegel.

»Was hast du vor, Luis Mosca?« Ich hebe die Brauen, nehme den Glanz in meinen Augen wahr und kann es kaum erwarten, ihn zu sehen.

Es ist Viertel vor zwei und ich mache mich auf den Weg. Eigentlich hätte mich Luis direkt auf dem Hof abholen können, schließlich ist Vater nicht da. Vermutlich ist es die Gewohnheit der Vorsicht, dass wir uns wieder an der Bushaltestelle treffen.

Die schmale Straße, die dort vorbeiführt, ist in der Regel nie stark befahren. Sie dient hauptsächlich als Verbindungsstrecke zwischen den Aussiedlerhöfen und Breitenbach. Und so kann ich das Motorengeräusch, das sich durch den Stockerwald ankündigt, auch sofort richtig einordnen. Es ist der Schulbus. Vielleicht sitzen ja Jenny und Ben drin, überlege ich. Während ich noch versuche, mich zu erinnern, wer von den beiden heute Mittagschule hat, dringt ein weiteres Geräusch an mein Ohr – ein Motorrad. Die Erkenntnis findet gerade den Weg in mein Bewusstsein, als auch schon ein schwarzer Pfeil zwischen den Bäumen hervorschießt. Der Fahrer beschleunigt und schält dabei in schneller Folge einen Gang nach dem anderen hoch, was sich jedes Mal in der Lautstärke des aufheulenden Motors bemerkbar macht. In halsbrecherischem Tempo überholt er den Bus. Himmel, keine zehn Pferde würden mich auf so ein Teil bringen.

Ich habe den Gedanken nicht zu Ende gedacht, als das Motorrad abbiegt. In die Bushaltestelle. Zu mir.

Und irgendwie weigert sich mein Gehirn noch immer, eine Verbindung zwischen uns beiden herzustellen.

Erst nachdem Luis den Zündschlüssel abzieht und den schwarzen Helm abnimmt, beginne ich zu begreifen, was mich erwartet.

Lässig steigt er ab und kommt auf mich zu. Einen Moment lenkt mich sein Äußeres von meiner wachsenden Panik ab. Er trägt komplett schwarze Motorradkleidung. Selbst das Tuch, das er um den Hals gebunden hat, ist schwarz. Dazu diesen verdammten sexy Dreitagebart und das schiefe verwegene Grinsen im Gesicht.

»Hey, meine Schöne.« Die Hand an meiner Taille zieht er mich an sich und beginnt mich zu küssen. Wir bekommen nicht mit, wie der Bus neben uns anhält. Erst als Bens Stimme an mein Ohr dringt, öffne ich die Augen. Gott, wie peinlich, vor meinem kleinen Bruder rumzuknutschen. Aber er scheint uns überhaupt nicht wahrzunehmen.

»Geil ...« Ohne den Blick davon abzuwenden, umrundet er das Motorrad mindestens drei Mal.

»Wenn du willst, kann ich dich schnell rüberfahren.« Luis hält ihm den zweiten Helm unter die Nase, der vermutlich für mich bestimmt ist. Ben reißt die Augen auf und strahlt Luis an.

»Echt?«

»Klar.« Luis lässt den Blick zu mir gleiten. »Ich denke, deine Schwester benötigt ohnehin noch ein paar Minuten.«

»Ich kann nicht.« Panisch sehe ich Luis an. Meine Jeansjacke habe ich bereits mit der Lederjacke, die er unter dem Motorradsitz hervorbefördert hat, ausgetauscht. Einen kurzen Moment frage ich mich, ob es mal Maras war.

Er nimmt mein Gesicht zwischen seine Hände und sieht mich an. »Vertraust du mir?«

Ich blicke in seine dunklen Augen und eine warme, weiche Decke legt sich über meinen Körper und umhüllt mich.

»Ja«, ich nicke und beiß mir auf die Unterlippe. »Ja, ich vertraue dir.«

»Halt dich an mir fest und geh einfach mit den Bewegungen mit.« Ein letztes Mal sieht Luis über die Schulter, dann klappt er sein Visier nach unten und startet.

Wir biegen an der Haltestelle ab Richtung Dornberg.

Und dann gibt er Gas. Es fühlt sich an, als würde mir jemand den Boden unter den Füßen wegziehen. Am liebsten möchte ich schreien, aber nicht vor Angst, sondern weil ich in jeder einzelnen Faser diesen Adrenalinstoß spüre. Ich umklammere ihn. Unsere Körper sind aus einer Form gegossen. Schon jetzt bin ich süchtig nach diesem Gefühl, das die Beschleunigung in mir auslöst.

Wir kommen in Dornberg an und biegen in eine Seitengasse ein. Nach ungefähr hundert Metern bringt Luis das Motorrad vor einem kleinen, unscheinbaren Geschäft zum Stehen. Das winzige Schaufenster ist ganz in Weiß ausgekleidet. Die einzige Deko besteht aus einer gesichtslosen Schaufensterpuppe, die ein kurzes, kobaltblaues Cocktailkleid trägt sowie den passenden dazugehörigen Accessoires: Schuhe, Halskette und Handtasche. Alles ist perfekt aufeinander abgestimmt. Kein einziges Preisschild ist zu sehen. Plötzlich weiß ich, warum wir hier sind. *Du wirst ein Kleid brauchen, von dem ich nicht denke, dass du es hast.* Der Empfang am Freitag.

»Ach ja«, er hält einen Moment inne, bevor er die Türklinke nach unten drückt, »Pierre ist etwas ... speziell.« Ein Zucken gleitet über seine Mundwinkel.

Wir betreten das Geschäft. Niemand ist zu sehen. Ich lasse meinen Blick durch den Raum wandern. Er ist größer, als es von außen den Anschein hat. Die Einrichtung wird von zwei Farben dominiert. Weiß und Schwarz.

In jede einzelne Ecke und jeweils in der Mitte der großen weißen Bodenfliesen ist eine kleine Schwarze eingearbeitet. Betrachtet man den gesamten Fußboden, wird man von dem Muster ganz wirr im Kopf. Ich muss ein paar Mal blinzeln.

Ein weißes Sofa mit schwarzen, kurzen Beinen befindet sich auf der linken Seite und vor der riesigen Spiegelwand daneben steht ein großer schwarzer, rechteckiger Holztisch, auf dem ein Maßband, eine Schere und ein grünes Nadelkissen liegen. Über dem Sofa hängen zwei überdimensional große Bilder, auf denen jeweils zwei Models – natürlich in schwarz-weißem Look – abgebildet sind. Auf der rechten Seite sind zwei Kleiderständer aufgestellt. Über den einen ist ein kleines Schwarzes gestülpt und über den anderen dasselbe in Weiß. Der Raum wirkt beinahe keimfrei. Kein Staubkorn und kein einziger Fussel sind zu sehen. Treppenstufen knarren. Erst jetzt fällt mir die kleine Wendeltreppe in der rechten Ecke neben den Kleiderständern auf.

Luis hat keineswegs übertrieben. Pierre ist speziell. Er ist jungenhaft schlank, kleiner als ich – also vermutlich nicht mal 1,70 m – und steckt in einem maßgeschneiderten schwarzen Anzug, der wie eine zweite Haut an seinem Körper klebt. Unnötig zu erwähnen, dass er ein weißes Hemd dazu trägt. Das pechschwarze, schulterlange Haar hat er im Nacken zu einem kleinen Zopf zusammengebunden. Eine einzige Strähne fällt ihm – gewollt, wie es den Anschein hat – in die Stirn.

Das faszinierendste jedoch ist sein Gesicht. Dick aufgemalte, in akkuraten Bögen geschwungene Brauen thronen über seinen mit anthrazitfarbenem Lidschatten geschminkten Augen, die er zusätzlich noch mit einem Lidstrich betont hat. Er trägt Make-up und seine zarte Haut gleicht der eines Babypopos – jedenfalls der Teil, der nicht von dem ebenfalls akkurat in Form geschnittenen, kurzgestutzten Vollbart verdeckt wird. Erfolglos versuche ich, ihn weniger intensiv anzustarren, aber es ist mir unmöglich, den Blick von diesem exotischen Vogel zu wenden. Pierre scheint das gewohnt zu sein. Strahlend kommt er uns entgegen.

»Luis, mein schöner Mann, isch habe schon auf euch gewartet.«

Dem Akzent nach zu urteilen ist er Franzose und der optische Eindruck legt in mir die Vermutung nahe, dass er schwul sein könnte.

Galant greift er nach meiner Hand und haucht mir einen Kuss auf den Handrücken.

»Mademoiselle.« Er lächelt und scheint meinen Körper im Bruchteil von Sekunden abzuscannen. »Grün«, sagt er unvermittelt und tippt sich nachdenklich mit dem Zeigefinger an die Lippen, bevor er mir tief in die Augen sieht. »Un Moment, isch glaube, isch habe etwas Passendes für die wunderschöne Mademoiselle«.

Mit diesen Worten eilt er durch eine Tür, die mir jetzt erst auffällt. Ich werfe Luis einen fragenden Blick zu. Aber er grinst nur und lässt sich auf das Sofa fallen.

»Kaffee?« Pierre erscheint noch einmal in der Tür. Ich schüttle den Kopf, aber Luis nimmt dankend an.

Es dauert keine fünf Minuten und der kleine Franzose kommt mit einem Tablett herein. Jede seiner Bewegungen ist fließend aufeinander abgestimmt und von einer unglaublichen Eleganz. Er stellt den Kaffee und ein paar Kekse auf den kleinen Beistelltisch neben dem Sofa.

Noch immer stehe ich ziemlich verloren im Raum, als er plötzlich auf mich zusteuert und meine Hand ergreift.

»Bringen wir Monsieur Luis dazu, dass ihm fallen die Augen aus seinem hübschen Kopf.« Verschwörerisch zwinkert er mir zu und zieht mich mit sich durch die Tür.

Im Gegensatz zu dem steril wirkenden Verkaufsraum herrscht hier drinnen ein kleines Chaos.

Auf zwei großen Tischen stapeln sich Stoffe in allen

möglichen Farben und Mustern. Neben den beiden Nähmaschinen liegen Scheren, verschiedene Schnittmuster und Schneiderkreide verteilt. An der gegenüberliegenden Wand ist über die gesamte Länge eine Stange in Schulterhöhe angebracht. Sie ist vollgestopft mit Kleidern in den unterschiedlichsten Farben, Formen und Stilrichtungen. Zielstrebig steuert Pierre darauf zu und ohne auch nur eine Sekunde zu überlegen, zieht er ein grünes glitzerndes Nichts daraus hervor.

Das Kleid scheint ausschließlich aus Pailletten zu bestehen, die je nachdem, wie das Licht darauf fällt, in den verschiedensten Grüntönen schimmern. Es ist sehr figurbetont und vor allem sehr kurz. Ich bezweifle, ob es das passende Outfit für diesen Empfang sein wird. Aber Pierre sieht das offensichtlich anders. Geschmeidig bewegt er sich hin und her, öffnet Schranktüren und Schubladen, um schließlich sämtliche passende Accessoires auf einen der Tische zu ordnen.

Schuhe, die in genau demselben Grünton wie das Kleid schimmern. Oh mein Gott, die Absätze sind mindestens zehn Zentimeter hoch, da werde ich niemals drin laufen können. Strümpfe, eine Halskette mit grünen und bernsteinfarbenen Steinen, die dazu passenden Ohrclips und selbst die Handtasche ist exakt in diesen Tönen gehalten.

Es ist eine Herausforderung, das Kleid ohne Hilfe anzuziehen. Ich trete hinter dem kleinen Raumteiler, der als Umkleidekabine dient, hervor und Pierre muss mir beim Schließen des Reißverschlusses im Rücken behilflich sein.

Langsam dreht er mich an den Schultern zu sich um und geht zwei Schritte zurück. Ein verzaubertes Lächeln huscht über sein Gesicht.

»Mon dieu, isch habe es gewusst.«

Ich hebe den Kopf und schaue in den Spiegel. Ich habe das Gefühl, einer Fremden gegenüber zu stehen. Und doch bin ich von dem Anblick fasziniert. Ohne billig zu wirken, betont das Kleid meinen Körper an genau den richtigen Stellen. Die Länge ist perfekt – kurz, aber nicht zu kurz. Die angeschnittenen Ärmel schmiegen sich sanft um meine Schultern. Meine nackten Arme und mein Dekolleté scheinen den Glanz des Stoffes angenommen zu haben, ein bronzefarbener Schimmer liegt darauf.

Verlegen streiche ich mir eine Strähne hinters Ohr und schenke Pierre ein Lächeln.

»Oui, oui, oui.« Pierre stellt sich neben mich und hält mein Haar hoch. »Wir werden nehmen das Haar nach oben und geben etwas Farbe ins Gesicht.« Abschätzend wiegt er den Kopf. »Nicht zu viel, aber ein wenig.«

Ein Gefühl der Vorfreude überfällt mich. Unsere Blicke treffen sich in dem großen Spiegel und wir lächeln uns an. Doch dann kommen mir die Schuhe wieder in den Sinn. »Ich werde niemals darin gehen können.« Panisch sehe ich Pierre an.

Er grinst verschwörerisch. »Es gibt einen ... Trick. Mademoiselle stellt sich einfach vor, in bequemen Schuhen zu gehen. Auftreten mit Ferse – und abrollen.« Seine Demonstration sieht wirklich zu lustig aus.

Wirklich unglaublich, nach ein paar Schritten funktioniert es tatsächlich. Selbstbewusst schreite ich durch die Tür und ich genieße es.

Noch immer sitzt Luis auf dem Sofa. Seine Lederjacke hat er inzwischen ausgezogen. Die Beine locker übereinandergelegt blättert er in einer Zeitschrift. Langsam lässt er sie sinken, als er mich im Türrahmen erblickt. Den Kopf gesenkt, haben seine Augen sich auf mich geheftet. Er legt die Stirn in Falten. Ich sehe ein Zucken um seine Mundwinkel.

»Wie findest du es?« Plötzlich werde ich unsicher.

»Es gefällt mir«, sagt er mit rauer Stimme. »Es gefällt mir sogar sehr.«

»Wir werden komplettieren am ... wann sagten Sie, Monsieur Luis? Freitag?«

Ohne mich aus den Augen zu lassen, nickt Luis mechanisch. »Freitag.«

»Gut«, sagt Pierre. »Freitag ... um? – Monsieur Luis?«

Langsam löst Luis den Blick von mir und sieht Pierre an. »Freitag, zwanzig Uhr.«

»Was kostet es?«, frage ich zum zweiten Mal. Wir haben noch eine Stunde Zeit und Luis hat mich auf ein Eis in die Fußgängerzone eingeladen. Obwohl erst Wochenanfang ist, sind fast alle Tische besetzt. Das Publikum ist bunt gemischt. Frauen mit kleinen Kindern, Rentner, Schüler und Büroangestellte, die nach Feierabend ein paar Sonnenstrahlen genießen möchten, haben es sich in den Korbstühlen gemütlich gemacht. Luis blättert scheinbar angestrengt in der Eiskarte.

»Warte mal, drei Kugeln Eis, Erdbeeren, Sahne ... sieben Euro.«

Ich sehe ihn weiterhin streng an und er lässt die Karte sinken. Lässig lehnt er sich zurück und legt den Kopf ein wenig schräg.

»Drei«, sagt er unvermittelt.

»Dreihundert?« Fragend ziehe ich die Augenbrauen nach oben.

»... kostet die Handtasche.«

»Die Handtasche«, wiederhole ich dümmlich und dann geht mir ein Licht auf. »Dreitausend?« Ich halte die Hand vor den Mund, weil mein Aufschrei ein wenig zu laut war und bereits die Aufmerksamkeit eines Pärchens erregt. Neugierig sieht es zu uns rüber.

»Das Kleid kostet dreitausend Euro?«, vergewissere ich mich leise. Er erwidert nichts, schenkt mir lediglich einen amüsierten Augenaufschlag. Entschieden beuge ich mich vor. »Bist du verrückt?« Ich schüttle den Kopf. »Das geht nicht, ich kann das auf keinen Fall annehmen.«

Einen Moment sieht er mich noch mit diesem leichten Lächeln an, dann verändert sich langsam sein Gesichtsausdruck und er beugt sich ebenfalls vor.

»Lass mich das tun, wenigstens das.« Er nimmt meine Hand in seine und betrachtet sie. Ich möchte sie wegziehen. Meine Fingernägel sind kurz und die Haut daran ist eingerissen. Maras Hände sind mit Sicherheit kein Vergleich dazu. Der Anblick muss ihn doch abstoßen. Aber er hält sie fest und streichelt sie sanft.

»Nichts tun zu können ist das Schlimmste. Was du mir erzählt hast, über euer Leben, was ihr schon als Kinder aushalten musstet.« Er schüttelt den Kopf. »Ich muss ständig darüber nachdenken und ich will mir nicht vorstellen, was ihr, was du noch alles durchgemacht hast. Und nach diesem Wochenende will ich dich da nur noch rausholen, aber ich weiß, dass du das nicht kannst und ich weiß, dass du kein Geld von mir annehmen willst, weil du so verdammt stolz bist.« Er sieht mich an. »Also werde ich dich wenigstens ab und zu da rausholen – auf meine Art.«

Und da ist er wieder, dieser Blick, der keine Diskussion zulässt.

17.

Mittwoch, 24. Mai 2017

Es ist wie die Ruhe vor dem Sturm. Da wir mit Vaters Rückkehr nicht vor Mittwochmittag rechnen, nehmen wir Saids Hilfe ein letztes Mal am Mittwochmorgen in Anspruch. Wir möchten vermeiden, dass Vater ihn hier, auf seinem Hof, antrifft. Schließlich kennen wir seine Einstellung zu diesem *Asylantenpack*, wie er die Flüchtlinge abfällig nennt.

Said hätte es nicht verdient, schlecht behandelt zu werden, denn er hat wirklich gute Arbeit geleistet und ist uns allen in den paar Tagen ans Herz gewachsen.

Am Nachmittag kehren wir mit dem Traktor von der Feldarbeit zurück. Fritz Eberhards Wagen parkt im Hof. Ich werfe Chris einen Blick zu. Ein paar Minuten später bestätigt sich unser stummer Verdacht. Sie sitzen am Küchentisch, jeder ein Bier in der Hand. Fritz hat Vater wohl von der Wache abgeholt. Wir bleiben am Türrahmen stehen und als Fritz uns bemerkt, beginnt er nervös auf seinem Sitz herumzurutschen. Vermutlich ist es ihm peinlich, dass wir sie bereits am Nachmittag beim Trinken überraschen.

»Hallo, ihr beiden.« Ein wenig unentschlossen sieht er von uns zu Vater. Das anhaltende Schweigen scheint ihm unangenehm. Mit der Faust klopft er kurz auf den Tisch. »Also dann, ich werd mich mal wieder auf den Weg machen.« Er nimmt einen letzten Schluck aus der Bierflasche. »Man sieht sich.« Zuerst nickt er Vater, dann uns zu.

»Danke fürs Bringen, Fritz. Auf dich ist wenigstens Verlass.« Vater mustert uns abfällig. Abwehrend verschränkt Chris die Arme vor der Brust und lässt Fritz vorbei. Er wartet, bis die Haustür ins Schloss gefallen ist.

»Warst du im Krankenhaus?« Ohne Vater einen weiteren Blick zu schenken, geht er zur Spüle und schenkt sich ein Glas Wasser ein. Ich spüre, wie die Anspannung, die in den letzten Tagen meinen Körper verlassen hat, langsam wieder zurückkehrt.

Gelassen lehnt Vater sich auf dem Stuhl zurück. »Natürlich bin ich dort gewesen, war mein erster Weg.«

Chris hat uns den Rücken zugedreht und stützt sich mit den Händen am Spültisch ab. »Wie geht es ihr heute?«

»Gut, bestens.«

»Bestens?« Chris lässt ein abfälliges Schnauben hören.

»Ja, bestens«, sagt Vater in gefährlich ruhigem Ton.

»Ist ihr Gesicht noch immer so verschwollen nach dem Treppensturz?« Das letzte Wort betont er mit leichtem Nachdruck. Langsam dreht er sich um und sieht Vater direkt an.

»Ich warne dich, Bürschchen, pass auf!« Die Augen zu schmalen Schlitzen zusammengekniffen, sieht er Chris an.

Ich atme innerlich auf, als mein Bruder sich kommentarlos von der Spüle abstößt und die Küche schließlich mit mir zusammen verlässt.

18.

Donnerstag, 25. Mai 2017

Und dann ist Donnerstag. Der Tag des Konzerts. Stuttgart. Biffy Clyro.

Um Ärger zu vermeiden erzähle ich Vater, dass Diego heute eine geschlossene Gesellschaft hat und ich angeboten habe, auszuhelfen.

Chris weiß natürlich, wo ich den Abend in Wirklichkeit verbringe und obwohl ich das Gefühl habe, dass er, seit Luis bei uns auf dem Hof mitgeholfen hat, eine bessere Meinung von ihm hat, ist er nicht begeistert.

»Selbst wenn er es ehrlich meint ... ich fürchte einfach ... ich bezweifle, ob es auf Dauer gut gehen kann.« Er atmet aus und mustert mich. »Wie stehen seine Eltern dazu, dass er seine Verlobung platzen ließ?«

Ich presse die Lippen zusammen und senke den Blick.

Er stößt spürbar die Luft aus. »Siehst du, und das ist erst der Anfang. Seine Familie, die Firma. Er muss sie repräsentieren. Ich bezweifle, dass er dem Druck auf Dauer wird standhalten können.« Chris sieht mich ernst an. »Sie werden dich durchleuchten, genau hinsehen, woher du kommst, wie du lebst. Werden all die unangenehmen Dinge aufdecken. Der Vater ein Ex-Knacki, Säufer, Schläger, der heruntergekommene Hof, die ganze Armseligkeit unserer Existenz.«

Ich halte mir die Ohren zu und schließe die Augen. »Sei still.«

Langsam nimmt Chris meine Arme herunter. »Madlen.«

Ich sehe ihn durch einen Tränenschleier an. »Warum tust du das?«

»Ich möchte nur nicht, dass du zu tief fällst.« Er schüttelt den Kopf. »Behalt das immer im Blick, was ich dir eben gesagt habe, denn du musst damit rechnen, dass es eintrifft.« Beschwörend sieht er mich an und zieht mich an sich. »Ich könnt es nicht ertragen, wenn du daran zerbrichst.«

Am Waldrand stelle ich das Fahrrad ab und verstecke es im Unterholz. Luis wird mich hier abholen. Die Bushaltestelle war mir zu riskant. Man hätte den Maserati leicht vom Hof aus sehen können.

Kurz nach acht jagen wir über die Autobahn. Mein Blick fällt auf den Tacho. Mir wird schwindlig. Zweihundertfünfzig Stundenkilometer. Ich habe das Gefühl zu fliegen. Aber ich habe kein bisschen Angst, ich vertraue ihm.

Saalöffnung war bereits vor einer Stunde. Luis weiß aus Erfahrung, dass die Band nicht vor neun spielen wird.

»Es wird knapp, aber es wird reichen«, beruhigt er mich.

Punkt neun parken wir auf dem Cannstatter Wasen, dem riesigen Volksfestplatz der Schwaben. Im März findet hier das Frühlingsfest und im Oktober das Herbstfest statt. Der Parkplatz verwandelt sich dann in einen großen Vergnügungspark, auf dem reichlich Bier fließt. Zumindest wird einem das so von den Medien suggeriert.

Ich war noch nie dort. Mal davon abgesehen, dass ich es mir eh nicht leisten kann, habe ich nie den Wunsch verspürt, in einer mit Dirndl und Lederhosen bekleideten Truppe schunkelnd Maßkrüge mit Bier zu stemmen.

Das Gelände liegt still und dunkel vor uns. Wir müssen weit hinten parken, es sind kaum noch Plätze frei.

Inzwischen ist es fünf nach neun. Wir sehen uns an und beginnen zu rennen und dann fängt es auch noch an zu regnen. Durchnässt und außer Atem kommen wir am Eingang der Porsche-Arena an. Luis hält mir die Tür auf und als wir dem jungen Mann dahinter unsere Karten gezeigt haben, eilen wir die breite Treppe hinunter, wo wir an der Garderobe die Jacken abgeben. Wir folgen dem Gang, der nach ein paar Metern rechts um die Ecke biegt. Durch die große Tür am Ende ist bereits laute Musik zu hören. Plötzlich bleibt Luis stehen.

»Warte, das ist nur die Vorband. Wir haben es rechtzeitig geschafft.« Er lächelt. Wir sind immer noch ein wenig außer Atem. Einen Moment sieht er mich an, streicht das nasse Haar aus meinem Gesicht und drückt mir einen schnellen Kuss auf den Mund. »Und jetzt lass uns ein Bier holen.« Er nimmt meine Hand und wir betreten die Halle. Sie ist gut gefüllt. Das Publikum ist gemischt. Ich schätze in der Altersklasse zwischen zwanzig und fünfzig ist alles vertreten. Während Luis uns etwas zu trinken besorgt, sehe ich mich um. Vor mir prosten sich ein paar Typen gut gelaunt mit ihren Bieren zu. Rechts neben mir bewegen sich zwei Pärchen im Takt der Musik. Dann ist da noch eine Gruppe Mädels. Sie scheinen eingefleischte Fans zu sein. Jede von ihnen trägt ein T-Shirt mit dem Foto der Band auf der Vorderseite und den Tourdaten auf der Rückseite. Ich recke den Hals und halte an den Getränkeständen, die am Rande der Halle aufgebaut sind, Ausschau nach Luis. Plötzlich steht er da und reicht mir ein Bier. »Auf heute Abend.«

Wir stoßen an und nehmen beide einen Schluck aus den Plastikbechern.

»Ich hätte dir gerne gezeigt, wie es zu Beginn eines Konzerts ist.«

Fragend sehe ich ihn an. Er fährt fort.

»Draußen zu stehen, bis man eingelassen wird, zu beobachten, wie die Halle sich langsam mit Menschen zu füllen beginnt. Das Warten, wenn man bedenkt, dass es eine gefühlte Ewigkeit dauert und das Konzert gerade einmal eineinhalb bis zwei Stunden geht. Aber gerade das Warten hat etwas Magisches.«

Gebannt höre ich ihm zu und sehe ihn an. »Für mich hat dieser Abend etwas absolut Magisches.« Ich ziehe seinen Kopf zu mir herunter. Unsere Lippen berühren sich und wir müssen aufpassen, dass wir das Bier nicht verschütten.

Wir stehen im hinteren Drittel des Saales am Rand. Luis meinte, für mein erstes Konzert sei das eine gute Position. »Glaub mir, die Sanitäter sind aus gutem Grund hier. Es kommt ab und zu vor, dass jemand in der Menge umkippt und ich möchte auf keinen Fall, dass dein erstes Konzert so endet.«

Die Vorband hat die Bühne geräumt und dann, nach einer längeren Pause, wird es plötzlich stockdunkel und die Menge beginnt zu johlen und mit erhobenen Händen zu klatschen. Es ist absolut ansteckend. Stiefel, die im Takt auf den Boden stampfen, Taktstöcke, die rhythmisch aufeinanderschlagen. Es ist dieses eine Lied, *The Captain* – ich erkenne es sofort wieder. E-Gitarre und Schlagzeug setzen in einer Wahnsinnslautstärke ein und als gleichzeitig die Scheinwerfer aufflammen und deren Lichter in wilden, zuckenden Bewegungen über die Menge peitschen, tobt die ganze Halle.

Es ist gigantisch, wahnsinnig, absolut abgefahren. Jetzt weiß ich, warum Luis mir die Ohrstöpsel gegeben hat, ohne wäre es nicht auszuhalten.

Und dann sehe ich die Band – wow ... wie auf dem Video treten sie mit nacktem Oberkörper auf. Besonders auf der

Haut des Sängers gibt es kaum eine Stelle, die nicht tätowiert ist. Sie geben alles. Rhythmus, Power, Kraft, Emotionen. All das sind sie und noch viel mehr. Ich kann unmöglich beschreiben, was sie in mir auslösen.

Mein erstes Livekonzert – ich werde es niemals vergessen.

»Danke, dass du mich ab und zu rausholst«, benutze ich Luis' Worte. Die Band hat über zwei Stunden gespielt. Es ist halb eins, als wir den Parkplatz in einer langen Autoschlange verlassen.

»Es war gigantisch, der absolute Wahnsinn.« Noch immer habe ich ein leicht dumpfes Gefühl in den Ohren. Ohne die Ohrstöpsel hätte ich jetzt vermutlich einen Gehörschaden.

Luis sagt nichts. Er hat nur ständig dieses Lächeln im Gesicht. Wir fahren durch die Nacht. Es ist wenig los auf der Autobahn und das monotone Motorengeräusch lässt mich schließlich langsam wegdämmern. Ich wache erst wieder auf, als wir in Dornberg ankommen. Inzwischen ist es halb zwei. Wir fahren am Fellini vorbei. Alle Lichter sind aus. Falls Vater sich beschwert, weil ich mit leeren Händen nach Hause komme, werde ich einfach sagen, dass heute nichts mehr übrig war. Er wird irgendeine abfällige Bemerkung machen und ich werde eine Antwort darauf hinunterschlucken. Für morgen muss ich mir noch eine Ausrede einfallen lassen, denn da werde ich ja wieder nicht im Fellini sein. Samstag und Sonntag arbeite ich auf jeden Fall. Keineswegs möchte ich Diego ständig hängen lassen.

»Du bist still.« Luis wirft mir einen Seitenblick zu.

»Müde?«

»Ich werde morgen schon wieder keine Reste von Diego mit nach Hause bringen. Ich hoffe, er wird nicht misstrauisch.«

»Wir werden welche besorgen.«

Fragend sehe ich ihn an.

»Wer sagt denn, dass sie vom Fellini sein müssen?«

Ein Grinsen breitet sich auf unseren Gesichtern aus.

Das letzte Stück gehen wir wieder zu Fuß. Auch hier hat es geregnet und sich entsprechend abgekühlt. Mit einer Hand halte ich meine Jacke zusammen, mit der anderen schiebe ich das Fahrrad. Wortlos nimmt Luis es mir ab. Das schwache Hoflicht legt einen beinahe unheimlichen Schein auf unser Haus und den Stall – unwillkürlich läuft mir ein Schauer über den Rücken. Luis lehnt das Rad an die Hauswand und kommt langsam auf mich zu. Er zieht mich vorsichtig an sich und beugt den Kopf. Sein Mund streift meine Wange. »Angst?«, flüstert er.

»Nicht, wenn du bei mir bist.« Ich sehe an ihm vorbei ins Dunkle. »Es ist so ein Gefühl, als würde etwas geschehen. Nicht, dass schon genug passiert ist – aber ...« Ich sehe ihm in die Augen. »Ich habe das Gefühl, es wird etwas Schreckliches geschehen.« Ich schüttle den Kopf. »Es fühlt sich bedrohlich an, es ist wie eine Vorahnung.«

Er nimmt mich in seine Arme. »Ich habe das Handy die ganze Nacht neben mir liegen. In zwanzig Minuten kann ich bei dir sein.«

Ich löse mich langsam von ihm, meine Hände ruhen an seiner Brust. »Danke für diesen Abend. Ich glaube, die passenden Worte, die meine Gefühle am besten beschreiben würden, müssen erst noch erfunden werden.«

»Wir werden das wiederholen und irgendwann werden dir die passenden Worte einfallen.« Er nimmt mein Gesicht in seine Hände und küsst mich ein letztes Mal, bevor ich endlich im Haus verschwinde.

Ich bin gerade im Begriff, den Lichtschalter im Flur zu betätigen, da dringt ein Geräusch an mein Ohr. War das die Schlafzimmertür unserer Eltern? Einen Moment bleibe ich stehen und halte die Luft an, aber alles bleibt ruhig und schließlich schleiche ich leise in die Küche. Es ist nur das Ticken der Wanduhr zu hören. Ich schenke mir ein Glas Wasser ein und trinke es in einem Zug leer.

Als ich mich umdrehe, steht er in der Tür.

Ich zucke zusammen und ich glaube, vor Schreck habe ich einen kleinen Schrei ausgestoßen. Vermutlich ist er eben erst nach Hause gekommen. Er trägt noch seine braune Arbeitshose und sein blaues, kariertes Hemd. Ein Teil seiner Tätowierung blitzt unter den hochgekrempelten Ärmeln hervor. Wie immer hat er das ungepflegte Haar zusammengebunden und wie immer hat sich eine Strähne gelöst und fällt ihm in die Stirn. Er steht da und starrt mich einfach nur aus seinen glänzenden, wahnsinnigen Augen an. Erneut kommt mir Jack Nicholson aus dem Horrorfilm *Shining* in den Sinn.

Zuerst bin ich unfähig, mich zu bewegen, und dann höre ich auf zu denken und setze einfach nur einen Fuß vor den anderen.

»Ich bin müde.« Ich gehe an ihm vorbei und fixiere die Treppe. *Ich muss nur da hoch, ich muss einfach nur da hoch …*

»Bleib stehen.«

Ich habe schon die Hand auf dem Treppengeländer. Ohne mich umzudrehen, halte ich inne.

»Ich bin wirklich müde und …«, weiter komme ich nicht.

»Wie war es bei deinem Itaker?«, unterbricht er mich in scheinheiligem Ton.

Ich schließe die Augen. »Bei Diego, meinst du?« Ich kann

es mir nicht verkneifen, ihn indirekt zurechtzuweisen.

Das war ein Fehler. Bevor ich den nächsten Gedanken fassen kann, packt er mich an den Haaren und reißt meinen Kopf brutal zu sich herum.

»Sehen wir doch mal nach, was du Schönes mitgebracht hast von deinem Diego, was meinst du?« Er zerrt mich zurück in die Küche und schleift mich vor den Kühlschrank.

»Mach ihn auf«, zischt er leise an meinem Ohr. Ich tue, was er sagt. Mit zitternden Händen öffne ich die Tür.

»Sieh mal einer an. Täusche ich mich oder sieht es da drin noch genauso aus wie heute Mittag?«

»Diego hatte heute keine Reste.« Vor Schmerz schießen mir die Tränen in die Augen.

»Lüg mich nicht an!« Mit voller Wucht schlägt er den Kühlschrank zu und drückt meinen Körper dagegen. Er packt mich am Hals und presst meinen Kopf an die Tür.

»Wie ist sein Name? Wo hast du dich mit ihm rumgetrieben?« Mit jedem Wort, das er mir entgegenschleudert, spritzen feine Speicheltröpfchen in mein Gesicht. Ich schwöre bei Gott, und wenn er mich umbringt, ich werde keine Silbe sagen. Ich will nach Luft schnappen, aber es ist unmöglich, er drückt immer fester zu. Wenn er nicht augenblicklich aufhört, werde ich das Bewusstsein verlieren. Schlagartig lässt er mich los und ich rutsche keuchend zu Boden.

»Solltest du es wagen, diesen Kerl nochmal zu treffen, bring ich dich um.« Mit diesen Worten verlässt er die Küche.

Zusammengekrümmt kauere ich auf dem Boden. Ich kann mich nicht bewegen. Irgendwann stehe ich schließlich auf und schleppe mich an die Spüle. Das Glas steht noch da. Ich fülle es mit Leitungswasser. Ich zittere so sehr, dass es überschwappt. Mein Hals schmerzt bei jedem Schluck.

Im Gang ist alles ruhig. So leise wie möglich versuche ich, die Treppe hochzugehen. Auf keinen Fall darf Chris aufwachen, sonst gibt es eine Katastrophe.

Ich blicke in den Spiegel und weiche erschrocken zurück. Ein Gespenst mit weit aufgerissenen Augen sieht mich an, eine Irre.

Vorsichtig fasse ich mir an den Hals. Langsam bewege ich den Kopf hin und her und erschrecke ein weiteres Mal. Rötliche, ovale Flecken schimmern neben halbmondförmigen Hautabschürfungen. Die Spuren werden morgen nicht weg sein, im Gegenteil, sie werden noch stärker zum Vorschein kommen. *Oh Gott, was soll ich nur tun?*

Ein Tuch, ich werde sagen, dass ich Halsschmerzen habe.

Und dann fällt mir der Empfang ein. Unmöglich kann ich ein Tuch zu diesem Kleid tragen. Ich schließe die Augen. Mir wird schon etwas einfallen. *Schlaf jetzt, geh schlafen. Nicht nachdenken, denk an Luis. Stell dir sein Gesicht vor, wie er dich ansieht, wie er dich küsst und wie er dich berührt.*

Wie ein Mantra sage ich mir all die schönen Dinge auf und tatsächlich schlafe ich dabei irgendwann ein.

19.

Freitag, 26. Mai 2017

»Maddy? Maddy!«

Im Halbschlaf höre ich, wie jemand mit gedämpfter Stimme meinen Namen ruft. Ich spüre meinen ausgetrockneten Hals und alles ist wieder da. Als ich realisiere, dass es Chris ist, der hinter der Tür steht, denke ich im ersten Moment, er hat alles mitbekommen. Nach einem Blick auf mein Handy wird mir klar, was los ist. Verdammt, zehn nach fünf. Ich habe verschlafen. Hektisch fahre ich hoch. »Ich komme, in zehn Minuten bin ich unten.« In Sekundenschnelle schlüpfe ich in Hose und T-Shirt.

»Er ist bei den Schweinen. Er hat noch nicht bemerkt, dass du fehlst. Aber sei vorsichtig, wenn du über den Hof gehst. Er wird demnächst rauskommen.«

Einen Moment bleibt es ruhig. »Alles in Ordnung?« Chris' Stimme klingt besorgt.

»Ja, alles ok, ich fühl mich nur nicht besonders. Ich glaube, ich bekomm Halsschmerzen. Aber geh ruhig, ich komme gleich«, beeile ich mich zu sagen.

Vor lauter Angst, Chris könnte mir ansehen, dass etwas nicht stimmt, vermeide ich, so gut es geht, in seiner Nähe zu sein. Aber ich kann ihm nicht die ganze Zeit aus dem Weg gehen.

Vater ist wie immer. Ich frage mich beinahe, ob ich alles nur geträumt habe. Als er später die Küche verlässt, erkundigt Chris sich nach dem gestrigen Abend und einen Augenblick vergesse ich alles andere.

»Es war der Hammer!« Ich bin wieder dort, in der Porsche-Arena, an Luis gelehnt und spüre seine starken Arme um mich. Höre diese unglaublich intensive Musik und das Johlen der begeisterten Fans.

»Du bist blass. Vielleicht solltest du dich mal richtig ausschlafen, gerade jetzt, wo sich eine Erkältung anbahnt.« Er deutet auf meinen Schal. »Diego wird es schon nochmal verkraften, jetzt, wo ich dabei bin.« Ein schiefes Grinsen erscheint auf seinem Gesicht. Ich sehe ihn ein wenig unbehaglich an. Fragend zieht er die Augenbrauen hoch. »Willst du mir was sagen?«

»Ich geh heute nicht ins Fellini.«

»Okay?« Unsicher sieht er mich an. »Aber zu Hause bleibst du auch nicht, stimmt's?«

Ich schüttle den Kopf. »Nein, ich geh mit Luis auf so einen Empfang ins Park Hotel.«

»Ins Park Hotel – wow.« Einen Moment ist er sprachlos.

»In Jeans kommst du da aber nicht rein.« Er steht auf und schiebt seinen Stuhl an den Tisch. »Aber ich schätze, dein Traumprinz hat vorgesorgt«, fügt er in ironischem Ton hinzu.

»Ja, das hat er«, antworte ich trotzig.

»Überleg dir gut, ob du dich von ihm aushalten lassen willst.« Chris sieht mich mit ernstem Blick an.

Langsam werde ich wütend. »Ich kann dich beruhigen, das habe ich keineswegs vor.«

»Ich denke, er wird dich kaum danach fragen«, er seufzt auf, »und du wirst nichts von all dem ablehnen, was er dir bietet, glaub mir, es ist zu verlockend.«

Und da bricht es aus mir heraus. »Du glaubst, du weißt alles, dabei hast du keine Ahnung. Was denkst du, wer du bist, dass du über mich urteilen kannst? Du brauchst mir nicht ständig zu sagen, was ich zu tun oder zu lassen habe, ok? Du bist doch nur neidisch, weil du Caro nichts bieten kannst.«

Ich bereue die Worte bereits, als sie über meine Lippen kommen, aber es ist zu spät.

Chris sieht mich an, mit den Augen eines verwundeten Tieres. »Vielleicht hast du recht. Vielleicht ist das mein Problem.« Ohne ein weiteres Wort zu sagen, dreht er sich um und verlässt die Küche.

Den ganzen Tag über nieselt es. Ursprünglich wollten wir nochmal zu Mutter ins Krankenhaus, aber nachdem Vater darauf bestand, allein zu gehen, zieht Chris sich in die Scheune zurück, um ein paar Reparaturarbeiten durchzuführen. Natürlich ist uns klar, dass Vater befürchtet, wir könnten Mutter doch noch zu einer Aussage überreden. Er wird ihr heute Mittag mit Sicherheit noch einmal eintrichtern, den Mund zu halten.

Während ich das Haus putze, sitzt Jenny in der Küche an der Nähmaschine. Sie ist ganz geschickt darin, zerrissene Hosen zu flicken. Erstaunlicherweise macht ihr diese Arbeit Spaß. In der Schule hat sie sich für die Fächerkombination MUM entschieden. Ich glaube, es bedeutet Mensch und Umwelt. Sie kochen, backen und nähen. Jenny hat schon ein paar wirklich schöne Dinge erschaffen. Kleine Schminktäschchen, Umhängetaschen und diverse Dekoartikel aus Stoff. Ich kann mir gut vorstellen, dass sie beruflich einmal in diese Richtung gehen wird und wenn sie das möchte, werde ich dafür kämpfen, dass sie die Möglichkeiten dazu bekommt.

Wir sind dabei, Sägemehl und frisches Stroh zwischen den Kühen zu verteilen.

Chris und ich haben noch nie miteinander gestritten und ich halte es nicht aus, dass wir uns die ganze Zeit über anschweigen.

»Er hat mir angeboten, uns finanziell zu unterstützen. Ich habe abgelehnt.« Vorsichtig schiele ich zu ihm rüber. »Ich werd mich nicht aushalten lassen, keine Angst.«

Ohne die Arbeit zu unterbrechen, wirft er mir einen kurzen Blick zu.

»Außerdem tut es mir leid, was ich gesagt habe, das mit Caro, meine ich.«

»Du hast ja recht, ich kann ihr nichts bieten.«

»Aber das ist ihr doch völlig gleichgültig.«

»Jetzt vielleicht schon, aber irgendwann wird sie sich damit doch nicht zufriedengeben.« Seine Hände machen eine ausladende Bewegung. Er hält inne und sieht mich an. »Du machst es schon richtig, Maddy. Wenigstens du wirst hier rauskommen, irgendwann.«

»Wie oft soll ich dir das noch erklären, du Idiot!«

Am anderen Ende des Stalles ist ein lautes Scheppern zu hören. »Geh mir aus den Augen.«

Wir sehen uns an und Chris will sich gerade in Bewegung setzen, als Ben um die Ecke biegt.

Er hat Vater geholfen, das Melkzubehör zu reinigen, und vermutlich hat er es ihm wieder einmal nicht gut genug gemacht. Mit wütenden Schritten und gesenktem Kopf kommt er uns entgegen. Schnell wischt er sich mit dem Ärmel übers Gesicht. Auf keinen Fall will er mit seinen fünfzehn Jahren Schwäche zeigen, besonders nicht vor uns.

»Hey, stopp.« Chris hält ihn an der Schulter fest. »Was ist schon wieder?«

»Hab anscheinend die Düsen nicht richtig sauber gemacht, jedes Mal findet er was anderes.« Ben schüttelt Chris' Hand weg und reibt sich den Arm.

»Hat er dich gestoßen?«

Ben nickt wortlos.

»Jetzt reicht's.«

Ich bemerke das wütende Aufblitzen in Chris' Augen und wieder spüre ich diese unheildrohende Angst in mir aufsteigen.

»Geh ins Haus.« Ich schiebe Ben an mir vorbei und sehe Chris beunruhigt hinterher.

Zuerst dringen ihre hitzigen Stimmen an mein Ohr. Ohne zu verstehen, was sie sagen, hindert mich irgendetwas daran, ihre Nähe zu suchen.

Ich will diese hasserfüllten Worte nicht hören. Am liebsten möchte ich die Augen und Ohren verschließen und mich an einen anderen Ort denken. Wie ich es damals gemacht habe. Es hat mir eine Weile geholfen, der Hölle zu entfliehen, und als es das nicht mehr tat, musste ich zu drastischeren Maßnahmen greifen. Vielleicht sollte ich das wieder tun ... So sehr hänge ich meinen Gedanken nach, erst jetzt fällt mir auf, wie ruhig es geworden ist. Ich lausche in die Stille hinein. Langsam setze ich einen Fuß vor den anderen und als ich fast am Ende des Stalles angelangt bin, biegt Chris um die Ecke. Fragend ziehe ich die Augenbrauen hoch und er gibt mir mit dem Kinn ein Zeichen, ihm zu folgen. Schweigend fahren wir mit der Stallarbeit fort. Die Tür in der Milchküche fällt ins Schloss. Wir sehen uns ein weiteres Mal an.

»Was um alles in der Welt hast du zu ihm gesagt?«, frage ich, immer noch verwundert, dass von Vater plötzlich kein Laut mehr zu hören war. Erst als Chris sich mit einem Blick durch das schmutzige Stallfenster vergewissert hat, dass Vater über den Hof geht, fängt er an zu reden.

»Zuerst habe ich ihn daran erinnert, dass er ohne uns einpacken kann«, er zuckt mit den Schultern, »und als er mir zu nahegekommen ist«, er presst kurz die Lippen zusammen und wiegt den Kopf, »habe ich ihm gesagt, dass ich darüber Bescheid weiß und dass ich, sollte er noch ein einziges Mal die Hand gegen irgendjemanden von uns erheben, alles auffliegen lassen werde.«

Wie kleine Rädchen in einem Uhrwerk beginnen sich die Gedanken in meinem Kopf zu drehen. Ist es möglich, dass Chris tatsächlich etwas weiß? Aber wie kann das sein? Oder spricht er womöglich von diesem Kind – Philip?

Ich glaube, er sieht mir an, wie durcheinander ich bin. Ein diabolisches Grinsen breitet sich auf seinem Gesicht aus. »Ich habe geblufft.« Er wird wieder ernst. »Die Wahrheit ist, dass ich gar nichts weiß.« Sein Mundwinkel geht nach oben. »Aber ich habe anscheinend voll ins Schwarze getroffen. Es muss da etwas in seiner Vergangenheit geben, von dem er panische Angst hat, dass es herauskommen könnte.« Chris sucht meinen Blick. »Du hättest seine Reaktion sehen sollen.« Ungläubig schüttelt er den Kopf. »Ich konnte die nackte Panik in seinen Augen erkennen.«

20.

Freitag, 26. Mai 2017

Ich fahre mit Caro und Chris. Luis wird mich am Fellini abholen. Damit Vater nicht misstrauisch wird, habe ich wieder mein grünes Arbeitsshirt und die schwarze Jeans angezogen.

Caro stellt das Auto ab und zusammen überqueren wir den großen Parkplatz.

»Dein Traumprinz steht mit seiner schwarzen Kutsche bereit.«

Ich folge Chris' Blick. *Muss er schon wieder damit anfangen?* Ein Grinsen ist auf seinem Gesicht zu sehen. »Entspann dich.« Er zwinkert mir zu. »Komm nicht zu spät nach Hause.«

Caro zieht mich in ihre Arme. »Und denk dran, Fotos zu machen, von deinem Kleid, der Frisur und von Conchita.«

»Conchita?« Chris runzelt die Stirn.

»Ich erklär's dir.« Caro drückt Chris einen Kuss auf den Mund und zieht ihn mit sich fort. Ein letztes Mal schaut sie über ihre Schulter. »Und Süße, zeig es diesen verdammten Snobs.«

Ich muss lachen und noch immer mit einem Grinsen im Gesicht gehe ich mit schnellen Schritten auf den Maserati zu.

Ich öffne die Tür, lasse mich in den Sitz fallen und blinzle ein paar Mal. Wow, weißes Hemd, die beiden obersten Knöpfe geöffnet. Schwarzes Jackett, schwarze Hose – nicht viel mehr. Seine gebräunte Haut, sein Duft, sein Blick. Sekundenlang schauen wir uns in die Augen und da spür ich es wieder. *Ich will ihn, oh Gott, ich will ihn so sehr.*

Er fährt mit der Hand in mein Haar, zieht meinen Kopf zu

sich her und dann beginnt er mich langsam zu küssen. Ich öffne die Lippen, unsere Zungen berühren sich und ich könnte schwören, wenn wir uns nicht in diesem gottverdammten Auto auf diesem Parkplatz befinden würden, dann gäbe es jetzt kein Zurück mehr. Er lässt seine Hand sinken, streicht über meinen Nacken, meinen Hals. Er beginnt an meinem Tuch zu ziehen, ganz langsam.

Mein Tuch, er darf es unter keinen Umständen sehen. Ich bemühe mich, nicht zu sehr zusammenzuzucken.

»Ich glaube, wir sollten los.« Etwas zu abrupt löse ich mich von ihm. Beiläufig rücke ich meinen Schal zurecht. Einen Moment sieht er mich prüfend an, dann lächelt er. »Ja, das sollten wir, du hast recht. Bevor Pierre ungeduldig wird.«

»Vite, vite ...« Pierre klatscht tatsächlich ein wenig ungeduldig in die Hände. »Wenn wir haben Zeit nur halbe Stunde, wir müssen uns beeilen, oui?«

Während Luis es sich wieder auf der weißen Couch bequem macht, folge ich Pierre zum zweiten Mal in sein Atelier. Er trägt exakt denselben Anzug wie beim letzten Mal und er ist auch wieder genauso geschminkt. Ich schließe die Tür hinter mir.

»Hinter dem Paravent liegt alles bereit, Mademoiselle.« Lächelnd deutet er mit der Hand Richtung Trennwand.

»Isch werde da sein, wenn Sie benötigen meine Hilfe.«

»Danke«, ich schenke ihm ein verkrampftes Lächeln und mache mich an die Arbeit.

Das Kleid hängt an einem Bügel an der Wand. Auf der kleinen Bank daneben liegt der Rest. Eine hauchzarte, hautfarbene Feinstrumpfhose, die grünen hochhackigen Schuhe und ich traue meinen Augen nicht – Unterwäsche. Ich halte zuerst den schwarzen Spitzen-BH hoch, dann greife ich nach dem Slip. Der Stoff ist so weich und zart – ich will nicht wissen, was das gekostet hat. Woher, zum Teufel, weiß Pierre, welche Größe ich trage?

»Mademoiselle, Sie kommen zurecht?«, höre ich seine Stimme hinter der Kunststoffwand.

»Ja ... ja, danke, ich bin gleich so weit.« Ich atme einmal tief durch und schließe kurz die Augen. *Also gut, du wolltest es so, dann zieh es jetzt durch.*

Wow, ich betrachte mich in dem Spiegel an der Wand. Die Unterwäsche passt perfekt. Der Stoff schmiegt sich wie eine zweite Haut an meinen Körper. Die zarten Spitzen umspielen meinen Busen. Die lange, feine Narbe ist der einzige Makel, der diesen Anblick stört. Das Haar fällt mir auf verwegene Weise ins Gesicht. *Du siehst aus wie ein Vamp.* Ich greife nach der Strumpfhose. Obwohl ich mir extra die Hände eingecremt habe, fürchte ich, es könnte eine Laufmasche entstehen. Zum Glück geht alles gut und schließlich schlüpfe ich in Kleid und Schuhe.

Nur das Tuch, das habe ich noch immer nicht abgelegt.

Ich bete zu Gott, dass Pierre irgendeine Idee hat, dann trete ich hinter dem Paravent hervor.

Er steht an dem großen Tisch und dreht mir den Rücken zu. In schnellen Bewegungen ordnet er eine Schminkpalette, Kamm, Bürste und ein paar Haarnadeln darauf an.

Ich räuspere mich. Nervös knete ich meine Finger ineinander.

Pierre dreht sich um und klatscht begeistert in die Hände. »Bitte sehr.« Er deutet auf den Stuhl neben sich.

»Wir haben zwanzig Minuten, um das bezaubernde Aussehen von Mademoiselle zu perfektionieren.« Verschmitzt zwinkert er mir zu. »Natürlich ohne das Tuch.«

Als ich noch immer wie festgenagelt dastehe, sieht er mich fragend an. Offenbar spürt er meine wachsende Panik, denn plötzlich wird er ernst. »Stimmt etwas nicht, meine Liebe?«

Langsam hebe ich die Hand und beginne an dem Tuch zu ziehen. Einen Moment presse ich die Lippen zusammen und senke den Blick. Es ist mir unmöglich, Pierre anzusehen.

Die münzgroßen Male an meinem Hals sind nicht zu übersehen. Nachdem ich zu Hause das letzte Mal in den Spiegel gesehen habe, hat sich meine Befürchtung bestätigt. Jetzt, einen Tag später, leuchten sie in einem hässlichen Blau.

Langsam hebt Pierre mein Kinn an. »Mon dieu«, es kommt nur ein Flüstern über seine Lippen. »Wer hat Ihnen das angetan?«

Stumm schüttle ich den Kopf. »Bitte Pierre, Sie müssen mir helfen.« Flehend sehe ich ihn an.

»Isch vermute, Monsieur Luis hat keine Kenntnis davon?«

»Nein – und er soll es nicht erfahren ... nicht heute Abend.«

»Aber er muss es erfahren, Mademoiselle!« Er nimmt meine Hände in seine und sieht mich voller Bestürzung an.

»Bitte Pierre, ich werde es ihm sagen, ich verspreche es, aber nicht heute Abend.« Ich flehe ihn regelrecht an.

Nachdem er einen Augenblick mit sich zu ringen scheint, nickt er entschlossen. »Nun gut, aber morgen, spätestens morgen, werden Sie es ihm sagen.« Entschieden sieht er mich an.

»Versprochen.« Hastig nicke ich.

Pierre schminkt mich. Er macht es perfekt. Ohne angemalt zu wirken, schafft er es, meine Augen mit einem warmen Bronzeton so hervorzuheben, dass sie um einiges größer und strahlender aussehen als sonst. Über das mattierende Makeup, mit dem er auch meinen Hals behandelt, trägt er zusätzlich Puder auf, der die Wangenknochen noch stärker betont. Den Abschluss bildet ein Lipgloss, der wiederum perfekt zu meiner Haarfarbe passt – ein dunkles Rotbraun mit dezentem Goldschimmer.

»Das wird sitzen wie angegossen.« Er hält mir ein Choker-Band aus bernsteinfarbener Spitze unter die Nase. Es hat denselben Ton, wie die Ohrclips und die kleine Clutch. Und wirklich, als er mir das Halsband umlegt, ist von den blauen Flecken nichts mehr zu sehen – es sitzt perfekt.

Und dann ist mein Haar an der Reihe. Es dauert weniger als fünf Minuten, bis Pierre es gekämmt und zu einer unfassbar verwegenen Frisur hochgesteckt hat. Ein paar vereinzelte Strähnen fallen locker über meine Schulter. Das einzige Manko sind meine Hände – rot und rissig, dazu die kurzen Fingernägel. Aber zuerst einmal lenkt mich das Spiegelbild von diesem Problem ab. Ich erkenne diese Göttin darin nicht wieder. Bin das wirklich ich, Madlen Pechstein?

»Bevor Sie werden gehen, Mademoiselle Madlen, bitte werfen Sie einen Blick in Ihre Handtasche.« Pierre nickt mir aufmunternd zu. Nach kurzem Zögern öffne ich den Verschluss. Ich greife ins Innere und ertaste eine schmale Tube.

Crème pour les mains – steht da. Zwei Hände sind darauf abgebildet. Ich kann zwar kein Französisch, aber es ist nicht zu übersehen, dass es sich dabei um eine Handcreme handelt. Wieder nickt Pierre mir zu. Ich gebe einen Klecks auf meinen Handrücken und massiere die Emulsion in jeden einzelnen Finger. Es fühlt sich angenehm geschmeidig an und die kurzen Fingernägel stören mich auf einmal überhaupt nicht mehr so sehr.

»Danke Pierre.« Vor lauter Rührung muss ich schlucken. Ich habe das Gefühl, Pierre kennt mich bereits in- und auswendig. Ein wenig zu impulsiv drücke ich ihn an mich. Dank meiner hohen Schuhe ist er fast einen ganzen Kopf kleiner als ich. Behutsam schiebt er mich von sich. »Sie werden jetzt nicht weinen und ruinieren meine Arbeit, Mademoiselle.« Er sieht mich leicht strafend an. Plötzlich verzieht sich sein Mund zu einem warmen Lächeln. »Sie werden, wie sagt man? Alle stellen in den Schatten.« Als er meinen zweifelnden Gesichtsausdruck bemerkt, setzt er noch nach. »Sie werden glauben an sich, vergessen Sie nicht, Sie haben Monsieur Luis an Ihrer Seite und nun hoffen wir, er wird finden seine Sprache wieder, wenn wir gleich werden öffnen diese Tür.« Verschwörerisch zwinkert er mir zu.

Mit dem Handy am Ohr steht er am Fenster und dreht uns den Rücken zu. Es scheint ein geschäftliches Telefonat zu sein. Inzwischen ist es ihm wohl zu warm geworden, er hat sein Hemd an den Ärmeln hochgekrempelt. Es ist nicht zu eng, aber durch seine Körperhaltung spannt es leicht an den Schultern, sodass seine Muskeln darunter zu erkennen sind.

»Das klären wir Montag, wenn ich die Reklamation auf dem Tisch liegen habe. Ja gut … machen Sie das. Buchen Sie für Dienstag einen Flug. Gut, bis dann.«

Er legt auf, dreht sich um und hält mitten in der Bewegung inne. Langsam gleitet sein Blick Stück für Stück an mir hinab. Mir wird gleichzeitig heiß und kalt. Ich kann das Zucken um seinen Mundwinkel sehen. Er öffnet den Mund und schließt ihn wieder, ohne etwas zu sagen.

»Isch habe prophezeit, Sie würden haben Probleme mit der

Sprachfindung, Monsieur Luis.« Pierre strahlt ihn an. »habe isch recht?«

»So was von«, antwortet Luis trocken, kommt langsam auf mich zu und bleibt dicht vor mir stehen. Trotz meiner hohen Absätze ist er immer noch einen halben Kopf größer als ich. Er streckt mir die Hand entgegen. Wortlos reiche ich ihm meine.

»Aufgeregt?« Luis zwinkert mir zu.

»Aufgeregt? Ich habe das Gefühl, gleich in Ohnmacht zu fallen.« Er zieht mich ein wenig enger an sich und sofort fühle ich mich wieder sicherer. Wir durchqueren das hell erleuchtete Eingangsportal. Die großen, glänzenden Fliesen und die teilweise verspiegelte Wand zu unserer linken Seite lassen den Vorraum noch imposanter erscheinen. Zielstrebig führt Luis mich auf eine große, breite Tür zu. Ein Portier mit ausdrucksloser Miene steht davor. Als er uns kommen sieht, verzieht sein Mund sich zu einem Lächeln.

»Guten Abend Herr Mosca.« Er deutet eine leichte Verbeugung an. »Schön, Sie zu sehen.« Auch mir nickt er freundlich zu. »Madame.«

Ich gebe das Lächeln zurück und überprüfe unauffällig den Sitz des Halsbandes. Luis nimmt meine Hand und sieht mich an. »Bereit?«

»So was von«, wiederhole ich seine trockenen Worte von vorhin.

Leichtes Stimmengewirr und dezente Musik schlagen uns entgegen. Überall stehen Leute, meist an Bistrotischen, mit Gläsern oder Häppchen in den Händen. In gemütlich wirkenden Sitzecken und Sofas, die in dem großen Saal verteilt sind, haben es sich elegant gekleidete Menschen bequem gemacht. Auf der linken Seite, entlang der Wand, ist ein Buffet aufgebaut. Es sieht schon ein wenig zerpflückt aus, aber trotzdem sind noch allerlei Köstlichkeiten darauf angerichtet. Obwohl ich nervös bin, läuft mir das Wasser im Mund zusammen und daher bekomme ich zuerst gar nicht mit, wie ein etwas älterer Mann in leicht gedrungener Gestalt auf uns zusteuert.

»Luis, mein Lieber, welch Freude, dich zu sehen.«

»Hallo Reinhard, freut mich auch – danke für die Einladung und alles Gute.« Sie reichen sich die Hände.

Reinhard klopft Luis auf die Schulter. »Willst du mir nicht deine reizende Begleitung vorstellen?« Der vermeintliche Gastgeber lächelt mich freundlich an.

»Madlen Pechstein.« Ich will ihm die Hand reichen. »Auch von mir alles Gute.« Er ergreift sie und führt sie galant zu seinen Lippen. Ein Handkuss – ich komme mir vor wie in einem Hollywoodfilm und nachdem er sie losgelassen hat, wische ich sie dezent und unauffällig an meinem Kleid ab, was dank der Pailletten nicht so recht gelingen will.

»Reizend, ganz reizend.« Ihm wird bewusst, dass er mich noch immer ansieht. Rasch deutet er eine leichte Verbeugung an. »Oh, entschuldigen Sie. Reinhard Brenner, der Gastgeber. Brenner Ringe – für alle Dinge.« Über diesen Werbeslogan seiner Firma scheint er sich selbst am meisten zu freuen. Dann deutet er mit der Hand in die Menge. »Mischt euch unters Volk. Esst, trinkt und lasst es euch gut gehen. Heute wird einmal nicht über Geschäftliches geredet.« Er zwinkert Luis zu. »Obwohl ich zugeben muss, dass dein Vater mir soeben ein äußerst lukratives Angebot unterbreitet hat.«

Luis' Vater? Ist er etwa auch hier? Unauffällig lasse ich den Blick über die Menge gleiten, als Luis auch schon nach meiner Hand greift.

»Das machen wir, danke Reinhard.« Freundschaftlich schlägt er ihm auf die Schulter und zieht mich mit sich Richtung Buffet.

»Zuerst einmal wirst du etwas essen – und trinken.« Im Vorbeigehen schnappt er sich zwei Sektgläser von einem Tablett, mit dem sich ein Kellner durch die Menge kämpft.

»Auf die schönste Frau im Saal.« Er bleibt stehen, reicht mir ein Glas und sieht mir in die Augen – wir stoßen an. Ich nippe ein paar Mal an dem perlenden Getränk und spüre das leichte Prickeln auf der Zunge.

Es schmeckt köstlich.

»Hey, nicht alles auf einmal.« Luis grinst amüsiert. »Komm, holen wir etwas zu essen, du brauchst eine Grundlage, falls du vorhast, in diesem Tempo weiterzutrinken.«

Ich frage mich, ob es an dem Sekt liegt, der mir in den Kopf steigt, aber ich habe das Gefühl, alle treten ein wenig zur Seite und folgen uns mit ihren Blicken. Ich spüre, wie sich ihre Augen in meinen Rücken bohren und als Luis mir zuflüstert »einfach weitergehen« bin ich sicher, es mir nicht eingebildet zu haben.

Unentschlossen versuche ich das unglaublich vielfältige Angebot zu erfassen. Es gibt Putenspieße, fantasievoll dekorierte Häppchen, Salate und Fischspezialitäten, nur um einige der Köstlichkeiten aufzuzählen. Auf der rechten Seite ist außerdem ein großes Dessertbuffet aufgebaut. Als Luis mein Zögern bemerkt, nimmt er mir den Teller aus der Hand. Scheinbar ohne nachzudenken füllt er diesen in Sekundenschnelle. Offenbar weiß er genau, was das Richtige für mich ist. Mit einem schiefen Grinsen hält er ihn mir schließlich unter die Nase. »Hier, ich denke, das trifft deinen Geschmack.«

Ich greife nach einem fantasievoll dekorierten Frischkäsehäppchen. Es schmeckt einfach köstlich. »Mmh …«, genießerisch schließe ich die Augen. »Ich werde heute Abend platzen und das schöne Kleid wird ruiniert sein.« Er sieht mich irgendwie seltsam an.

»Was ist?« Ich kippe leicht den Kopf.

»Du hast da was.« vorsichtig wischt er mit dem Daumen ein wenig Frischkäse von meinem Mundwinkel. Er schluckt. Und da ist er wieder, dieser Blick aus seinen dunklen, funkelnden Augen, der mich alles andere vergessen lässt. Mir schlägt das Herz bis zum Hals und ich spüre diesen Sog, den seine Gegenwart auf mich ausübt.

Ich komme wieder zu mir, als wie aus dem Nichts eine kleine Traubendolde auf meinen Teller plumpst. Bevor ich mich umdrehe, registriere ich noch, wie Luis leicht resigniert die Augen verdreht.

»Na, das ist aber mal eine Überraschung.«

Ich sehe in das Gesicht von Sebastian, meinem *Beinahe-Unfallverursacher* und *Fellini-Anbaggerer.*

Er scheint einen Moment die Sprache verloren zu haben.

»Wow, die kleine Kellnerin.« Stück für Stück lässt er den Blick an mir hinuntergleiten. »Wow«, sagt er noch einmal und grinst unverschämt.

»Du wolltest Madlen etwas sagen.« Luis legt die Hand an meine Taille und zieht mich an sich. Abwartend hebt er die Augenbrauen und sieht ihn unverwandt an.

Sebastian scheint irritiert. »Was? Oh ja, natürlich.« Mit einem Mal wirkt er zerknirscht und plötzlich kniet er mit einem Bein auf dem Boden. Theatralisch hebt er die Hände wie zu einem Gebet.

»Wunderschöne Madlen, verzeiht mir, ich bitte euch!«

Er sieht wirklich komisch aus, wie er da in seinem dunklen Anzug und dem schulterlangen Haar, von dem ihm eine Strähne über seine schwarze Nickelbrille fällt, vor mir kniet. Unwillkürlich muss ich lachen.

»Alle sehen zu uns rüber.« Luis beugt sich diskret zu ihm vor. »Steh auf, du Idiot.« Aber auch ihm ist anzumerken, dass er die Situation eher amüsant findet.

»Ich muss gestehen, es wäre wirklich ein Jammer gewesen, wenn ich dich umgefahren hätte.« Sebastian hat sich erhoben und nimmt meine Hand. »Verzeihst du mir?« Das zweite Mal an diesem Abend bekomme ich einen Handkuss.

Heute wirkt Sebastian direkt sympathisch. Kein Zuhälterkettchen, kein Gel im Haar, vielleicht hatten wir einfach einen schlechten Start, denke ich und beschließe, ihm eine zweite Chance zu geben. Ich schenke ihm ein Lächeln. »Ok, vergeben und vergessen.« Wir stoßen mit unseren Gläsern an.

»Wo hast du Em gelassen?«

»Oh«, antwortet Sebastian gespielt bestürzt auf Luis' Frage, »wir hatten eine kleine Diskussion, ich glaube, sie hat sich mit deinem Schwesterherz in irgendeine Ecke verzogen – Frauengespräche.« Er zuckt scheinbar ahnungslos mit der Schulter.

Seine Schwester? Ist Jessy etwa auch da? Vermutlich ist seine ganze Familie hier. Wieder lasse ich den Blick unauffällig über den Saal gleiten und treffe auf zwei Augenpaare, die uns wohl schon eine Weile beobachten. Seine Eltern. Ich zucke ein wenig zusammen und da registriert auch Luis seinen Vater und seine Mutter auf der kleinen Sitzecke an der linken Fensterfront.

»Davon hast du nichts gesagt.« Ich bewege kaum merklich meine Lippen.

»Hätte es etwas an deiner Entscheidung mitzukommen, geändert?«

Hätte es das? frage ich mich. Nein, wahrscheinlich nicht.

»Ich denke, ein erstes Treffen auf neutralem Boden ist leichter für uns alle«, stellt er nüchtern fest.

»Vermutlich hast du recht«, pflichte ich ihm bei und da wird mir bewusst, dass es auch für Luis alles andere als einfach ist.

Sebastian ist bereits in ein intensives Gespräch mit einer hübschen Schwarzhaarigen vertieft. Ich kann mir vorstellen, welche Art Frauengespräche seine Freundin Emma und Jessy führen. Warum nur bleibt sie bei diesem Macho? Aber dann denke ich, vielleicht ist sie ihm ebenso verfallen wie ich Luis. Ich habe einfach nur Glück, dass es bei ihm keine Haken gibt. Jedenfalls habe ich noch keinen gefunden, na ja, wenn man mal davon absieht, dass wir in zwei völlig verschiedenen Welten leben.

Unsere Finger umschließen sich und er drückt leicht meine Hand, als wir uns in Bewegung setzen.

Luis stellt uns gegenseitig vor. Das verkrampfte Lächeln seiner Mutter erreicht nicht ihre Augen, als sie mir einen schwachen Händedruck schenkt. »Setzt euch«, fordert uns sein Vater mit einer einladenden Bewegung auf. Er ist ein großer, gut aussehender Mann. In seinem dunklen Anzug und den grauen Haaren, die mit schwarzen Strähnen durchzogen sind, sieht er aus wie eine Mischung aus George Clooney und Richard Gere.

Den durchdringenden Blick hat Luis eindeutig von ihm. Seine Augen durchbohren mich. Auf seinem Mund ist nicht mal die Andeutung eines Lächelns zu erkennen. Sein ganzer Gesichtsausdruck strahlt eine Mischung aus Warnung und Ablehnung aus. So kommt es mir jedenfalls vor.

Während Luis mit seinen Eltern über irgendeinen geschäftlichen Termin spricht, greife ich nach meinem Sektglas und nippe daran. Verstohlen beobachte ich seine Mutter. Das elegante schwarze Cocktailkleid betont ihren Körper an genau den richtigen Stellen. Sie hat die Figur einer Zwanzigjährigen. Mir fällt auf, dass wir fast dieselbe Frisur tragen. Sie strahlt eine mondäne Eleganz aus. Luis verehrt seine Eltern, und sie müssen stolz auf ihn sein. Das ist nicht zu übersehen, wenn man die Drei beobachtet, wie sie miteinander umgehen und vor allem, wie sie ihn ansehen. Sie lieben ihn. Ich spüre einen Kloß im Hals und ich fühle Trauer, nie richtige Eltern gehabt zu haben.

»Ist neben der jungen Dame noch ein Platz frei?«

Ich schrecke auf und sehe in das freundliche, zerfurchte Gesicht eines älteren Herrn. Auf einen Stock gestützt lächelt er mich aus verschmitzten Augen an. Sein gewelltes Haar ist schlohweiß. Der dunkle Teint seiner Haut bildet einen ungewöhnlichen Kontrast.

»Ja, natürlich.« Ich rücke ein Stück näher zu Luis, der noch immer in das Gespräch mit seinen Eltern vertieft ist. Sie scheinen den alten Mann nicht zu bemerken, als der sich langsam neben mich sinken lässt. Seine Hände ruhen auf dem Knauf seines Stockes.

»Schauen Sie sich nur diese verdammten Snobs mit ihrem Schickimicki-Gehabe an.« Mit dem Kinn deutet er in die Menge. »Alles Show.«

Ich sehe ihn fragend und zugleich interessiert an.

»Sehen Sie den Glatzkopf da drüben?« Unauffällig streckt er den Zeigefinger unter dem Griff seines Stockes hervor. »Er betrügt seine Frau schon seit Jahren mit zwei jungen Dingern.«

Mit großen Augen sehe ich ihn an. »Gleich mit zwei?« Ich folge seinem Blick. »Besonders attraktiv ist er nicht gerade.« Ungläubig verziehe ich den Mund.

»Das spielt keine Rolle.« Er lacht abfällig. »Solange der Rubel rollt.«

Sein Kopf zeigt nach rechts. »Da drüben, der selbstbewusste, vermeintlich äußerst wohlhabende Gentleman, um den sich gerade diese kleine bewundernde Traube bildet – bis zum Hals verschuldet.« Wieder folge ich seinem Blick.

Der Mann macht wirklich nicht den Eindruck, als hätte er irgendwelche Sorgen. Lässig, eine Hand in der Hosentasche, ist er umringt von Leuten, die gebannt seinen Worten lauschen. Ganz offensichtlich genießt er es, im Mittelpunkt zu stehen.

»Tja, nichts ist, wie es scheint.« Der alte Mann wiegt den Kopf. Neugierig sieht er mich an. »Und Sie, was ist mit Ihnen?« Er zwinkert verschmitzt. »Erzählen Sie mir Ihr Geheimnis?«

Es ist verrückt. Ich bin eine Fremde für ihn. Aber als ich in seine dunklen und gleichzeitig hellwachen Augen sehe, habe ich das Gefühl, er durchschaut mich.

Ich werde rot, jedenfalls fühlt es sich so an und ich fange an, herumzustottern. »Ich, äh ... also – ich weiß nicht ...«

Da hilft Luis mir aus der Patsche. »Nonno, seit wann sitzt du hier?« Sein Gesicht leuchtet überrascht auf, als er sich von seinen Eltern ab- und uns zuwendet.

Wie hat er den Mann genannt? Nonno?

»Entschuldige, ich musste noch einen geschäftlichen Termin mit meinen Eltern klären.« Ein wenig zerknirscht sieht er mich an. Dann geht ein breites Grinsen über sein Gesicht. »Darf ich dir meinen Großvater vorstellen?«

Die beiden strahlen sich an und spätestens nach ihrer Begrüßung wird mir klar, dass sie ein ganz besonderes Verhältnis zueinander haben. Kumpelhaft lassen sie ihre Fäuste in der Luft aufeinandertreffen.

Ich bin überrascht – Luis' Großvater ist noch am Leben. Er hat zwar nichts Gegenteiliges behauptet, aber aus irgendeinem Grund war ich der Annahme, er sei schon vor längerer Zeit gestorben. Ich versuche mich an seinen Namen zu erinnern.

»Carlo Mosca«, stellt er sich da auch schon selbst vor. Lächelnd reicht er mir die Hand.

»Madlen Pechstein«, erwidere ich und gebe das Lächeln zurück. Ich mag ihn, beschließe ich.

»Es war mir eine Ehre, Sie unterhalten zu dürfen. Schließlich musste mein Enkel überaus wichtige Gespräche mit meinem Sohn und meiner Schwiegertochter führen.« Diesmal wird sein Lächeln von einem leicht zynischen Zug um den Mund begleitet.

Luis grinst. »Du weißt ja, wie sie sind.« Er zuckt mit den Schultern.

»Oh ja, das weiß ich allerdings.« Sein Großvater wiegt leicht resigniert den Kopf und gemeinsam lassen wir den Blick zu einem der Stehtische schweifen, wohin Luis' Eltern inzwischen entschwunden sind und sich angeregt mit einem Paar unterhalten.

Er mustert mich erneut und wieder erscheint auf seinem

Gesicht dieses sympathische, ein wenig schalkhafte Lächeln.

»Aber nun zu Ihnen, Fräulein Madlen. Sagen Sie, woher kommen Sie und was machen Sie?«

Luis kommentiert mein nervöses Lächeln mit einem schiefen Grinsen. »Er war schon immer sehr wissbegierig.«

Ich versuche in dem freundlichen, erwartungsvollen Gesicht seines Großvaters zu lesen. Seine Augen strahlen etwas ganz Besonderes aus. Einen Moment überlege ich, was es ist. Dann fällt mir der passende Ausdruck ein. Es ist Güte. Güte und die Bereitschaft für Verständnis – egal, was auch immer er von mir zu hören bekommt.

»Nichts ist, wie es scheint.« Mit einem Schmunzeln wiederhole ich seine Worte von vorhin. »Normalerweise trage ich Gummistiefel und Arbeitshose – wir haben zu Hause einen Bauernhof«, erkläre ich.

»Ich wusste es.« Mit einem befriedigenden Lächeln nickt er. »Das Mädchen kann anpacken und sie hat Mumm.«

Mit einem Zwinkern klopft er Luis auf die Schulter. »Lass sie nicht aus den Augen.«

»Dein Großvater, ich mag ihn.«

»Ja, er ist ein ganz besonderer Mensch.« Nachdenklich kneift er die Augen ein wenig zusammen. »Weißt du, damals kam er mit nichts nach Deutschland. Hat sich hochgearbeitet. Er weiß, wie es ist, arm zu sein.«

»Vielleicht mag ich ihn deshalb.«

Inzwischen haben wir das Sofa für uns. Luis' Großvater hat sich von uns verabschiedet und von einem Taxi nach Hause bringen lassen. Der Abend war wohl ein wenig anstrengend für ihn.

Luis' Eltern haben sich unter die anderen Gäste gemischt.

Wir haben kein einziges Wort miteinander gewechselt. Egal – ich brauche sie nicht. Alles, was ich brauche, ist Luis. Er sieht mich an und ich wünschte, wir wären allein in diesem Raum. Sein Blick lässt mich nicht los und plötzlich habe ich tatsächlich das Gefühl, als wären wir hier die Einzigen. Erst als das klirrende Geräusch zweier aufeinandertreffender Gläser erklingt, schrecken wir aus unserer Trance hoch. Der Gastgeber, Herr Brenner, hält eine kleine Ansprache. Zum Glück dauert sie nicht allzu lange, denn langsam spüre ich einen leichten Druck auf der Blase und während Luis sich auf den Weg zum Buffet macht, suche ich die Toiletten auf.

Ich durchquere den Saal. Inzwischen sind wohl noch mehr Gäste eingetroffen. Es ist voller geworden, ich muss mich regelrecht zwischen den Leuten hindurchquetschen. Als ich endlich am Ausgang angelangt bin und durch die Tür gehe, schlägt mir kühle, angenehme Luft entgegen. Erst jetzt wird mir bewusst, wie warm und stickig es in dem Saal ist.

Suchend sehe ich mich um, da entdecke ich auch schon das Hinweisschild zu den Toiletten, das den Weg über die Treppe eine Etage tiefer weist.

Ich bin fast unten, als plötzlich Luis' Vater um die Ecke biegt und mir entgegenkommt. Ich lächle etwas unsicher, aber er verzieht keine Miene. Abwartend bleibt er mit den Händen in den Hosentaschen stehen, bis ich die letzte Stufe genommen habe.

»Hören Sie, ich will nicht lange um den heißen Brei reden«, beginnt er. »Luis ist gerade dabei, die größte Dummheit seines Lebens zu machen.« Er presst die Lippen zu einem schmalen Schlitz zusammen und kneift ganz leicht die Augen zu, genauso, wie es Luis manchmal tut.

»Er kann die Hochzeit mit Mara nicht einfach platzen

lassen. Es hängt zu viel davon ab. Nur weil er jetzt kurz davor ein wenig Panik bekommt, kann er nicht alles hinschmeißen. Seien Sie mal ehrlich, was erhoffen Sie sich? Glauben Sie wirklich, er liebt Sie?« Er lacht ein wenig abfällig. »Ich habe Erkundigungen über Sie eingezogen. Sie denken doch nicht ernsthaft, dass er sich auf Dauer mit einem armseligen Bauernmädchen einlässt?« Einen Moment mustert er mich. »Sie sind wirklich sehr hübsch, aber ich bitte Sie ... Sie passen nicht in unsere Familie und das wissen Sie.« Sein Blick ist beinahe mitfühlend. »Suchen Sie sich jemanden, der in Ihrer Liga spielt.«

Die ganze Zeit über stehe ich wie versteinert da. Meine Hand umklammert das Treppengeländer so fest, dass das Weiß meiner Knöchel hervortritt. Ich bin unfähig, etwas zu sagen – es ist totenstill. Nach kurzem Zögern zieht er seine Geldbörse aus dem Jackett. Er hält mir ein paar hundert Euro Scheine unter die Nase. »Hier, nehmen Sie das.«

Ich starre das Geld an, dann sehe ich ihm in die Augen. Kein Ton kommt über meine Lippen. Es fühlt sich an, als hätte mir jemand die Stimme gestohlen. Stumm schüttle ich immer wieder den Kopf. Wie in Trance bewege ich mich auf die Toiletten zu. Erst als die Tür hinter mir zuschlägt, spüre ich das beschämende Brennen hinter meinen geschlossenen Lidern. Du wirst auf keinen Fall heulen, befehle ich mir. Ich starre in den Spiegel und schlucke ein paar Mal krampfhaft. Meine Hand zittert so sehr, dass es mir nicht gelingt, mit dem Lipgloss, den Pierre mir geschenkt hat, die Lippen nachzuziehen.

Oh Gott, ich weiß nicht, ob wir stark genug sind, das durchzustehen. Ob ich stark genug bin, ob Luis stark genug ist. Was wird geschehen, wenn er weiter zu mir hält? Was hat er zu erwarten? Mir wird ganz schlecht bei dem Gedanken, mit welchen Konsequenzen er vielleicht rechnen muss. Soll ich ihm von diesem Gespräch erzählen? Ich betrachte mein Spiegelbild. *Armes Bauernmädchen* … Er hat ja recht. Ich fühle mich wie Aschenputtel. Vielleicht sollte ich sehen, dass ich vor zwölf nach Hause komme, denke ich voller Bitterkeit, zurück in meine Liga.

Ich werde Luis sagen, dass mir nicht gut ist. Unmöglich kann ich ihm das länger antun. Wenn ich bleibe, zerstöre ich seine Zukunft.

Aber jetzt muss ich zuerst einmal zurück. Bestimmt fragt er sich schon, wo ich so lange stecke. Ich atme noch einmal tief durch, öffne die Tür und schlage sie um ein Haar Sebastian auf die Nase.

»Hoppla.« Hastig weicht er einen Schritt zurück. »Da hat aber jemand eine schwungvolle Ader.«

»Entschuldige bitte, tut mir leid!« Vor Schreck schlage ich die Hand vor den Mund. »Habe ich dich getroffen?«

Abwehrend hält er die Arme in die Höhe. »Nichts passiert.« Er grinst mich an.

»Ok«, ich bemühe mich um ein ungezwungenes Lächeln. »Also dann, man sieht sich.«

»Man sieht sich.« Mit Zeige- und Mittelfinger tippt er sich an die Stirn.

Gerade setze ich den Fuß auf die erste Treppenstufe, da ruft er mir hinterher. »Madlen.«

»Ja?« Erwartungsvoll drehe ich mich um.

»Wir hatten keinen so tollen Start.« Mit zusammengepressten Lippen wiegt er den Kopf. »Es tut mir wirklich leid.« Zaghaft kommt er einen Schritt näher.

»Schon gut«, winke ich ab, »vergessen wir es einfach.«

Inzwischen steht er vor mir. Er nickt erleichtert. »Gut.« Sein Blick ist immer noch ein wenig zerknirscht. »Darf ich dich kurz umarmen?«

Ich denke mir nichts dabei, als er mich an sich zieht. Das Ganze belastet ihn wohl mehr, als ich gedacht hatte.

»Mmh ... du riechst verdammt gut.«

Ok, das wird jetzt doch ein wenig unangenehm. Bei dem Versuch, mich aus seiner Umarmung zu befreien, wird sein Griff fester.

»Du machst mich verrückt, weißt du das? Schon seit ich dich das erste Mal im Fellini gesehen hab«, flüstert er mir die Worte ins Ohr.

»Sebastian, hör auf!« Ich beginne mich in seinen Armen zu winden, aber ich habe keine Chance. »Verdammt, lass mich los!« Panik steigt in mir hoch. Wenn doch nur jemand kommen würde. Als hätte er meine Gedanken gelesen, packt er mich plötzlich und zerrt mich um die Ecke. Er drückt mich an die Wand.

»Komm schon, stell dich nicht so an. Luis braucht nichts davon zu erfahren.«

Sein Mund kommt immer näher. Es gelingt mir, meine Hand frei zu bekommen. Mit voller Wucht schlage ich ihm ins Gesicht. Einen Bruchteil von Sekunden starren wir uns an. Zuerst registriere ich ein wütendes Aufblitzen in seinen Augen, dann sehe ich die Gier darin. Es ist der Moment, in dem die Panik ins Unermessliche steigt. Er presst seinen Mund auf meine Lippen und schiebt mein Kleid hoch. Seine Hand verschwindet darunter. Ich will schreien. Ich beiße zu.

»Aah ... verdammt!« Er fasst sich an seine blutende Unterlippe und starrt ungläubig auf seine roten Finger. »Du

Schlampe!« Bedrohlich kommen die Worte aus seinem Mund. Seine Hand umklammert meinen Hals – es ist wie ein Déjàvu. Als er meinen Kopf an die Wand drückt, schließe ich die Augen und plötzlich legt sich eine unglaubliche Ruhe über mich. Auf einmal spüre ich, wie ich mich innerlich langsam entferne. Ich denke mich weg, genauso, wie ich es damals immer getan habe. Auf diese bunte Blumenwiese mit dem Apfelbaum und dem Pferd, das daran festgebunden ist. Ich kann diesen unglaublich blauen, wolkenlosen Himmel sehen, diesen endlos weiten Himmel ...

Als ich die Augen öffne, lehne ich noch immer an der Wand. Aber ich stehe nicht mehr – ich sitze da, mit angezogenen Knien. Sebastian kauert vor mir auf dem Boden. Was tut er da? Und warum blutet er über dem Auge? Habe ich ihn nicht in die Lippe gebissen? Das Bild hat etwas Groteskes.

Und plötzlich ist da Luis. Er hat sich vor Sebastian aufgebaut. Aus seinen Augen sprühen Feuerfunken. Er beugt sich vor, packt Sebastian am Hemdkragen, zieht ihn hoch und schleudert ihn an die Wand, direkt neben mir.

»Verschwinde und lass dich nie wieder blicken!« Luis spricht nicht laut. Seine Stimme klingt bedrohlich leise. Sie jagt mir eine Gänsehaut über den Rücken.

Sebastian hat sich davongeschlichen. Wir sind allein. Luis hat mich zu sich hochgezogen, in seine Arme. Mein Kopf ruht an seiner Schulter. Ich habe die Lider geschlossen und möchte mich am liebsten überhaupt nicht mehr bewegen.

»Lass uns verschwinden.« Behutsam nimmt er meinen Kopf in seine Hände, seine Augen huschen hin und her.

»Gibt es hier unten einen Ausgang?« Ich versuche, das

Zittern in meiner Stimme zu verbergen. Undenkbar, ein weiteres Mal diese Treppe hoch zu gehen und irgendwelchen Leuten über den Weg zu laufen, am Ende vielleicht noch seinen Eltern.

Zärtlich streicht er mir das zerzauste Haar aus dem Gesicht. Ich weiß, dass er noch immer außer sich vor Wut ist, ich kann es an der steilen Falte auf seiner Stirn sehen.

»Ja, wir können von hier aus direkt in die Tiefgarage.« Er legt seine Jacke über meine Schultern und wir machen uns auf den Weg.

Ohne ein Wort darüber zu verlieren, fahren wir zu ihm. Es war einfach das Naheliegendste. In der Diele nimmt Luis mir meine Schuhe ab. Ich habe sie bereits im Auto ausgezogen, weil mir die Füße wehtaten. Die Strümpfe hätte ich wohl besser anlassen sollen, aber mir war so warm, dass ich es einfach nicht mehr ausgehalten habe. Vermutlich hängt das damit zusammen, dass ich es nicht gewohnt bin, so etwas zu tragen.

Als ich seine Jacke von den Schultern streife, geschieht es. Ich bleibe an meinem Halsband hängen. Vermutlich hat sich bei Sebastians Übergriff der Verschluss gelockert. Mit einem leisen Klack fällt es zu Boden. Luis bückt sich und hebt es auf. Er hat es noch immer in der Hand, als sich unsere Augen im Spiegel treffen und auf die leuchtend, blaugrünen Flecken an meinem Hals starren. Ganz sachte berührt er sie mit seinen Fingerspitzen. Ich kann die Bestürzung in seinem Blick sehen. Seine Hände legen sich auf meine Schultern. Ganz langsam dreht er mich zu sich um.

»Wer?« Seine Nasenflügel blähen sich leicht auf, als er nur dieses eine Wort sagt. Mechanisch fasse ich mir an den Hals und will mich wegdrehen. Aber er hält mich fest. »Wer hat dir das angetan?«, fragt er mit rauer Stimme.

Einen Moment schließe ich die Augen, dann sehe ich ihn an. »Das hast du doch gesehen. Sebastian, das war er«, sage ich mit Nachdruck, als müsste ich mich selbst davon überzeugen.

»Erzähl keinen Scheiß.« Er rüttelt mich sanft. Sein Gesicht wirkt wie versteinert. »Madlen«, er zieht die Stirn in Falten und schüttelt den Kopf, »rede mit mir!«

Ich kann seine beschwörenden Worte nicht mehr länger ertragen und ich kann meine Verzweiflung nicht länger verdrängen. Lautlos beginnen Tränen über meine Wangen zu laufen. »Mein Vater ...«, ich schluchze auf, »... das war mein Vater.«

Luis besteht darauf, dass ich heute Nacht bei ihm bleibe.

»Das geht auf keinen Fall«, widerspreche ich, »er bringt mich um, wenn er mitbekommt, dass wir uns weiterhin sehen.«

»Ich lass dich ganz sicher nicht zu diesem Psychopathen zurückgehen.« Er stellt eine heiße, dampfende Tasse vor mir ab, bevor er sich mir gegenüber an den kleinen Küchentisch setzt. Ich umschließe sie mit meinen Händen, halte sie an die Nase und inhaliere den herben Duft.

»Heiße Schokolade mit Rum – beruhigt die Nerven, behauptet zumindest Nonno.« Mit dem Mundwinkel deutet er ein Lächeln an, dann wird er ernst. Seine Hand greift nach meiner und mit dem Daumen streicht er mir immer wieder über den Handrücken. Als wäre er auf der Suche nach den richtigen Worten, starrt er unentwegt auf die Tischplatte. Er leckt sich über die Lippen. Schließlich hebt er den Kopf und sieht mich an. »Das war nicht das erste Mal, hab ich recht?« Er wartet meine Antwort erst gar nicht ab. »Was hat er sonst noch mit dir gemacht?«

Es ist unmöglich, diesen Augen auszuweichen.

»Reicht das nicht?«, erwidere ich bitter.

»Sag du's mir«, fordert er mich mit einem leicht provozierenden Ton auf, der mich plötzlich wütend macht.

»Was willst du hören? Dass er ein Psycho ist, hast du ja eben selbst festgestellt. Mehr gibt's da nicht zu sagen.« Ich ziehe meine Hand weg und sehe mit verschlossener Miene an ihm vorbei.

Eine Weile sieht er mich noch immer unverwandt an, als wollte er mir eine Chance geben. Plötzlich steht er auf und blickt auf mich herab. »Dann ist ja alles gut, was sind schon ein paar Würgemale? Man kann sie schließlich überschminken oder anders verdecken und alles ist wie vorher, stimmt's?« Er befördert mein Halsband aus seiner Hosentasche und legt es auf den Tisch. »Ich zieh mir was anderes an.« Mit diesen Worten lässt er mich einfach sitzen, mit meiner ganzen Hilflosigkeit und meiner Wut, die jeden Moment dabei ist, zu explodieren. Er ist schon fast an der Tür, als ich hochschnelle und der Stuhl mit einem lauten Knall auf dem Boden aufschlägt.

»Er hat mich gefickt und er hat es nicht einfach nur so getan. Er hatte immer ein Messer neben sich liegen, für den Fall, dass ich schreie.« Langsam drehe ich mich zu ihm um.

»Als ob ein vierzehnjähriges Mädchen in der Lage gewesen wäre, auch nur einen Ton von sich zu geben.« Meine weit aufgerissenen Augen sind auf Luis gerichtet, aber ich nehme ihn nicht wirklich wahr. In diesem Augenblick sehe ich nur das verängstigte Mädchen vor mir, das verzweifelt versucht, sich wegzuträumen. Ich fange an zu blinzeln und plötzlich spüre ich Luis' Arme unter meinen Achseln. Er versucht mich zu halten, als ich am Türrahmen hinuntergleite. Vorsichtig setzt er mich auf dem Boden ab.

»Ich war elf, da kam er das erste Mal in mein Zimmer.«

Mit angezogenen Beinen sitzen wir nebeneinander, an die Wand gelehnt auf dem Küchenboden, als ich zu reden beginne.

»Ich musste ihn berühren, streicheln ... alle zwei, drei Tage suchte er mich auf – je nachdem, in welchem Zustand er vom Adler nach Hause kam. Bald reichte ihm das nicht mehr. Er setzte sich auf mein Bett und ich musste vor ihm knien. Er wollte, dass ich ihn mit dem Mund …« Ich schließe kurz die Augen, um das aufsteigende Würgegefühl zu verdrängen. »Du weißt schon …« Ich atme tief durch, dann fahre ich fort.

»Naiv wie ich war, dachte ich, dass es nicht noch schlimmer kommen konnte. Aber ich hatte mich geirrt. Ich war fast vierzehn, mein Körper begann sich zu verändern und das fiel nicht nur mir auf. Er begann mich anzustarren. Tagsüber, bei der Arbeit im Stall, auf dem Feld, im Haus – überall.

Eines Tages, ich hatte gerade die Pferde von der Koppel in den Stall gebracht, stand er plötzlich vor mir. Er sah mich wieder mit diesem Blick an. Ich wollte an ihm vorbei. Er packte mich an den Haaren und stieß mich in die Box zurück. Dann kam er langsam auf mich zu, mit dieser Gier in den Augen. Er hat nicht lange herumgefackelt.

Ich weiß noch genau, was ich anhatte. Ein blau kariertes Hemd von Chris. Ich tat das manchmal, wenn Chris während der Ausbildung Blockunterricht in Donaueschingen hatte. Es gab mir das Gefühl, wenigstens etwas von ihm hier, bei mir, zu haben. Chris nahm es mit Humor. *Wenn du dich damit besser fühlst, aber erwarte nicht, dass ich eines deiner Kleider trage*, gab er seinen Kommentar dazu ab.«

Einen Moment sehe ich ihn vor mir. »Ich habe ihm nie erzählt, was ich mit seinem Hemd gemacht habe. Er denkt, ich habe es verlegt. Die Wahrheit ist, ich habe es verbrannt, nachdem Vater es mir vom Leib gerissen hatte. Das Ganze dauerte nicht lange. Nachdem er mit mir fertig war, bläute er mir ein, den Mund zu halten, andernfalls würde Chris es büßen müssen. Was immer er damit meinte, ich war mir sicher, er würde sich irgendwelche Gemeinheiten einfallen lassen. Aber ich hätte ohnehin mit keiner Menschenseele über das, was er mir angetan hatte, reden können. Dafür schämte ich mich viel zu sehr. Was hatte ich falsch gemacht? Welche Signale hatte ich ausgesendet? Denn das, was geschehen war, war meine Schuld, dessen war ich mir sicher. Warum sonst hatte Mutter mir nicht geholfen? Sie stand in der Stalltür, als er noch immer auf mir lag. Sie sah in meine vor Angst und Panik geweiteten Augen. Dann drehte sie sich einfach um und ging.

Zwei Tage später kam er wieder in mein Zimmer. Ich versuchte mich zu wehren, da schlug er zu. Beim nächsten Mal hatte er das Messer dabei. *Falls du nochmal vorhast zu schreien, wird es das letzte Mal gewesen sein.* Um sämtliche Zweifel an seiner Drohung auszuräumen, zog er die scharfe Klinge ganz langsam über meine Brust. Die Narbe ist heute noch zu sehen.

Zwei Jahre ging das so. Zwei bis dreimal die Woche kam er zu mir. Ich wehrte mich nicht mehr, ich träumte mich einfach weg. Nur so war es auszuhalten.

So verrückt es sich anhört, in das Ganze hatte sich eine gewisse Routine eingeschlichen. Ich versuchte, mich so unsichtbar wie irgend möglich zu machen und zog mich immer mehr in mein Schneckenhaus zurück. Chris dachte, ich würde unter meinen Klassenkameraden leiden. Damit hatte er zwar nicht unrecht, aber das war nur die halbe Wahrheit. Worunter ich wirklich litt, davon hatte er keine Ahnung. Er weiß es bis heute nicht.

Ein Gedanke jagte mir besonders große Angst ein. Ich hatte furchtbare Panik, schwanger zu werden. Vater kam immer öfter in betrunkenem Zustand in mein Zimmer. Anfangs benutzte er ein Kondom, aber der Alkohol ließ ihn vergesslich werden.

Dann kam der Tag, als Chris mich zum ersten Mal in meinem Leben zu einem Zahnarzt schleppte. Ich hatte panische Angst, aber er ließ nicht locker und bestand darauf, dass ich ihn begleitete. Wir saßen im Wartezimmer und vor lauter Nervosität nahm ich eine Zeitschrift nach der anderen aus dem Regal. Da stieß ich auf diesen Artikel. Ein Mädchen hatte ein ähnliches Martyrium erlitten und eines Tages hatte sie sich gewehrt. *Es ist das Schwache, das Hilflose, das sie anzieht. Du musst Stärke zeigen, dann werden sie schwach.*

An diesem Abend habe ich den Spieß umgedreht.

Er verfiel meist in einen Kurzschlaf danach. Ich wartete ein paar Minuten, dann nahm ich das Messer aus meinem Nachttisch. Ganz vorsichtig setzte ich es an seiner Kehle an. Ich wartete fast zehn Minuten, ohne mich auch nur einen Millimeter zu bewegen. Die ganze Zeit über berührte die Messerspitze seinen Hals. Dann schlug er die Augen auf. Ich ließ ihm keine Sekunde Zeit. *Wenn du mich noch ein einziges Mal anrührst, bring ich dich um.* Sekundenlang starrten wir uns an. *Ich nehme jetzt das Messer weg, du verschwindest und wirst dich hier nie wieder blicken lassen,* sagte ich zu ihm.

Er ging, ohne ein Wort zu sagen. Von diesem Tag an ließ er mich in Ruhe.«

Ich drehe Luis den Kopf zu. »Weißt du, ich hätte es wirklich getan. Ich hätte ihn umgebracht.«

Er starrt mich an. Ich sehe die Abscheu in seinen Augen. Natürlich, denke ich, ich ekle ihn an. Ich versteh das, ich ekle mich ja selbst vor mir, ich verabscheue mich geradezu.

»Tut mir leid, dass du dir das anhören musstest. Ich hätte wohl besser den Mund gehalten.« Mit diesen Worten stehe ich auf. »Ich muss mal kurz dein Badezimmer benutzen, du hast doch nichts dagegen?« Der sachliche Ton in meiner Stimme erstaunt mich selbst ein wenig. Aber tatsächlich fühle ich nichts. Rein gar nichts.

Ich sehe schrecklich aus. Die Wimperntusche hat sich mit meinen Tränen vermischt. Auf meinen Wangen sind die schwarzen Rinnsale festgetrocknet. Ich lasse Wasser über ein wenig Klopapier laufen und versuche damit, die Spuren aus meinem Gesicht zu waschen. *Und jetzt?* Fragend sehe ich mein Spiegelbild an. *Das weißt du doch,* beantwortet mein inneres Ich die Frage und damit öffne ich leise die Badezimmertür.

Luis steht an der Spüle und stützt sich daran ab. Er streckt mir den Rücken zu, den Kopf hält er gesenkt. Einen Moment verharrt er so, dann dreht er den Wasserhahn auf, hält ein Glas darunter und trinkt es in einem Zug leer. Als würde er darin nach einer Antwort suchen, betrachtet er es einen Augenblick. Plötzlich holt er völlig unvermittelt aus und schleudert es mit aller Kraft gegen die Wand.

Ich zucke zusammen, die Badezimmertür fällt hinter mir ins Schloss. Luis dreht sich um.

»Ich kann ein Taxi rufen«, sage ich, »du brauchst mich nicht zu fahren.«

»Was?«

»Hör zu, ich kann verstehen, dass du erstmal allein sein willst, nach dem, was du dir da eben anhören musstest.« Ich bin immer noch völlig ruhig und gelassen, stelle ich überrascht fest.

»Was *ich* mir anhören musste?« Er sieht mich entgeistert an. »Weißt du überhaupt, was du da sagst?« Langsam kommt er auf mich zu und bleibt direkt vor mir stehen. »Dieses Schwein hat dich jahrelang missbraucht, seine eigene Tochter. Ich kann mir vermutlich nicht mal annähernd vorstellen, durch welche Hölle du gegangen sein musst ... Und da machst du dir über mein Seelenleben Gedanken?«

Das ist der Moment, in dem mir klar wird, dass ich nur deshalb so ruhig und distanziert bin, weil sich ein Teil von mir abgespalten hat. Die ganze Zeit über, während ich Luis meine persönliche Tragödie erzählt habe, stand ich im wahrsten Sinne des Wortes neben mir. Es ist, als wäre nicht ich diejenige, der all diese schrecklichen Dinge widerfahren sind, sondern es ist, als hätte ich die Leidensgeschichte irgendeiner fremden Person vor ihm ausgebreitet. Vielleicht ist das eine Art Schutzmechanismus. Vermutlich hätte ich ihm das sonst niemals alles erzählen können.

Doch jetzt steht er vor mir, streckt seine Hand aus und berührt meine Wange. Sonst nichts. Es ist der Blick, mit dem er mich ansieht, der mein mühevoll erbautes Kartenhaus einstürzen lässt, der mich zusammenbrechen lässt.

Er zieht mich an sich, ich schluchze auf.

»Ich werde nicht zulassen, dass er dich noch einmal anfasst.«

Eine gefühlte Ewigkeit stehen wir engumschlungen in der Küche. Das Zittern hört langsam auf, ich werde ruhiger.

»Schon wieder.« Ich hebe den Kopf und versuche, ein zaghaftes Lächeln zustande zu bringen. Fragend hebt er die Augenbrauen. »Ich habe dich schon wieder vollgerotzt.«

»Ich lasse mich gerne von dir vollrotzen, da steh ich voll drauf.« Mit schräggelegtem Kopf und einem leichten Grinsen auf den Lippen sieht er mich an. Ich lehne meine Stirn an seine Brust, schließe die Augen und atme seinen Duft ein. Die ersten beiden Knöpfe seines Hemdes sind geöffnet, mein Mund berührt seine glatte Haut. Ich kann seinen Herzschlag spüren. Er beugt den Kopf und ich fühle seine Lippen an meiner Schläfe.

»Zeig es mir«, flüstere ich leise. Kurz hält er inne. Ich hebe den Kopf und sehe ihm in die Augen.

»Zeig mir, wie es sein kann.«

Er greift mit der Hand in mein Haar und hat wieder diesen prüfenden, intensiven Blick drauf, der mich total schwach werden lässt.

Ich lecke mir über die Lippen. »Ich habe eine scheiß Angst, aber die werde ich auch noch in einem Monat haben und in einem halben Jahr. Die werde ich immer haben.« Bittend sehe ich ihn an. »Aber ich will, dass du es bist, der mir hilft, mit dieser Angst fertig zu werden.«

Als wollte er sichergehen, dass ich es mir nicht anders überlege, sieht er mich einen Moment lang an. Seine Augen scheinen dabei noch einen Tick dunkler zu werden.

Zuerst streicht er mit dem Daumen über meine Unterlippe, ganz langsam. »Vertraust du mir?« Seine Stimme klingt rau. Ich schlucke und nicke. »Ja«, hauche ich.

Und dann reden wir nicht mehr.

Er beginnt, die Nadeln aus meinem Haar zu ziehen, eine nach der anderen. Er lässt sich Zeit. Strähne für Strähne fällt weich über meine Schultern. Ich stehe ganz still. Als er fertig ist, lässt er seinen Blick über mich gleiten.

»Du bist wunderschön.« Mit seinen Händen umschließt er mein Gesicht. Seine Augen bewegen sich hin und her, als wollten sie das Innerste meiner Seele erkunden.

Und dann küsst er mich. Ich schließe die Augen und lege meine Hände an seine Hüften. Ich glaube, es ist der längste Kuss der Welt und auch der intensivste und der gefühlvollste.

»Sag einfach Stopp, wenn es nicht mehr geht, ok?«

Ich spüre seinen warmen Atem an meiner Wange. Ein Hauch von Pfefferminz steigt mir sanft in die Nase. Es geht definitiv noch und als Antwort presse ich meine Lippen auf seinen Mund. Seine Hände verlassen mein Gesicht und bewegen sich langsam abwärts, über meinen Hals, meine nackten Schultern und meine Arme. Er greift nach meinen Händen, die noch immer auf seinen Hüften ruhen und verschränkt einen Augenblick seine Finger mit meinen, bevor er meine Arme auf seinen Schultern ablegt. Seine Hand legt sich auf die Stelle knapp über meinem Hintern. Mit sanfter Gewalt zieht er mich noch enger an sich, während seine andere Hand den Reißverschluss meines Kleides ertastet und ihn langsam nach unten zieht. Er hat das schon öfters gemacht, schießt es mir durch den Kopf. Er hat Übung darin. Und das ist der letzte bewusste Gedanke, den ich fasse, als er mich überall zu küssen beginnt. Während er die Träger meines Kleides ganz langsam über meine Arme schiebt, vergesse ich zu denken. Ich spüre eine Hitzewelle, die sich in meinem Körper auszubreiten beginnt und ich spüre

Verlangen, ein unbeschreibliches Verlangen und eine Sehnsucht, die beinahe weh tut. Mit geübten Händen streift er mir das Kleid von den Hüften. Es rutscht zu Boden und ich stehe in dieser göttlichen schwarzen Unterwäsche vor ihm. Obwohl ich innerlich verglühe, breitet sich auf meinem Körper eine Gänsehaut aus. Die Narbe von damals, sie verläuft ein Stück weit neben dem feinen Spitzenrand meines BHs. Vorsichtig zeichnet er sie mit dem Mittelfinger nach. Er zieht die Stirn leicht zusammen, jetzt, wo er weiß, woher sie stammt. Seine Fingerkuppen wandern weiter, halten auf dem Steg meines BHs kurz inne und streichen schließlich weiter hinab bis zu meinem Bauchnabel.

Ein Schauer nach dem anderen jagt durch meinen Körper.

»Dir ist kalt.« Er hat den Kopf geneigt.

»Mir ist nicht kalt«. Meine Stimme gleicht einem Wispern.

Ohne meinen Widerspruch zu beachten, umfasst er plötzlich meine Taille und hebt mich hoch. Meine Beine umschlingen seine Hüften und wieder beginnen wir uns zu küssen, wie zwei Ertrinkende. Ich greife in sein kurzes, kräftiges Haar, streiche über seine Wange, sein Kinn, seinen Hals. Oh Gott, ich will mehr, ich möchte ihn überall berühren.

Irgendwie sind wir in dem kleinen Gang zwischen Küche und Wohnzimmer gelandet. Mit dem Rücken zur Wand setzt er mich langsam ab. Ich lege meine Hand auf seine Brust und sehe ihn an. Seine Augen glühen.

»Kann ich dein Tattoo sehen?« Ich beginne auf meiner Unterlippe zu nagen. Er zögert kurz, dann beginnt er sein Hemd aufzuknöpfen. Die ganze Zeit über lässt er mich nicht aus den Augen. Ich schlucke trocken, als seine glatte Brust zum Vorschein kommt. Langsam dreht er sich um, er hält den Kopf ein wenig gesenkt, als er vage über die Schulter zurückblickt.

Er wartet.

Ich spüre mein Herz gegen meine Rippen schlagen, als ich nach dem weißen Stoff greife und diesen über seine muskulösen Schultern und Arme schiebe.

Es ist ein Kunstwerk. Das gesamte linke Schulterblatt ist über und über mit Ranken und irgendwelchen Symbolen verziert. Nach unten hin verläuft das Muster schmaler. Ehrfürchtig berühre ich die feinen Linien. Sein Rücken hebt und senkt sich, er steht ganz still. Ich benetze seine Haut mit den Lippen und schließe die Augen. Meine Hände schieben sich an seinen Hüften entlang nach vorne und umschlingen seinen Körper. Ich kann seinen Herzschlag spüren. Ich lege den Kopf an seinen Rücken, seine Haut ist warm und glatt. Einen kurzen Augenblick umschließt er meine Hände, dann dreht er sich zu mir um, dabei streift er sein Hemd vollständig ab. Es gleitet zu Boden. Wortlos hebt er mich hoch.

»Es wird gleich wärmer werden.«

Er muss das Feuer im Kamin entzündet haben, solange ich mich im Badezimmer aufgehalten habe. Es war so gut wie erloschen. Jetzt schlängeln sich die Flammen bereits wieder an dem Holzscheit empor, den Luis soeben reingeworfen hat. Wir stehen auf dem flauschig weichen Teppichboden vor dem offenen Kamin. Die Schatten der Flammen tanzen auf seinem nackten, makellosen Oberkörper.

Ich habe keine Angst mehr. Ich vertraue ihm. Ich liebe ihn.

Irgendetwas beginnt sich in meinem Inneren zu lösen und ich spüre plötzlich Tränen in mir aufsteigen. Aber es sind gute Tränen, es sind die glücklichsten Tränen, die ich jemals geweint habe.

»Hey« zärtlich fährt er mit der Hand in mein Haar und sieht mich besorgt an. »Wir müssen das nicht tun, nicht heute, ok?«

Ich blinzle. »Doch, das müssen wir ...« Einen Moment betrachte ich dieses wunderschöne Gesicht. Ich berühre seine Wange. Unsere Augen versinken ineinander. »Ich brauche dich so sehr.« Seine Antwort sind seine Lippen auf meinem Mund und ich weiß, jetzt gibt es kein Zurück mehr. Er zieht mich an sich und ich spüre seine Haut auf meiner. Seine Hand streicht über meinen Rücken und mit einer einzigen Bewegung öffnet er den Verschluss meines BHs. Auch darin hat er Übung. Während er die Träger langsam von meinen Schultern schiebt, beginnt er, mich überall zu küssen. Er lässt sich Zeit. Plötzlich sind seine Hände überall. Er umfasst meine Taille und dreht mich, sodass ich mit dem Rücken an seiner Brust lehne und streift den BH endgültig über meine Arme. Mit einem leisen Geräusch landet er auf dem Boden. Seine Hand streicht über meinen Bauch. Seine Fingerspitzen verschwinden dabei in meinem Slip. Ich schließe die Augen und mein Atem beginnt, schneller zu gehen. Er arbeitet sich weiter nach oben, über meine Taille, meine Rippen. Wie zufällig streicht er über meine nackte Brust. Er spielt mit meiner Erregung und er beherrscht dieses Spiel perfekt. An meinem Hals angelangt fährt er mit der Hand in mein Haar, um es auf meine rechte Schulter zu streichen. Er küsst mich in die Halsbeuge und mir entweicht ein leiser Seufzer.

Wir lassen uns auf den weichen Teppich sinken und plötzlich ist er über mir. Er sieht mich an. Seine Augen scheinen jeden Millimeter meines Körpers erkunden zu wollen. Als sein Blick erneut auf die Narbe an meiner rechten Brust fällt, kann ich ein kurzes wütendes Aufblitzen in seinen Augen sehen. Doch dann beugt er sich zu mir herab und benetzt die feine Linie zärtlich mit seinen Lippen. Ich spüre ein

Ziehen in meinem Unterleib. Sein Mund streicht ganz leicht über meine Brust. Meine Erregung steigt ins Unermessliche und als er meine Brustwarze mit seiner Zunge zu liebkosen beginnt, stöhne ich auf. Er sieht mich an, während seine Hand in Zeitlupe über meine Taille immer weiter nach unten streicht, über meine Hüfte, sich unter meinen Slip schiebt, zwischen meine Beine ... *Oh Gott* ... Er beginnt mich zu streicheln, an Stellen meines Körpers, von denen ich nicht wusste, dass sie fähig sind, so auf Berührungen zu reagieren. Seine Bewegungen sind auf erregende Weise langsam. Ich habe das Gefühl, den Verstand zu verlieren. »Bitte hör nicht auf.« Ich flehe ihn geradezu an. Er küsst mich und er hört nicht auf. Mein Becken wölbt sich ihm entgegen. Ich greife in sein Haar. »Oh Gott, Luis«, stöhnend kommen die Worte über meine Lippen, bevor ich von Gefühlen überschwemmt werde, von denen ich bis jetzt keine Ahnung hatte, dass sie existieren.

Mein Atem kommt stoßweise aus meinem Mund. Er streichelt mein Gesicht. »Es hat dir gefallen«, er lächelt.

»Es war unglaublich.« Ich beiße mir auf die Unterlippe und sehe in seine Augen. Sie funkeln wie zwei schwarze Diamanten. Sein Lächeln verschwindet und wieder beginnt er mich zu küssen und wieder habe ich das Gefühl, seine Hände überall gleichzeitig zu spüren. Er lässt seinen Handrücken langsam zwischen meinen Brüsten hinabgleiten. Streicht über meinen Bauch, fährt die Rundung meiner Taille nach und findet den Weg zurück, wo seine Hand sich um meine Brust schmiegt. Die Glut in meinem Schoß scheint neu entfacht zu werden. Wie ein Feuer breitet sich die Erregung erneut in meinem ganzen Körper aus. Ich vergesse alle Hemmungen, ich werfe jegliche Zurückhaltung über Bord – lasse mich gehen. Meine Hände schieben sich in den Bund seiner

Hose. Es gelingt mir nicht, diesen verdammten Knopf zu öffnen. Er hilft mir. Erneut beugt er sich über mich, küsst mich. Auf den Mund, in die Halsbeuge, zwischen meine Brüste. Seine Lippen wandern weiter, bis zu meinem Bauchnabel und weiter ... Seine Hände streichen über meine Taille, über meine Hüften, wo sie ganz nebenbei nach meinem Slip greifen und ihn nach unten schieben, über meine Beine, über meine Füße. Seine Hände umfassen meine Knöchel, streichen über meine Schienbeine und halten auf meinen Knien inne. Er sieht mich an, während er meine Beine ganz langsam auseinanderspreizt. Ich halte den Atem an und als sein Kopf in meinem Schoß verschwindet, kralle ich die Finger in den Teppichboden. Es ist, als wollte er mich quälen, auf eine unaussprechlich süße Art und als ich beinahe nicht mehr fähig bin, es auszuhalten und jeden Moment meine, zerspringen zu müssen, beugt er sich ein letztes Mal über mich. Er sieht mir in die Augen und während er meinen Blick festhält, dringt er in mich ein. Ganz langsam, vorsichtig, darauf bedacht, sich sofort zurückzuziehen, sollte ich am Ende doch noch Panik bekommen. Trotz aller Erregung ist er auf der Hut. Er hat sich im Griff, was ich von mir in keiner Weise behaupten kann. Ich schlinge die Arme um seinen Nacken, fahre mit den Händen in sein Haar und ziehe seinen Kopf zu mir herunter. Ich beginne, ihn zu küssen, voller Leidenschaft und Liebe und da spürt auch er, dass ich nichts anderes will, außer ihn. Er beginnt sich in mir zu bewegen, langsam und gefühlvoll. Ich passe mich seinem Rhythmus an. Er hält mein Gesicht in seinen Händen und sieht mich an. »Ich liebe dich.«

Ich schließe kurz die Augen, damit meine Tränen entweichen können. »Ich liebe dich«, antworte ich mit erstickter

Stimme. Er stützt sich auf seinen Arm und beginnt, sich schneller in mir zu bewegen. Es fühlt sich an, als würde in meinem Inneren ein Tsunami entstehen. Die Wellen steigen höher und höher, bis sie schließlich an ihrem höchsten Punkt über mir zusammenbrechen und mich gleichzeitig reinwaschen und befreien von allen alten negativen Gefühlen und Lasten, die in mir verschlossen waren. Er hat mich erlöst, oh Gott, ich liebe ihn so sehr.

Luis hat eine Decke geholt. Wir liegen noch immer auf dem Teppich vor dem Kamin. Ich schmiege den Kopf an seine Brust, die Schatten der Flammen tanzen über unsere Gesichter. Gedankenverloren streichelt er meinen Nacken.

»Ich finde, du solltest es Chris erzählen, er muss es wissen.« Er wendet mir den Kopf zu und küsst mich auf den Scheitel.

»Niemals, er würde ihn umbringen und außerdem, was würde es ändern?«

»Er ist dein Bruder und er würde alles für dich tun. Denkst du nicht, er hätte ein Recht darauf, es zu erfahren?« Er stützt sich auf den Ellbogen und streichelt mein Gesicht. »Und ich wäre weniger beunruhigt, wenn er Bescheid wüsste.« Er sieht mich an. »Ich fliege Dienstagabend in unser Werk nach Texas. Es gibt Probleme mit einem Großauftrag – Schadensbegrenzung. Ich werde mich mit einem unserer wichtigsten Kunden auseinandersetzen müssen.«

»Wie lange wirst du weg sein?«

»Fast zwei Wochen.«

»Oh ...« Natürlich, das Telefonat gestern, bei Pierre – buchen sie mir einen Flug, hatte er gesagt – vermutlich zu seiner Sekretärin.

Er streicht mit dem Daumen über meine Unterlippe. »Ich

vermisse dich jetzt schon.«

Ich weiß nicht, wie ich das überstehen soll, zwei Wochen ohne ihn.

Wie schön wäre es gewesen, zu bleiben, zusammen aufzuwachen, gemeinsam zu frühstücken.

»Wie kann ich es nur verantworten, dich gehen zu lassen?« Wir stehen in der Diele. Er hält mich fest und seine Augen suchen meinen Blick.

Ich lege meine Finger an seinen Mund. »Glaub mir, es wird nichts geschehen. Ich gebe ihm keinen Anlass.« Ich lächle ein wenig bitter. »Vielleicht ist diese zweiwöchige Pause auch für etwas gut.«

Es ist kurz nach vier, als er mich zurückbringt.

Wie die vorigen Male gehen wir auch diesmal das letzte Stück zu Fuß. Ich musste ihm versprechen, sofort eine Nachricht zu schicken, sobald ich in meinem Zimmer angekommen bin.

Ein letzter zärtlicher Kuss und ich verschwinde unbemerkt im Haus.

Es ist alles gut gegangen. Ich habe Luis soeben eine Nachricht gesendet und natürlich leuchten mir bereits die beiden blauen Pfeile entgegen – das Zeichen, dass er meine Worte gelesen hat. Ich schicke ein rotes Herz hinterher und lächle. Was für eine Nacht.

Zehn Minuten später höre ich das Motorengeräusch eines herannahenden Autos. Kurz darauf fällt die Haustür ins Schloss. Sieh mal an, mein Bruderherz ...

21.

Samstag, 27. Mai 2017

»Ausgeschlafen?« Während wir den Kühen die Melkbecher anlegen, sehe ich immer wieder zu Chris. Ich frage mich, ob ich denselben Ausdruck im Gesicht habe. Er hebt den Blick und zeigt ein schiefes Grinsen. »Und selbst?« Abwartend hält er kurz inne. Ich presse die Lippen zusammen, kann aber ein leichtes Schmunzeln nicht unterdrücken. Uns ist beiden klar, dass wir wohl eine ganz ähnliche Nacht hinter uns haben.

Gut, dass heute Samstag und somit keine Schule ist, so können Jenny und Ben am Morgen mithelfen und Mutters Arbeitskraft ersetzen. Sie wird am Montag aus dem Krankenhaus entlassen. Mir wird flau im Magen, wenn ich daran denke.

Nachdem wir die Kühe gemolken, mit frischem Heu versorgt haben und mit dem Ausmisten des Stalles fertig sind, gehen Chris und ich ins Haus. Obwohl wir beide die Nacht quasi durchgemacht haben, fühlen wir uns erstaunlich fit. Nichtsdestotrotz sehnen wir uns jetzt nach einem starken, heißen Kaffee. Nick ist in Breitenbach bei der Arbeit. Ben hilft Vater im Schweinestall und Jenny ist bei den Hühnern.

»Was macht deine Erkältung?« Wir überqueren den Hof. Chris wirft mir einen Seitenblick zu.

»Geht so«, mechanisch greife ich nach meinem Halstuch. Zum Glück habe ich daran gedacht, es umzulegen.

»War viel los, gestern Abend?«, frage ich, um Ablenkung bemüht.

»Ja schon, wir mussten ganz schön ran.«

»Die ganze Nacht?« Grinsend knuffe ich ihn in die Seite.

Er zieht ironisch die Augenbrauen hoch. »Ich denke, wir sind ungefähr zur selben Zeit nach Hause gekommen, habe ich recht? Jedenfalls kam Luis uns heute Morgen entgegen.« Er knufft mich zurück und ich ihn und so spielen wir das Spielchen weiter, bis wir lachend an der Haustür angekommen sind.

Dann geht die Tür zum Hühnerstall auf und Jenny kommt heraus. Sie hält den Korb mit den Eiern in ihren Händen. Ihr Blick ist konzentriert auf den Boden gerichtet. Mit schnellen Schritten überquert sie den Hof. Sie registriert uns nicht, so sehr scheint sie in Gedanken zu sein.

Als wäre sie auf der Flucht, schießt es mir durch den Kopf. Auch Chris muss es bemerkt haben. Wir sehen uns an. Ich setze gerade an, ihren Namen zu rufen, als sie plötzlich stolpert und hinfällt. Der Korb fliegt zur Seite und sie schlägt mit dem Kopf auf dem schmutzigen, feuchten Boden auf.

»Jenny!« Schnell renne ich die Stufen hinab und laufe zu ihr. Sie hat sich bereits wieder hochgerappelt, als ich bei ihr bin. Sie kniet vor den zerschmetterten Eiern, die rings um den Korb im Matsch liegen und versucht verzweifelt, sie zusammenzulesen.

»Jenny!« Sanft rüttle ich an ihrer Schulter und sehe sie an. »Was machst du da? Hör auf!« Zum Glück hat sie sich nicht ernsthaft verletzt. Lediglich eine kleine Schürfwunde an der Wange ist zu sehen.

»Wenn er das sieht ... schnell ...« Sie versucht immer noch, die Einzelteile der zerbrochenen Eier zusammen zu schieben. Ihre Augen sind weit aufgerissen.

»Geh mit ihr rein, ich mach das schon.« Chris kniet sich zu

uns auf den Boden. Er hat bereits Schaufel und Besen in der Hand.

Mit hölzernen Schritten geht Jenny neben mir her. Krampfhaft presst sie die Lippen zusammen.

»Mach dir keine Sorgen, du bekommst keinen Ärger. Chris wird das schon regeln.« Ich lege den Arm um ihre Schulter.

»Chris kann nicht alles regeln«, sagt sie mit einem bitteren Unterton, der sich für ihr Alter viel zu erwachsen anhört. »Ich zieh mir was anderes an.«

Ich schau ihr hinterher, als sie die Treppe zu ihrem Zimmer hochgeht.

Einen Moment stehe ich unschlüssig da. Unmöglich kann ich länger die Augen verschließen. Ich muss wissen, was los ist. Die Angst um meine kleine Schwester schnürt mir die Kehle zu.

Zwei Stufen auf einmal nehmend haste ich die Treppe nach oben und klopfe an ihre Tür. Ohne abzuwarten, drücke ich die Klinke nach unten. Jenny fährt herum und wischt sich die Tränen vom Gesicht. Wir starren uns einen Augenblick lang an. Leise schließe ich die Tür hinter mir und lehne mich daran an.

»Jenny, was ist los?«

Sie scheint mit sich zu kämpfen. Schließlich gibt sie sich einen Ruck. »Sophia ...« Sie schließt kurz die Augen. Doch bevor sie dazu kommt, weiter zu sprechen, gehe ich auf sie zu und ziehe sie in meine Arme. Sophia ... es geht nur um Sophia. Ich könnte heulen vor Erleichterung. Mir fällt ein, wie sehr Jenny sich letzte Woche über Sophia geärgert hat.

»Sophia ist doch deine Freundin. Bestimmt vertragt ihr euch bald wieder. Ich habe eine Idee.« An den Schultern schiebe ich sie ein Stück von mir und sehe sie an. »Schreib ihr einen Brief. Zähle auf, was dich ärgert, aber auch, was du gut an ihr findest. Lass sie wissen, wie wichtig dir eure Freundschaft ist.« Ich versuche, Begeisterung in meine Stimme zu legen. Abwartend sehe ich sie an. Ihr Blick ist undurchsichtig. Sie zögert einen Moment. Doch plötzlich nickt sie. »Ja«, sagt sie mit leiser Stimme, »vielleicht hast du recht.«

Noch einmal schließe ich sie in meine Arme. »Ich hab dich lieb, ok?« Ich spüre ihr Nicken an meiner Schulter. »Jetzt zieh dich um und komm frühstücken.«

Das plötzlich auftauchende Gefühl, dass Jenny mir etwas ganz anderes erzählen wollte, versuche ich zu ignorieren.

Das Wochenende geht viel zu schnell vorüber. Abends arbeite ich endlich einmal wieder im Fellini. Es tut gut, mit Caro zu reden und zu lachen.

»Ich hab dich vermisst, Süße.«

»Ach wirklich?«

Sie folgt meinem Blick zu Chris, der ein paar Tische weiter eine Bestellung aufnimmt. Sie nagt an ihrer Unterlippe, während sie an ihrer Halskette herumspielt.

»Hallooo!« Ich winke mit der Hand vor ihren Augen. Mit einem glückseligen Lächeln sieht sie mich an. »Er ist so süß.« Plötzlich scheint sie sich meiner wieder bewusst zu werden. »Wie war eigentlich dein Abend?«

Ich erzähle ihr von Luis' Eltern, seinem Großvater und dem Vorfall mit Sebastian. Von meiner Beichte erzähle ich ihr nichts.

»So ein Arsch!« Geschockt sieht sie mich an. »Tut mir leid, war wohl ein richtiger Reinfall der Abend, was?«

»Na ja, bis dahin schon.« Mein Grinsen wird langsam breiter.

»Du kleines Luder«, raunt sie mir verschwörerisch zu.

Und dann haben wir keine Zeit mehr zu reden, die Leute strömen ins Innere und wir haben alle Hände voll zu tun. Später holt Luis mich ab. Er kommt durch die Tür, unsere Blicke treffen sich. Erstaunlich, wie ein schlichtes, enganliegendes graues T-Shirt und eine dunkle Jeans mein Blut in Wallung bringen können. Ich muss daran denken, wie er mich um die Hausecke gezerrt hat, letzte Woche. Ein Schauer jagt durch meinen Körper. Langsam gehe ich auf ihn zu.

»Hey.«

»Hey.« Er legt eine Hand an meine Taille und zieht mich an sich. »Alles ok?«

Ich nicke und er gibt mir einen Kuss. Am liebsten würde ich sofort mit ihm verschwinden, aber es dauert noch eine Stunde, bis die letzten Gäste gegangen sind und eine weitere halbe Stunde, bis Diego sich erbarmt.

»Du wirst sie jetzt nehmen mit, bevor sie noch zerbricht irgendetwas.« Gutmütig schüttelt er den Kopf. Ihm ist wohl schon eine ganze Weile aufgefallen, dass wir unsere Blicke nicht voneinander lassen können.

Diesmal gehen wir gleich ins Schlafzimmer und diesmal reden wir nicht zuerst. Ich ziehe ihm das T-Shirt über den Kopf und atme seinen würzigen Duft ein. Mit beiden Händen fährt er unter meines und streift es mir übers Haar. Dann nimmt er mich hoch und legt mich auf sein Bett. Wir lieben uns die ganze Nacht und schlafen höchstens eine Stunde.

Als er mich nach Hause bringt, bin ich trotzdem hellwach.

»Ich weiß nicht, wie ich es zwei Wochen ohne dich aushalten

soll.« Wir stehen auf dem Hof, eng umschlungen. Er vergräbt sein Gesicht in meinem Haar. »Das weiß ich auch nicht.« Er streicht eine verirrte Strähne hinter mein Ohr und berührt mit dem Daumen meine Wange. »Wir schreiben uns jeden Tag.« Seine Augen funkeln in der Nacht. »Rede mit Chris«, beschwörend sieht er mich an und gleichzeitig weiß er, dass ich das nicht kann. »Ich liebe dich.« Er küsst mich noch einmal, bevor ich mich langsam von ihm löse und schließlich rasch die Treppe hochgehe.

Dann beginnen die zwei Wochen ohne ihn. Er fliegt zwar erst am Dienstag, muss davor aber noch einige geschäftliche Dinge erledigen. Also werden wir uns genaugenommen frühestens in zweieinhalb Wochen wiedersehen.

Tatsächlich vergeht die Zeit schneller als befürchtet. Sonntag bin ich im Fellini und am Montag holt Vater Mutter vom Krankenhaus ab. Sie ist immer noch sehr schwach und zieht sich sofort ins Schlafzimmer zurück.

Das Wetter bleibt stabil – sonnig und trocken. Am Montag sind wir auf den Feldern. Es ist Zeit für den ersten Grasschnitt und am Dienstag beginnen wir mit dem Silieren des angewelkten Grases. Dieses Gärfutter ist eine wichtige Nahrungsquelle für unsere Rinder im Winter.

Die Tage sind angefüllt mit Arbeit.

Ständig fallen irgendwelche Reparaturen an. Die landwirtschaftlichen Geräte und Maschinen sind teuer. Zum Glück sind Chris und Nick geschickte Handwerker und in der Lage, vieles selbst instand zu setzen.

Vater ist überraschend zurückhaltend. Man hört nicht viel von ihm. Vielleicht hängt das mit Chris' Worten zusammen. »Es muss da irgendetwas in seiner Vergangenheit geben«, hatte er gemeint, als er mir letzte Woche von der Panik in Vaters Augen erzählt hatte. Ich spüre, dass sich etwas verändern wird und ich glaube, Chris spürt es auch.

Jenny kommt mir in den letzten Tagen wieder gelöster vor. Ich hoffe, meine Angst war unbegründet. Es muss wirklich mit Sophia zusammenhängen. Vielleicht hat sie ja meinen Ratschlag befolgt und ihr den Brief geschrieben.

Mutters Zustand ist unverändert. Die ersten Tage steht sie nur zu den Mahlzeiten auf. Sie wirkt noch ausgemergelter und verhärmter als vorher. Am Nachmittag bringe ich ihr ein Stück Marmorkuchen ans Bett. Sie sieht mich aus großen Augen an. Nie zuvor hat sie mich auf diese Art angesehen. Als wäre plötzlich ein Funken Gefühl darin. Mir kommt das Baby wieder in den Sinn – Philip.

Ich bin kurz davor, sie danach zu fragen, doch dann ist dieser Augenblick des Vertrauens so schnell verflogen, wie er gekommen ist.

Donnerstag gehe ich mit Chris zu Martin, um zusammen mit Said einen gemütlichen Abend zu verbringen. Chris und Martin genießen ihr Bier, während ich Said bei einer Tasse Tee Gesellschaft leiste. Am Wochenende sind wir wieder bei Diego. Caro und Chris ... Ich beneide die beiden. Ständig werfen sie sich verliebte Blicke zu.

Noch über eine Woche, bis ich Luis wiedersehe.

Wir schreiben jeden Abend, sofern es die Internetverbindung zulässt, aber meistens funktioniert es ganz gut.

»Ich habe eine Überraschung für dich«, verrät er mir und ich bin schon ganz aufgeregt, was es damit auf sich hat.

Aus meiner Mappe ziehe ich die Bleistiftzeichnung heraus und sehe mir jedes Detail seines markanten Gesichts an. Überhaupt male ich wieder öfter und höre mehr Musik. Blue

October, Biffy Clyro. Ich denke an das Konzert und an unsere letzten gemeinsamen Nächte – ich vermisse ihn so sehr.

In der zweiten Woche beginnen die Pfingstferien. Das Wetter ist immer noch unverändert gut, von der Schafskälte ist in diesem Jahr nichts zu spüren. So oft es geht, werkle ich in dem kleinen Gemüsegarten, den ich selbst angelegt habe. Die Arbeit macht mir Spaß. Ich finde es schön, zu sehen, wie das, was ich ausgesät habe, wächst und gedeiht.

In einer Ecke tummeln sich eine Vielzahl von Kräutern – Salbei, Oregano, Thymian und Rosmarin. In der anderen Ecke wechseln sich Schnittlauch und Petersilie ab. Außerdem habe ich unter einer Schutzfolie Salatsetzlinge angepflanzt und heute decke ich sie auf. Die wärmenden Sonnenstrahlen werden ihnen guttun. Auch die Erdbeeren daneben werden von Tag zu Tag reifer. Bald kann ich die ersten Früchte ernten. Dann gibt es noch einige Himbeerhecken und einen Rhabarberstock. Gegenüber wachsen Bohnen und auf der anderen Seite breitet eine Zucchinipflanze ihre großen grünen Blätter aus. Stolz lasse ich den Blick über mein eigenes kleines Reich schweifen. Es ist etwas, das ganz allein mir gehört.

22.

Donnerstag, 08. Juni 2017

Es ist Donnerstag, als Jenny sich wieder zu verändern beginnt und immer mehr in sich zurückzieht. Sie wirkt abwesend, nimmt nichts, was um sie herum geschieht, richtig wahr. Der streng geflochtene Zopf lässt die dunklen Augen in ihrem blassen Gesicht noch größer wirken. Der weite Wollpulli schlottert um ihre Hüften. Sie ist viel zu warm angezogen. Als würde sie sich verstecken wollen.

Ich spüre Übelkeit in mir aufsteigen und wieder versuche ich, das dunkle Gefühl zu ignorieren.

Ist es die Angst vor dem Unaussprechlichen, vor dem Albtraum, dem man sich letztendlich stellen muss? Sieht man deshalb nur das, was man sehen will? Oder warum fällt mir erst jetzt auf, wie Vater Jenny ansieht. Wie er hinter der Zeitung hervor schielt, während sie das Geschirr in den Küchenschrank räumt. Wie er ihr hinterher blickt, als sie über den Hof geht. Ich habe das Gefühl durchzudrehen. Bin ich dabei, mir etwas einzureden oder sind meine Befürchtungen begründet?

Freitag, 09. Juni 2017

Während Chris mit dem Reinigen des Melkgeschirrs beschäftigt ist, fülle ich die Futtertröge. Immer wieder wandert mein Blick durch das kleine schmutzige Fenster hinaus auf den Hof. Ich habe den Hühnerstall im Auge. Jenny sammelt jeden Morgen, seit Mutter ausgefallen ist, die Eier ein. Sie ist schon eine ganze Weile da drin. Die Tür geht auf und für einen Moment bleibt mir das Herz stehen. Vater kommt heraus. *Ich denke, er ist bei den Schweinen?* Doch er schlägt jetzt erst den Weg in diese Richtung ein. Als sich die Tür hinter ihm schließt, hält mich nichts mehr. Ich werfe noch einen schnellen Blick ans andere Ende des Kuhstalls. »Bin gleich wieder da«, rufe ich Chris zu. Seine Antwort warte ich nicht ab. Die Gedanken in meinem Kopf überschlagen sich, als ich mit eiligen Schritten über den Hof gehe. Ich reiße die Tür zum Hühnerstall auf. Jenny fährt herum. Ihr Zopf ist dabei, sich aufzulösen. Ihr Gesicht ist tränenverschmiert. Der weite Pulli umhüllt in einer seltsam verdrehten Form ihren Oberkörper. Sie beeilt sich, ihn mit den Händen glattzuziehen.

»Was hat er mit dir gemacht?« Ich starre sie aus geweiteten Augen an. Die Worte kommen krächzend aus meinem Mund. Mechanisch schließe ich die Tür hinter mir.

Jenny versucht, etwas zu sagen, aber es kommt kein Laut über ihre Lippen. Erst als ich sie in meine Arme ziehe, schluchzt sie auf.

Ich muss es Chris sagen, ich kann nicht länger schweigen. Wir werden Jenny heute Abend mitnehmen. Nicht eine Sekunde lasse ich sie hier allein bei diesem kranken Schwein.

Noch immer weiß ich nicht, was er ihr angetan hat. Sie ist wie erstarrt. Auf meine Fragen reagiert sie lediglich mit einem beschämten Nicken oder sie schüttelt stumm den Kopf.

Zum Äußersten scheint es, Gott sei Dank, nicht gekommen zu sein. Er hat sie angefasst, grob, mehr bekomme ich unmöglich aus ihr heraus. Schlimm genug.

Ich stelle mir vor, wie ich das Messer wieder und wieder in

seine Eingeweide ramme. Wie nur soll ich mit diesem unbeschreiblichen Hass klarkommen?

Oh Gott, was geschieht, wenn Chris das alles erfährt. Er wird durchdrehen.

Bis heute Abend werde ich Jenny auf keinen Fall aus den Augen lassen und ich verspreche ihr, Chris erstmal nichts zu sagen.

»Wo habt ihr gesteckt?« Chris wirft uns einen Blick zu, während er damit beschäftigt ist, die gereinigten Eimer mit Kleie und Kraftfutter zu befüllen.

»Sie fühlt sich nicht so gut, ich glaube, sie brütet etwas aus.« Rasch greife ich nach einer Schaufel und mache mich an die Arbeit.

»Hast du dich wieder mit Sophia vertragen?«, will er noch von ihr wissen.

»Mmh«, murmelt Jenny und macht sich scheinbar geschäftig daran, Heu in die dafür vorgesehenen Behälter zu füllen. Zum Glück gibt Chris sich damit zufrieden und fragt nicht weiter nach. Ich atme innerlich auf.

Den ganzen Tag über zermartere ich mir den Kopf, wie ich das alles meinem Bruder beibringen soll.

Jenny weicht nicht von meiner Seite. Als wir nach dem Vorfall heute Morgen die Küche betreten, hat sich Vater hinter der Zeitung verschanzt. Ich beobachte, wie sein Blick immer wieder zu ihr huscht und ich weiß, dass auch sie es spürt. Ich kann es an ihrer ganzen Körperhaltung erkennen, als wäre sie ein gespannter Bogen, dessen Pfeil kurz vor dem Abschuss steht.

Na, dann werd ich mal dafür sorgen, dass der Pfeil sein Ziel erreicht. Langsam stehe ich auf und bewege mich auf den Küchenschrank zu. In Zeitlupe nehme ich ein großes Messer aus dem Block. Gemächlich schlendere ich auf meinen Platz zurück, greife nach dem Brot auf dem Tisch und beginne eine Scheibe abzuschneiden. Geschmeidig bewege ich das Messer hin und her, einer Zeremonie gleich. Ich genieße es und lege es anschließend auf dem Teller ab. Meine Finger umklammern den Griff. Vater lässt die Zeitung sinken. Unsere Blicke treffen sich. Ich bin mir sicher, er weiß, was ich ihm damit zu verstehen geben will.

Der Morgen vergeht. Wir bringen das Vieh und die Pferde auf die Weide. An den Holzzaun gelehnt, sehe ich Jenny zu, wie sie auf Fees Rücken über die Koppel trabt. Seit sie weiß, dass wir sie heute Abend mitnehmen, wirkt sie gelöster.

Wie gut, dass wir noch Reste vom Vortag haben, so muss ich das übriggebliebene Sauerkraut nur mit ein paar Nudeln anbraten. Diese Schupfnudeln sind ein schnelles schwäbisches Gericht, das in zwanzig Minuten zubereitet ist. So können wir uns ein wenig länger bei den Pferden aufhalten. Eine willkommene Ablenkung, die Jenny gut tut.

Als wir um zwölf wieder zurückkommen, fährt gerade Fritz Eberhard auf den Hof. Er bringt meinen kleinen Bruder zurück. Ben durfte heute ein wenig Metzgersluft schnuppern. »Damit du siehst, wie es bei uns so zugeht«, hatte Fritz vor ein paar Tagen zu ihm gesagt. Er sieht glücklich aus, als sie zusammen aus dem Wagen steigen. Fritz klopft ihm auf die Schulter und streckt ihm einen Zwanziger unter die Nase.

»Hier, hast dich gut gemacht heute.«

»Danke«, Ben strahlt zuerst ihn und dann uns an.

Ich lächle Fritz zu. »Danke Fritz, das ist sehr nett von dir.«

Er winkt ab. »Schon in Ordnung, er hat sich wirklich geschickt angestellt.« Mit seinem großen Taschentuch wischt er sich umständlich über das rote Gesicht. »Schon wieder viel zu warm für diese Jahreszeit.« Verstohlen blickt er zum Haus. Vermutlich würde er gerne mit Vater ein Bier trinken. »Euer Vater ist nicht da?«, fragt er da auch schon in beiläufigem Ton, der meine Vermutung bestätigt. Ich zucke mit der Schulter. »Keine Ahnung, vielleicht ist er in der Scheune.« Nach Vater zu fragen, scheint Fritz immer ein wenig unangenehm zu sein, als hätte er uns gegenüber ein schlechtes Gewissen, weil er sich mit ihm abgibt.

»Soll ich nachsehen?« Der widerwillige Ton in meiner Stimme ist ihm wohl nicht entgangen. Er winkt ab. »Lass mal, ich muss ohnehin weiter.« Fragend sieht er Ben an. »Nächsten Samstag wieder?« Ben nickt begeistert. Ich weiß, dass er lieber heute als morgen mit der Schule aufhören würde und die Aussicht auf ein wenig Taschengeld gefällt ihm natürlich.

»Also dann mach ich mich wieder auf den Weg.« Fritz hat bereits die Autotür in der Hand, als uns plötzlich aus dem Inneren des Hauses Lärm entgegenschlägt. Ein dumpfer Schlag und ein Scheppern dringen an unsere Ohren, als hätte jemand etwas gegen eine Wand geworfen. Wir hören Vater brüllen. Fritz und ich sehen uns an und setzen uns gleichzeitig in Bewegung. »Ihr bleibt da!«, befehle ich Ben und Jenny knapp.

»Du Mörder!« Einen winzig kleinen Augenblick frage ich mich, wem diese hohe, schrille Stimme gehört, die dieses unglaubliche Wort mit einem markerschütternden Schrei, der in ein klagendes Wimmern übergeht, in den Raum wirft.

»Ich habe dich gewarnt, du Miststück, ich habe dich gewarnt!« Speichelfäden hängen an Vaters Mund. Seine Hände umklammern Mutters Hals. Er starrt sie aus weit aufgerissenen

Augen an, während er im Schlafzimmer am Boden kniet und gleichzeitig ihren Kopf an den Schrank drückt. Halb sitzend, halb liegend versucht sie sich mit einer Hand abzustützen. Sie schnappt verzweifelt nach Luft.

»Hannes! Lass sie los!« Fritz ist bemüht, ihn von Mutter wegzuziehen. Einen Moment erweckt die Szene den Eindruck, als würden sie miteinander kämpfen. »Hannes, hör auf! Du bringst sie um ... sie sperren dich weg!«

Das wirkt. Er lässt sich von Fritz auf die Beine ziehen. »Lass uns ein Bier trinken, los komm, beruhig dich.« Keuchend stehen sie sich gegenüber. Beschwörend sieht Fritz ihn an. »Das lohnt sich doch nicht.« Er legt ihm eine Hand auf die Schulter. Vater schlägt sie weg, aber er scheint ruhiger zu werden. »Komm, lass uns was trinken«, sagt Fritz noch einmal und sieht ihm dabei fest in die Augen. Vater starrt ihn an und dann, als würde er wieder langsam zu sich kommen, nickt er ein paar Mal mit dem Kopf. Sie verlassen das Zimmer. Ich knie mich zu Mutter auf den Boden. Jetzt erst fällt mir das Chaos um sie herum auf. Die kleine hölzerne Schatulle, die ich vor Kurzem in ihrem Schrank entdeckt habe, liegt mit der Öffnung nach unten auf dem Boden. Der Deckel ist abgerissen. Ein Riss zieht sich quer über die feinen Schnitzereien. Briefe liegen verstreut herum. Das kleine Armband mit dem Namen Philip darauf, verschiedene Fotos. Während Mutter verzweifelt versucht, alles aufzusammeln, greife ich nach einer der Aufnahmen. Sie zeigt ein junges Paar. Die beiden lächeln in die Kamera. Der Junge hat den Arm locker um die Schultern des Mädchens gelegt, sie lehnt den Kopf an ihn. Im Hintergrund stehen ein paar junge Leute um eine Feuerstelle und daneben taucht noch der Teil einer Blockhütte auf. Vermutlich ein Grillplatz, irgendwo im Wald. Ein hübsches Paar. Sie sehen so glücklich aus. Das Mädchen erinnert mich an Jenny. Meine Augen werden größer, als mir klar wird, dass das Mädchen auf dem Foto Mutter ist.

Sie bemerkt nicht, dass ich es in den Händen halte. Noch immer ist sie schluchzend mit dem Einsammeln ihrer Habseligkeiten beschäftigt.

»Wer ist das?«, frage ich leise. Ihr Kopf fährt herum. Sie reißt mir das Bild aus den Händen. Einen Moment sieht sie es an. Ihr Gesicht verändert sich auf eine faszinierende Art, jegliche Anspannung fällt von ihr ab, alles Verhärmte, Stumpfe ist plötzlich weg. Ihre Augen beginnen zu leuchten und kurz scheint die Sonne auf ihrem Gesicht aufgehen. Für Sekunden kommt das hübsche Mädchen auf dem Foto zum Vorschein. Sie presst das Bild an ihre Brust. »Ich hatte ein Leben.« Sie starrt vor sich hin und beginnt sich langsam schaukelnd vor- und zurückzubewegen. »Ich hatte ein Leben«, wiederholt sie leise flüsternd die Worte und ihr Gesicht wird wieder zu einer teilnahmslosen steinernen Maske.

Mit finsterem Gesichtsausdruck hört Chris sich meine Schilderung dieses letzten Vorfalls an, als er wenig später vom Maisfeld hinter den Ställen zurückkommt. Ich erzähle ihm von der Schatulle und deren Inhalt. Das Ganze verstört ihn genauso wie mich.

»Vielleicht hängt alles zusammen«, überlegt er. Er bemerkt meinen fragenden Blick und fährt fort. »Vielleicht sollten wir ein wenig in seiner Vergangenheit graben.«

Ich räume den Tisch ab. Nick und Ben haben als Einzige ordentlich gegessen. Chris' halbvoller Teller steht noch da. Nach meiner Berichterstattung ist ihm der Appetit gründlich vergangen. Jenny ist regelrecht in ihr Zimmer geflüchtet. Nach dem Vorfall mit unseren Eltern war sie wieder kreidebleich.

Vater und Fritz haben sich mit Sicherheit in die Scheune verzogen. Dort heben sie ab und zu ein paar *Bierchen*.

Während Chris im Stall einige der morschen Holzfutterkörbe erneuert, jäte ich im Garten ein wenig Unkraut. Die feuchte Erde zwischen meinen Fingern zu spüren hilft mir stets, innerlich zur Ruhe zu kommen. Es hat etwas Meditatives.

Wir treten gerade vor die Haustür, da kommt Fritz aus der Scheune – allein. Chris und ich werfen uns einen Blick zu. Als Fritz uns entdeckt, zuckt er kaum merklich zusammen. Ein Ruck scheint durch seinen Körper zu gehen. Er bleibt am Fuße der Treppe stehen. »Er hat sich beruhigt. Er repariert den Traktor.«

»Schön, dass es ihm besser geht.« Chris lässt ein abfälliges Schnauben hören und schüttelt den Kopf. »Wie kannst du dich nur mit ihm abgeben, Fritz?«

Der sieht einen Moment beschämt zu Boden, bevor er an uns vorbei in die Ferne schaut. »Wir haben einen gemeinsamen Freund ... den Alkohol ... es ist der Alkohol ...« Er seufzt auf, dann sieht er uns an. »Ich bin nicht stolz darauf«, er wiegt den Kopf, »aber ich versuche, auf ihn einzuwirken, immer schon, versteht ihr?« Sein Blick gleicht dem eines winselnden Hundes. »Ich sehe doch, was bei euch los ist, wie er euch behandelt«, unglücklich verzieht er den Mund, »aber vermutlich sehe ich längst nicht alles.«

Fritz hat recht, wird mir plötzlich klar. Er hat einen labilen Charakter, das hat er zweifellos, aber er ist kein schlechter Mensch, denn er versucht sein Möglichstes. Er ist zwar Vaters

Saufkumpane, aber dadurch auch gleichzeitig sein Vertrauter, dem es auf diplomatische Art und Weise gelingt, manche brenzlige Situation für uns zu entschärfen. Außerdem gibt er Ben eine Chance. Er bietet ihm eine Lehrstelle und dafür bin ich ihm unendlich dankbar. Das sage ich ihm jetzt auch: »Danke Fritz.«

»Danke mir nicht, Mädchen«, er winkt ab, »es ist lange nicht genug, was ich tue, das weiß ich.« Er tippt sich an die Stirn. »Nichts für ungut, ich muss dann mal wieder weiter.« Er ist schon beinahe am Auto, als Chris ihm hinterherruft. »Fritz!«

»Ja?« Mit fragendem Blick dreht er sich um.

»Hast du eine Ahnung, warum genau Vater damals gesessen hat?« Chris geht langsam die Stufen hinab. »Ich weiß, es gab da eine Schlägerei, aber weißt du, warum? Was war der Grund, weshalb er sich geprügelt hat?«

Fritz hebt die Schulter. »Viel mehr weiß ich auch nicht, ich glaube, es war wegen eurer Mutter. Er hat den Kerl wohl ziemlich übel zugerichtet.«

»Und jetzt ist sie an der Reihe, er wird sie noch umbringen.« Frustriert fährt Chris sich mit der Hand durchs Haar. »Er gehört weggesperrt, für immer.«

»Es hört sich verrückt an, aber um das zu verhindern, wäre er wirklich fähig, einen Mord zu begehen.« Fritz runzelt die Stirn. »Glaubt mir, die Entscheidung eurer Mutter, bei der Version mit dem Treppensturz zu bleiben, war die richtige.« Als würde er den Sinn seiner Worte selbst bezweifeln, schüttelt Fritz den Kopf. »Tut mir wirklich leid, Kinder.«

Irgendwann am Nachmittag kommt Jenny runter in den Garten. Sie sieht besser aus. Noch immer habe ich keine Ahnung, wie ich das alles regeln soll. Eins ist sicher, ich werde sie nicht hier lassen. Bestimmt kann sie den Abend bei Diego und Maria vor dem Fernseher verbringen. Sie werden nichts dagegen haben. Und heute Nacht wird sie bei mir schlafen.

»Wir könnten Maria ein paar von den Pfingstrosen mitbringen, was meinst du?« Ich richte mich auf und wische mir die Hände an meiner alten Jeans ab. Jenny folgt meinem Blick zu den opulenten, in sattem rot leuchtenden Blütenballen am Rande des Gemüsegartens. Die Apathie, mit der sie die Blumen betrachtet, löst ein unheimliches Gefühl in mir aus.

Ich muss sie beschäftigen. »Hör zu, solange ich hier alles gieße, könntest du im Schuppen die Gartenschere und einen Eimer holen. Wir stellen die Blumen ins Wasser, bis wir gehen, ok? – Jenny?«

Langsam löst sie sich von dem blühenden Busch und sieht mich einen Moment mit großen Augen an, dann scheinen meine Worte zu ihr durchgedrungen zu sein. »Ja, ok.« Sie nickt und setzt sich in Bewegung.

Was sag ich nur zu Chris, wenn er fragt, warum Jenny mitkommt? Ich werde es ihm während der Fahrt erklären, dann kann er sich nicht mehr auf Vater stürzen. Aber dann rastet er im Auto aus – womöglich baut Caro noch einen Unfall. Außerdem ist da noch Jenny – sie würde alles mitbekommen. Während ich die Salatsetzlinge gieße, wirbeln die verrücktesten Gedanken durch meinen Kopf. Vielleicht kann Jenny vorübergehend bei Diego und Maria wohnen. Ich kann sie nicht ununterbrochen beschützen.

Mit der Gießkanne benetze ich die Stellen, an denen das Unkraut so fest mit seinen Wurzeln im trockenen Boden verankert ist, dass es beim Versuch, es herauszuziehen, abbricht. Gedankenverloren bearbeite ich mit der Harke den feuchten Boden. Ich kann mich nicht verrückt machen, es hilft Jenny rein gar nichts, wenn ich jetzt auch noch durchdrehe. Fakt ist, dass Chris es erfahren muss. Alles andere wird sich zeigen.

Zuerst ist es nur ein flüchtiger Gedanke – *wo steckt sie denn so lange* ... Ich stütze mich auf meiner Hacke ab und lausche in die Stille, die nur von dem Gezwitscher einiger Vögel durchbrochen wird. Die Sonne strahlt von einem fast wolkenlosen Himmel. Ein Zitronenfalter flattert durch die Luft.

Irgendetwas stimmt nicht.

Und dann wird mir klar, was mich stört. Es ist zu ruhig. Der Schuppen befindet sich gleich um die Ecke neben der Treppe, die zur Haustür führt. Eigentlich müsste ich Jenny hören. Aber es herrscht absolute Stille.

»Jenny?« Die Holztür steht weit offen. Meine Augen gleiten über die vollgestopften Regale an der Bretterwand. Werkzeug, Blumentöpfe und Erde, Gartenhandschuhe, alles Mögliche wird darin aufbewahrt. Der Haken, an dem normalerweise die Gartenschere hängt, ist leer. Also hat sie diese geholt. Ratlos sehe ich mich in dem kleinen Schuppen um. Vielleicht ist sie aufs Klo gegangen? Natürlich, wo sollte sie auch sonst sein, versuche ich mich zu beruhigen.

Ich trete ins Freie. Mit einem Bein stehe ich bereits auf der ersten Treppenstufe. Ich halte inne. Langsam drehe ich mich um. Mein Blick geht zur Scheune. Meine Handflächen beginnen feucht zu werden. Aus dem Augenwinkel sehe ich Chris aus dem Stall kommen. Es fühlt sich an, als würde jemand einen Film in Zeitlupe abspulen. Und dann höre ich es, ein rhythmisches Geräusch, als würde jemand gegen ein Stück Blech schlagen – immer und immer wieder und dieses

Wimmern, ganz leise.

»Jenny.« Das Wort kommt als erstickter Laut aus meinem Mund. Ich sehe Chris an, er sieht mich an, fragend und erstaunt und plötzlich bestürzt. Ich öffne den Mund, keuche auf und dann rennen wir beide gleichzeitig los.

Unsere Augen müssen sich zuerst an das dämmrige Licht gewöhnen, aber es ist uns gleichgültig, ob wir etwas sehen können. Wir folgen diesem monotonen Klopfen, vorbei an aufgestapelten Strohballen und biegen um die Ecke.

Als Erstes nehme ich ihre Hand wahr, die wie ferngesteuert immer und immer wieder gegen einen leeren Blecheimer schlägt. Dann höre ich diesen unmenschlichen Schrei. Erst später wird mir klar, dass es Chris war, der ihn ausgestoßen hat. Ich kann ihr Gesicht sehen. Die Augen starr nach oben zur Scheunendecke gerichtet und dieses Wimmern, sie hört nicht auf damit, während Vater auf ihr liegt und dabei ist, ihr junges, unschuldiges Leben mit jedem weiteren Stoß zu zerstören.

Chris schlägt ihn halb tot. Erst als er sich nicht mehr rührt, lässt er von seinem blutüberströmten Gesicht ab. Keuchend kniet er vor ihm.

»Jenny, oh Gott Jenny, nicht du auch noch. Ich bin da, ich bin da.« Verzweifelt versuche ich, sie vom Boden hochzuziehen, sie irgendwie zu bedecken. »Chris ... Chris, hilf mir mal!« Er kniet immer noch vor Vater und starrt ihn unentwegt an. »Verdammt, Chris!«

Langsam dreht er uns den Kopf zu und plötzlich scheint er aus seiner Schockstarre zu erwachen.

»Hol eine Decke, schnell!«

Sein gehetzter Blick bleibt einen Moment an Jenny hängen, dann rennt er los.

Mit Mühe schaffe ich es, ihr den Slip und die Jeans über ihre Hüften nach oben zu schieben. Der Reißverschluss klemmt – egal. Meine Hände zittern so sehr. Ich brauche drei Anläufe, um den Pulli, der bis an ihr Kinn hochgerutscht ist, nach unten zu ziehen – über ihre kleinen entblößten Brüste, das zerrissene Baumwollbustier mit den blauen Herzchen und über die roten Kratzspuren.

»Jenny, ich bin bei dir, hörst du?« Ihre weit aufgerissenen Augen sind noch immer auf das Scheunendach gerichtet. Unentwegt streichle ich ihr Gesicht. Sie reagiert kein bisschen. Ich habe furchtbare Angst. Dann endlich kommt Chris zurück.

»Sagst du mir jetzt vielleicht mal, was los ist?« Nick biegt ebenfalls um die Ecke und bleibt wie angewurzelt stehen.

»Fuck! Was ist hier passiert?« Sein Blick irrt abwechselnd zwischen Vater, Jenny und mir hin und her. Das Seil, das er in der Hand gehalten hat, landet wie eine Spirale mit einem gedämpften Geräusch auf dem Boden. Seine Augen weiten sich, als eine vage Ahnung langsam beginnt, in seinem Kopf Gestalt anzunehmen.

Chris breitet behutsam die Decke über Jenny aus. Wir sehen uns an.

»Bring sie hier raus.« Meine Stimme zittert.

Er hält einen Moment inne, dann nickt er. »Gleich.«

Er steht auf, greift nach dem am Boden liegenden Seil und drückt es Nick in die Hand. »Hilf mir.« Sie sehen sich an. Chris mit diesem entschlossenen, kalten Ausdruck im Gesicht und Nick kreidebleich. Er schluckt. »Was hast du vor?«

Chris deutet mit dem Kinn auf einen Holzpfosten. »Wir

binden ihn daran fest.«

Sie packen Vater an den Armen und ziehen ihn gemeinsam zu dem knapp zwei Meter entfernten Pfeiler. Er beginnt sich zu regen. Stöhnend bewegt er den Kopf hin und her. Er öffnet das linke Auge, das rechte ist zugeschwollen. Aus der aufgerissenen Augenbraue läuft noch immer Blut über sein Gesicht. Die Lippe ist aufgeplatzt. Er sieht schrecklich aus. Und als er vollständig zu sich kommt und um sich zu schlagen beginnt, holt Chris noch einmal aus und schlägt ihm die Faust mit voller Wucht ins Gesicht.

Keuchend knien sie vor ihm. Sie haben seinen Oberkörper unzählige Male mit dem Seil umwickelt. Selbst wenn er bei sich wäre, könnte er sich keinen Millimeter bewegen, so fest haben sie ihn an den Pfosten gezurrt. Die auseinandergespreizten Beine hat er von sich gestreckt. Sein Kopf hängt vornüber.

»Ruf die Polizei.« Chris sieht Nick an.

»Nein!« Ruckartig hebe ich den Kopf. »Sie werden nicht nur ihn mitnehmen, sondern auch dich!«

»Das ist mir scheißegal! Wenn das der Preis dafür ist, dass sie ihn endlich einbuchten, geh ich freiwillig mit!«

Sein wütender Blick geht zu Jenny. »Wir sollten sie zum Arzt bringen.« Er steht auf. Als er sich neben sie kniet, nimmt er ihre Hand. »Hey, kleine Schwester.« Er schluckt und ich merke, wie schwer es ihm fällt, weiterzusprechen. »Wir bringen dich ins Krankenhaus, ok?«

»Nicht, nein!« Sie schüttelt angestrengt den Kopf. Es ist die erste Reaktion, die von ihr kommt. »Nicht ins Krankenhaus, bitte …«, panisch sieht sie mich an. Ich wechsle mit Chris einen Blick.

»Vielleicht sollten wir sie erstmal in ihr Zimmer bringen.«

Chris nickt. »Ok.«

Er hebt sie vorsichtig hoch. »Du brauchst keine Angst mehr zu haben, ok? Er wird dir nichts mehr tun.«

Sie dreht den Kopf weg und schließt die Augen.

Ich bleibe ein paar Schritte hinter den beiden. Nick kniet noch immer neben Vater und starrt in sein regloses, entstelltes Gesicht.

»Ruf Fritz an, er soll ihn holen.« Ich berühre seine Schulter und er hebt den Kopf.

»Ok.« Er steht auf und scheint erleichtert, irgendetwas tun zu können.

Ich frage mich, wer das größere Monster ist, Vater oder wir, denn es ist uns gleichgültig, ob er noch am Leben ist.

Keine halbe Stunde später hören wir Fritz' Transporter auf den Hof fahren. Er hat Vater mitgenommen. Ich weiß nicht, was Nick ihm erzählt hat – ist mir egal, Hauptsache, er ist weg.

Behutsam legt Chris Jenny auf ihr Bett. Sie rollt sich zur Seite und setzt sich in Sekundenschnelle auf den Fußboden. Mit den Armen umschlingt sie ihre Beine und vergräbt ihr Gesicht auf den angezogenen Knien. »Ich will mich waschen«, murmelt sie. Natürlich, ich weiß, wie sie sich fühlt.

In der halben Stunde, in der der Boiler aufheizt, bewegt sie sich keinen Millimeter von der Stelle. Danach ist sie eine Stunde im Badezimmer. Ich lege das Ohr an die Tür. Immer wieder lässt sie Wasser in die Wanne nachlaufen. Ich schließe die Augen und bekomme die Bilder nicht aus meinem Kopf. Wie sie da liegt und er sich an ihr vergeht.

Obwohl ich mir fest vorgenommen hatte, auf sie achtzugeben, ist es mir nicht gelungen, sie zu beschützen. Diese Erkenntnis legt sich zentnerschwer auf mein Innerstes.

Als ich Chris mit Vaters Auto vom Hof fahren sehe, kommt mir kurz der abwegige Gedanke, er könnte abhauen und nie wieder kommen. Der zweite, realistischere ist der, dass er zu Martin fährt und als er eine halbe Stunde später mit Said zurückkommt, bestätigt sich meine Vermutung, dass er wohl Martin um Hilfe gebeten hat. So sind sie wenigstens zu viert im Stall, Ben, Nick, Chris und Said. Ich bleibe im Haus, bei Jenny. Wie ein Baby hat sie sich auf ihrem Bett zusammengerollt. Vorsichtig ziehe ich die Decke über ihre Schultern. Sie hat die Augen geschlossen.

»Ruh dich ein wenig aus. Wir haben noch eine Stunde Zeit, bis Caro kommt.«

Ich bin mir sicher, dass sie nicht schläft.

»Soll ich hierbleiben?«

»Nein.« Sie öffnet die Augen. »Aber schließ die Tür ab, wenn du raus gehst.«

»Er ist fort.« Behutsam streiche ich ihr das Haar aus dem Gesicht.

»Trotzdem.« Sie schließt wieder ihre Augen.

Sie wird Hilfe brauchen. Ich drehe den Schlüssel im Schloss und umschließe ihn fest mit meiner Faust. Ich werde nicht zulassen, dass die Angst ihr Leben kontrolliert.

Unten ist alles ruhig. Die Küche liegt verlassen vor mir. Ich werfe einen Blick in den Kühlschrank. Es ist noch genug zu essen da. Butter, Käse, Wurst. Ich stelle alles auf den Tisch. Wenn die Jungs schon auf meine Hilfe verzichten müssen, werde ich ihnen wenigstens ein paar Brote machen.

Während ich die Scheiben mit Butter bestreiche, fühle ich, wie sich eine bleierne Müdigkeit über mich zu legen beginnt. Die Erschöpfung breitet sich in jeder Zelle meines Körpers aus. Ich höre auf zu denken und konzentriere mich nur noch auf das Zubereiten der Brote. Vielleicht ist es eine Art Selbstschutz, der meinem Gehirn befiehlt, sich eine Weile von dem Horror in meinem Kopf abzuwenden.

»Wo hat Fritz ihn hingebracht?«

Ich fahre herum. Mutter steht in der Tür. Langsam lasse ich das Messer sinken. »Keine Ahnung.« Abwartend sehe ich sie an. Doch dann dreht sie sich einfach um und ist wieder im Begriff zu gehen.

»Weißt du, was er getan hat?«

Sie bleibt stehen. »Es interessiert mich nicht.«

»Es interessiert dich nicht?« Ruckartig schnelle ich empor. Der Stuhl rutscht geräuschvoll über den Boden. »Du meinst, es interessiert dich nicht, so wie dich nie etwas interessiert hat?«

Als sie keine Reaktion zeigt, gehe ich auf sie zu. Ich will sie an den Schultern packen und herumdrehen, aber sie kommt mir zuvor. Wir stehen uns gegenüber und starren uns an. »Er hat mich vergewaltigt und du hast zugesehen.« Immer wieder schüttle ich den Kopf. »Warum? Warum hast du mir nicht geholfen? Ich war erst vierzehn.«

Unerträgliches Schweigen ist alles, was auf meine verzweifelte Frage folgt.

»Was bist du nur für eine Mutter?« Die Worte kommen erstickt aus meinem Mund, und als sie noch immer nicht reagiert, packe ich sie an den Schultern. »Und jetzt hat er dasselbe mit Jenny gemacht!« Ich schüttle sie immer wieder, aber sie sieht mich nur stumm an. »Hörst du, was ich sage?

Er hat es mit Jenny gemacht!« Mein Hals fühlt sich rau an, sosehr habe ich sie angeschrien.

»Was hätte ich denn tun sollen?« Ein gebrochenes Lächeln huscht über ihre Lippen. »Meinst du, mir ist es anders ergangen?« Mit diesen Worten dreht sie sich endgültig um und geht davon. Da wird mir klar, dass sie ebenso Opfer ist wie wir auch. Sie wäre niemals in der Lage gewesen, uns zu helfen, denn er hatte uns alle in seiner Gewalt.

Aber warum wandte sie sich an niemanden? Warum ging sie nicht zum Jugendamt? Waren wir ihr so egal? War ihre Angst vor ihm so groß, weil er womöglich irgendetwas gegen sie in der Hand hatte? Wieder denke ich an dieses Kind – Philip, das Foto, das sie mit dem jungen Mann zeigt. »Er hat ihn übel zugerichtet«, so Fritz' Worte.

»Es muss da etwas geben in seiner Vergangenheit.« Chris' Worte. Und plötzlich kommen mir Mutters Worte in den Sinn, als wir heute Mittag zusammen mit Fritz in ihr Schlafzimmer gestürmt sind, um sie vor Vater zu schützen. »Du Mörder!«

Ich stelle den Teller mit den Broten in den Kühlschrank und setze mich wieder an den Küchentisch. Den Kopf zwischen meinen Händen vergraben habe ich plötzlich das Gefühl, keine Luft mehr zu bekommen. Ich spüre eine riesengroße Verzweiflung in mir aufsteigen und das Gefühl der Ausweglosigkeit nimmt mit einem Mal solch einen überdimensional großen Raum ein, dass ich aufschluchze. In diesem Augenblick ist meine Sehnsucht nach Luis so groß, dass es weh tut. Ich hole mein Handy hervor und da fällt mir ein, dass ich den ganzen Tag noch keinen Blick darauf geworfen habe.

Acht Nachrichten von Luis. Die erste um die Mittagszeit,

da muss er gerade aufgestanden sein. Die Zeitverschiebung beträgt sieben Stunden, also war es bei ihm frühmorgens.

»Morgen, meine Süße.« – Kuss Smiley.

Eine Stunde später: »Hey, machst du ein Mittagsschläfchen?« – Zwinkersmiley – »Vermisse dich.« – Rotes Herz.

Nach einer weiteren Stunde: »Alles ok?«

Und dann kommen die Nachrichten halbstündlich: »Was ist los? Schatz, melde dich!«

Ich lasse das Handy sinken und überlege einen Moment. Undenkbar, ihm auf diesem Weg alles zu erzählen. Außerdem möchte ich nicht, dass er sich Sorgen macht.

»Jenny ist krank, muss mich um sie kümmern – vermisse dich so sehr.« Nach kurzem Zögern drücke ich auf Senden.

Und dann schreib ich Caro. »Komm bitte, sobald du kannst.«

»Was ist los?«, erscheint ihre prompte Antwort.

»Wir brauchen dich.« In rascher Folge tippe ich die Buchstaben ein.

Ich bewege mich nicht mehr, bis sie da ist.

»Madlen?«

Wie in Trance nehme ich die Hände vom Gesicht. »Hier, ich bin hier.«

»Scheiße, was ist passiert?« Sie wartet erst gar nicht meine Antwort ab. Mit schnellen Schritten kommt sie auf mich zu und reißt mich in ihre Arme.

»Er hat Jenny missbraucht und Chris hat ihn beinahe umgebracht.« Die Worte kommen sachlich und emotionslos aus meinem Mund, es fühlt sich an, als hätte eine Fremde sie ausgesprochen.

Ich kann spüren, wie Caros Körper sich versteift. Sie

schiebt mich von sich.

»Wo ist Chris jetzt?«, fragt sie mit besorgter und zugleich drängender Stimme.

»Im Stall, mit den Jungs und Said.« Ich werfe einen flüchtigen Blick auf die Uhr, dann seh ich Caro an. »Setz dich. Wir haben noch eine halbe Stunde, bis sie zum Abendbrot kommen.«

Und dann erzähle ich ihr alles. Was Vater jahrelang mit mir gemacht hat und was sich jetzt mit Jenny zu wiederholen scheint.

Eine ganze Weile sagt sie nichts. Sie hält Mund und Nase mit ihren Händen bedeckt. Schließlich sieht sie mich an und greift nach meiner Hand. Gleichzeitig wischt sie sich die Tränen von den Wangen. »Mein Gott, Maddy ... es tut mir so leid.« Die Worte kommen flüsternd über ihre Lippen. »Das war es also«, nachdenklich schüttelt sie den Kopf. »Ich wusste, dass da noch mehr ist, was du mit dir rumschleppst. Du hattest manchmal diesen Ausdruck in deinem Gesicht.« Sie sieht mich an. »Er hat mir Angst gemacht und, ehrlich gesagt, traute ich mich nicht, dich nach dem Grund dafür zu fragen.« Sie zuckt die Schulter. »Irgendwie hatte ich das Gefühl, es stand mir nicht zu, es schien mir zu persönlich und ich dachte, irgendwann erzählst du es mir von alleine. Na ja, und dann kam Luis und du warst plötzlich wie verwandelt.« Mit feucht schimmernden Augen sieht sie mich an. »Weiß er davon?«

Ich nicke. »Ja, er weiß alles – außer das mit Jenny natürlich. Er ist noch in den USA und kommt erst Dienstag zurück.«

»Chris?« Mit hochgezogenen Augenbrauen sieht sie mich abwartend an.

Ich presse die Lippen zusammen und schüttle stumm den

Kopf.

Wieder greift Caro nach meiner Hand. »Du musst es ihm sagen, Maddy.« Beschwörend sieht sie mich an.

Ich drücke die Handballen in die Augenhöhlen und hole tief Luft. »Ich schäme mich so sehr.« Verzweifelt sehe ich sie an. »Ich weiß auch nicht, aber gerade vor Chris schäme ich mich am meisten.«

»Er ist dein Bruder, er liebt dich über alles. Nichts davon war deine Schuld.«

»Ich weiß.«

»Würdest du jemals auf die Idee kommen, Jenny die Schuld zu geben?«

»Natürlich nicht.« Ich steh auf, geh zum Fenster und sehe hinaus.

»Was soll jetzt nur werden, Caro? Jenny kann unmöglich hierbleiben, das tu ich ihr nicht an. Vater wird wieder kommen und dann geht alles von vorne los. Im Gegenteil — es wird noch schlimmer.« Ich dreh mich mit einem Ruck um. »Ich habe Angst, Caro, ich habe Angst, dass Chris ihn umbringt.«

Wie zwei Fremde stehen Ben und Nick im Türrahmen.

»Wie geht es Jenny?« Nicks Augen liegen tief in den Höhlen. Er ist blass. Ben schielt von Caro zu mir, dann senkt er betreten den Kopf. Er weiß Bescheid, das ist nicht zu übersehen.

»Sie schläft.« Ich hole die Teller mit den Broten aus dem Kühlschrank. »Ihr müsst etwas essen.«

Trotz allem scheinen sie Appetit zu haben. Sie setzen sich zu Caro an den Tisch und greifen schweigend zu.

»Habt ihr Said nicht angeboten, mit uns zu essen?« Ich

sehe ihn neben Chris im Auto sitzen. Sie fahren gerade vom Hof.

»Er wollte nicht, Martin braucht ihn noch.« Nick hebt kaum den Blick.

»Ich werde mal nach Jenny sehen.« Es ist bereits sieben vorbei, als ich die Treppe hochgehe. In einer halben Stunde müssen wir los und ich stecke immer noch in meinen verdreckten Jeans. Aber da das Badezimmer sowieso schon aufgeheizt ist, werde ich heute rasch duschen. Mein Haar habe ich gestern gewaschen, also benötige ich nicht mehr als eine Viertelstunde, um mich frisch zu machen.

Vorsichtig öffne ich die Tür. Sie liegt noch immer in derselben Position da wie vorhin. »Jenny.« Ich lasse mich neben sie aufs Bett sinken und berühre sanft ihre Schulter. »Wir fahren in einer halben Stunde. Meinst du, du schaffst es?«

Sie öffnet die Augen, ohne den Kopf zu wenden und nickt ganz leicht.

Ich streiche ihr das Haar aus dem Gesicht. »Jenny«, ich atme tief durch, »wir sollten dich zum Arzt bringen.«

Ihr Kopf schnellt herum. »Nein!« Mit panischem Blick sieht sie mich an. Ich hole tief Luft. »Du könntest schwanger sein. Du solltest wenigstens etwas nehmen. Es gibt da diese Pille danach.«

Sie dreht den Kopf wieder weg. »So weit ist es nicht gekommen.«

Ich schließe die Augen. *Oh Gott, bitte mach, dass wirklich nichts passiert ist.* Ich streiche ihr übers Haar. »Schaffst du es allein, dich fertig zu machen oder soll ich bleiben?«

»Wo ist er?«, fragt sie unvermittelt.

Ich halte in der Bewegung inne. »Er ist fort. Fritz hat ihn geholt.«

»Aber er kommt wieder«, sagt sie mit tonloser Stimme.

»Wir bringen dich hier weg. Vielleicht kannst du erstmal bei Diego und Maria bleiben. Dort bist du in Sicherheit. Mach dir keine Sorgen, wir finden eine Lösung.«

Sie dreht sich zu mir. »Ich komme nicht hierher zurück, nie wieder.« Ihre Augen gleichen großen dunklen Höhlen. Sie schimmern feucht. Ich zieh sie hoch und wir umklammern uns verzweifelt, und da fängt sie endlich an zu weinen, laut und hemmungslos.

»Sch ...«, ich versuche sie zu beruhigen. In lautlosem Takt wiegen wir uns ganz leicht hin und her, so lange, bis nur noch ein vereinzeltes Schniefen zu hören ist. Als ich schließlich ihren gleichmäßigen Atem an meinem Nacken spüre, schiebe ich sie behutsam von mir. Ich schaue ihr in die Augen. »Du wirst das schaffen, du wirst darüber hinwegkommen.« Beschwörend sehe ich sie an. »So wie ich darüber hinweggekommen bin.«

Ein überraschtes Aufblitzen erscheint auf ihrem Gesicht. Ihre Augen weiten sich.

»Ich war vierzehn, genauso alt wie du. Oh Gott, Jenny, ich hätte es wissen müssen, es tut mir so leid.« Und dann erzähle ich es auch ihr – alles. Sie hat ein Recht darauf.

Wir gehen nach unten. Chris ist da. Geschäftig bewegt er sich in der Küche hin und her. Er räumt die übrig gebliebenen Brote in den Kühlschrank und lässt Wasser in das Spülbecken laufen. Beiläufig frage ich mich, was das soll, denn die wenigen Gläser und Teller könnte er in die Spülmaschine räumen.

Als ich Caros verschlossene Miene bemerke, weiß ich, weshalb er das tut. Er kann ihr nicht ins Gesicht sehen.

»Das Badezimmer ist frei, du kannst rein.«

Er dreht sich um und trocknet seine Hände an einem Geschirrtuch ab. Sein Blick ist aus Stein. Erst als er Jenny hinter mir entdeckt, werden seine Züge weicher. Sie senkt den Kopf und sein Gesichtsausdruck verhärtet sich sofort wieder.

»Du hättest sie nicht anrufen sollen.«

Ohne in Caros Richtung zu sehen, weiß ich natürlich sofort, dass er sie meint.

»Würdest du bitte aufhören, in der dritten Person von mir zu reden?«

Sein starrer Blick ist auf irgendeinen Punkt auf dem Boden gerichtet.

»Verdammt, sieh mich an, Chris!« Caro steht auf, ihre Unterlippe zittert.

»Die Angelegenheit ist ganz allein unsere Sache, sie geht niemanden etwas an.« Abwehrend verschränkt er die Arme vor der Brust. »Du solltest dich nicht auch noch damit belasten.«

Caro zuckt bei seinen Worten zusammen. »Niemand ... ok, ich wusste nicht, dass ich in die Kategorie *niemand* gehöre.« Einen Moment mustert sie ihn abwartend. Als er keine Reaktion zeigt und weiterhin auf den Boden stiert, atmet sie einmal tief durch. »Na, dann warte ich mal draußen«, ein leicht ironisches Schnauben dringt aus ihrer Nase, »damit ihr die Angelegenheit unter euch besprechen könnt.« Sie zwängt sich zwischen mir und dem Türrahmen hindurch. Vor Jenny hält sie kurz inne. »Kommst du mit?«

Jenny nickt stumm und folgt ihr nach draußen. Überrascht sehe ich ihnen hinterher. Jenny kennt Caro erst seit kurzem, sie haben noch keine fünf Sätze miteinander gewechselt und trotzdem scheint sie ihr zu vertrauen.

Vielleicht hängt das mit Caros psychologischem Gespür zusammen. Manchmal braucht es nicht viele Worte. Schweigen oder eine verständnisvolle Geste können viel mehr bewegen.

»Du solltest ihr hinterher.«

Chris wirft mir lediglich einen kurzen Blick zu, dann wendet er sich wieder dem Spülbecken zu und beginnt wie ein Besessener die Teller und Tassen zu schrubben.

Ich beobachte ihn eine Weile und als er weiterhin verbissen schweigt, schnappe ich mir ein Geschirrtuch. »Ich frag Diego und Maria, ob Jenny erstmal bei ihnen bleiben kann.« Ich zögere. »Sie will nicht hierher zurück.«

Er verharrt in seiner Bewegung und fixiert den leise knisternden Schaum im Becken. Plötzlich fährt sein Kopf herum und er sieht mich an. »Hat er das auch mit dir gemacht?« Für einen Moment sehen wir uns in die Augen, dann wende ich mich ab.

Er packt meinen linken Arm. »Hat er das auch mit dir gemacht?«, wiederholt er seine Worte, dabei sieht er mich durchdringend an.

Ich presse meine Lippen zusammen und bringe nur ein tonloses Nicken zustande. Wieder dreht Chris sich weg. Er stützt sich an der Spüle ab und senkt den Kopf.

»Wie alt ... «

»Vierzehn, wie Jenny«, komme ich seiner Frage zuvor. »Zwei Jahre lang, zwei bis dreimal die Woche.« Ich höre, wie er die Luft scharf durch die Nase einzieht. Er hält den Kopf noch immer gesenkt und als er sich einfach nicht zu rühren beginnt, lege ich behutsam meine Hand auf seine Schulter. Ich spüre ein leises Vibrieren unter meinen Fingern.

»Chris ...«

»Warum bist du nicht zu mir gekommen?«, fragt er mit erstickter Stimme. »Wir haben uns doch immer alles erzählt.« Wieder und wieder schüttelt er den Kopf.

Ich lasse meine Hand sinken. »Weil ich das nicht konnte. Ich konnte nicht darüber sprechen.«

Als würde ihn eine Last erdrücken, scheint er immer weiter in sich zusammenzusacken. »Weißt du noch, wie wir uns versprochen haben, immer füreinander da zu sein? Damals habe ich mir geschworen, euch zu beschützen und die Verantwortung zu übernehmen. Ich war schließlich der Älteste. Ich habe versagt.«

Seine Stimme bricht und als er sich mir zuwendet, sehe ich meinen Bruder das erste Mal in meinem Leben weinen.

»Ich hab's verbockt, Maddy.« Seine Augen schwimmen und als er blinzelt, rollen synchron zwei Tränen über seine Wangen.

Ich ziehe ihn in meine Arme. »Schwachsinn, red nicht so eine Scheiße.«

»Ich sehe ständig dieses Bild vor mir, wie er auf ihr liegt.« Gequält kommen die Worte über seine Lippen. Er schiebt mich von sich und hält mich an den Schultern fest. »Wir müssen zur Polizei, Maddy, jetzt müssen sie ihn wegsperren!« Beschwörend sieht er mich an.

Ich stell mir vor, was das für Jenny bedeutet. Unbewusst schüttle ich den Kopf.

»Was ist?« Erwartungsvoll sieht er mich an.

»Wenn wir das tun, müssten wir sofort gehen.« Ich dreh mich weg und blicke mit verschränkten Armen zum Fenster raus. Jenny lehnt am Auto und hält Sam im Arm. Caro steht neben ihr und streichelt unser Kätzlein. Sie reden nicht miteinander, aber trotzdem strahlt das Bild eine seltsame

Harmonie aus. Alle Beteiligten scheinen sich in diesem Moment wohlzufühlen.

»Sie würde untersucht werden und dann müsste sie alles erzählen, jedes kleinste Detail. Seit wann, wie oft, auf welche Art und Weise.« Ich dreh mich wieder zu Chris um. »Willst du ihr das wirklich antun?«

»Haben wir eine Wahl?« Verzweifelt fährt er sich durchs Haar. »Er kommt zurück, das wissen wir beide.«

»Aber Jenny nicht, dafür werde ich sorgen.« Ich gehe einen Schritt auf meinen Bruder zu. »Ich weiß, wie sie sich fühlt und ich werde ihr diese Demütigung, alles vor der Polizei ausbreiten zu müssen, ersparen.« Bittend sehe ich ihn an. »Lass sie das nicht auch noch durchstehen.«

»Wo soll sie hin? Du kannst sie nicht einfach irgendwo abladen. Jemand muss sich um sie kümmern.« Unruhig geht er hin und her.

»Vielleicht hat Caro eine Idee, sie kennt ‘ne Menge Leute an der Uni. Ich glaube, eine ihrer Dozentinnen hat eine eigene Praxis. Jenny könnte eine Therapie machen und erstmal bei Maria und Diego wohnen. Sie helfen uns bestimmt, da bin ich mir sicher.«

Chris hört mir schweigend zu. Plötzlich bleibt er stehen. »Wie kommst du damit klar?« Er sieht mich an und schluckt.

»Damit kann man nicht klarkommen. Es ist immer da. Manchmal gelingt es einem, es zu verdrängen, für eine Weile in eine Schublade zu stecken und diese entschlossen zuzumachen. Es reicht eine Kleinigkeit, eine Banalität wie das Knarren einer Treppenstufe, das Zirpen einer Grille im Sommer bei geöffnetem Fenster, während man im Bett liegt oder ein bestimmter Duft in der Luft. Dann ist plötzlich alles wieder da, so real, als würde es jeden Moment erneut geschehen.« Ich sehe ins Leere und spüre die Kälte in meinem Innern.

»Du warst ganz allein, warum nur ist mir nie was aufgefallen?« Fassungslos schüttelt er den Kopf. »Ich habe dir nicht geholfen und Jenny konnte ich auch nicht helfen.« Er starrt vor sich hin. »Ich bin komplett nutzlos.« Ein wenig hysterisch lacht er auf. »Ohne mich wärt ihr sogar besser dran. Es gäbe nicht ständig diesen Stress mit Vater.« Er hebt den Blick und sieht mich an, als hätte er eine schreckliche Erleuchtung. »Seinen ganzen Hass hat er an euch ausgelassen.«

»Hör endlich auf mit deinen Schuldzuweisungen!« Ich mache einen Schritt auf ihn zu und nehme sein Gesicht zwischen meine Hände. Beschwörend sehe ich ihn an. »Ohne dich hätten wir das alles nicht durchgestanden. Niemand hat Schuld außer ihm, verstehst du das? Er ist das personifizierte Böse, er ist es – nicht wir!« Ich bin mir nicht sicher, ob meine eindringlichen Worte zu ihm durchdringen. »Schließ Caro nicht aus.« Mitfühlend und gleichzeitig bittend sehe ich ihn an.

Er blinzelt ein paar Mal. »Ich will nicht, dass sie das alles mitbekommt.« Er schüttelt den Kopf. »Ich habe das Gefühl, ihr nicht in die Augen sehen zu können, verstehst du?« Schmerzerfüllt sieht er mich an. Plötzlich mustert er mich wachsam. »Weiß Luis davon? Was mit dir ...«

»Ja«, antworte ich schnell. »Caro auch.«

»Mmh, alle wissen Bescheid, nur ich nicht«, sagt er in bitterem Tonfall.

»Weil ich wusste, was es mit dir macht.« Ich schlage die Augen nieder. »Und weil ich mich so sehr geschämt hab.«

Jetzt nimmt er mein Gesicht in seine Hände. Seine Augen suchen meinen tränenverschwommenen Blick. Ich blinzle und nun bin ich es, deren Wangen nass werden.

»Es tut mir leid, Maddy.« Er zieht mich in seine Arme. »Es tut mir so unendlich leid.«

Es ist kurz vor neun, als wir am Fellini ankommen. Caro hat alles geregelt, Diego und Maria wissen Bescheid.

»Povera bambina.« Mitfühlend streicht Maria über Jennys Haar. Sie nimmt uns beide mit nach oben in ihre Wohnung.

Die Einrichtung ist gemütlich und gleichzeitig ein wenig kitschig. Im Flur hängen zwei alte Kunstdrucke, die eine typische italienische Landschaft zeigen. Auf einer in die Jahre gekommenen Kommode und der dunklen Schrankwand im Wohnzimmer stehen überall verteilt kleine Figuren und Väschen auf feingehäkelten Platzdeckchen. Obwohl alles auf chaotische Weise zusammengewürfelt ist, strahlt der Raum mit dem dicken rotbraun gemusterten Teppich eine gemütliche Geborgenheit aus.

Gemeinsam ziehen wir das Sofa aus.

»Siehst du, cara mia, schon hast du ein Bett.« Zufrieden stemmt Maria die Hände in ihre gepolsterten Hüften und lächelt Jenny liebevoll an. »Oh, un momentino!« Sie streckt den Finger in die Luft und eilt aus dem Raum. Mit einem Stapel Bettwäsche auf ihren Armen kommt sie zurück. Verstohlen schaut sie auf die große, altmodische Wanduhr.

»Maria, geh ruhig, wir schaffen das alleine. Ich bleibe noch ein wenig bei ihr, bis sie sich etwas eingewöhnt hat.«

Sie legt ihre Hand an meine Wange. »Lass dir Zeit, bleib bei tua sorella.« Sie zieht die Augenbrauen zusammen und schluckt. »Sie wird brauchen dich sehr.«

Wir lassen den Blick zu Jenny gleiten. Mit angezogenen Beinen sitzt sie auf dem Sofa und starrt in den Fernseher. Es läuft eine Castingshow, aber ich bin mir nicht sicher, ob sie irgendetwas von dem, was da über den Bildschirm flimmert, mitbekommt. Sie hat sich komplett in sich zurückgezogen, ihr Gesicht gleicht einer wächsernen Maske. Ich hole innerlich Luft. Es wird nicht einfach werden.

Ich bleibe bei ihr, bis sie eingeschlafen ist. Bis auf das schummrige Licht, das die kleine Lampe auf der Kommode sanft in den Raum wirft, ist es ganz dunkel. Trotzdem kann ich Jennys Gesichtszüge erkennen. Sie wirken auf überraschende Weise gelöst und entspannt. *Natürlich, die erste Nacht, vor der du keine Angst haben musst.*

Ich beuge mich über sie. Vorsichtig benetze ich mit meinen Lippen ihre Schläfe und ziehe die Decke über ihre Schulter. Auf leisen Sohlen verlasse ich schließlich den Raum.

Was soll nur aus uns werden? Langsam gehe ich die Treppenstufen hinunter. Die gedämpften Geräusche aus dem Lokal dringen an mein Ohr. Ich höre den gleichmäßigen Bass aus den Musikboxen und das Stimmengemurmel der Gäste verrät mir, dass einiges los sein muss. Einen Moment halte ich inne, dann hole ich mein Handy aus der Gesäßtasche. Keine Nachrichten.

Seit ich Luis heute geschrieben habe, dass Jenny krank ist und ich mich um sie kümmern muss, hat er sich nicht mehr gemeldet. Das ist ungewöhnlich. Normalerweise schickt er mir in regelmäßigen Abständen eine kleine Message. Wo er gerade ist, was er tut, manchmal nur ein Zeichen, ein Herz oder ein Foto. Und jetzt seit Stunden nichts. Vielleicht hat er kein Netz.

Ich vermisse ihn. Die Sehnsucht lässt mein Herz zusammenziehen. Es ist mir ein Rätsel, wie ich die Zeit bis Dienstag überstehen soll. Bei der Vorstellung, ihm von Jennys

Martyrium zu erzählen, wird mir übel. Aber es muss sein. Keine Geheimnisse mehr, das haben wir uns geschworen.

Heute Nacht werde ich hier bei Jenny schlafen und morgen ist ein neuer Tag. Es wird weitergehen – irgendwie. Das hat es schließlich immer getan.

Ich atme einmal tief durch und öffne die Tür. Zu meiner Linken geht es in die Küche, biege ich rechts ab, stehe ich direkt hinter dem Tresen. Kurz winke ich Maria zu. Mitten in der Bewegung hält sie inne. »Sie schläft.« Es ist zu laut, aber Maria kann die Worte von meinen Lippen ablesen. Sie schenkt mir ein mitfühlendes Lächeln und nickt, bevor ihre Aufmerksamkeit wieder dem großen Topf auf dem Herd gilt. Ich blicke in die andere Richtung. Die Leute drängen sich an der Bar und auch die Stehtische und sämtliche Sitzgelegenheiten sind unter Beschlag. Wie immer am Wochenende ist das Lokal proppenvoll. Mit gerecktem Hals sehe ich mich nach Chris und Caro um und dann entdecke ich meine Freundin auch schon, wie sie mit einem Tablett leerer Gläser auf die Theke zusteuert. Sie sieht unglücklich aus und als ich beobachte, wie sie an Chris, der am Zapfhahn die Biergläser füllt, vorbeistürmt, weiß ich, dass sie noch immer nicht miteinander geredet haben. Obwohl Chris zuständig ist, gibt sie ihre Bestellungen bei Michi auf. Den ganzen Abend geht das so. Sie ignorieren sich komplett. Der einzige Glückliche dabei ist Michi, weil Caro ihn ständig unerträglich gekünstelt anlächelt. Chris' Miene wird immer düsterer und irgendwann fällt das Schauspiel der beiden wohl auch Diego auf.

»Beh, was ist mit ihnen? – Dio mio, sie sehen sich an wie zwei Kampfhähne.«

Er lässt Eiswürfel in die Cocktailgläser vor sich plumpsen.

Frustriert zucke ich mit der Schulter. »Er will nicht, dass sie unsere Probleme mitbekommt.«

»Dummkopf.« Diego verzieht den Mund. »Dein Bruder ist ein Dummkopf. La famiglia ist alles.« In rasantem Tempo schneidet er eine Limette in acht Teile und gibt sie zu den Eiswürfeln. Er stützt sich am Tresen ab. »Ihr braucht Menschen, die halten zu euch.« Mit einem mitfühlenden Lächeln zieht er seine buschigen Augenbrauen nach oben. »Und Caro ist so ein Mensch.«

»Ich weiß.« Hilflos gleitet mein Blick von Chris zu Caro. »Na ja, im Moment macht sie es ihm nicht gerade leicht.«

Ich habe keinen blassen Schimmer, was Michi ihr eben ins Ohr geflüstert hat. Caros Reaktion darauf besteht jedenfalls aus einer innigen Umarmung. Chris' versteinerte Miene spricht Bände. Er scheint nicht zu bemerken, wie ihm beim Zapfen das Bier über die Hand läuft. Diego schreitet zur Tat. Energiegeladen steuert er auf die beiden zu. Ich kann nicht hören, was er zu ihnen sagt, aber dass Michi knallrot wird, ist sogar auf diese Entfernung zu erkennen. Hastig dreht er sich um und geht seiner Arbeit nach. Caro hingegen lässt sich von Diego an mir vorbei diktieren, bis sie schließlich vor Chris stehen bleiben. Diego redet abwechselnd auf die beiden ein. Mit betretener Miene hören sie ihm schweigend zu. Letztendlich schiebt er alle zwei Richtung Ausgang.

»Was um alles in der Welt hast du zu ihnen gesagt?« Perplex sehe ich ihn an.

»Zu allen dreien dasselbe – man muss setzen im Leben Prioritäten. Allora, il collega Mikki weiß nun, er wird haben niemals oberste Priorität bei Caro.« Verschmitzt lächelt Diego mich an. »Und die beiden«, mit dem Kopf deutet er Richtung

Ausgang, »werden sich unterhalten ein wenig.« Er zwinkert mir zu und jetzt muss auch ich grinsen.

Er klatscht in die Hände. »Allora, an die Arbeit cara mia, die Leute sind durstig.«

Immer wieder schiele ich zur Tür. Wo bleiben die beiden nur so lange. Sie sind bestimmt schon seit zwanzig Minuten da draußen. Ich kenne mein Bruderherz gut genug, um zu wissen, dass er stur wie ein Esel sein kann. Und Caro hat ihre Prinzipien – ist sie von etwas überzeugt, beharrt sie darauf, diese auch durchzusetzen. Auf keinen Fall könnte ich es ertragen, wenn sie sich entzweien. Andererseits sollte ich mich aus ihren Beziehungsproblemen heraushalten. Aber was geschieht, wenn Caro sich von Chris abwendet? Das würde er unmöglich auch noch verkraften. Als ich es einfach nicht mehr aushalte, gehe ich zur Tür.

Sie stehen unter dem beleuchteten Fellini-Schild – und küssen sich. Caro umfasst Chris' Taille. Er hat seine Hand in ihrem blonden Haar vergraben. Mit der anderen zieht er sie in diesem Moment ganz nah an sich heran. Beide haben sie ihre Augen geschlossen. Ich betrachte sie fasziniert. Meilenweit scheinen sie weg und doch ganz bei sich zu sein. Ein warmes Gefühl durchströmt mich. Sie sind füreinander geschaffen.

Ich bin mir sicher, nicht nur ich, sondern auch Chris hat jemanden gefunden, der ihm Hoffnung gibt.

23.

Samstag, 10. Juni 2017

Jenny ist nicht einmal aufgewacht. Chris, Caro und ich haben uns abgewechselt und immer wieder nach ihr gesehen. Um halb drei habe ich mich zu ihr gelegt und fand sie in derselben Position vor, in der sie eingeschlafen war.

Heute Morgen beim gemeinsamen Frühstück spricht sie kein einziges Wort und beißt höchstens dreimal von ihrem Marmeladenbrot ab. Allerdings kommt ohnehin niemand von uns zu Wort, denn Maria lässt einen wahren Redeschwall über uns ergehen – über die neue unfähige Küchenhilfe, der man alles dreimal sagen muss. »Und dann schneidet sie sich auch noch in den Finger und ich musste sie schicken nach Hause.« Genervt verdreht sie die Augen, doch dann weicht ihr verärgerter Gesichtsausdruck einem Strahlen. »Vielleicht kannst du mich unterstützen ein wenig in der Küche, cara mia?«

Jenny blickt beinahe ein wenig erschrocken von ihrem Teller auf, aber mir entgeht nicht das leichte Aufblitzen in ihren Augen, und als sie Maria ein wortloses Nicken schenkt, drückt diese sie kurz, aber kräftig an ihren Busen.

»Wir werden gehen zusammen auf den Markt, va bene? Ich benötige dringend ein paar Kräuter.«

Obwohl von Jenny kein einziges Wort gekommen ist, habe ich das Gefühl, dass sie sich in der Gegenwart der beiden Italiener wohlfühlt.

Ich sitze neben Diego in seinem Auto. Er umschließt mit

seinen Händen das Lenkrad, fährt aber nicht los, sondern starrt durch die Windschutzscheibe und scheint nach Worten zu suchen. »Ihr müsst gehen zu Polizei.« Entschlossen sieht er mich an. »Cara, du weißt, wir werden da sein für dich und deine kleine Schwester und auch für deinen Bruder, er ist ein guter Junge, aber ihr müsst gehen zu la polizia.« Seine Augen haben einen beschwörenden Ausdruck. »Der Mann ist ein diavolo.«

Ich senke den Blick. »Für Jenny ...«

»Deine kleine Schwester ist stärker, als du denkst«, unterbricht er mich. »Sie geht schon durch die Hölle, aber sie muss Weg finden heraus.« Er greift nach meiner Hand und drückt sie mitfühlend.

Ich sehe ihn an und zum ersten Mal beschleichen mich Zweifel, ob es richtig ist, was wir tun. Vielleicht hat Diego recht und Jenny sollte wirklich aussagen.

Auf dem schmalen Weg zu unserem Hof kommen uns Martin und Said mit dem Traktor entgegen. Wir winken uns zu.

Es gibt ein paar Menschen, die zu uns halten, wird mir in diesem Moment voller Dankbarkeit bewusst.

Diego wendet auf dem Hof, da kommt Caro aus dem Haus. Anscheinend ist sie mit den Gedanken ganz woanders. Sie hebt nicht einmal den Kopf, steuert zielsicher auf ihr Auto zu und schmeißt ihre Tasche auf den Rücksitz. Vielleicht hat sie es eilig.

»Danke Diego, für alles.« Ich stecke noch ein letztes Mal den Kopf in sein Auto und winke ihm hinterher, als er vom Hof fährt.

»Caro, warte!« Chris steht in der offenen Haustür.

»Tu das nicht, bitte tu das nicht!« Immer wieder schüttelt

Caro den Kopf.

Ich werde wütend. Wann lässt er endlich zu, dass sie für ihn da sein will?

»Verdammt Chris, schließ sie nicht aus! Sie liebt dich, kapierst du das nicht?«

Ihre Köpfe fahren herum. Jetzt erst scheinen sie mich zu registrieren.

Irgendetwas an ihrer Reaktion ist seltsam.

Ich hatte damit gerechnet, dass Chris wieder davon anfängt, dass er Caro da nicht mit reinziehen will. Ich hätte erwartet, dass Caro darauf so etwas sagt wie *ich steh das mit dir zusammen durch* oder irgendetwas in der Art, aber sie sagen beide kein einziges Wort. Einen Moment starren sie mich einfach nur an und dann treffen sich ihre Augen. Sekundenlang. Um ehrlich zu sein, bin ich unschlüssig, wie ich diesen Blick deuten soll.

»Ok, du hast recht. Ich werde dich von jetzt an nicht mehr ausschließen.« Langsam kommt mein Bruder die Stufen herab und geht auf Caro zu, ohne sie ein einziges Mal aus den Augen zu lassen. Er zieht sie in seine Arme und als sie sich einfach nicht voneinander lösen, komme ich mir plötzlich total fehl am Platz vor. Ich gehe ins Haus und lasse mich in der Küche mechanisch auf einen Stuhl sinken. Angestrengt versuche ich, diese seltsame Szene von eben zu analysieren. Aber es will mir einfach nicht gelingen.

Ich sitze noch immer auf dem Küchenstuhl, als Chris hereinkommt.

»Alles ok?«, frage ich besorgt. Sein Gesicht wirkt völlig emotionslos.

»Mmh.« Er geht zum Kühlschrank, greift nach einer

halbvollen Wasserflasche und leert sie in drei Zügen. Bedächtig stellt er sie auf dem Küchenschrank ab und verschränkt die Arme vor der Brust.

»Fritz hat sich gemeldet. Er versucht, ihn noch eine Weile fernzuhalten.« Er wirft mir einen kurzen Blick zu. »Er hat ihn in das alte Haus seiner Mutter einquartiert. Es steht schon eine Zeit lang leer.«

»Weiß Fritz ...?«

»Nein, nichts Genaues.« Er schüttelt den Kopf. »Ich wollte Jenny schützen.« Er sieht mich an. »Wir finden eine Lösung, Maddy, vertrau mir, alles wird gut.« Durchdringend, als wollte er mir etwas ganz Bestimmtes mitteilen, sieht er mich an und da ist es wieder, dieses seltsame Gefühl – es macht mir Angst.

»Was hast du vor, Chris?«

»Nichts ... ich habe nichts vor. Ich werde ihn drankriegen, das ist alles.« Sein Blick ist in die Ferne gerichtet.

24.

Samstag, 10. Juni 2017

Den ganzen Tag über starre ich immer wieder auf mein Handy. Nichts – keine einzige Nachricht von Luis. Was hat das nur zu bedeuten? Irgendwann muss er doch wieder ein Netz haben. Irgendetwas stimmt nicht. Ich werde immer nervöser. Wenn ihm nun etwas zugestoßen ist?

Bis zum Abend bin ich das reinste Nervenbündel und froh darüber, als wir endlich im Fellini sind. Bevor ich mich in die Arbeit stürze, sehe ich noch nach Jenny. Ich finde sie bei Maria in der Küche. Einen Moment bleibe ich im Türrahmen stehen. Die beiden sind ganz vertieft in ihre Arbeit. Während Jenny die Tomaten viertelt, rührt Maria in gleichmäßigen Bewegungen in einem großen Topf. Ich klopfe zweimal hintereinander an den Türrahmen. Als Jenny mich entdeckt, geht ein Strahlen über ihr Gesicht. Es tut so gut, sie lächeln zu sehen. Ich gehe zu ihr und ziehe sie in meine Arme. Über ihren Kopf hinweg werfe ich Maria einen Blick zu.

»Sie ist sehr geschickt, deine kleine sorella, und mir eine große Hilfe.« Liebevoll streicht sie Jenny übers Haar. »Cara, kannst du holen drei Köpfe Salat aus dem Keller?«

»Sie spricht noch immer nicht«, stelle ich fest.

»Kein Wort.« Maria verzieht bekümmert das Gesicht. »Sie ist so ein liebes Kind, tut alles, was man ihr sagt. Wir waren auf dem Markt heute Morgen, es hat sie abgelenkt ein wenig.« Besorgt sieht sie mich an. »Sie wird brauchen viel Liebe und Geduld, und die wird sie bekommen von euch, ich bin mir sicher.« Sie nickt ein paar Mal.

Ich muss sie einfach umarmen, diese wunderbare Frau. »Maria, wir haben dir und Diego so unendlich viel zu verdanken.«

Gerührt streicht sie mir über den Rücken. »Ist schon gut, mein Kind, ist schon gut.«

»Wir versuchen, so schnell wie möglich eine Lösung zu finden. Bis dahin, bitte Maria, kann Jenny solange bei euch bleiben?« Ich löse mich von ihr und sehe sie bittend an. Sie legt eine Hand an meine Wange. »Natürlich, sie kann bleiben, solange sie will.«

Mir ist bewusst, dass das keine Dauerlösung sein kann. Maria ist nicht mehr die Jüngste und Diego wäre ebenfalls total überfordert.

Er hat schon recht. Wir müssen zur Polizei. Vielleicht ist dieser Weg Jennys Rettung.

Es gibt Einrichtungen für traumatisierte Jugendliche. Bestimmt kann uns die Polizei oder das Jugendamt Adressen geben.

Als Jenny wieder die Küche betritt, deute ich auf die Sporttasche neben mir auf dem Boden. »Ich habe dir ein paar Sachen mitgebracht. Sag einfach, was du noch brauchst, dann bring ich dir den Rest das nächste Mal mit.« Sie zeigt ein abgehacktes Nicken, wendet sich wortlos von mir ab und beginnt, den Salat zu zerkleinern.

Maria und ich tauschen einen raschen Blick.

»Na, dann mach ich mich auch mal an die Arbeit.« Ich hänge meine Jacke an die Garderobe und überprüfe zum tausendsten Mal meinen WhatsApp-Status. Ich verstehe das nicht. Das Einzige, was ich tun kann, ist, mich abzulenken. Entschlossen ziehe ich mein T-Shirt glatt, atme tief durch und geselle mich zu Chris hinter die Theke.

»Stimmt etwas nicht?« Er runzelt die Stirn.

Bevor ich dazu komme, ihm zu antworten, geht die Tür auf und Jessy und Mara betreten das Lokal. Sie sehen aus wie aus dem Ei gepellt – zwei Models frisch vom Laufsteg. Beide sind ganz in schwarz gekleidet. Jessy trägt eine hautenge Röhrenjeans und eine mit glitzernden Steinchen besetzte Lederjacke. Würde mich nicht wundern, wenn das echte Diamanten wären. Definitiv keine Stangenware. Mit ihrem frechen, weißblonden Kurzhaarschnitt und den hochhackigen Pumps wirkt sie wie eine edle kleine Rockröhre.

Mara sieht einfach nur umwerfend aus. Lediglich zwei Kleidungsstücke stechen mir ins Auge. Figurbetontes Minikleid und Overknees. Das glatte Haar fällt ihr in einem leuchtenden Blond über die Schulter. Jedes einzelne davon sitzt perfekt.

Sie stolzieren an der Theke vorbei und schenken mir einen herablassenden Blick.

Wie konnte er sie nur verlassen und sich für mich entscheiden? Sie ist wunderschön.

Sie suchen sich einen kleinen Tisch am Fenster. Ich tue so, als hätte ich sie nicht bemerkt und versuche, mich auf die Bestellungen in meinem Scanner zu konzentrieren.

»Soll ich übernehmen?«

»Was?«

»Du weißt schon, deine beiden Freundinnen.« Das letzte Wort zieht Caro in zynischem Tonfall in die Länge und hebt dabei abwartend die Augenbrauen.

Ich presse kurz die Lippen aufeinander und nicke.

»Was ist?« Besorgt berührt sie meinen Arm.

»Er hat sich den ganzen Tag noch nicht gemeldet.

Irgendetwas stimmt nicht.« Jetzt, da ich meine Befürchtung das erste Mal ausspreche, wird mir die Panik in meiner Stimme bewusst.

»Vielleicht hat er kein Netz«, versucht Caro mich zu beruhigen.

»Zwölf Stunden am Stück?« Auch sie kann mir meine Zweifel nicht nehmen.

»Hör zu, es ist bestimmt nichts.« Sie lässt den Blick zu Mara und Jessy gleiten. »Sonst würde seine Schwester nicht so entspannt da drüben sitzen.«

Während Caro den beiden die Speisekarte bringt und die Getränke aufnimmt, grüble ich noch immer darüber nach, weshalb ich auch nicht sofort Caros Gesichtsausdruck bemerke. Erst als sie schweigend zwei Flaschen Wasser aus dem Kühlschrank holt und die beiden Weingläser mit einem trockenen Chianti befüllt, wird mir bewusst, dass sie noch kein Wort gesagt hat.

»Ist was?« Ich versuche aus ihrer Mimik zu lesen, aber sie weicht mir aus. Langsam drehe ich den Kopf und sehe direkt in Jessys Gesicht. Ein kleines boshaftes Lächeln umspielt ihre Lippen.

»Was haben sie zu dir gesagt?«

Caro setzt vorsichtig die Weinflasche ab. Sie presst die Lippen zusammen.

Ich spüre ein pelziges Kribbeln auf meiner Kopfhaut, das sich langsam, aber stetig über mein Gesicht, meinen Hals und schließlich über meinen ganzen Körper ausbreitet. »Mara, bestimmt gibt es eine Erklärung dafür …«, versucht Caro, mit der Hand wedelnd, das Unausweichliche von mir fernzuhalten. Sie holt tief Luft. »Ok, ich zitiere: *Wir hatten bei den Cowboys fast jeden Tag Steak, ich denke, ich entscheide mich heute für ein Nudelgericht.*

Wie in Watte verpackt, dringen die Worte an mein Ohr und als sie endlich in meinem Gehirn ankommen, wird mir klar, was sie bedeuten. Mara war bei Luis, die ganze Zeit.

Er hat mich nicht mal angelogen, er hat nur nichts gesagt. Ein hysterisches Lachen entweicht meinem Mund.

Caro sieht mich besorgt an. »Das ist bestimmt ein Missverständnis.« Sie greift nach meinem Arm. »Maddy, sie hat es drauf angelegt. Sie hat das doch extra gesagt, damit ich es dir erzähle.« Eindringlich sieht sie mich an.

»Er hat sich den ganzen Tag nicht gemeldet.« Das ist das Einzige, das mir darauf einfällt.

Mechanisch erledige ich jeden Handgriff. Bediene die Gäste, ohne dass ich sie bemerke. Alles in mir hat sich automatisiert. Ich bin ein Roboter in menschlicher Hülle. Ich funktioniere.

Später sehe ich nach Jenny. Sie sitzt oben vor dem Fernseher, mit einer Tüte Popcorn in der Hand. Sie sieht sich irgendeine amerikanische Soap an. Ich lasse mich neben sie sinken und lehne meinen Kopf an ihre Schulter. Ein paar Minuten sitzen wir einfach nur da, ohne ein Wort zu sagen. Erschöpft schließe ich die Augen und plötzlich spüre ich eine tiefe Hoffnungslosigkeit in mir aufsteigen. Alles scheint davonzuschwimmen, sich aufzulösen: Jenny, Chris, Luis und ich mich selbst. Dieser Schmerz, ich kann ihn nicht beschreiben. Es fühlt sich an, als könnte ich das Absterben jeder einzelnen Zelle in meinem Körper spüren. Sie war bei ihm, die ganze Zeit. Dass sie eher zurückgekommen ist, spielt keine Rolle. Sie war bei ihm. Wie ein beständiger Ohrwurm formt mein Inneres die Worte wieder und wieder.

»Kann ich irgendetwas für dich tun? Ihn zusammenschlagen oder so? Du weißt, darin bin ich gut.« Chris sieht mich mit einem zynischen und zugleich mitfühlenden schiefen Grinsen an. »Oder vielleicht willst du lieber da rein spucken?« Er hebt die Augenbrauen und deutet mit dem Kinn auf die beiden Cocktails, die er offenbar für Mara und Jessy vorbereitet hat.

Ich starre auf die orangene Flüssigkeit in den Gläsern. »Ich muss zugeben, der Gedanke hat etwas Verlockendes.« Der bittere Klang meiner Stimme passt zu den beiden Campari in Chris' Händen.

»Warte doch erstmal ab, vielleicht klärt sich nächste Woche, wenn Luis wieder zurück ist, alles auf.«

Während Caro in jedes Glas einen Strohhalm gleiten lässt, tauscht sie mit Chris einen schnellen, irgendwie seltsamen Blick. Es ist nur ein winzig kleiner Moment, aber er genügt, um mir eine Gänsehaut über den Rücken zu jagen. Versuchen sie, etwas vor mir zu verbergen? Meine Gedanken spulen ein paar Stunden zurück. Es ist derselbe Blick, mit dem sie sich heute Morgen auf dem Hof angesehen haben.

Ich muss mit Caro reden, denn aus irgendeinem Grund bin ich mir sicher, dass ich aus Chris nichts rausbekommen werde.

25.

Samstag, 10. Juni 2017

Auf meine Frage, ob ich die kommende Nacht noch einmal bei ihr verbringen soll, schüttelt Jenny wortlos den Kopf. Ich glaube, dass es ihr tatsächlich nichts ausmacht, alleine bei Maria und Diego zu bleiben. Offensichtlich fühlt sie sich hier sicher.

Es ist kurz vor elf, als ich ein letztes Mal nach ihr sehe. Sie schläft tief und fest. Leise ziehe ich die Tür wieder hinter mir zu und gehe nachdenklich die Treppe hinunter.

Was verschweigt mir Chris? »Tu das nicht«, sagte Caro heute Morgen zu ihm. Sie hat ihn regelrecht angefleht. Ich bleibe stehen. Bis jetzt war ich überzeugt gewesen, sie hätte damit gemeint, dass er sie von unseren Problemen nicht ausschließen solle. Aber was ist, wenn sie etwas ganz anderes damit sagen wollte? Was ist, wenn er irgendeine Dummheit vorhat?

Ich muss sie fragen, und zwar jetzt sofort. Die letzten Stufen nehmend, gehe ich durch den dunklen Gang und drücke die Türklinke nach unten. Ich öffne die Tür und urplötzlich ist alles gut. Alle Befürchtungen, alle Gedanken, alle Ängste – sie sind verschwunden.

»Luis!« Sein Name kommt flüsternd über meine Lippen. Er sitzt da an der Theke auf einem Barhocker. Seine Hand umschließt eine Bierflasche. Das Lederband an seinem Handgelenk ist dabei ein wenig nach hinten gerutscht. Er beugt sich vor. Die Stirn in Falten gelegt, lauscht er Chris' Worten mit ernster Miene. Das anthrazitfarbene T-Shirt umspannt seinen muskulösen Oberkörper wie eine zweite Haut. Als hätte er sich ständig das Haar gerauft, steht es nach allen Seiten ab. Es ist länger geworden und unter seinem Dreitagebart kann ich zwei sorgenvolle Furchen erkennen. Er sieht schrecklich aus, müde und doch zugleich so wahnsinnig verwegen und sexy. Ich kann den Blick nicht von ihm lösen. Meine Knie werden weich und das Herz schlägt mir bis zum Hals. In seine Arme stürzen und seinen Duft einatmen, das ist alles, was ich will.

Und dann bemerkt er mich. Sekundenlang sehen wir uns in die Augen. Langsam setzt er sein Bier ab. Ich kann fühlen, wie die Anspannung von ihm weicht und sich Erleichterung auf seinem Gesicht breitmacht und plötzlich scheint er es nicht mehr erwarten zu können, bei mir zu sein. Der Barhocker wackelt bedrohlich, als er ruckartig aufsteht und zielstrebig, ohne den Blick von mir abzuwenden, auf mich zukommt. Er lässt sich keine Sekunde zu viel Zeit. Seine Hand fährt in mein Haar und er zieht meinen Kopf zu sich. Sein Kuss ist nicht sanft, sondern fordernd, zügellos und voller Begierde und ich kann kein bisschen widerstehen. Ich klammere mich an ihm fest, beginne zu schweben. Und als ich nach einer gefühlten Ewigkeit die Augen ein wenig öffne, fällt mein Blick einen winzig kleinen Moment auf den leeren Tisch, an dem Mara und Jessy noch vor einer halben Stunde saßen. Vermutlich sind sie gegangen, schießt es mir durch den Kopf. *Sie war bei ihm, die ganze Zeit.* Plötzlich ist dieser Gedanke wieder da und mit ihm kommt die Wut. Mit keinem Wort hat er sie erwähnt. Ich reiß mich von ihm los.

»Mistkerl!« Meine Hand klatscht auf seine linke Wange.

»Hey!« Er greift nach meinem Handgelenk. Entgeistert

sieht er mich an. »Hab ich was verpasst?«

»Sag du's mir!« Angriffslustig recke ich ihm das Kinn entgegen.

Mit blitzenden Augen sieht er mich an. »Nicht hier.«

Aus dem Augenwinkel nehme ich Chris' und Caros geschockte Miene wahr und mir wird bewusst, dass schon ein paar Leute zu uns rüber starren.

Luis katapultiert mich dahin zurück, von wo ich gerade erst hergekommen bin. Durch die Tür, in den schummrigen Gang. Er lässt mir keine Zeit, etwas zu sagen, drückt mich an die Wand und beginnt mich wieder zu küssen. Seine Lippen fühlen sich heiß und trocken an. Er presst seinen Körper an meinen. Mit den Händen fahre ich durch sein Haar. Oh Gott, er hat mir so sehr gefehlt. Mein Verstand ist dabei, sich zu verabschieden, denn ganz egal, was er getan hat, was immer er auch tun wird, ich kann ihm einfach nicht widerstehen.

Es ist beinahe unmöglich, aber schließlich lösen wir uns keuchend voneinander. Er nimmt mein Gesicht in seine Hände. Seine Augen suchen meinen Blick.

»Mara ...« Tonlos kommt das Wort über seine Lippen.

Ich kann nur wortlos nicken. »Warum hast du mir nichts gesagt?«

Er holt tief Luft und lehnt seine Stirn an meine. »Weil ich es nicht wusste.« Wieder sieht er mich an. »Ich saß im Flugzeug, da kam sie plötzlich den Gang entlang, quasi auf die letzte Minute, damit ich es mir nicht anders überlegen konnte.« Bitter lacht er auf. »Vater hat das eingefädelt, ich weiß es von Jessy.« Er leckt sich über die Lippen und sieht an mir vorbei. »Ich war zweimal mit ihr essen.«

Ich schließe die Augen. Ich will das nicht hören.

»Sie bat mich um eine letzte Aussprache – dann würde sie

unsere Trennung endgültig akzeptieren. Ich hatte eingewilligt, weil ich dachte, dass ich ihr das schuldig wäre.« Mit der Hand fährt er sich durch sein Haar. »Ich versuchte, ihr klar zu machen, dass wir uns schon viel eher hätten trennen sollen. Sie begann, einen Drink nach dem anderen in sich reinzuschütten. Der Abend endete damit, dass sie komplett die Kontrolle verlor und sich, na ja, ziemlich danebenbenahm. Ich brachte sie zurück ins Hotel und sorgte dafür, dass man regelmäßig nach ihr sah. Später versuchten wir, uns so gut es ging, aus dem Weg zu gehen, was nicht ganz einfach war, denn natürlich hatten wir nicht nur dasselbe Hotel, nein — mein alter Herr hatte dafür gesorgt, dass wir Tür an Tür schliefen. Unsere Zimmer lagen direkt nebeneinander.« Er seufzt auf. »Vorgestern wollte sie ein letztes Mal mit mir reden. Sie entschuldigte sich tränenreich für ihr Verhalten und flehte mich an, ihr noch eine letzte Chance für ein Abendessen zu geben – sie wollte nicht, dass wir so auseinandergehen.« Luis sieht mich an. »Ich schätze, ich wollte einfach kein Schwein sein, deshalb habe ich zugesagt.« Ein wenig bitter lacht er auf. »Einen sauberen Abgang, wollen wir das nicht alle, um unser Gewissen zu beruhigen? Das Essen verlief ohne Zwischenfälle. Wir haben uns wie zwei zivilisierte Menschen voneinander verabschiedet und uns alles Gute gewünscht.« Plötzlich sieht er mich wieder mit diesem intensiven Blick an, der durch meine gesamten Eingeweide geht. »Das war alles, Madlen.«

»Warum hast du sie die ganze Zeit über mit keinem Wort erwähnt?«

»Weil es mir nichts bedeutet hat und ich dich nicht beunruhigen wollte.« Eindringlich sieht er mich an. »Was hätte ich sagen oder schreiben sollen? Ach übrigens, Mara ist hier, sie versucht, mich rumzukriegen? Allerdings, hätte ich gewusst, dass sie heute Abend hier aufkreuzt, um dich auf diese Weise einzuweihen«, er zieht einen Mundwinkel nach oben, »dann wäre es vielleicht doch besser gewesen, es dir sofort zu erzählen.«

»Du hast Mara und Jessy noch gesehen?«

»Nein, dein Bruderherz hat mich aufgeklärt und er hat es wieder einmal nicht versäumt, mich darauf hinzuweisen, was er mit mir macht, sollte ich dir das Herz brechen.« Gequält verzieht er den Mund.

»Warum bist du eigentlich schon zurück?«

»Warum ich zurück bin?«

Ich registriere das Zucken seiner Kiefermuskeln.

»Du hast auf keine meiner letzten Nachrichten reagiert. Und als du geschrieben hast, Jenny wäre krank, wusste ich, dass etwas nicht stimmt. Ich habe sofort den nächsten Flieger genommen.«

»Du weißt es?«

»Nichts Genaues, aber ja, ich schätze, ich ... Chris sagte, Jenny ist jetzt hier.«

Ich versuche, den Kloß in meinem Hals hinunterzuschlucken.

Er zieht mich an sich und vergräbt sein Gesicht in meinem Haar.

»Ich bin fast durchgedreht vor Angst um dich.«

»Jetzt bist du da und ich brauche dich, ich brauche dich so sehr!« Erneut klammere ich mich an ihn, voller Verzweiflung, und wieder fange ich an zu heulen.

»Vielleicht solltest du dir angewöhnen, Ersatzklamotten mitzunehmen, wenn du mit mir zusammen bist.« Ich starre auf den nassen Fleck auf seiner Brust.

Er hebt mein Kinn an und zeigt ein schiefes Grinsen.

»Auf keinen Fall, ich liebe diese feuchte Art der Nähe.« Seine Stimme klingt rau und jagt mir einen Schauer nach dem anderen durch den Körper. Er küsst mich, diesmal sacht und zärtlich. »Willst du darüber reden, wegen Jenny?« Mit sorgenvollem Blick sieht er mich an. Ich presse meine Lippen zusammen, um die schon wieder aufsteigenden Tränen zu unterdrücken.

»Er hat ihr dasselbe angetan wie mir. Chris hat ihn halb totgeschlagen. Jetzt ist er bei Fritz Eberhard, seinem Saufkumpan. Ihm gehört die Metzgerei in Breitenbach. Fritz versucht, ihn noch ein paar Tage hinzuhalten. Aber er wird wieder zurückkommen. Jenny kann auf keinen Fall mehr nach Hause zurück. Sie bleibt erstmal hier, bei Diego und Maria.« Ich kneife die Augen zusammen. »Ich habe keine Ahnung, wie es weitergehen soll. Ich hasse ihn so sehr – ich wünschte, er wäre tot. Gleichzeitig habe ich furchtbare Angst um Chris. Ich habe Angst, dass er Vater umbringen wird.« Ich schnappe nach Luft und Luis zieht mich wieder an sich.

»Ihr müsst ihn anzeigen, bevor es zu einer Katastrophe kommt.«

»Das hat Diego auch gesagt, aber was ist, wenn sie Chris verhaften? So wie er Vater zugerichtet hat ... und außerdem, selbst wenn wir Jenny dazu bringen könnten, wäre es nicht ohnehin zu spät für ihre Aussage? Abgesehen davon spricht sie nicht. Seit gestern kein einziges Wort.«

Nachdenklich greift Luis sich an den Nacken. »Man müsste ihn irgendwie überlisten. Habt ihr denn gar nichts gegen ihn in der Hand? Was ist mit eurer Mutter, könnt ihr sie nicht dazu bringen, ihn auf irgendeine Weise zu belasten?«

»Vergiss es. Sie ist quasi verstummt. Sie sitzt den ganzen Tag da, als wäre sie in einem Kokon gefangen, da ist kein Durchdringen.«

Und dann fällt mir wieder das seltsame Verhalten meines Bruders ein.

»Chris hat irgendetwas vor, Luis. Er verhält sich so komisch. Er macht mir Angst.«

Obwohl Samstag ist, verlassen die letzten Gäste das Fellini heut schon kurz nach zwölf und so kommt es, dass wir bereits eine Stunde später den spärlich beleuchteten Parkplatz überqueren. Chris und Caro sind ein paar Meter vor uns.

Die ganze Zeit schon ist Luis angespannt, ich kann es spüren an seinem Blick und an der Art, wie er sich bewegt. In der vergangenen Stunde hat er fast nichts mehr gesagt. Ich hatte zwar ohnehin keine Zeit für ihn, da wir mit Aufräumen und Saubermachen beschäftigt waren, aber mir ist nicht entgangen, wie er verbissen vor sich hin stierte, während er an der Bar auf mich wartete. Er schien mit den Gedanken meilenweit entfernt.

Plötzlich bleibt er stehen. »Chris!«

Mein Bruder dreht sich um. Fragend und zugleich abwartend kippt er seinen Kopf zur Seite.

»Was wirst du tun?« Luis lässt meine Hand los und geht ein paar Schritte auf Chris zu. Er wartet seine Antwort gar nicht erst ab. »Ihr müsst ihn anzeigen.«

»Toller Tipp, wäre ich von allein nicht drauf gekommen, danke.« Selbst von hier aus kann ich sehen, wie sich Chris' Gesichtszüge verhärten. »Du musst mir nicht sagen, was ich zu tun habe.« Auch Chris geht ein paar Schritte auf Luis zu.

»Dann verlier keine Zeit«, sagt Luis in scharfem Tonfall.

»Bevor es zur Katastrophe kommt. Hör zu!«, setzt er nach. »Ich kenne den Polizeichef von Kaltenberg, wenn ich mit ihm rede, vielleicht kann er irgendetwas für euch tun.«

Ungläubig schüttelt Chris mit einem zynischen Lächeln den Kopf. »Anzeigen ... klar, die buchten ihn bestimmt sofort ein. Erst recht, wenn du deine Beziehungen spielen lässt.« Spöttisch verzieht Chris den Mund. »Aber so läuft das nicht und es wird nicht funktionieren. Da helfen dein ganzes Geld und deine Verbindungen nichts.«

Sie stehen sich jetzt so dicht gegenüber, dass sie sich beinahe berühren.

»Also. Halt. Dich. Raus.« Chris betont jedes einzelne Wort gefährlich leise.

»Einen Teufel werde ich tun! Ich werde nicht zusehen, wie dieser Irre nochmal jemandem was antut.«

Ihre Augen funkeln wie die zweier Raubkatzen.

»Hört auf, verdammt!« Es hat etwas Groteskes, wie Caro und ich gleichzeitig die drei Worte ausrufen und einer einstudierten Choreographie gleich auf die beiden zugehen.

»Wollt ihr euch jetzt auch noch prügeln?« Ich schaue von einem zum andern. »Ich ertrage das nicht, wenn ihr auch noch aufeinander losgeht.«

Luis wendet sich ab. Er verschränkt die Hände am Hinterkopf und atmet hörbar ein und aus.

»Maddy, ich krieg das hin, vertrau mir einfach, ok?« Beschwörend sieht Chris mich an.

»Wie soll ich dir vertrauen, Chris, wenn ich ständig das Gefühl hab, dass ihr mir etwas verschweigt?« Mein Blick gleitet zu Caro. Es gelingt ihr nicht, mich anzusehen und da wird mir erst richtig bewusst, dass die beiden mir heute schon die ganze Zeit aus dem Weg gehen. Sie werden mir nichts sagen. Das weiß ich. Ihre Mienen sind verschlossen.

Ich habe gar nicht bemerkt, wie Luis hinter mich getreten ist.

»Komm, lass uns gehen.« Er nimmt meine Hand und drückt sie leicht. Plötzlich sehne ich mich nach seinen starken Armen. Ich will mich einfach nur hineinsinken lassen und alles andere vergessen.

Wir fahren in die Stadt. Aus den Boxen ertönt *Whorses* von Biffy Clyro.

»Würdest du mir einen Gefallen tun?«

Luis wirft mir einen Blick zu. »Jeden.«

»Lass uns über die Autobahn fahren, so schnell es geht.«

Ich brauche jetzt diesen Kick, ich brauche den Rausch der Geschwindigkeit.

Wir lassen das Ortsschild hinter uns. Er drückt aufs Gas und keine fünf Minuten später biegen wir in die Autobahnauffahrt ein.

Ich bin bereits süchtig nach dem Gefühl, das die Beschleunigung von null auf hundert in nicht mal vier Sekunden in mir auslöst. Mein Körper wird in den Sitz gepresst. Ich drehe die Musik auf und wir jagen zu den harten Klängen auf der fast leeren Autobahn mit beinahe dreihundert Stundenkilometern durch die Nacht.

Ich beobachte ihn, wie er konzentriert auf die Straße blickt. Sein Profil in der Dunkelheit. Das energische, leicht nach vorne gereckte Kinn. Die Konturen seiner kräftigen Arme. Ohne darauf zu achten, in welche Richtung wir fahren, könnte ich die nächsten tausend Kilometer so verbringen. In der Ferne tauchen Lichter auf und als kurz darauf die Leuchtreklame eines opulent aussehenden Autobahnhotels vor uns erscheint, hat Luis bereits den Blinker gesetzt.

Er sagt kein Wort und ich frage nicht.

Als er den Maserati auf dem Parkplatz gegenüber dem Gebäude abstellt, wendet er den Kopf und sieht mich einen Moment lang an. Die Musik ist aus und obwohl es jetzt ganz still ist, tobt in meinem Innern ein laut tosender Sturm. Ein heftiges Gewitter mit Blitz und Donner. Wir fühlen sie beide, diese elektrische Spannung, als würde sie sich jeden Augenblick mit aller Macht über uns entladen.

Er steigt aus und umrundet den Wagen. Nachdem er meine Tür geöffnet hat, beugt er sich über mich und löst den Sicherheitsgurt. Sein Arm berührt dabei meine Brust und meine Lippen streifen seinen Nacken. Im leichten Schein der Innenbeleuchtung kann ich einen Teil seines Tattoos erkennen. Ich halte die Luft an.

Er nimmt meine Hand und zieht mich auf den Asphalt. Als hätten wir damit ein Signal gegeben, fängt es plötzlich an, wie aus Kübeln zu schütten. Wir beginnen zu rennen und als wir nach nicht mal zwanzig Metern im Eingangsbereich des Hotels ankommen, sind wir bereits völlig durchnässt.

»Ein Zimmer für eine Nacht.« Mit einer Hand fährt Luis sich durch sein nasses Haar und mit der anderen hält er der etwas verdutzten jungen Frau an der Rezeption seine Kreditkarte unter die Nase. »Das Beste, das Sie haben.« Er zeigt ihr ein charmantes Lächeln.

Sie schenkt ihm einen seligen Blick und reicht ihm einen Schlüssel. »Es wird Ihnen gefallen.«

Wir können es beinahe nicht abwarten, in den Aufzug zu kommen. Die Tür ist noch nicht mal ganz zu, als wir regelrecht übereinander herfallen. Er drückt mich an die Wand, wir küssen uns. Seine Hände sind überall – meine Hände sind überall. Der Fahrstuhl stoppt und die Tür öffnet sich. Wir lassen kurz voneinander ab und müssen uns das Lachen verkneifen, als ein Paar mittleren Alters zu uns stößt. Konzentriert stehen wir nebeneinander. Als sie zwei Stockwerke später aussteigen, machen wir da weiter, wo wir aufgehört haben.

»Lass uns verschwinden, bevor es wieder abwärts geht.« Sein Gesicht ist ganz nah vor mir. Ich habe gar nicht gemerkt, dass wir schon angekommen sind. Die Tür öffnet sich und wir biegen um die Ecke in einen langen, mit dunkelrotem Teppich ausgekleideten Gang. Schließlich stehen wir vor unserer Zimmertür. Grinsend hält Luis den Schlüssel in die Höhe.

»Na, wenn das mal keine teuflische Nacht wird.«

Auf dem kleinen Metallschild, das daran baumelt, ist die Nummer 666 eingraviert.

Der Raum strahlt eine schlichte Eleganz aus. Grauer Boden in Holzoptik, weißes Mobiliar mit geraden Konturen, kein Schnickschnack. Alles wirkt beinahe ein wenig steril und unwillkürlich fange ich an zu schlottern, was aber wohl eher an meinen durchnässten Klamotten liegt, als an der kühlen Ausstrahlung des Zimmers. Ich gehe durch die Verbindungstür. Automatisch schaltet sich das Licht an. Den Bruchteil einer Sekunde sehe ich in ein Gesicht und zucke kurz zusammen, bis ich realisiere, dass es mein eigenes ist, das mir aus dem Badezimmerspiegel entgegenblickt. Ich sehe aus wie ein Zombie. Das feuchte Haar klebt an meiner Wange und die Wimperntusche hat schwarze Ränder unter meinen Augen hinterlassen. Luis tritt hinter mich. Wir sehen uns durch den Spiegel an. Und obwohl er genauso durchnässt ist wie ich, kann ich die Wärme seines Körpers in meinem Rücken spüren.

»Es ist verrückt, was wir hier tun«, flüstere ich, »wegen ein paar Stunden ein Zimmer zu nehmen.«

»Dann sollten wir besser gleich den Service des Hauses nutzen.« Er schiebt seine Hand unter meinem Arm hindurch und greift in den Bund meiner Jeans. Ich schnappe nach Luft, als er mich mit einem Ruck zu sich umdreht. Mit den Händen stütze ich mich an seiner Brust ab. »Was meinst du damit?«, frage ich mit schräggelegtem Kopf.

Er grinst schief, was mich wieder total verrückt macht. Auf einmal hebt er mich an und setzt meine Füße vorsichtig auf seinen ab und als wir gemeinsam auf die große begehbare Dusche in der Ecke des Badezimmers zusteuern, schwant mir, was er vorhat.

»Nein, das wirst du nicht tun ... Luis, nicht ... wir müssen ... Luis, ich hab nichts anderes anzuziehen!«

Mein flehender Redeschwall wird durch einen Wasserschwall abgelöst, der aus der Decke schießt, nachdem Luis den Duschknauf betätigt hat. Ich stoße einen spitzen Schrei aus, als sich das zunächst eiskalte Wasser über uns ergießt. Er lacht und verschließt meinen Mund mit seinen Lippen.

Fühlt es sich so an, wenn im Dschungel ein tropischer Regen niedergeht? Gefährlich, heiß und frei? Denn das ist es, was ich fühle und ich fühle noch eine ganze Menge mehr. Gier, Sehnsucht, Liebe und vor allem Ungeduld. Ungeduld darüber, ihm endlich dieses T-Shirt vom Leib reißen zu dürfen, damit ich ihn überall berühren und küssen kann. Aber er bestimmt den Ablauf. Ich bin wie eine Marionette in seinen Armen. Mit nassen Klamotten unter der Dusche scheint er sich auszukennen. Als hätte er das schon tausend Mal gemacht, rollt er mein T-Shirt langsam nach oben. Er schiebt es weiter, über meinen Kopf, meine Ellbogen, die Handgelenke. Keine Sekunde lässt er den Blick von mir. Ich versuche ihm sein Shirt auf die gleiche Weise auszuziehen. »Kann ich das verdammte Ding zerreißen?« Verzweifelt beiße ich mir auf die Unterlippe, während ich ungeduldig an dem nassen Stoff zerre.

Ein amüsiertes Zucken erscheint an seinem Mundwinkel. Er greift sich in den Nacken und mit einer einzigen Bewegung streift er es sich über den Kopf.

Das Wasser prasselt unaufhörlich über unsere Gesichter, über unsere Haut, seinen Oberkörper. Meine Fingerspitzen streichen über jede einzelne Faser seiner Muskeln, seine Schulter, seine Brust. Er hält die Luft an. Ich hebe den Kopf.

»Ich liebe dich.« Meine Stimme klingt erstickt.

Seine Hände umschließen mein Gesicht. »Nicht so sehr wie ich dich.«

Und dann küsst er mich. Seine Hände streichen über meinen Hals, schieben die Träger meines BHs über meine Schultern, gleiten meine Arme entlang, umschließen meine Finger.

»Ist es immer so?« Ich muss es plötzlich wissen und suche seinen Blick.

»So ist es nie«, seine Augen fokussieren mich einen Moment, »nur mit dir.«

Er zieht mich an sich. Ich berühre sein Gesicht, fühle seine unrasierte Wange unter meiner Hand, streiche mit dem Daumen über seine Unterlippe. »Ich will dich in mir spüren.«

Seine Arme umschlingen mich. Seine Hand schiebt sich meinen Rücken entlang und öffnet mit einem leisen Klick den Verschluss meines BHs. Er bedeckt mich mit seinen Küssen, überall. Ich spüre die Fliesen auf meiner nackten Haut und ich glaube, das Wasser wird langsam kälter, aber das ist uns egal. Unsere Körper sind heiß und können es nicht erwarten, miteinander zu verschmelzen.

Habe ich wirklich gedacht, es ist vorbei? Habe ich wirklich geglaubt, es überwunden zu haben? Wie naiv von mir.

Nachdem wir uns irgendwann imstande gesehen haben, die Dusche zu verlassen, kuscheln wir uns in die dicken, flauschigen Bademäntel, die das Hotel bereitgelegt hat.

»Versuch, noch eine Stunde zu schlafen.« Luis stützt seinen Kopf auf dem Ellbogen ab. Er betrachtet mein Gesicht, während seine Finger mit meinem Haar spielen.

»Und du?«, frage ich, »Bist du nicht müde?«

»Ich bin hellwach.« Er lächelt, doch plötzlich wird er ernst. »Du arbeitest zu viel und du schläfst zu wenig. In zwei Stunden stehst du wieder im Stall.« Besorgt schüttelt er den Kopf. »Irgendwann wirst du zusammenklappen.«

»Ich kann mich tagsüber mal hinlegen.«

»Das ist nicht dasselbe, das weißt du.« Er zögert. »Ich werde mit Diego reden.«

Fragend ziehe ich die Augenbrauen nach oben.

»Du musst nicht bei ihm arbeiten, jetzt, wo ich für dich da bin«, versucht er mich zu überzeugen.

Wie soll ich ihm nur begreiflich machen, warum mir die Arbeit im Fellini so viel bedeutet?

»Ich werde nicht aufhören.« Ich stütze mich auf meine Ellbogen. »Für mich ist das ein Stück Unabhängigkeit. Mein eigenes Geld, das ich verdiene.« Ich lege meine Hand auf seinen Mund. »Sag nichts, bitte. Ich brauche das, diese kleine Selbstbestätigung, dass ich nicht nur dieses armselige Bauernmädchen bin, sondern auch noch zu etwas anderem tauge. Im Fellini kann ich in eine andere Rolle schlüpfen, verstehst du? Da wissen die Wenigsten, wer ich bin und woher ich komme. Ich brauche dieses Gefühl, ein ganz normaler Mensch zu sein.«

Er kneift die Augen leicht zusammen. »Mmh, warum nur wusste ich, dass du etwas in der Art sagst.«

Langsam lasse ich mich in das Kissen zurücksinken. »Und außerdem ...«, ich nage an meiner Lippe.

Fragend hebt er eine Augenbraue, während er mit den Fingern die Bordüre meines Bademantels nachzeichnet. »Und außerdem?«, wiederholt er meine Worte, dabei sieht er mir tief in die Augen.

»Und außerdem würden wir uns jetzt nicht hier in diesem Bett befinden, wenn ich nicht im Fellini arbeiten würde.«

»Über dieses Argument muss ich nachdenken.« Seine Hand verschwindet unter dem Frotteestoff, er senkt den Kopf und küsst mich. Schon wieder laufen wir Gefahr, alles um uns herum zu vergessen.

»Du machst mich verrückt, weißt du das?« Sein Gesicht ist dicht über meinem.

»Dann hör nicht auf«, flüstere ich.

Einen Moment scheint er mit sich zu ringen, doch dann gibt er mir einen schnellen Kuss auf die Nasenspitze und erhebt sich. Er schlüpft in seine Sneakers, was mit dem Bademantel zusammen wirklich komisch aussieht, und droht mir spielerisch mit dem Zeigefinger.

»Du ruhst dich jetzt aus, wenigstens für eine Stunde. Ich werde aus dem Auto meinen Koffer holen. Bestimmt findet sich auch für dich etwas anzuziehen darin.« Er schenkt mir ein Zwinkern.

»So willst du raus?« Grinsend stütze ich mich auf meine Unterarme.

Gleichgültig verzieht er den Mund und zuckt mit der Schulter. »Bin sofort wieder da.«

Der Versuch, wach zu bleiben, misslingt kläglich, denn kaum hat Luis die Tür hinter sich zugezogen, wird mir bewusst, wie schwer meine Augenlider auf einmal geworden sind.

Im nächsten Augenblick schlafe ich ein und der Horror kommt zurück.

Ich träume.

»Jenny, Jenny, wo bist du?« Im ganzen Haus suche ich meine Schwester, gehe in jedes Zimmer, doch ich kann sie nicht finden. Alles ist ruhig, niemand scheint hier zu sein. Aber ich spüre die Unruhe, dieses unangenehme Gefühl der Angst, die langsam in mir aufsteigt. Leise gehe ich die Treppe hinunter, auch hier herrscht eine gespenstische Stille. Die Küche liegt verlassen vor mir, genau wie das Wohnzimmer. Ich gehe weiter den Gang entlang. Vor der Badezimmertür bleibe ich stehen. Als ich nach unten blicke, sehe ich einen schwachen Lichtschein durch den Türspalt schimmern. Mein Herz beginnt schneller zu schlagen. Vorsichtig drücke die ich Klinke nach unten und öffne die Tür. Jenny liegt auf dem Boden, in einer riesigen Blutlache. Vater sitzt rittlings auf ihrem Körper. Er dreht mir den Rücken zu. Ich rufe ihren Namen. »Jenny!«

Vater dreht sich zu mir um. Er hält ein Messer in seiner Hand. Es ist dasselbe, das er damals benutzt hat. Er lacht und er kann nicht aufhören damit. Jennys Augen sind starr an die Decke gerichtet. Oh Gott, ich glaube, sie ist tot. Ihr nackter Oberkörper ist blutüberströmt, ein tiefes Loch klafft in ihrer Brust. Meine Schreie werden von einem ohrenbetäubenden Knall übertönt. Vater hört abrupt auf zu lachen.

Zuerst schaut er erstaunt, dann entsetzt und plötzlich sackt er auf Jenny zusammen. Ich drehe mich um und da steht Chris im Türrahmen, mit einer Pistole in der Hand. »Das Schwein ist tot«, sagt er. »Nimm ihn weg von ihr, nimm ihn weg von ihr«, schreie ich wieder und wieder.

»Beruhig dich Madlen, ich bin da, ich bin bei dir, hörst du, wach auf!«

Ich spüre einen Schlag im Gesicht. Blinzelnd öffne ich die Augen und es dauert eine ganze Weile, bis ich realisiere, dass es Luis ist, der mich an den Schultern schüttelt und dass es auch Luis war, der mir eine Ohrfeige verpasst hat.

Obwohl ich schweißgebadet bin, zittere ich wie Espenlaub. Er zieht mich hoch und streicht immer wieder über mein Haar. »Es ist alles gut, ich bin bei dir.«

Ich kann nicht sprechen. Der Atem kommt keuchend und stoßweise aus meinem Mund und es vergehen bestimmt mehr als fünf Minuten, bis ich mich ein wenig beruhigt habe. »Es war so real.« Ich sehe Luis an und doch durch ihn hindurch. Die Bilder sind noch immer in meinem Kopf.

»Wie lange habe ich geschlafen?« Rasch greife ich nach meinem Handy auf dem Nachttisch. Halb fünf, wir müssen bald los. Eine neue Nachricht von Chris leuchtet mir entgegen und ich tippe auf das WhatsApp Symbol:

»Hey, tut mir leid. Bitte vertrau mir. Reicht, wenn du nachmittags kommst. Caros Bruder hilft uns und Martin schickt zwei Leute. Ruh dich aus, ohne schlechtes Gewissen, ok?«

»Caros Bruder hilft.« Ich halte Luis das Handy unter die Nase. »Ich wusste nicht, dass sie sich schon so gut kennen.« Ein wenig ratlos sehe ich ihn an.

Er schiebt seine Hand in mein Haar. »Lass uns nicht

darüber nachdenken, lass uns schlafen, ausschlafen, im Bett frühstücken ...«

Ich stell es mir vor und blinzle ein paar Mal. »Ich weiß nicht, ob ich das kann.«

Fragend hebt er die Augenbraue.

»Ich weiß nicht, ob ich ausschlafen kann, ich hab's noch nie getan.«

»Wir können auch einfach nur hier rumliegen und nichts tun oder etwas anderes tun.« Er grinst schief.

»Hört sich gut an.« Mein Mund verzieht sich zu einem Lächeln.

Aber im Moment sind wir beide einfach nur todmüde und innerhalb kurzer Zeit schlafe ich in Luis' Armen ein.

Diesmal träume ich nichts.

26.

Sonntag, 11. Juni 2017

Ich habe ganz vergessen, dass auch Luis in Sachen Schlaf Nachholbedarf hatte, schließlich führte sein direkter Weg vom Flughafen zu mir.

Er hat den Arm auf seinem nackten Oberkörper abgelegt. Der feine Sonnenstrahl, der durch die fast geschlossenen Gardinen fällt, verleiht seiner gebräunten Haut einen goldenen Schimmer. Seine Augen sind geschlossen, sein Gesicht ist mir zugewandt. Was für unglaublich lange Wimpern er hat. Ich lege den Kopf auf meinen Unterarm und betrachte ihn. Seine Brust hebt und senkt sich in gleichmäßigem Takt. Er muss spüren, dass ich ihn beobachte, denn mit einem Mal fängt er an zu blinzeln und öffnet die Augen. Mit dem Handrücken fährt er mir sanft über die Wange. »Hey, schöne Frau.« Seine Stimme klingt noch ein wenig heiser.

»Hey, schöner Mann.«

»Hast du geträumt?«

Ich schüttle leicht den Kopf. »Nein.«

»Geh nicht zurück, bleib bei mir.«

Kurz schließe ich die Augen. Wie gern würde ich das tun. »Du weißt, dass das nicht geht.« Ich sehe ihn wieder an.

»Wir könnten Jenny zu uns holen, ich habe Platz genug.« Sein Blick ist eindringlich. »Ich könnte ein paar Leute besorgen, die Chris auf dem Hof unterstützen.«

»Ich kann sie nicht im Stich lassen, versteh das doch endlich.« Verzweifelt fahre ich mir durchs Haar.

»Verdammt.« Mit einer wütenden Bewegung schlägt er die

Decke zurück und setzt sich auf die Bettkante. Er fährt sich mit den Händen übers Gesicht. »Weißt du, wie sich das anfühlt? Wenn ich dich nach Hause fahre, ist es, als würde ich dich persönlich auf dem Serviertablett in die Höhle des Löwen tragen.« Er erhebt sich und beginnt, unruhig hin und her zu gehen. Plötzlich bleibt er stehen. »Vielleicht macht Chris sich dieselben Sorgen. Vielleicht wäre es eine Erleichterung für ihn, dich und Jenny in Sicherheit zu wissen. Hast du darüber schon mal nachgedacht?«

»Das ist nicht fair, Chris zu benutzen, um mir ein schlechtes Gewissen zu machen.« Meine Stimme klingt gepresst. Ich muss mich zusammenreißen, um nicht loszuheulen – vor Wut, Verzweiflung und der Erkenntnis, dass Luis mit seinen Worten vielleicht recht haben könnte. Ich setze mich auf und umschlinge meine angezogenen Beine.

»Es gibt keinen Grund, ein schlechtes Gewissen zu haben.« Er baut sich vor mir auf und verschränkt die Arme vor seiner Brust. »Dein Bruder erzählt dir kein Wort von seinen Plänen – was sagt wohl sein Gewissen dazu?«

»Hör auf damit.« Ich flüstere und spüre Tränen in mir aufsteigen, denn im Grunde, wenn ich ehrlich bin, denke ich dasselbe wie Luis.

»Du müsstest dich nicht mehr wie ein armseliges Bauernmädchen fühlen. Das warst du nie«, sagt er mit eindringlicher Stimme.

»Aber für deinen Vater, für deinen Vater bin ich genau das.« Ich schleudere ihm die Worte ins Gesicht und vergrabe den Kopf auf meinen Knien. Einen Moment herrscht eine gespenstische Stille. Ich spüre, wie er sich neben mich aufs Bett sinken lässt. »Was hat er zu dir gesagt?« Tonlos kommen die Worte über seine Lippen.

Langsam hebe ich den Kopf und sehe ihn an. »Er hat mir Geld angeboten, damit ich mich von dir fernhalte.« Ich wische mir mit den Händen über die Augen. »Er meinte, ich könne doch nicht ernsthaft glauben, dass du dich mit einem armseligen Bauernmädchen, wie ich es bin, abgeben würdest.«

»Wann?«

»An dem Empfang, ich war auf dem Weg zur Toilette«, beantworte ich seine Frage.

Er starrt kopfschüttelnd vor sich hin. »Ich glaube es nicht ... warum hast du nichts gesagt?« Fassungslos sieht er mich an.

»Weil ich dachte, dass er recht hat.« Ich wende mich ab. »Aber ich konnte es nicht, ich hab's nicht geschafft.« Voller Verzweiflung sehe ich ihn wieder an. »Ich kann mich nicht von dir fernhalten, es ist unmöglich.«

»Das würde ich ohnehin nicht zulassen.« Er nimmt mein Gesicht in seine Hände. Sein Blick ist intensiv, doch plötzlich ziehen sich seine Augenbrauen zusammen.

»Das war kurz bevor Sebastian dich ...«

»Ja.« Ich beginne, an der Bettdecke herumzufingern.

»Fuck.« Er lehnt seine Stirn an meine. »Es tut mir leid.«

»Du kannst doch nichts dafür.«

»Ich hätte bei dir sein sollen.«

»Es muss ja wohl noch möglich sein, alleine aufs Klo gehen zu können.« Ich lächle ein wenig gezwungen.

»Was für ein beschissener Abend für dich. Ich werde natürlich mit meinem Vater reden.«

»Es wird nichts bringen«, entgegne ich schwach.

»Lass das mal meine Sorge sein«, antwortet er mit verbissenem Gesichtsausdruck.

Ich dusche mindestens eine halbe Stunde lang. Noch einmal will ich diesen Luxus genießen. Meine Haut fühlt sich so klebrig an – die letzten Spuren meines nächtlichen Albtraumes.

»Lass dir Zeit, ich werde uns das Frühstück aufs Zimmer bringen lassen«, hatte Luis gemeint.

Ich schnuppere an der Bodylotion, die ich aus dem Regal genommen habe. Sie duftet angenehm frisch und blumig. Eigentlich will ich nur ein klein wenig davon testen, aber aus einem kleinen Klecks auf meiner Hand wird ein großer. Während ich die zarte Milch auf meinen Armen und Beinen verteile und in kreisenden Bewegungen einmassiere, muss ich wieder daran denken, was Chris geschrieben hat. *Caros Bruder hilft.* Was hat das zu bedeuten? Erneut frage ich mich, ob sie sich wirklich schon so gut kennen. Andererseits, was ist schon dabei? Anscheinend versteht Chris sich gut mit ihm. Ich sollte mich für ihn freuen. Es ist nur, ich habe so ein seltsames Gefühl dabei. Plötzlich wird mir klar, was mich so beunruhigt. Was, wenn sie mich fernhalten wollen? Wenn das alles nur ein Vorwand ist, damit ich nichts von ihren Plänen mitbekomme? Mitten in der Bewegung halte ich inne. Werde ich jetzt langsam paranoid?

Der Vorteil von Synthetik-Unterwäsche ist, dass sie schnell trocknet. Nachdem ich mit dem Föhn ein wenig nachgeholfen habe, schlüpfe ich in Slip und BH. Mit meinen restlichen Klamotten sieht es dagegen schwieriger aus, sie sind nach unserem nächtlichen Duschgelage natürlich noch immer nass. Ich halte Luis' T-Shirt unter meine Nase und als ich es mir überziehe, habe ich längst beschlossen, es zu behalten.

Als ich die Tür öffne, bemerkt er mich nicht sofort. Mitten in der Bewegung halte ich inne, lehne meinen Kopf an den Rahmen und lasse den Blick über seinen Körper gleiten. Sein Oberkörper ist nackt. Ich schlucke angestrengt. Halb sitzend lehnt er am Kopfende des Bettes. Die Fernbedienung auf den Fernseher gerichtet, zappt er wahllos durch die Programme. Unschwer zu erkennen, dass er mit den Gedanken ganz woanders ist, denn seine Stirn ist zusammengezogen und ich kann die Anspannung in seinem Gesicht sehen. Mit einer energischen Bewegung macht er den Fernseher aus. Er lässt die Hand mit der Fernbedienung sinken und starrt auf den schwarzen Bildschirm.

»Vor ein paar Wochen war dein Leben noch einfacher, stimmt's?«

Sein Kopf fährt herum und seine Augen ziehen sich ganz leicht zusammen, was seinem Gesicht wieder diesen raubtierhaften Ausdruck verleiht.

»Seit wann stehst du da?«

»Eine Weile.« Ich beginne an meiner Unterlippe zu nagen.

»Das T-Shirt steht dir ausgesprochen gut.«

»Ich werd's behalten.«

»Wirst du das?« Er hebt eine Augenbraue.

»Definitiv.« Ich löse mich vom Türrahmen und gehe langsam auf ihn zu. Aus dem Augenwinkel nehme ich das Frühstück auf dem kleinen Tisch neben dem Fenster wahr. Kaffeeduft steigt mir in die Nase, aber ich ignoriere ihn.

»Vermisst du es?«

»Was?« Er ist aufgestanden und macht einen Schritt auf mich zu.

»Dein altes Leben«, antworte ich.

»Auf keinen Fall.« Er greift nach meiner Hand. »Ich hab

nicht wirklich gelebt.«

»Aber du hattest keine Probleme.« Bedauernd schüttle ich den Kopf. »Jetzt hast du eine ganze Menge davon.«

»Definitiv.« Er zieht mich an sich, unsere Lippen berühren sich fast. »Das ist es mir wert, du bist es mir wert.« Seine Hand schiebt sich in mein Haar und er beginnt mich zu küssen. Ich spüre dieses unendliche Glück in mir und gleichzeitig die Angst, es könnte nicht von Dauer sein und mit einem Mal überfällt mich eine unendliche Traurigkeit. Sie ist so groß, dass ich plötzlich ein Brennen in meinen Augen spüre. Und als ich sie öffne, muss ich blinzeln, um einen klaren Blick zu bekommen.

»Versprichst du mir etwas?« Meine Stimme zittert.

»Was immer du willst.« Zärtlich streicht er mit dem Daumen über meine nasse Wange.

»Verlass mich nicht, das könnt ich nicht ertragen.«

»Niemals.« Er nimmt mein Gesicht in beide Hände, seine Augen glühen. »Ich lass dich nie wieder gehen.« Unendlich zärtlich beginnt er, mich von neuem zu küssen. Aber diesmal ist es anders. Er lässt sich Zeit, berührt mich auf eine Weise, als müsste er jedes noch so kleinste Detail meines Körpers in sich aufnehmen. Vorsichtig streift er das T-Shirt über mein Haar. Es hat etwas Andächtiges, wie er es auf dem Stuhl neben sich ablegt. Er betrachtet mich. Streichelt meinen Körper mit seinen Blicken. Seine Augen wandern über meine Beine, meinen Bauch, meine Brust. Er hebt den Arm und berührt die feine Narbe am Ausschnitt meines BHs und er sieht mir dabei in die Augen. *Es wird alles gut* – ich kann seine unausgesprochenen Worte fühlen. Er geht um mich herum, schiebt mein Haar zu Seite und küsst mich in den Nacken. Ganz sacht, als hätte er Angst, ich wäre aus Glas und könnte jeden Moment in tausend Teile zerspringen – und ich halte ganz still.

Seine Fingerkuppen streichen über meine Schulterblätter und ich spüre seine andere Hand, wie sie in träger Langsamkeit von meinem Schenkel über meine Hüfte zu meinem Bauch fährt und dort liegen bleibt, warm und fest. Der Verschluss meines BHs löst sich und seine Finger wandern abwärts. Sie zeichnen jeden einzelnen meiner Wirbel nach. Sie streichen über meine Taille, meinen Bauch und schieben sich unter die feine Spitze meines Slips. Ich lehne mich an ihn und seufze auf. Seine Hand geht tiefer, zwischen meine Beine. Ich keuche auf, als ich seine liebkosenden Finger in mir spüre. Er hebt mich hoch, trägt mich zum Bett und legt mich ganz behutsam darauf nieder. Dann legt er sich zu mir, stützt den Kopf auf seinen Ellbogen, betrachtet mein Gesicht, sekundenlang. Er hebt den Arm. Seine Finger streichen über meine Wangenknochen, streifen mein Ohrläppchen, meinen Nacken. Mit dem Daumen zeichnet er meine Unterlippe nach. Seine Hand wandert weiter nach unten, bleibt einen Moment auf meinem Schlüsselbein liegen, umschmiegt meinen Hals. Er müsste nur zudrücken. Unter seinen Händen würde ich gerne sterben. Und doch kann ich es nicht erwarten, dass er weiter macht. Ich drehe mich zu ihm, lege meine Hand auf seine Brust, sehe in diese unglaublich tiefschwarzen Augen. Als ich mit den Fingerspitzen über seine Hüfte fahre, zuckt er ganz leicht zusammen. Ich lächle. »Du bist kitzlig.«

»Ein wenig.« Seine Stimme klingt rau.

Er hält die Luft an, als ich mit der Hand in den Bund seiner Jeans greife. Diesmal gelingt es mir ohne Probleme, die

Knöpfe zu öffnen. Jetzt dreht er mich wieder auf den Rücken und beugt sich über mich. Langsam schiebe ich die Jeans über seine Hüften. Er küsst mich, auf den Mund, den Hals, zwischen meine Brüste. Seine Hände umschließen meine Beckenknochen. Seine Daumen haken sich in den Bund meines Slips, gleichzeitig hebt er mich ein wenig an. Dann zieht er den Stoff ganz langsam nach unten, über meine Schenkel, meine Knie, streift ihn über meine Knöchel. Einen kurzen Moment spüre ich eine leichte Befangenheit, wie ich da liege – völlig nackt, bei hellstem Tageslicht. Etwas verschämt ziehe ich meine Beine an. Er spürt, was in mir vorgeht. Sein Mundwinkel geht kaum merklich nach oben und er schüttelt ganz leicht den Kopf. Das hast du nicht nötig, scheint sein Blick sagen zu wollen.

Er greift mit den Händen in meine Kniekehlen. In Zeitlupe spreizt er meine Beine auseinander. Scharf ziehe ich die Luft durch die Nase ein und schließe die Augen. Als ich sie öffne, ist sein Gesicht über mir. Mit den Fingern zeichnet er meine Augenbrauen nach, schiebt eine Strähne zur Seite, küsst mich auf die Schläfe. Meine Hand greift in sein Haar und ich ziehe seinen Kopf zu mir herunter. Ich kann es nicht erwarten, seine Lippen auf meinen zu spüren. Meine Beine umschlingen ihn. Plötzlich sind seine Hände wieder überall. Mein Körper wölbt sich ihm entgegen, als seine Finger meine Brust umschließen. Langsam dringt er in mich. Er beginnt sich in einer Trägheit zu bewegen, die meine Erregung ins Unermessliche steigert. Ich passe mich seinem Rhythmus an und obwohl es nicht das erste Mal ist, dass wir miteinander schlafen, fühlt es sich doch genauso an. Er lässt mich dieses berauschende, wahnsinnige Gefühl jedes Mal neu entdecken, als hätte ich es noch nie zuvor erlebt.

Inzwischen ist es fast halb eins und wir hätten das Zimmer längst räumen sollen.

Nachdem das Zimmermädchen zum zweiten Mal an die Tür geklopft hatte, gab Luis ihr ein sattes Trinkgeld und sie brachte uns sogar noch einmal frischen, heißen Kaffee.

Das Frühstück mit den staubtrockenen Brötchen war nichts Besonderes, aber wir waren beide so hungrig, dass wir am Ende alles weggeputzt haben.

Ich werfe einen letzten Blick in den Badezimmerspiegel. Das Haar habe ich zu einem lockeren Knoten aufgesteckt. Eine widerspenstige, feine Strähne, die sich daraus gelöst hat, blase ich aus dem Gesicht. Meine Wangen glühen und meinen Augen leuchten. Ich bin glücklich, wenigstens für diesen Moment.

Als ich an mir hinunterschaue, muss ich grinsen. Eine viel zu große, knielange Jogging Short von Luis baumelt um meine Beine. Die festgezogene Kordel sorgt dafür, dass sie nicht über meine Hüften nach unten rutscht. Ich kaschiere sein T-Shirt darüber und streiche es glatt.

»Ich komme jetzt raus und wehe, du lachst.«

Eine Sekunde registriere ich noch diesen letzten irritierten Blick, den er auf sein Handy wirft, bevor er es in seiner Jeans verschwinden lässt. Doch als er mich ansieht, breitet sich auf seinem Gesicht ein breites Grinsen aus. Er mustert mich von oben bis unten und kommt auf mich zu.

»Nicht lachen, habe ich gesagt!« Mit der Faust deute ich einen leichten Schlag auf seine Brust an, als er schließlich vor mir steht.

»Du siehst extrem sexy aus in diesem Outfit und außerdem lache ich nicht, ich grinse.« Er legt die Hand an meine Taille, zieht mich an sich und gibt mir einen letzten Kuss, bevor wir endgültig das Zimmer verlassen.

»Schlechte Nachrichten?«

Während wir Richtung Aufzug gehen, mustere ich ihn vorsichtig von der Seite. Irgendetwas scheint ihn zu beschäftigen.

»Was? – Nein, nichts Besonderes.« Er zuckt ein wenig resigniert mit den Schultern. »Die Geschäfte, du weißt schon, irgendwo gibt es immer Ärger und Probleme.«

»Weiß ich das?« Ich ziehe die Augenbrauen nach oben. »Erzähl mir davon.«

»Ich würde dich nur langweilen.«

Weicht er mir aus? Ich schiebe das Gefühl zur Seite und frage mich, ob ich wirklich schon an Wahnvorstellungen leide. Als sich mein Handy bemerkbar macht, habe ich diesen diffusen Gedanken auch schon wieder verdrängt.

»Caro.« Ich starre einen Moment auf das Display, bevor ich ran gehe. »Ist was passiert?« Ich bleibe stehen und bin überzeugt, meine Frage wird gleich mit einem Ja beantwortet. Aber das Gegenteil ist der Fall.

»Hey Süße, na, wie war deine Nacht? – Hör zu, Chris hat mich gebeten, dich anzurufen. Wir haben hier ein paar richtig gute Leute, die uns helfen. Du weißt ja, mein Bruder und Martins Leute unterstützen uns und, na ja, er meinte, er könnte dich heute nochmal entbehren und es wäre vielleicht besser, wenn du dich um Jenny kümmern würdest. Ihr könntet ja zusammen ein Eis essen gehen, was meinst du?«

Erst einmal muss ich diesen Redeschwall setzen lassen. Ich bin irritiert von Caros euphorischer Stimme und von dem offensichtlich verzweifelten Versuch, mich mit aller Macht von zu Hause fernhalten zu wollen.

»Maddy?«

»Was soll das, Caro? Erzählst du mir jetzt endlich, was Chris vorhat? Warum wollt ihr mich nicht da haben?«

»Es ist nichts, Maddy, glaub mir. Aber wir kommen hier wirklich gut zurecht. Solltest mal sehen, wie mein Bruder mit anpackt. Die Arbeit macht ihm richtig Spaß, ist ein guter Ausgleich zu seinem Job. Und Maddy, hör zu, Chris und ich, na ja, wegen gestern, wir haben uns ausgesprochen, es war alles ein Missverständnis.«

»Was war ein Missverständnis, Caro? Eure Geheimnistuerei?«

Einen kurzen Augenblick schweigen wir uns an. Dann hör ich, wie Caro sich räuspert.

»Hör zu, Maddy, ich erzähl es dir morgen, ok? Alles, wirklich. Aber bis dahin ... tu Chris den Gefallen, ok? Sei für Jenny da.«

Ich weiß nicht, warum, aber ich willige in Caros Bitte ein. Aus irgendeinem Grund erscheint es mir nicht richtig, mich zu widersetzen.

27.

Sonntag, 11. Juni 2017

»Mit einem hat Caro recht. Jenny braucht dich.« Luis sieht mich an.

Wir sitzen im Auto und stehen noch immer auf dem Parkplatz des Hotels.

Wenn ich es mir recht überlege, habe ich sie seit Freitag viel zu lange alleine gelassen. Denn auch wenn sie sich bei Diego und Maria wohlzufühlen scheint, so sind sie ihr im Grunde genommen doch fremd. Die einzige Bezugsperson bin und war schon immer ich.

»Okay.« Ich hole tief Luft. »Dann also Eis essen?« Abwartend sehe ich ihn an.

»Ich weiß was Besseres.« Er legt den Rückwärtsgang ein und fährt los.

Vom Regen der vergangenen Nacht ist nichts mehr zu spüren. Die warmen Sonnenstrahlen haben den Asphalt längst getrocknet und am Himmel sind nur ein paar Schleierwolken zu sehen.

Das Wetter lockt die Menschen nach draußen. Die Autobahn ist mit zahlreichen Sonntagsausflüglern verstopft und so ist es fast halb drei, als wir endlich am Fellini ankommen.

Natürlich hat es Luis wieder einmal nicht für nötig gehalten, mich einzuweihen, wohin er uns entführen will.

Mir kommt in den Sinn, dass ich nicht gerade ein *Café-taugliches* Outfit trage, doch er meint nur, »wir gehen in kein Café«, und als er meine ratlose Miene bemerkt, grinst er. »Mach dir keine Sorgen, dein Outfit ist perfekt.«

Der Gastraum liegt verlassen da, alles ist ruhig. Ich werfe einen Blick in die Küche und auch hier ist niemand zu sehen. Maria hat schon mit den Vorbereitungen für den Abend begonnen. Eine Schüssel mit gewaschenem Salat steht auf der Spüle und verschiedene Töpfe und Pfannen haben bereits ihren Platz auf dem großen Gasherd eingenommen. Ein wenig ratlos schaue ich mich um und als meine Aufmerksamkeit auf das kleine Sprossenfenster fällt, entdecke ich sie. Durch die Hintertür gehe ich nach draußen und betrete den Garten. Er besteht aus einer großen, etwas verwilderten Rasenfläche und ist in einen Kranz von Büschen und Hecken eingebettet. Die Anlage ist alles andere als gepflegt, aber mit ihren zahlreichen Mohn- und Wiesenblumen strahlt sie eine wilde Romantik aus. Am meisten jedoch beeindruckt mich der große, alte Apfelbaum, der seine schattenspendenden, knorrigen Äste wie die Hände eines Beschützers über alles zu legen scheint. Die gleichmäßigen, sehr lauten Schnarchgeräusche, die von der Person auf dem Liegestuhl herrühren, wollen nicht so recht zu diesem idyllischen Bild passen.

»Hoffentlich sägt sie den Ast nicht durch.« Mit dem Finger deute ich über Marias geschlossene Augen. Jenny sitzt an den Baumstamm gelehnt auf einer Decke. Wir grinsen uns an. Es tut so gut, sie lächeln zu sehen.

Sie hält ein Buch in der Hand.

»Was liest du da?« Wenn ich dachte, sie würde mir nun fröhlich plappernd den Titel verraten, so habe ich mich getäuscht. Schweigend hält sie es in die Höhe.

»Dr. Schiwago – wow.« Ich lasse mich neben sie sinken. »Von Maria?«

Sie nickt.

»Wusste gar nicht, dass du so was liest. Ist es gut?«

Sie hebt ein wenig die Schulter und dann legt sich plötzlich wieder der Schatten der Verlorenheit über ihr Gesicht. Es ist, als wäre sie da und doch woanders. Ich muss dringend mit Caro reden.

»Lust auf einen Ausflug?« Sie scheint mich überhaupt nicht zu hören. »Jenny«, vorsichtig berühre ich sie an der Schulter. Gehetzt fährt sie herum.

»Lust auf einen Ausflug?«, wiederhole ich sanft meine Frage.

Sie reagiert nicht, aber ich bemerke das neugierige Aufflackern in ihren Augen. Im selben Moment beginnt Maria, sich zu rühren. Sie muss wirklich gut geschlafen haben, denn sie braucht eine Weile, bis sie völlig bei sich ist. Als sie mich bemerkt, fährt sie erschreckt hoch.

»Buon Dio, wie lange habe ich geschlafen?« Panisch schaut sie auf ihre Armbanduhr. Erleichtert atmet sie auf und sieht mich an. »Cara mia, du hast mir eingejagt gehörigen Schrecken!« Sie lächelt. »Ich habe gedacht, es ist schon Abend und du kommst zur Arbeit.« Sie wendet sich Jenny zu. »Willst du bringen uns eine aranciata, piccola mia?«

»Eigentlich wollten wir Jenny abholen.« Entschuldigend zucke ich mit der Schulter. »Luis will uns überraschen, natürlich nur, wenn du sie entbehren kannst«, füge ich rasch hinzu.

»Entbehren ...« Sie verzieht den Mund. »Tua sorella gehört uns nicht. Natürlich werdet ihr machen Ausflug mit il Signor Luis.« Ein wenig schwerfällig erhebt sie sich aus ihrem Liegestuhl. Sie streckt uns ihre Hände entgegen. Auf ihrem Gesicht erscheint ein Strahlen, als sie uns auf die Beine zieht. Sie drückt jeder von uns einen Kuss aufs Haar. »Es wird werden ein wundervoller Ausflug.« Ihre Stimme wirkt mit einem

Mal irgendwie angegriffen. Ich glaube, sie wäre eine tolle Mutter geworden.

28.

Sonntag, 11. Juni 2017

Wir fahren durch die Stadt. Auch hier kommen wir nur langsam voran. Das frühsommerliche Wetter treibt die Menschen nach draußen. Die Straßencafés sind voll und es ist nahezu unmöglich, einen Parkplatz zu finden. Aber Luis macht keine Anstalten, in eine der wenigen Lücken einzuscheren. Wir lassen die Stadt hinter uns. Fahren wir zu ihm? Doch dann hätte er sicherlich kein Geheimnis daraus gemacht. Meine Annahme bestätigt sich, als wir an der Abzweigung, die zum Mosca-Anwesen führt, vorbeifahren.

Ich werfe einen Blick in den Rückspiegel. Jenny sieht aus dem Fenster. Ihr Gesicht wirkt ausdruckslos und ich glaube nicht, dass sie irgendetwas da draußen wahrnimmt. Wir bleiben auf der von Apfelbäumen gesäumten Straße. Wie eine große weiche Decke schmiegen sich die satten grünen Wiesen über die hügelige Landschaft. Ich möchte nirgendwo anders leben, wird mir plötzlich bewusst. Ich liebe dieses Wechselspiel der Jahreszeiten. Die Kälte im Winter und den Schnee. Das Erwachen der Natur im Frühling. Die flimmernde Hitze des Sommers und die bunten Blätter der Bäume im Herbst.

Wir sind vielleicht eine Viertelstunde unterwegs, als Luis kurz vor der nächsten Ortschaft den Blinker setzt und links abbiegt. Die Straße hier ist deutlich schmaler und da entdecke ich auch schon das Schild am Straßenrand. Gestüt Lindeck 2 km. Ich habe davon gehört. Es ist ein Gestüt, das den besseren Leuten vorbehalten ist. Hier haben die Betuchten der Region ihre Pferde stehen. Regelmäßig finden Turniere statt. Ich war noch nie dort – warum auch? Das ist eine Welt, die sich unsereins niemals erschließen wird. Na ja, wenigstens bis jetzt nicht.

Wir fahren noch ein ganzes Stück die Straße entlang und als wir ein kleines Wäldchen hinter uns gelassen haben, tauchen bereits die ersten Pferdekoppeln auf. Ein letztes Mal biegen wir ab, fahren an Hecken und Sträuchern vorbei und plötzlich befinden wir uns auf einem riesigen Areal. Das Auto stellen wir auf dem großen Parkplatz ab und steigen aus.

Wie ein Hufeisen sind die Gebäude ringsherum angeordnet. Rechts und links von uns befinden sich die Stallungen und vor uns, am Ende des weitläufigen Hofes, ragt ein imposantes Schwarzwaldhaus mit Walmdach aus dem Boden. Die Fenster sind mit roten und weißen Geranien, lila Petunien und gelben Bidens geschmückt. Die Fassade besteht aus kleinen Holzschindeln, wie man es in manchen Gegenden noch heute an alten Häusern sieht. Ich glaube, das Gebäude ist schon sehr alt, aber es ist komplett renoviert. Es strahlt eine elegante Gemütlichkeit aus – ja, dieser Ausdruck trifft es wohl am besten.

Links davon ist ein Café. Die Terrasse mit den fast vollbesetzten Tischen wird von riesigen Sonnenschirmen überdacht. Die meisten der Gäste tragen Reitkleidung. Rechts davon ist ein Shop untergebracht. Hier kann man sich wohl alles für den Pferdesport kaufen. Alles wirkt sehr nobel und teuer. Es macht mich befangen.

Luis wirft mir einen Blick zu und nimmt meine Hand. Wir steuern auf die Stallungen zu unserer Rechten zu. Verstohlen beobachte ich Jenny. Ihre Augen huschen hin und her, während sie leicht versetzt hinter uns hergeht. Sie scheint tatsächlich ein wenig Interesse zu zeigen. Als wir den Stall betreten, schlägt uns der Geruch von Pferden, vermischt mit dem Duft von Heu und Stroh, entgegen. Sofort fühle ich mich wohler in meiner Haut und Jenny geht es wohl genauso. Sie schiebt sich an uns vorbei und schlendert langsam von Box zu Box.

»Danke«, flüstere ich Luis zu, ohne sie aus den Augen zu lassen. Er drückt leicht meine Hand.

Neugierig strecken die Pferde ihre Köpfe über das Gatter und lassen sich von Jenny streicheln. Wir sind fast am Ende des Stalles angelangt. Im letzten Stellplatz ist ein besonders unruhiger Hengst untergebracht. *Hurrikan* steht auf dem Schild an seiner Box. Ohne Zweifel macht er seinem Namen alle Ehre. Nervös tänzelt das Pferd hin und her. Jenny bleibt regungslos vor ihm stehen. Zuerst ändert sich nichts, doch dann geschieht etwas Seltsames. Wie eine Pferdeflüsterin beginnt sie lautlos ihre Lippen zu bewegen. Das Pferd bäumt sich auf und ein lautes Wiehern dringt aus seinem Innern. Leise schnaubt es ein paar Mal und bewegt den Kopf dabei immer wieder auf und ab, als würde es jedes einzelne unausgesprochene Wort verstehen und seine Zustimmung dazu geben.

»Das würde ich nicht tun«, ertönt hinter uns plötzlich eine scharfe Stimme, die mir bekannt vorkommt. Wir fahren herum und da steht am Eingang des Stalles Jessy. Sie hält die Zügel eines braunen Pferdes in der Hand, vermutlich ihr eigenes, schätze ich. Sie setzt sich in Bewegung und kommt auf uns zu, nur um gleich darauf mit weit aufgerissenen Augen wieder stehen zu bleiben. Wir folgen ihrem Blick.

Ganz langsam beugt Jenny sich vor und lehnt ihre Stirn an die Blesse des Hengstes. Er hält ganz still. Ich glaube, wir spüren alle diesen magischen Moment. Es ist, als würde für Sekunden jedes einzelne Staubkörnchen in der Luft verharren. Langsam löst Jenny sich wieder von dem Pferd. Es scheint völlig verwandelt. Als hätte sie es hypnotisiert.

Sie streicht über seine Nüstern und erntet ein wohlgefälliges Schnauben.

Mechanisch drückt Jessy im Vorbeigehen ihrem Bruder die Zügel ihres Pferdes in die Hand. Sie beachtet uns kein bisschen.

»Wie hast du das gemacht?« Langsam geht sie auf Jenny zu und sieht abwechselnd das Pferd und meine Schwester an. Jenny zuckt mit den Schultern.

»Hurrikan lässt normalerweise keinen an sich ran.« Fassungslos schüttelt sie den Kopf. »Komm schon, spuck's aus, was hast du ihm zugeflüstert?« Sie zwinkert Jenny zu. Als von meiner Schwester immer noch keine Reaktion kommt, schleicht sich ein ungeduldiger Zug um Jessys Mundwinkel. »Hat es dir die Sprache verschlagen?« Abwartend sieht sie sie mit hochgezogenen Augenbrauen an.

»Jess!« Luis' Stimme hat einen drohenden Unterton.

Sie dreht sich zu uns um, aber ihr Blick bleibt an mir hängen. Mit einem abfälligen Lächeln mustert sie mich von oben bis unten.

»Interessantes Outfit.«

Als ich keine Reaktion zeige, sieht sie Luis an.

»Pass auf, dass du nicht bald völlig nackt dastehst, Bruderherz.«

Sie wendet sich wieder Jenny zu. Neugierig mustert sie sie einen Moment.

»Was ist, warum redest du nicht? Ist deine Schwester stumm? Sie ist doch deine Schwester?«, fragt Jessy in provozierendem Ton. Auffordernd sieht sie mich an.

»Jess, halt endlich die Klappe.« Luis drückt mir die Zügel ihres Pferdes in die Hand. Energisch geht er auf sie zu, packt sie ein wenig unsanft am Arm und zieht sie ein paar Meter zur Seite. Er streckt uns den Rücken zu, während er leise auf sie einredet.

Sie weiß es. Sie sieht mich an und blinzelt ein paar Mal. Ihr Blick gleitet zu Jenny, sie schluckt trocken. Nachdem sie mir die Zügel aus der Hand genommen hat, wendet sie sich nochmals Jenny zu. »Wir könnten jemanden wie dich hier gebrauchen. Du scheinst ein besonderes Händchen für Tiere zu haben.« Sie zuckt mit den Schultern. »Vielleicht willst du dein Taschengeld ein wenig aufbessern?«

Ich kann in Jennys Augen ein interessiertes Aufblitzen erkennen.

»Du musst das natürlich zuerst abklären mit deinen ...« Sie wollte wohl sagen *mit deinen Eltern.* Im letzten Moment ist ihr vermutlich eingefallen, dass diese Option nicht in Frage kommt, denn sie lässt den Blick ein wenig unsicher zu mir gleiten. »Mit deiner Schwester, du müsstest es natürlich mit deiner Schwester abklären, oder so ...«

Es ist offensichtlich. Jessy fühlt sich äußerst unwohl in ihrer Haut. Sie sieht mich fragend und zugleich hilflos an.

Ich weiß sofort, dass es genau das ist, was Jenny jetzt braucht. Eine Aufgabe, Ablenkung. Die Arbeit hier, in dieser völlig fremden Umgebung, jedoch mit den Tieren, die ihr so vertraut sind.

»Was meinst du?« Ich sehe meine kleine Schwester an. Sie nickt hastig und zum ersten Mal nach langer Zeit kann ich ein begeistertes Leuchten in ihren Augen erkennen.

»Wenn du magst, kannst du gleich helfen, mein Pferd zu versorgen«, bietet Jessy meiner Schwester da auch schon an und ohne sich nach uns umzudrehen, folgt Jenny ihr auf dem Fuße.

»Was hast du ihr erzählt?« Ich starre auf den Schaum meines Cappuccinos, den ich schon eine ganze Weile mit dem Löffel bearbeite. Wir sitzen auf der Terrasse des Cafés. Inzwischen ist es deutlich leerer geworden. Der Nachmittag neigt sich dem Ende zu.

Ich bin mir sicher, Luis hat die richtigen Worte gewählt und doch fühle ich mich entblößt, als hätte mir jemand die Kleider vom Leib gerissen. Wie unter Zwang lassen meine Finger den Löffel weiterhin in meiner Tasse kreisen. Er greift nach meinem Handgelenk.

»Hey, sieh mich an.«

Ein wenig widerstrebend hebe ich den Kopf.

»Das, was sie wissen sollte.« Mit festem Blick sieht er mich an.

»Hast du ...«

»Nein, von dir habe ich nichts erzählt«, kommt Luis meiner Frage zuvor.

Während er noch immer mein Handgelenk umschlossen hält, streicht er mit dem Daumen über meinen Handballen. Er scheint zu überlegen, wie er seine folgenden Worte formulieren soll. Kaum merklich verengt er seine Augen zu schmalen Schlitzen.

»Jess kann ein Biest sein. Sie macht sich manchmal über die Folgen ihres Handelns zu wenig Gedanken.« Missbilligend zieht er einen Mundwinkel nach oben.

Was du nicht sagst.

»Aber sie hat auch ihre guten Seiten«, fährt er fort. »Für die Menschen, die ihr etwas bedeuten, würde sie durchs Feuer gehen.« Auf seinem Gesicht breitet sich ein sanftes Lächeln aus. »Im Grunde ist es wie bei dir und Chris. Sie ist meine kleine Schwester und ich hatte immer schon diesen Beschützerinstinkt. Weißt du, sie musste von jeher härter für alles arbeiten als ich. Sie hatte von Anfang an den Drang, sich bei unserem Vater beweisen zu wollen. Ich, ein Junge und dazu noch der Ältere, besaß schon immer die Vormachtstellung bei ihm.« Er malt dabei Gänsefüßchen in die Luft. Eine Weile lässt er seinen Blick auf mir ruhen und plötzlich komme ich mir schlecht vor.

»Ich weiß, du hast nicht die besten Erinnerungen an sie«, langsam bewegt er den Kopf hin und her, »aber vielleicht kannst du ihr eine Chance geben?« Er sieht mich mit leicht gerunzelter Stirn an. »Ich bin mir sicher, sie wird dich irgendwann in ihr Herz schließen.«

Ich schlucke. Mit einem Mal wird mir bewusst, wie sehr auch Luis seine Schwester lieben muss.

»Sie muss mich nicht gleich in ihr Herz schließen. Für den Anfang reicht es mir schon, dass sie gut zu Jenny ist.« Ich verschränke meine Finger mit seinen und schenke ihm ein zaghaftes Lächeln und als ich seinem Blick folge, beschleicht mich das hoffnungsvolle Gefühl, dass dieser Wunsch in Erfüllung gehen könnte. Jenny und Jessy, schon diese Namen passen gut zueinander und die Art, wie die beiden in diesem Moment in einer Eintracht über den großen Hof auf uns zukommen, hat etwas Vertrautes an sich. Es erweckt den Eindruck, sie würden sich schon ewig und nicht erst seit knapp zwei Stunden kennen.

»Ich habe mir gedacht, vielleicht willst du mir deine

Nummer geben? Ich könnte Jenny dann demnächst mal abholen. Ich glaube, sie würde gerne wiederkommen und ein bisschen mithelfen.« Jessys Blick gleitet zu Jenny. Ich schaue meine Schwester fragend an und sie nickt hastig. Am Funkeln ihrer Augen kann ich die Begeisterung erkennen. Einen Moment ringe ich mit meinen Gefühlen. Ehrlich gesagt widerstrebt es mir, irgendwelche Almosen von Jessy anzunehmen, aber wäre das nicht egoistisch Jenny gegenüber? Und was ist mit Luis? Wäre es nicht unfair, ihm seine Bitte, Jessy eine Chance zu geben, abzuschlagen? Also sage ich ja und krame einen Stift aus meiner Tasche. Ich schnappe mir einen Bierdeckel und notiere darauf meine Handynummer. Als der Tintenstift über die Tischkante rollt und zu Boden fällt, bückt Jessy sich, um ihn aufzuheben.

»Autobahnhotel im Hegau.« Sie runzelt die Stirn. »Vielleicht sollten sie die Qualität der Stifte, die sie auf ihren Zimmern verteilen, überprüfen.«

Mit glühend heißem Kopf folge ich ihrem Blick zu den beiden unförmigen Tintenflecken, die der Stift neben meiner Telefonnummer hinterlassen hat.

29.

Sonntag, 11. Juni 2017

Abschnallen, sitzen bleiben, warten, bis die Tür aufgeht – an all das habe ich mich bereits gewöhnt. An den Blick, den er mir zuwirft, während er mir die Hand entgegenstreckt, mich aus dem Auto und schließlich an sich zieht, werde ich mich wohl niemals gewöhnen. Mein Herz pocht in meiner Brust – jedes Mal von neuem. Ich denke an heute Nacht, an heute Morgen und ich denke an den Stift, der zu Boden gefallen ist. Mir kommt Jessys Reaktion in den Sinn, wie sie in zynischem Tonfall den Namen des Hotels ausgesprochen und sich eins und eins zusammengereimt hat. Sofort spüre ich, wie mir erneut die Röte ins Gesicht schießt. Luis schiebt mich von sich und mustert mich amüsiert.

»Was ist los?« Er legt den Kopf ein wenig schräg.

Ich beginne kurz an meiner Unterlippe zu nagen.

»Jessy muss denken, dass wir es ganz schön nötig haben.«

Fragend zieht er die Augenbrauen nach oben.

»Hotel ... Autobahn?«

Er lacht. »Glaub mir, sie ist selbst kein Kind von Traurigkeit. Zerbrich dir darüber nicht den Kopf.« Wir sehen uns in die Augen. Er wird ernst. »Wenn was ist, ich bin in zehn Minuten da.« Er streicht mir eine Strähne hinters Ohr.

Ich presse meine Lippen zusammen und nicke. Heute werde ich hier im Fellini arbeiten und die Nacht über bei Jenny bleiben. Das schon wieder aufsteigende unbehagliche Gefühl und die Tatsache, dass Chris und Caro mich heute Abend nicht auf der Bildfläche haben wollen, versuche ich zu ignorieren.

Ich werfe einen kurzen Blick in die Küche. Obwohl sie keine fünf Minuten vor mir reingegangen ist, steht Jenny bereits einträchtig neben Maria. Sie strecken mir den Rücken zu, jede mit einem Messer bewaffnet, um den nicht unbeträchtlichen Berg an Tomaten, Gurken und Paprika zu zerkleinern.

Maria redet ununterbrochen auf Jenny ein und erklärt ihr, wie man am effektivsten das Gemüse putzt und zerkleinert. Eine Weile lehne ich mich einfach nur an den Türrahmen und sehe ihnen zu. Von Jenny ist noch immer kein Pieps zu hören. Trotzdem habe ich das Gefühl, sie ist innerlich wieder ein wenig zum Leben erwacht. Die Art, wie sie sich bewegt, hat an Energie zugenommen. Eine tiefe Ruhe überkommt mich in diesem Augenblick. Ich glaube, es ist richtig, was ich tue – was ich für Jenny tue. Aber ist es auch richtig, was ich für Chris tue? Mich rauszuhalten, als würde mich das alles nichts angehen? »Sei für Jenny da, ich werd dir Montag alles erklären«, hatte Caro am Telefon gesagt. Was, wenn es da zu spät war?

»Bella, willst du schlagen Wurzeln hier in Boden?« Diego holt mich in die Wirklichkeit zurück und schiebt sich mit einem Stapel Teller an mir vorbei. Ich straffe meinen Körper und gehe rasch nach oben, um mich umzuziehen.

Wieder einmal erweisen sich der Stress und die Hektik in den nächsten Stunden als die effektivste Methode, um mich abzulenken. Erst nachdem sich, für einen Sonntag ungewöhnlich spät, kurz nach Mitternacht das Lokal langsam zu leeren beginnt und ich wieder Zeit habe nachzudenken, fangen die Gedanken an, sich mehr und mehr in mir auszubreiten.

Zuerst ist es nur ein diffuses, unbehagliches Gefühl. Doch

dann spüre ich sie, diese Angst, die langsam in jede einzelne Pore meines Körpers dringt. Meine Hände beginnen feucht zu werden und ich kann den lauten Schlag meines Herzens spüren. Plötzlich habe ich das irrationale Gefühl, dass etwas Schlimmes geschehen ist.

»Hey Madlen, alles in Ordnung?« Michi sieht mich besorgt an.

»Was? Ja ...« Ich habe gar nicht gemerkt, wie ich in einer Art Schockstarre vor der Spüle stehe.

»Du bist ja ganz blass.« Er berührt mich an der Schulter.

Hektisch öffne ich den Wasserhahn und halte meine zitternden Hände darunter.

»Ich muss telefonieren.« Ohne in seine verdutzte Miene zu blicken, dränge ich mich an ihm vorbei. Ich habe plötzlich das Gefühl, keine Luft mehr zu bekommen. Es ist nichts, es ist nichts, versuch ich mir einzureden, während sich meine zitternden Finger verzweifelt bemühen, Luis' Nummer aufzurufen.

Jenny schläft, ich war nochmal oben. Diego habe ich gesagt, dass ich zu Hause ein paar Sachen hole. Nun steh ich vorm Fellini. Ich versuche, ruhig zu atmen. Vielleicht bin ich einfach nur hysterisch und steigere mich in etwas hinein. Ich bekomme ein schlechtes Gewissen, weil ich Luis angerufen und ihn hierher zitiert habe — womöglich umsonst.

Ein Auto überquert den Parkplatz. Luis steigt aus dem Wagen und kommt mit schnellen Schritten auf mich zu. Mir wird bewusst, wie panisch und durchgeknallt ich mich am Telefon angehört haben muss. Beiläufig lässt er sein Handy in der Jeans verschwinden. Mir wird plötzlich klar, dass er beinahe keine Minute Ruhe vor mir hatte, seit er aus den

USA zurück ist. Jetzt ist es halb eins vorbei und er hat womöglich noch immer geschäftlich zu tun. In Texas ist vermutlich gleich Feierabendzeit. Mit wem sollte er auch sonst telefonieren, versucht sich eine Stimme in mein Unterbewusstsein zu schleichen. Ich muss daran denken, wie er auf sein Handy gestarrt und meiner Frage ausgewichen war, nachdem wir heute Mittag das Hotelzimmer verlassen hatten. Der Gedanke ist aber bereits verflogen, als er vor mir steht. Sein besorgter Gesichtsausdruck lässt die Alarmglocken, die ganz leise in den Tiefen meines Unterbewusstseins zu schrillen begonnen haben, in Sekundenschnelle verstummen und von neuem nagt das schlechte Gewissen an mir.

»Was ist los?« Er zieht mich an sich.

»Entschuldige, wahrscheinlich ist nichts und ich habe dich völlig umsonst her zitiert.« Ich hebe den Kopf. »Aber ich hatte plötzlich das Gefühl, dass irgendetwas passiert ist.«

Noch während ich die Worte ausspreche, spüre ich diese diffuse Angst wieder. »Ich muss wissen, ob alles in Ordnung ist.« Mit festem Blick sehe ich ihn an.

Er zögert nur einen Moment. »Dann lass uns nachsehen.«

Erst, als ich den leicht metallischen Geschmack im Mund wahrnehme, wird mir bewusst, dass ich schon die ganze Zeit auf der Innenseite meiner Unterlippe herumkaue.

Wir jagen durch den nachtschwarzen Stockerwald. Die Tannen rechts und links am Straßenrand wirken plötzlich riesig und bedrohlich, als wollten sie mit ihren langen Ästen nach uns greifen. Luis nimmt meine Hand, aber zum ersten Mal stellt sich kein beruhigendes Gefühl dabei ein. Wir reden nicht. Ich kann spüren, dass auch er angespannt ist und das macht mir noch mehr Angst.

Wir lassen den Wald hinter uns. Im fahlen Schein des fast

vollen Mondes kann ich unseren Hof erkennen. Alles wirkt wie immer. Ich versuche, mich zu beruhigen und als Luis neben mir erleichtert ausatmet, habe ich für kurze Zeit das Gefühl, dass alles in Ordnung ist und ich mich völlig umsonst in etwas hineingesteigert habe.

»Tut mir leid, dass ich ständig überreagiere.« Erschöpft lehne ich meinen Kopf an die Fensterscheibe.

»Tust du nicht, wir waren beide beunruhigt.«

Wir sind schon fast an der Bushaltestelle vorbei, als er abrupt abbremst, den Rückwärtsgang einlegt und ein paar Meter zurücksetzt. Ich sehe ihn überrascht an, dann folge ich seinem Blick. Zuerst kann ich nichts erkennen. Meine Augen huschen weiter durch die Dunkelheit, an der Haltestelle und an den Büschen vorbei zum Schuppen dahinter und da sehe ich es auch. Das Heck eines Autos.

Luis fährt noch ein paar Meter zurück, sodass das Auto vollständig zu erkennen ist. Es ist ein Kombi. Niemand scheint im Inneren zu sein.

»Kennst du den Wagen?«

Stumm schüttle ich den Kopf. Was hat das zu bedeuten? Als würde er von einem Magneten angezogen, fokussiert mein Blick sich langsam in Richtung unseres Hofes. Meine Augen weiten sich. Ich versuche, krampfhaft zu schlucken, aber irgendwie bekomme ich es nicht hin.

»Fahr!«, ist das Einzige, was ich rausbekomme. Luis tritt aufs Gaspedal.

Der Wagen ist noch nicht einmal vollständig auf unserem Hof zum Stehen gekommen, da reiße ich bereits die Tür auf. Einen Moment starre ich durch die lichtdurchfluteten Stallfenster, dann renne ich los.

Wenn du stirbst, zieht dein ganzes Leben an dir vorbei, sagen sie.

Ein Buch mit diesem außergewöhnlichen Titel habe ich einmal gelesen. Es handelt von einem Mädchen, das den letzten Tag ihres Lebens wieder und wieder erlebt, nur um jede Nacht bei einem Autounfall zu sterben. Jedes Mal, wenn sie Morgen für Morgen an diesem alles entscheidenden Tag erwacht, nimmt sie sich vor, heute alles ein Stück weit besser zu machen. Es gelingt ihr, aber am Ende kann sie ihrem Schicksal nicht entrinnen.

Zuerst sehe ich die Turnschuhe. Wie hypnotisiert starre ich auf die drei schwarzen Streifen. Irgendetwas in mir weigert sich, den Blick abzuwenden.

Dann höre ich Stimmen, sehe in Gesichter, deren Münder Worte formen, die ich nicht verstehe, die keinen Sinn ergeben. Ich senke meine Augen wieder auf den mit Stroh bedeckten Boden. Die Schuhe, Beine, die in verwaschenen Jeans stecken. Eines seltsam abgewinkelt, das andere gestreckt. Das T-Shirt, ich habe es ihm zum Geburtstag geschenkt. Wieso liegen seine gefalteten Hände auf seinem Bauch? Betet er? Ich kann den Blick nicht davon lösen, aber ich weiß, ich muss. Ich schüttle unablässig den Kopf. *Sein Hals, oh Gott, sein Hals!* Rote Striemen, unzählige davon.

»Schläft er?« Irgendeine Stimme fragt das – ist es meine? »Oh Gott, sagt, dass er schläft!«

Seine Augen sind zu. Er sieht so friedlich aus.

»Oh Gott, oh Gott – Chris, Chris, wach auf, Chris!« Das bin ich, das ist meine Stimme und da liegt mein Bruder auf dem kalten Boden. Er bewegt sich nicht und da dringen die Worte an mein Ohr: »Zu spät, wir sind zu spät gekommen.«

Wenn du stirbst, zieht dein ganzes Leben an dir vorbei, sagen sie …

Nur, dass nicht ich es bin, die tot ist, sondern Chris. Chris, der zweite Teil meiner Seele. Chris, ohne den ich niemals werde weiter existieren können. Chris, mein Leben.

Ganz tief in meiner Brust spüre ich ein Grollen. Es schwillt immer mehr an und steigt langsam nach oben, immer weiter, bis es den Weg hinausfindet aus meinem Mund. Ich höre einen Schrei, einen langgezogenen Schrei, der schließlich in ein ersticktes Wimmern übergeht, mein Wimmern.

Jemand zieht mich von ihm weg, ich weiß nicht, wer. Ich schreie und schlage um mich und dann wird alles schwarz.

30.

Dienstag, 13. Juni 2017

Ich dämmere immer wieder weg. Keine Ahnung, wo ich bin. In den wenigen lichten Momenten habe ich das Gefühl, von einem nebeligen Schleier umhüllt zu sein. Die Geräusche sind gedämpft. Irgendwelche Menschen scheinen sich in Zeitlupe um mich herum zu bewegen. Sie kommen und gehen. Aber da ist noch ein Gefühl. Ich bin nicht allein, da ist ständig jemand bei mir. Meine Augenlider sind schwer. Ich versuche, ein paar Mal zu blinzeln. Mein Blick wird klarer und ich starre auf eine weiße Wand. Ein Flachbildfernseher ist daran befestigt. Ich liege in einem Bett mit weißen, sterilen Laken. Langsam drehe ich meinen Kopf zum Fenster. Es regnet. Ein grauer Tag. Der Himmel weint und ich weiß plötzlich, irgendetwas ist geschehen, etwas Schreckliches. Aber so sehr mein Gehirn sich anstrengt und versucht, dahinter zu kommen, was es ist, es will mir nicht einfallen.

Eine bleierne Müdigkeit legt sich mit einem Mal über mich und ich dämmere wieder in einen Schlaf, der erlösendes Vergessen bringt. Ich möchte am liebsten nie wieder aufwachen.

Als ich das nächste Mal zu mir komme, ist es dunkel, lediglich die gedimmte Leuchte am Kopfteil meines Bettes taucht den Raum in ein leicht dämmriges Licht. Die Vorhänge sind zugezogen. Es ist jemand hier, ich kann es fühlen. Ich drehe den Kopf – Luis. Er sitzt auf einem Stuhl neben meinem Bett. Den Kopf an die Wand gelehnt, scheint er zu schlafen. Er sieht übernächtigt aus, mit seinem Dreitagebart und den leicht verwuschelten Haaren – als wäre er sich tausendmal hindurch gefahren. Obwohl ich meinen Blick nicht von diesem wunderschönen Gesicht lassen kann, werden meine Lider schon wieder schwer. Das ist gut. Ich möchte schlafen. Schlafen bedeutet, nicht nachdenken zu müssen, denn wenn ich beginne nachzudenken, wird der Horror zurückkommen. Aber das wird er ohnehin. Der Horror kommt in rasender Geschwindigkeit unaufhaltsam auf mich zu.

Und zwar genau jetzt.

Die Tür öffnet sich mit einem leisen Quietschen. Raschelnder Stoff und schnelle Schritte bewegen sich auf mich zu. Am Fußende meines Bettes halten sie inne.

»Herr Mosca, Sie sollten nach Hause. Schlafen Sie ein paar Stunden.« Die Stimme klingt mitfühlend. Ich stelle mir eine ältere, pummelige Frau vor. Meine Augen sind immer noch geschlossen. Ich höre, wie sich Luis neben mir regt. Er atmet tief ein und wieder aus.

»Seit sie hier ist, war sie kein einziges Mal bei Bewusstsein, da kann doch etwas nicht stimmen!«

»Sie haben doch gehört, was der Arzt gesagt hat. Das sind die Medikamente, sie müssen langsam ausgeschlichen werden.«

Wieder ein Rascheln. Die Frau bewegt sich auf Luis zu. Bestimmt legt sie ihm gleich die Hand auf die Schulter.

»Gönnen Sie sich ein wenig Ruhe. Ihre Freundin wird Sie morgen brauchen. Es wird nicht einfach für sie werden.« Sie macht eine Pause. »Sie hat ihren Bruder wohl sehr geliebt.«

Chris! Im Stall. Auf dem Boden. Die Striemen an seinem Hals. Die gefalteten Hände und die geschlossenen Augen. Chris. Tot.

Ich beginne zu zittern. Zuerst ganz leicht, dann immer stärker. Meine Augen sind offen, mein Blick klar. Ich sehe die Krankenschwester, sie ist tatsächlich ein wenig pummelig, schießt mir dieser unwichtige Gedanke durch den Kopf, und wie vermutet, ruht ihre Hand sanft auf Luis' Schulter.

Als meine Zähne zu klappern beginnen, werden die beiden auf mich aufmerksam. Luis springt auf. Der Stuhl knallt an die Wand.

»Hey Madlen, hey, sch ...« Er setzt sich zu mir und streicht über mein Gesicht. »Ich bin da, sch ... ich bin bei dir.« Er sieht mich an.

Mir ist so kalt, so schrecklich kalt.

»Chris.« Nur dieses eine Wort bringe ich hervor. »Chris«, immer und immer wieder.

»Es tut mir leid, es tut mir so unendlich leid, Madlen.« Er zieht mich aus dem Kissen und hält mich eng umschlungen. Ich schluchze auf und kann nicht mehr aufhören zu weinen.

31.

Mittwoch, 14. Juni 2017

Hinter meinen geschlossenen Lidern spüre ich, dass es nicht mehr dunkel ist. Blinzelnd bemühe ich mich, die Augen zu öffnen, gebe den Versuch aber sofort wieder auf, als die gleißend hellen Sonnenstrahlen auf mein Gesicht fallen. Jemand muss die Vorhänge aufgezogen haben. Ein paar Anläufe benötige ich noch, bis es mir endlich gelingt, die Augen offen zu halten. Ich sehe mich in dem Zimmer um. Alles ist weiß. Die Wände, die Möbel, selbst der Fußboden besteht aus einem hellen Linoleumbelag. Die beiden modernen Fotodrucke mit den bunten Blumen darauf sind die einzigen Farbkleckse in dem steril wirkenden Krankenzimmer. Mir wird klar, ich befinde mich im Krankenhaus in Dornberg. Mutters Zimmer sah genauso aus.

Meine Arme fühlen sich an, als wären sie aus Blei. Es gelingt mir nicht, sie auch nur ansatzweise anzuheben. Chris ist tot. Plötzlich habe ich das Gefühl, dieser Satz steht überall an den Wänden. Ich kann die schwarzen Buchstaben vor mir tanzen sehen.

Was ist passiert?

Luis, meine Augen irren im Raum umher.

»Luis?« Gerade war er doch noch hier. Er war hier, bei mir und hat mich gehalten, dass ich nicht falle, dass ich nicht ins Bodenlose falle. Panik steigt in mir auf.

»Luis, wo bist du?«

Ich muss hier raus. Ich muss wissen, was mit Chris passiert ist.

Es dauert eine Ewigkeit, bis ich es schaffe, mich aufzusetzen. Mir wird schwindlig. Ein paar Mal atme ich tief durch, stehe auf, laufe los, breche zusammen.

Die Tür geht auf und eine Schwester eilt auf mich zu. Es ist nicht dieselbe von heute Nacht. »Schätzchen, was machen Sie denn da?« Sie greift mir unter die Arme. »Bei drei, ok?« Ihr bestimmter Tonfall lässt keine Widerrede zu.

Ich sitze wieder auf meinem Bett und keuche auf.

»Ruhig atmen.« Sie hält meine Hände. »Hey, sehen Sie mich an.«

Als ich den Blick hebe, schaue ich in ein Gesicht, dessen hellblaue Augen mich intensiv betrachten. Sie hat die dunkelblonden Haare streng nach hinten gebunden. Ich schätze sie auf Mitte vierzig. Mit ihrer schon fast mageren Gestalt wirkt sie auf den ersten Blick ein wenig unfreundlich. Aber ich spüre sofort, dass sie diesen Befehlston anschlägt, weil sie es gut mit mir meint. »Sie schaffen das, ok?« Sie drückt meine Hände. »Egal was kommt, Sie werden das schaffen, haben Sie mich verstanden?«

Mein Atem wird ruhiger. »Wo ist Luis?«

Sie hebt fragend die Augenbrauen. Da klopft es an die halbgeöffnete Tür. Er hält die Klinke noch in der Hand, bleibt einen Moment stehen.

»Ich bin hier.« Den Kopf leicht gebeugt, sieht er mich mit gerunzelter Stirn an, als wolle er abschätzen, was ihn gleich erwartet.

»Schwester, können Sie uns bitte alleine lassen?« Er lässt die Augen nicht von mir, während die Worte ruhig, aber bestimmt über seine Lippen kommen.

Ihr Blick huscht zunächst ein wenig unentschlossen zwischen uns hin und her.

»Na gut, aber zuerst werden Sie die hier nehmen.« Sie hält mir eine Pillendose unter die Nase und deutet auf eine kleine weiße Tablette.

Entschlossen recke ich das Kinn. »Nein, ich werde mich nicht mehr weiter betäuben lassen. Ich muss einen klaren Kopf bekommen.« Bittend sehe ich sie an.

Als würde sie auf meiner Seite stehen, es aber trotzdem nicht verantworten können, meinem Wunsch nachzukommen, verzieht sie leicht den Mund.

»Hören Sie, wir können die Medikation nicht so abrupt absetzen. Gestern Abend haben Sie schon versäumt, ihre Dosis einzunehmen.«

Ja, weil Luis bei mir war und ich in seinen Armen eingeschlafen bin und er jetzt auch wieder da ist, denke ich ein wenig trotzig.

»Wir haben bereits mit dem Ausschleichen begonnen. Das ist nur noch die Hälfte der Dosis, die Sie davor bekommen haben.« Jetzt sieht sie mich bittend an.

Ich seufze resigniert und greife in das Plastikschälchen. Sie drückt mir ein Glas Wasser in die Hand und ich schlucke die Tablette.

»Braves Mädchen.« Mit einem Lächeln streicht sie mir übers Haar. »Ich bringe Ihnen ein kleines Frühstück. Versuchen Sie, ein wenig zu essen.« Aufmunternd nickt sie mir zu. Bevor sie das Zimmer verlässt, verharrt sie vor Luis. Einen Moment legt sie ihre Hand auf seinen Arm und schlägt die Augen nieder.

Dann sind wir allein. Luis kommt langsam auf mich zu. Er hat sich noch immer nicht rasiert. Nachdem er seine schwarze Lederjacke ausgezogen und über den Stuhl an der Wand gehängt hat, setzt er sich zu mir. Er schnappt meine Füße und legt sie auf meinem Bett ab. Sachte zieht er die

Decke bis über meinen Bauch. Da erst wird mir bewusst, dass ich wieder zu zittern begonnen habe. Mit den Händen greift er in mein Haar und lehnt seine Stirn an meine. So verharren wir eine gefühlte Ewigkeit. Schließlich umfasse ich sein Handgelenk und sehe ihm mit festem Blick in die Augen.

»Erzähl mir, was du weißt.«

Er sieht mich schmerzerfüllt an, seine Kiefermuskeln sind angespannt.

»Dein Bruder ... Chris, er hat sich umgebracht.«

Einen Moment schließe ich die Augen. Mit einem leichten Zittern entweicht die tief eingesogene Luft durch meine aufgeblähten Nasenflügel. Er mustert mich prüfend und zugleich besorgt, doch seine Befürchtungen, dass ich womöglich erneut zusammenklappen könnte, sind unbegründet. Mit aller Kraft habe ich mir vorgenommen, für das, was Luis gleich sagen wird, jegliche Gefühle auszuschalten. Ob es mir gelingt, weiß ich nicht. Aber ich will das alles verstehen können und das schaffe ich nur, wenn ich mich jetzt zusammenreiße. Also lasse ich ihn erzählen.

»Du bist zusammengebrochen. Wir haben sofort einen Krankenwagen gerufen. Sie mussten dich ruhigstellen und ich bin bei dir im Krankenhaus geblieben, bis du endlich eingeschlafen warst. Dann fuhr ich zu Caros Bruder Andy. Er war im Stall dabei gewesen und hatte mir seine Adresse gegeben. Es wurde schon langsam hell, aber an Schlaf war bei keinem von uns zu denken. Er hat mir alles erzählt.« Luis sieht mich an. »Chris hat eine Waffe bei eurem Vater gefunden.«

»Warum überrascht mich das nicht?« Ich lache bitter auf.

»Das ist noch nicht alles.« Luis räuspert sich. »Er hat es Andy gesteckt und er hat ihm von dem Gefängnisaufenthalt eures Vaters erzählt, den dieser vor Jahren aufgrund einer Schlägerei absitzen musste.«

»Ja«, pflichte ich Luis bei, »das war Mutters großer Liebe wegen. Ich habe vor Kurzem Briefe und Fotos in ihren Sachen gefunden.«

»Tja, bei der Schlägerei mit dem Typen ist es nicht geblieben.«

»Wie meinst du das?« Fragend sehe ich ihn an.

»Chris hat Caros Bruder gebeten, Nachforschungen anzustellen, und das hat Andy getan.« Luis greift sich an den Nacken. »Kurze Zeit, nachdem euer Vater aus dem Gefängnis rauskam, wurde Frank Wagners Leiche aus einem Stausee nahe Schwäbisch Gmünd geborgen. Gefesselt, mit Steinen beschwert und einem Einschussloch im Kopf. Euer Vater wurde tagelang vernommen, aber sie konnten ihm nichts nachweisen. Es gab da eine Freundin eurer Mutter. Man war sich sicher, dass sie irgendetwas wusste. Doch anscheinend war ihre Angst vor ihm so groß, dass sie den Mund hielt.«

Ich hebe den Kopf. »Die Frau auf der Beerdigung.« Plötzlich sehe ich sie vor mir. Luis zieht fragend die Stirn kraus.

»Ich habe dir von ihr erzählt. Sie hatte damals Mutter in den Arm genommen, ihr etwas zugeflüstert, als mein kleiner Bruder beerdigt wurde.«

»Jedenfalls«, Luis macht eine Pause, »der Fall wurde wieder aufgenommen.« Er sieht mich an. »Das Projektil in Wagners Kopf stammte vermutlich aus der Waffe eures Vaters. Bedauerlicherweise wurde es nie gefunden. Lediglich die Hülse lag am Boden, neben einem Bauwagen am Ufer des Sees.«

Mörder — klingen mir Mutters Worte vom Freitag im Ohr.

»Die Kripo Kaltenberg arbeitet mit der Kripo Aalen, in deren Zuständigkeitsbereich der Mord fällt, zusammen.«

Ich versuche, mich wieder auf Luis' Worte zu konzentrieren. Er holt tief Luft.

»Chris wollte sich als Lockvogel anbieten.«

Ruckartig hebe ich den Kopf. »Das war es, deshalb war Caro vor ein paar Tagen so durch den Wind!«

Tu das nicht, bitte tu das nicht. Sie hatte Chris angefleht, immer wieder. Ich sehe ihren verzweifelten Gesichtsausdruck vor mir.

»Und dann? Was ist passiert?« Ich muss alle Kraft der Welt aufbringen, um das aufsteigende, ohnmächtige Gefühl beiseitezuschieben.

»Die Polizei würde niemals eine Privatperson als Lockvogel einsetzen, das ist rechtlich unzulässig. Also hat Andy mit viel Phantasie alles auf eine Art und Weise gesteuert, die den Plan legalisierte.« Luis malt Häkchen in die Luft. »Chris hat euren Vater erpresst. Er verlangte ein Treffen. Sonntagabend, dreiundzwanzig Uhr im Stall. Falls er sich weigern würde zu kommen, so drohte er ihm, hätte er genügend Beweise, ihn hinter Gitter zu bringen. Zuerst hatte dein Bruder Bedenken. Schließlich hatte er euren Vater übel zugerichtet, nachdem der am Freitag Jenny ...« Luis reibt sich den Nacken. »Jedenfalls, er ist gekommen. Allerdings eine ganze Stunde früher wie vereinbart. Und das war das Problem.« Luis runzelt die Stirn. »Der Plan sah folgendermaßen aus. Chris würde ihn mit der Waffe und dem Mord konfrontieren. Anschließend würde er ihm einen Deal vorschlagen: Hof gegen Anzeige.«

»Chris wollte ihn mit dem Hof erpressen?« Ungläubig sehe ich auf.

»Nicht wirklich.« Luis hebt einen Mundwinkel. »Der Sinn dahinter war der, dass euer Vater den Mord zugeben sollte. Ein Geständnis. Das war es, was sie brauchten.«

»Sie? Von wem redest du?« Vielleicht ist mein Gehirn von den Medikamenten benebelt, denn irgendwie kapier ich nicht, von wem Luis spricht.

»Sie waren zu fünft: Caros Bruder und vier weitere Ermittler. Im Falle eines Geständnisses hätten sie ihn sofort festnehmen können. Die Sache mit dem Hof war nur ein Vorwand, um ihn herzulocken.« Luis fährt sich nachdenklich übers Kinn. »Unter normalen Umständen wäre solch ein Geständnis nicht verwertbar, denn die Polizei hat dem Verdächtigen gegenüber eine sogenannte Belehrungspflicht.« Er wiegt den Kopf. »Keine Ahnung, wie Andy das gedreht hat.«

»Er hat ihn umgebracht.« Plötzlich sehe ich es ganz klar vor mir. »Er hat ihn getötet. Chris hat keinen Selbstmord begangen. Niemals hätte er uns im Stich gelassen. Niemals.« Ich schüttle den Kopf, wieder und wieder. »Du sagst, Vater ist eine Stunde zu früh gekommen. Da waren die anderen noch nicht da. Also war Chris mit ihm allein. Vater hat ihn getötet. Er hat ihn irgendwie überwältigt und getötet.« Die letzten Worte kommen hysterisch aus meinem Mund. Ich schluchze auf. Luis zieht meinen Kopf an seine Brust. Erst, als er mir eine Tasse Tee unter die Nase hält, werden meine Gedanken wieder klarer.

»Trink ein wenig.« Abwartend hebt er die Augenbrauen. Wie die Krankenschwester das Tablett mit dem Frühstück auf dem Nachttisch abgestellt hat, habe ich nicht einmal mitbekommen. Die heiße Tasse umklammernd nippe ich daran. Versuche, mich unter Kontrolle zu bekommen. Ich muss den Rest erfahren.

»Erzähl weiter.« Meine Augen brennen und meine Stimme ist ein heiseres Flüstern.

»Sie haben sich kurz vor elf dem Stallgebäude genähert. Bis auf ein dämmriges Licht im Innern war alles dunkel. Sie warteten eine Viertelstunde. Dann gingen sie rein.« Luis greift sich an die Nasenwurzel, denn das, was er mir gleich sagen wird, kann er selbst fast nicht verkraften.

»Chris ...«, er schluckt. »Er hat sich erhängt, Madlen.«

Und da sehe ich plötzlich vor meinem inneren Auge die Kette auf dem Stallboden liegen. Die Striemen an seinem Hals leuchten mir entgegen. Dieses rote unförmige Muster, das Muster der Kette. Ich schmecke meine salzigen Tränen und als ich in Luis' Gesicht blicke, sehe ich auch seine Tränen. Wie zwei Ertrinkende klammern wir uns aneinander, lassen uns nicht los, denn wenn wir das tun, fallen wir beide.

»Er muss ihn kurz davor noch geschrieben haben.« Luis reicht mir das zusammengefaltete Blatt Papier, das er aus seiner Jeans gezogen hat. Eine ganze Weile halte ich es in der Hand und habe nicht den Mut, es auseinanderzufalten. Ich habe Angst, der Wahrheit ins Gesicht zu blicken. Dann tue ich es doch.

Ich will die letzten Worte meines Bruders hören.

Verzeih mir Madlen,

ich wollte ihn drankriegen, ich hab's dir versprochen. Aber ich hab's nicht geschafft. Es tut mir so leid. Bitte verzweifle nicht. Es ist besser so. Ihr seid jetzt frei. Du, Jenny, Nick und Ben. Ihr müsst nicht auf diesem verdammten Hof bleiben.

Du hast Luis. Ich glaube, er liebt dich wirklich und ich weiß, dass er für euch da sein wird.

Ihr seid besser dran ohne mich. Und Caro auch.
In ewiger Liebe – immer bei euch

Chris

Nachdem ich den Brief zum gefühlt hundertsten Mal durchgelesen habe, lasse ich ihn wie in Trance sinken.

»Ich verstehe das nicht. Was ist geschehen?« Verzweifelt suche ich Luis' Blick.

»Vielleicht wurde er wirklich von deinem Vater überwältigt. Der konnte entkommen und die Chance, ihn festzunageln, war vorbei.« Luis senkt den Kopf. »Vielleicht hatte Chris diesen letzten Funken Hoffnung und als der sich in Luft auflöste ...«

»Und Vater die Waffe als einziges Beweisstück an sich genommen hatte«, führe ich seinen Satz weiter, »da glaubte er, es würde uns besser gehen, wenn er sich umbringt? Sich einfach so davon macht und uns alleine lässt?«

Urplötzlich spüre ich Wut in mir hochsteigen, über Chris, dass er uns diese unbeschreibliche Last aufgebürdet hat.

»Wie konnte er uns das nur antun?« Mit ungläubigem Kopfschütteln sehe ich Luis an. Dann kommt mir ein Gedanke. »Wo ist Vater, haben sie ihn verhört?«

»Es war nicht schwer, ihn zu finden. Sie haben ihn direkt von seinem Bier im Adler weggeholt.« Ein Schnauben dringt durch Luis' Nase. »Er wurde vernommen. Gestern Mittag haben sie ihn laufen lassen.« Er schüttelt den Kopf. »Er hatte zwar kein Alibi für die Tatzeit, aber sie konnten ihm auch nichts nachweisen. Keine Waffe, keine Fingerabdrücke, nichts. Als wäre er nie bei dem Treffen mit Chris gewesen.«

Plötzlich fällt mir etwas ein. »Was für einen Tag haben

wir heute?«

»Mittwoch. Du hast ziemlich lange geschlafen.« Ein trauriges Lächeln huscht über Luis' Lippen.

»Mittwoch?« Ruckartig setze ich mich auf. »Ich bin seit Sonntagnacht hier?« Fassungslos sehe ich ihn an. »Jenny, meine Geschwister! Oh Gott, ich muss zu ihnen!«

Hastig schlage ich die Decke zurück.

»Beruhige dich.« Luis hält mich an den Schultern fest.

»Aber ...« Ich will seine Hände abschütteln.

»Madlen.« Sein Griff verstärkt sich. »Sie sind in Ordnung. Es geht ihnen gut.« Er schließt kurz die Augen. »Den Umständen entsprechend. Hör mir zu.«

»Bei Jessy? Du meinst, bei euch zu Hause?« Ungläubig sehe ich Luis an. »Was sagen deine Eltern dazu?«

Er zuckt gleichgültig die Schultern. »Ist doch völlig unwichtig. Außerdem hat Jess ihre eigene Wohnung im Dachgeschoss. Es ist genug Platz da und Jenny hat ein Zimmer ganz für sich allein.«

»Ben, Nick ... wissen sie Bescheid?« Mit angstvollem Blick sehe ich ihn abwartend an.

»Ja.« Luis schluckt. »Sie wissen Bescheid.«

»Wer hat es ihnen ...«

Sie wussten, dass eine Aktion geplant war, aber nichts Genaues. Sie mussten Chris versprechen, auf ihren Zimmern zu bleiben. Caros Bruder hat die Jungs ins Fellini gebracht. Noch in der Nacht. Caro und Jess blieben bis zum nächsten Morgen mit ihnen bei Diego und Maria.«

»Jenny?« Angstvoll sehe ich Luis an.

»Sie wird Hilfe brauchen … Ihr werdet alle Hilfe brauchen«, fügt er nach einer Pause hinzu.

»Was ist mit Caro?«

»Ihre Eltern kümmern sich um sie und ich denke, ihr Bruder wird sie nicht aus den Augen lassen.«

Ich umschlinge meine Arme. »Oh Gott, Caro …« Mein Oberkörper schaukelt vor und zurück. »Warum hat Chris mir das alles verheimlicht? Warum hat er mich ausgeschlossen? Selbst Nick und Ben haben mehr gewusst.« Ungläubig schüttle ich den Kopf.

»Weil er sich sicher war, dass du ihn davon abhalten würdest. Ihm war klar, dass du vor Sorge verrückt geworden wärst.«

»Und meine Mutter?«

Eine ganze Weile sagt Luis nichts. Erwartungsvoll hebe ich die Augenbrauen.

»Sie ist weg.«

»Sie ist weg? Was meinst du damit?« Ich setze mich ein Stück aufrechter hin.

»Sie lehnte das Angebot ab, dass jemand die Nacht über bei ihr blieb. Montag früh war sie weg – wie vom Erdboden verschwunden.«

»Aber wo um alles in der Welt sollte sie hingegangen sein? Sie hat doch niemanden.« Wie ein großes Fragezeichen schwebt der Satz in der Luft. Außer dieser Freundin von damals. Aber das ist ja schon Jahre her. Ich kann mir nicht vorstellen, dass sie noch Kontakt zueinander haben. Jedenfalls habe ich nie etwas mitbekommen.

Dann lässt mich ein ganz anderer Gedanke zusammenzucken. »Die Tiere, wer kümmert sich jetzt um unsere Tiere?« Meine Stimme klingt panisch.

»Das ist geregelt, mach dir keine Sorgen. Martin Sigel hat sofort alles in die Wege geleitet. Montagmorgen hat er ein paar Leute zusammengetrommelt und seit gestern sind zwei Betriebshelfer vom Maschinenring vor Ort.« Luis zögert kurz. »Und seit heute Morgen ist dein Vater wieder zu Hause.«

Ich zucke zusammen. »Jetzt hat er seinen verdammten Hof ganz für sich alleine.« Verbittert kommen die Worte aus meinem Mund und plötzlich wird mir etwas klar. »Keiner von uns kann jemals wieder dorthin zurück.« Ich hebe den Kopf und sehe Luis an, während mir unablässig Tränen über meine Wangen laufen.

»Ich würde Sie gerne noch eine Nacht hierbehalten, Frau Pechstein.«

Zwei junge Assistenzärzte und eine Krankenschwester haben sich um das Fußende meines Bettes positioniert und der Chefarzt hat sich auf der Bettkante niedergelassen, nachdem er mir noch einmal in die Augen geleuchtet hat.

»Wissen Sie denn schon, wo Sie unterkommen werden?« Mitfühlend tätschelt er mir die Hand. Anscheinend ist er bestens über mich und meine Situation informiert.

»Ja, ich werde ...«

»Sie wird bei mir wohnen«, unterbricht mich da Luis.

Ich werfe ihm einen überraschten Blick zu, aber er zeigt keine Regung.

Über diese Option hatte ich ehrlich gesagt überhaupt noch nicht nachgedacht. Für mich war klar, dass ich erstmal bei Diego und Maria bleiben kann.

Professor Dr. Stern – dieser Name steht zumindest auf dem kleinen Schildchen an seinem weißen Arztkittel – nickt ein paar Mal. »Gut, sollte sich Ihr Gesamtzustand weiterhin festigen, denke ich, können wir Sie in die Obhut Herrn

Moscas übergeben. Dazu gehört allerdings, dass Sie heute vernünftig essen und genug trinken werden. Haben Sie verstanden?« Er mustert mich streng und weil ich die mitleidigen Blicke, seiner Kollegen nicht länger ertragen kann, willige ich hastig ein.

Mittags gehen wir ein wenig nach draußen und setzen uns auf eine Bank in dem angrenzenden Park. Obwohl das Thermometer bestimmt über fünfundzwanzig Grad geklettert ist und die Sonne von einem beinahe wolkenlosen Himmel scheint, fröstelt es mich. Luis hat ein paar Sachen von Diego und Maria gebracht. Zum Glück hatte ich dort bereits einige Klamotten deponiert. Ich schlüpfe in meine Sweatshirtjacke und ziehe den Reißverschluss hoch.

»Wie geht es ihnen?«

»Sie sind ziemlich fertig. Das hat sie alles sehr mitgenommen.« Luis greift nach meiner Hand. »Maria wäre am liebsten mitgekommen. Sie wollte dich unbedingt sehen. Diego konnte sie nur mit Mühe davon abhalten.«

»Du sagtest, deine Schwester war die ganze Nacht bei ihnen?«

»Ja, ich habe sie vom Krankenhaus aus angerufen. Sie wollte helfen. Irgendetwas tun. Da habe ich ihr die Nummer von Andy gegeben und sie ist sofort losgefahren.«

Als ich nichts darauf erwidere, fährt Luis fort.

»Sie wird sich, so gut es geht, um Jenny kümmern.«

»Ja.« Ich presse die Lippen zusammen und sehe ins Leere.

Diese Nacht will ich allein sein. Luis fragte, ob er bleiben soll, aber ich habe ihn nach Hause geschickt. Ich möchte nur Chris bei mir haben, mich von ihm verabschieden. Ich stelle mir vor, wie die Tür aufgeht, er das Zimmer betritt und ich ihm von diesem Albtraum erzähle. Er nimmt mich in die Arme und streicht mir beruhigend über den Rücken. Nie wieder wird er mich in den Arm nehmen, anlächeln oder mir eine Standpauke halten. Nie wieder wird er sich um uns sorgen. Er wird nie wieder für uns da sein – er wird nie wieder für mich da sein.

Ich presse das Gesicht auf das Kopfkissen, damit es meinen erstickten Schrei auffängt und schluchze auf. »Chris, oh Gott, Chris …« Das Einzige, was zurückbleibt, ist ein heiseres Krächzen. Bilder ziehen an meinem inneren Auge vorbei. Chris, wie seine kleine schmutzige Hand die meine hält. Wie er sich schützend vor mich stellt, als die anderen mich auf dem Pausenhof mal wieder verhöhnen. Wie wir uns, ohne ein einziges Wort zu wechseln, anschauen und genau wissen, was in dem anderen vorgeht. Chris, der immer für uns da war und jetzt einfach gegangen ist. Aufgegeben hat, weil er dachte, wir wären besser dran ohne ihn. Weil er uns die Freiheit schenken wollte. Ich weine, bis keine Tränen mehr kommen und ich endlich in einen erlösenden Schlaf falle.

32.

Donnerstag, 15. Juni 2017

Gegen Morgen schrecke ich aus meinen wirren Träumen hoch. Eine Schwester fährt mir mit einem feuchten Waschlappen immer wieder über die schweißnasse Stirn. Ich liege wach, bis es draußen zu dämmern beginnt. Verzweifelt versuche ich, die Traumfetzen der Nacht in meinem Kopf zusammenzusetzen, aber es will mir nicht gelingen.

Das Einzige, was ich sehe, ist Chris' Abschiedsbrief, immer wieder.

Mit Müh und Not schaffe ich es, eine trockene Scheibe Brot hinunterzuwürgen. Der Kaffee schmeckt nach verdünntem Wasser, aber vielleicht kommt es mir auch nur so vor. Die wenigen Habseligkeiten habe ich zusammengepackt. Ein letztes Mal wandern meine Augen durch das Zimmer. Leise schließe ich die Tür hinter mir.

Die Schwester hat bereits den Entlassungsbrief vorbereitet und als ich Richtung Aufzug gehe, biegt Luis um die Ecke, wieder mit seinem Handy am Ohr.

Warum habe ich ständig das Gefühl, ihn bei irgendwelchen Gesprächen zu ertappen? Der Gedanke streift mein Gehirn, ist aber nicht wirklich von Bedeutung, jedenfalls nicht derzeit.

»Tut mir leid, ich musste noch was klären. Ich hatte vor, früher da zu sein.« Er lässt das Handy in seiner Jeans verschwinden und schließt mich in seine Arme. Ein paar Sekunden stehen wir mitten auf dem Gang, bewegungslos aneinandergeklammert.

»Komm, lass uns nach Hause fahren.«

Nach Hause ... wo ist das, bei ihm? Ja, ich denke schon. Der Hof ist es jedenfalls nicht mehr. Und für meine Geschwister? Wohl auch nicht.

Mir fehlt die Kraft, darüber nachzudenken, wie es weitergehen soll.

»Können wir zuerst bei Diego und Maria vorbei?«

»Natürlich.« Er nickt.

Es dauert keine zehn Minuten, bis wir am Fellini ankommen. Im Gastraum brennt Licht. Wir nähern uns dem Eingang und hören, wie sich der Schlüssel im Schloss bewegt. Diego öffnet die Tür. Einen Moment stehen wir uns wortlos gegenüber. Langsam und behutsam zieht er mich in seine Arme. Ich schließe die Augen und als ich sie wieder öffne und über Diegos Schulter schaue, entdecke ich Maria, wie sie immer noch auf einem Stuhl an einem der Tische sitzt. Als hätte sie Angst, sich nicht auf den Beinen halten zu können, sollte sie es wagen, aufzustehen. Unsere Blicke treffen sich und da ist so viel Schmerz in ihren Augen. Vorsichtig löse ich mich von Diego und gleichzeitig erhebt Maria sich. Wir gehen aufeinander zu. Sanft legt sie ihre Arme um meinen Körper. »Meine Kleine, meine Kleine.« Immer wieder flüstert sie diese beiden Worte.

Ich halte die Tasche mit meinen und Jennys restlichen Habseligkeiten in der Hand. Wir verabschieden uns und Diego versichert, immer für mich und meine Geschwister da zu sein, sollten wir seine Hilfe benötigen.

Meine Geschwister, ich muss zu ihnen. Die Vorstellung, dass sie allein sind, kann ich nicht ertragen. Allein mit ihren

Gefühlen, mit ihrer Trauer. »Ich muss zu ihnen«, spreche ich meine Gedanken aus. Wir fahren durch Dornberg. Ich schaue stur geradeaus. Selbst, wenn ein Elefant die Fahrbahn überqueren würde, bekäme ich das nicht mit.

»Du wirst sie gleich sehen.« Sein Blick ist unverwandt auf die Straße gerichtet. »Sie sind alle bei mir zu Hause. Jess ist da und Martin Sigel«, fügt er noch hinzu.

Ein riesengroßer Kloß breitet sich in meinem Hals aus, und trotz dieser unfassbaren Tragödie, die über uns hereingebrochen ist, empfinde ich in diesem Augenblick eine unglaubliche Dankbarkeit. Eine Dankbarkeit über dieses Netzwerk von Menschen, das uns umgibt.

Wir fahren den Kiesweg entlang durch das große schmiedeeiserne Tor. Der anthrazitfarbene Mercedes und ein schwarzer Porsche stehen vor der Villa. Beiläufig nehme ich Jessys Initialen auf dem Nummernschild wahr. Vor Luis' Haus erkenne ich Martins Geländewagen. Bei dem Gedanken, gleich meinen Geschwistern gegenüberzutreten, schnürt es mir die Kehle zu.

Aus der Küche dringen Geräusche. Jemand öffnet und schließt eine Schranktür. Das Klirren aneinanderstoßender Gläser ist zu hören.

Jessy eilt geschäftig hin und her. Sie stellt Getränke und einen Teller mit belegten Brötchen auf ein Tablett. Als sie uns im Türrahmen stehen sieht, hält sie mitten in der Bewegung inne. Stumm sehen wir uns an. Sie lässt die Arme sinken.

»Sie sind drüben.« Mit dem Kopf deutet sie Richtung Wohnzimmer. Ein paar Gesprächsfetzen dringen an mein

Ohr. Es ist Martins Stimme. Ich bringe ein abgehacktes Nicken zustande, dann wende ich mich ab.

»Madlen.« Sie macht einen Schritt nach vorn.

»Ja?« Ich bleibe stehen.

»Es tut mir leid.«

Wieder sehen wir uns einen Moment schweigend an.

»Danke ... Danke, dass du dich um Jenny kümmerst. Das werde ich dir nie vergessen.« Und das meine ich wirklich so.

Sie sitzen auf dem Sofa. Martin und Nick unterhalten sich leise. Ben hält ein Handy in der Hand. Ich weiß nicht, wem es gehört, denn er hat natürlich kein eigenes. Jennys Augen sind auf den Fernseher gerichtet.

Auf den ersten Blick wirken sie beinahe entspannt. Das muss alles ein riesengroßer Irrtum sein, denke ich für ein paar Sekunden. Bis Martin den Kopf hebt und unsere Augen sich treffen. Da bemerken mich auch meine Geschwister. Zuerst erhebt sich Nick. Ben sieht vom Handy auf und mustert seinen Bruder, bevor er seinem Blick folgt und mich wahrnimmt. Jenny bleibt einfach sitzen. Ihr Kopf bewegt sich keinen Millimeter. Als würde sie nichts von dem, was um sie herum geschieht, mitbekommen.

Selbst von hier aus kann ich die Schatten unter Nicks Augen sehen. Sein Gesichtsausdruck ist hart und zugleich schmerzerfüllt. Mir wird bewusst, wie ähnlich er Chris in diesem Moment ist.

Keinem von uns gelingt es, auch nur ein Wort über die Lippen zu bekommen. Zaghaft macht Nick ein paar Schritte auf mich zu.

»Warum?« Er zieht die Augenbrauen zusammen. »Warum hat er das getan?«

Er steht vor mir und schüttelt ungläubig den Kopf.

»Ich weiß es nicht«, antworte ich mit erstickter Stimme und ziehe ihn an mich.

»Warum hat er das getan, Maddy? Ich kapier's nicht, ich kapier's einfach nicht.« Er schluchzt auf und obwohl er mich um einen ganzen Kopf überragt, habe ich das Gefühl, einen kleinen Jungen in meinen Armen zu halten. Aber ich kann ihn nicht trösten. Es ist mir unmöglich. Wir klammern uns aneinander. Mit tränenverschwommenem Blick schaue ich an Nick vorbei und mit ausgestreckten Armen bedeute ich Ben, zu uns zu kommen. Einen Moment bleibt er unschlüssig stehen. Er wendet sich Jenny zu, die noch immer mit ausdrucksloser Miene in den Fernseher starrt. Entschlossen greift er nach ihrer Hand und widerstandslos lässt sie sich von ihm auf die Beine ziehen. Wie eine Marionette setzt sie einen Fuß vor den anderen, bis sie bei uns angelangt sind und unsere Arme sich wie die Fäden eines überdimensionalen Wollknäuels umschlingen.

»Lasst euch Zeit«, mitfühlend streicht Martin mir über den Arm, bevor er sich mit Luis und Jessy in die Küche verzieht.

Wir sitzen auf dem Sofa. Ich zeige ihnen Chris' Abschiedsbrief. Versuche, etwas zu erklären, das ich selbst nicht verstehe.

»Er hat gedacht, wir sind besser dran ohne ihn?«, wiederholt Nick zynisch meine eigenen Worte. »Das ist der größte Schwachsinn, den ich jemals gehört habe.« Wütend fährt er sich durchs Haar. Ihm schießen wohl dieselben Gedanken durch den Kopf wie mir. »Vater hat ihn gezwungen, diesen Brief zu schreiben und ihn dann umgebracht. Er wollte ihn aus dem Weg haben.« Nick möchte scheinbar genauso wenig wie ich wahrhaben, dass Chris seinem Leben selbst ein Ende gesetzt hat. Es ist leichter, unserem verhassten Vater dafür die Schuld zu geben.

»Was passiert jetzt mit uns?« Ben sieht mich aus weit aufgerissenen Augen unsicher an. Er hält noch immer Jennys Hand in seiner. Sie hat den Kopf an seine Schulter gelehnt. Teilnahmslos starrt sie vor sich hin. Ihr Verhalten macht mir mehr Angst denn je.

»Ihr bleibt erstmal bei mir. Natürlich nur, wenn ihr wollt.«

Ich weiß nicht, wie lange sie schon da oben im Türrahmen zwischen Gang und Esszimmer stehen. Alle drei. Martin kommt langsam die Stufen herab.

»Ich denke, es ist am besten, wenn Nick und Ben zusammenbleiben.« Ernst sieht Martin mich an.

Fragend lasse ich den Blick zwischen meinen Brüdern hin und her gleiten.

»Und dann? Willst du uns adoptieren oder wie soll es weitergehen?« Nick steht auf, dreht uns den Rücken zu und stopft die Hände in die Hosentaschen. Er ist so unglaublich wütend.

»Nick!« Ich schnelle in die Höhe und werfe Martin einen entschuldigenden Blick zu.

Als wollte er sagen, *ist schon gut,* schüttelt er lautlos den Kopf.

»Ich will nicht zurück«, meldet sich da Ben zu Wort. Seine Stimme hat einen flehenden Unterton.

Nick holt tief Luft. »Für wie lange?« Er dreht sich zu uns um. »Wir können schließlich nicht ewig bei Martin bleiben.«

»Fürs Erste.« Ich gehe einen Schritt auf ihn zu. »Bis uns was anderes eingefallen ist.«

»Und du und Jenny?« Gequält sieht er mich an.

»Sie bleiben hier.« Luis steht plötzlich neben mir. »Bis wir alle gemeinsam eine Lösung gefunden haben.«

Einen Moment scheint Nick zu schwanken, aber schließlich nickt er knapp. Was bleibt ihm auch anderes übrig?

»Wir müssen noch über etwas sprechen.« Luis greift sich in den Nacken und schließt kurz die Augen. »Die Beerdigung ... Wir müssen über die Beerdigung reden.«

Für Sekunden regt sich keiner. Alle starren in irgendein imaginäres Loch, auf dem Boden, in der Wand.

Diesen Gedanken habe ich vollkommen verdrängt. Ich habe mich bis jetzt geweigert, über den Tag nachzudenken, an dem wir Chris begraben werden. Seinen Körper in ein kaltes Loch legen und mit schwarzer, feuchter Erde bedecken.

Wir nehmen alle wieder auf dem Sofa Platz. Jessy lässt sich neben Jenny sinken. Plötzlich richtet sich meine Schwester kerzengerade auf und sieht Jessy an.

»Ich muss nach Hurrikan sehen, er braucht mich.«

Eine Sekunde überlege ich, wer Hurrikan ist, dann fällt es mir wieder ein. Gestüt Lindeck, das widerspenstige Pferd.

Sie spricht, durchzuckt es mich im nächsten Moment. Ist es möglich, dass die Symptome, die durch einen Schock entstehen, durch das Eintreten eines weiteren aufgehoben werden?

»Jenny ...«

Sie wendet sich mir zu, aber ich habe das Gefühl, dass sie durch mich hindurchsieht.

»Hast du was dagegen?«

»Was? Nein ... Ich weiß nicht.« Es fällt mir schwer, ihr seltsames Verhalten einzuordnen.

»Okay.« Sie wendet sich wieder Jessy zu. »Können wir gehen?«

Jessy sieht mich an und wiederholt die Worte meiner Schwester. »Hast du was dagegen?«

»Ah ... nein«, antworte ich irritiert.

Teilnahmslos geht Jenny an mir vorbei. Ich bekomme eine Gänsehaut.

»Ich glaube, die Tiere tun ihr gut.« Jessy zögert zuerst, doch dann legt sie sanft ihre Hand auf meine Schulter, bevor sie schließlich mit raschen Schritten den Raum durchquert und Jenny hinterhergeht.

Am Ende gibt es nicht viel zu besprechen. Auf Wunsch wird das Beerdigungsunternehmen alles regeln und organisieren. Luis sagt, Caros Bruder hat das für uns abgeklärt.

Es mag sich kalt und gefühllos anhören, aber das ist mir mehr als recht. Ich habe nicht die Kraft dazu. Es ist mir egal, was für Blumen seinen Sarg zieren, welche Lieder gesungen werden oder was der Pfarrer zu sagen hat. All das sind belanglose Äußerlichkeiten, jedenfalls für mich. Ich werde Chris in meinem Inneren bewahren, ganz tief darin einschließen. Dann wird er bei mir sein, für immer.

»Andy und Caro werden demnächst vorbeikommen. Caro will dich sehen.« Luis lässt sich neben mich aufs Sofa sinken und hält mir ein Käsebrötchen unter die Nase.

»Du solltest etwas essen.«

Caro ... Der innere Schmerz, der zu meinem ständigen Begleiter geworden ist, verstärkt sich ein weiteres Mal bei der Vorstellung, ihr gleich gegenüberzutreten.

»Madlen?«

Ich tauche aus meinen Gedanken auf und sehe Luis an. »Was?«

Auffordernd schaut er auf das Brötchen. Ein wenig

widerwillig nehme ich es ihm aus der Hand und als ich einen Bissen davon genommen habe, stelle ich überrascht fest, dass ich wirklich Hunger habe. Wie kann ich Hunger haben, wo doch gerade mein Bruder gestorben ist?

Jemand klopft an den Türrahmen, alle Köpfe fahren herum. Andy.

Ich habe ihn noch nie zuvor gesehen, aber die Ähnlichkeit mit Caro ist nicht zu leugnen – man sieht sofort, dass sie Geschwister sind. Dasselbe blonde Haar, das leicht kantige Gesicht und die beinahe identischen graublauen Augen.

»Hey, deine Schwester hat uns reingelassen.« Er wirft Luis einen entschuldigenden Blick zu.

»Hey, ist schon ok.« Luis erhebt sich und geht auf die beiden zu. Er klopft Andi auf die Schulter.

Caro steht stocksteif da und bewegt sich keinen Millimeter. Luis fährt ihr mitfühlend über den Arm, aber sie scheint es nicht zu bemerken. Mit weit aufgerissenen Augen starrt sie zu mir rüber. Sie blinzelt kein einziges Mal.

»Setzt euch, ich hole was zu trinken.« Mit einer beiläufigen Geste deutet Luis auf das Sofa und verschwindet in die Küche.

»Caro ...« Meine Stimme versagt. Langsam bewege ich mich auf sie zu. Ein Ruck geht durch ihren Körper. *Reiß dich zusammen*, scheint sie ihren Gedanken zu befehlen. Aber warum sollte sie sich zusammenreißen, wo sie doch ihre große Liebe verloren hat.

»Maddy!« Sie kommt mir entgegen.

Wir halten kurz inne, sehen uns an und bevor wir uns schluchzend in die Arme fallen, meine ich, ein winzig kleines Flackern in ihren Augen zu sehen.

»Es tut mir leid, es tut mir leid ... Ich kann nicht ... Ich ...«

Ihr Kinn zittert.

Plötzlich steht Andy hinter ihr und legt beruhigend seine Hand auf ihre Schulter.

Wie ein Bodyguard, schießt mir der irrwitzige Gedanke durch den Kopf. Sie kann nicht aufhören zu weinen und mir wird klar, dass sie wirklich einen Aufpasser braucht, einen, der auf sie Acht gibt und sie festhält in diesem nicht endend wollenden Albtraum, damit sie nicht ebenso wie ich ins Bodenlose fällt.

»Was ist passiert, Caro?« Nachdem wir uns beide ein wenig beruhigt haben, schiebe ich sie an den Schultern zurück. »Warum habt ihr mir nichts von eurem Plan erzählt? Alle wussten, dass Chris etwas vorhatte, nur ich nicht, warum?« Gequält sehe ich sie an.

»Ich wollte das nicht, Maddy, glaub mir! Ich wollte ihn davon abhalten.« Sie schüttelt immer wieder den Kopf. »Aber er ist ... Er war so verdammt stur.« Stockend kommen die Worte aus ihrem Mund. »Ich hatte so eine scheiß Angst um ihn.« Sie schnappt nach Luft. »Er wusste, du hättest niemals zugelassen, dass er sich zur Verfügung stellt.«

Ich schüttle stumm den Kopf. Caro hat recht. Ich hätte alles in meiner Macht Stehende getan, um zu verhindern, dass Chris sich wie ein Köder vor diese reißende Bestie wirft.

»Aber er hat sich nicht umgebracht, das kann ich einfach nicht glauben!« Voller Verzweiflung schlage ich die Hände vors Gesicht. »Ich kann das nicht glauben.« Luis steht plötzlich neben mir. Er zieht mich an sich.

»Ich müsste das doch spüren.« Kraftlos lasse ich die Arme sinken. »Und es fühlt sich einfach falsch an, es fühlt sich nicht an, als wäre Chris tot.«

Ich muss es noch einmal ganz genau von Andy hören.

»Könnt ihr ausschließen, dass es Vater war?«

Er verschränkt die Arme vor der Brust und atmet einmal tief durch. »Nein.« Alle Augen sind auf ihn gerichtet.

»Nein?« Ungläubig schüttle ich den Kopf. »Und was tut ihr, um es herauszufinden?«

Er räuspert sich. »Nun, es ist so, dass wir leider keine Beweise haben, keinen einzigen. Keine Fingerabdrücke, nichts. Wenn euer Vater tatsächlich etwas damit zu tun hatte, ist er äußerst gründlich vorgegangen, um alle Spuren zu verwischen.«

Andy fasst sich mit der Hand an den Nacken. Er scheint noch etwas sagen zu wollen. Als müsste er sich Mut machen, holt er tief Luft und sieht mir mit festem Blick in die Augen. »Der Abschiedsbrief von Chris ... Ich habe ihn bei ihm gefunden. Er steckte in seiner Hosentasche.« Wieder sucht er einen Moment nach Worten. »Wenn euer Vater den Eindruck erwecken wollte, Chris hätte sich umgebracht, denkst du, er hätte ihm befohlen, den Brief auf diese Art und Weise zu schreiben? Also, was ich damit sagen will ...« Hilflos hebt Andy die Hände in die Luft und lässt sie wieder sinken.

Aber es ist unnötig, den Satz zu beenden. Ich weiß ohnehin, was er versucht, mir begreiflich zu machen. Die Worte in dem Brief stammen nicht aus Vaters Mund. Es ist die Stimme meines geliebten Bruders, die daraus spricht. Es sind Chris' Worte, die tief aus seinem Herzen gekommen sind. In dieser Sekunde wird mir klar, dass es nicht Vater war, der ihn umgebracht hat, sondern dass es Chris selbst war, der seinem Leben ein Ende gesetzt hat. Aus dem einzigen Grund, weil er uns mehr liebte, als sich selbst. Weil er wollte, dass wir eine Zukunft haben.

Andy gibt sich wirklich alle Mühe. Er bietet uns an, sämtliche Formalitäten mit dem Beerdigungsunternehmen zu klären, wofür ich ihm unendlich dankbar bin.

Die Beisetzung findet am Montag statt. Mir graut davor. Ich will davonlaufen, vor dieser Endgültigkeit fliehen.

»Kein Leichenschmaus, keine Anzeige.« Emotionslos starre ich auf die Tischplatte. Wir haben uns alle wieder auf dem Sofa niedergelassen.

»Wiesenblumen. Ich möchte Mohnblumen und Margeriten auf seinem Sarg haben.« Mit einem Mal scheint mir das unheimlich wichtig. Ruckartig hebe ich den Kopf und sehe Andy an. »Kannst du dafür sorgen?« Ich spüre eine einzelne Träne über meine Wange laufen. »Die Wiesen, die Felder, er hat die Natur so sehr geliebt.«

Mit einer hölzernen Bewegung steht Caro auf. Ihr Stuhl kippt nach hinten. Andy bekommt ihn gerade noch zu fassen.

»Ich kann das nicht, tut mir leid.« Sie fasst sich an die Schläfen, stiert vor sich hin und murmelt immer wieder dieselben Worte. »Ich kann das nicht, ich kann das nicht«. Als würde sie mit sich selbst reden.

Meine Augen wandern zu Andy, in seinem Gesicht ist keine Regung zu erkennen.

Doch bevor ich die Gelegenheit habe, mir weiter Gedanken darüber zu machen, dreht Caro sich mit einem Ruck um.

»Tut mir leid.« Mit diesen Worten durchquert sie fluchtartig den Raum.

Ich kann sie nicht trösten, das schaffe ich nicht auch noch. Aber das erwartet auch keiner von mir.

Andy steht auf. »Entschuldigt mich einen Moment.«

Am Rande registriere ich das Mahlen seiner Kieferknochen und als er sich plötzlich ruckartig umdreht und Caro hinterhergeht, fällt mir Luis' Blick auf. Irgendwie wachsam, geradezu lauernd.

Ist mein Verstand dabei, sich in kleinen Stücken von mir zu verabschieden, oder was ist sonst der Grund dafür, dass ich zuerst bei Caro und Andy und jetzt bei Luis diese seltsamen Verhaltensmuster entdecke? Doch auch dieses vage Gefühl verdränge ich sofort wieder, bevor es noch mehr Raum in meinem Innern einzunehmen droht. Vermutlich bin ich einfach nicht fähig, das Verhalten von Menschen in solch einer Ausnahmesituation richtig einzuschätzen.

33.

Donnerstag, 15. Juni 2017

Es ist gerade mal ein paar Tage her, da konnte ich es kaum erwarten, unter dieser Regenbrause zu stehen. Jetzt prasselt das Wasser auf meinen Körper nieder und ich fühle nichts.

Alle sind fort. Nick und Ben sind wie besprochen mit zu Martin und auch Caro und Andy sind nach Hause gefahren.

Caro ist gar nicht erst zurückgekommen, nachdem sie das Wohnzimmer fluchtartig verlassen hatte.

Ich schlinge das große Badetuch um meinen Körper. Obwohl ich heiß und ausgiebig geduscht habe, ist mir tief im Innern kalt. Vielleicht ist auch ein Teil von mir bereits gestorben, überlege ich, während ich mit dem Handtuch ein Stück des beschlagenen Spiegels frei rubble und mein ausgemergeltes Gesicht mit den eingefallenen Augen darin betrachte. Ich sehe schrecklich aus, wie eine wandelnde Leiche. Die Beckenknochen stehen spitz hervor — ist es möglich, dass ich in dieser kurzen Zeit so viel abgenommen habe? Ich ziehe die Kordel am Bund meiner Jogginghose fest. Sie schlottert trotzdem um die Hüften, als wäre sie zwei Nummern zu groß.

Luis steht mit mir zugewandtem Rücken am Herd. Als das Geschirrtuch von seiner Schulter rutscht, hebt er es leise fluchend wieder auf. Ich bleibe einen Moment im Türrahmen stehen und beobachte ihn.

»Du hättest nicht kochen müssen.«

Er blickt kurz über die Schulter. Bevor er sich ganz zu mir

dreht, schiebt er noch rasch den Topf von der Herdplatte.

»Ich hatte Hunger.« Er zeigt ein schiefes Grinsen, während er seine Hände an dem Tuch abtrocknet.

Mein Mund verzieht sich zu einem traurigen Lächeln. »Entschuldige, ich bin so egoistisch.«

Er kommt langsam auf mich zu, seine Hand schiebt sich in mein nasses Haar und sein Daumen streicht sacht über meine Wange. Stumm treffen unsere Augen aufeinander. Behutsam zieht er meinen Kopf an seine Brust. Meine Arme umschlingen seinen Körper. Oh Gott, ich weiß nicht, was ich ohne ihn tun würde. »Lass mich nicht los.« Ich schluchze auf und er hält mich ganz fest. »Das werde ich nicht, niemals.«

Nach dem Abendessen sitzen wir auf dem Sofa vor dem Kamin. Warm in eine Decke gekuschelt, lehne ich den Kopf an seine Schulter. Die innere Kälte ist zu meinem ständigen Begleiter geworden. Wir reden nicht, schauen den tanzenden Flammen zu, wie sie sich um ein paar übereinanderliegende Holzscheite zu streiten scheinen. Ich könnte für ewige Zeiten in dieses Feuer starren.

Jenny habe ich nicht mehr gesehen. Laut Jess war sie müde und hatte sich früh schlafen gelegt.

Plötzlich habe ich das Bild dieses Astronauten im Kopf, dessen Seil gerissen ist und den es immer weiter in die Dunkelheit des endlosen Weltalls treibt, weg von seiner sicheren Raumkapsel, verschlungen vom Universum. Der Astronaut ist Jenny, die Raumkapsel bin ich. Ich habe schreckliche Angst, sie auch noch zu verlieren.

Die Tage bis zur Beerdigung verbringe ich wie eine Schlafwandlerin.

Kein einziges Mal verlasse ich Luis' Wohnung, tigere von Zimmer zu Zimmer, bis ich jeden Gegenstand darin auswendig kenne. Jess kommt zwar täglich mit Jenny vorbei, aber sie könnte es genauso gut sein lassen. Ich habe das Gefühl, meine Schwester möchte nichts mehr mit mir zu tun haben. Jessy ist jetzt ihre Bezugsperson.

Auf meine Fragen gibt sie einsilbige Antworten und kaum sind sie eine halbe Stunde da, zieht es sie wieder fort, in den Stall. Dort fühlt sie sich offenbar am wohlsten.

»Lass ihr Zeit. Wenn die Beerdigung vorüber ist, werden wir uns auf die Suche nach einer guten Therapeutin machen. Sie braucht professionelle Hilfe.«

Jessy stimmt ihrem Bruder zu. »Ja, Madlen, Luis hat recht. Mach dir nicht zu viele Sorgen. Jenny ist bei mir gut aufgehoben. Ich habe sie sehr gern«, fügt sie nach kurzem Zögern hinzu.

Ich bringe lediglich ein kraftloses Nicken zustande. Jessy ist mir zu einer großen Stütze geworden – wie verrückt die Welt doch ist.

Luis ist einfach nur da und das ist im Moment das Wichtigste. Wie ein Schatten ist er immer in meiner Nähe, und dennoch hält er sich stets im Hintergrund. Ich glaube, das ist genau das, was ich brauche, denn allein sein kann ich nicht. Gleichzeitig möchte ich mit niemandem reden. Er scheint genau zu wissen, was mir fehlt, wann ich etwas essen oder trinken sollte oder wann ich einfach nur in den Arm genommen werden möchte. Er beruhigt mich, wenn ich aus meinen immer wiederkehrenden Albträumen aufschrecke, und hält mich fest in seinen Armen, bis ich wieder eingeschlafen bin.

34.

Samstag, 17. Juni 2017

Jessy fragt mich, ob wir alle für die Beerdigung etwas Passendes anzuziehen haben. Darüber habe ich bis zu diesem Zeitpunkt überhaupt noch nicht nachgedacht. Es erscheint mir unwichtig und ich glaube, Chris hätte gewollt, dass wir in unseren ganz normalen Alltagsklamotten Abschied von ihm nehmen.

Aber dann ist es meine kleine Schwester, die darauf besteht, dass wir alle Schwarz tragen. »Das ist ja wohl das Letzte, willst du wirklich zur Beerdigung unseres Bruders in Jeans auftauchen?« Sie sieht mich einen Moment abfällig an, dann wendet sie sich Jessy zu. »Können wir gehen?«

Jess zuckt entschuldigend die Schultern. »Wir wollten in die Stadt und dachten, du möchtest vielleicht mitkommen, aber wenn du nicht willst ...« Sie lässt den Blick prüfend an mir hinab gleiten. »Ich denke, wir haben ungefähr dieselbe Größe, bestimmt findet sich in meinem Schrank etwas Passendes für dich.«

Jenny ist bereits zur Tür raus. Ich rufe ihr hinterher, aber sie gibt keine Antwort. Aus dem traumatisierten, stummen Mädchen ist binnen weniger Stunden eine wütende junge Frau geworden, die ihr altes Leben am liebsten wie die Haut einer Schlange abstreifen würde.

Sie wird nie wieder dieselbe sein – wir alle werden nie wieder dieselben sein.

Abends ruft Andy nochmal an, um uns ein paar letzte Informationen zum Ablauf der Trauerfeier durchzugeben.

Unfassbar, was er alles für uns tut. Ich kann nicht in Worte fassen, wie dankbar ich ihm für seine Unterstützung bin. Dabei kennt er uns kaum. Auch Jess kommt noch einmal vorbei – ohne Jenny. Sie bringt mir eine ganze Auswahl an Klamotten mit. »Ich finde, du solltest etwas Eigenes tragen, etwas, das dir gehört.« Sie hält mir eine riesengroße Papiertüte, die mit dem Label eines führenden Modehauses bedruckt ist, unter die Nase. »Probier es durch, was nicht passt, geben wir zurück.«

»Aber ich ...«

»Sie wird etwas davon aussuchen.« Luis ignoriert meinen schwachen Einwand und nimmt seiner Schwester die Tasche aus der Hand.

Tatsächlich passt alles wie angegossen.

Ich habe mich für eine enge schwarze Hose und eine schlichte, taillierte Bluse entschieden. Verwundert angle ich ein Paar schwarze Pumps aus der Tasche. Sie passen perfekt und sind trotz des recht hohen Absatzes erstaunlich bequem. Woher weiß Jess, was für eine Schuhgröße ich trage?

Mir fällt ein, dass auch Nick und Ben nichts anzuziehen haben. Als ich mit Martin telefoniere, beruhigt er mich. »Meine Mutter hat sich darum gekümmert, mach dir darüber keine Gedanken, Madlen.«

Einen Moment schließe ich die Augen. »Danke Martin, für alles.«

»Du musst mir nicht danken. Es ist nicht viel, was wir tun können, aber wenigstens das ...« Martins Stimme versagt und einen Moment schweigen wir uns durchs Telefon hindurch an. »Sie können bleiben, solange sie wollen, Madlen, hörst du?«

Ich presse die Lippen aufeinander und obwohl ich weiß, dass Martin es nicht sehen kann, nicke ich ein paar Mal.

»Madlen?«

»Ja?«

»Er war mein bester Freund, wusstest du das?« Ich kann die Verzweiflung in seiner Stimme hören und schlucke. »Ja … ja, das weiß ich, Martin.«

35.

Sonntag, 18. Juni 2017

Jess hat uns für heute zum Mittagessen eingeladen.

Sicherlich würde ich sehen wollen, wie Jenny sich eingerichtet hat, meinte sie gestern Abend noch, bevor sie ging. Außerdem ist sie der Meinung, wir müssten mal raus. Vielleicht hat sie recht, aber ich habe keine Lust, vor die Tür zu gehen – am liebsten würde ich für alle Zeiten auf diesem Sofa vor dem Kamin sitzen und in eine Decke gekuschelt ins Feuer starren.

So ertappe ich mich immer öfter: ins Leere starrend, ohne einen einzigen Gedanken im Kopf, weder einen positiven noch einen negativen. Es ist so wohltuend, als hätte mich jemand in Trance versetzt und ruhiggestellt. Den morgigen Tag habe ich in eine Schublade gesperrt. Ich weigere mich, daran zu denken.

Luis zieht die Tür ins Schloss. Er folgt meinem Blick zum Hauptgebäude, dann nimmt er meine Hand und drückt sie leicht. »Meine Eltern sind übers Wochenende weggefahren.«

»Du weißt schon wieder, was ich denke.« Ich schiele zu ihm hoch, während wir langsam den Kiesweg entlang schlendern.

»Unschwer zu erraten, was in deinem Kopf vorgeht, wenn du auf diese Weise da rüber schaust.« Er hebt leicht den Mundwinkel und blickt weiter geradeaus.

Obwohl ich nun weiß, dass Luis' Eltern mir nicht über den

Weg laufen werden, pocht mein Herz wild in der Brust. Die Villa der Moscas betreten zu müssen, schüchtert mich auf unangenehme Weise ein.

Plötzlich bleibt Luis wie angewurzelt stehen. Seine Aufmerksamkeit ist auf den schwarzen BMW gerichtet, der neben Jessys Porsche parkt. Ich will gerade den Mund öffnen, um etwas zu sagen, da setzt das Auto schwungvoll zurück. Durch die vom Sonnenlicht verspiegelte Scheibe ist der Fahrer nicht zu erkennen. Er scheint einen Moment zu zögern, bevor er eine Spur zu viel Gas gibt und mit durchdrehenden Rädern die Hofeinfahrt hinunterjagt. Wir sehen der Staubwolke hinterher.

»Wer ...?«

»Sebastian, das war Sebastian.« Luis runzelt die Stirn.

»Was wollte der hier?« Mir wird jetzt noch übel, wenn ich daran denke, wie zudringlich er bei diesem Empfang geworden war.

»Keine Ahnung, Jess wird's uns sagen.« Luis' Kiefermuskeln sind angespannt.

Wir betreten die Stufen des imposanten Aufgangs. Zuerst wundere ich mich, dass die Eingangstür nicht verschlossen ist, aber als wir hindurchgehen, wird mir klar, warum.

Wir stehen in einem großen Innenhof. Erstaunt hebe ich den Kopf und schaue in einen von ein paar kleinen weißen Wolken durchbrochenen blauen Himmel. Langsam drehe ich mich einmal im Kreis. Zu meiner Linken und Rechten führt je eine Treppe nach oben, an deren Ende sich überdachte Galerien befinden. Die Türen scheinen in separate Wohnungen zu führen. Blicke ich geradeaus, treffen meine Augen auf die große, doppelseitige Holztür, die wohl in das Reich von Luis' Eltern führt. Fehlen nur noch zwei

Wachposten, die mir den Eingang verwehren, schießt mir der Gedanke durch den Kopf, doch an deren Stelle stehen zwei mannshohe Fächerpalmen. Efeuranken schlängeln das Mauerwerk empor und die Rabatten, die den gepflasterten Innenhof umrunden, leuchten in einer bunten Pflanzenvielfalt. So stelle ich mir einen kleinen mediterranen Park irgendwo in Italien vor. Alles hier ist mit viel Liebe zum Detail angelegt worden.

»Das ist Nonnos Wohnung.« Luis deutet mit dem Kopf auf den linken Aufgang. »Und das nächste Mal gehen wir durch diese Tür.« Mit dem Zeigefinger macht er eine lässige Bewegung Richtung Haupteingang. »Aber jetzt wollen wir erstmal sehen, was mein Schwesterlein gekocht hat.« Er greift nach meiner Hand und gemeinsam steigen wir die Treppe zu unserer Rechten hinauf. Luis ist gerade im Begriff, an die Tür zu klopfen, als sie auch schon von innen geöffnet wird.

»Man hat mich zum Türsteher verdammt.« Luis' Großvater steht uns augenzwinkernd gegenüber. Ich bin überrascht. Mit ihm hatte ich nicht gerechnet. Aber da fällt mir wieder ein, dass Luis' Eltern übers Wochenende weggefahren sind. Sicherlich nimmt er sein Mittagessen stets mit ihnen zusammen ein, da ist es nur verständlich, dass Jess ihn heute auch eingeladen hat. Es stört mich keineswegs, im Gegenteil.

Er umschließt meine Hand und lässt seinen gütigen, mitfühlenden Blick auf mir ruhen. »Signora Madlen«, sind seine einzigen Worte. Natürlich weiß er Bescheid.

Das Seltsame ist, ich habe sofort das Gefühl, in einen sicheren Hafen zu kommen, wenn Luis' Großvater um mich ist. Er strahlt irgendetwas Beschützendes aus und wieder stelle ich fest, wie sehr ich ihn mag.

Wir stehen in einer kleinen Diele, die durch die hellen Wände und die weißen Hochglanzmöbel größer wirkt, als sie tatsächlich ist. Ein mannshoher Spiegel sorgt optisch zusätzlich für mehr Raum. Wir folgen dem Gang auf dunklen Holzdielen, die sich durch die gesamte Wohnung ziehen. Rechts davon befindet sich die nicht allzu große Küche. Jess und Jenny bewegen sich geschäftig hin und her.

»Geht schon mal rein, wir kommen gleich.« Mit diesen Worten scheucht Jess uns davon. Wir folgen Luis' Großvater und betreten ein riesiges hypermodernes Wohnzimmer mit Essbereich. Alles wirkt schlicht und zugleich edel. Zwei Farben dominieren. Weiß die wenigen Möbel und dunkelbraun der Fußboden. Ein paar Farbkleckse stechen hervor. Knallrote Kissen auf einer cremeweißen Couch und zwei große Fotodrucke an den Wänden, die irgendwelche undefinierbare, in sich verschlungene rote und braune Linien zeigen. Die Aussicht durch die komplett verglaste Fensterfront ist atemberaubend.

»Da ist ein See!« Erstaunt blicke ich in die Ferne.

»Wir können nächste Woche hinfahren, das Wetter wird halten.« Ohne ihn bemerkt zu haben, ist Luis hinter mich getreten. Ich spüre seinen warmen Atem an meiner Schläfe und lehne den Kopf an seine Wange.

»Ihr könnt euch setzen.« Jenny stellt das Tablett mit den kleinen Salatschüsselchen auf dem Esszimmertisch, der aus einer stylischen dunkelgrauen Eisenplatte besteht, ab. Sie geht ganz in ihrer Aufgabe auf.

Chris ist ihr großes Vorbild gewesen. Er war nicht nur ihr Bruder, sondern gleichzeitig eine Art Vaterfigur. Ich weiß, dass sie ihn abgöttisch geliebt hat. Aber jetzt scheint sie kein bisschen zu trauern. Im Gegenteil, vermeintlich gut gelaunt erzählt sie, wie sie gemeinsam das Essen zubereitet haben.

»Nach der Lasagne gibt es noch einen Nachtisch, den hat Jenny gemacht«, ergänzt Jess beinahe ein wenig stolz. Mir fällt auf, dass meine Schwester ihr Essen kaum anrührt, während sie Jess ein maskenhaftes Lächeln schenkt.

Sie spielt die Hauptrolle in einem Theaterstück und wir sind die zugehörigen Statisten.

Trotz allem schenken uns diese Stunden ein wenig Ablenkung. Luis' Großvater gelingt es, uns mit seinen Geschichten in den Bann zu ziehen. Er erzählt, wie es damals war, nach Deutschland zu kommen. »Wir hatten nichts weiter als unsere Träume und unsere Hände. Wir stürzten uns in die Arbeit, denn davon gab es genug. Jede Kraft wurde gebraucht. In dieser Hinsicht war es im Vergleich zu heute einfacher. War man fleißig, so konnte man es auch als *Itaker* zu etwas bringen.« Nach dem zynischen Tonfall schenkt er uns ein betrübtes Lächeln. »Und doch, in der Gesellschaft war es schwer, akzeptiert zu werden. Man gehörte einfach nicht dazu.« Er hebt den Kopf und sieht uns mit wachem Blick an. »Aber dann lernte ich eure Großmutter kennen.« Seine Augen beginnen zu leuchten. »Ihr war es gleichgültig, dass ich ein armer Gastarbeiter war. *Carlo*, meinte sie, *mir ist egal, was die andern sagen, wir schaffen das. Eines Tages werden sie alle staunen.* Einen Moment ist er wohl in Gedanken ganz bei ihr. Lächelnd verharrt er, dann hebt er den Kopf und sieht in die Runde. »Was soll ich sagen? Sie hatte recht.« Wie zur Bestätigung klopft er mit seinem Stock auf den Boden. »Man sollte nie vergessen, wo man herkommt. Denn wenn man das tut, läuft man Gefahr, zu einem gottverdammten arroganten Arschloch zu werden.«

Wir zucken zusammen. Na ja, zumindest ich, denn Luis

und Jessy zeigen ihrem Großvater nur ein Grinsen.

»Ach, das findet ihr amüsant?« Leicht strafend sieht er die beiden an, dann schüttelt er resigniert den Kopf. »Es wird höchste Zeit, euren Vater wieder einmal daran zu erinnern.«

Nachdem wir mit dem Nachtisch fertig sind, verabschiedet Carlo sich.

»Ich muss mich ein wenig aufs Ohr legen, meinen alten Knochen ein wenig Ruhe gönnen.« Ächzend erhebt er sich, nachdenklich schaut er einen Moment ins Leere.

»Der unsagbare Schmerz wird irgendwann dem Gefühl der dankbaren Erinnerung weichen, denkt immer daran, Mädchen.« Sein Blick strahlt etwas Wissendes aus. Er hat eine ähnliche Tragödie durchlitten, bin ich mir plötzlich sicher. Noch einmal nickt er uns mitfühlend zu, bis Luis ihn schließlich zur Tür begleitet.

»Warum zeigst du Madlen nicht dein Zimmer?« Um Ablenkung bemüht, beginnt Jessy, den Tisch abzuräumen. »Na los, geht nach oben, deine Schwester möchte doch sicher sehen, wo du die Nächte verbringst.« Verschwörerisch zwinkert sie Jenny zu.

Widerwillig, wie mir scheint, erhebt Jenny sich. Wir folgen den Stufen der Wendeltreppe, die direkt neben dem Essbereich in die obere Etage führt.

»Wow, von hier ist die Aussicht noch überwältigender.«

»Ja, nicht wahr?« Jenny tritt neben mich ans Fenster. Wir sind in ihrem Zimmer. Wie sich das anhört – *ihr Zimmer* … als würde sie schon immer hier leben.

»Schau mal«, sie dreht sich weg, geht an dem großen französischen Bett vorbei und öffnet eine Verbindungstür. »Ist das nicht cool?«

»Das ist echt cool, ein eigenes Badezimmer.« Ich werfe einen Blick über ihre Schulter. Unsere Augenpaare treffen sich im Spiegel über dem Waschbecken. Sie sieht schnell weg.

»Jenny ...« Ich greife nach ihrem Arm. Sie versteift sich sofort. Abrupt windet sie sich aus meinem Griff und steuert auf das große Bett zu. Sie hält sich an den verschnörkelten Gitterstäben fest, als hätte sie Angst, umzufallen.

»Die Matratze ist total weich.« Ihre Stimme klingt gehetzt.

»Jenny!« Wieder gehe ich auf sie zu. Ich lege meine Hand auf ihre Schulter und drehe sie entschlossen zu mir um. »Was soll das Theater, was für ein Spiel spielst du?« Mit einem Mal werde ich wütend.

»Ich weiß wirklich nicht, was du meinst. Und fass. Mich. Nicht. An!« Sie betont jedes einzelne Wort ihres letzten Satzes. Als hätte sie mich geohrfeigt, weiche ich einen Schritt zurück. Kraftlos lasse ich meine Arme sinken.

»Du bist nicht die Einzige, die alles verloren hat, weißt du? Ich konnte damals mit keiner Menschenseele darüber reden, was Vater mir angetan hatte. Und jetzt, jetzt ist mein Bruder gestorben, mein allerbester Freund, der zweite Teil meiner Seele. Chris und ich, das war einzigartig, verstehst du? All die Jahre haben wir versucht, für euch da zu sein. Wir wollten für euch die Eltern sein, die ihr niemals hattet.« Ich lache bitter auf. »Das hatten wir uns geschworen, als wir noch Kinder waren. Das hatten wir uns fest versprochen, als du völlig durchnässt und schreiend in unseren Armen lagst. Ich war nicht mal zehn Jahre alt und Chris war gerade erst zwölf geworden. Hier, wir haben unseren Schwur besiegelt.« Ich halte Jenny mein Handgelenk unter die Nase. Sie starrt auf die schmale, dünne Linie.

»Findest du das lächerlich?« Provozierend schaue ich ihr

in die Augen. »Für uns war es eine todernste Angelegenheit. Wir wollten das Blut des anderen in uns spüren. Verbunden für immer. Also tu verdammt nochmal nicht so, als wärst du die Einzige, die ihn verloren hat.« Mit einem Ruck drehe ich mich um. Ich habe bereits die Türklinke in der Hand, als sie mit leiser Stimme zu reden beginnt.

»Ich muss nur noch morgen überstehen. Das sag ich mir die ganze Zeit. Dann kann ich endlich ein neues Leben anfangen, hier bei Jessy. Sie kann mir alles bieten, was ich nie hatte. Ich muss nur noch nach vorne schauen und mein altes Leben vergessen. Einen Schlussstrich ziehen. Ich habe keine Wahl, verstehst du das? Denn wenn ich auch nur eine Sekunde darüber nachdenke, was geschehen ist, dann möchte ich für den Rest meines Lebens schreien.«

Langsam drehe ich mich um und sehe in ihr Gesicht.

Die Maske ist gefallen. Mit den Händen umklammert sie ihre Oberarme und wiegt sich ganz leicht vor und zurück. In gleichmäßigem Rhythmus beißt sie sich auf die Unterlippe. Wenn sie nicht aufhört, wird es gleich bluten, streift mich der flüchtige Gedanke, bevor ich in ihre Augen blicke. Sie erinnern mich an zwei dunkle Seen, in die es viel zu lange geregnet hat. Ich gehe auf sie zu, streiche ihr das Haar aus dem Gesicht und schließe sie ganz behutsam in meine Arme. Diesmal wehrt sie sich nicht.

»Maddy, ich ... ich ... weiß nicht, wie ...« Die Dämme brechen und sie schluchzt verzweifelt auf.

»Du bist nicht allein. Wir sind deine Familie, Nick, Ben und ich. Wir sind noch da, hörst du? Wir sind noch da.« Unsere Tränen vermischen sich, während wir uns mit einem Gefühl der Ohnmacht aneinanderklammern.

Wie ein kleines Kind lässt Jenny sich von mir ins Bett

bringen. Ich lege mich zu ihr und warte, bis sie eingeschlafen ist. Sie ist völlig erschöpft, jetzt, nachdem ihre mühsam errichtete Mauer eingestürzt ist. Vorsichtig schäle ich mich aus unserer Löffelstellung und decke sie behutsam zu. Wenn schon nicht für mich, so muss ich doch für Jenny da sein. Einen Moment steh ich einfach nur da und betrachte ihre zusammengerollte Gestalt. Sie braucht mich mehr denn je, wird mir da klar. Und plötzlich weiß ich, nicht sie, sondern ich bin diejenige, die nur noch den morgigen Tag überstehen muss, denn danach werde ich alle Gefühle beiseiteschieben und funktionieren. Nicht für mich, sondern für Jenny und meine Brüder.

Gesprächsfetzen dringen an mein Ohr, während ich langsam die Wendeltreppe hinuntergehe. Luis' Großvater scheint doch noch hier zu sein, aber sie sind wohl gerade im Begriff, sich zu verabschieden.

»Gut, dass nächste Woche endlich der Lift eingebaut wird, dann hast du es leichter«, höre ich Luis sagen. Sie reden vermutlich über den Zugang zu Carlos Eingangstür. Sicherlich fällt es ihm schwer, täglich mehrmals die Treppenstufen erklimmen zu müssen, wo er doch ohnehin schon einen Gehstock benötigt.

Die Haustür fällt ins Schloss. Ich weiß nicht warum, aber einen Moment verharre ich auf der Treppe. Luis geht zu Jess in die Küche. Eine Weile ist nur das Klappern von Geschirr zu hören. Er scheint ihr beim Befüllen der Spülmaschine zur Hand zu gehen.

»Was wollte Sebastian hier?«, hör ich ihn plötzlich fragen.

Jess antwortet etwas, aber sie spricht so gedämpft, dass ich sie nicht verstehen kann.

»Dieses verdammte Schwein!« Luis' Stimme, dann ein dumpfes Geräusch, als würde jemand etwas mit unglaublicher Wut auf den Tisch knallen. Ich zucke zusammen.

Er betritt das Wohnzimmer. Aufgewühlt fährt er sich mit der Hand durch sein Haar. Seine Kieferknochen mahlen. Als würde er meine Anwesenheit spüren, hebt er den Kopf. In Sekundenschnelle verändert sich sein Gesichtsausdruck. Er sieht mich mit einer Mischung aus Besorgnis und Wachsamkeit an.

»Hey, alles in Ordnung? Was ist mit Jenny?«

»Sie ist zusammengebrochen.« Ich atme tief durch, dann gehe ich die Stufen vollends hinab.

»Jetzt schläft sie.« Ich suche seinen Blick. »Halt mich fest.«

Er zieht mich an sich und ich vergrabe mein Gesicht an seiner Brust. Sanft streicht seine Hand immer wieder über meinen Rücken. Für einen Moment spüre ich nur ihn. Für einen Moment vergesse ich alles andere.

Das Klingeln an der Tür lässt uns auseinanderfahren. Es ist Tom, Jessys Freund. Er begrüßt Luis mit einem lässigen Handschlag. Anscheinend haben sie sich nach ihrer Auseinandersetzung im Fellini vor ein paar Wochen wieder ausgesöhnt. Damals hatte Caro mir erzählt, dass die beiden kurz davor waren, aufeinander loszugehen, nachdem Luis mich mitten auf der Tanzfläche vor allen Leuten geküsst hatte und ich die Minuten danach heulend auf dem Klo verbrachte.

Er nickt mir knapp zu und verschwindet in der Küche. Lässig zieht er Jessy an sich und beginnt sie zu küssen. Es sieht nicht so aus, als hätten die beiden vor, sich in naher Zukunft voneinander zu lösen. Leise schleichen wir uns davon.

Ich konnte Luis überzeugen, sich ein wenig in seinen Fitnessraum zurückzuziehen.

»Echt, ich bin total müde. Ich leg mich hier in den Schatten und versuche ein wenig zu schlafen.«

»Bist du sicher?« Er runzelt die Stirn.

»Ja, wirklich, geh nur.«

Die Wahrheit ist, wieder einmal möchte ich allein sein. Mit meinen Gedanken. Mit meinen Gefühlen. Mit Chris.

Durch die große Fensterfront im Wohnzimmer gelangt man direkt auf eine weitläufige Holzterrasse. Der Blick von dort über den Park ist überwältigend. Ein Meer von blühenden Sträuchern und Blumenrabatten leuchtet mir aus allen Winkeln entgegen.

Jetzt, wo mein Körper sich in die geschwungene Form der Liege schmiegt, merke ich, wie meine Augenlider tatsächlich immer schwerer werden. Eine Weile sehe ich noch blinzelnd den sich in einer leichten Brise wiegenden Zweigen des Flieders zu, bevor meine Augen schließlich ganz zufallen. Kurz muss ich daran denken, dass ich ganz vergessen habe, Luis nach Sebastian zu fragen und weshalb er vorhin bei Jessy so wütend geworden ist. Aber während mein Gehirn noch versucht, sich näher mit diesem Gedanken zu befassen, um ihn festzuhalten, fängt er an, wie ein Fisch im Wasser langsam davon zu schwimmen.

Der Traum beginnt wie immer in den letzten Tagen.

Es ist Sommer und es ist warm. Das Licht der Sonne legt sich wie ein seidener Glanz über unseren Hof. Das Anwesen wirkt überraschenderweise kein bisschen heruntergekommen.

Ich bin glücklich. Die Sonnenstrahlen scheinen dieses Gefühl in jede einzelne Pore meiner Haut zu implantieren. Da ist etwas, das ich unbedingt Chris erzählen muss. Keine Ahnung was es ist, aber da ist dieses unbändige Bedürfnis, ihn in etwas einweihen zu müssen.

Überall suche ich ihn. Im Haus, in der Scheune. Schließlich öffne ich die Stalltür. Die Kette baumelt noch von der Decke herab und dann sehe ich seine Beine. Die Male an seinem Hals, die gefalteten Hände auf seiner Brust. Ich schreie.

»Lies ihn durch, du musst ihn genau durchlesen.« Jess steht plötzlich neben Chris. Sie hält mir einen Brief unter die Nase. Chris' Abschiedsbrief. »Du musst ihn durchlesen«, sagt sie noch einmal. Ihre Stimme klingt drängend. Ich greife nach dem weißen Papier, doch in dem Moment, als ich es umdrehe, zerplatzt der Traum wie eine Seifenblase.

Aus der Liege hochschreckend huschen meine Augen verwirrt umher. Fast erwarte ich, Jess neben mir zu sehen, aber natürlich ist da niemand.

Erst am Abend kommt sie noch einmal mit Jenny vorbei. Wir besprechen, wann wir am nächsten Tag aufbrechen werden.

Jenny und Ben wollen Chris so in Erinnerung behalten, wie er war. Nick und ich möchten ihn noch einmal sehen. Obwohl ich weiß, dass sich dieses Bild für immer in mein Gedächtnis einbrennen wird, musste ich keine Sekunde über eine Alternative nachdenken.

Als sie sich wenig später von uns verabschieden, schlingt Jenny ihre Arme um mich. Wir sagen kein Wort, halten uns einfach nur fest. Der einzig tröstliche Gedanke ist der, dass sie wieder bei mir angekommen ist, dass sie mich braucht, mehr braucht als Jess.

Den Abend verbringen wir vor dem Fernseher. Irgendeine Dokumentation über Südamerika flimmert über den Bildschirm.

Das Leben geht einfach weiter, als wäre nichts Besonderes geschehen. Müsste die Erde nicht aufhören, sich zu drehen, frage ich mich fassungslos. Nein, beantworte ich sogleich meine unausgesprochene Frage, denn Chris' Tod ist ganz allein meine Tragödie und die meiner Geschwister. Überall auf der Welt sterben Menschen. Werden bei Terroranschlägen und Unfällen getötet, oder Kinder verhungern ganz einfach. Es gibt weitaus schlimmere Schicksale, bei denen ganze Familien ausgelöscht werden. Aber wen interessiert schon das Elend anderer, wenn er am eigenen zugrunde zu gehen droht?

Luis scheint zu spüren, dass ich mit meinen Gedanken allein sein muss. Er hat lediglich den Arm um mich gelegt. Mein Kopf ruht an seiner Schulter. Den ganzen Abend verbringen wir schweigend.

In dieser Nacht werde ich von keinen Träumen verfolgt. Im Gegenteil, seltsamerweise falle ich in einen tiefen, ruhigen Schlaf.

36.

Montag, 19. Juni 2017

Dann bricht er an, der schwerste Tag meines Lebens. Obwohl ich keine Vorstellung davon habe, wie ich ihn überstehen soll, fühle ich nichts, nur in Watte verpackte Leere.

Duschen, anziehen, eine Kleinigkeit essen. All das erledige ich in einer mechanischen Monotonie. Alles erscheint mir unwirklich. Wie ich in das Auto steige, mich neben Luis auf den Sitz fallen lasse und einen Blick auf die Rückbank werfe – in Jennys blasses Gesicht.

Der Friedhof liegt verlassen da. Die jungen, saftig grünen Blätter der Kastanienbäume glänzen im hellen Sonnenlicht. Leise plätschert ein dünner Wasserstrahl in den Brunnen hinter dem schmiedeeisernen Eingangstor. Eine annähernd idyllische Atmosphäre.

Die Leichenhalle – wir stehen reglos da und starren auf das etwa fünfzig Meter entfernte Gebäude. Eine eiskalte Hand greift nach meinem Herz.

Luis' Finger schieben sich in meine. Sacht streicht er über meine Knöchel. Wir sehen uns an. Stumm nickt er mir zu, *Du schaffst das, ich bin da.* Ich kann seine unausgesprochenen Worte hören und schließe kurz die Augen, dann greife ich nach Jennys Hand und halte sie fest.

Autos nähern sich. Wir warten. Sie kommen fast gleichzeitig, Martin mit Ben und Nick, Andy und Caro. Wir umarmen uns schweigend. Caro schafft es beinahe nicht, sich von mir zu lösen.

»Wir sollten rüber.« Luis räuspert sich und als Andy seine Hand auf Caros Schulter legt, lässt sie mich endlich los. Mit leerem Blick sieht sie an mir vorbei. Warum kann sie mir nicht ins Gesicht sehen?

Wir sind eine ganze Stunde früher da. Zeit genug, Abschied zu nehmen. Zeit genug ... Keine Zeit der Welt ist ausreichend für so etwas.

»Seid ihr euch sicher?«, frage ich Ben und Jenny. Sie fixieren die Tür, hinter der unser Bruder aufgebahrt liegt.

»Ja.« Ben nickt sofort. Jenny zögert einen Moment, doch dann schüttelt sie entschlossen den Kopf.

Caro starrt auf ihre Schuhspitzen, was wohl ebenfalls ein Nein bedeutet. Es ist mir unverständlich, warum sie Chris nicht ein letztes Mal sehen will. Sie hat ihn doch geliebt. Ich umklammere noch immer Luis' Hand. Er greift nach meiner anderen, dreht mich sacht zu sich und studiert mein Gesicht. Obwohl ich spüre, was er mir mitteilen will, schüttle ich kaum merklich den Kopf. Das muss ich alleine tun. Durch diese Tür kann mich keiner begleiten. Ich drehe mich um und da steht Nick. Dieser große, schlaksige junge Kerl mit dem hellbraunen Haar, das ihm zu allen Seiten absteht, als würde er sich ständig hindurch fahren. Seine Augen liegen tief in den Höhlen und sein Blick gleicht dem eines verängstigten Kindes. Dennoch wird mir wieder bewusst, wie ähnlich er Chris in diesem Moment ist. Ich straffe meinen Körper und greife entschlossen nach seiner Hand. Wir gehen gemeinsam durch die Tür.

Keine Ahnung, was ich mir vorgestellt habe. Grauer Fußboden, kaltes Mauerwerk, hohe Decke? Nichts von dem trifft zu.

Die Wände sind in einem hellen Beige gestrichen. Warmes

Kerzenlicht lässt seinen Schatten durch den Raum tanzen. Ein bequem aussehender Lehnstuhl steht in einer Ecke. An der Wand hängt eine Fotografie, auf der ein Regenbogen, der sich über eine wunderschöne Landschaft erhebt, Richtung Himmel weist. All das nehme ich im Bruchteil von Sekunden wahr. Einen Moment noch hält mich das Bild gefangen.

Dann senke ich langsam den Kopf. Ich schaffe es nicht einmal, zu blinzeln.

Der Sarg ist aus hellem Fichtenholz. Vorsichtig mache ich einen Schritt. Einen zweiten und noch einen. Meine Hand streicht über das glatte, glänzende Holz.

Chris ... Sein Gesicht ... Eine Haarsträhne fällt ihm in die Stirn. Ich bin mir sicher, er schläft nur. Er kann unmöglich tot sein. Ich schluchze auf. »Warum hast du das getan, Chris? Warum nur hast du das getan?« Es tut so weh, es tut so entsetzlich weh.

Eine Hand legt sich auf meine Schulter und ich greife danach – Nick. Mit der anderen wische ich mir die Tränen vom Gesicht. Ich drehe mich um und werfe mich wimmernd in Nicks Arme. Plötzlich ist es mein kleiner Bruder, der mich trösten und festhalten muss, damit ich nicht zusammenbreche.

»Ich glaube, es wird Zeit.« Nicks Stimme gleicht einem heiseren Krächzen.

»Lässt du mich noch fünf Minuten hier allein bei ihm?« Inzwischen habe ich mir den Sessel herangezogen.

»Okay.« Nick räuspert sich. Er tritt ganz nahe an den Sarg heran.

»Leb wohl, Bruder.« Seine Stimme bricht beim letzten Wort. Einen Moment verharrt er, dann dreht er sich ruckartig um und geht mit festen Schritten zur Tür hinaus.

Ich schließe die Augen, versuche ruhig zu atmen und zähle bis zehn. Dann stehe ich auf. Denn das, was jetzt kommt, möchte ich bewusst tun. Es soll sich in mein Innerstes einbrennen und jederzeit, egal an welchem Ort der Welt, abrufbar sein. Das hier werde ich niemals vergessen. Also öffne ich die Augen und beginne bei seinen zusammengefalteten Händen. Es sind kräftige Hände, von der schweren Arbeit gezeichnet. Und doch strahlen die langen, wohlgeformten Finger etwas Feines, fast Zartes aus.

Mein Blick wandert langsam nach oben. Sie haben ihm eines seiner Slim Fit Hemden angezogen. Es ist das Blaue, das er erst vor Kurzem im Fellini getragen hat. Ich muss schlucken. Sein Hals ... die Striemen, sie sind blasser geworden. Haben sie ihn rasiert? Meine Erinnerung ist verschwommen. Hatte er das letzte Mal Stoppeln am Kinn, an den Wangen? Ich betrachte seinen Mund, die gerade Nase und die kräftigen Augenbrauen. Seine Stirn wirkt beinahe ein wenig sorgenvoll. Bist du so gegangen? Voller unruhiger Gedanken? Meine Hand berührt sein weiches Haar. Zärtlich streiche ich über seine Schläfe. Meine Fingerspitzen sind nass von den Tränen.

»Ich verlass mich darauf, dass du immer da sein wirst, egal wo wir sind, hörst du?« Noch einmal schließe ich kurz die Augen und beiße mir auf die Unterlippe, dass es schmerzt. Ein letztes Mal betrachte ich das Gesicht meines geliebten Bruders. Mein Mund haucht einen angedeuteten Kuss auf seine Stirn. »Verbunden für immer«, flüstere ich unseren Treueschwur aus Kindheitstagen.

Blind vor Tränen verlasse ich den Raum.

Am Ende sind es doch keine Wiesenblumen, die den Sarg zieren. Während meine Hand sich öffnet und die Rosenblüten in die Tiefe fallen, starre ich auf die orangenen und weißen Gerbera. Kurz zucke ich zusammen, als die Erde aus Luis' Schaufel mit einem leisen Plopp auf das Holz trifft. Ich lege den Arm um Jenny, erschöpft lehnt sie ihren Kopf an meine Schulter. Wie ich scheint sie bereits alle Tränen geweint zu haben. Unbeweglich verharren wir noch einen letzten Augenblick vor dem offenen Grab. Ein lautloses *leb wohl,* kommt über meine Lippen. Wir wenden uns ab und steuern auf Ben, Nick und die anderen zu. Jenny bleibt ruckartig stehen. Es ist der Moment, als unsere unermessliche Trauer Gesellschaft bekommt, Gesellschaft in Form von unbeschreiblicher Wut.

Vater. Ich weiß nicht, was unerträglicher ist. Die Tatsache, dass er zur Beerdigung seines Sohnes zu spät kommt, oder dass er sich überhaupt hier blicken lässt.

»Wie kannst du es wagen!« Nick baut sich drohend vor ihm auf. Mir stockt der Atem. Der Pfarrer hebt irritiert den Kopf. Martin geht einen Schritt auf Nick zu und greift nach seinem Arm. »Nicht hier.« Die Worte kommen zischend aus seinem Mund. Warnend sieht er ihn an. Widerwillig lässt Nick sich von ihm zurückhalten.

Und dann treffen sich Vaters und meine Augen. Ich spüre Übelkeit in mir aufsteigen. Sein Gesichtsausdruck hat etwas Herablassendes an sich. Sein Mundwinkel hebt sich kaum merklich zu einem angedeuteten Lächeln.

Ihr könnt mir gar nichts, scheint es zu sagen.

Während der Pfarrer die letzten Worte spricht, lasse ich den Blick über die wenigen Menschen, die zu Chris' Beerdigung gekommen sind, schweifen.

Außer Diego und Maria sind Martins Eltern und Fritz Eberhard mit seiner Frau unter den Trauergästen. Ich entdecke noch drei ältere Frauen aus Breitenbach. Vermutlich gehen sie auf jede Beerdigung hier im Ort. Wie sie davon erfahren haben – keine Ahnung. Wir haben uns schließlich für einen Abschied in aller Stille entschieden. Früher hat sich niemand für uns interessiert, warum sollte es jetzt jemand tun. Die Menschen, die uns wichtig sind, stehen uns bei und sind hier. Bis auf unsere Eltern. Das Fernbleiben unserer Mutter überrascht mich nicht. Und Vater? Mit gefalteten Händen steht er in dem verschlissenen Anzug und einem weißen, zerknitterten Hemd da. Das rote Gesicht, das zu seinem ständigen Begleiter geworden ist, zu einer scheinbar trauernden Miene verzogen. Nick blickt starr vor sich hin. Seine Kieferknochen mahlen. Ich glaube, am liebsten würde er Vater umbringen. Ben versucht verzweifelt, die Tränen zurückzuhalten. Ständig wischt er sich mit einem Ärmel über die Wangen. Martin legt ihm die Hand auf die Schulter. Caro hält die ganze Zeit schon den Kopf gesenkt. Sie trägt eine Sonnenbrille. Warum nur habe ich das Gefühl, dass sie diese nur aufgesetzt hat, damit ich ihr nicht in die Augen sehen kann? Andy steht neben ihr und wieder erinnert mich die Art, wie er sich positioniert, an einen Bewacher, der darauf achtgeben muss, dass sein Schützling nichts Unüberlegtes tut.

Dann ist es endlich vorbei.

Vater hat sich als erster davon gemacht. Er hat mit keinem von uns gesprochen, aber ich denke, das hätte er auch nicht überlebt. Selbst Fritz hat kein Wort mit ihm gewechselt.

»Hast du denn gar nichts mitbekommen, Fritz? Hat er dir überhaupt nichts erzählt von dem Abend, als Chris ...?«

Fritz und seine Frau sind die Letzten, die uns das Beileid aussprechen und ich muss ihm diese Frage jetzt einfach stellen.

Er betupft sich seine schweißnasse Stirn mit einem Taschentuch. Seine Frau antwortet für ihn. »Fritz geht nicht mehr in den Adler. Seit dieses ungeheuerliche Gerücht die Runde macht.« Bestürzt schlägt sie die Hand vor den Mund. Ich folge ihrem Blick zu Jenny, die ein paar Meter weiter bei Diego und Maria steht.

»Er hat damit geprahlt, im Adler.« Fritz schlägt beschämt die Augen nieder, dann sieht er mich an. »Ist es wahr? Ist es wahr, was er mit deiner kleinen Schwester ...« Er verstummt.

»Dieses Schwein«, presse ich um Beherrschung ringend zwischen zusammengebissenen Zähnen hervor.

Als wäre das, was er Jenny angetan hat, nicht genug, missbraucht er sie ein weiteres Mal, indem er ihren Namen bei seiner elenden Sauferei in den Schmutz zieht.

»Ich will nichts mehr mit ihm zu tun haben, Madlen, glaub mir. Ich hätte ihm niemals eine Zuflucht angeboten, wenn ich davon gewusst hätte. Es tut mir leid.« Beschämt starrt Fritz auf den Boden. Einen Moment herrscht betretenes Schweigen.

»Wenn wir euch in irgendeiner Weise unterstützen können, lasst es uns bitte wissen.« Fritz' Frau legt ihre Hand an meine Wange. Ich presse die Lippen zusammen und nicke tonlos.

Wir werden zu Luis gehen. Jess wartet dort bereits auf uns. Sie hat angeboten, alles vorzubereiten. Kaffee, ein paar belegte Brote, Butterbrezeln. Obwohl ich nach der Beerdigung am liebsten mit meinen Geschwistern alleine sein wollte, bin ich seltsamerweise froh, dass auch Diego, Maria, Fritz und seine Frau und Martins Eltern mitkommen. Sie haben Chris gekannt und es tröstet mich, dass sie unsere Trauer teilen.

»Morgen komme ich wieder.« Ich stehe am Grab und blicke hinab. Die anderen sind schon vorausgegangen. Noch ein letztes Mal wollte ich hier bei ihm sein – allein, bevor sie ihn mit Erde bedecken. Es ist mir unbegreiflich, dass Chris in diesem Sarg liegen soll. Noch immer kann ich es nicht glauben.

»Er wird seine gerechte Strafe bekommen, das schwör ich dir. So wahr ich hier an deinem Grab stehe.« In dieser Sekunde wird mir klar, dass ich diejenige bin, die alles Menschenmögliche tun wird, Vater hinter Gitter zu bringen.

Ich muss alle Kraft der Welt aufbringen, um mich umzudrehen und loszulaufen. Nicht mehr nachdenken. Einfach einen Fuß vor den anderen setzen. Den Kiesweg zwischen den Gräbern hindurch. Um die Ecke biegen, an der Leichenhalle vorbei. Da geschieht es. Ein Windhauch streift mein Gesicht. Meine Nasenflügel blähen sich ganz leicht auf und die schwache Andeutung eines Geruchs durchströmt mich urplötzlich. Ruckartig bleibe ich stehen. Chris. Nach Luft schnappend sehe ich mich panisch um.

»Madlen, was ist los?« Mit schnellen Schritten kommt Luis mir entgegen.

»Chris ...« Ich keuche auf und sehe mich noch einmal um. Doch natürlich ist da nichts. Aus weit aufgerissenen Augen starre ich Luis an.

»Ich dachte ... ich dachte ...«, stammle ich wirr.

Er zieht mich an sich.

»Ich habe ihn gespürt, es hat sich so echt angefühlt.« Während Luis mich festhält, weine ich mir die Seele aus dem Leib.

Wir sind schon fast an dem großen schmiedeeisernen Tor des Friedhofes angelangt, als uns die Frau auffällt. Sie sitzt auf einer Bank zwischen zwei Kastanienbäumen. Ihre Haltung ist aufrecht, sie wirkt angespannt. Als sie uns kommen sieht, erhebt sie sich. Ich schätze sie auf Mitte vierzig. Sie trägt ein elegantes schwarzes Kostüm und hochhackige Pumps. Das blonde Haar hat sie zu einem lockeren Knoten gebunden. Ein paar Strähnen umrahmen ihr schönes, dezent geschminktes Gesicht.

Wir bleiben stehen. Abwartend.

»Du bist Madlen.« Zögernd macht sie einen Schritt auf uns zu und da erkenne ich sie plötzlich wieder. Die Frau von damals. Von der Beerdigung meines kleinen Bruders.

»Mein Name ist Karin Winter.« Sie streckt mir ihre Hand entgegen. Als ich nicht darauf reagiere, lässt sie sie sinken.

»Es tut mir leid, was mit deinem Bruder geschehen ist.« Sie sieht mir in die Augen. »Eure Mutter, sie ist bei mir, in Schwäbisch Gmünd. Es geht ihr nicht gut. Ihr fehlte die Kraft, zu kommen.«

»Ach, es geht ihr nicht gut?« Ein abfälliges Schnauben dringt durch meine Nase. »Was denken Sie wohl, wie es uns geht?« Ich schüttle den Kopf. »Aber wissen Sie was? Es erstaunt mich kein bisschen, dass sie nicht aufgetaucht ist. Sie hat sich noch nie für uns interessiert.«

Ohne auf meine Worte einzugehen, sieht sie uns nur eine Weile schweigend an. »Ich finde, es ist euer Recht, zu wissen, wo sie sich aufhält.« Sie greift in ihre Handtasche und hält mir eine Visitenkarte unter die Nase. »Hier, falls du einmal vorbeikommen und reden möchtest.«

Ich verschränke die Arme vor der Brust. »Ich wüsste nicht, worüber.«

»Ich schon«, ist das Einzige, was sie erwidert. Sie sieht mich mit einem seltsamen Gesichtsausdruck an, während Luis ihr die kleine Karte aus der Hand nimmt und einsteckt. Ich werfe ihm einen kurzen, missbilligenden Blick zu.

»Nun gut«, sie strafft ihren Körper. »Falls du es dir überlegst, ruf vorher bitte an, damit ich es einrichten kann.« Entschuldigend zuckt sie mit der Schulter. »Ich bin im Außendienst und oft unterwegs.« Am Friedhofstor hält sie noch einmal inne. »Weißt du, nichts ist, wie es scheint.« Sie dreht sich um und geht mit raschen Schritten davon.

Luis runzelt die Stirn. »Interessante Frau.«

»Findest du?« Ich presse die Lippen zusammen, dann reden wir nicht mehr, bis wir bei Jess sind.

Wieder einmal, wie so oft in letzter Zeit, werde ich beinahe gezwungen, etwas zu essen. Jess besteht darauf, dass Jenny und ich mindestens zwei belegte Brötchenhälften zu uns nehmen. »Ihr habt zu wenig auf den Rippen.« Entschieden drückt sie jeder von uns einen Teller in die Hand.

Ohne zu schmecken, was ich da esse, kaue ich lustlos auf dem Brötchen herum.

Ich bin noch immer wütend auf diese Frau. Einfach bei Chris' Beerdigung aufzutauchen und dann auch noch Mutter in Schutz zu nehmen, als wäre sie diejenige, die am meisten leiden würde.

Andererseits wollte sie uns nur informieren und hatte angeboten zu reden. Doch worüber? *Nichts ist, wie es scheint* – klingen mir ihre Worte im Ohr.

Die Art, wie sie mich dabei angesehen hat, lässt mich nicht zur Ruhe kommen.

Ich bin so sehr mit meinen Gedanken beschäftigt, dass mir

entgeht, wie Caro sich neben mich auf das Sofa setzt. Vielleicht liegt es auch daran, dass sie keinen Ton sagt und nur an ihrem Wasser nippt. Erst nachdem sie ihr Glas geräuschvoll auf dem Tisch abgesetzt hat, werde ich auf sie aufmerksam.

»Caro ...«

Sie sieht kurz zu mir her und noch schneller wieder weg.

»Caro!« Ich greife nach ihrem Arm. Wir starren uns einen Augenblick lang an.

»Gibt es etwas, das du mir sagen musst?«

Sie schluckt und einen Moment habe ich das Gefühl, dass sie etwas loswerden will. Doch dann schüttelt sie entschieden den Kopf. »Nein, wie kommst du darauf?« Plötzlich schlägt sie die Hände vors Gesicht und schluchzt auf. »Maddy, ich halt das nicht aus. Ich ... ich kann das nicht aushalten.«

Ich ziehe sie in meine Arme und wiege sie sacht hin und her. »Ich weiß, Caro, ich weiß.«

»Ich glaube, wir sollten gehen.« Es ist schon fast zur Gewohnheit geworden, dass Andy parat steht, sobald Caros Nerven verrücktspielen und zum wiederholten Male fällt mir Luis' Reaktion darauf auf. Argwöhnisch beobachtet er, wie Andy Caro auffordernd seine Hand entgegenstreckt. »Du musst dich ausruhen, es war ein langer Tag.«

Sie widerspricht nicht und lässt sich von ihm auf die Beine ziehen.

Als wäre das ein Startsignal, erheben sich auch die anderen. Diego und Maria nehmen mich in den Arm und versichern mir, ebenso wie Fritz und seine Frau, sollten wir Hilfe brauchen, wären sie jederzeit für uns da.

»Die Buben können bleiben, solange sie wollen«, versichert mir Martins Mutter noch einmal und ich bedanke mich auch bei ihr für alles, was sie für uns tut.

Dann sind wir unter uns. Martin und die Jungs, Jess, Jenny, Luis und ich.

Ich erzähle ihnen von Karin Winter. »Sie ist die Jugendfreundin von Mutter.«

»Meinst du, sie hatten all die Jahre noch Kontakt?«, fragt Nick.

»Keine Ahnung, ich habe jedenfalls nie was mitbekommen. Ich habe sie nur ein einziges Mal gesehen, damals bei der Beerdigung von Tim.«

Eine Weile hängt jeder seinen Gedanken nach.

»Was passiert jetzt?« Nick hebt plötzlich den Kopf. Wir sehen ihn alle fragend an.

Er steht auf und beginnt aufgewühlt hin und her zu gehen. »Ich meine, geht das Leben jetzt weiter, als wäre nichts geschehen? Vater ist ein Mörder. Selbst wenn er Chris nicht umgebracht hat«, er stockt, »so hat er doch Mutters damaligen Freund auf dem Gewissen. Chris hat schließlich die Waffe, aus der die Kugel stammt, gefunden.« Er schüttelt den Kopf. »Das muss doch reichen, das ist doch Beweis genug.«

»Du vergisst, dass die Waffe verschwunden ist. Vater hat sie sicherlich gut versteckt. Außerdem haben die Ermittler im Vorfeld keinerlei Fingerabdrücke darauf entdeckt und dann ist es nicht mal sicher, ob es sich tatsächlich um die Mordwaffe handelt, schließlich wurde nie eine Patrone gefunden.«

»Was der Grund dafür war, dass Chris sich inoffiziell als Lockvogel angeboten hatte. Sie brauchten ein Geständnis«, fügt Luis hinzu. Nachdenklich streicht er sich übers Kinn.

»Was ist?« Fragend sehe ich ihn an.

»Euer Vater hat keinen blassen Schimmer, dass die Kripo involviert war. Er denkt jetzt noch, Chris hätte ihn nur des Hofes wegen erpresst.«

»Was willst du damit andeuten?«

»Er muss nicht vorsichtig sein, dazu hat er überhaupt keinen Grund. Der einzige Schwachpunkt, der ihm hätte gefährlich werden können, ist ausgeschaltet – Chris.«

Wir sehen uns an und alle denken wir dasselbe. Gibt es vielleicht doch noch eine Möglichkeit, ihn auf irgendeine Weise zu überführen?

37.

Montag, 19. Juni 2017

Alle sind gegangen. Ich bin erleichtert und habe deshalb nicht einmal ein schlechtes Gewissen. Dabei müsste ich jetzt doch eigentlich rund um die Uhr für meine Geschwister da sein. Aber eine seltsame Gleichgültigkeit breitet sich in mir aus. Mir fehlt einfach die Kraft, mich um irgendetwas zu kümmern.

Wieder stehe ich unter dieser wundervollen Regenbrause. Das Wasser prasselt heiß auf meine Haut und ich beame mich innerlich weg. An einen Ort, an dem es keine Gedanken gibt. Keine Probleme, keine Fragen und Antworten, einfach nichts. Das gelingt mir inzwischen immer besser. Dieser Zustand hat etwas ungeheuer Erlösendes und Befreiendes.

Später hören wir Musik im abgedunkelten Wohnzimmer. Ich nippe an meinem Weinglas.

»Kannst du das bitte lauter machen?« Einen kurzen Moment zögert Luis, dann greift er wortlos nach der Fernbedienung. Auf dem Display der Musikanlage entdecke ich den Namen der Band. Muse – *Invincible* – unbesiegbar. Der Titel des Liedes.

Zuerst beginnt es langsam und irgendwie mystisch, mit elektronischen Elementen unterlegt. Trommelwirbel im Hintergrund. Die laszive Stimme des Sängers. Sehnsuchtsvoll, fast flehend, steigert sie sich von Takt zu Takt.

Immer mehr Instrumente setzen ein. Dann eine kurze ruhige Phase, die augenblicklich ersetzt wird durch eine Abfolge energiegeladener elektronischer Klänge und einer

Schlagzeugakrobatik, die meinen Puls in die Höhe schnellen lässt. Es ist genau der Geräuschpegel, den ich jetzt brauche. Laut, hart und schnell.

Alles um mich herum versinkt. In einem Zug leere ich das Weinglas und stelle es ein wenig zu heftig auf der Tischplatte ab. Luis zuckt kurz zusammen, als ich mich rittlings auf ihn setze. Ich nehme sein Gesicht zwischen meine Hände und beginne ihn heftig zu küssen. Er ist total überrumpelt, das spüre ich sofort. Entschieden löst er sich von mir. Er greift nach meinen Handgelenken und hält sie fest. Seine funkelnden Augen fixieren mich. Einen Moment verharren wir reglos. *Was zum Teufel tust du da?* Ich kann seine unausgesprochenen Worte hören. Doch plötzlich packt er mich am Hinterkopf und zieht ihn beinahe gewaltsam zu sich heran. Unsere Lippen treffen aufeinander. Hart und heiß. Den Bruchteil einer Sekunde weicht er zurück. Habe ich ihn gebissen? Keine Ahnung, was in mich gefahren ist, aber das spornt mich noch mehr an. Ich beginne ihm das T-Shirt vom Leib zu reißen und kann es kaum erwarten, ihn in mir zu spüren. Ihm scheint es genauso zu gehen. In Sekundenschnelle hat er mir mein Shirt über den Kopf gezogen. Wir fallen übereinander her wie zwei Tiere.

Keuchend lasse ich mich schließlich auf ihn sinken. Erschöpft schlafe ich in seinen Armen ein. Ich spüre nicht die Geborgenheit, die ich mir erhofft habe. Nicht dieses Gefühl, dass wir eins sind. Es liegt nicht an Luis. Es liegt an mir. Ich befinde mich in einem Glashaus. Alle da draußen kann ich sehen und alle da draußen können mich sehen. Aber das Haus ist abgesperrt und die Fenster sind bruchsicher. Ich bin darin gefangen.

38.

Dienstag, 20. Juni 2017

Ich habe wieder denselben Traum.

Die Sonne, das Glücksgefühl, Chris in der Scheune, meine Schreie und wie beim letzten Mal geht der Traum weiter. Jess, die mir den Abschiedsbrief unter die Nase hält, mit den drängenden Worten *»du musst ihn genau durchlesen«,* wie ich nach dem Papier greife und es umdrehe. *Verzeih mir* ist das Einzige, das ich gerade noch erkennen kann, bevor ich schweißgebadet hochschrecke.

Es ist dunkel. Nur der fahle Schein des Mondes dringt in den Raum und legt einen schwachen Schimmer über Luis' nackte Brust. Sein Atem geht tief und gleichmäßig. Er muss mich ins Bett getragen haben. Leise stehe ich auf und gehe ins Badezimmer. Ich halte den Mund unter den Hahn und benetze mein Gesicht mit kaltem Wasser. Mir fehlt der Mut, einen Blick in den Spiegel zu werfen. Mir graut vor der Fremden, die mir entgegenstarren könnte. Wieder im Bett zieht Luis mich mechanisch in seine Arme. Glücklicherweise ist er nicht aufgewacht. Ich möchte nicht über den Traum sprechen.

Das nächste Mal werde ich von lautem Donnergrollen geweckt. Es ist düster im Zimmer und von einer Sekunde auf die andere prasselt wie auf Kommando Regen gegen die Fensterscheiben. Luis ist schon aufgestanden. Der Platz neben mir ist leer.

Ich habe jegliches Zeitgefühl verloren. Nach einem Blick

auf mein Handy stelle ich erstaunt fest, dass es bereits nach zehn ist. Kraftlos lasse ich mich wieder auf das Kissen sinken.

Ich stelle mir vor, wie der Regen Chris' Grab bedeckt, in die Erde sickert und durch die undichten Winkel des Sarges dringt. Plötzlich habe ich das Gefühl, keine Luft zu bekommen. Ich schließe die Augen und versuche gleichmäßig zu atmen. Aber die Bilder bleiben. Der Traum von heute Nacht kommt mir wieder in den Sinn und ich sehe Chris auf dem Stallboden liegen. *Verzeih mir,* die beiden Worte seines Abschiedsbriefes. Es ist verrückt, aber ich habe das Gefühl, der Traum versucht mich auf irgendetwas hinzuweisen. Warum kommt Jess zum zweiten Mal darin vor? Und weshalb verlangt sie immer wieder von mir, den Brief genau zu lesen? Was für eine Botschaft steckt dahinter? Ich werde noch verrückt, wenn ich weiter darüber nachdenke. Also zwinge ich mich, aufzustehen.

Die Küche liegt verlassen da. Fröstelnd ziehe ich die Ärmel von Luis' Sweatshirt über meine Handgelenke. Wird mir jemals wieder warm werden?

Ich folge dem Kaffeeduft ins Esszimmer und höre Luis' Stimme. Den Rücken mir zugewandt, steht er an der großen Fensterfront unten im Wohnzimmer mit dem Handy am Ohr.

»Ja ... nein, verdammt ... ok, ich komme vorbei. Bis dann.«

Seine Worte wirken gepresst. Er legt auf. Nachdenklich, wie mir scheint. Reglos steht er da. Seine Aufmerksamkeit scheint nach wie vor auf den Park gerichtet.

Brötchen, Marmelade, Käse, ein Ei. Alles ist liebevoll auf dem Esszimmertisch angerichtet.

»Du gibst dir so viel Mühe.«

Er fährt herum. Sein Mund verzieht sich zu einem Lächeln.

»Ja, und ich bestehe darauf, dass du alles aufisst.«

Eine Weile stehen wir einfach nur da.

»Musst du weg?«

Fragend sieht er mich an.

»Du hast gesagt, bis dann, am Telefon, gerade eben.« Ich zucke mit der Schulter.

»Oh … ja, aber das hat Zeit.«

Einen kurzen Moment ist da etwas in seinem Gesichtsausdruck. Habe ich ihn bei irgendetwas ertappt? Was verbirgt er? Es ist derselbe Blick, der mir vorige Woche aufgefallen war, nachdem wir das Hotel verlassen hatten. Auch da hatte er telefoniert und auf meine Nachfrage war er mir ebenso ausgewichen wie jetzt in dieser Sekunde.

Ob ich Caro schreiben soll? Sie hat sich noch nicht bei mir gemeldet. Die Vorstellung, dass sie diese Woche zur Uni geht, fällt mir schwer. Dazu fehlt ihr die Kraft.

Ich vermisse sie.

»Hey ...« Luis greift nach meiner Hand. »Ich wünschte, ich könnte irgendetwas tun.« Seine Stirn ist in Falten gelegt.

Während ich mich mit der zweiten Brötchenhälfte abkämpfe, leistet er mir bei einer Tasse Kaffee Gesellschaft. Er versucht es zumindest, denn Gesellschaft bedeutet, sich auszutauschen, miteinander zu reden. Aber darin bin ich im Moment nicht besonders gut. Um genau zu sein, kommt aus meinem Mund kein einziges Wort.

Gedankenverloren bin ich damit beschäftigt, den Rand des Brötchens zwischen den Fingern zu zerkrümeln.

»Was hältst du davon, wenn wir heute raus an den See fahren? Du weißt schon, du hast ihn von Jess' Wohnzimmer aus gesehen.«

»An den See?« Angestrengt versuche ich den Sinn seiner

Worte zu entschlüsseln.

»Jess und Jenny könnten uns begleiten.«

»Und Caro?« Als würde mein Leben von seiner Antwort abhängen, flehe ich ihn geradezu an. Was ist nur los mit mir?

»Klar, warum nicht?« Ein Lächeln erscheint auf seinen Lippen.

Bevor ich es mir anders überlege, rufe ich Caros Kontakt auf. Sie ist online.

Doch nicht sie ist es, die auf meine WhatsApp antwortet.

»Hallo Madlen, ich bin's – Andy. Caro ist in der Uni, sie hat ihr Handy zu Hause vergessen. Denke, sie wird sich später bei dir melden.«

Caro hütet ihr Handy wie ihren Augapfel. In der Regel vergisst sie es nicht. Aber die Regeln sind außer Kraft gesetzt – sie hat ihren Freund verloren. Doch es ist etwas ganz anderes, das mich irritiert. Ich weiß, dass sie es stets mit ihrem Fingerabdruck aktiviert, weil sie sich die Pin nicht merken kann.

Ist sie ihr plötzlich wieder eingefallen? Und was ich noch viel weniger glauben kann: Hat sie diese Andy anvertraut? Ich hatte nur ein paar wenige Geheimnisse vor Chris. Eines davon war der Code meines Handys und ich kann mir nicht vorstellen, dass Caro das anders hält.

Also kann Andys Auftritt nur eines bedeuten. Caro ist zu Hause und möchte nicht mit mir sprechen.

Das Gewitter hat sich verzogen. Die Sonne strahlt bereits wieder von einem fast wolkenlosen Himmel.

Bernsteinsee steht auf dem leicht verwitterten Holzschild am Anfang des schmalen Pfades. Wir folgen dem mit Laubbäumen und Hecken dicht gesäumten Weg. Das Glitzern des

Wassers dringt immer wieder durch die raschelnden Blätter und schließlich stehen wir auf einer weitläufigen Fläche, deren Untergrund aus einer Mischung aus Gras und Kieselsteinen besteht.

Der See ist nicht sehr groß. Man benötigt vielleicht eine knappe Stunde, ihn zu umrunden. Um den Holzsteg auf der gegenüberliegenden Seite tummelt sich eine Vielzahl von Enten. Es hat beinahe etwas Kitschiges, wie sich die sanften Hügel mit ihren saftig grünen Wiesen dahinter anschließen. Als hätte sie ein Maler mit dem dazugehörigen blauen Himmel auf eine Leinwand geworfen.

Der Ort muss wirklich ein Geheimtipp sein, denn wir sind die Einzigen an dieser verzauberten Oase. Der See schimmert in der Sonne. Leise schiebt sich das Wasser in sanften Wellen über die Kieselsteine an den Strand.

»Wenn die Sonne langsam untergeht und sich die letzten Strahlen über das Wasser legen, schillert der See in den unterschiedlichsten Braun- und Goldtönen.« Luis lässt einen flachen Stein über die Wasseroberfläche hüpfen.

»Deshalb der Name, Bernsteinsee.« Ich blicke auf die glatte Fläche, die einer Glasscheibe gleicht. »Es ist wunderschön hier.« Schützend halte ich die Hand über meine Augen. Luis breitet eine Decke aus und wir lassen uns darauf nieder. »Du warst schon öfter hier« – *mit Mara*, vervollständige ich den Satz in Gedanken.

»Ja«, ist alles, was er darauf erwidert, aber das ist ok. Mehr gibt es dazu nicht zu sagen. Das war sein Leben, bevor ich dazwischengekommen bin. Wieder einmal frage ich mich, ob er manchmal den Wunsch verspürt, die Zeit zurückzudrehen. An den Punkt, als das Leben für ihn weniger kompliziert war. Und es wird nicht leichter werden. Nicht mit mir.

Denn ich spüre, dass mich eine Mauer umgibt. Ich bin gefangen in einem Labyrinth der Leere und selbst, wenn es mir gelingt, den Ausgang zu finden, ist da noch diese Mauer, deren Steine viel zu stark sind, um sie zu durchbrechen.

Ich spüre plötzlich seine Hand auf meinem Rücken. Er setzt sich zu mir auf und ich wende ihm den Kopf zu.

»Nie wieder wird Chris so etwas Wunderschönes sehen.« Wie eine riesengroße Welle bricht die Erkenntnis mit einem Schlag über mich herein. Das schmerzvolle Bewusstsein der Endgültigkeit bohrt sich wie ein Messer in meine Brust. Luis umschlingt mich mit seinen Armen, aber ich kann einfach keinen Trost darin finden.

Nach jedem dieser Zusammenbrüche, die stets in Luis' Armen enden, bricht die Erschöpfung über mich herein. Auch dieses Mal bin ich eingeschlafen.

Blinzelnd komme ich zu mir. Luis ist noch immer an meiner Seite. Ein Bein ausgestreckt, stützt er sich auf seinen Ellbogen. Mittlerweile hat er sein T-Shirt ausgezogen. Er trägt nur noch seine Shorts und eine dunkle Sonnenbrille. Seine Aufmerksamkeit ist auf den Strand gerichtet. In diesem Moment würde ich ihn am liebsten zeichnen. Jeden einzelnen Muskel mit dem Bleistift schattieren, um ihn auf diese Weise hervorzuheben. Sein kantiges Kinn, mit dem energischen Zug um den Mund. Die in Falten gelegte Stirn. Ich folge seinem Blick und richte mich ein wenig auf.

Jess und Jenny spielen eine Art Beachball. Mit Holzschlägern feuern sie sich gegenseitig immer wieder Bälle zu und Jenny, sie lacht. Sie wirkt wie ein ganz normaler Teenager, der seinen Spaß hat. Unwillkürlich zaubert dieses Bild auch mir ein Lächeln aufs Gesicht.

»Ich glaube, ich muss Jess erlösen. Sie spielt wirklich schlecht.« Er grinst schief, dann springt er leichtfüßig auf. Ich sehe ihm hinterher und beobachte, wie er Jess gespielt energisch den Schläger aus der Hand nimmt. Sie lacht und scheint erleichtert, ihre Rolle an ihn abgeben zu können. Sie hat ihm bereits den Rücken zugewandt, da greift er noch einmal nach ihrem Arm. Ich kann Luis' Worte nicht verstehen und den Ausdruck in ihren Gesichtern nicht deuten. Aber ich sehe, wie Jess ihrem Bruder ein ernstes Nicken schenkt. Während sie näherkommt, frage ich mich, was er zu ihr gesagt hat.

Sie lässt sich neben mir auf die Decke fallen und eine Weile sehen wir unseren Geschwistern schweigend zu. Nach kurzer Zeit schon wirken sie wie ein eingespieltes Team und das Strahlen in Jennys Gesicht reicht bis zu mir.

»Sie ist echt gut.«

»Ja«, stimme ich Jess zu. »Als hätten sie schon tausendmal miteinander gespielt.«

Wieder sagen wir eine Zeit lang nichts. Aber ich spüre, dass Jess etwas beschäftigt. Sie nagt ständig an ihrer Unterlippe und plötzlich fährt sie sich entschlossen mit der Hand durch ihr kurzes, weißblondes Haar. Ruckartig wendet sie den Kopf und sieht mich an.

»Es tut mir leid.«

Fragend hebe ich die Augenbraue.

»Ich war ein Biest, damals, gedankenlos und dumm.« Sie sieht in die Ferne. »Sie haben zu mir aufgeschaut, meine supertollen Freundinnen. Wie Hündchen sind sie mir hinterhergelaufen und haben mir aus der Hand gefressen, was mich alles nur noch aggressiver gemacht hat. Und dennoch«, sie macht eine Pause, »innerlich hatte ich ihre Anerkennung – im

Gegensatz von zu Hause, denn da hat man mich nicht mal bemerkt. Ständig drehte sich alles um Luis. Es war schon immer klar, dass er es sein würde, der die Firma übernimmt. Weißt du, meine Eltern vertreten die konservative Ansicht, dass sich eine Frau besser mit den gesellschaftlichen Pflichten auseinandersetzen sollte.« Zynisch betont sie ihre letzten Worte. »Abitur und Studium, klar, das gehörte für sie natürlich zum Pflichtprogramm. Aber eine verantwortungsvolle Rolle in der Chefetage, nun, das war dann doch eher einem Mann vorbehalten. Immerhin habe ich den Marketingbereich unter mir.« Wieder dieses bittere Auflachen. »Ich musste lange dafür kämpfen und doppelt so viel arbeiten.« Sie wendet sich mir zu. »Weißt du, ich will mich nicht beklagen. Wie du siehst, Luis und ich, wir sind uns eng verbunden. Erstaunlicherweise hat das alles nie zwischen uns gestanden. Vermutlich liegt es daran, dass mein Bruder all das gesehen hat. Er hat in gewisser Weise mit mir gelitten und versucht, mich aufzufangen und für mich da zu sein.«

»Tja, weißt du, da haben wir ja einiges gemeinsam.« Ich blase mir eine Strähne aus der Stirn. »Im Gegensatz zu dir kamen bei mir nur noch Lieblosigkeit, ständiger Geldmangel, Schläge und Vergewaltigung hinzu.« Die Worte kommen spöttisch aus meinem Mund. Einen Moment sieht sie mich schockiert an und ihr hübsches Gesicht nimmt einen dunkelroten Ton an.

»Es tut mir leid.« Die Worte kommen gleichzeitig aus unseren Mündern.

»Ich ... ich wollte damit nur sagen, es tut mir leid, wie ich dich damals in der Schule behandelt habe.«

Ich greife nach ihrer Hand. »Danke, dass du mir das alles erzählt hast.« Kurz presse ich die Lippen zusammen. »Du hast bereits jetzt schon wieder alles gut gemacht.« Ich schüttle den Kopf. »Ich weiß nicht, wie wir das ohne dich schaffen würden. Es ist so unglaublich viel, was du für Jenny tust.« Kurzentschlossen ziehe ich Jess in meine Arme. Eine Weile denke ich darüber nach, was sie mir soeben erzählt hat. Es ist unmöglich, unser beider Vergangenheit miteinander zu vergleichen. Dafür driftet sie viel zu weit auseinander. Aber ich weiß jetzt, dass auch sie kein sorgloses Leben hinter sich hat. Plötzlich muss ich an ihre Freundschaft mit Mara denken und was für einen Spagat sie wohl machen muss, um ihr gerecht zu werden. Sie hat Jenny bei sich aufgenommen, die Schwester von Maras Rivalin. Ob das ihre Freundschaft aushält? Jetzt wird mir klar, was Luis damit meinte, als er sagte, ich solle Jess Zeit geben und dass sie für jemanden durchs Feuer gehen würde, wenn sie denjenigen erst einmal in ihr Herz geschlossen hat.

»Mara ... sie ist nicht sauer auf dich? Ich meine, Jenny wohnt bei dir, du hilfst uns, sie muss doch wütend auf dich sein.«

Sie wirft mir ein mitleidiges Lächeln zu. »Da kennst du Mara schlecht.« Prüfend sieht sie mich einen Moment an. »Ich will dir nichts vormachen. Luis bräuchte nur mit den Fingern zu schnippen und sie würde sofort zu ihm zurückkommen. Doch das bedeutet nicht, dass sie dich oder Jenny hasst. Na ja, ein bisschen vielleicht.« Sie lächelt. »Mara hat im Grunde ein gutes Herz und sie hat vor allem eins – Mitgefühl. Zugegebenermaßen weniger für dich, aber auf jeden Fall für Jenny. Also nein, sie ist nicht sauer auf mich.« Sie seufzt auf. »Eher ich auf sie.« Meinen fragenden Blick quittiert sie mit einem Stirnrunzeln. »Weil dieser Arsch von Sebastian seine Klauen nach ihr ausgestreckt hat und sie sich blind und bereitwillig einfangen ließ.« Resigniert schüttelt sie den Kopf. »Als sie am Sonntag da war, habe ich versucht, sie zur Vernunft zu bringen, aber ich fürchte, es hat nichts gebracht.« Sie zuckt die Schultern. »Dieser manipulative, egozentrische Typ ist doch nur auf seinen Vorteil aus. Er wird sie ausnutzen und nach ein paar Wochen, wenn er genug von ihr hat, wie eine heiße Kartoffel fallen lassen. Dann wird er sich auf die Suche nach dem nächsten Opfer machen. Er braucht diese Bestätigung, dass er alle haben kann.«

In meinem Kopf beginnt es zu rattern. Mara, Sebastian, Sonntag. Der dunkle BMW. Dann war es nicht Sebastian, sondern Mara, die das Anwesen der Moscas mit dem Auto so fluchtartig verlassen hat. Mir kommt Luis' Reaktion in den Sinn, als ich die Treppe von Jennys Zimmer heruntergekommen bin. Er war wütend und total außer sich. *Dieses verdammte Schwein.* Seine Worte klingen noch immer in meinen Ohren.

Bedeutet sie ihm noch so viel?

Jessys letzten Satz habe ich nicht mehr wirklich mitbekommen, so sehr hat mich der Inhalt ihrer Worte aufgewühlt. Wie betäubt höre ich nur noch etwas von Essen und Sandwich. Ich habe nicht einmal realisiert, dass sie aufgestanden ist, um ein paar belegte Brote aus der Kühltasche zu holen. Sie hält mir eines unter die Nase, mechanisch greife ich zu. Während ich jeden einzelnen Bissen in Zeitlupe zerkleinere, findet in meinem Kopf eine Diashow im Schnelldurchlauf statt.

Luis mit dem Handy am Ohr. Im Krankenhausflur, als er mich abholt. Im Hotelzimmer, nachdem ich aus der Dusche komme und im Wohnzimmer heute Morgen. Hat er jedes Mal mit ihr telefoniert? Und wenn schon, das hat nichts zu bedeuten. Was, wenn ihm doch alles über den Kopf wächst? Dieser nagende Gedanke quält mich immer wieder.

Nein, verdammt, tut es nicht. Er liebt dich viel zu sehr, versucht eine energische Stimme mich vom Gegenteil zu überzeugen. Und wenn auch er mich verlässt?

Das Gedankenkarussell in meinem Kopf nimmt an Fahrt zu. Es lässt mich nicht mehr stillsitzen. Alleine umrunde ich den See und bin hinterher so erledigt, dass ich mich noch einmal auf die Decke in den Schatten lege. Die Trauer um Chris entzieht mir jegliche Energie. Es genügt wohl schon die kleinste körperliche Anstrengung, um in einen massiven Erschöpfungszustand zu fallen.

Es ist bereits halb sieben vorbei, als wir uns auf den Heimweg machen.

Wir setzen Jenny und Jess zu Hause ab. Jenny wollte nicht mit auf den Friedhof, aber ich brauche das. Es ist die einzige Möglichkeit, mich Chris nahe zu fühlen. Ich habe Luis gebeten, im Auto zu warten. Jetzt stehe ich da, schaue auf das mit frischer Erde angehäufte, mit Blumen und Kränzen geschmückte Grab. Wie lange wird es dauern, bis das Holz des Sarges morsch wird und sein vielleicht schon von Würmern und Käfern angefressener Körper von der schweren Erde zerquetscht wird? Ich schließe die Augen und versuche die schrecklichen Bilder aus meinem Kopf zu vertreiben. Warum Jenny diesen Ort meidet, kann ich verstehen. Mit den Händen bedecke ich mein Gesicht, setze einen Schritt zurück und plötzlich will ich nur noch hier weg. Gehetzt drehe ich mich um und gehe eilig davon. Ich beginne zu laufen. Keuchend lasse ich mich auf den Beifahrersitz neben Luis fallen. Beinahe panisch ziehe ich die Tür hinter mir ins Schloss, als würde ich befürchten, jemand könnte mich aus dem Wagen zerren.

Wir fahren durch Breitenbach. Vereinzelt sitzen Menschen vor ihren Häusern beisammen, um den frühsommerlichen Abend zu genießen. Neugierig drehen sie die Köpfe. Natürlich zieht Luis' Wagen wie immer die Aufmerksamkeit auf sich. Wir kommen an der Metzgerei Eberhard vorbei. Im Innern ist alles dunkel. Es ist nach acht und der Laden hat längst geschlossen.

»Kannst du hier abbiegen?« Ich straffe meinen Körper.

Luis fragt nicht, er tut es einfach.

Vaters Auto. Es steht vor dem Adler.

»Ich würde gerne ein paar Sachen holen, auf dem Hof.« *Der Hof.* Diesen Ausdruck wähle ich bewusst, denn mein Zuhause ist das nicht mehr.

Wir fahren an der Bushaltestelle vorbei. Sofort spüre ich einen Druck auf der Brust. Er verstärkt sich, als der Stall in mein Sichtfeld rückt.

»Ich warte besser hier, falls er früher kommt.« Er greift in die Mittelkonsole und hält mir mein Handy unter die Nase. »Nimm es mit.«

Langsam gehe ich die Stufen nach oben. Die Haustür ist nicht abgeschlossen, stelle ich verwundert fest. Der Gang liegt lang und düster vor mir. Vorsichtig gebe ich der angelehnten Küchentür einen Stoß. Fast rechne ich damit, Vater am Tisch sitzen zu sehen. Aber da steht nur eine Ansammlung leerer Bierflaschen. Auf dem Spültisch stapelt sich schmutziges Geschirr und der Küchenboden starrt vor Dreck. Einen Moment verharre ich am Fußende der Treppe, die in den oberen Stock zu unseren Zimmern führt. Die Hand auf dem Geländer setze ich langsam einen Fuß vor den anderen. Vor Chris' Tür halte ich kurz inne.

Es ist mir unmöglich, den Raum zu betreten. Rasch gehe ich weiter.

Alles in meinem Zimmer kommt mir fremd vor. Als hätte es in einem anderen Leben zu mir gehört. Ich öffne die Schranktür, hole eine alte Sporttasche hervor und stopfe eilig ein paar Sachen hinein. Zum Schluss klemme ich mir meine Zeichenmappe und den Laptop unter den Arm. Leise schließe ich die Tür hinter mir.

Dann tue ich es doch. Ich bleibe vor Chris' Zimmertür stehen. Zögernd lege ich meine Hand auf die Klinke. Die letzten Finger, die dieses kühle Metall umschlossen, waren vermutlich die von Chris. Ich hole tief Luft, dann betrete ich den Raum.

Die Bettdecke ist zurückgeschlagen, als wäre er erst vor Kurzem aufgestanden. Ein paar Klamotten hängen über der Stuhllehne. Ich greife nach einem T-Shirt. Mit geschlossenen Augen halte ich es an die Nase und atme seinen Geruch ein. Die Präsenz meines Bruders zieht mir beinahe den Boden unter den Füßen weg.

Das Zimmer ist nicht sehr groß. Außer dem schlichten Kiefernschrank und der dazu passenden Kommode ist da nur noch ein Schreibtisch. Ich lasse mich auf den wackligen Bürostuhl sinken und klappe seinen Laptop auf. Zärtlich fahren meine Finger über die Tastatur. Wann sind deine Hände zum letzten Mal darüber gehuscht?

An der Wand lehnen ein paar Fachbücher. Unentschlossen ziehe ich eines davon hervor. *Landwirtschaftliche Betriebslehre* und *Agrarwirtschaft*. Wer wird jemals wieder darin lesen?

Vorsichtig stelle ich es zurück. Mein Blick streift weiter über das leichte Chaos auf seinem Schreibtisch.

Wandert an ein paar unordentlich aufeinandergestapelten

Autozeitschriften und diversen Notizzetteln vorbei. Bleibt an einem mit zahlreichen Stiften gefüllten Bierkrug hängen. Ich strecke die Hand danach aus und halte mitten in der Bewegung inne. Was war das? Ein Geräusch …

Angestrengt lausche ich in die Stille. Es muss von unten gekommen sein. Es hat sich angehört, als hätte jemand etwas umgestoßen. Ist Vater zurück? Das Herz klopft mir plötzlich bis zum Hals. Hastig hole ich mein Handy aus der Hosentasche in Erwartung einer warnenden Nachricht von Luis.

Ganz tief in meinem Unterbewusstsein bleibt da noch der vage Nachgeschmack eines seltsam irritierenden Gefühls hängen, während ich mit leisen Schritten zur Tür schleiche und diese behutsam öffne.

Ich weiß genau, wie ich mich hier fortbewegen muss, damit ich keine knarrende Stufe erwische. Geräuschlos schaffe ich es bis zur Hälfte der Treppe, dann spähe ich vorsichtig über das Geländer. Für Sekunden halte ich den Atem an, doch da ist nichts zu hören. Durch die geriffelte Glasscheibe der Haustür erkenne ich die Umrisse des Maserati. Ich könnte jetzt einfach gehen, aber für einen Moment bleibe ich unschlüssig stehen. Ein Teil von mir kann es nicht erwarten, diesen unglückseligen Mauern zu entfliehen. Der andere Teil jedoch fühlt sich magisch angezogen von dieser Tür, die ins Schlafzimmer unserer Eltern führt. Sie steht ein Stück weit offen. Meine feuchte Hand umschließt krampfhaft den Knauf des Treppengeländers. Eine feine Gänsehaut jagt über meinen Rücken. Kam das Geräusch von dort? Was, wenn Vater da ist? Wenn er auf mich wartet? Er weiß, wie vertraut Chris und ich miteinander waren. Vermutlich rechnet er damit, dass ich weitersuchen werde, nach der Waffe und nach einem Beweis, ihn hinter Gittern zu bringen.

Vielleicht bin ich in eine Falle getappt und er hat sein Auto nur am Adler abgestellt. Womöglich lauert er auf mich, hinter dieser Tür. Die Gedanken jagen in Sekundenschnelle durch meinen Kopf. Egal, was mich erwartet – ich muss es wissen. Ich gebe mir keine Mühe mehr, leise zu sein. Mit festen Schritten gehe ich den düsteren Gang entlang. Entschlossen stoße ich die Tür ganz auf und schnappe nach Luft, als Sam, unsere Katze, an mir vorbeischießt. Auf dem Boden neben der Schlafzimmerkommode liegen Tonscherben verstreut, umringt von einem Potpourri aus verstaubten Trockenblumen. Erleichtert atme ich auf. Daher kam also das Geräusch. »Hast du was zu fressen gesucht, armer Sam?« Ich mache mir nicht die Mühe, die Unordnung zu beseitigen. Systematisch öffne ich eine Schranktür nach der anderen, greife zwischen Pullover und Hemden, durchwühle sämtliche Schubladen mit Unterwäsche. Am Ende fällt mein Blick auf Vaters Nachttisch. Wer wäre so dreist, eine Waffe in seinem persönlichsten Bereich zu verstecken, wo jeder sofort nachsehen würde? Zuerst entdecke ich nichts Ungewöhnliches. Meine Hand fährt tastend durch eine Unzahl von Strümpfen. Auch der Inhalt der unteren Schublade unterscheidet sich nicht groß von dem der oberen. Ein kurzer stechender Schmerz lässt meine Hand zurückfahren. Blut! Ich sauge an meiner Fingerspitze, aber nichts deutet auf eine Verletzung hin. Die Haut ist völlig intakt. Hektisch räume ich die Schublade leer und lege mich auf den Boden um mit dem Handy ins Innere zu leuchten. Das Holz an der Rückwand ist zersplittert. Jemand muss es mit Gewalt zerstört haben. Eine dünne Furnierplatte scheint sich dahinter zu verbergen. Eine Art doppelte Wand. Meine Hand tastet nach den dunklen Spuren. Das Blut ist frisch, stelle ich fest, als ich es zwischen Daumen und Zeigefinger verreibe, und es ist definitiv nicht von mir.

Ein klein wenig ziehe ich das Nachttischchen vor. Die Rückwand ist nur locker angebracht. Mit der flachen Hand drücke ich dagegen. Mühelos lässt sie sich hochschieben. Ich bin mir sicher, das Versteck der Waffe gefunden zu haben.

Ins Leere starrend versuche ich eine Erklärung zu finden. Vater kann es nicht gewesen sein. Warum hätte er sein Geheimfach mit Gewalt zerstören sollen?

Nick. Ohne wirklich etwas zu sehen, huschen meine Augen planlos umher. Er hatte schon die ganze Zeit über dieses Feuer im Blick. Und diese Wut. Mein Magen krampft sich zusammen bei der Vorstellung, dass es vielleicht Nick war, der die Waffe an sich genommen hat und mir wird übel, wenn ich darüber nachdenke, was er damit anstellen könnte. Alles in mir ist auf Flucht programmiert und ich will nur noch raus aus diesem Zimmer.

Die Briefe. Noch einmal drehe ich um und öffne Mutters Schranktür. Die kleine Holzschatulle ist leer. Natürlich, sie muss sie mitgenommen haben.

In diesem Moment weiß ich plötzlich, dass ich mit dieser Frau reden muss. Mutters Freundin. Ich will wissen, was damals geschah. Ich will, dass sie mir alles erzählt. Zum Teufel mit der Angst vor Vater. Tausend Gedanken schwirren in meinem Kopf umher, während ich mit raschen Schritten den Flur entlang gehe. Als ich die Haustür ins Schloss ziehe, überfällt mich wie zuvor in Chris' Zimmer zum wiederholten Mal das seltsame Gefühl, etwas Wichtiges übersehen zu haben. Immer noch die Klinke in der Hand halte ich einen Moment inne. Im Zeitraffer versuche ich, die letzten Minuten vor meinem Auge vorbeiziehen zu lassen. Doch es will mir einfach nicht gelingen, die vielleicht entscheidenden Bilder festzuhalten.

»Alles in Ordnung?« Luis lehnt am Wagen. Mit hochgezogener Stirn sieht er von seinem Handy auf.

»Ja, alles ok«, ist meine mechanische Antwort. »Ich muss mit Nick reden. Jetzt sofort.« Ich springe die Stufen hinab. Mit schnellen Schritten umrunde ich das Auto. Das Gefühl, keine Zeit verlieren zu dürfen, ist übermächtig. Wenn Luis mein seltsames Verhalten wundert, so zeigt er es nicht. Bevor er den Wagen startet, hält er lediglich einen Moment inne und wirft mir einen nachdenklichen Blick von der Seite zu.

»Kannst du bitte losfahren?«

Keine Zeit für Diskussionen. Ich muss Nick nach der Waffe fragen.

Es ist fast neun, als wir auf dem Sigelhof vor dem Eingang der kleinen Besenwirtschaft parken. Martin und Said sitzen draußen an dem wuchtigen Holztisch.

»Ist Nick da?« Während ich mit raschen Schritten auf sie zuschreite, nehme ich mir nicht einmal Zeit, zu grüßen. Alles in mir steht unter Strom.

»Hey Madlen, ist was passiert?« Martin setzt hastig sein Bier ab und erhebt sich.

»Nein, wo ist Nick?« Gehetzt schaue ich mich um.

»Oben in seinem Zimmer.« Martin deutet mit dem Kopf zu dem hell erleuchteten Fenster am Giebel des Wohnhauses.

Zielstrebig steuere ich auf die Haustür zu.

»Warte«, er ist im Begriff, mir zu folgen, »ich komme kurz mit.«

»Nicht nötig.«

»Die Tür ist offen.« Perplex schaut er mir hinterher. »Was ist mit ihr?«, höre ich ihn noch fragen, Luis' Antwort dringt jedoch schon nicht mehr an meine Ohren. Ich haste die Stufen hoch. Es müsste gleich die erste Tür rechts sein. Kurz klopfe ich an, mach mir aber nicht die Mühe zu warten. Entschlossen drücke ich die Klinke nach unten und betrete das Zimmer.

»Maddy ...« Nicks Augen weiten sich. Er lehnt mit dem Rücken am Kopfteil des hellen Kiefernbettes. In Sekundenschnelle lasse ich den Blick durch das große, zitronengelbe Zimmer schweifen. »Du hast sogar einen Fernseher.« Einen Moment lenkt mich diese belanglose Nebensächlichkeit vom Grund meines Kommens ab.

»Was ist passiert?« Ohne sich von mir abzuwenden, greift er nach der Fernbedienung und schaltet das Gerät aus. Entschlossen sehe ich ihn an. »Wo ist die Waffe?«

»Was?« Verwirrt setzt er sich ein wenig aufrechter hin.

»Jetzt tu nicht so, verdammt! Wo hast du sie?« Auffordernd baue mich vor ihm auf. Am liebsten würde ich ihn schütteln.

»Ich weiß nicht, wovon du redest.« Er blinzelt irritiert.

»Du hast sie aus Vaters Nachttisch genommen.« Ich greife nach seinen Händen.

Wütend reißt er sich los und springt auf. »Bist du bescheuert?«

»Ich will dich nicht auch noch verlieren, kapierst du das nicht?« Meine Stimme überschlägt sich.

Irritiert hebt er die Arme. »Jetzt erklär mir mal, was los ist.« Beschwörend und gleichzeitig abwartend sieht er mich an. Verwundert starre ich auf seine Hände. Ich kann keine Verletzung entdecken. »Du warst es nicht ...«

Meine Gedanken überschlagen sich. Wenn es nicht Nick gewesen ist, der Vaters Geheimfach aufgebrochen hat, wer war es dann? Sollte Andy sich einfach Zugang verschafft haben oder womöglich Caro? Mir schwirrt der Kopf. Erschöpft lehne ich mich an das Beifahrerfenster und schließe die Augen. Erst nachdem ich aus dem Auto gestiegen bin und Luis mir die Haustür aufhält, wird mir seine Anwesenheit wieder bewusst. Mein Arm streift kurz den seinen. Mit einem Mal habe ich das Gefühl, an einer unsichtbaren Wand vorbei zu schleichen. Unsere Blicke begegnen sich einen Moment und dann kann ich sie spüren, diese kleine unüberbrückbare Distanz, die zwischen uns steht.

Ich muss einen klaren Kopf bekommen. Nachdenken. Alleine.

»Bist du mir böse, wenn ich mich schon mal hinlege?« Es ist bereits nach zehn, als ich aus der Dusche komme. Angestrengt vermeide ich es, Luis anzusehen. Er sitzt noch immer an dem kleinen Küchentisch, der mit Brot, Käse und unseren benutzten Tellern bedeckt ist. Vermutlich hatte auch er das Bedürfnis über einige Dinge nachzudenken, denn es sieht nicht so aus, als hätte er in der Zeit, die ich in der Dusche verbrachte, irgendetwas anderes getan.

»Also dann, gute Nacht.« Ich will mich abwenden.

»Madlen.« Er steht auf. Sekundenlang starren wir uns an. Ich kann seinem Blick nicht länger standhalten. Langsam kommt er auf mich zu, hebt den Arm und lässt ihn wieder sinken. »Rede mit mir.« Seine Stirn berührt mein Haar. Er greift nach meinen Händen und ich versuche, den Kloß in meinem Hals hinunterzuschlucken.

»Ich, ich ...«, ist alles, was mein Mund zu formen imstande

ist. Es ist nicht gut, was ich hier tue, das spüre ich selbst. Aber es ist wie ein Zwang, der unbändige Drang, mich zurückzuziehen, mich zu verschließen. Ich bin machtlos und im Moment weiß ich nur eins: Ich muss mit meinen Gedanken allein sein.

»Tut mir leid.« Ein Räuspern dringt aus meiner Kehle. »Ich denke, ich muss einfach mal richtig ausschlafen.«

Ein leichter Ruck geht durch seinen Körper. Er lässt mich los. »Ok.«

»Du musst morgen nicht hier bei mir bleiben. Geh ruhig in die Firma.« Ich lass ihn gar nicht erst zu Wort kommen. »Bestimmt wirst du dort gebraucht. Ich werde ohnehin lange schlafen. Ich kann uns was kochen.« Beschwörend sehe ich ihn an. »Ich muss nachdenken, über so vieles.«

Seine Gesichtszüge verhärten sich. Meine Worte und meine Verschlossenheit verletzen ihn und das macht mich wütend, denn seine Reaktion führt dazu, dass ich ein schlechtes Gewissen bekomme. »Hör zu, alles, was ich im Moment brauche, ist ein bisschen Zeit für mich, ok?« Ich kann selbst den gereizten Unterton in meiner Stimme hören. Was ist nur los mit mir? »Tut mir leid«, hör ich mich da auch schon sagen.

»Schon gut.« Er wendet sich ein wenig zu abrupt ab und beginnt, den Tisch abzuräumen. »Schlaf gut.«

Meine Gedanken hüpfen wie Gummibälle von einem Schauplatz zum nächsten. Dieser mysteriöse Traum, der fast jede Nacht wiederkehrt. Andys und Caros seltsames Verhalten. Das beschädigte Nachtschränkchen und die fehlende Waffe.

Chris' Zimmer — was nur war der Auslöser für dieses vage Gefühl, etwas übersehen zu haben. Später dasselbe

Unbehagen noch einmal, kurz bevor ich durch die Haustür trat. Schließlich das letzte Bild, das mich am meisten beunruhigt. Luis am Handy, immer wieder.

Treib ich ihn weg von mir? Treib ich ihn zurück, zurück zu Mara?

Ich wälze mich hin und her. Schlage die Bettdecke um. Schüttle das Kissen auf. Bin hundemüde und finde dennoch keinen Schlaf. Mein Kopf ist überfüllt mit Gedanken, Überlegungen und Grübeleien. Mitten in diesem Gefühlschaos dringt plötzlich Luis' Stimme an mein Ohr. Habe ich die Tür nicht ganz zugezogen? Er scheint zu telefonieren. »Ja … nein … Sie sagt kein Wort, sie verschließt sich komplett. Was? Nein.«

Seine Schritte entfernen sich. Ich kann nicht mehr verstehen, was er sagt. Spricht er mit Jessy?

»Ich trau ihm nicht.« Er kommt wieder näher. Ich glaube, er pendelt zwischen Küche und Gang hin und her. Angestrengt lausche ich seinen Worten.

»Ja, ich weiß ... Ich will sie zurück.« Seine Stimme klingt gedämpft. Ich halte die Luft an, vergesse sogar zu atmen. In meinem Kopf beginnt es zu summen. *Ich trau ihm nicht. Ich will sie zurück*. Die beiden Sätze brennen sich in mein Gehirn ein. Ich kann die Buchstaben der zugehörigen Namen in der Dunkelheit tanzen sehen: Sebastian und Mara.

Ist es möglich, im Vorfeld auf seine Träume Einfluss zu nehmen? Zumindest habe ich es versucht, denn ich war mir sicher, dass ich heute Nacht wieder von ihnen heimgesucht werde.

Selbst im Schlaf, während sich die erste Szene an mich heranschleicht und ich Chris vor mir auf dem Stallboden liegen sehe, spüre ich diese Entschlossenheit. Diesmal muss es mir gelingen, den ganzen Brief zu lesen und als Jess mich wieder auffordert, genau hinzusehen, tue ich das. Zuerst überfliege ich die Zeilen, habe Angst, sie könnten verschwinden. Es gelingt mir, den Traum festzuhalten und jeden Satz genau anzusehen. Doch mir will einfach nichts Außergewöhnliches auffallen.

Immer bei euch – Chris. Ich starre diese Worte an, bis sie langsam zusammen mit den beiden kleinen Tintenflecken am Rande verblassen und schließlich ganz verschwinden. *Die blauen Tintenflecke* ... Ich schlage die Augen auf und sehe sie plötzlich wieder ganz deutlich vor mir.

Wenn du den Überblick verlierst, gib dir eine Auszeit. Diesen Rat habe ich einmal in einer psychologischen Fachzeitschrift gelesen. Ich glaube, es war im Wartezimmer irgendeines Arztes. So sollte man sich für die Dauer einer bestimmten Zeit zwingen, nicht an seine aktuellen unüberschaubaren Probleme zu denken. Die Idee dahinter ist die, Abstand zu gewinnen, um schließlich aus einer gewissen Distanz heraus in der Lage zu sein, die Situation neu beurteilen zu können.

Als ich eine Stunde später – mittlerweile ist es vier Uhr – immer noch wachliege, fasse ich den Entschluss, genau diesen Ratschlag zu befolgen. Es wird Zeit, Abstand zu gewinnen von diesen ständigen Grübeleien. Ich drehe mich zu Luis und schmiege mich in seine Arme. Den Gedanken an Mara verdränge ich. Im Halbschlaf zieht er mich an sich und endlich schlafe ich ein.

39.

Mittwoch, 21. Juni 2017

Ich war überzeugt, Luis würde bleiben. Um ehrlich zu sein, hatte ich es gehofft. Aber als ich kurz vor zehn aufwache, ist der Platz neben mir leer.

Nachdem ich aufgestanden bin, frühstücke ich eine Kleinigkeit und räume die Küche auf. Anschließend inspiziere ich den Kühlschrank. Eine Paprika, eine Zucchini und ein Kopfsalat lachen mir aus dem Gemüsefach entgegen. Im Vorratsschrank daneben entdecke ich eine Packung Farfalle und eine Dose Mais. Ok, damit kann ich etwas anfangen. Für den Abend könnte ich eine Nudel-Gemüse-Pfanne vorbereiten.

Und jetzt, was mache ich jetzt? Es ist nicht mal elf und ich weiß nichts mit mir anzufangen. Vielleicht sollte ich mich zuerst einmal anziehen. Noch immer trage ich Luis' T-Shirt und lediglich einen Slip. Die Wärme der letzten Tage ist bis ins Haus gedrungen. Ich will das Shirt nicht ausziehen, denn dann hätte ich das Gefühl, noch ein Stück von ihm zu verlieren.

Mit was nur könnte ich mich beschäftigen? Wie eine streunende Katze schleiche ich von einem Raum in den anderen. Ich mache die Betten und öffne das Schlafzimmerfenster.

Über der Stuhllehne hängt das Jackett, das Luis auf Chris' Beerdigung getragen hat. Ich betrete den begehbaren Kleiderschrank, greife nach einem Bügel und halte inne. Das Bild, wie Luis die Visitenkarte von Mutters Freundin entgegennimmt, schiebt sich vor mein inneres Auge. Ich taste die Brusttaschen der Jacke ab und ziehe das kleine Kärtchen hervor. *Karin Winter.*

Mit einem Lappen, den ich im Badezimmerschrank gefunden habe, poliere ich das Waschbecken auf Hochglanz. Plötzlich höre ich, wie sich jemand an der Haustür zu schaffen macht. Ich biege um die Ecke und zucke vor Schreck zusammen. Der Frau, die ruckartig stehen bleibt, scheint es ebenso zu gehen. Unsanft lässt sie ihre Tasche auf den Boden fallen.

»Meine Güte, haben Sie mich erschreckt.« Sie schlägt die Hand vor ihre füllige Brust.

»Wer sind Sie?« Fragend sehe ich sie an.

»Wir klären wohl zuerst einmal, wer Sie sind, Kindchen.« Hocherhobenen Hauptes mustert sie mich von oben bis unten und stemmt dabei die Hände in ihre breiten Hüften.

»Ich bin Madlen, die Freundin.« Peinlich berührt versuche ich, Luis' T-Shirt nach unten zu ziehen, aber es reicht mir gerade mal knapp über den Po.

Missbilligend schüttelt sie den Kopf. Ihr Dutt wackelt dabei bedrohlich hin und her. Ihre Reaktion legt den Verdacht nahe, dass sie hier schon des Öfteren ähnliche Situationen erlebt hat. Sie holt tief Luft und atmet resigniert wieder aus. »Ich bin Frau Marquard, die Putzfrau von Herrn Mosca. Hat er nicht gesagt, dass ich heute komme?« Sie wartet meine Antwort gar nicht erst ab, greift nach ihrer Tasche und geht mit raschen Schritten an mir vorbei. »Am besten machen Sie es sich vor dem Fernseher gemütlich und lassen mich meine Arbeit tun.«

Ein wenig unentschlossen stehe ich da. Na toll. Frustriert

begebe ich mich Richtung Wohnzimmer, als sie noch einmal den Kopf durch die Badezimmertür streckt. »Sie haben schon angefangen sauberzumachen!«, stellt sie überrascht fest. Ich scheine in ihrer Achtung gestiegen zu sein, sie bringt doch tatsächlich ein Lächeln zustande. Bevor ich etwas darauf erwidern kann, ist sie auch schon wieder weg. Aus der Küche hole ich mein Handy. Eine Nachricht von Jess. »Gestüt vierzehn Uhr – Lust, mitzukommen?« In Anbetracht der Tatsache, dass ich mir heute Ablenkung verordnet habe, ist das vielleicht eine gute Idee. Also zögere ich nicht länger und sende ihr ein zustimmendes Daumen hoch Emoji.

Niemals zuvor in meinem Leben war mir je langweilig. Immer gab es irgendwo Arbeit. Langeweile – dieses Wort existierte bei uns quasi nicht. Jetzt habe ich keine Ahnung, wie ich die Zeit bis heute Mittag totschlagen soll.

Nachdem ich die Kissen aufgeschüttelt habe, drapiere ich sie wieder ordentlich auf dem Sofa. Ich greife nach der Fernbedienung, entscheide mich dann aber doch dagegen, den Fernseher einzuschalten. Stattdessen lasse ich mich auf die Couch sinken und starre eine Weile auf die schwarze Bildfläche. Und natürlich gelingt es mir nicht, meine Gedanken zu kontrollieren. Vielleicht sollte ich mich mit Caro treffen. Irgendwann muss sie schließlich mit mir reden. Ich habe das Gefühl, in einer Sackgasse angekommen zu sein. So viele offene Fragen und keine Antworten. Mein Blick geht nach draußen. Das Wetter ist viel zu schön, um hier drinnen zu sitzen. Außerdem bin ich schon wieder müde. Ich könnte ein wenig auf der Liege dösen und vielleicht endlich auf die Botschaft meines mysteriösen Traumes stoßen. Als ich nach der Decke neben mir fasse, fällt etwas auf den Teppichboden. Luis' Handy. Er muss es vergessen haben. Ich greife danach und eine Weile starre ich es einfach nur an. Plötzlich sehe ich ihn in allen möglichen Situationen mit diesem Ding am Ohr. Das letzte Mal, als er hier an der Fensterfront stand und dabei angestrengt auf den Park hinausschaute. »Ja, ich komme vorbei – bis dann.« Das waren seine Worte – und immer ist da das Gefühl, er würde mir etwas verschweigen. Gestern, am See, wir saßen auf der Decke und ich konnte beobachten, wie er seinen Pin eingab – eher zufällig. Die Zahlenkombination wollte ich sofort wieder vergessen, aber sie war da und brannte sich in mein Gehirn.

Nervös klopft mein Daumen auf das Handy. Auf keinen Fall sollte ich das tun, es wäre ein unverzeihlicher Vertrauensbruch. Andererseits, verdammt, warum verhält er sich ständig so geheimnisvoll? Ohne weiter darüber nachzudenken, huscht mein Finger über die Zahlen. Ich rufe die Anrufliste auf und scrolle nach unten. Hastig überfliege ich die Telefonate. Dieselbe Nummer, immer wieder. Es ist ein Festnetzanschluss. Kurz zögere ich, dann senkt sich mein Daumen. Nervös kaue ich auf meiner Unterlippe, während ich eine gefühlte Ewigkeit darauf warte, dass jemand am anderen Ende abnimmt. Ein Knacken ertönt in der Leitung und dann lasse ich das Handy in Zeitlupe sinken.

Ich kann mich nicht erinnern, es ausgeschaltet zu haben, aber als ich einen Blick darauf werfe, ist der Bildschirm schwarz.

Es war die Stimme einer Frau, die sich am anderen Ende mit *von Stetten* gemeldet hat.

Ich glaube nicht, dass es Maras Stimme war. Vielleicht die ihrer Mutter? Aber was spielt das schon für eine Rolle? Es ist der Telefonanschluss der von Stettens.

Ich kann mir noch so sehr den Kopf darüber zerbrechen,

um eine Erklärung für die vielen Anrufe zu finden. Am Ende klingen mir nur seine Worte von gestern Abend im Ohr: *Ich will sie zurück.*

Wann die Putzfrau gegangen ist, habe ich nicht wirklich mitbekommen. Ich glaube, sie hat noch einmal den Kopf zur Esszimmertür hereingestreckt und mir ein beiläufiges »ich geh dann mal« zugeworfen. Keine Ahnung, ob ich geantwortet oder auf irgendeine Weise reagiert habe.

Warum ist er so verdammt feige? *Weil er dich im Moment mit der Situation nicht allein lassen kann.* Ich umklammere das Sofakissen. »Dein Scheiß Mitleid kannst du dir sparen!« Wütend pfeffere ich das Kissen auf den Boden. Heiße Tränen rollen über meine Wangen. Ich schlage die Hände vors Gesicht und beginne hemmungslos zu weinen.

Plötzlich höre ich die Haustür ins Schloss fallen. Hastig wische ich die verräterischen nassen Spuren weg.

»Madlen?«

Luis. Zuerst geht er ins Schlafzimmer, dann in die Küche.

»Ich bin hier«, höre ich mich schwach rufen.

»Ich kann mein Handy nicht finden, liegt es hier irgendwo?«

Er biegt um die Ecke und registriert mein verquollenes Gesicht. Ruckartig hält er inne. Langsam kommt er die Stufen herab und bleibt dicht vor mir stehen. Er sieht mich mit diesem Blick an. Oh Gott, ich hasse es, wenn er mich so ansieht, denn dann werde ich sofort wieder schwach und das will ich nicht. Ich will wütend sein.

»Was ist los?« Er wartet meine Antwort nicht ab, greift stattdessen behutsam in mein Haar und zieht mich an sich. Als meine Arme weiterhin wie zwei leblose Seile an mir herunterbaumeln, schiebt er mich ein wenig von sich. »Verdammt Madlen, rede endlich mit mir!« Beschwörend sieht er mich an. Ich schlage gegen seine Brust.

»Reden soll ich, ach ja? Und was ist mit *dir*?«, fauche ich ihn an. »Wie wäre es, wenn zur Abwechslung du einmal mit mir reden würdest? Und nicht mit Mara«, vervollständige ich meinen Satz und halte ihm sein Handy unter die Nase.

Sein Gesichtsausdruck verändert sich und seine Augen verengen sich zu schmalen Schlitzen. »Du spionierst mir hinterher?« Fassungslos sieht er mich einen Moment an, dann wendet er sich von mir ab und fährt sich mit den Händen übers Gesicht. Mit einem Ruck dreht er sich wieder um.

»Was wolltest du von Nick?«

»Willst du Mara zurück?«

»Was?«

»Du hast mich verstanden. Willst du Mara zurück? Ihre Nummer ist auf deinem Handy, mehrmals in den letzten Tagen. Sie ist mit Sebastian zusammen, Jess hat es dir am Sonntag erzählt. Du warst außer dir. Ich habe gehört, wie wütend du geworden bist.«

Ungläubig schüttelt Luis den Kopf. Ich weiß nicht, was in diesem Moment in ihm vorgeht. Einen Augenblick sieht er an mir vorbei ins Leere. Er scheint mit sich zu kämpfen.

»Vielleicht wäre es besser für dich, wenn du eine Zeit lang bei Diego und Maria wohnen würdest. Du wärst tagsüber nicht allein – jetzt, wo ich wieder in der Firma bin.«

Er kann mich immer noch nicht ansehen.

Ich schlucke trocken. »Ja, vielleicht ist das wirklich besser«.

»Du könntest im Fellini arbeiten, hättest Ablenkung.« Er holt tief Luft. »Von allem«, fügt er gepresst hinzu.

Mechanisch umschlinge ich meine Arme. Alles in mir

krampft sich zusammen. Jetzt ist es so weit, es geht zu Ende.

Ich habe das Gefühl, mein Körper fährt herunter. Er gleicht einem hell erleuchteten Haus, dem der Strom abgeschaltet wird. Alles wird dunkel und ich fühle nichts mehr.

»Ich kann bei ihnen anrufen, wenn du willst.«

»Was? Nein – ich mach das schon selbst.«

Wie zwei hölzerne Figuren stehen wir uns gegenüber.

»Ok, dann lass ich dich mal telefonieren.« Er fasst sich an den Nacken und hält kurz inne. Doch dann dreht er sich abrupt um und verlässt mit raschen Schritten das Wohnzimmer. Es kann ihm wohl nicht schnell genug gehen.

»Bella, was kann ich tun für dich?« Nach dem dritten Klingelton ist Diego am Apparat.

»Ich würde gern wieder arbeiten«, falle ich mit der Tür ins Haus. Er antwortet nicht gleich und ich befürchte schon eine Absage. Doch nach einer kurzen Pause räuspert er sich. »Bist du sicher?« Seine Stimme klingt ein wenig besorgt.

»Ja ... ja, ich bin mir sicher. Ich muss irgendetwas tun«, sonst werde ich noch verrückt, füge ich in Gedanken hinzu. Ich höre ihn tief Luft holen.

»Also gut, wann willst du anfangen, vielleicht ...«

»Heute«, falle ich ihm ins Wort. »Gleich heute Abend, wenn es geht. Und Diego ... kann ich bei euch wohnen, vorübergehend?«

Damit hat er offenbar nicht gerechnet, denn diesmal dauert die Pause länger. Ich bete zu Gott, dass er nicht nach dem Grund fragt.

»Naturalmente mia cara«, sagt er endlich. »Du kannst bleiben, solange du willst.«

Ich rechne es Jess hoch an, dass sie nicht weiter nachhakt, was zwischen Luis und mir vorgefallen ist. Vermutlich hat sie einiges von dem Telefongespräch, das ich mit Jenny geführt habe, aufgeschnappt. Meiner Schwester habe ich erzählt, ich hätte vor, wieder zu arbeiten, und es sich daher anbieten würde, bei Diego und Maria zu wohnen. Sie ist nicht dumm. Natürlich hat sie gemerkt, dass etwas nicht stimmt. Aber als ich argumentierte, dass Luis wieder in die Firma müsste und sie ab nächster Woche ohnehin in die Schule ginge und ich somit den ganzen Tag allein wäre, gab auch sie sich mit dieser Erklärung zufrieden.

Wir reden kein einziges Wort miteinander. Luis sieht mit konzentriertem Blick auf die Fahrbahn. Nur am Mahlen seiner Kieferknochen ist seine innere Anspannung zu erkennen. Erst als wir im Fellini ankommen, wendet er mir den Kopf zu.

Die ganze Zeit warte ich darauf, dass er sagt, was für eine schwachsinnige Aktion das hier ist und dass wir umdrehen sollten. Aber er tut nichts dergleichen.

»Ich bring dich noch rein.«

»Nicht nötig, ich schaffe das alleine.« Mit diesen Worten steige ich aus und wuchte meine Tasche aus dem Kofferraum. Plötzlich steht er neben mir. Er packt meinen Arm und dreht mich zu sich. Wir funkeln uns an. Ich möchte schreien, aber alles in mir bleibt stumm.

Bis zuletzt hatte ich gehofft, mich zu irren. Gehofft, alles wäre nur ein riesengroßes Missverständnis und würde sich am Ende in Luft auflösen. Ich hatte wirklich geglaubt, er liebt mich mehr als sein Leben.

Ruckartig reiße ich mich von ihm los und gehe.

»Madlen ...«

Noch einmal bleibe ich stehen, drehe mich aber nicht um. Als ich mich wieder in Bewegung setze, höre ich den Motor aufheulen und den Wagen mit durchdrehenden Rädern davonfahren.

Diego und Maria fragen nicht, sie sind einfach nur da und dafür liebe ich sie.

»Es ist nicht sehr groß, cara, und immer ein bisschen unordentlich.« Entschuldigend hebt sie die Schultern. »Bügelzimmer, Nähzimmer, Abstellkammer ... alles zusammen.« Sie lächelt. »Aber besser, als im Wohnzimmer zu schlafen.« Mitfühlend legt sie ihre Hand an meine Wange. »So kannst du sein ein wenig für dich.«

Ich schlucke schwer und lasse den Blick zu dem Bett an der Wand gleiten. »Es ist perfekt, Maria, danke.« Einen Moment ruhen ihre Augen auf mir. »Ich werde nicht fragen, keine Angst, cara.« Sie zeigt ein wehmütiges Lächeln. »Aber wenn du willst ausschütten dein Herz, du weißt, ich bin da.«

Ich bringe lediglich ein Nicken zustande. Sanft zieht sie mich an ihre Brust und streicht immer wieder sachte über mein Haar. Ich muss meine Augen ganz fest zusammenpressen – ich will nicht, dass sie meine verzweifelten Tränen sieht.

Nick erzähle ich dasselbe wie Jenny. Erstaunlicherweise schöpft er, was Luis und mich betrifft, keinen Verdacht. Er nimmt mir meine Argumente, ohne zu hinterfragen, ab. Ben ist noch in der Schule. Nick wird ihn darüber informieren, dass ich bei Diego und Maria zu erreichen bin, sollten sie mich brauchen.

Am ersten Tag helfe ich Maria in der Küche bei den Vorbereitungen für den Abend, am darauffolgenden begleite ich Diego in aller Frühe auf den Großmarkt. Die Zeit dazwischen verbringe ich mit schlafen. Immer wieder besteht Maria darauf, dass ich etwas Essbares zu mir nehme. Andernfalls würde ich vermutlich, ohne es zu bemerken, verhungern. Ich habe absolut keinen Appetit. Mehr denn je habe ich das Gefühl, neben mir zu stehen – als ein ferngesteuertes Etwas. Ich empfinde nichts.

Heute Abend bin ich die Erste. Mein Ziel war es, vor den anderen da zu sein. Keine Lust, mich von allen anstarren zu lassen. Michi kommt zur Tür rein. Er nimmt mich in seine Arme, lässt mich aber gleich wieder los. Die Situation scheint ihm unangenehm zu sein. »Tut mir leid, Madlen. Ich habe deinen Bruder zwar nicht gekannt, aber ... also, wenn du mal reden willst ...« Den Rest des Satzes lässt er im Raum stehen.

»Ich komme schon klar, aber danke fürs Angebot.« Wir stehen uns noch ein wenig unschlüssig gegenüber. »Also dann.« Meine Hand greift nach dem Tablett mit den Teelichtern. »Ich mache mich mal an die Arbeit.« Er wirkt erleichtert über mein Stichwort. »Ja, ich sollte auch ...« Mit dem Zeigefinger deutet er auf die Getränkekisten.

Die anderen umarmen mich kurz, schütteln mir die Hand oder klopfen mir stumm auf die Schulter. Sie haben Chris schließlich kaum gekannt.

Die Arbeit lenkt mich ab und schafft es, meinem Gedankenkarussell ein wenig das Tempo zu nehmen. Doch als ich spätnachts erschöpft ins Bett sinke, kann ich nicht einschlafen. Alles kommt zurück. Ich knipse die Nachttischlampe an und werfe einen Blick aufs Handy. Nichts. Hast du mich so schnell abgehakt? Irgendwie passt das alles nicht zusammen. Unschlüssig, ob ich verzweifelt oder wütend sein soll, entscheide ich mich für beides. »Verdammter Scheißkerl, warum tust du das?« In einem Anfall von Hysterie schmeiße ich das Handy in eine Ecke und boxe wie eine Verrückte in das Kopfkissen. Wie ein Baby rolle ich mich ein und heule Rotz und Wasser.

Ich schalte meinen Laptop ein und klicke auf YouTube. Blue October – *Hate me.* Das ist genau die Musik, die ich jetzt brauche. Immer wieder drücke ich die Starttaste, bis die melancholische Melodie mich in einen erlösenden Schlaf sinken lässt.

40.

Freitag, 23. Juni 2017

Mehrmals versuche ich Caro zu erreichen. Vielleicht weiß sie, ob Andy Vaters Waffe an sich genommen hat. Aber ehrlich gesagt kann ich mir das nicht vorstellen. Dazu benötigt er doch sicherlich einen polizeilichen Durchsuchungsbefehl, andernfalls würde er sich strafbar machen, oder etwa nicht? Es fällt mir schwer, zu glauben, dass er einfach so ins Schlafzimmer unserer Eltern eindringt und Vaters Geheimversteck aufbricht.

Meine Frage bleibt unbeantwortet. Denn, wie so oft in letzter Zeit, scheint Caro es vorzuziehen, mir auszuweichen. Sie geht nicht an ihr Handy.

Am Abend schließlich betritt Caro das Fellini. Sie entdeckt mich und wird kreidebleich. Am liebsten würde sie wohl auf dem Absatz kehrtmachen und verschwinden. Aber diesmal kann sie sich nicht einfach so davonschleichen.

»Madlen ...« Einen Moment steht sie wie angewurzelt da, bevor sie sich einen Ruck gibt und näherkommt. »Ich hatte keine Ahnung, dass du wieder arbeitest.« Sie umarmt mich mit einer steifen Bewegung.

»Würdest du mal an dein Handy gehen, wüsstest du es.« Mit hochgezogenen Augenbrauen sehe ich sie abwartend an.

Nervös lacht sie auf. »Weißt du, in der Uni ist es gerade megaanstrengend, jetzt vor den Prüfungen und das kommt mir tatsächlich echt entgegen, weißt du, denn dann hab ich Ablenkung, du weißt schon.« Mit verzweifeltem

Gesichtsausdruck sieht sie mich an.

»Weißt du, weißt du. Hörst du dir eigentlich zu, Caro?« Meine Stimme droht zu kippen. »Ständig gehst du mir aus dem Weg.« Ich greife nach ihrer Hand und ziehe sie durch die Tür ins Treppenhaus. »Ich habe meinen Bruder verloren. Ich habe Luis verloren.« Einen Moment schließe ich die Augen und sehe sie wieder an. »Dich will ich nicht auch noch verlieren.«

»Was? Luis?« Mit offenem Mund starrt sie mich an. Mechanisch hebt sie ihre Hand und wischt mir Tränen weg, von denen ich nicht bemerkt habe, dass sie über meine Wangen rollen. Sie zieht mich in ihre Arme und zum ersten Mal seit langer Zeit habe ich das Gefühl, dass sie mir nichts vorspielt. Dass sie meine Caro ist. Ich kann fühlen, wie ihr Körper unter meinen Armen bebt und zum ersten Mal kommt mir der Gedanke, dass ihr Verhalten, das mir ständig so seltsam erscheint, ihre ganz eigene Art ist, mit dem Verlust von Chris umzugehen. Plötzlich wird mir klar, dass jeder Mensch seinen ganz persönlichen Weg wählt, um zu trauern.

Ich frage nach der Waffe. Kurz zuckt sie zusammen.

»Andy?« Sie hebt die Schultern. »Keine Ahnung, aber soweit ich weiß, sind die Ermittlungen abgeschlossen. Und wenn doch nicht, weißt du, Andy ist da sehr korrekt. Polizeiliche Untersuchungen – darüber würde er mit keinem reden. Nicht mal mit seiner Familie.« Scheinbar bedauernd verzieht sie den Mund. »Aber ich denke, wir sollten mal wieder rein. Die fragen sich bestimmt schon, wo wir bleiben.« Eilig macht sie sich von mir los. Sie hat bereits den Türgriff in der Hand, als sie sich noch einmal umdreht. »Vielleicht hat ja deine Mutter die Waffe.« Mit diesen Worten lässt sie mich einfach stehen und zieht die Tür hinter sich zu. Abblocken –

ablenken – Flucht. So würde ich Caros Verhalten in diesen wenigen Sekunden zusammenfassen. Und da ist es wieder. Das schale Gefühl, dass mit ihr etwas nicht stimmt. Es will einfach nicht verschwinden.

Luis meldet sich nicht. Es ist, als würde er nicht existieren. Ich vegetiere vor mich hin. Außer Wut und Verzweiflung beginnt jedoch noch etwas anderes in mir zu nagen: ein schlechtes Gewissen. Nach Chris' Tod habe ich mich in mein psychisches Schneckenhaus zurückgezogen, mit niemandem geredet. Nicht mit dem Menschen über mein Innerstes gesprochen, der mir am meisten bedeutet – Luis. Wie soll er wissen, wie es in mir aussieht? Er war für mich da und als Dank habe ich ihn mit meiner Verschlossenheit von mir gestoßen. Gleichzeitig überschüttete ich ihn mit Vorwürfen, ohne ihm die Chance zu geben, sich zu erklären. Was, wenn alles ganz anders war? Was, wenn ich mir die Sache mit Mara nur eingeredet habe? Vielleicht gibt es ja eine Erklärung für die zahlreichen Telefonate. Was, wenn ich ihn mit meinen Anschuldigungen so sehr verletzt habe, dass er niemals bereit sein wird, mir zu verzeihen? Immer wieder schaue ich zum Eingang, aber er kommt nicht.

Es ist Samstag, als er mir eine Nachricht sendet, die an Sachlichkeit und Nüchternheit nicht zu überbieten ist:

»Madlen, ich werde für die nächsten vierzehn Tage auf Geschäftsreise sein. Wir reden, wenn ich zurück bin. Ich bin dir eine Erklärung schuldig. Vertrau mir.«

Keine Ahnung, wie ich diese zwei Wochen mit dieser rätselhaften Aussage überstehen soll. Ich lasse mein Handy sinken und plötzlich wird mir klar, was ich tun muss.

41.

Montag, 26. Juni 2017

Es ist über zehn Jahre her, als ich das letzte Mal in einem Zug saß. Damals, ich glaube, es war in der neunten Klasse, haben wir mit der Schule den Landtag in Stuttgart besucht. Entsprechend aufgeregt bin ich heute. Diego hat mich zum Bahnhof gefahren. Ich habe ihn um Vorschuss gebeten. Ohne mit der Wimper zu zucken, drückte er mir zweihundert Euro in die Hand. Was würde ich nur ohne ihn und Maria tun?

Der Zug fährt in den Stuttgarter Hauptbahnhof ein. Ich steige aus und schaue mich suchend um. Gleis fünfzehn. Eine gute halbe Stunde habe ich Aufenthalt, bevor mein Anschlusszug nach Schwäbisch Gmünd weiterfährt. Zeit genug, um mir an einer der Bäckereien eine Butterbrezel und einen Kaffee zu genehmigen. Trotz meiner Nervosität habe ich das erste Mal seit langer Zeit wieder richtig Appetit.

Karin Winter – ich habe sie am Sonntag angerufen.

»Du hast Glück, ich habe bis Mittwoch frei. Ich freue mich auf dich.« Ihre Stimme klang richtig euphorisch.

Was wird sie mir erzählen? Werde ich Antworten auf meine Fragen erhalten? Wie wird Mutter reagieren?

Nach rund einer Dreiviertelstunde fährt der Zug in den Gmünder Bahnhof ein. Ich bin froh, ins Freie treten zu können. Obwohl das Thermometer um zehn Uhr morgens bestimmt schon fünfundzwanzig Grad anzeigt, ist die Wärme kein Vergleich zu der stickigen Luft im Abteil. Ich betrete das Bahnhofsgebäude und da sehe ich sie auch schon. Sie wirkt jünger als beim letzten Mal, was sicher an der Jeans und dem T-Shirt liegt, das sie trägt. Das blonde Haar fällt ihr locker auf die Schulter. Auch ungeschminkt ist sie sehr hübsch.

Sie entdeckt mich und ihr Mund verzieht sich zu einem Lächeln. Mit federnden Schritten kommt sie mir entgegen.

»Madlen.« Ihr Händedruck ist warm und fest. »Ich hoffe, du hattest eine gute Fahrt.«

»Hallo. Ja, danke. War ganz ok.« Ich streiche mir das Haar aus der Stirn. Einen Augenblick stehen wir uns ein wenig unentschlossen gegenüber.

»Möchtest du vielleicht zuerst eine Kleinigkeit essen oder einen Kaffee?«

»Nein, danke. Ich hatte eben etwas.« Ich verlagere meinen Rucksack ein wenig. Der Gurt schneidet mir unangenehm in die Schulter.

»Ich habe gleich um die Ecke geparkt.« Sie deutet mit dem Daumen hinter sich. »Wollen wir?«

Es sind nicht mal fünf Minuten bis zu ihrer Wohnung in der Innenstadt. In einer Seitenstraße bringt sie ihren Mini zum Stehen, macht aber keine Anstalten, auszusteigen. »Ich muss dir etwas sagen, Madlen.« Ein wenig zerknirscht sieht sie mich an. »Deine Mutter, sie ist nicht mehr hier.« Sie stockt, atmet ein und wieder aus. »Sie ist in einer ... Einrichtung. Sie hatte einen Zusammenbruch.«

»Wo...?«

»Hier, in der städtischen Psychiatrie«, beantwortet sie meine unausgesprochene Frage. »Es tut mir leid, ich wusste nicht, wie ich es dir sagen soll. Es geht ihr wieder besser«, fügt sie rasch hinzu.

Ich brauche einen Moment, um diese Information zu verarbeiten.

»Ich hoffe, du bist mir nicht böse.«

»Nein, ist schon ok. Ich habe nur nicht damit gerechnet.«

Ehrlich gesagt, bin ich geradezu erleichtert, Mutter nicht gegenübertreten zu müssen.

Wir steigen endlich aus und ich lasse den Blick an der Fassade des alten, restaurierten Fachwerkhauses hoch gleiten.

»Meine Wohnung geht nach hinten raus. Wir können es uns gleich auf dem Balkon gemütlich machen.« Sie schreitet voraus.

Das moderne, helle Treppenhaus steht im Gegensatz zum äußeren Erscheinungsbild des mit Sicherheit mehrere hundert Jahre alten Gebäudes.

»Bitte, nach dir.«

Ich betrete ihre Wohnung im zweiten Stock. Die sichtbaren, fast schwarzen Deckenbalken harmonieren zusammen mit den kleinen Sprossenfenstern und dem dunklen Dielenboden erstaunlich gut mit den modernen, hellen Hochglanzmöbeln. Vom Wohnzimmer aus gelangt man durch eine breite Glastür auf einen großzügigen, mit Blumenkästen geschmückten Balkon. Ein buntes Blütenmeer aus Keramik- und Terrakottakübeln leuchtet mir entgegen. Eine mediterrane Oase zum Wohlfühlen. Ich könnte mir gut vorstellen, den ganzen Sommer hier draußen zu verbringen. Es ist traumhaft schön.

»Ich hoffe, du magst Holunderschorle.« Sie stellt ein Glas mit Eiswürfeln und Zitronenscheiben auf dem Tisch ab. Dann setzt sie sich mir gegenüber und schlägt locker ein Bein über das andere. Während ich an dem Glas nippe, beobachtet sie mich.

»Das schmeckt lecker.« Ich räuspere mich.

»Du siehst ihr sehr ähnlich, weißt du das?« Ihrem Lächeln haftet etwas Melancholisches an. »Na ja, jetzt nicht mehr, aber früher. Früher sah sie aus wie du. Bevor dieses Schwein sie kaputtgemacht hat«, fügt sie verächtlich hinzu. Ihr Blick geht ins Leere und einen Moment muss sie meine Anwesenheit vergessen haben.

»Letzte Woche, auf dem Friedhof ... Sie sagten, nichts ist, wie es scheint.« Ich recke mein Kinn. »Was ist damals geschehen? Kannten Sie Frank Wagner, den Freund meiner Mutter?«

»Du weißt von ihm?«

»Nicht viel. Ich habe ein Foto und Briefe bei meiner Mutter gefunden. Gelesen habe ich keinen einzigen«, versuche ich mich zu rechtfertigen. »Ich weiß, dass er ermordet wurde, vermutlich von meinem Vater«, füge ich nach einer kurzen Pause leise hinzu.

Als würde sie erahnen, durch welch eine Hölle wir all die Jahre gegangen sind, lässt sie eine ganze Weile ihren Blick auf mir ruhen.

»Glaub mir, wenn es nach mir gegangen wäre, säße er schon lange hinter Gittern.« Sie schüttelt leicht den Kopf. »Aber Anna ... Sie hatte einfach zu große Angst.«

Wieder scheinen ihre Gedanken abzudriften. »Gott, wie oft habe ich versucht, sie da rauszuholen.« Sie spricht mehr zu sich selbst. Doch dann besinnt sie sich und sieht mich an. »Nichts ist, wie es scheint, ja, das habe ich gesagt. Und jetzt bist du da und ich finde, du solltest auch von der anderen Seite deiner Mutter erfahren. Von der Seite, die du nicht kennst.« Auf ihren Lippen deutet sich ein leichtes Lächeln an und dann beginnt sie zu erzählen.

»Wir waren beste Freundinnen, seit ich denken kann. In der Schule saßen wir von der ersten bis zur letzten Klasse nebeneinander. Wir wollten weitermachen. Die mittlere Reife nachholen. Eine Ausbildung zur Industriekauffrau, das war unser kleiner Traum. Und irgendwann würden wir zur Chefsekretärin avancieren, dessen waren wir uns sicher. *Schätzchen, wir werden nur noch High Heels und Kostümchen tragen.* Anna hatte das Kinn angehoben und die Augenlider gesenkt gehalten, während sie ihrer Stimme diesen arroganten, leicht rauchigen Ton gegeben hatte. Wir waren uns lachend um den Hals gefallen. Sie sah so komisch dabei aus.« Karin lächelt versonnen. »Doch dann kam alles anders.« Ihr Gesichtsausdruck verdüstert sich.

»Annas Eltern waren erzkonservativ und streng gläubig. Sie erachteten es nicht für notwendig, Anna weiter zur Schule gehen zu lassen. Ein Jahr gestanden sie ihr zu. Sie erlaubten ihr, die Hauswirtschaftsschule zu besuchen, um das zu erlernen, was eine Hausfrau können muss.« Karin lacht bitter auf. »Anna war todunglücklich. Sie begann zu rebellieren. Schlich sich abends heimlich raus. Sie kam dann zu mir. Das war die Zeit, in der wir das erste Mal ins *Dream* gingen. Wir waren die Discoqueens und wir genossen es.« Für einen Augenblick scheint Karin in Gedanken wieder dort. An jenem Ort, an dem sie und ihre Freundin, meine Mutter, so glücklich gewesen waren. Dann sieht sie mich an. »Es war unsere schönste Zeit, bis zu dem Tag, als Johannes Pechstein auf der Bildfläche erschien. Ich erinnere mich noch genau, wie er mit seiner Gang zur Tür reinkam, als wäre es gestern gewesen. Keiner wagte es, sich mit denen anzulegen. Sie bildeten einen geschlossenen Kreis, in den sie niemandem Einlass gewährten. Sie waren die Bad Boys.« Karin malt mit ihren Fingern Häkchen in die Luft. »Jeder wusste, dass sie an irgendwelchen dunklen Machenschaften beteiligt waren.

Was genau sie trieben, war keinem so recht klar. Aber eben das verlieh ihnen diesen geheimnisvollen Touch. Die ganze Art, wie sie sich gaben. Ihr Auftreten. Alle komplett in schwarz gekleidet, tätowiert und – gut aussehend.« Mit hochgezogenen Augenbrauen sieht sie mich an. »Tja, das kannst du dir sicherlich nicht vorstellen, dein Vater ein gut aussehender Jüngling. Damals war er noch nicht vom Alkohol gezeichnet. Er wollte Anna haben. Ich weiß noch genau, wie er sie auf der Tanzfläche fixierte. Und sie genoss es. Ich habe sie gewarnt. *Lass die Finger von ihm, er ist gefährlich!* Aber sie lachte nur. Sie fühlte sich geschmeichelt, dass Pechstein sie auserwählt hatte. Wir waren schließlich erst siebzehn und dein Vater und seine Freunde bereits Anfang zwanzig. Es dauerte nicht lange und die beiden waren ein Paar. Zu Beginn schwebte sie im siebten Himmel. Sie war beeindruckt von der Art, wie er sich um sie kümmerte, sie beschützte vor allem und jedem. Sie genoss es, zusammen mit der Gang das *Dream* zu betreten, und sie sonnte sich in den bewundernden, ehrfürchtigen Blicken der anderen, wenn Pechstein lässig und besitzergreifend seinen Arm um sie legte.

Wir sahen uns seltener. Schlich sie sich jetzt von zu Hause weg, kam sie nicht zu mir, sondern ging zu ihm. Es missfiel ihm, wenn sie mich traf. Er wusste, ich konnte ihn nicht ausstehen. Hinzu kam, dass er auf alles und jeden extrem eifersüchtig reagierte.

Ich bin mir nicht sicher, wann sich das Blatt wendete. Aber ich kann mich noch an diesen einen Tag erinnern, als ich das erste Mal diese Angst in den Augen deiner Mutter sah. Es war ein Samstag. Das *Dream* schien aus allen Nähten zu platzen. In dem Gedränge rempelte ein Junge aus unserer Clique

Anna versehentlich an. Ihr Getränk ergoss sich über ihr Oberteil. Steffen entschuldigte sich wortreich und Anna verzieh ihm lachend. Sie wechselten ein paar Worte und Steffen spendierte ihr einen Drink an der Bar. Plötzlich hatte sich Pechstein vor ihm aufgebaut. Dann ging alles blitzschnell. Er riss ihm das Glas aus der Hand und schüttete ihm den Inhalt ins Gesicht. Am Hemdkragen schleifte er ihn vor die Tür. Sie mussten den Krankenwagen rufen. Er hatte Steffen den Kiefer gebrochen. Ich weiß nicht, was er mit deiner Mutter gemacht hat. Das Bild, wie er sie am Arm zerrte und mit ihr hinaus in die Nacht fuhr, werde ich nie vergessen. Ich hatte solche Angst um sie. Von diesem Abend an war Anna verändert. Plötzlich hatte sie sich in ein kleines verängstigtes Mäuschen verwandelt. Lachte nicht mehr. War ein Schatten ihrer selbst. Sie wich mir aus. Über Wochen, Monate ging das so. Ich kam einfach nicht an sie ran. Und dann kam Frank.«

Karin sieht mich an. »Bevor ich weiter erzähle, bist du nicht hungrig?«

Tatsächlich meldet sich langsam mein Magen zu Wort, aber auf keinen Fall will ich, dass sie jetzt aufhört. »Bitte, ich möchte alles erfahren. Erzählen Sie weiter.« Beinahe flehend sehe ich sie an.

Sie lächelt warm. »In Ordnung, aber bitte, nenn mich Karin.«

Ich gebe das Lächeln zurück und nicke. »Ok.«

»Nun gut ...« Karin lehnt sich entspannt nach hinten. »Frank – er war ihre Rettung. Eines Tages tauchte er einfach auf. Keiner wusste genau, wo dieser gut aussehende Typ herkam. Er hatte wohl Verwandtschaft in der Nähe und hier einen Job gefunden. Sympathisch und aufgeschlossen, das waren zwei weitere Eigenschaften, die Frank auszeichneten. Er fand schnell Anschluss in unserer Clique. Alle mochten ihn.

Es war offensichtlich, mit welchem Missfallen er Pechstein und dessen Freunde betrachtete, wenn sie ihre prahlerischen, großkotzigen Auftritte hinlegten. Mir fiel auf, wie seine Blicke immer öfter an Anna hängenblieben. Und mir entging nicht, wie Anna diese Blicke erwiderte.

Es war an einem Freitag. Einer aus der Gang hatte Geburtstag. Sie feierten ziemlich lange, Unmengen an Alkohol flossen. Es war bereits ein Uhr vorbei und Anna drängte nach Hause. Wir saßen mit der Clique an einem der Tische. Frank verfolgte mit grimmiger Miene, wie Pechstein am Tresen lehnte, ein Shot nach dem anderen hinunterkippte und Anna einfach ignorierte. Sie versuchte weiter, Pechsteins Aufmerksamkeit zu gewinnen. Mit der flachen Hand schlug er auf den Tresen und schrie sie an. Wir verstanden nicht, was er zu ihr gesagt hatte, aber als sie zusammenzuckte und ruckartig aufstand, war wohl auch dem Blindesten nicht entgangen, dass er sie mit seinen Worten sehr verletzt haben musste. Frank erhob sich und mit festen Schritten steuerte er auf Anna zu. Wir hielten alle die Luft an. Er sprach sie an und dann geschah etwas Seltsames. Sie schienen die Welt um sich herum zu vergessen. Ich glaube, jeder spürte das Feuer, das in diesem Augenblick zwischen den beiden aufloderte. Wie selbstverständlich ergriff Anna Franks ausgestreckte Hand. In stillem Einvernehmen steuerten sie Richtung Ausgang zu. Pechstein stand auf. Sie waren auf Höhe unseres Tisches, da ließ er seine Pranke auf Franks Schulter niedersausen. Einen Moment war Frank regungslos stehengeblieben. Dann drehte er sich langsam um. Ob es ein Problem gebe, wollte er wissen. Er sah Pechstein in die Augen. Ich sehe heute noch seine mahlenden Kiefer vor mir. Pechstein war im Begriff nach Anna zu greifen. Frank fing seinen Arm in der Luft ab. *Du rührst sie nicht an* zischte er zwischen zusammengebissenen Zähnen hervor. Pechstein hatte die Hand zur Faust geballt, bereit zuzuschlagen. Auch diesmal fing Frank seinen Arm ab. Es gab ein Handgemenge und dann lag Pechstein plötzlich am Boden. Was für eine Genugtuung.«

Es ist Karin anzumerken, dass die Erinnerung an damals sie noch immer mit Genuss erfüllt. Sie hebt den Blick und sieht mich an. »Noch einmal hat dein Vater versucht, Frank zusammenzuschlagen, in nüchternem Zustand. Er hatte ihm eine Falle gestellt. Frank konnte Karate.« Sie lächelt traurig. »Das hat ihn gerettet – vorerst.«

Nachdem Karin zwei Flaschen Wasser aus der Küche geholt hat, fährt sie fort mit dieser unglaublichen Geschichte um eine junge Frau, die meine Mutter sein soll.

»Anna wurde wieder zu dem Mädchen, das sie vor dieser unglückseligen Zeit mit Johannes Pechstein war. Frank war das Wunder, das sie so dringend gebraucht hatte. Endlich hatte sie ihre große, wahre Liebe gefunden. Sie waren das Traumpaar schlechthin. Mehr noch: Sie waren Seelenverwandte.

Pechstein gab keine Ruhe. Er war zutiefst gedemütigt worden. Frank hatte ihm die Freundin ausgespannt und ihn zweimal in Anwesenheit seiner Kumpels zusammengeschlagen. Mir war klar, diese Blamage würde er niemals auf sich sitzen lassen.

Dann kam dieser Tag, an dem sie Frank nach der Arbeit

abfingen. Sie waren zu fünft. Sie brachen ihm das Jochbein. Schlugen ihm vier Zähne aus. Das waren noch die harmlosesten Verletzungen. An den schweren Kopfverletzungen wäre er beinahe gestorben. Fast eine Woche lag er im Koma. Anna war rund um die Uhr im Krankenhaus. Redete mit ihm. Malte ihm ihre gemeinsame Zukunft aus.« Wieder lächelt Karin traurig. »Ich glaube, das hat ihn gerettet. Ihre Liebe war so unglaublich stark. Er wollte leben. Eine Zukunft mit deiner Mutter haben. Und diesmal standen die Chancen gut. Pechstein wurde verurteilt und kam ins Gefängnis.

Frank erholte sich erstaunlich schnell. Ein paar Wochen litt er noch unter immer wiederkehrenden Kopfschmerzen, aber auch diese Beschwerden legten sich mit der Zeit.«

Karin schweigt. Sie versucht, sich zu sammeln. Zögert zunächst, doch dann leckt sie sich über ihre Lippen und spricht weiter: »Anna ... sie wurde schwanger.«

Mit einem Ruck hebe ich den Kopf. »Philip.«

»Du weißt es?« Erstaunt sieht sie mich an.

»Ich habe da was gefunden, zwischen ihren Briefen. Ein Armbändchen. So eines, das Neugeborene im Krankenhaus tragen. Ich habe es mir zusammengereimt.« Erwartungsvoll beuge ich mich vor. »Was ist passiert?«

Karin schluckt. »Eine Zeit lang versuchte sie, es geheim zu halten. Nicht vor Frank. Der freute sich nach dem anfänglichen Schock riesig. Nein, sie tat alles, damit es zu Hause keinem auffiel.« Sie lacht bitter auf. »Ein uneheliches Kind mit nicht einmal achtzehn, das hätte natürlich nicht in das erzkonservative, christliche Weltbild ihrer Eltern gepasst. Als die Schwangerschaft schließlich nicht mehr zu verbergen war, konnte Frank sie endlich überreden, gemeinsam ihre

Eltern aufzusuchen. Er wollte ganz altmodisch um ihre Hand anhalten. Frank war überzeugt, dass alles in Ordnung kommen würde. Anna wusste es besser und sie sollte recht behalten. Noch am selben Abend, nachdem sie ihren Eltern die Neuigkeit verkündet hatten, musste sie ihre Koffer packen. Sie haben sie einfach rausgeschmissen.« Ihrer empörten Miene nach zu urteilen, scheint die Erinnerung daran Karin noch immer aufzuwühlen.

»Frank hatte inzwischen eine eigene Wohnung. Er arbeitete in einer großen Firma. Mit seinen zweiundzwanzig Jahren leitete er bereits eine Abteilung und er verdiente sehr gut. Da war es naheliegend, dass Anna bei ihm einzog. Den Bruch mit ihrem Zuhause verkraftete sie erstaunlich gut. Sie hatte nie ein besonders enges Verhältnis zu ihren Eltern unterhalten. Jetzt waren Frank und ich ihre engsten Vertrauten und das genügte ihr. Oft streiften wir stundenlang durch die Läden, um Babysachen zu kaufen. Wir hatten unglaublichen Spaß. *Natürlich musst du seine Patentante werden* sagte Anna zu mir. Sie hatte nicht den geringsten Zweifel, dass es ein Junge werden würde. Und Frank – er lag ihr zu Füßen. Tat alles für sie. Jede Anstrengung nahm er ihr ab. Sie waren überglücklich und blickten voller Erwartung ihrer gemeinsamen Zukunft als Familie entgegen.

Dann wurde Pechstein aus dem Gefängnis entlassen. Zuerst geschah nichts, doch bald darauf ging das mit den Drohbriefen los. *Verschwinde, bevor es zu spät ist. Verpiss dich oder du wirst es bereuen.* Zerstochene Autoreifen, eingeschlagene Fensterscheiben. Sie ignorierten die Schikanen. Dachten, wenn sie nicht reagierten, würde er irgendwann das Interesse verlieren. Doch als wieder einmal ein Stein durchs Wohnzimmerfenster flog und Annas Kopf um Haaresbreite verfehlte, ging Frank endlich zur Polizei. Unglücklicherweise konnten sie Pechstein nichts nachweisen. Sie hatten nichts gegen ihn in der Hand.

Es war an einem Donnerstag, als dieser letzte Drohbrief bei ihnen einging.

Hau ab oder ich stech sie ab – deine letzte Chance. Es war klar, dass er damit Anna meinte. Frank passte ihn ab. Er schlug ihn fast bewusstlos. Jetzt, so waren sie sich sicher, hätten sie endlich Ruhe vor ihm. Die Woche darauf kam ein Anruf. Pechstein wollte mit Frank reden. Eine Aussprache. Anna war dagegen. *Er wird dich noch umbringen* sagte sie zu ihm. Sie hatte furchtbare Angst. Frank ging trotzdem hin – und kam nicht zurück.«

Karin wischt sich eine Träne aus dem Augenwinkel. »Entschuldige, jetzt, wo ich das alles erzähle, merke ich, wie sehr es mich noch immer mitnimmt.«

Ich taste nach ihrer Hand. »Wenn du eine Pause brauchst ...?«

»Nein«, fällt sie mir ins Wort. Sie räuspert sich. »Tagelang gab es kein Lebenszeichen von Frank. Anna drehte beinahe durch. Ich blieb Tag und Nacht bei ihr. Pechstein hatte ein Alibi. Besser gesagt, seine Freunde hatten ihm eins verschafft. Auch für diesen furchtbaren Tag, der Franks Tod zur endgültigen Gewissheit werden ließ, hatte er jemanden, der sich für ihn verbürgte. Obwohl die Hülse gefunden wurde, konnte nicht genau bestimmt werden, aus was für einer Waffe die Kugel aus Franks Kopf stammte.

Dann ging alles sehr schnell. Anna musste aus der Wohnung raus. Bis zur Geburt ihres Kindes war sie in einer Unterkunft für junge, werdende Mütter untergebracht.

Tja, und eines Tages bekam sie Besuch – von Pechstein.

Ich fragte sie, was er von ihr wollte. Sie wich mir aus. Ich verstand sie nicht. Warum jagte sie ihn nicht zum Teufel? Sie musste ihn doch abgrundtief hassen. Warum ließ sie es zu, dass er sie aufsuchte und vor allem, was wollte er von ihr? Als sie mir sagte, sie würde ihr Kind zur Adoption freigeben, verstand ich die Welt nicht mehr. Frank war die Liebe ihres Lebens gewesen und sie wollte ihr gemeinsames Kind anderen Menschen überlassen?

Sicher würde es für eine knapp achtzehnjährige junge Frau nicht einfach werden, ohne Ausbildung und finanziellen Rückhalt ein Kind aufzuziehen. Aber es gab doch diese Unterkünfte für junge Mütter. Sie hätte begleitend eine Lehre beginnen können. Doch alle meine Einwände prallten an ihr ab. Es war, als würde ich mit einer Wand reden. *Mein Kind wird es bei einer richtigen Familie besser haben,* war alles, was sie gegen meine Argumente hervorbrachte. Bis zum Schluss hatte ich gehofft, sie umstimmen zu können. Aber sie ließ sich nicht überzeugen.

Das Einzige, was ihr blieb, war der Name des Kindes – Philip.

Tatsächlich kam mir damals kurzzeitig der Gedanke, ob es so nicht wirklich besser wäre. Vielleicht könnte Anna zurück zu ihren Eltern. Eine Lehre machen. Nochmal von vorne beginnen. Doch die Neuigkeit, die sie mir dann eröffnete, erzeugte pures Entsetzen in mir. *Ich werde Johannes Pechstein heiraten. Wir ziehen weg von hier. Auf einen Hof.* Ich habe sie angeschrien, getobt. Ob das ihr Ernst sei, sich mit dem Mörder ihres Freundes einzulassen. Sie sah mich mit ihren großen Augen an. *Er wird mein Baby töten.* Sie sprach so leise, ich meinte, mich verhört zu haben, aber dann wiederholte sie die Worte lauter: *Er wird mein Baby töten, wenn ich nicht tue, was er sagt. Er wird es finden, sagt er. Zu jeder Zeit, an jedem verdammten Ort.* Karin fixiert die Wasserflasche auf dem Tisch.

Ich spüre plötzlich Tränen über meine Wangen laufen. Tränen der Wut über dieses Ungeheuer und Tränen des Mitgefühls, das ich zum ersten Mal meiner Mutter gegenüber empfinde. Ich bekomme kein Wort über die Lippen. Jetzt ist es Karin, die mich fragt, ob wir eine Pause machen sollen.

»Wir könnten etwas essen gehen und heute Abend weitermachen, oder morgen. Ich habe das Gästezimmer für dich hergerichtet.«

Ich putze mir die Nase und trockne mein Gesicht ab.

»Ich habe keine Zeit mehr, zu warten. Bitte, wenn es dir nichts ausmacht, erzähl weiter.«

Einen Augenblick sieht sie mich durchdringend an, dann nickt sie. »Natürlich habe ich auf sie eingeredet. Dass wir einen Weg finden und die Polizei einschalten werden. *Die Polizei, was können die schon machen. Bevor nichts passiert, machen die gar nichts.* Sie hatte ja nicht einmal unrecht. Vor einer Bestie wie Johannes Pechstein konnte sie keiner beschützen. Ihre Angst war übermächtig. Ich war so machtlos. Wir hatten einander geschworen, in Kontakt zu bleiben. Post von ihr bekam ich – zensierte Post. Seiner Kontrolle unterzogen. Meine Briefe dagegen trafen nie bei ihr ein. Er fing sie alle ab. Ein paar Mal fuhr ich zu euch auf den Hof. Wollte sie da rausholen. Sie war zu einem anderen Menschen geworden. Wies mich ab. Ich solle mich aus ihrem Leben raushalten.« Voller Verzweiflung sieht Karin mich an. »Aber ich sah doch, wie sehr sie litt. Ich glaube, er drohte ihr. Setzte sie unter Druck. Schlug sie. Die Beerdigung eures kleinen Bruders damals, das war mein letzter Versuch. Dann gab ich auf.« Sie schlägt die Augen nieder und schluckt schwer. »Ich hätte das Jugendamt informieren sollen. Das werfe ich mir bis heute vor. Ich sah doch, was bei euch los war.« Karins Stimme ist nur noch ein Flüstern. Einen Moment schweigen wir beide.

»Warum jetzt? Warum ist sie jetzt zu dir zurückgekommen?«

Karin sieht mich ruhig an. »Ich schätze, sie war soweit. Das ist ein Grund. Sie konnte einfach nicht mehr. Was sie all die Jahre erdulden musste und was er ihr angetan hatte, was er dir und deiner Schwester angetan hatte.«

Meine Augen weiten sich. »Sie hat dir ...?«

»Sie ist kein schlechter Mensch, Madlen. Sie hat darunter gelitten.«

Plötzlich spüre ich Wut in mir hochsteigen. »Ach ja? Darunter, dass sie meinen kleinen Bruder sterben ließ und bei allem nur zusah? Hat sie auch darunter gelitten, dass Chris sich umgebracht hat?«

Karin zuckt zusammen. »Sie hat darunter gelitten, dass sie euch nicht die Mutter sein konnte, die ihr verdient hättet.«

»Sie hat nichts für uns empfunden.« In dem Augenblick, als ich die bitteren Worte ausspreche, wird mir etwas klar. Sie konnte uns nicht lieben. Nicht ein Stück. Denn wir sind die Ausgeburt des Teufels. Die Grundlage unserer Existenz beruht auf nur einem einzigen Bestandteil: Hass. Meine Geschwister und ich sind nicht aus Liebe gezeugt worden, sondern aus Hass.

Wie hätte ich an ihrer Stelle empfunden? Ich sehe Luis vor mir und alles in meinem Innern krampft sich bei der Vorstellung, ihn zu verlieren, zusammen. Ihr wurde nicht nur Frank genommen, sondern auch ihr Kind. Und dann der Höhepunkt dieses Horrors: Sie wurde nicht nur gezwungen, mit dem Mörder ihres Geliebten zusammenzuleben, sie musste auch noch dessen Brut ertragen. Da lag es doch auf der Hand, dass sie uns nicht lieben konnte. Ich schluchze auf und plötzlich finde ich mich in Karins Armen wieder. Tröstend streicht sie mir unablässig über den Rücken, bis ich mich ein wenig beruhigt habe.

»Tut mir leid.« Ich putze meine Nase und versuche mich zu sammeln. Ich hatte so viel Fragen und die meisten davon konnte Karin mir durch ihre Geschichte beantworten. Doch dann fällt mir die wichtigste aller Fragen ein. Die Frage, wegen der ich hierhergekommen bin. Ich setzte mich aufrecht hin. »Die Polizei damals, also, nach dem Mord an Frank Wagner ... Ich habe ein wenig recherchiert. Im Protokoll stand, sie hätten den Verdacht, du würdest etwas verschweigen, aus Angst.« Gespannt warte ich auf ihre Antwort. Karin nickt ein paar Mal hintereinander. »Ja, es gibt da etwas, aber ich habe es nicht aus Angst verschwiegen, sondern weil ich es deiner Mutter versprochen hatte.« Sie muss sich einen Moment sammeln.

»Frank war sofort tot. Es war ein glatter Durchschuss gewesen. Ich habe dir erzählt, man hätte nur die Hülse gefunden.« Sie sieht an mir vorbei. »Anna ging die nächsten Wochen fast täglich an den Stausee. Sie hatte wohl das Gefühl, Frank an jenem Ort besonders nahe zu sein. Eines Abends kam sie völlig aufgelöst zu mir. Sie hatte auf dem Gelände eine Patrone gefunden. Wir waren uns sicher, dass diese aus der Tatwaffe stammen musste. Sie bat mich, das Geschoss für sie aufzubewahren. Zu dieser Zeit hatte Pechstein sie bereits unter Druck gesetzt, ihr gedroht. Sie war wie gelähmt. Schaffte es nicht, sich gegen ihn zu stellen. Sie hatte keine Ahnung, wo er die Waffe versteckt hatte. *Irgendwann werd ich sie finden, dann mache ich ihn fertig.* Das waren ihre letzten Worte.«

Die Waffe, oh Gott. Chris hatte sie gefunden, bevor Vater sie ihm wieder abgenommen und ihn mit leeren Händen und seiner Verzweiflung zurückgelassen hatte. Hätten wir von der Patrone gewusst, zusammen mit Waffe und Hülse wäre es bestimmt ein Leichtes gewesen, Vater hinter Gitter zu bringen.

»Was ist mit dir? Du bist ja kreidebleich.« Karin muss mir meinen Schockzustand ansehen. Sie schenkt mir schnell ein Glas Wasser ein.

»Hast du die Patrone noch immer?«

»Ja, ich habe sie an einem sicheren Ort aufbewahrt.«

»Die Waffe, Chris hatte sie gefunden, aber dann ... Vater muss ihn irgendwie überwältigt und sie wieder an sich genommen haben. Chris ... er hat keinen Ausweg mehr gesehen. Oh Gott, wenn er von der Patrone gewusst hätte ...« Ich schlage die Hände vors Gesicht, lasse sie aber gleich wieder sinken. »Und jetzt ist die Waffe im Besitz von irgendjemand anderem. Das ist vollkommen verrückt. Ich weiß einfach nicht, wer sie an sich genommen haben könnte.«

Ich erzähle Karin von dem aufgebrochenen Nachttisch. »Vater wird sicher bald feststellen, dass sie fehlt.« Krampfhaft umklammere ich mein Glas. »Ich will, dass er weggesperrt wird. Ich will, dass er für immer verschwindet.« Meine Stimme zittert.

Mittlerweile ist es zwei Uhr vorbei. Ich fühle mich total ausgelaugt, und doch habe ich das Gefühl, dass es da noch etwas gibt, über das wir nicht geredet haben. Etwas Unausgesprochenes, das im Raum steht. In dem Moment fällt mir ein, was Karin sagte: »Jetzt war sie so weit – sie konnte nicht mehr – das ist ein Grund.«

»Was war der andere Grund?«

»Was?« Irritiert sieht Karin mich an.

»Du sagtest, ein Grund, warum Mutter zu dir kam, war der, dass sie keine Kraft mehr hatte. Was war der andere Grund?«

Für den Bruchteil einer Sekunde schweigt Karin. »Philip«, sagt sie tonlos. »Er hat sie gefunden.«

Einen Augenblick ist mir tatsächlich nicht klar, von wem sie spricht. Doch dann dringt die Erkenntnis in mein Bewusstsein. Philip. Mein Halbbruder. »Was?«, höre ich mich ungläubig sagen.

»Philip wurde von einer gut situierten Familie aus München aufgenommen. Tatsächlich wuchs er in einem liebevollen Elternhaus mit allen vorstellbaren Annehmlichkeiten auf. Seine Adoptiveltern gingen von Beginn an offen mit der Situation um. Er wuchs in dem Bewusstsein auf, dass sein Vater und seine Mutter nicht seine leiblichen Eltern waren. Als er sechzehn wurde und wissen wollte, wo seine Wurzeln lagen, unterstützte seine Familie ihn uneingeschränkt bei der Suche nach seiner Identität. Franks Eltern konnte er kein größeres Geschenk machen. Sie nahmen ihn mit offenen Armen auf und erzählten ihm alles über ihren Sohn, seinen Vater. Die Suche nach deiner Mutter hingegen gestaltete sich schwieriger. Sämtliche Briefe, die er ihr schrieb, kamen mit dem Vermerk Annahme verweigert zurück. Telefonanrufe wurden nicht angenommen. Es schien unmöglich, ihr nahezukommen. Irgendwann gab er auf. Und dann vor ein paar Wochen hat er mich gefunden.« Karin lächelt. »Es hat ihm all die Jahre keine Ruhe gelassen. Er konnte sich einfach nicht damit abfinden, dass deine Mutter jeglichen Kontakt zu ihm verwehrte. Es war, als würde er spüren, dass sie das nicht aus freiem Willen tat. Bei seinen Nachforschungen ist er auf mich gestoßen. Vor ein paar Wochen nahm er das erste Mal Kontakt zu mir auf. Seither haben wir uns schon ein paar Mal getroffen. Gestern«, sie zögert kurz, »gestern habe ich ihn zu Anna begleitet. Das erste Mal.« Karin sieht an mir vorbei. »Er ist Frank so unglaublich ähnlich.«

»Wie hat Mutter reagiert?«, frage ich leise.

»Sie hat geweint. Den ganzen Tag. Zuerst dachten die Ärzte, es wäre ein Fehler gewesen, Philip zu ihr zu lassen. Die Aufregung, so hatte es den Anschein, war wohl zu viel für sie. Aber ich wusste sofort, es war richtig, was wir taten. Ich kann es nur schwer beschreiben. Es war mit dem bloßen Auge nicht sichtbar. Irgendetwas löste sich in Anna. Als wäre sie all die Jahre eingesperrt gewesen, was sie in gewisser Weise ja auch war. Und jetzt sprengte jemand diese unglaublich mächtigen Ketten – Philip.«

»Wie ist er so?« Es fühlt sich seltsam an. Tief in meinem Inneren war ich mir sicher, dass er irgendwo da draußen existiert, aber jetzt, wo er aufgetaucht ist ... Plötzlich ist er real geworden – mein Halbbruder.

»Nett. Er ist sehr sympathisch. Ich denke, das hat er von seinem Vater.« Karin lächelt. »Du solltest ihn kennenlernen.«

Ihr Vorschlag löst gemischte Gefühle in mir aus. Möchte ich das wirklich? Er ist ein Fremder und hat nicht das Geringste mit meinem Leben zu tun. Andererseits, in unseren Adern fließt dasselbe Blut.

»Wir können Anna besuchen, wenn du möchtest.«

Ich schrecke aus meinen Gedanken hoch. »Jetzt?«

Karin zuckt mit den Schultern. »Warum nicht?« Sie sagt die

Worte leicht dahin. Mir ist klar, sie will es mir so einfach wie möglich machen – und ich weiß, ich muss das tun. Meine Mutter sehen. Nach all dem, was ich jetzt über ihr Leben erfahren habe, will ich ihr gegenüberstehen. Ich muss wissen, ob sich etwas zwischen uns verändert hat.

Wir benötigen eine knappe halbe Stunde bis zu der Einrichtung, in der sie untergebracht ist.

Psychiatrie. Ich habe mir einen alten Backsteinbau mit imposantem Treppenaufgang und überdimensional großen Fenstern vorgestellt. Ein Klischee, wie mir klar wird, als wir vor dem modernen, mehrstöckigen Betonblock stehen. An der Rezeption schickt man uns quer durch den Empfangsbereich, an dessen Ende es durch zwei große, schwingende Türen wieder nach draußen ins Freie geht.

»Frau Pechstein hält sich im Park auf. Sie hat Besuch«, teilt uns eine freundliche Dame mittleren Alters mit. Schlagartig bekomme ich weiche Knie. Wer sollte sie schon besuchen außer Philip? Ratlos werfe ich Karin einen Blick zu. Sie zuckt mit der Schulter. Schweigend gehen wir den geschwungenen Weg zwischen großen schattenspendenden Bäumen entlang. Vereinzelt sitzen Menschen auf den Bänken. Manche haben Besuch und sind ins Gespräch vertieft. Andere sind allein, starren vor sich hin oder lesen in einem Buch. Wir biegen um eine mit Sträuchern bepflanzte Windung. Unvermittelt bleibe ich stehen. Wir sind knapp fünfzig Meter von ihnen entfernt. Aber selbst von hier aus spüre ich, dass sich etwas verändert hat. Es ist die Art, wie meine Mutter den Kopf auf ihren Schultern trägt. Ihre ganze Körperhaltung. Der junge Mann neben ihr gestikuliert wortreich mit den Händen. Er scheint ihr etwas zu erklären. Selbst aus dieser Entfernung kann ich sehen, nein spüren, wie sie an seinen Lippen hängt. Mechanisch setze ich einen Fuß vor den anderen.

»Hallo Mutter.« Sie sieht auf. Verwirrt. Der junge Mann, der vermutlich mein Halbbruder ist, wendet mir den Kopf zu.

»Hallo Philip. Anna ...« Karin nickt den beiden zu.

»Madlen ...« Mutter lächelt. Aber es ist ein verklärtes Lächeln, das mich nicht richtig erreichen will. Es verändert sich auf wundersame Weise, als sie den Blick auf Philip richtet. Sie beginnt innerlich zu leuchten.

»Das ist Philip«, sagt sie mit einer Stimme, die ich nie zuvor an ihr gehört habe.

Er steht auf und reicht mir die Hand. Ich schaue in braune, freundliche Augen.

»Hallo. Schön, dich kennenzulernen.« Er lächelt.

Einen Bruder verloren – einen gewonnen. *Ich will dich nicht. Ich will Chris.* Eine Welle aus Wut, Hass und Verzweiflung breitet sich in mir aus und droht, mich zu überrollen. Ich habe das Gefühl, keine Luft mehr zu bekommen. Am liebsten würde ich die Flucht ergreifen, davonrennen. So weit wie möglich weg von dieser liebevollen Zweisamkeit, die die beiden ausstrahlen. Doch plötzlich spüre ich Karins Hand in meiner. Sie drückt sie ganz leicht. Sie versteht und das bringt mich zurück. Bringt mich dazu, das hier durchzustehen. Vernünftig zu bleiben. »Ich freue mich auch, dich kennenzulernen.« Meine Stimme zittert nur ganz leicht.

Es ist eine seltsame Unterhaltung, die wir führen. Eine Mischung aus Smalltalk und dem Bemühen, sich nicht zu weit vorzuwagen.

Mutter ist still. Sie erkundigt sich weder nach zu Hause

noch nach Vater oder wie es meinen Geschwistern geht. Scheinbar interessiert es sie nicht, aus welchem Grund ich hier bin. Es kommt mir fast so vor, als hätte sie Chris' Tod aus ihrem Bewusstsein verdrängt. Aber vielleicht hat sie auch einfach nur vergessen, dass er gestorben ist, überfällt mich der leicht hysterische Gedanke. Die ganze Zeit über hat sie ihren Mund zu einem Lächeln verzogen. Ich glaube, ich habe sie niemals zuvor lächeln sehen.

42.

Montag, 26. Juni 2017

»Und was hast du jetzt vor?« Karin schneidet ihre Pizza in kleine Stücke. Sie hat mich zu einem Italiener in der Stadt eingeladen.

»Wenn ich das nur wüsste.« In Zeitlupe wickle ich ein paar Spaghetti auf meine Gabel. »Ich muss herausfinden, wer die Waffe hat.«

»Sei bitte vorsichtig. Überstürze nichts. Warte, bis dein Freund zurück ist.« Beschwörend legt sie ihre Hand auf meine.

Sie weiß nichts von unseren Spannungen. Ich habe ihr lediglich erzählt, Luis sei auf Geschäftsreise.

»Ich habe ohnehin keinen Plan, wo ich mit der Suche beginnen soll. Die ganze Zeit zermartere ich mir das Gehirn, wem die Waffe jetzt noch etwas nützen könnte.«

Ich denke schon, Karin hat mir nicht richtig zugehört. Mit den Gedanken scheint sie ganz woanders zu sein. Sie nippt an ihrem Rotwein, dann stellt sie das Glas langsam ab. Nachdenklich dreht sie es zwischen ihren Fingern. »Es ist vermutlich eine verrückte Idee und sehr weit hergeholt, aber ich habe da mal einen Film über einen Betrüger gesehen, dem nicht eine seiner strafbaren Handlungen nachgewiesen werden konnte. Irgendwann stellte die Polizei ihm eine Falle ... Verdeckte Ermittlungen – die ganze Zeit schon spukt mir dieser Begriff im Kopf herum.« Sie sieht mich an und schüttelt gleich darauf den Kopf, als wollte sie diesen abwegigen Gedanken eliminieren.

Ich lasse meine Gabel sinken. »Was willst du damit andeuten?«

Sie zögert zuerst, doch dann beugt sich entschlossen vor. »Nun, vielleicht wollen sie Pechstein verunsichern.« Ihre Augenbrauen heben sich ein wenig. »Bei keiner seiner kriminellen Machenschaften konnten sie ihm je etwas nachweisen. Bis auf eine. Damals, als er Frank krankenhausreif geschlagen hatte. Es gelang ihm stets, seinen Kopf aus der Schlinge zu ziehen. Was, wenn sie ihn austricksen wollen? Was, wenn sie es schaffen, ihn mit seinen eigenen Waffen zu schlagen? Was, wenn sie ihn so sehr verunsichern, dass er sich sein eigenes Grab schaufelt?«

Mir fällt Andys seltsames Verhalten ein. Sein ständiges *auf der Hut sein.* Wie er Caro überwacht, als hätte er Angst, sie würde irgendeine Dummheit begehen. Weiß sie etwas? Benimmt sie sich deshalb so komisch? Das würde erklären, warum er ständig wie ein Adler über ihr kreist. *Verdeckte Ermittlungen.* Die beiden Worte drehen sich wie ein Kreisel fortwährend in meinem Kopf.

Ich muss nachdenken.

Eine Nacht bleibe ich. Es wäre Blödsinn, jetzt noch den Zug zu nehmen, wir haben das Lokal eben erst verlassen. Bei Kerzenlicht und lauen Temperaturen sitzen wir bis zehn auf Karins Balkon. Wir reden nicht viel, aber es ist ein angenehmes Schweigen. Jede hängt ihren Gedanken nach. Ich muss so vieles verarbeiten.

Ich liege im Bett — hellwach. Immer wieder schaue ich auf mein Handy. Warum schreibt er nicht? Erneut melden sich Zweifel in mir. Er verheimlicht etwas. *Wir reden, wenn ich zurück bin. Ich bin dir eine Erklärung schuldig.* Was nur meint er damit? Wird er mir sagen, dass er mit Mara zusammen ist? Bestimmt wollte er mir das schon lange beibringen, hat es aber wegen meines desolaten Zustandes nicht fertiggebracht. Vielleicht hofft er, nach dieser zweiwöchigen Pause ein wenig Abstand zwischen uns zu bringen. Vielleicht würde es ihm dann leichter fallen, mich abzuservieren. Am liebsten möchte ich ihm eine Sprachnachricht senden. Ihn anschreien, was für ein elender Feigling er ist. Ich hebe schon den Daumen. Nein, diese Blöße werde ich mir auf keinen Fall geben. Das lässt mein Stolz nicht zu. Stattdessen lasse ich in meinem erbärmlichen Zustand *Hate me* von Blue October in Endlosschleife laufen.

Und dann befinde ich mich plötzlich wieder im Stall, über meinen toten Bruder gebeugt. Der Traum fühlt sich so echt an. Jessys eindringliche Worte *lies, du musst ihn genau lesen.* Wieder sehe ich mir jeden Satz von Chris' Abschiedsbrief intensiv an. Kleinen Steinchen gleich, die von einer Schleuder abgeschossen werden, springt mir jeder einzelne Buchstabe entgegen. Nie erschienen mir die Worte deutlicher. Die beiden Tintenflecke am Ende. Überdimensional groß und satt. In einem tiefen, dunklen Blau. Plötzlich bin ich mir sicher, dass sie eine entscheidende Bedeutung haben.

43.

Dienstag, 27. Juni 2017

Wir tauschen die Handynummern aus und versprechen, in Kontakt zu bleiben.

»Danke, dass du mir das alles erzählt hast.« Wir stehen uns am Bahnsteig gegenüber.

»Ich hätte nicht so lange damit warten dürfen. Dein Bruder wäre vielleicht noch am Leben und dein Vater säße hinter Gittern.« Mit einer bedauerlichen Geste legt Karin ihre Hand an meine Wange. Der Gedanke, dass sie recht haben könnte, tut furchtbar weh. Aber ich schiebe ihn beiseite. Es nützt keinem etwas, über das *Warum* und *Hätte* zu spekulieren. Sie hat mir unheimlich viel gegeben. Ein Bild von meiner Mutter, das ich nicht kannte. Einen anderen Blickwinkel, von dem aus ich nun verstehe, warum sie zu diesem Menschen geworden ist. Warum sie uns nie lieben konnte.

Wir umarmen uns ein letztes Mal. »Melde dich jederzeit.«

»Danke für alles.« Ich gehe die Stufen hoch und winke ihr zu, während der Zug sich in Bewegung setzt.

Kurz nach zwei fahren wir in den Dornberger Bahnhof ein. Spontan beschließe ich, ein Taxi zu nehmen, um bei Jenny vorbeizuschauen. Bestimmt ist sie bereits von der Schule zurück. Die winzig kleine Hoffnung, auf Luis zu treffen, versuche ich erfolglos zu ignorieren. Warum sollte er hier sein? Er ist auf Geschäftsreise.

Ich bitte den Taxifahrer, mich an der Kieseinfahrt aussteigen zu lassen. Das Tor ist zum Glück geöffnet. Luis' Vater und Jess sind vermutlich in der Firma. Vielleicht ist Jenny ja auch dort. Ich erinnere mich, wie fasziniert sie Jessys Erzählungen ihren Arbeitsalltag betreffend gelauscht hatte. »Das nächste Mal kannst du gerne mitkommen«, hatte sie meiner Schwester angeboten. Vielleicht war es doch keine so gute Idee, hier einfach aufzukreuzen. Ich hätte vorher anrufen sollen. Hoffentlich läuft mir seine Mutter nicht über den Weg. Erfolgreich habe ich es vermieden, zu Luis' Eingangstür zu schielen. Aber jetzt dreht sich mein Kopf wie von einem Magneten angezogen. Sein Auto steht da. *Gib doch endlich zu, dass du seinetwegen gekommen bist.* Warum steht sein Auto da? *Weil er zum Flughafen gefahren wurde.* Ich werde nicht wie eine Bittstellerin klingeln. *Er ist sowieso nicht da.* Während ich den inneren Monolog fortführe, dringt ein Geräusch an mein Ohr. Es kommt von der Rückseite der Villa, dort, wo der Park beginnt. Scheinbar müht sich jemand damit ab, einen schweren Gegenstand über den Steinboden zu schleifen.

»Luis, Schatz, könntest du mir bitte zur Hand gehen?«

Mitten in der Bewegung erstarre ich. Mein Blick heftet sich an die rückwärtige Seite von Luis' Haus. Er trägt Sportklamotten, ich kann es durch die Sträucher, hinter denen er mit raschen Schritten Richtung Villa eilt, erkennen.

Was hat das zu bedeuten? Noch immer schaffe ich es nicht, mich zu rühren. Er ist hier. Warum belügt er mich? Die Träger des Rucksacks gleiten über meine Schultern. Mit einem lauten Geräusch schlägt er auf dem Boden auf. Luis kommt zurück. Er bleibt stehen. Sieht durch die Sträucher. »Madlen ...«

Ich drehe mich um und gehe mit raschen Schritten davon. Er folgt mir und ich beginne zu rennen. »Madlen, verdammt, bleib stehen!«

Natürlich ist es lächerlich, vor ihm davonrennen zu wollen.

Ich bin noch nicht mal am Tor, da hat er mich bereits eingeholt. Er packt meinen Arm und dreht mich zu sich. Scharf ziehe ich die Luft durch die Nase ein. Sein rechtes Auge ist leicht zugeschwollen, der Wangenknochen darunter schimmert in blau-grünen Tönen. Vorsichtig berühre ich die frische Naht auf seiner Augenbraue. Kaum merklich zuckt er zusammen.

»Wer hat dir das angetan?« Ich schlucke schwer.

Er schüttelt einmal den Kopf. Seine Gesichtszüge verhärten sich. »Spielt keine Rolle.« Seine Kieferknochen mahlen. Zuerst habe ich das Gefühl, er will noch etwas sagen. Doch dann spüre ich, wie er sich abrupt verschließt. Plötzlich weiß ich, wer das war. »Sebastian«, ist alles, was ich hervorbringe.

Verwundert sieht er mich an. Dann scheint er zu begreifen. »Du denkst, ich habe mich mit Sebastian geprügelt?«

»Hör zu, sag doch einfach, wenn du genug von mir hast, und müll mich nicht dauernd mit deinen verdammten Lügen zu. Wenn du zu Mara zurückwillst, ok, aber dann sei endlich ehrlich zu mir, denn ich halte diese Ungewissheit nicht mehr aus. Deine rätselhaften Botschaften, von wegen Geschäftsreise. Wir müssen reden. Ich bin dir eine Erklärung schuldig.« Ich drücke die Handballen auf meine Augen und schaffe es nicht, ein Aufschluchzen zu unterdrücken. *Mein Gott, wie erbärmlich.*

Seine Finger umschließen meine Handgelenke. Langsam biegt er meine Arme nach unten. Ich spüre plötzlich die Rinde eines Baumes in meinem Rücken und dann seine Lippen auf meinem Mund. Als er mich zu küssen beginnt, löst sich mein anfänglicher Widerstand in Luft auf. Er presst seinen Körper gegen meinen und umschließt meinen Kopf mit seinen Händen. »Verdammt, du hast mir so gefehlt«, flüstert er mit rauer Stimme.

»Dann lass mich nicht allein.« Ich umschlinge seinen Nacken, klammere mich an ihn wie ein Äffchen.

»Hör zu«, zärtlich fährt er mit dem Daumen über meine Unterlippe, »ich weiß, du hast allen Grund, misstrauisch zu sein. Aber glaub mir, ich habe keine Sekunde darüber nachgedacht, zu Mara zurückzukehren. Es ist ... kompliziert. Ich bin da an was dran. Bitte, vertrau mir. Ich kann im Moment nicht darüber reden, weil ich dich nicht in Gefahr bringen möchte, ok?«

»Mich? In Gefahr?« Ich rücke ein Stück von ihm ab. »Warum sollte ich in Gefahr sein?« Unsicher sehe ich ihn an.

»Es wird sich aufklären, so oder so.« Wieder kann ich beobachten, wie seine Gesichtszüge sich zu einer unbeweglichen Maske verhärten und ich bin mir plötzlich sicher, er wird mir kein weiteres Wort mehr sagen.

»Bleib bis dahin bitte bei Diego und Maria.« Er beugt den Kopf und lehnt seine Stirn gegen meine. »Tu mir den Gefallen. Tu's für mich.«

Ich weiß nicht, was das Ganze soll, aber ich spüre die ehrliche Sorge in seiner Stimme. Also sage ich ja.

Der Mittwoch vergeht, der Donnerstag auch und nichts geschieht. Im Fellini ist jetzt auch unter der Woche viel los. Der Biergarten ist geöffnet, das kommt mir gelegen. Viel Arbeit bedeutet, nicht nachdenken zu müssen.

Jenny und ich haben es uns zur Gewohnheit gemacht, abends ein paar WhatsApp-Sprachnachrichten zu schicken. Nachdem wir uns über den Tag ausgetauscht haben, falle ich todmüde ins Bett.

Am Freitag und Samstag geht es noch turbulenter zu. Die

Hitzewelle hält an. Einige Gäste verweilen im Biergarten, andere, denen es dort zu heiß ist, ziehen die Kühle des Lokals vor. Es ist so viel los, dass ich nicht einmal die Gelegenheit habe, mich mit Caro länger als zwei Minuten zu unterhalten. So neigt sich schließlich auch der Samstag dem Ende entgegen, ohne dass ich irgendetwas von Luis gehört habe.

44.

Sonntag, 02. Juli 2017

Ich habe die Waffe gefunden. Ich bin noch einmal zurückgegangen. Habe das ganze Zimmer auf den Kopf gestellt. Jetzt werde ich zu Karin fahren. Ich gehe den dunklen Gang entlang. Er wirkt noch düsterer als sonst. Doch dann sehe ich einen schmalen Lichtschein. Die Küchentür, sie ist nur angelehnt. Mein Herz beginnt zu rasen. Als würde ein Windstoß durchs Haus fegen, schwingt die Tür plötzlich auf. Gleißend helles Licht blendet mich.

Ich schrecke hoch. Mein Herz klopft wie verrückt. Ein Blick auf mein Handy zeigt mir, dass es mitten in der Nacht ist. Drei Uhr vorbei. Erschöpft lasse ich mich ins Kissen sinken und rufe mir den Traum noch einmal in Erinnerung. Die Tür. Plötzlich wird mir klar, was mein Unterbewusstsein versucht, mir mitzuteilen.

Letzte Woche auf dem Hof. Dieses vage Gefühl, etwas wäre nicht in Ordnung. Ich war mir sicher, die Küchentür fest zugezogen zu haben, nachdem ich in das Chaos dahinter geblickt hatte. Jetzt fällt es mir wie Schuppen von den Augen. Als ich beim Verlassen des Hauses ein zweites Mal daran vorbeiging, war sie lediglich angelehnt. Das kann nur eines bedeuten. Ich war nicht allein.

An Schlaf ist nicht mehr zu denken. War es Vater oder Andy oder etwa Caro, die ich gestört habe? Die letzte Möglichkeit verwerfe ich sofort. Was hätte Caro mit der Waffe anfangen sollen? Vater aus Rache erschießen? Lächerlich, zu so etwas wäre sie niemals fähig. Und Vater selbst? Aber was hätte ihn bewogen, sich vor mir zu verstecken? Das passt überhaupt nicht zu ihm. Am ehesten traue ich das Andy zu. *Verdeckte Ermittlungen,* kommt mir Karins Bemerkung wieder in den Sinn. An noch etwas erinnere ich mich. Das Geräusch, das von unten kam, während ich in Chris' Zimmer war. Ich hatte mich derart erschrocken, dass das unbestimmte Gefühl, etwas Ungewöhnliches auf seinem Schreibtisch entdeckt zu haben, in den Hintergrund getreten war. Ich zermartere mir den Kopf darüber, was ich übersehen habe. Vor meinem inneren Auge tauchen die Fachbücher auf, die an der Wand lehnen. Der Laptop. Die Notizzettel. Hatte Chris etwas darauf notiert, das von Wichtigkeit war? Ich wälze mich mit meinen Überlegungen hin und her, bis ich endlich in einen unruhigen Schlaf falle.

45.

Sonntag, 02. Juli 2017

Am Sonntag holen mich Jess und Jenny ab.

»Ich zeige euch, wo es die besten und größten Eisbecher gibt. Ihr müsst mal was anderes sehen.« Jess lädt uns in ein gemütliches Café mit Gartenterrasse nach Rottweil ein. Tatsächlich lenkt mich das eine Weile von meinen Grübeleien ab. Einfach nur hier sitzen und Leute beobachten. Zu sehen, wie es Jenny besser geht. Sie beginnt, sich wieder für andere Dinge zu interessieren. Konzentriert betrachtet sie die Auslagen in dem Schaufenster des gegenüberliegenden Modeschmuckladens. Ich fühle mich beinahe ein wenig wohl. Bis ich Jess' prüfenden Blick auf mir spüre.

»Wie geht es dir?«, fragt sie plötzlich unvermittelt.

Widerstrebend schenke ich ihr meine Aufmerksamkeit. »Es gibt gute und weniger gute Tage«, antworte ich ausweichend.

»Luis und du, es läuft gerade nicht so gut bei euch, hab ich recht?« Sie schiebt sich die Sonnenbrille ins Haar und mustert mich mit gerunzelter Stirn. »Es geht mich nichts an«, fügt sie schnell hinzu, »aber ich sehe doch, wie angespannt mein Bruder in letzter Zeit ist.« Sie zieht die Augenbrauen zusammen und schüttelt ratlos den Kopf. »Ich meine, er tickt sofort bei jeder Kleinigkeit aus. So wütend habe ich ihn noch nie erlebt. Tu ihm nicht weh«, sagt sie nach einer kleinen Pause, »denn das lass ich nicht zu«. Ihre Worte haben einen drohenden Unterton.

Es ist klar. Dieser Ausflug war nicht nur zu meiner Ablenkung gedacht, sondern sollte gleichzeitig eine Warnung sein.

Nachdem wir zurück sind, rufe ich bei Martin an. Seine Mutter ist am Apparat. Martin, Said und die Jungs seien zusammen nach Dornberg ins Schwimmbad gefahren, erzählt sie. Sie hätten sich gut eingelebt. Ich solle mir keine Sorgen machen. Sie könnten sich vorstellen, Ben und Nick auf jeden Fall länger in ihrer Obhut zu behalten. Wenn nicht sogar auf Dauer. Natürlich nur, sofern sie das wollen und ich damit einverstanden wäre. Ich spüre, dass ihr etwas auf dem Herzen liegt und dann spricht sie es aus. »Dein Vater, er trinkt mehr denn je. Der Hof verwahrlost zusehends. Die nächsten zwei Wochen kann er noch auf Unterstützung durch den Maschinenring hoffen, aber dann muss er jemanden einstellen. Ehrlich gesagt, glaube ich nicht, dass irgendjemand bereit ist, für ihn zu arbeiten.« Sie holt tief Luft. »Madlen, wir befürchten, der Hof geht den Bach runter. Er wird ihn nicht halten können.«

Um die Wahrheit zu sagen, bin ich über diese Information erleichtert. Ohne Chris bedeutet mir der Hof nichts mehr. Wenn ich an unsere Tiere denke, zieht sich mir kurz das Herz zusammen. Ich tröste mich mit dem Gedanken, dass sie es bei einem anderen Besitzer besser haben werden.

In einer Stunde öffnet das Lokal. Genug Zeit, mich wieder meinen Grübeleien zu widmen. Aber natürlich komme ich bei der Suche nach irgendwelchen Erkenntnissen kein Stück weiter. Ohne allzu große Hoffnung werfe ich einen Blick auf mein Handy und bin nicht überrascht, keine Nachricht von Luis erhalten zu haben. Schließlich ziehe ich mein grünes T-Shirt über und mache mich für die Arbeit fertig.

Es erweckt den Anschein, die Leute haben ihre ganze

Energie auf Freitag und Samstag verwendet, denn heute bleibt es auffallend ruhig. Obwohl das schöne Wetter unvermindert anhält, ist auch draußen im Biergarten nicht übermäßig viel los. Ich nehme ein paar Bestellungen auf und dann bin ich hauptsächlich hinter der Theke im Einsatz. Mit einem Kreidestift bewaffnet, beschriftet Michi einige der schwarzen Schiefertafeln mit den Angeboten des Tages. Achtlos befördert er anschließend den Stift in eines der quadratischen Gefäße unterhalb des Tresens.

»Beh, Mikki, wie oft muss ich dir noch sagen, questo für die Kugelschreiber e questa für die Kreidestift.« Wie Diego Michis Name ausspricht, entlockt mir jedes Mal ein leichtes Grinsen. Die Diskussion der beiden über den Sinn von getrennten Behältern, Schreibutensilien betreffend, geht noch eine ganze Weile weiter, bis Michi schließlich ein leises »Ja, ich hab's kapiert« von sich gibt. »Dieser Stift gehört da nicht rein«, äfft er Diego ein letztes Mal neben mir nach.

Mein Grinsen gefriert. »Was hast du da eben gesagt?«

»Dass ich's kapiert habe?« Fragend sieht Michi mich an.

»Nein, das andere ... Dieser Stift gehört da nicht rein ...« Mechanisch wiederhole ich seine Worte. Plötzlich sehe ich den Bierkrug mit den Kugelschreibern auf Chris' Schreibtisch vor mir – übergroß. Ein Stift sticht hervor. Hellblau mit dunkelblauem Deckel. Der Tintenroller von diesem Autobahnhotel, mit dem ich meine Handynummer auf den Bierdeckel notiert habe. Für Jess. Blaue Tintenflecke darauf. Dieselben Tintenflecke wie auf Chris' Abschiedsbrief. Noch kapier ich nicht, was sich da gerade Ungeheuerliches beginnt zusammenzufügen.

Ich nehme zwei Stufen auf einmal, haste die Treppe zu meinem Zimmer hinauf. Kippe den kompletten Inhalt meiner Stofftasche auf das Bett. Hektisch huschen meine Augen über Papiertaschentücher, Pfefferminzbonbons, eine Haarbürste und verschiedene andere belanglose Dinge, die ich stets mit mir herumschleppe.

Der Stift, er muss mir aus der Tasche gefallen sein, als ich mich im Stall über Chris gebeugt habe. Aber wie um alles in der Welt kann es möglich sein, dass mein Bruder diesen Stift benutzt hat, um seinen Abschiedsbrief zu schreiben, wo er doch um diese Zeit bereits tot war?

Hat den Brief jemand anderer geschrieben? Aber warum? *Verdeckte Ermittlungen.* Wieder taucht da dieser Begriff in meinem Kopf auf. Was, wenn es doch Vater war, der Chris umgebracht hat? Wollte ihn in diesem Fall jemand durch einen fiktiven Abschiedsbrief verunsichern? Was würde das für einen Sinn ergeben? Ihn aus der Reserve zu locken? Aber das wiederum würde voraussetzen, dass er von diesem Brief Kenntnis haben müsste. Tatsache jedoch ist, dass nur Andy, meine Geschwister, Luis und ich davon wissen.

Was, wenn wir diejenigen waren, die glauben sollten ... Ich keuche auf. Der Gedanke ist so unaussprechlich und doch ...

»Melde dich. Ich muss mit dir reden. Sofort.« Es ist, als würde Luis nicht existieren. Sein Handy bleibt tot. Keine Reaktion.

Ich gehe nach unten. Bemühe mich, einigermaßen zu funktionieren. Es ist mir ein Rätsel, dass niemand zu bemerken scheint, wie sehr ich von der Rolle bin. Caro arbeitet heute nicht. Verzweifelt versuche ich sie zu erreichen, doch sie geht nicht an ihr Handy. Natürlich. *Oh Gott, ich muss sie sehen!*

»Du zitterst ja.« Michi hält mitten in der Bewegung inne.

»Was?« Ich habe das Gefühl, ihn durch eine Nebelwand zu

sehen. Im selben Moment ergießt sich das Ginger Ale über meine das Cocktailglas umschließenden Finger. Jetzt erst fällt mir auf, dass ich die Flasche, ohne abgesetzt zu haben, noch immer in der anderen Hand halte. »Ich erreiche Caro nicht. Ich erreiche Luis nicht.« In einem hysterischen Anfall knalle ich die Flasche auf die Arbeitsplatte. Michi starrt mich mit offenem Mund an. Instinktiv muss er erfasst haben, dass ich kurz davor bin, durchzudrehen. Er packt meine Hand und zieht mich hinter die Tür ins Treppenhaus. Geistesgegenwärtig hat er sich noch rasch ein Mineralwasser aus der Kiste geschnappt. Mit dem Rücken lehne ich an der Wand und lasse mich langsam daran hinuntergleiten. Er hält mir die Flasche unter die Nase. »Hier, trink erstmal was.« Meine Lippen umschließen gierig den Flaschenhals. Hastig nehme ich einige Schluck. Mein Atem geht unregelmäßig.

»Kann ich irgendetwas tun? Vielleicht Luis anrufen?«

»Er geht ja nicht ran.« Verzweifelt vergrabe ich den Kopf in den Händen und in diesem Moment spüre ich ein Vibrieren in der Gesäßtasche. Hastig befördere ich mein Handy daraus hervor.

Ich versichere Michi, dass ich es schaffe, hier alleine auf Luis zu warten.

»Bist du sicher?« Zweifelnd sieht er mich an. Kein Wunder, ich benehme mich wie ein Freak. Er hat ja keine Ahnung.

»Ja, wirklich. Geh besser wieder rein, sonst schmeißt Diego dich womöglich noch raus.« Es gelingt mir sogar, ein leichtes Lächeln aufzusetzen.

»Ok. Ich schick Luis dann zu dir.« Nach kurzem Zögern geht er schließlich durch die Tür.

Keine fünf Minuten später kommt Luis. Er muss gerast

sein wie ein Irrer. »Was ist los?«

Noch immer kauere ich am Boden. Ich hebe den Kopf und sehe ihm in die Augen. »Ich glaube, ich habe etwas herausgefunden, das unmöglich wahr sein kann.«

Wir sehen uns schweigend an. Plötzlich habe ich das Gefühl, er kann meine Gedanken lesen.

»Dann sind wir schon zwei.« Mit diesen Worten zieht er mich auf die Beine.

Nicht nötig, es auszusprechen. Wir wissen, dass wir dasselbe denken. Ich zittere am ganzen Körper. Er zieht mich an sich. Einen Moment verharren wir, doch dann schiebt er mich sacht von sich und nimmt mein Gesicht in seine Hände. Er holt tief Luft, will mir etwas mitteilen, scheint aber noch mit sich zu ringen. Als hätte er Angst, was für Folgen das Gesagte nach sich ziehen könnte.

»Heute Abend wird es einen Einsatz geben. Auf dem Hof.«

Ich zucke unter seinen Händen zusammen. »Woher ...?«

»Wolfgang von Stetten.«

Meine Augen weiten sich. »Ich verstehe nicht ...«

»Wolfgang von Stetten. Polizeihauptkommissar Kripo Kaltenberg – und Maras Onkel«, fügt er nach einer kleinen Pause hinzu. Mit einer entschuldigenden Geste hebt er die Schulter. »Ich habe ihn beinahe in den Wahnsinn getrieben die letzten Wochen. Aber natürlich wollte er mich nicht in den neusten Stand der Ermittlungen gegen deinen Vater einweihen.«

Ich kenne den Polizeichef von Kaltenberg. Mir kommen Luis' Worte in den Sinn, als er Chris damals auf dem Parkplatz vorm Fellini seine Hilfe angeboten hatte. Anschließend waren die beiden um Haaresbreite aufeinander losgegangen.

Deshalb also die vielen Anrufe auf seinem Handy – und

ich hatte angenommen, es wäre Maras Nummer gewesen. Plötzlich komme ich mir unheimlich schäbig vor.

»Es tut mir leid, ich dachte ...« Ich presse die Lippen zusammen.

Entschieden schüttelt er kurz den Kopf. »Ist jetzt nicht wichtig.« Er holt tief Luft. »Andy und Caro, es kam mir einfach seltsam vor, wie sie sich verhalten haben.«

»Du hast es auch bemerkt?«

Er lacht schnaubend auf. »Mal ehrlich, wer hat nicht bemerkt, dass er ständig wie ein Wachhund neben seiner Schwester stand?« Gedankenverloren fasst er sich an die Naht auf seiner Augenbraue.

»War er das?« Ich halte die Luft an. Meine Hand berührt vorsichtig die Stelle über seinem Auge. Sein Schweigen ist Antwort genug.

»Aber warum?«

»Nun, sagen wir mal so, er hat es vorgezogen, mich für dumm verkaufen zu wollen. Da musste ich ihm klarmachen, dass es so nicht läuft.« Mit einem schiefen Grinsen zuckt er die Schulter. »Fairerweise muss ich zugeben, dass sein Gesicht ähnlich entstellt aussieht.«

Plötzlich sieht er mich intensiv an. »Hör zu, wenn es das ist, was wir beide vermuten ...«

»Sprich es nicht aus.« Ich lege meine Hand auf seinen Mund. Immer wieder schüttle ich panisch den Kopf. »Ich, ich ... wenn es doch nicht so ist, das könnte ich nicht noch einmal überstehen.« Flehend sehe ich ihn an.

Wortlos zieht er mich in seine Arme. »Verstehst du jetzt, warum ich dir nichts sagen konnte?« Er flüstert in mein Ohr. »Ich musste doch zuerst etwas Konkretes liefern. Ich konnte nicht riskieren, dass du nach ein paar haltlosen Vermutungen zusammenbrichst. Das hätte ich mir nie verziehen. Nicht mal jetzt bin ich mir zu hundert Prozent sicher.«

Ich lege meine Hände auf seine Brust. »Wann heute Abend?« Mein Blick ist durchdringend. Wieder sieht er mich an, als müsste er abwägen, was er verantworten könnte, mir zu erzählen. »Sie werden sich ab elf Uhr bereithalten.«

Noch zwei Stunden. »Ich sage Diego Bescheid. Gib mir zehn Minuten.« Ich stecke das Handy in meine Jeans.

Luis greift nach meinen Armen. »Lass mich da alleine hinfahren.« Beschwörend sieht er mich an.

»Vergiss es.« Ich mach mich von ihm los und er hält mich nicht zurück. Natürlich weiß er, dass mich nichts und niemand dazu bringen könnte, hierzubleiben.

Es gleicht einem Déjà-vu, wie wir durch den Stockerwald fahren. Dennoch fühle ich diesmal keine Panik in mir aufsteigen. Da ist nur der unbändige Wille, endlich diesem Rätsel auf die Spur zu kommen. Zu erfahren, was gespielt wird. Ich bin der Lösung ganz nahe, ich kann es fühlen.

Wir fahren an der Bushaltestelle vorbei. Nach ungefähr zwanzig Metern biegen wir rechts ab, in einen mit Büschen gesäumten Feldweg. Erst als hohe Tannen den Weg säumen, bringt Luis den Wagen im Schutz der Bäume zum Stehen. Wir nähern uns dem Hof von der rückwärtigen, den Feldern zugewandten Seite. Es ist kurz nach halb zehn. Zum Glück wird es bereits dunkel. Wir müssen vorsichtig sein, vielleicht ist das Einsatzteam schon da. Aber ich weiß, wo wir unbemerkt und sicher sein werden, schließlich war dieser unglückselige Ort mein Zuhause. Langsam schiebe ich den rostigen Riegel zur Seite. Mit einem leisen Quietschen öffnet sich die morsche Holztür. Nacheinander schlüpfen wir hindurch.

Gleich links davon befindet sich ein kleines Lager. Auf dem mit einer dicken Strohschicht ausgelegten Boden sind mehrere Heuballen übereinandergestapelt. Das perfekte Versteck. Wir verkriechen uns in der Ecke. Mit den Armen umschlinge ich meine angezogenen Knie. Doch es gelingt mir nicht, das Vibrieren meines Körpers unter Kontrolle zu bringen.

Luis zieht mich an sich. »Wenn das alles vorbei ist, fahren wir weg. Wir mieten uns einen Ford Mustang und ich zeige dir den Südwesten der USA. Arizona, Page und den Lake Powell. Der See entstand in den sechziger Jahren durch die Aufstauung des Colorado. Horseshoe Bend – die Geländehöhe des Plateaus, von der aus man einen atemberaubenden Blick auf das hufeisenförmige Flusstal des Colorado Rivers hat, beträgt um die 1300 Meter über dem Meeresspiegel. Von den Touristenströmen einmal abgesehen ist das einer meiner Lieblingsorte.«

Luis beschreibt das alles so detailliert. Die Farben, die Kraft der Sonne, den Geruch. Ich schließe die Augen und habe das Gefühl, dort an diesem Ort zu sein. Mit leiser Stimme erzählt er weiter. »The Lone Rock – es gibt zwei Farben, das Weiß des pudrigen Sandes und das tiefe Blau des Wassers, in dessen Mitte dieser einsame Fels thront. Es hat beinahe etwas Künstliches. Als wäre die Landschaft nicht von dieser Welt. Irgendwie surreal. Und doch strahlt dieser Ort eine Unberührtheit und unglaubliche Ruhe aus.«

Keinem außer ihm könnte es gelingen, mich in diesen qualvollen Minuten des Wartens mit auch nur einem einzigen Wort abzulenken. Sein monotones Flüstern jedoch schafft genau das. Als sich endlich die vordere Stalltür öffnet, breitet sich mit einem Mal eine unheimliche innere Ruhe und Stärke in mir aus. Wir verschränken unsere Finger und Luis drückt meine Hand.

Wir hören keine Stimmen, aber es müssen mehrere Personen sein. Die Geräusche dringen aus verschiedenen Winkeln an unsere Ohren. Sie nehmen ihre Stellungen ein. Die Sorge, jemand von dem Einsatzteam könnte sich zu uns verirren, erweist sich als unbegründet. Eine Weile bleibt es ganz still. Nur das unruhige Schnauben der Tiere ist zu hören. Unwillkürlich halte ich einen Augenblick den Atem an. Ich spüre den sanften Druck von Luis' Hand und lasse die Luft langsam entweichen. Inzwischen muss es kurz vor halb zwölf sein. Mein linker Arm ist eingeschlafen. Vorsichtig versuche ich, eine andere Position einzunehmen. Die Unruhe kehrt zurück und meine Anspannung wächst. Da geht die Stalltür ein weiteres Mal auf. Jemand schaltet das Licht an. In unserem Versteck bleibt es zum Glück dunkel. Obwohl wir von hier aus nichts sehen können, beginnt mein Herz wie wild zu schlagen. Jemand geht den Gang entlang. Bleibt stehen. Geht weiter. Verharrt. Flüstert etwas. Redet mit den Tieren. Sie halten ganz still. Sie sind ruhig, weil sie denjenigen, der zu ihnen spricht, kennen. Ohne zu blinzeln, starre ich in die Dunkelheit. Noch immer wage ich es nicht, das, was sich mir heute Nacht offenbaren wird, in mein Gehirn dringen zu lassen.

Plötzlich das Geräusch eines herannahenden Autos. Vaters Wagen. Ich erkenne ihn an dem knatternden Ton. Der Auspuff sollte längst repariert werden.

Er betritt den Stall. Erneut halte ich die Luft an. Was, wenn er nur das Licht ausmacht und sofort wieder verschwindet? Zuerst geschieht genau das. Einen Moment scheint er zu verharren, dann wird alles dunkel. Er bewegt sich auf die Tür zu. Öffnet sie ein Stück weit. Der schmale Schein des Mondes dringt herein.

Dann hör ich seine Stimme – nicht Vaters Stimme. Das Licht geht an. Mir sackt das Blut vom Kopf in die Beine. Meine Augen weiten sich und ich keuche auf, als ich auch schon Luis' Hand auf meinem Mund spüre. Ich klammere mich an seinen Arm, nur um in diesem unfassbaren Augenblick nicht in tausend Stücke zu zerspringen.

»Das kann nicht sein!« Vater keucht auf. »Du bist tot ... du bist tot!«

Ich kann förmlich seine ungläubige kopfschüttelnde Miene mit den kleinen wässrigen Augen vor mir sehen. »Ich hab dich eigenhändig aufgehängt! Das ist unmöglich!« Seine Stimme wirkt gehetzt. »Du bist tot!« Der letzte Satz ist ein Aufschrei. Ich sehe plötzlich vor meinem geistigen Auge, wie Vater sich gleich wieder auf ihn stürzen wird. Dann höre ich auf zu denken. Bevor Luis reagieren kann, reiße ich mich von ihm los. Ich taumle zwischen den Heuballen hindurch. Falle beinahe. Renne los.

»Du wirst niemandem mehr wehtun.« Aus dem Augenwinkel sehe ich Chris' erstaunte Miene. Er hält eine Waffe in der Hand – *die Waffe*? Das alles erfasst mein Gehirn in Sekundenschnelle, bevor ich mich mit einem Sprung auf Vater stürze, an seinen Rücken klammere, meinen rechten Unterarm unter sein Kinn klemme und mit aller Macht seinen Kopf nach hinten reiße. Wir fallen zu Boden. Er braucht nur ein paar Sekunden, um sich von dem Überraschungsmoment zu erholen. Greift nach meinen Haaren. Schleift mich über das Stroh und reißt mich in die Höhe.

»Lass sie sofort los!« Chris hält die Waffe auf ihn gerichtet. Seine Worte klingen leise und bedrohlich wie das Zischen einer Schlange.

Chris, oh Gott, Chris. Tränen laufen über meine Wangen. Jetzt ist es Vater, der den Arm fest unter mein Kinn klemmt und mir fast die Luft zum Atmen nimmt. Provozierend schiebt er mich langsam vor sich her, auf Chris zu. »Das lässt du mal besser bleiben, Bürschchen, sonst ist sie fällig.« Zum Beweis zieht er seinen Arm noch enger um meinen Hals. Ein Röcheln dringt aus meinem Mund. Ich bekomme fast keine Luft mehr. »Du legst jetzt ganz vorsichtig die Waffe auf den Boden und schiebst sie zu mir her.«

Als Chris sich in Zeitlupe bückt, ohne uns aus den Augen zu lassen und die Waffe mit der Fußspitze in unsere Richtung schiebt, lockert Vater den Griff um meinen Hals ein wenig. Er zwingt mich mit sich in die Knie, greift nach der Pistole und hält sie mir an die Schläfe. »Du warst das also. Du hast sie mir gestohlen. Denkst wohl, ich hätte nicht bemerkt, dass du in meinem Schlafzimmer rumgewühlt hast? Wie hast du das angestellt? Wer hat dir geholfen? Wer hat dich da runtergeholt?« Er lässt den Blick an die Decke gleiten. »Die Bullen? Haben die für deine Beerdigung gesorgt?« Höhnisch lacht er auf, doch plötzlich scheint ihm ein beunruhigender Gedanke zu kommen. »Sind die hier? Haben die Bullen sich hier irgendwo versteckt?« Seine Stimme klingt mit einem Mal misstrauisch. »Sind die hier?« Sein Griff wird wieder fester. Ich klammere mich an seinen Arm. »Ihr steckt doch unter einer Decke. Los, spuck's aus!« Vaters Stimme hat einen leicht hysterischen Unterton.

»Ich brauch keine Polizei mehr. Die tun sowieso nichts.« Mit undurchdringlicher Miene sieht Chris Vater in die Augen. Ich kann förmlich spüren, wie er sein dreckiges Grinsen aufsetzt. »Da muss ich dir ausnahmsweise einmal recht geben. Die Bullen sind dumm wie Scheiße. Das waren sie schon immer.« Selbstgefällig lacht er auf. »Wie oft hab ich die verarscht. Hab's noch jederzeit geschafft, davonzukommen.« Er klingt fast ein wenig stolz. »Nur einmal, da haben die mich drangekriegt. Musste einsitzen wegen diesem Wagner, diesem Dreckschwein. Aber dem hab ich's gezeigt. Hab ihm das Gehirn weggepustet und ihn versenkt.« Seine Stimme hat einen irren Klang.

»Du hast einfach einen Menschen umgebracht.« Chris sieht ihn an. Wieder kann ich keine Regung in seinen Zügen erkennen. Er zuckt nicht mal mit der Wimper.

»Hab ich. Keiner nimmt mir einfach so, was mir gehört.« Wieder dieses abscheuliche, selbstgefällige Lächeln. In dieser Sekunde wird mir klar, dass Vater ein kranker Psychopath ist.

»Und dasselbe werde ich jetzt mit euch machen müssen. Das werdet ihr doch sicher verstehen?«

Verdammt, warum tun die denn nichts? Verzweifelt suche ich Chris' Blick. Langsam senkt er die Augenlider und sieht mich wieder an. Es wird alles gut, sind seine unausgesprochenen Worte.

Urplötzlich werde ich von gleißendem Licht geblendet. »Zugriff«, ruft jemand. Einen Moment herrscht Verwirrung. Vater lockert seinen Griff, doch als er realisiert, dass wir umstellt sind, zieht er seinen Arm wieder an. »Ihr kriegt mich nicht, vorher puste ich ihr das Gehirn weg.« Er schreit wie ein Irrer. Ich fühle nichts. Keine Angst. Bin ich schon tot? Da sehe ich das Feuer in Chris' Augen. Wie eine Raubkatze setzt er zum Sprung an. Zuerst habe ich das Gefühl, alles in Zeitlupe zu erleben. Doch dann spüre ich den Aufschlag. In Sekundenschnelle hat er sich auf uns gestürzt. Mit aller Kraft stößt er mich zur Seite. Jemand zieht mich auf die Beine und in diesem Augenblick löst sich der Schuss.

Chris. Er liegt auf Vater. Blut, überall ist Blut. *Nein, tu mir das nicht an, oh Gott, tu mir das bitte nicht an.* »Chris!« Ich reiße mich los, lasse mich vor ihm auf die Knie fallen. »Du Idiot, du verdammter Idiot. Warum hast du das getan?« Schluchzend schlage ich die Hände vors Gesicht, als könnte ich damit alles ungeschehen machen. »Warum hast du das getan?«

»Ich kann nichts hören. Verdammt, ich hör nichts.«

Bevor es mir gelingt, diese Stimme richtig einzuordnen, nehme ich das geschäftige Treiben um mich herum wahr. Jemand nimmt mir vorsichtig die Hände vom Gesicht. Ich sehe in zwei blaue Augen. Chris. Wie einen Geist starre ich ihn an. Sein T-Shirt ist voller Blut.

»Keine Angst, ist nicht meins.« Besorgt betrachtet er mich. Ich drehe den Kopf zu Vater. Seine Augen sind weit aufgerissen. Die Pistole liegt noch immer in seiner Hand. Mein Blick schwenkt wieder zu Chris. Er hält sich das linke Ohr. Wir sehen uns an. Einen Moment scheint die Zeit stillzustehen. Und dann hole ich aus. Mit aller Kraft haue ich ihm eine runter. Ich habe mir die rechte Seite ausgesucht.

Ich sehe der Trage mit dem Leichensack hinterher und wende die Augen erst ab, nachdem sie in dem schwarzen Van verschwunden ist. Es ist vorbei. Vater ist tot. Ist es richtig, diese grenzenlose Erleichterung zu fühlen? Ich lasse den Blick schweifen. Das Blinken der blauen Lichter ist bestimmt bis tief in die Nacht zu sehen.

Luis kommt aus einem der beiden Krankenwagen. Er entdeckt mich und beginnt zu laufen. »Geht's dir gut?« Mit einer heftigen Bewegung zieht er mich an sich. Ich vergrabe mein Gesicht an seiner Brust und nicke wortlos. Dann hebe ich den Kopf. »Tut mir leid, dass ich einfach losgerannt bin, aber ich hatte solche Angst, Chris ein zweites Mal zu verlieren.«

»Ist schon gut.« Er schwankt ein wenig.

»Alles ok?« Beunruhigt lege ich meine Hände an seine Hüften.

Sie hatten ihn zu zweit davon abhalten müssen, mir hinterherzugehen, als ich mich von ihm losriss. Während sein Kollege ihn festhielt, verpasste Andy ihm einen unsanften Schlag gegen die Schläfe. Luis war bewusstlos zusammengesackt.

»Sorry Kumpel, aber wir hatten keine Wahl.« Andy steht plötzlich neben uns. Freundschaftlich klopft er Luis auf die Schulter. »Ich hoffe, es geht dir wieder gut.«

Mit einem Schnauben schüttelt Luis leicht fassungslos den Kopf. Er lässt mich los und baut sich bedrohlich vor Andy auf. »Merk dir eins. Ich bin nicht dein Kumpel.« Er betont jedes einzelne Wort. Abwehrend hebt Andy die Hände in die Höhe. »Ist schon gut, wie ich sehe, brauchst du noch 'ne Weile.« Gelassen dreht er sich weg. Da sehe ich Caro. Sie steigt aus dem anderen Krankenwagen – der, in dem sie Chris versorgen. Sie entdeckt mich und hält mitten in der Bewegung inne. Eine kleine Ewigkeit sehen wir uns über den Platz hinweg einfach nur an. Dann kommt sie zögernd näher. »Kannst du uns das jemals verzeihen?« Ihr Gesichtsausdruck gleicht einer Mischung aus Unsicherheit und Schuldbewusstsein.

»Ich weiß es nicht«, ist meine ehrliche Antwort. Einen Moment stehen wir reglos da. Dann fallen wir uns wie auf Kommando um den Hals und Caro fängt an, wie ein Schlosshund zu heulen. Ich hebe den Kopf und sehe in das Scheinwerferlicht eines herannahenden Autos. Luis seufzt leise auf, als der

Wagen ein paar Meter neben uns anhält. Fragend sehe ich ihn an.

Er zieht die Augenbrauen zusammen. »Wolfgang ...«

Aus dem Auto steigt ein Mann mittleren Alters mit grauschwarz meliertem Haar und kurz gestutztem Bart. Seine Augen sind ausschließlich auf Luis gerichtet und er sieht ziemlich wütend aus. »Was hast du dir dabei gedacht?« Er zieht ihn auf die Seite und scheint ihm eine Standpauke zu halten. Ich höre nur noch etwas wie *hätte meinen Job kosten können und Einsatz in Gefahr gebracht.* Das muss Maras Onkel sein, der Polizeichef von Kaltenberg. Die Diskussion der beiden geht noch eine ganze Weile weiter. Schließlich hat es den Anschein, dass es Luis gelungen ist, ihn zu beruhigen. Sie kommen auf uns zu. »Frau Pechstein.« Er gibt mir die Hand. »Von Stetten, Kripo Kaltenberg.« Davon, dass er vor ein paar Minuten völlig außer sich war, ist nichts mehr zu spüren.

»Sie mussten einiges durchmachen in letzter Zeit. Wie geht es Ihnen?« Mitfühlend sieht er mich an. Mein Blick schweift an ihm vorbei. Ich ziehe die Unterlippe ein.

»Vor zwei Wochen haben wir unseren Bruder begraben und heute erfahre ich, dass er lebt. Was denken Sie wohl, wie es mir da geht?« Abwartend sehe ich ihn an. Er erwidert nichts. Natürlich, was sollte er auch darauf sagen.

»In diesen zwei Wochen wurde uns alles genommen. Wir sind daran zerbrochen. Kapieren Sie das?« Ich schleudere ihm meine ganze Wut ins Gesicht. Er senkt den Kopf, dann sieht er mir fest in die Augen. »Geben Sie Ihrem Bruder die Chance, sich zu erklären. Das hat er verdient. Er hat einen großartigen Job gemacht.« Noch einmal nickt er mir zu, dann wendet er sich ab. Er bewegt sich auf den Stall zu. Den Tatort.

»Geh zu ihm.« Luis streicht über meinen Arm. »Egal, was er dir zu sagen hat, Wolfgang hat recht. Du solltest ihn anhören.«

Blind starre ich vor mich hin. »Er lebt ... er lebt.« Ich habe das Gefühl, die Worte immer wieder laut aussprechen zu müssen, damit sie real werden.

Ich werfe einen vorsichtigen Blick in den Krankenwagen. Inzwischen ist Caro bei ihm, und wie! Chris sitzt auf der Liege und Caro rittlings auf ihm. Seine Hand ist unter ihrem T-Shirt verschwunden. Sie küssen sich. Zum ersten Mal kommt mir der Gedanke, wie schwer auch für die beiden die letzten zwei Wochen gewesen sein müssen. Ich will mich gerade diskret zurückziehen, da beginnen sie sich langsam voneinander zu lösen. Chris hält mitten in der Bewegung inne und Caro dreht sich um. Sie gleitet von seinem Schoß. »Ich lass euch mal allein.« Wortlos drückt sie meine Hand, bevor sie an mir vorbeigeht.

»Wie geht es deinem Ohr?«

»Sie nehmen mich mit – für eine Nacht. Vermutlich ein Knalltrauma. Ich werde wohl eine Infusion bekommen.« Schweigen. Ich vergrabe die Hände in den Taschen meiner Sweatjacke. Er klopft auf die Liege. »Setzt du dich zu mir? Nur einen Augenblick.«

Ich steige die Stufen hoch und lasse mich neben ihn sinken. Wir starren auf unsere Fußspitzen. Keiner will den Anfang machen. Schließlich halte ich es nicht mehr länger aus. »Warum?«

»Warum?« Er sieht mich an. »Weil ich wusste, dass es nur so möglich ist.«

»Was ist das für eine beschissene Antwort? Es hätte tausend andere Möglichkeiten gegeben, verdammt. Eine davon wäre gewesen, mit mir darüber zu sprechen!« Ich funkle ihn an.

»Mit dir darüber zu sprechen?« Er lacht auf. »Du wärst niemals damit einverstanden gewesen. Mach dir nichts vor, Maddy. Du wärst durchgedreht, wenn ich es dir erzählt hätte.«

»Durchgedreht?« Ich schnappe nach Luft. »Du lagst am Boden. Ich dachte, du wärst tot. In der Leichenhalle habe ich neben dir gewacht. Ich habe Blumen auf deinen verdammten Sarg gestreut. Was denkst du, habe ich da gefühlt? Was denkst du, haben unsere Geschwister gefühlt?« Ich beginne, meinen Oberkörper in monotonem Rhythmus vor- und zurück zu schaukeln. »Was denkst du, haben sie gefühlt?« Mein Flüstern weicht einem klagenden Schluchzen und Chris zieht mich in seine Arme. Mit den Fäusten trommle ich gegen seine Brust. »Verdammt, ich dachte, du wärst tot!« Er hält mich solange fest, bis ich keine Kraft mehr habe zu weinen.

»Der Plan war, ihn aus der Reserve zu locken. Ich sagte ihm, es gäbe Beweise, dass er damals den Mord begangen hätte. Wäre er bereit, mir den Hof zu überschreiben, so würde ich im Gegenzug den Mund halten. Meine Hoffnung bestand darin, auf diesem Weg ein Geständnis aus ihm herauszulocken. Ich konfrontierte ihn mit der Waffe und hatte ihn fast so weit. Es musste mir nur gelingen, alles ein wenig hinauszuzögern, denn Andy und seine Leute waren noch nicht eingetroffen. Ein Schuldeingeständnis hätte also nichts genützt, ich brauchte Zeugen. Also versuchte ich, ihn in ein Gespräch zu verwickeln. Er hatte irgendetwas von einer Gang erwähnt, als ich das Thema auf den Mord gebracht hatte. Auf die Jungs von der Gang sei Verlass gewesen, die hätten immer hinter ihm gestanden. Ich täuschte Interesse vor und hakte hier und da nach. Er kam richtig in Fahrt. Erzählte von all den krummen Dingern, die er zusammen mit seinen Kumpels gedreht hatte. Er redete und redete, ging unablässig hin und her.« Chris lacht bitter auf. »Ich hätte darauf vorbereitet sein müssen. Der Schlag kam völlig unvermittelt. Als ich wieder halbwegs zu mir kam, hatte er mir bereits die Hände auf den Rücken gebunden und die Kette um meinen Hals geschlungen. Ich war zu schwach, um mich zu wehren. Also habe ich mich weiterhin bewusstlos gestellt.« Wie betäubt starrt Chris vor sich hin. »Er nahm den verdammten Hocker und brachte ihn in Stellung. Hievte mich hoch, über seine Schulter. Irgendwie schaffte er es, mich in die richtige Position zu bringen.« Ein Schnauben dringt durch seine Nase. Er ballt seine Hände zu Fäusten, während er in sachlichem Ton fortfährt. »Er gab dem Hocker einen Stoß und hat gelacht.« Plötzlich sieht Chris mich an. »Ich hör immer noch dieses Lachen. Er hatte alles vorbereitet.« Seine Stimme klingt heiser. »Normalerweise überlebt man so etwas nicht. Wusstest du, dass man nach wenigen Sekunden bewusstlos wird und irreparable Schäden bereits drei bis fünf Minuten später eintreten können? Zehn Minuten – und du bist tot.« Er fährt sich mit den Fingern durch sein Haar, sein Blick gleitet zur Seite.

Ich bin wie versteinert. Lege eine Hand auf seine Schulter. »Chris. Es tut mir so unendlich leid.« Vor lauter Angst, er könnte jeden Moment zerbrechen, ziehe ich ihn ganz vorsichtig in meine Arme.

»Sie kamen gerade noch rechtzeitig. Ich lag wohl schon auf dem Boden. Der Haken in dem morschen Balken hatte nicht gehalten. Kannst du dir das vorstellen? Ein echter

Klassiker – mit Happy End.« Chris lacht auf. »Ein Arzt aus dem Team hat mich sofort versorgt. Und obwohl ich eigentlich hätte erleichtert sein müssen, dass ich gerade nochmal davongekommen bin, war ich am Boden zerstört. Der ganze Aufwand, alles umsonst. Dieses Schwein hatte es wieder einmal geschafft, sich zu verpissen. Er hatte sämtliche Spuren, die hätten zu ihm führen können, verwischt.

Vielleicht solltest du eine Zeitlang untertauchen. Wenn er feststellt, dass du am Leben bist, könnte es gefährlich für dich werden. Andy war beunruhigt und bot mir an, vorübergehend bei ihm unterzukommen. Vater noch einmal mit dem Hof zu erpressen, hielt ich inzwischen für keine erfolgversprechende Methode mehr. Er wäre zwar geschockt, mich zu sehen und plötzlich am Leben zu wissen, aber gleichzeitig war ich überzeugt, würde er mir nicht mehr abnehmen, etwas über ihn in der Hand zu haben. Wenn die Polizei nicht einmal jetzt, bei dem Mordversuch an mir, irgendwelche Beweise gegen ihn vorweisen konnte, wie sollte sie es dann bei einem fast dreißig Jahre alten Verbrechen schaffen? Das alles war wenig überzeugend und das wusste er. Er war sich seiner Sache sicher. Wir waren alle frustriert. Stellten Überlegungen an, verwarfen sie wieder. Da kam Andys Kollege mit dieser Idee.

Und wenn du einfach gestorben bist?

Wir starrten ihn zuerst alle nur an. *Es würde uns Zeit verschaffen* meinte er noch. Die Idee nahm immer mehr Gestalt an. Vielleicht würde Vater leichtsinnig werden, sich einen Fehler leisten.

Wir lassen ihn zappeln, machen ihn mürbe und wenn wir ihn so weit haben, schlagen wir zu, was denkst du? – Andys Worte.

Ich wusste sofort, ich würde es tun. Andy machte mir unmissverständlich klar, was es bedeuten würde, meinen Tod zu fingieren.

Und wenn ich sage tot, dann meine ich tot. Für alle. Familie, Freunde, Bekannte.

Er sprach alles mit mir durch. Bis ins letzte Detail. Er würde diesen Plan von ganz oben absegnen lassen müssen und da er wusste, dass die Akte Pechstein in der Zwischenzeit wieder oberste Priorität genoss, war er sich sicher, seinen Chef von dieser unglaublichen Idee überzeugen zu können. Bis zu diesem Zeitpunkt war mir noch nicht klar gewesen, welche Bedeutung diese Entscheidung bis in ihre letzte Konsequenz nach sich ziehen würde. Ich sah plötzlich dich vor mir und Jenny, Nick, Ben und Caro.« Chris schüttelt den Kopf. »Ich habe das zur Seite geschoben. Ich musste es zur Seite schieben.« Er sieht mich voller Verzweiflung an. »Das war der Preis, den ich dafür bezahlen musste, um dieses Monster endlich zu besiegen, kannst du das verstehen?«

»Wir sollten los, Herr Pechstein.« Der Arzt klopft vorsichtig an die Tür des Krankenwagens. »Es ist wichtig, zeitnah die Infusion zu legen.«

»Geben Sie uns noch fünf Minuten, bitte.«

Der Arzt deutet ein kurzes Nicken an und wir sind wieder allein.

»Tja und dann hörten wir Luis' Auto auf den Hof fahren.« Chris schüttelt den Kopf. »Ich bekam Panik. Scheiße man, ich konnte mich doch vor dir nicht totstellen. Das hätte ich nicht gepackt. Wir hörten die Autotüren zuschlagen. Es würde nur noch Sekunden dauern, bis ihr den Stall betreten würdet. Da hat Andy reagiert. Er hat mich k.o. geschlagen.« Chris greift sich an den Nacken. »Du verstehst das vielleicht nicht, aber ich war ihm dankbar. Verdammt, ich hätte dir das doch nicht vorspielen können.« Er kaut auf seiner

Unterlippe herum. Die Erinnerung daran scheint ihn noch immer aufzuwühlen.

»Die Beerdigung ... in der Leichenhalle ...« Ich muss mich einen Moment sammeln.

»Propofol – ein gut zu steuerndes Narkotikum. Es verlangsamt die Atmung.«

»Was? Aber wie bist du ...«

»Durch die Hintertür. Bevor der Sarg verschlossen wurde, haben sie mich durch die Hintertür rausgebracht.«

»War denn das alles legal? Ich meine, durften die dich denn einfach so benutzen?« Ungläubig sehe ich ihn an.

»Andy hat da ziemlich viel riskiert. Bei der ersten Aktion im Stall wusste nur er von meinem Plan. Wir hätten das niemals offiziell durchziehen können. Eine Privatperson als Lockvogel einzusetzen ist rechtlich nicht zulässig. Ein Geständnis wäre zu keiner Zeit verwertbar. Also hat Andy die Tatsachen einfach ein wenig ... verrückt. Bei seinen Kollegen vermittelte er den Eindruck, ich würde auf eigene Faust handeln. Er musste nur noch dafür sorgen, dass sie rechtzeitig im Stall eintrafen, um mich vor der möglichen Gefahr meines Alleinganges zu beschützen und um ganz nebenbei von Vater ein verwertbares Geständnis zu bekommen.«

Obwohl mir nicht kalt ist, umklammere ich meine Arme. »Caro, ihr hast du nichts vorgespielt.« Bitter kommen die Worte über meine Lippen.

»Geplant war es anders.« Er holt tief Luft. »Du und Luis, ihr seid draußen gewesen. Du warst zusammengebrochen, da kam ich langsam wieder zu mir. Die Situation war angespannt. Die anderen standen die ganze Zeit unter Strom. Einer von Andys Kollegen blieb bei euch, bis der Krankenwagen kam. Kurz darauf traf Caro ein. Unglücklicherweise hatte sie im Vorfeld mitbekommen, wie Andy und ich die Aktion geplant hatten. Sie war außer sich gewesen. Plötzlich stand sie im Stall, da mussten wir sie einweihen.«

Eine Szene auf dem Hof taucht vor mir auf. *Tu das nicht, bitte tu das nicht.* Caro hatte Chris regelrecht angefleht.

»Wie bist du eigentlich draufgekommen?« Neugierig mustert mich Chris.

»Die Tintenflecke.«

»Die Tintenflecke?« Er zieht die Augenbrauen hoch.

»Auf deinem Brief waren zwei Tintenflecke. Sie stammten von einem Stift, den ich kurz zuvor eingesteckt hatte. Er muss mir im Stall aus der Tasche gefallen sein. Irgendwie hast du ihn in die Hände bekommen. Du konntest also deinen *Abschiedsbrief*«, ich male Häkchen in die Luft, »erst schreiben, nachdem du bereits tot warst.«

Chris scheint einen Moment zu überlegen. »Irgendjemand hat mir den Stift in die Hand gedrückt. Ich habe nicht darauf geachtet.«

Ich zucke mit der Schulter. »Ich habe ihn jedenfalls auf deinem Schreibtisch entdeckt.«

»Ja, da habe ich den Brief geschrieben, bevor ich noch schnell das Nötigste zusammengepackt habe.«

»Du hast die Waffe aus Vaters Nachttisch ...«

»Ja«, fällt er mir ins Wort. »Das war ich. Und du bist auch da gewesen.«

»Du warst das in der Küche.«

Er nickt.

»Wie konnten die dich heute Abend nur mit geladener Waffe in den Stall schicken?« Ich sehe ihn an. »Ich meine, da stehen jede Menge Polizisten und die sehen einfach zu? Die hätten die Munition aus dem Ding nehmen müssen, das war doch sicherlich ein Verstoß gegen sämtliche Vorschriften, oder etwa nicht?«

Chris holt tief Luft. »Keiner wusste, dass ich die Waffe gefunden hatte.« Seine Augen gehen ins Leere. »Und ich habe es niemandem erzählt.« Er studiert mein Gesicht. »Er hat heute Abend zugegeben, mich eigenhändig aufgehängt zu haben, es hätte gereicht, ihn hinter Gitter zu bringen.« Sein Blick schweift wieder ab. »Aber ich wollte ihn töten.«

Für den Moment verdränge ich dieses Geständnis. Ich will mir nicht ausmalen, welche Konsequenzen das Ganze für meinen Bruder nach sich ziehen wird.

»Eins versteh ich nicht ganz. Warum dieser vorgetäuschte Selbstmord? Weshalb habt ihr uns nicht im Glauben gelassen, Vater hätte dich umgebracht?« Unvermittelt kommt mir dieser Gedanke in den Sinn.

»Kurz haben wir darüber nachgedacht. Wie wäre eure Reaktion gewesen?« Chris gibt sich selbst die Antwort. »Es gab keine Beweise. Ihr hättet keine Ruhe gegeben und vielleicht noch irgendeine Dummheit begangen ... Das konnten wir während unserer Vorbereitungen zum Einsatz nicht riskieren. Wir wählten die Selbstmordvariante, weil ihr diese vielleicht leichter akzeptieren konntet. Schließlich war der Freitod ja meine eigene Entscheidung gewesen. Die einzige Schwachstelle war der Abschiedsbrief. Ich hoffte, dass Vater nicht durch eine unbedachte Bemerkung eurerseits davon erfahren würde. Allerdings war ich mir fast sicher, dass ihr ihn meiden werdet und ohnehin nichts mehr mit ihm zu tun haben wollt. Glücklicherweise verlief alles nach Plan.«

Erschöpft lehne ich den Kopf an seine Schulter.

»Was werden unsere Geschwister sagen?«

»Meinetwegen darf mir jeder von ihnen eine runterhauen.«

Jetzt muss ich doch grinsen. Ich boxe meinen Bruder auf den Arm. Da zieht er mich an sich.

46.

Montag, 03. Juli 2017

Wir fahren nach Hause, was jetzt für mich definitiv bei Luis ist, schaffen es dort nicht einmal mehr zu duschen, sondern fallen todmüde ins Bett. Zum ersten Mal seit langer Zeit werde ich nicht von irgendwelchen Träumen verfolgt.

Zuerst spüre ich die Wärme auf meiner Haut. Ich sehe gelb-orangene Flecken hinter den geschlossenen Lidern. Der Rollladen muss oben sein. Das Gefühl, beobachtet zu werden, bringt mich dazu, die Augen minimal zu öffnen. Aber nur für einen kurzen Moment.
Plötzlich habe ich Angst, alles könnte sich in Luft auflösen, wenn ich die Lider ganz hebe, das Erlebte vielleicht doch nur ein Traum gewesen sein. Aber ich muss keine Angst haben. Nie wieder. Vater ist tot und Chris lebt. So einfach ist das. Ein unbeschreibliches Glücksgefühl breitet sich in mir aus. Ich öffne die Augen und sehe in das Gesicht des Mannes, den ich über alles liebe. »Luis«, flüstere ich seinen Namen. Er antwortet nicht, senkt den Kopf, bis unsere Nasenspitzen sich berühren.

Ich lasse die Finger über seine bronzefarbene Haut gleiten. Die Härchen auf seinen Muskeln schimmern im hellen Sonnenlicht. Langsam, aber bestimmt drückt er meine Arme auf die Matratze. Er verschränkt seine Finger mit meinen. Wir sehen uns in die Augen. In unseren Blicken liegt unsere Geschichte. All unsere Gefühle und Sehnsüchte. Niemals zuvor hat er mich so geliebt. Es fühlt sich an wie ein Versprechen.

Mich immer zu beschützen. Mich niemals zu verlassen. Für immer hier bei mir zu sein.

»Woher wusstest du es?« Wir liegen noch immer im Bett. Ich habe meinen Kopf auf seine Brust gebettet.

»Ich wusste es nicht.« Seine Finger spielen mit meinem Haar. Er wirkt nachdenklich. »Caro, sie hat sich von Anfang an seltsam verhalten. Vor allem dir gegenüber. Zuerst dachte ich, es wäre ihre Art zu trauern. Aber irgendetwas passte nicht richtig ins Bild. Sie konnte dir nicht ins Gesicht sehen. Als hätte sie ein schlechtes Gewissen. Dann war da noch Andy, der ständig über ihr zu wachen schien. Schon vor der Aktion mit Chris wusste ich, dass Ermittlungen gegen deinen Vater liefen. So viel hatte ich von Wolfgang rausbekommen.« Er schnaubt kurz auf. »Ich habe ihn täglich mit meinen Telefonanrufen bombardiert. Dann vorletzte Woche. Ich hatte an dem Tag einen Firmenwagen und war auf dem Weg nach Kaltenberg ins Präsidium. Ich wollte noch einmal persönlich mit Wolfgang sprechen. Auf halber Strecke kam mir Andys Wagen entgegen. Er am Steuer, Caro daneben. Auf der Rückbank saß noch jemand. Es ging rasend schnell, aber ich war mir fast sicher, Chris erkannt zu haben. Als ich Wolfgang mit meiner Entdeckung konfrontierte, hielt er sich bedeckt. Er faselte nur etwas von einer streng geheimen Operation, in die er mich sicherlich nicht einweihen würde. Tja, und dann habe ich ihn die ganze Woche einfach nicht mehr in Ruhe gelassen, bis er schließlich doch mit etwas rausrückte. Sonntagabend, elf Uhr, Pechsteinhof. Ich musste ihm versprechen, mit niemandem darüber zu reden und bis Montag abzuwarten. Aber als ich feststellte, dass du vermutlich dasselbe rausgefunden hattest, wie hätte ich dich da länger im Dunkeln lassen können?«

47.

Dienstag, 04. Juli 2017

Bis zu diesem Zeitpunkt wissen sie lediglich, dass Vater tot ist. Den Rest werden sie in ein paar Minuten erfahren. Eines der großen Fenster in dem bestimmt über hundert Jahre alten gerichtsähnlichen Gebäude ist geöffnet. Der feine Vorhang bläht sich leicht in der Brise, die hereinweht. Ich habe feuchte Hände und ich spüre den Schweiß unter meinen Achseln. Chris wartet im Raum nebenan. Luis ist bei ihm. So haben wir das vereinbart. Natürlich ist er angespannt. Wie werden unsere Geschwister reagieren, wenn sie gleich erfahren, dass ihr Bruder von den Toten auferstanden ist?

Sie wollen uns über den genauen Ermittlungsverlauf informieren. Vor allem aber möchten sie unseren Geschwistern schonend beibringen, dass Chris am Leben ist. Ich bin ihnen dankbar. Unvorstellbar, hätte ich diesen Part übernehmen müssen. Wie soll man so etwas in Worte packen? Also habe ich zugesagt, als Wolfgang von Stetten mich gestern anrief, um mir diesen Vorschlag zu unterbreiten.

Wo bleibt er nur? Ich möchte es hinter mich bringen. Endlich nach vorne schauen können. Auf meine Zukunft mit Luis. Nichts wünsche ich mir sehnlicher.

Die Tür öffnet sich. Von Stetten und eine Frau in den Vierzigern mit dunklem Pagenkopf und Nickelbrille betreten den Raum. Nick lässt sich endlich auf einen der Stühle sinken. Ihm dabei zusehen zu müssen, wie er mit dem Handy in der Hand ständig hin und her tigert, hat mich noch nervöser gemacht. Eine leichte Panik überfällt mich, wenn ich jetzt in ihre arglosen Gesichter blicke.

Zuerst bedankt sich von Stetten über unser Erscheinen. Er nennt seinen Namen und stellt seine Begleitung als Polizeipsychologin Frau Dr. Wolf vor. Ich registriere, wie Nick kurz die Augenbrauen hebt. Vermutlich fragt er sich, wozu die Anwesenheit einer Psychologin nötig sein sollte, wo doch schon allein die Tatsache, dass Vater nicht mehr unter uns weilt, Balsam für unsere Seele ist.

Von Stetten lässt zuerst Vaters kriminelle Laufbahn in groben Zügen Revue passieren. Dann erzählt er vom Fund der Waffe und den Überlegungen, Plänen und Vorbereitungen, auf welche Art und Weise sie Vater hatten überführen wollen.

»Schlussendlich ist es uns gelungen, Johannes Pechstein auszuschalten«, beendet er seinen vorläufigen Bericht. Ich halte die Luft an. Jetzt kommt der schwierige Teil.

»Das alles«, fährt von Stetten fort, »haben wir der Unterstützung und dem Mut eines Mannes zu verdanken, der großartige Arbeit geleistet hat. Der uns maßgeblich bei unseren verdeckten Ermittlungen unterstützt hat. Ohne den wir diesen Erfolg niemals hätten verbuchen können.« Er macht eine Pause, wirft mir einen kurzen Blick zu. Unruhig rutsche ich auf dem Stuhl hin und her. Von Stetten sieht jeden einzelnen meiner Geschwister an. »Ich werde Ihnen nun etwas mitteilen müssen.« Einen Moment hält er inne. »Etwas sehr Schönes und dennoch zugleich ... für Sie Schockierendes.« Er räuspert sich. »Wie schon gesagt, haben wir uns im Zuge der Ermittlungen für eine verdeckte Operation entschieden. Die genannte Person hatte sich bereit erklärt, uns bis zu einem gewissen Grad der Legalität zu unterstützen.

Bei dieser Person handelt es sich um jemanden aus Ihrem direkten Umfeld. Um jemanden, von dem Sie bis zum jetzigen Zeitpunkt annehmen, er sei nicht mehr am Leben.« Er betätigt die Sprechanlage auf seinem Schreibtisch. »Bringen Sie ihn rein«, ist alles, was er sagt.

Die Tür öffnet sich und alle Köpfe fahren herum. Ich höre ein Aufkeuchen, ich glaube, es kommt von Jenny. Ben reißt die Augen auf. Mit offenem Mund starrt er Chris an. Nick steht langsam auf. Er ballt die Hände zu Fäusten. Wie in Trance schüttelt er den Kopf. Immer wieder. Abrupt dreht er sich um, geht ans Fenster und stützt sich am Sims ab. Seine Schultern heben und senken sich, als würde er nach Atem ringen. Ruckartig dreht er sich um und steuert mit raschen Schritten auf Chris zu. Es geht rasend schnell. Er holt aus und verpasst Chris einen Kinnhaken. Zum Glück erwischt er ihn nicht mit voller Wucht. Chris reagiert unmittelbar und hält ihn fest. Zuerst versucht Nick, sich verzweifelt zu wehren. Aber Chris hält ihn weiter umklammert, bis Nick schließlich erschöpft zusammenbricht und wie ein kleines Kind zu weinen beginnt.

»Nick, es ist gut. Es ist alles gut.« Ich bin bei ihnen, streiche ihm über den bebenden Rücken, bis er sich langsam beruhigt hat. Chris nimmt seinen Kopf zwischen seine Hände. Er sieht ihm fest in die Augen. »Es tut mir leid. Aber jetzt ist es vorbei, hörst du? Es ist endlich vorbei.«

»Es ist vorbei«, wiederholt Nick flüsternd die beschwörenden Worte. Ich ziehe einen Stuhl heran. Erschöpft lässt er sich darauf sinken. Chris' Blick gleitet zu Ben. Er geht auf ihn zu. Ben schluckt und schluckt. Zieht die Augenbrauen zusammen. Und Chris tut das einzig Richtige. Ohne ein Wort zu sagen, schließt er ihn in seine Arme.

»Wo ist Jenny?« In dem Tumult muss uns allen entgangen sein, dass sie den Raum verlassen hat. Beunruhigt gehe ich zur Tür und spähe den Gang entlang. Da kommt mir Luis entgegen. »Hast du Jenny gesehen?«

»Nein, ich war bis eben da drin.« Mit dem Daumen deutet er hinter sich auf eine Tür ein paar Meter weiter. Da taucht auch schon Chris im Türrahmen auf. Sämtliche Alarmglocken beginnen in mir zu schrillen.

»Sie ist gerade in den Bus eingestiegen«, ruft uns Ben plötzlich vom Fenster aus zu.

»Brauchen Sie unsere Hilfe, sollen wir einen Wagen losschicken?« Von Stetten hat bereits den Telefonhörer in der Hand.

»Nein«, beeile ich mich zu sagen. Ich überlege fieberhaft. »In welche Richtung fährt der Bus? Ben, hast du gesehen, was draufstand?«

»Ich glaube Rottweil.«

»Jessy ... meinst du, wir könnten Jess anrufen?« Panisch suche ich Luis' Blick.

Er hat bereits sein Handy am Ohr.

»Vielleicht ist es besser, wenn sie erstmal bei ihr bleibt. Sie musste so viel durchmachen.« Gequält sehe ich Chris an.

»Ok.« Er presst die Lippen zusammen. »Ich werde morgen mit ihr reden.«

»Jess wird sie am Busbahnhof abpassen.« Luis nickt Chris zu. »Sie ist gut bei ihr aufgehoben.«

Erleichtert atme ich auf. Jess weiß Bescheid. Wir haben ihr gestern alles erzählt. Ich bin mir sicher, fürs Erste wird sie im Umgang mit Jenny die richtigen Worte finden.

Nachdem die letzten Formalitäten geklärt und die Polizeipsychologin noch einmal darauf hingewiesen hat, dass wir jederzeit ihre Hilfe in Anspruch nehmen können, verabschiedet sich von Stetten bei jedem einzelnen von uns persönlich.

»Ich sage wohl besser nicht auf Wiedersehen, denn so schnell möchte ich euch auf keinen Fall wieder zu Gesicht bekommen.« Er lächelt.

Chris berührt unauffällig meinen Arm. Auffordernd nickt er mir zu. Ich räuspere mich. »Wir müssen noch etwas wissen, Herr von Stetten.«

Erwartungsvoll sieht er uns an.

»Die geladene Waffe ... hat mein Bruder denn gar keine Konsequenzen zu erwarten?« Meine Stimme zittert ein wenig.

»Sie meinen die Waffe, die Johannes Pechstein bei sich trug, sie bedroht und sich damit anschließend selbst gerichtet hat?«

Chris und ich sehen uns eine ganze Weile stumm an. Irritiert, begreifend, unendlich erleichtert.

Der Polizeihauptkommissar hat sich bereits Luis zugewandt. Von einem Seufzen begleitet, schüttelt er leicht den Kopf. »Du hast mich wahnsinnig gemacht die letzten Wochen, das ist dir hoffentlich klar?« Er beugt sich ein wenig näher zu Luis. Aber ich verstehe trotzdem, was er sagt. »Ich hoffe, sie ist es wert.« Sein Mundwinkel geht leicht nach oben.

»Sie ist es wert, Wolfgang«, erwidert Luis so laut, dass wir es alle hören können. Er klopft ihm gönnerhaft auf die Schulter. Dann nimmt er meine Hand und mit einem Lächeln im Gesicht gehen wir zusammen mit meinen Brüdern den Gang entlang und verlassen das Gebäude.

Obwohl ich weiß, dass meine Schwester gut bei Jess aufgehoben ist, bin ich innerlich angespannt. Was wird das mit ihr machen? Ein erneuter Schock. Diesmal zwar einer, der alles zum Guten wendet, aber dennoch. Wird sie nach den letzten Wochen jemals wieder jemandem vertrauen können? Ich hoffe, sie ist inzwischen bei Jess.

Eigentlich hätten zwei Beamte Chris und die Jungs nach Hause gefahren. Aber da Jenny nun nicht hier ist, finden wir alle Platz in Luis' Wagen. Wir fahren soeben aus der Parklücke, als sein Handy sich bemerkbar macht. Ich zucke zusammen. Und tatsächlich – es ist Jess.

»Ja, ok ... halbe Stunde. Alles klar. Bis gleich.« Er legt auf und sieht in den Rückspiegel. »Eure Schwester möchte ein Eis mit euch essen. Was meint ihr, tun wir ihr den Gefallen?«

Ich dreh mich um und sehe in drei grinsende Gesichter.

»Ein Bier wäre mir lieber.« Nick sieht Chris an. Chris sieht Nick an und sie knuffen sich mit den Ellbogen in die Seite.

Wir essen das Eis nicht im Fellini. Undenkbar, Diego und Maria auf diesem Weg die Neuigkeit zu überbringen, denn sie sind in keiner Weise im Bilde. Chris und ich werden morgen mit ihnen sprechen. Genau wie mit Martin und seinen Eltern.

Auf dem Hof ist für die nächsten Wochen alles geregelt. Die Helfer vom Maschinenring werden weiterhin im Einsatz sein. Wolfgang von Stetten hat Chris solange Unterstützung jeglicher Art versprochen, bis er sich selbst wieder imstande sieht, die Verantwortung zu übernehmen. Das ist das Bestreben meines Bruders: so schnell wie möglich weiterzumachen. Alles zu geben. Damit der Hof eine Zukunft hat.

Wir treffen uns auf dem Reiterhof – Gestüt Lindeck. Sie sitzen auf der Terrasse. Jenny dreht uns den Rücken zu. Als Jess in unsere Richtung blickt, wendet sie den Kopf. Langsam gehen wir die Stufen nach oben. Nur Chris bleibt unten stehen. Eine ganze Weile sehen Jenny und er sich nur an.

»Hab gehört, du kennst dich hier ganz gut aus.« Mit dem Kinn deutet er über die Schulter. »Zeigst du mir die Pferde?«

Ihrem Gesichtsausdruck nach zu urteilen wird sie vermutlich gleich *verpiss dich* oder so etwas in der Art sagen. Doch dann gibt sie sich einen Ruck und steht auf. Ohne ihn eines weiteren Blickes zu würdigen, geht sie mit steifen Schritten an ihm vorbei. Chris sieht zuerst ihr hinterher, dann sieht er mich an. *Geh schon* gebe ich ihm lautlos zu verstehen. Mit einem ratlosen Schulterzucken folgt er ihr.

Die beiden sind schon über eine halbe Stunde im Stall, da stößt Caro zu uns. Chris hatte ihr von unterwegs eine Nachricht zukommen lassen und da sie heute keine Vorlesung hatte, setzte sie sich gleich hinters Steuer. Es vergeht noch eine weitere Viertelstunde, bis Chris und Jenny endlich aus dem Stall kommen. Ich bemerke sofort, dass Jennys Gesichtsausdruck sich verändert hat. Sie wirkt zwar reserviert und fast ein wenig trotzig, aber es kommt mir vor, als wäre etwas Dunkles und Schweres von ihr abgefallen. Obwohl sie nicht viel redet, spüre ich die Leichtigkeit, mit der sie sich bewegt. Chris nickt mir kaum merklich zu und deutet ein leichtes Lächeln an. Da weiß ich, dass er auch diese letzte Hürde überwunden hat.

Endlich können wir alle nach vorne schauen.

Es ist seltsam. Wir reden über Belangloses, Banales. Kein einziges Wort darüber, was geschehen ist. Aber vielleicht ist es genau das, was uns die Möglichkeit verschafft, wieder langsam und behutsam aufeinander zuzugehen. Und wir lachen. Es tut so gut zu lachen. Ich lasse den Blick über die Menschen gleiten, die ich so sehr liebe. Luis, meine Geschwister, Caro und Jess. Ja, auch sie gehört inzwischen zu diesen Menschen. Wir haben ihr so unendlich viel zu verdanken. Sie muss wohl meine Gedanken erraten haben, denn plötzlich hebt sie den Kopf und lächelt mich an. Ich weiß, sie fühlt dasselbe.

Es ist bereits fünf vorbei, als mir auffällt, wie Jess immer wieder heimlich auf ihre Armbanduhr schielt.

»Musst du los?«

»Ja, ich sollte mich tatsächlich auf den Weg machen.« Sie seufzt auf. »Ich muss nochmal ins Büro zurück. Ein paar Dinge erledigen. Um ehrlich zu sein, habe ich jetzt überhaupt keine Lust mehr, aber ich sollte unbedingt noch einen Auftrag fertigstellen und Tom holt mich um sieben ab. Wir gehen essen.« Sie strahlt. »Wir haben heute unser Zweijähriges.«

Ein bisschen habe ich ein schlechtes Gewissen, weil wir sie heute noch mehr beansprucht haben als sonst. Sie ist schon die Stufen hinabgegangen, da steht Jenny plötzlich auf. »Jess!«

Sie dreht sich zu meiner Schwester um. Abwartend hebt sie die Augenbrauen.

»Tut mir leid, dass ich immer alles durcheinanderbringe.«

Jess verzieht ihren Mund zu einem breiten Grinsen und zuckt die Schultern.

»Das Leben wäre ohne dich viel langweiliger, Süße. Mach dir also keine Gedanken. Es kommt eh, wie es kommt.« Sie zwinkert ihr ein letztes Mal zu, bevor sie sich umdreht und mit federnden Schritten davon geht.

Keine halbe Stunde später brechen auch wir auf.

Wir fahren die Jungs zum Sigelhof. Chris fährt mit Caro nach Hause. Er möchte nicht riskieren, dass ihm womöglich noch Martin über den Weg läuft. Morgen wird er in aller Ruhe mit ihm reden.

Ich schlage Chris vor, zuerst mit Martin zu sprechen, ihn gewissermaßen vorzubereiten. Aber da fällt Nick mir ins Wort. »Ich mach das.«

Chris nickt, ohne etwas darauf zu erwidern. Auch ihm scheint bewusst zu sein, wie erwachsen sein Bruder inzwischen geworden ist.

»Wenn du magst, kannst du bei uns auf Jess warten.« Ich schaue über meine Schulter auf die Rückbank.

»Nein, ist schon ok«, erwidert Jenny. »Sie meinte, es wird nicht später als zehn werden.«

»Ok, wenn was ist, schreibst du einfach.« Ich lächle und während ich den Kopf langsam wieder nach vorne drehe, bleiben meine Augen an Luis' Profil hängen. Bei dem Gedanken, was wir zu Hause bei ihm tun werden, beginnt mein Magen unkontrolliert auf und ab zu hüpfen.

Wir fahren durch Dornberg. Inzwischen ist es fast halb sieben. Der Feierabendverkehr ist um diese Zeit üblicherweise nicht mehr sehr stark. Trotzdem beginnen sich die Autos stadtauswärts plötzlich zu stauen. Und dann sehen wir die blinkenden Lichter.

»Ein Unfall ... da muss es ziemlich gekracht haben.« Luis zieht die Stirn in Falten. Die Polizei leitet den Verkehr über eine Seitenstraße um. In Schrittgeschwindigkeit bewegen wir uns vorwärts. Feuerwehr und Krankenwagen sind vor Ort.

Gleich fahren wir daran vorbei. Die Unfallstelle befindet sich hinter dem Ortsschild, an der Einmündung, die ins Industriegebiet führt. Zu Mosca – Metall.

Zwischen den Rettungsfahrzeugen sticht etwas Weißes hervor. Es ist ein Mercedes, dessen Schnauze einer Ziehharmonika gleicht. Beide Airbags ragen aufgebläht ins Wageninnere. Helfer knien am Boden und scheinen einen Verletzten zu versorgen.

Wir registrieren den Wagen zur selben Zeit. Ein schwarzer Van mit dunklen Scheiben. Einen Moment überfällt mich der verrückte Gedanke, Vater könnte sich darin befinden.

»Jess.« Luis keucht auf. Ich folge seinem Blick und da sehe auch ich ihren Wagen am rechten Fahrbahnrand stehen. Ohne zu blinzeln starre ich auf das Nummernschild mit ihren Initialen. Dort, wo sich einmal ein Dach befand, ist gar nichts mehr, der gesamte linke Frontbereich ist ein einziges zusammengeknautschtes Stück Metall. Die Reste der Frontscheibe gleichen einem ausgefransten unförmigen Bilderrahmen.

Luis hält an. Steigt aus, ohne sich um das protestierende Hupen der nachfolgenden Autos zu kümmern. Jenny und ich sitzen da wie gelähmt und sehen Luis hinterher. Zwei Polizisten kommen auf ihn zu. Sie reden miteinander. Plötzlich hält er sich mit beiden Händen den Kopf und geht langsam rückwärts. Spätestens da weiß ich, dass Jess etwas Schreckliches zugestoßen sein muss. *Der Van ... oh Gott, der schwarze Van.*

Sie bieten an, uns ins Krankenhaus zu fahren, doch Luis lehnt ab. Zuerst sind wir einfach nur erleichtert, dass der Leichenwagen nicht für seine Schwester bestimmt war.

Verdrängen den Gedanken, dass in diesen Minuten jemand anderer einen Angehörigen verloren hat. Doch als wir an der Information nach Jess fragen und sie uns mitteilen, dass sie sich gerade im OP befindet, kehrt die Angst zurück.

Luis steht auf, setzt sich, steht wieder auf. Geht hin und her. Stützt sich am Sims ab und lehnt die Stirn an die große Fensterfront. Er ist nur noch körperlich anwesend.

Jenny sagt kein Wort, ist aschfahl im Gesicht und ich habe das Gefühl, mich in einem schrecklichen Albtraum zu befinden.

Ich registriere den Arzt zuerst. Am Ende des Korridors taucht er auf. Ein kleiner, grüner Punkt, der stetig größer und bedrohlicher wird. *Oh mein Gott* ... Er muss es nicht aussprechen, ich weiß schon, was er uns gleich mitteilen wird. Luis hebt den Kopf. Steht langsam auf. Ich greife nach seiner Hand.

»Es tut mir leid. Wir konnten nichts mehr für sie tun.«

Ich höre nur noch etwas von inneren Verletzungen und Blutkreislauf zusammengebrochen.

»Kann ich sie sehen?« Seine Stimme ein Krächzen.

Der Arzt schlägt die Augen nieder. »Tun Sie das nicht.«

»Ich will sie sehen.«

Jess ist tot, Jess ist tot. Wie eine Endlosschleife wiederholen sich diese Worte in meinem Kopf, aber ich begreife sie nicht. Es fühlt sich an, als hätte jemand den Satz in einer mir fremden Sprache an eine Tafel geschrieben und ich bin einfach nicht imstande, ihn zu entziffern. Ich habe den Arm um meine Schwester gelegt. Ihr Kopf ruht an meiner Schulter, während wir auf der gepolsterten Sitzgruppe warten, bis Luis zurückkommt.

Ich erinnere mich nicht, Jenny losgelassen zu haben, geschweige denn, aufgestanden zu sein. Doch plötzlich finde ich mich auf dem kalten, sterilen Gang wieder. Ich laufe ihm entgegen, als er durch die Schwingtür tritt. Sein Blick ist starr, die Augen gerötet. Er blinzelt, sieht mich endlich an. Schluckt. Zieht mich an sich und vergräbt den Kopf an meiner Schulter und ich halte ihn, so fest ich nur kann.

»Luis.« Ein erstickter Aufschrei in meinem Rücken. Seine Eltern.

»Wo ist sie?« Die Augen seiner Mutter huschen panisch umher. Luis lässt mich los. Geht zu ihr. Sieht sie an. »Sie ist tot, Mum. Jess ist tot.«

»Nein ... nein!« Der langgezogene Schrei weicht einem qualvollen Wimmern, bevor sie zusammensackt und Luis und sein Vater sie gerade noch rechtzeitig auffangen.

Mein Mund fühlt sich trocken an. Ich sehe zu Jenny. Mit unbeweglicher Miene und weit aufgerissenen Augen beobachtet sie, wie Luis und seine Eltern sich aneinanderklammern.

Plötzlich habe ich das Gefühl, dass wir nicht das Recht haben, hier zu sein. Wir gehören nicht zu dieser Familie. Also nehme ich Jennys Hand. Lautlos gehen wir an den Dreien vorbei. Ich funktioniere, denke nicht nach. Rufe Chris an und bitte ihn, uns abzuholen.

Jenny gibt sich die Schuld. Sie ist überzeugt, wenn Jess sie nicht unter ihre Fittiche genommen hätte, wäre dieser Unfall niemals geschehen. Ich kann ihr das mit keinem Argument der Welt ausreden.

»Es war ein Unfall. Dich trifft nicht die geringste Schuld.« Verzweifelt sehe ich sie an.

»Meinetwegen musste sie abends nochmal ins Büro, verstehst du? Meinetwegen!« Mit der Faust klopft sie sich immer wieder auf die Brust. Ich ziehe sie an mich und wir weinen gemeinsam um Jess. Bei der Vorstellung, was diese erneute Katastrophe mit meiner Schwester macht, schnürt es mir die Kehle zu. Was verlangt ihr das Leben mit ihren nicht einmal fünfzehn Jahren noch alles ab?

Immer wieder sehe ich Jessys Gesicht vor mir. Wie sie uns zulächelt. *Es kommt, wie es kommt*, waren ihre letzten Worte, bevor sie mit beschwingten Schritten davon ging. Ihrem Tod entgegen. *Oh Gott Jess …* Ich presse die Augen mit aller Kraft zusammen, damit meine Tränen nicht auf Jennys Gesicht tropfen. Eng an mich gekuschelt ist sie endlich spät in der Nacht eingeschlafen.

Nachdem Chris uns im Fellini abgesetzt hatte, schlichen wir unbemerkt nach oben. Es widerstrebte ihm, uns allein zu lassen. Einen kurzen Blick auf Jenny und ihm war klar, wie schuldig sie sich fühlt. »Ich sehe gleich morgen früh nach euch. Dann reden wir mit Diego und Maria.« Mit diesen Worten verabschiedete er sich schließlich sichtbar widerwillig von uns.

48.

Mittwoch, 05. Juli 2017

Ich habe Diego und Maria heute Morgen beim Frühstück alles erzählt, habe sie sozusagen vorgewarnt, bevor Chris eine Stunde später aufgetaucht ist. Sie saßen eine ganze Weile da, ohne ein Wort zu sagen. Maria bekreuzigte sich zweimal und ein drittes Mal, als Chris ihr plötzlich gegenüberstand. Sie weinte, nahm ihn in den Arm und lachte und weinte wieder, nachdem wir ihnen von Jess erzählten.

»Wir werden immer sein la vostra famiglia.« Diego hatte Chris auf die Schulter geklopft und ihn an sich gezogen und Maria drückte Jenny und mir einen Kuss auf die Schläfe.

Wie eine verirrte Katze streune ich durch den verwilderten Garten. Ich sollte bei Luis sein, aber ich fühle mich wie eine Außenseiterin. Soll ich warten, bis er sich meldet? Vielleicht möchte er jetzt einfach nur seine Familie um sich haben. Und Jenny, wird sie jemals mit diesen Schuldgefühlen klarkommen?

Unvermittelt bleibe ich stehen. Mir wird plötzlich etwas klar. Es wird nicht funktionieren. Wie kann ich mit Luis zusammen sein, wo doch Jenny dadurch unablässig mit ihrer vermeintlichen Schuld konfrontiert würde?

Jess wäre allgegenwärtig – ständig. Überall. Es gibt nur eine Möglichkeit: Ich muss einen Schlussstrich ziehen und mit Jenny irgendwo anders ein neues Leben beginnen. Das bin ich ihr schuldig, nach allem, was sie durchmachen musste. *Ich darf nicht an mich denken. Ich darf nicht an Luis denken.*

Wie ein Mantra wiederhole ich die Worte, während mir unablässig Tränen über die Wangen laufen.

Der Maserati steht auf dem Parkplatz. Mein Blick fällt auf den leeren Platz, auf dem normalerweise Jessys Porsche parkt. Es schnürt mir die Kehle zu. Ich klingle schon zum zweiten Mal, doch die Tür bleibt verschlossen. Sicher ist er drüben bei seinen Eltern. Vorbereitungen für die Beerdigung treffen. Eine echte Beerdigung, bei der es kein Happy End geben wird.

Vielleicht sollte ich wirklich warten, bis er sich meldet. Wenn er sich so fühlt, wie ich mich gefühlt habe, will er am liebsten allein sein, allein mit seinen Gedanken und Erinnerungen an seine Schwester. Wer könnte das besser verstehen, als ich? Gedankenverloren gehe ich den Kiesweg entlang. Stimmen dringen an mein Ohr. Der Pfarrer. Seine Eltern verabschieden sich gerade von ihm. Sie stehen an der Eingangstür. Von Luis ist nichts zu sehen. Seine Mutter hebt den Kopf. Am liebsten würde ich die Flucht ergreifen, aber dazu ist es zu spät. Sie kommt auf mich zu. Selbst in ihrer Trauer, mit dem blassen Gesicht und dem schwarzen Kostüm, ist diese Frau noch wunderschön. Etwa einen Meter vor mir bleibt sie stehen. Sie spricht leise, mit erstickter Stimme. »Dass Sie es wagen, hier aufzukreuzen. Sie haben meine Tochter auf dem Gewissen.« Zitternd holt sie Luft. »Verschwinden sie endlich aus unserem Leben.«

Ich bewege mich langsam rückwärts, schüttle den Kopf. »Es tut mir so leid. Bitte, glauben Sie mir.«

»Hauen Sie ab!« Hysterisch schreiend schleudert sie mir die Worte entgegen. Ich registriere den kalten Blick, den Luis' Vater mir zuwirft, während er näherkommt. Abrupt drehe ich mich um und gehe mit eiligen Schritten davon. Ich zittere am ganzen Körper. Fühle mich wie eine Mörderin. Aber es stimmt ja, was sie sagt. Wäre ich nicht in Luis' Leben getreten, wäre das alles vermutlich nie passiert. Mir wird eiskalt. Ich bleibe stehen. Was, wenn Luis genau dasselbe denkt? Ihn hatte ich gebeten, Jess anzurufen, damit sie sich um Jenny kümmert und somit die Tragödie heraufbeschworen. Irgendwann würde er mich dafür hassen. Die Ereignisse würden immer zwischen uns stehen. Meine Gedanken überschlagen sich, doch während ich weiter gehe, den Kiesweg entlang, durch das Tor hindurch, legt sich plötzlich eine seltsame Ruhe über mich. In dieser Sekunde sehe ich es ein letztes Mal ganz klar vor mir. Es kann keine gemeinsame Zukunft geben. Nicht für Luis und mich. Das kann ich weder ihm noch Jenny antun. Blind vor Tränen setze ich einen Fuß vor den anderen, ohne zu wissen, wohin es mich treibt. Im Moment möchte ich einfach nur weg von hier.

Ich höre den aufheulenden Motor seines Wagens. Wenige Sekunden später kommt er neben mir zum Stehen. Er steigt aus und hält mir die Tür auf. »Das ist gefährlich, hier auf dieser Seite zu gehen.«

Wortlos steige ich ein. Zuerst habe ich keine Ahnung, wohin er fährt. Es ist mir egal. Er könnte an den entlegensten Ort der Welt fahren. Dann müsste ich nicht aussteigen und für immer gehen. Ich schließe die Augen und versuche mich zusammenzureißen. Keinesfalls darf ich es uns unnötig schwer machen.

Wir fahren an den See. Schlendern Hand in Hand durch den von Laubbäumen gesäumten Weg. Stehen eng umschlungen am Ufer. Werde ich ein Leben ohne ihn jemals überstehen? Nie wieder seine Haut unter meinen Händen spüren. Seinen Duft einatmen. Mit den Fingern durch sein Haar fahren. Den sanften Druck seiner Lippen auf meinen zu fühlen.

Er sieht mich an. »Es tut mir leid, dass ich vorhin nicht sofort bei dir war.«

»Ist schon gut. Ich kann sie ja verstehen.«

»Nein. Nichts ist gut. Sie haben kein Recht, dich so zu behandeln. Ich schäme mich für sie.« Er senkt den Kopf.

»Luis.« Sanft lege ich meine Hand auf seine Brust. »Sie haben ihre Tochter verloren. Ich kann sie verstehen.«

In seinem Blick ist so viel Trauer. »Und ich? Ich habe meine Schwester verloren.« Er beißt sich auf die Unterlippe und sieht angestrengt an mir vorbei. »Gestern, als ich sie nochmal sehen wollte ...« Plötzlich wendet er sich ruckartig von mir ab und starrt aufs Wasser. »Ihre linke Gesichtshälfte ...« Er schafft es nicht, weiterzusprechen. Atmet bebend ein und wieder aus. Ganz vorsichtig lehne ich mich an seinen Rücken, meine Arme umschlingen seinen Bauch. Einen Moment stehen wir reglos da, fühlen das Heben und Senken unserer Körper. Langsam gehe ich um ihn herum und lege sanft meine Hand an seine nasse Wange. Ich wünschte, ihm ein wenig von seinem Schmerz nehmen zu können.

Wir tauschen die Rollen, wird mir in diesem Augenblick bewusst. Die ganze Zeit über war er für mich da. Die starke Schulter, an die ich mich anlehnen konnte. Er hatte den Überblick. Hatte alles im Griff. Egal, was geschah, ich fühlte mich beschützt und selbst wenn er nicht körperlich anwesend war, so war er jederzeit bereit, mich aufzufangen, wenn ich zu fallen drohte. Jetzt sehe ich ihn an und sein Blick gleicht dem eines kleinen Jungen, der stark sein will und mit aller Kraft versucht, die Tränen zurückzuhalten. Jetzt ist er derjenige, der jemanden braucht, der ihn auffängt. Ich will ihm so viel sagen. Dass ich bei ihm bin und wir das zusammen durchstehen und er nicht allein sein wird. Nichts von all dem bringe ich über meine Lippen. Es wäre nicht fair. Also bleib ich stumm. Voller Verzweiflung ziehe ich seinen Kopf zu mir herunter und beginne, ihn wie verrückt zu küssen. Eine Sekunde scheint er irritiert. Doch er braucht das genauso sehr wie ich. Ich schließe die Augen und möchte schreien. Stattdessen schlinge ich meine Arme um seinen Nacken. Er hält mich fest. So sehr, dass ich fast keine Luft mehr bekomme. Bitte lass mich nicht los, lass mich nie wieder los, ist das einzige, was ich denke.

49.

Donnerstag, 06. Juli 2017

Luis,

du kannst dir nicht vorstellen, wie unendlich schwer es mir fällt, dir diesen Brief zu schreiben. Ich war zu feige, dir die Worte ins Gesicht zu sagen. Das hätte ich niemals gekonnt. Wenn du diese Zeilen liest, werde ich mit Jenny für einige Zeit weg sein.

Sie gibt sich die Schuld an Jessys Tod. Sie lässt sich durch nichts von diesem Gedanken abbringen. Dabei bin doch ich diejenige, die dein Leben auf den Kopf gestellt hat. Deine Mutter hat schon recht. Ohne mich würde Jess noch leben.

Irgendwann würde sich dieser Gedanke auch in deinen Kopf schleichen. Vielleicht nicht sofort. Aber dann, wenn du wütend bist oder wenn wir streiten. Dann würde er langsam Gestalt annehmen und immer bedrohlicher werden. Du würdest beginnen, mich zu hassen und das könnte ich nicht ertragen. Du könntest mich jetzt von diesen Mutmaßungen abbringen und vielleicht ließe ich mich von dir überzeugen, es zu versuchen, weil ich dich so sehr, so unendlich liebe, dass es keine Worte dafür gibt.

Aber da ist Jenny und sie braucht mich. Sie braucht mich mehr als jeden anderen Menschen auf der Welt. Sie musste so viel durchmachen.

Was ich versuche, dir zu sagen: Wenn ich bei dir bleibe, wird sie jede verdammte Sekunde ihres Lebens an ihre vermeintliche Schuld erinnert werden. Sie wird an Jessys Tod zerbrechen. Das kann ich ihr nicht antun. Kannst du das verstehen?

Bitte verzeih mir, dass ich dich verlasse. Aber ich kann nicht anders.

Madlen

50.

Mai 2018

Ich hatte Chris gebeten, Luis den Brief gleich am nächsten Tag zu geben. Jenny und ich fuhren tatsächlich weg. Ganze zwei Wochen. Dank des ärztlichen Attests gab es von schulischer Seite keine Probleme. Es war ohnehin nicht mehr lange bis zu den Sommerferien. Diego mietete uns eine kleine Pension im Allgäu. Er hatte darauf bestanden, alles zu bezahlen. Der Ortswechsel tat uns gut, zumindest redete ich mir das ein. Wir fuhren mit der Seilbahn auf den Berg. Gingen ins Schwimmbad oder ins Kino. Taten Dinge, die wir nie zuvor getan hatten. Wir redeten keine Sekunde über das, was geschehen war, und ich hatte den Eindruck, dass Jenny sich ein wenig stabilisierte. Also war es richtig, was ich getan hatte. Auch das redete ich mir ein.

Als wir zurückkamen, war Luis weg. Anscheinend hatte er für ein halbes Jahr die Leitung der Tochterfirma in Texas übernommen. Auf der einen Seite war ich erleichtert, ihm nicht über den Weg laufen zu müssen und auf der anderen Seite verzehrte ich mich nach ihm. Meinem Umfeld hatte ich erzählt, dass uns die Ereignisse entzweit hätten. Das Geschehene unsere Beziehung zu sehr belastet hätte. Nur Chris und Caro kannten die Wahrheit. Dass ich nämlich in Wirklichkeit Jenny schützen wollte. Er und Caro redeten auf mich ein. *Gib Luis nicht auf. Wir finden einen Weg. Jenny wird lernen, damit umzugehen.* Aber ich wusste, dass das nicht stimmen würde. Also ging ich weiter meinen Weg, den ich für mich bestimmt hatte.

Einige Wochen kamen wir noch bei Diego und Maria unter, dann wurde eine Straße weiter eine kleine Wohnung frei. Wie schon so oft war es für Diego und Maria selbstverständlich, uns zu unterstützen. Den Vorschuss, den ich von ihnen erhalten hatte, habe ich letzten Monat vollständig zurückbezahlt. Diego wollte nichts davon annehmen. Aber ich möchte keine Almosen. Von niemandem. Da ich nun in Vollzeit im Fellini arbeite, kommen wir ganz gut zurecht. Nachdem Luis weg war, habe ich mich das erste Mal auf den Friedhof getraut. Der Dornberger Friedhof ist groß und ich musste eine ganze Weile nach Jessys Grab suchen. Als ich das einfache Holzkreuz gefunden hatte, zog es mir erneut den Boden unter den Füßen weg. Ihren vollständigen Namen darauf zu lesen, machte ihren Tod umso realer. Seither komme ich einmal die Woche vorbei. Das Kreuz ist schon eine Weile verschwunden. An dessen Stelle steht jetzt ein geteilter Grabstein, der zwei kleinen, bronzefarbenen Felsen gleicht. Auf die Steinplatte davor lege ich jedes Mal zwei rote Rosen. Eine von mir, eine von Jenny. Sie schafft es immer noch nicht, mitzukommen.

Es war richtig, was ich getan habe. Ich weiß nicht, wie oft ich mir diesen Satz in den letzten Monaten immer wieder eingetrichtert habe. Immer, wenn ich Gefahr lief, mich in den Erinnerungen an ihn zu verlieren. Wenn ich ihn beinahe körperlich spürte. Seine Berührungen, seine Küsse. Immer dann versuchte ich, diese unaussprechliche Sehnsucht wegzuschieben, indem ich mir sagte, Jenny wäre zerbrochen. Es war richtig, was ich getan habe ...

Der Alltag schenkt mir ein wenig Ablenkung. Aber es genügt eine Kleinigkeit. Ein Lied im Radio. Ein verliebtes Paar auf der Straße. Ein bestimmter Geruch und plötzlich ist alles wieder da. Ich frage mich, ob er zurück ist. Immer wieder ertappe ich mich dabei, wie ich nach einem schwarzen Maserati Ausschau halte. Stehe ich vor Jessys Grab, befürchte ich, er könnte jeden Moment um die Ecke biegen. Wenn die Sehnsucht übermächtig wird, hole ich die Bleistiftzeichnung hervor, die ich letztes Jahr angefertigt habe. Ich starre auf sein Gesicht. Jede einzelne Kontur fahre ich mit dem Finger nach. Überhaupt habe ich wieder angefangen zu malen. Alles Mögliche. Menschen, Landschaften, abstrakte Formen. Ich habe bereits fünf volle Mappen. Caro war ganz aus dem Häuschen, als sie einige der Arbeiten gesehen hat. Sie meinte, ich solle unbedingt etwas aus meinem Talent machen.

Hin und wieder denke ich an Mutter. Sie lebt in einer Einrichtung für betreutes Wohnen – und in ihrer eigenen Welt. Sie ist auf die Hilfe anderer Menschen angewiesen. Allein würde sie wohl nicht mehr zurechtkommen. *Schwere Depression* hat ein Arzt ihren Zustand diagnostiziert. An manchen Tagen empfinde ich Mitleid. Als Karin mir ihre Geschichte erzählte, sah ich das junge Mädchen, dem unaussprechliches Leid widerfahren war. Aber dann blicke ich auf die letzten Jahre zurück und denke, ganz egal, was für ein schlimmes Schicksal sie auch hinter sich hat, nichts rechtfertigt diese Lieblosigkeit und Gleichgültigkeit, die sie uns stets spüren ließ. Wir waren die Brut des Mannes, den sie mehr als alles andere auf dieser Welt hasste. Aber um Himmels willen, wir waren Kinder. Schutzlose Kinder, die nichts, aber auch gar nichts auf dieser Welt verbrochen hatten. Sie hat uns im Stich gelassen und das kann ich ihr niemals verzeihen. Dennoch besuchen wir sie hin und wieder. Karin und auch Philip sind jedes Mal da. Er ist ein netter Kerl. Wir führen Small

Talk, lachen, trinken Kaffee und essen Kuchen. Wie gute Bekannte eben. Nicht mehr und nicht weniger.

Es ist Mitte Mai. Vom Wonnemonat ist nicht viel zu spüren. Es ist kühl und als würde jemand eine Sprühflasche gegen die Fenster halten, benetzt ein feiner Nieselregen die Scheiben. Letztes Jahr um diese Zeit schien die Sonne. Es war warm. Letztes Jahr war in einem anderen Leben ...

Ich starre aus dem Fenster. Beobachte eine Frau mit hochgeschlagenem Mantelkragen, die ihren Hund ausführt. Sie scheint zu frieren, hat die Schultern hochgezogen. Auch der Hund hat wohl keine Lust auf einen Spaziergang. Beinahe gewaltsam zieht sie ihn hinter sich her.

Ein junges Paar verlässt das kleine Bistro auf der anderen Straßenseite. Sie scheinen überhaupt nicht zu bemerken, dass es regnet. Sie lachen und sie küssen sich. Sie küssen sich ...

Ich spüre seine Lippen auf meinen, jeden Tag. Noch immer.

Abrupt wende ich mich vom Fenster ab.

Ich schaue auf die Uhr. Es ist fast fünf. Jenny wird gleich kommen. Therapie – zweimal die Woche. Ob es etwas bringt? Ich bin mir nicht sicher. Nach außen wirkt sie stabil, gefestigt. Doch manchmal habe ich das Gefühl, sie spielt eine Rolle. Tut das, was von ihr erwartet wird. Damit keiner merkt, wie es tatsächlich in ihr aussieht. Aber vielleicht bilde ich mir das nur ein. Weil nämlich ich diejenige bin, die eine Rolle spielt. Die tut, was sie für das Richtige hält.

Ich stelle die Pfanne auf den Herd. Es läutet. Ich drücke auf den Türöffner in der kleinen Diele. »Hast du deinen Schlüssel vergessen?« Während ich ein wenig Öl in die Pfanne gieße, warte ich auf ihre Antwort. Aber es kommt keine. Es läutet ein zweites Mal. *Habe ich abgeschlossen?* Ich biege um die Ecke. Die Tür ist angelehnt und es ist definitiv nicht meine Schwester, die dahintersteht. Ich starre in das Gesicht meines Gegenübers und spüre, wie das Blut aus meinem Kopf Richtung Beine sackt. Ein beißender Geruch steigt mir in die Nase, aber erst, als die Stimme etwas von *anbrennen* sagt, mache ich auf dem Absatz kehrt und ziehe mit zitternden Händen die Pfanne vom Herd. Ich keuche auf, atme einmal tief durch, streiche mein T-Shirt glatt und gehe hoch erhobenen Hauptes zurück. Luis' Vater steht immer noch in der Tür.

Es hat den Anschein, als sei er mindestens so nervös wie ich. Unbehaglich reibt er sich das Kinn. »Könnte ich für ein paar Minuten reinkommen?«

Zuerst drängt es mich, ablehnend die Arme vor der Brust zu verschränken, doch dann kommt mir ein beunruhigender Gedanke. »Luis ...«

»Es ist alles in Ordnung.« Betrübt wiegt er den Kopf. »Wenn man einmal davon absieht, dass er gerade dabei ist, sich selbst zu zerstören.« Er seufzt hörbar auf.

»Leider haben wir kein Esszimmer. Stört es Sie, wenn wir hier sitzen?« Mit einer Geste deute ich auf die beiden Barhocker an der Küchentheke.

»Nein, das stört mich überhaupt nicht.« Er sieht sich unauffällig um. Während ich die Kaffeepads in die Senseo-Maschine platziere und Wasser in den Tank fülle, versuche ich, mich zu entspannen. Das hier ist mein Reich. Ich kann ihn jederzeit vor die Tür setzen.

»Nett haben Sie es hier.« Gedankenverloren rührt er mit dem Löffel in seiner Kaffeetasse. »Darf ich fragen ... wohnen Sie allein?«

»Nein«, antworte ich knapp.

»Oh.« Ein seltsam enttäuschter Zug erscheint auf seinem Mund.

»Mit meiner Schwester.«

Überrascht und irgendwie erleichtert sieht er auf. »Natürlich, Ihre Schwester ... kommen Sie zurecht?«, beeilt er sich, zu fragen. »Ich vermute, es ist nicht einfach für ...«

»Für jemanden wie mich?« Zynisch hebe ich die Augenbrauen. Ich beuge mich vor. »Vielleicht wollen Sie ja dem armen Bauernmädchen einen Hunderter zustecken?« Provozierend sehe ich ihn an.

Er nimmt einen Schluck aus seiner Tasse und setzt sie langsam ab. »Wenn Sie irgendwann einmal Kinder haben, werden Sie meine Beweggründe vielleicht verstehen. Sie wollen nur das Beste für sie. Sie wollen ihnen eine erfolgversprechende, glückliche Zukunft bieten.«

»Mit jeder Menge Kohle und wenig Skandalen«, vervollständige ich seinen Satz. Mir entfährt ein abfälliges Schnauben.

»Ja.« Bitter lacht er auf. »Diese Ansicht habe ich tatsächlich vertreten.« Er lockert seinen Hemdkragen. »Bis Jessica gestorben ist.« Er atmet tief durch. »Was hätte ich dafür gegeben, all meine ehrgeizigen Ziele auf ein einziges Wort reduzieren zu können. Auf das einzige Wort, das wirklich von Bedeutung ist: Glück.«

»Und Liebe«, sage ich leise. Es ist mir so rausgerutscht. »Was wollen Sie von mir?«

Er reibt sich das Kinn und fährt sich mit einem verzweifelten Gesichtsausdruck durch das grauschwarz melierte Haar. Beschwörend sieht er mich an. »Kommen Sie zu meinem Sohn zurück. Ich bitte Sie inständig. Ich habe meine

Tochter verloren, ich will nicht auch noch meinen Sohn verlieren.« Er steht auf und dreht mir den Rücken zu. Ich lausche seinen Worten mit klopfendem Herzen.

»Seit Jessicas Tod hat er sich in eine leblose menschliche Hülle verwandelt. Er funktioniert. Arbeitet wie ein Besessener. Treibt Sport wie ein Besessener. Überhaupt tut er alles wie ein Besessener.« Ruckartig dreht er sich um und sieht mich an. »Und ich bin überzeugt, das alles hat auch mit Ihnen zu tun.«

Einen Moment vergrabe ich das Gesicht in meinen Händen. Ich muss zweimal tief durchatmen, bevor ich mich einigermaßen in der Lage fühle, etwas darauf zu erwidern. Meine Finger umschließen die beinahe kalte Kaffeetasse. Angestrengt starre ich auf die Luftbläschen, die sich am Rande der braunen Brühe zusammenschließen.

»Am liebsten würde ich sofort in Ihr Auto steigen und mitkommen.« Ich hebe den Kopf und sehe ihn gequält an. »Aber ich kann nicht. Meine Schwester, sie braucht mich. Sie fühlt sich für Jessys Tod verantwortlich. Ich kann unmöglich mit Luis zusammen sein, während meine Schwester neben mir mit ihren Schuldgefühlen leben muss. Mit Luis an meiner Seite würde sie ständig an Jess erinnert werden.« Ich fange an zu weinen und kann nicht mehr aufhören. Plötzlich spüre ich, wie sich zwei Arme um mich schließen und ich sanft an eine warme Brust gezogen werde. Es fühlt sich so geborgen an und das bringt mich noch mehr zum Weinen.

Eine Tür knallt. Es ist Jennys Zimmertür, genau gegenüber der Küche.

»Ist das dein Ernst? Meinetwegen bist du nicht mehr mit Luis zusammen?« Abwechselnd sieht meine Schwester von mir zu Luis' Vater, der mich inzwischen losgelassen hat.

»Jenny, seit wann bist du da?« Rasch wische ich mir die Tränen vom Gesicht.

»Lange genug.« Ungerührt geht sie an uns vorbei, öffnet den Kühlschrank und nimmt ein paar Schlucke Milch aus der angefangenen Flasche. Dann dreht sie sich um, verschränkt die Arme ineinander und richtet sich an Luis' Vater.

»Es macht keinen Unterschied, ob meine Schwester bei Luis ist oder nicht. Jess wird immer hier drin sein.« Sie tippt sich mit dem Zeigefinger an ihren Kopf. Dann sieht sie mich an. »Und sie wird immer hier drin sein.« Ihre Hand legt sich auf ihr Herz. Ihr Blick ist plötzlich voller Wärme. »Denkst du wirklich, ich will, dass du auf dein Glück verzichtest? Glaubst du wirklich, damit könnte ich auch nur eine einzige Sekunde leben?« Sie schenkt mir ein sanftes Lächeln. »Also, natürlich wirst du zu ihm zurückgehen. Etwas anderes werd ich niemals zulassen.« Plötzlich habe ich das Gefühl, Jenny ist die Ältere von uns beiden und das schönste ist, alles, was sie sagt, fühlt sich mit einem Mal richtig an.

Ich frage mich, wie es nun weitergeht. Will Luis mich wirklich zurück? Die ganze Zeit über hat er kein einziges Mal versucht, Kontakt mit mir aufzunehmen. Was allerdings auch nicht verwunderlich ist, so unmissverständlich, wie die Worte in meinem Brief an ihn gerichtet waren. Dennoch, er hat es nicht mal versucht. Ich muss ihn furchtbar verletzt haben. Außerdem war er ein halbes Jahr weg. Vielleicht fehle ich ihm ja überhaupt nicht so sehr, wie sein Vater denkt und er hat sich längst mit unserer Trennung abgefunden. Ich bin so in Gedanken vertieft, dass ich erst jetzt registriere, wie Luis' Vater und Jenny sich unterhalten. Über die Schule, ihre Hobbys und was sie später einmal machen möchte. Was für eine groteske Situation. Unwillkürlich muss ich lächeln.

Luis' Vater sieht mich an. »Es tut mir leid. Ich habe mich in der Vergangenheit wirklich nicht wie ein Gentleman benommen.«

»Das stimmt«, gebe ich zurück und dann lächeln wir beide.

Seine Miene wird plötzlich wieder ernst. »Es wird nicht einfach werden.«

Ein ungutes Gefühl breitet sich in mir aus. Abwartend sehe ich ihn an.

»Nun«, er holt tief Luft. »Als meine Frau ihn eines Tages ermuntern wollte, Sie aufzusuchen ...«

»Ihre Frau?« Einen Moment bin ich sprachlos.

Er nickt. »Sie weiß, dass ich hier bin.« Er senkt den Kopf. »Sie hat eine sehr schwere Zeit hinter sich. Zwei Monate nach Jessicas Tod begann sie eine Therapie. Sie musste lernen, damit umzugehen, dass niemand Schuld am Tod unserer Tochter hat. Außer Jessica selbst.« Er presst die Lippen aufeinander und ich lege sacht meine Hand auf seine.

»Auch meiner Frau liegt nichts mehr am Herzen, als dass unser Sohn wieder glücklich wird.« Zerknirscht sieht er mich an. »Wie schon erwähnt, meine Frau wollte ihn ermuntern, Sie aufzusuchen.« Er seufzt. »Er wurde fuchsteufelswild und verbot uns, Ihren Namen je wieder auszusprechen.«

Ich muss schlucken und schlage die Augen nieder. Luis' Vater greift nach meiner Hand. Beschwörend sieht er mich an. »Er liebt Sie, Madlen, dessen bin ich mir sicher.«

»Wie ist der Plan.« Abwartend hebe ich die Augenbrauen.

»Freitag gebe ich einen Empfang im Parkhotel. Gegen acht werde ich Ihnen einen Wagen schicken. Mittwoch zehn Uhr habe ich einen Termin bei Pierre für Sie vereinbart. Sie kennen Pierre? Ich meine, mich zu erinnern, dass Ihre letzte

Garderobe ebenfalls aus seinem Atelier stammte.« Er ist jetzt wieder ganz der Geschäftsmann. Eine Hand in der Hosentasche, die andere in der Luft gestikulierend, geht er hin und her.

»Sie haben bei Pierre bereits einen Termin für mich ausgemacht? Was, wenn ich nicht mitgemacht hätte?«

Er bleibt stehen. »Ich hätte Sie natürlich bestochen.« Zuerst sieht er mich todernst an, aber als mein Mund immer noch offenstehen bleibt, verziehen sich seine Lippen zu einem gewinnenden Lächeln. »Ich musste das einfach schaffen.«

»Was, wenn es schiefläuft? Was, wenn er sich einfach wegdreht und geht? Wenn er niemals bereit sein wird, mir zu verzeihen?« Die letzten Worte sage ich mehr zu mir selbst.

»Pierre wird wissen, was zu tun ist.« Er zwinkert verschmitzt.

»Ich bin mir nicht sicher, ob ein glitzerndes Kleid allein ausreichen wird.«

»Und ich bin überzeugt, mein Sohn würde Sie auch in Gummistiefel und kariertem Hemd ohne zu zögern zurückhaben wollen.« Jetzt legt er seine Hand auf meine.

Nachdem wir die Details besprochen haben, verabschiedet er sich schließlich. Er zieht sein Jackett über und ergreift meine Hand.

»Ich bewundere, mit welcher Hingabe Sie sich dem Wohl Ihrer Schwester widmen und ich bedaure wirklich, dass es so lange gedauert hat, bis ich endlich begriffen habe, wie falsch ich Sie eingeschätzt habe, Madlen. Ich möchte mich dafür entschuldigen.«

»Immerhin haben Sie's doch noch erkannt.« Ich hebe den Mundwinkel leicht an. »Danke. Das bedeutet mir sehr viel«, füge ich leise hinzu.

Die Schritte im Treppenhaus sind bereits verklungen, da lehne ich noch immer mit geschlossenen Augen an der Tür. Mein Herz klopft wie wild. Tausende Gedanken strömen durch meinen Kopf. Wie wird er reagieren? Einmal denke ich, dass er mich genauso schmerzlich vermisst, wie ich ihn. Im nächsten Moment bin ich davon überzeugt, dass er mir niemals vergeben wird. Unruhig wandere ich von einem Raum in den anderen. Nehme etwas in die Hand, lege es wieder weg.

»Wie viel Kilometer hast du noch vor, zurückzulegen?« Jenny geht an mir vorbei und schnappt sich einen Apfel aus der Obstschale.

»Mir wird schon allein bei dem Wort Freitag schlecht. Oh Gott, wie soll ich das nur durchstehen?« Panisch sehe ich sie an.

Vorsichtig, als könnte der Apfel beschädigt werden, setzt sie ihn auf der Anrichte ab. »Kann ich dich was fragen?« Plötzlich hat ihre Stimme einen kindlichen Klang. »Bitte, sei ehrlich!« Sie sieht mich aus ihren großen dunklen Augen an. »Hast du wirklich meinetwegen Luis verlassen?«

Nachdenklich blicke ich aus dem Fenster. »Das war der Hauptgrund, ja.«

»Und der andere?«

Ich atme tief durch. »Ich hatte Angst, dass er mich irgendwann einmal hassen würde.«

Erstaunt sieht sie mich an. »Dich? Aber warum denn?«

Hilflos zucke ich mit den Schultern. »Wäre ich nicht in sein Leben getreten, Jessy würde noch ...«

»Sprich nicht weiter!« Jenny kommt auf mich zu. »Du hast gehört, was Luis' Vater gesagt hat. Es war ein Unfall. Niemand trägt daran irgendwelche Schuld. Und wenn ich mir vorstelle, dass du hauptsächlich meinetwegen auf deine Zukunft verzichtet hast, dann wird *mir* schlecht.« Sie klopft sich mit der Faust auf die Brust. »Vielleicht denkst du da mal drüber nach. Also reiß dich gefälligst zusammen und verbock es jetzt nicht – ok?«

Sie hat sich ganz in Rage geredet.

»Ok«, antworte ich mit einem heiseren Flüstern. Und dann halten wir uns ganz fest, so fest wie wir nur können.

51.

Pierre ist ganz aus dem Häuschen, als er den Verkaufsraum betritt und mich dastehen sieht. Von unserer Wohnung bis hierher sind es gerade mal zehn Minuten, also bin ich den knappen Kilometer zu Fuß gegangen. Pierre sieht genauso aus, wie ich ihn in Erinnerung habe. Ich glaube, seine Garderobe besteht ausschließlich aus schwarzen, enganliegenden Anzügen und weißen Hemden.

Er ist ganz in seinem Element und wuselt zwischen den Kleiderständern hin und her. Greift hier und da nach einem glitzernden Etwas. Hängt es wieder zurück. Schließlich befördert er ein schwarzes, schmal geschnittenes Kleid zutage. Der Stoff fällt fließend weich. Ich schätze, es wird mir bis zu den Knöcheln reichen. Auf den ersten Blick wirkt es unspektakulär, eher langweilig. Als ich mich fünf Minuten später darin wiederfinde und im Spiegel betrachte, wird mir beinahe schwindelig. Unmöglich, einen BH darunter zu tragen. Der V-förmige Ausschnitt endet gefühlte zehn Zentimeter über dem Bauchnabel und auch die Rückenansicht trägt nicht gerade zu meiner Beruhigung bei. Das einzige Stück Stoff, das an diesem Körperteil die Haut bedeckt, besteht aus zwei überkreuzlaufenden Bändern. Meine Finger ertasten die Stelle auf meinem Rücken, an der ich den Rand meines Slips vermute. Erleichtert stelle ich fest, dass er perfekt von dem schwarzen Stoff verdeckt wird. Und obwohl das Kleid extrem gewagt ist, wirkt es nicht billig. Aber unmöglich kann ich in diesem Aufzug auf dem Empfang erscheinen.

Offensichtlich ist Pierre da anderer Ansicht. »Wir haben gefunden das perfekte Outfit zu diesem Anlass, ma chérie.«

Verzückt klatscht er in die Hände. Keine Ahnung, ob er mit *diesem Anlass* den Empfang oder den Versuch, Luis zurückzugewinnen meint. Jedenfalls scheint er vollkommen im Bilde zu sein.

Erst als ich am Freitag komplett gestylt ein zweites Mal vor diesem Spiegel stehe, wird mir klar, was Pierre mit *perfektem Outfit* meint. Kleid und High Heels in schwarz. Matter Silberschmuck an Armgelenk und Hals. Die Haare zu einem kunstvollen Knoten am Nacken frisiert. Dazu ein dezentes, aber wirkungsvolles Make-up. Der rostbraune Lippenstift passt perfekt zu meinem Haarton. Letztes Mal sah ich aus wie ein Vamp. Heute bin ich eine Diva. Wieder einmal verblüfft mich Pierres Vielseitigkeit. Seine Gabe, jemanden in einen komplett neuen Menschen zu verwandeln.

Ein Wagen fährt vor. Der Chauffeur steigt aus und hält mir die Tür auf. Ich fühle mich wie ein Superstar kurz vor dem Absturz. Was tue ich hier überhaupt? Glaube ich wirklich, ich muss mich nur mal schnell in Schale werfen und mit dem Finger schnippen, um Luis zurückzugewinnen?

Plötzlich komme ich mir unglaublich dumm und naiv vor. Am liebsten würde ich dem Fahrer sagen, er soll wieder umdrehen oder mich einfach irgendwo absetzen. Aber auf einmal hält er an und wir stehen vor dem hell erleuchteten Eingang des Hotels. Luis' Vater kommt auf den Wagen zu. Ich habe meine Chance verpasst.

»Luis wird eine halbe Stunde später kommen. Ein Kunde verlangt noch nach seiner Anwesenheit.« Er hakt mich unter und führt mich durch die Empfangshalle in denselben großen Raum, in dem ich schon einmal mit Luis war. Alles sieht genauso aus, wie ich es in Erinnerung habe und doch ist alles anders. Die Tatsache, dass Luis noch nicht da ist, beschert mir ein kurzes Gefühl der Erleichterung, das sofort einem Gefühl der Anspannung weicht – ich entdecke seine Mutter am Ende des Buffets. Sie ist in eine Unterhaltung mit einem älteren Paar vertieft. Mir fällt auf, dass sie abgenommen hat und als wir näherkommen, sehe ich in Augen, die mich an den stumpfen Blick meiner Mutter erinnern. Sie muss unsagbar leiden. Eine ganze Weile starrt sie mich nur an. Dem Paar neben uns scheint die Situation langsam unangenehm zu werden. Mit einer dahin gemurmelten Entschuldigung wenden sie sich ab, um ihre Unterhaltung mit zwei anderen Gästen ein paar Schritte weiter fortzusetzen.

»Schön, dass Sie gekommen sind.« Sie reicht mir die Hand und räuspert sich. Luis' Vater sieht sie beschwörend an. *Sei nett zu ihr, gib ihr eine Chance.* Die stille Geste gleicht einem Befehl. Sie greift nach zwei Sektgläsern auf dem Tisch neben uns und reicht mir eines davon. »Wir sollten auf den heutigen Abend anstoßen.« Ein angestrengtes Lächeln umspielt ihre Lippen.

Während ich vorsichtig an dem Glas nippe, kippt sie es in einem Zug hinunter. Mir entgeht nicht der leicht warnende Blick von Luis' Vater. Die Situation ist mehr als unangenehm. Nervös drehe ich das Glas zwischen meinen Fingern und versuche, mir nichts anmerken zu lassen. Plötzlich taucht in der Menge ein grau-weißer Haarschopf auf und kämpft sich langsam, aber stetig zu uns durch. Luis' Großvater.

»Du solltest ein paar Happen von diesen kleinen Köstlichkeiten zu dir nehmen, meine Liebe.«

Bisher hatte ich den Eindruck, die Beziehung zwischen Carlo Mosca und seiner Schwiegertochter wäre nicht gerade die beste. Umso mehr rührt mich diese Geste. Ich registriere die Aufrichtigkeit in seinen Worten und die liebevoll besorgte Miene, mit der er sie ansieht. Tragödien entzweien manche Menschen. Andere dagegen werden durch sie zusammengeschweißt. Zu letzteren zählt wohl Luis' Familie.

»Mädchen, schön, Sie zu sehen.« Er wendet sich mir zu und zwinkert verschwörerisch. »Wurde auch wirklich langsam Zeit.« Galant streckt er mir seinen gebeugten Arm entgegen. »Darf ich Sie zum Buffet begleiten?«

Ich könnte ihn küssen, so erleichtert bin ich über sein Angebot. Ohne zu zögern, hake ich mich bei ihm unter.

»Keinen Appetit?«

Zuerst starre ich auf meinen Teller, um gleich darauf entschuldigend die Schultern zu heben. »Tut mir leid, ich bin wohl keine besonders gute Gesprächspartnerin.« Wir haben uns auf eine der Sitzecken niedergelassen. Die Häppchen auf meinem Teller habe ich ganz vergessen. Immer wieder schiele ich Richtung Eingang und kann mich auf nichts anderes konzentrieren. Nachdenklich, die Hände auf seinen Gehstock abgestützt, lässt Carlo Mosca seinen Blick auf mir ruhen. »Es wird nicht einfach werden.« Denselben Satz hatte Luis' Vater bereits von sich gegeben. Betrübt schüttelt er den Kopf. »Der Junge ist hart gegen sich selbst geworden. Er lässt nichts und niemanden an sich ran. Ich habe gesagt, holt die Kleine zurück.« Mit einem traurigen Lächeln sieht er mich an. »Ich sagte zu meinem Sohn, wenn eine es schafft, ihn zur Vernunft zu bringen, dann die Kleine.«

Ich muss schlucken. »Ich habe solche Angst, dass ich es nicht hinbekomme.«

Er nimmt meine Hand zwischen seine großen, von

bläulichen Adern durchzogenen Hände und hält sie einen Moment fest. »Lieben Sie meinen Enkel aus tiefstem Herzen?«

Ich nicke. »Ja, das tue ich.«

Er greift nach einer Serviette auf dem Tisch und tupft mir damit die Tränen von der Wange. »Dann werden Sie das hinbekommen.« Sein Lächeln verleiht mir Kraft.

»Danke.« Ich beuge mich vor und hauche ihm einen Kuss auf die Wange.

»Ansonsten werde ich seine Rolle übernehmen.« Er zwinkert mir zu und da muss auch ich grinsen.

Man sieht nicht, dass ich geweint habe, das Make-up sitzt noch immer perfekt. Lediglich die Lippen fahre ich mir vorsichtig nach. Ich lasse kaltes Wasser über meine Handgelenke laufen und werfe einen letzten Blick in den Spiegel. So oder so – heute Abend wird sich mein Schicksal entscheiden.

Als ich von der Toilette zurückkomme, ist Luis noch immer nicht da. Eine Servicekraft, die sich mit einem Tablett durch die Menge bewegt, bietet mir etwas zu trinken an. Beinahe erleichtert, das Unausweichliche noch etwas hinauszögern zu können, greife ich nach einem Glas Sekt. Gerade will ich mich Luis' Großvater zuwenden, da öffnet sich die große Schwingtür und er kommt herein.

Sein Anblick raubt mir den Atem. Ich glaube, es gibt keinen schöneren Mann auf Erden.

Kaum hat er den Raum betreten, da nimmt ihn auch schon ein Pärchen mittleren Alters in Beschlag. Das verschafft mir Zeit, ihn ein paar Sekunden lang ungestört zu betrachten. Er trägt einen dunklen, schmal geschnittenen Anzug. Das Hemd leicht geöffnet. Die perfekte Mischung aus sportlich und elegant. Die Haare kurz. Die kräftigen dunklen

Augenbrauen leicht zusammengezogen. Den Kopf aufmerksam lauschend schräggelegt, ganz auf sein Gegenüber konzentriert. Dieses markante Gesicht mit den hohen Wangenknochen und dem leichten Hauch eines Dreitagebartes. Mein Gott, wie konnte ich es auch nur eine Sekunde ohne ihn aushalten?

Eine Welle von Stromstößen jagt durch meinen Körper und das Herz schlägt mir bis zum Hals.

Er geht weiter. Spricht mit einem jungen Mann. Klopft ihm lächelnd auf die Schulter. In dem Moment, als er sich abwenden will, steuert sein Vater auf ihn zu. Ich halte die Luft an. Beobachte, wie Luis irritiert die Stirn in Falten zieht, während er den Worten seines Vaters lauscht. Sein Gesichtsausdruck wandelt sich. Langsam hebt er den Kopf. Er starrt mir direkt ins Gesicht.

Einen winzig kleinen Augenblick meine ich, denselben Schmerz und die unendliche Sehnsucht darin zu erkennen, die auch mich quält. Doch der Moment ist viel zu schnell vorüber. Vielleicht habe ich ihn mir auch nur so sehr herbeigewünscht.

Als er jetzt mit festem Schritt auf mich zukommt, sehe ich in ein versteinertes Gesicht. Er haucht mir einen Kuss in der Temperatur eines Eiswürfels auf die Wange. »Madlen, lange nicht gesehen.« Seine Lippen verziehen sich zu einem misslungenen Lächeln. Ein spöttischer Zug liegt auf seinem Mund. Aber am schlimmsten ist der Ausdruck in seinen Augen. Ich habe das Gefühl, es sind die eines Fremden. Ausgetauscht. Kalt und ohne jegliche Emotion.

»Wie geht es dir?« Meine Stimme zittert.

Abschätzend verzieht er seinen Mund. »Interessiert dich das wirklich, oder willst du nur ein wenig Konversation betreiben?« Er wartet meine Antwort gar nicht erst ab. »Aber keine Sorge, ich lebe, wie du siehst.« Theatralisch spreizt er seine Arme zur Seite.

»Luis, es tut mir so leid.« Ich schaffe es nicht, meine Worte laut und deutlich auszusprechen. Da ist er wieder, dieser ganz besondere Blick. Als hätte er in die Glut eines Feuers gefasst. Als wollte er am liebsten laut aufschreien und mir eigentlich etwas ganz anderes sagen, anstatt dieser hohlen, leeren Phrasen, die er da von sich gibt. Wir sehen uns an und für einen Moment hat jemand seine Augen zurückgebracht. Für den Bruchteil von Sekunden sind wir untrennbar miteinander verbunden. Doch genauso schnell ist dieser Augenblick vorüber.

»Du hast dich entschieden.« Seine Gesichtszüge verhärten sich. Es fühlt sich an wie ein Schlag ins Gesicht. Nur noch am Rande bekomme ich mit, wie er sich einem älteren Herrn zuwendet, nachdem dieser ihn freudestrahlend begrüßt hat. Als der Mann beginnt, auf ihn einzureden, gehe ich. Ohne mich ein einziges Mal umzusehen, verlasse ich den Saal. Laufe schneller und schneller. Bleibe nur kurz stehen, um mir die Schuhe von den Füßen zu streifen. Ich lasse sie mitten in der Empfangshalle liegen. Die brauche ich nicht mehr, nie wieder. Ich gehe durch den imposanten Eingangsbereich, an der Rezeption vorbei hinaus in die Nacht, beginne zu rennen, so schnell ich kann. Ohne Plan. Ich will einfach nur weg von hier. Als mir die Kraft ausgeht, lehne ich mich keuchend an irgendeine Hauswand. Keine Ahnung, wo ich bin. Die Straße liegt beinahe im Dunkeln, sie wird lediglich von einer altertümlichen Lampe spärlich erhellt. Ein Schatten taucht in der Ferne auf und wird rasch größer. Jemand scheint es eilig zu haben. Rennt. Ruft meinen Namen. *Luis.*

»Die hast du vergessen.« Er hält mir meine Schuhe unter die Nase. Stellt sie vorsichtig auf dem Boden ab, als wären sie aus Porzellan und könnten jeden Moment zerbrechen. Langsam richtet er sich auf und nimmt meinen Kopf zwischen seine Hände. Streicht mit seinem Daumen meine Tränen weg. Ich schließe die Augen. Aber nur ganz kurz, denn ich will ihn ansehen. Kann nicht genug davon haben. Von diesem Blick, der ganz allein mir gehört und dem ich gehöre. Schweigend begutachtet er mein Gesicht und ich muss wieder weinen, denn ich glaube, er ist zurück. Angekommen bei mir. Und dann küsst er mich und spätestens jetzt gibt es kein Zurück mehr. Er drückt mich an die Wand. Eigentlich müsste ich die kantige Mauer in meinem Rücken spüren, aber ich spüre nur ihn. Seinen Körper an meinem. Seine Brust auf meiner. Mit beiden Händen greife ich nach seinem Hemd. Knöpfe hüpfen auf die Straße, während ich es wie eine Besessene auseinanderreiße. Er zieht mich um die Hausecke in den Hinterhof. Es ist stockdunkel. Ich kann nur das schwarze Funkeln seiner Augen sehen. Seine Hände sind überall. Er schiebt mein Kleid nach oben. Der Stoff reißt, aber es ist mir egal. Mit den Händen streife ich sein Hemd von den Schultern. Fühle die warme Haut, die sich über seine Muskeln spannt. Seine Finger greifen in den Rand meines Slips. Mit einem einzigen Ruck zerreißt er ihn. Er greift in meine Kniekehle. Hebt mein Bein hoch und dringt in mich ein. Im Hinterhof irgendeines Hauses am Rande der Stadt und es fühlt sich kein bisschen billig an.

Noch immer stehen wir uns atemlos gegenüber. »Bring mich nach Hause.« Ich streiche über seine Lippen.

»Wo ist das, dein Zuhause?«

»Du weißt, wo es ist.«

Er sieht mich einen Moment forschend an. Doch dann nickt er und nimmt meine Hand.

Die Tatsache, dass mein Kleid ein wenig ramponiert ist, fällt zum Glück nicht auf den ersten Blick auf und dass ich keinen Slip anhabe, wissen nur wir beide. Nicht ganz so einfach ist es, sein zerrissenes Hemd zu verbergen. In der Tiefgarage läuft uns eine Gruppe junger Leute über den Weg. Luis drückt mich einfach an die nächste Betonwand und beginnt mich zu küssen. Lachend und ein paar anzügliche Kommentare von sich gebend zieht die Gruppe an uns vorbei.

Und dann fahren wir zu ihm nach Hause.

52.

Meine Arme schlingen sich um seinen Bauch. Ich lehne den Kopf an seinen Rücken. Er starrt auf den dunklen Park hinter der großen Fensterfront im Wohnzimmer.

Ich weiß, dass wir reden müssen.

»Luis ... ich ...«

»Du bist einfach gegangen«, unterbricht er mich. »Ohne ein Wort zu sagen.«

Ich beiße mir auf die Unterlippe. »Anders hätte ich es nicht gekonnt.«

Er dreht sich zu mir um. »Du hättest mit mir reden können. Wir hätten eine Lösung gefunden.«

»Wie denn?« Verzweifelt sehe ich ihn an.

»Ich hatte Jess verloren, meine Schwester.« Er schüttelt den Kopf. »Ich hätte dich so sehr gebraucht. Und dann bringt Chris mir diesen Brief.« Wieder sieht er mich an. »Du hast mir nicht mal die Chance gegeben, dir meine Sichtweise der Dinge zu erklären.«

»Ich hatte einfach Angst, dass du mich eines Tages hassen würdest.«

»Was?« Entgeistert sieht er mich an.

»Wären wir uns nicht begegnet, dann würde Jess noch leben.«

Er fasst sich an den Nacken, dreht sich kurz weg, dann fixieren mich seine Augen. »Glaubst du das wirklich?«

Hilflos zucke ich mit den Schultern und bin schon wieder den Tränen nahe.

»Baby, es war ein Unfall. Niemand kann etwas dafür. Jess hat nicht aufgepasst.« Er zieht mich sachte am Nacken an seine Brust. »Warum jetzt?«

Fragend hebe ich den Kopf.

»Warum willst du jetzt zu mir zurück?«

Ich erzähle ihm von dem Tag, an dem sein Vater mich aufsuchte und dass seine Eltern sich große Sorgen um ihn machen würden. »Er flehte mich an, zu dir zurückzukommen.« Ich mache eine kurze Pause. »Auch im Namen deiner Mutter.«

»Wow ...«, ist zuerst das Einzige, das Luis von sich gibt. »Das ist also der Grund?« Er zieht eine Augenbraue nach oben.

»Na ja, das ist zumindest ein Punkt.« Ich bringe ein halbherziges Lächeln zustande. »Der andere wichtige Punkt war Jennys grünes Licht. Als sie deinem Vater zustimmte, keiner hätte Schuld an Jessys Unfall und als sie mir quasi den Befehl gab, zu dir zurückzukehren ...« Ich seh ihn an. »Weißt du, ich glaube, es war schon richtig, was ich für sie getan habe. Sie brauchte diesen Abstand. Seit Jessys Unfall geht sie zu einer wirklich guten Psychologin, die ihr hilft, mit all dem umzugehen. Ich glaube, sie ist jetzt stark genug.«

»Stark genug wofür?« Luis' Stimme hört sich rau an.

Ich hebe den Blick und schaue in diese unglaublich dunklen Augen. »Und somit kommen wir zu Punkt drei, dem wichtigsten aller Punkte. Was ich sagen will ... ich glaube, Jenny kommt damit klar, dass ich dich liebe. So sehr, dass ich es nicht in Worte fassen kann. So sehr, dass es weh tut. Und ich wünsche mir, dass dieser Schmerz niemals vergeht. Denn wenn du nicht bei mir bist, fühle ich nichts. Dann bin ich eine leere, tote Hülle.«

Er greift nach meinen Händen, dann beginnt er zu sprechen. »Als Chris mir den Brief brachte ... Ich habe mich zuerst geweigert, es zu glauben. Und obwohl ich sofort wusste, dass ich dich mit keinem Argument der Welt umstimmen konnte, wartete ich vier Wochen lang. Dann wurde mir klar, dass ich deine Entscheidung akzeptieren musste. Ich habe nicht versucht, dich zurückzuholen. Du hattest dich in deinem Brief unmissverständlich ausgedrückt. Schließlich habe auch ich eine Entscheidung getroffen. Ich hielt es hier nicht mehr aus mit den ganzen Erinnerungen an Jess und an dich. Ich übernahm die Leitung unseres Werkes in Texas. Arbeitete wie ein Besessener. Ich gab nicht hundert Prozent, ich gab tausend Prozent. Sobald ich drohte, zur Ruhe zu kommen, stürzte ich mich auf die nächste Aktivität. Nur um nicht nachdenken zu müssen, um nicht an dich denken zu müssen. Der einzige Ort, an dem ich zuließ, dass du in meinem Kopf Platz fandest, war nachts in meinem Bett. Sobald ich todmüde in einen unruhigen Schlaf fiel, warst du bei mir. In meinen Träumen, so real.« Er schluckt. »Am schlimmsten war es, am nächsten Morgen aufzuwachen und zu realisieren, dass ich dich nie wieder würde berühren können. Nie wieder mit der Hand durch dein unglaublich weiches Haar fahren, nie wieder diese Lippen küssen. Diese Erkenntnis hat mich fast umgebracht. Und dann standest du heute Abend plötzlich da, als wärst du nie weggewesen, atemberaubend schön.« Er schlägt die Augen nieder. »Ich musste so abweisend sein. Uns eine zweite Chance zu geben, nur um dich ein weiteres Mal zu verlieren – das hätte ich nicht gepackt.« Hilflos sieht er mich an.

»Bitte, gib uns diese Chance. Ich hab Jenny versprochen, es nicht zu verbocken.« Meine Stimme hat einen flehenden Unterton. Nachdenklich betrachtet er mich eine ganze

Weile. Kurz bekomme ich Panik und denke, er überlegt es sich am Ende doch noch einmal anders. Doch plötzlich zieht er seine Geldbörse aus der Tasche und sein Blick wird weich. Beinahe andächtig befördert er zwei zusammengefaltete Karten hervor. »Das muss ich wohl. Wer außer dir sollte mich denn sonst begleiten?« Er hebt einen Mundwinkel an.

»Blue October – oh mein Gott!« Ich stutze. November 2017. »Das Konzert war letztes Jahr ...« Ein wenig ratlos sehe ich ihn an.

»Ich hatte dir eine Überraschung versprochen, als ich diese zwei Wochen in Texas verbrachte, weißt du noch? Dann überschlugen sich die Ereignisse und die Gelegenheit verstrich. Ich habe es nicht geschafft, sie wegzuwerfen.« Bedauernd verzieht er den Mund.

Da erst fällt es mir wieder ein. Ich bring dir eine Überraschung mit – das waren damals vor fast einem Jahr Luis' Worte, nachdem er sich von mir verabschiedete. Ich hatte es total vergessen.

»Und jetzt? Reisen wir zurück in die Vergangenheit?« Fragend hebe ich die Augenbrauen.

Er lächelt verschmitzt. »Weißt du, die spielen jedes Jahr in Texas – also nein, um deine Frage zu beantworten: Wir reisen in die Zukunft.« Er zwinkert, bevor er seine Hand an meine Taille legt und mich ganz nah an sich heranzieht. »Bist du dabei?«

»Für immer?«

»Für immer.«

Und genauso fühlt sich dieser Kuss an – für immer.

Epilog

Fünf Jahre später ...

Zum zweiten Mal stehe ich nun hier. Immer an derselben Stelle. Werde ich es jemals schaffen? Eigentlich ist es doch ganz einfach. Hochklettern und springen. Ein paar Sekunden, dann wäre alles vorbei. Nie wieder an all die schrecklichen Dinge denken müssen. An das, was es mir unmöglich macht, weiterzuleben.

Sie denken, ich wäre glücklich – ich spiele meine Rolle gut. Aber tief in meinem Innern sieht es anders aus. Noch immer träume ich von ihm. Fühle sein Gewicht auf meinem Körper. Höre das monotone blecherne Geräusch, das meine Hand beim Aufschlagen auf dem Eimer erzeugt. Bei jedem Stoß. Dann wache ich schweißgebadet auf und als erstes ist da diese Angst um Chris. Das Gefühl, er wäre tot.

Ich tigere in Jessys Wohnung umher. »Sie hätte gewollt, dass du sie bekommst«, hatte Luis zu mir gesagt. Es war ein Fehler, dem zuzustimmen. Denn seit ich mich hier eingerichtet habe, ist es schlimmer geworden. Die Gedanken um die Schuld, die ich mir an ihrem Tod gebe. Madlen wollte mich schützen, damals. Aber ich konnte doch nicht zulassen, dass sie meinetwegen ihre Zukunft mit Luis aufgibt. Und wenn ich sie manchmal heimlich beobachte und sehe, wie glücklich sie mit Luis und ihrer kleinen Tochter ist, weiß ich, dass ich das Richtige getan habe. Doch nun ist es an der Zeit, meine Rolle aufzugeben. Ich will nie wieder Angst haben. Ich werde jetzt an mich denken.

Ich komme morgen wieder ...

Nachwort

Fast alles an dieser Geschichte ist meiner Fantasie entsprungen. Der Weg dahin jedoch nicht.

Es existiert tatsächlich eine echte Madlen, die im wahren Leben einen anderen Namen trägt. Ein heruntergekommener Bauernhof, Lieblosigkeit, Streit und wenn auch nicht sexuelle, so doch körperliche Gewalt, all das gehörte zur täglichen Realität dieser jungen Frau und ihren Geschwistern.

Ihr Bruder hätte gerne den Hof übernommen, er hatte keine Chance.

Am 16.09.2012 erhängte er sich mit einer Kette.

Zwei Wochen später kam diese wieder auf dem Hof zum Einsatz.

Danksagung

Zuallererst danke ich Symone Hengy - ohne Dich meine Liebe, wäre ich heute nicht da, wo ich jetzt bin.
Ich danke Paul Lung und dem Hybrid Verlag, dass er sich meinem "Baby" angenommen hat.
Danke Matthias Schlicke für "Dein Gewicht in die Waagschale werfen."
Danke meinen Lektorinnen Eva Kunadt und Nadine Engel für ihren Adlerblick aus einer anderen Perspektive.
Petra Schütze danke ich für die Durchführung des Korrektorats.
Für das Setzen meines Buches in Rekordzeit und die Beantwortung meiner zahlreichen Fragen, vor allem im medizinischen Bereich, danke ich Lena Widmann.
Danke meiner lieben, geduldigen Piera Kranz, für das Durchforsten nach Fehlern in meinen italienischen Passagen.
Danke meinen Testleserinnen:
Brigitte Wegenast, Sabine Ziegler, Tina Kreher, Petra Scheckenhofer, Sibylle Eberhardt, Ramona Poed, Sandra Zachert, Silke Ederer und Christina Groß.
Danke den Bands von Blue October, Biffy Clyro und Muse. Mithilfe Eurer wunderbaren Musik gelang es mir, Gefühle und Emotionen in meiner Geschichte lebendig werden zu lassen.
Am Ende bleibt mir Danke zu sagen, an all jene, die stets an mich geglaubt und mich unterstützt haben. Insbesondere meine Familie - danke Euch für die Beantwortung meiner Fragen und das Ertragen manch psychischer Abwesenheit, wenn ich mal wieder minutenlang in Gedanken versunken Löcher in die Luft gestarrt habe.

Die Autorin

Gabi Kreher ist gelernte Kauffrau für Bürokommunikation. Sie ist Jahrgang 1966 und wuchs im Kreis Freudenstadt auf. Heute lebt sie mit ihrem Mann und ihren drei Kindern im Kreis Rottweil. Schon als Kind hat sie Bücher verschlungen. Sie liebt es, in ihre Erzählungen rätselhafte Andeutungen einzustreuen und den Leser bis zum Schluss im Unklaren zu lassen. Denn nichts ist, wie es scheint ...

Hybrid Verlag ...

für Weltenwanderer und Zeilentänzer

MEIN IST DIE STRAFE
(Robert Klotz)

Ihr Leben ist vorbei. Er hat sie gefunden. In einem einzigen Moment bricht Lisas Existenz zusammen, befindet sie sich auf der Flucht. Sicherheit gibt es nirgends, denn Seine Mittel sind unbegrenzt, und Seine Methoden eiskalt und skrupellos. Wer hilft, und wer spielt Ihm in die Hände? Die Antwort entscheidet über Leben und Tod. Denn Sein ist die Strafe.
ISBN: 978-3-967-41058-7

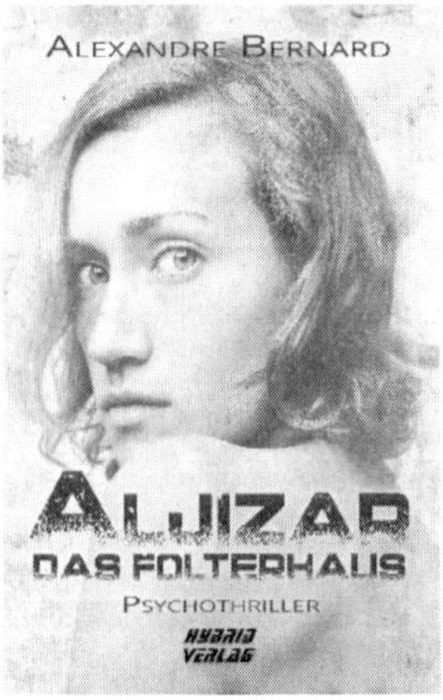

ALJIZAR – DAS FOLTERHAUS
(Alexandre Bernard)
Nach Monaten im Krankenhaus sieht Elisabeth freudig dem Urlaub entgegen – und damit dem Albtraum ihres Lebens. In der ägyptischen Urlaubsidylle wird sie von skrupellosen Menschenhändlern verschleppt. Tagtäglich muss Sie mit ansehen, wie Frauen verstümmelt und ihrer Organe beraubt werden.
Ein Kampf ums nackte Überleben entbrennt, in dem ein Mensch weniger wert ist als seine Eingeweide.
ISBN: 978-3-96741-112-6

Werde Teil des
Hybrid Verlags

Lerne Verlagsmitarbeiter,
Autoren sowie andere Leser kennen !

www.hybridverlag.de

www.facebook.com/hybridverlag

HYBRID VERLAG